KB198257

누구나 알지만, 아무도 모르는

제나 세티스웨이트 장편소설
최우정 옮김

해피북스
투유

과거

"내 말 들려요?" 한 남성이 내 얼굴을 들여다본다.

안경을 쓰고 있고 표정이 풍부한 이 남자는 30대 중반의 친절한 앤디다.

"네." 내가 말한다.

어쩔 줄 모를 정도로 이어지던 뜨거운 감각이 딸깍 소리와 함께 순식간에 정리된다. 빛, 소리, 피부에 스치는 공기까지도 모두. 마치 타다 남은 재처럼 조용히 가라앉아 식어가는 느낌이다.

나는 숨을 들이마신다. 가슴이 부풀어 오르자 숨을 내쉰다. 나는 손을 얼굴 높이까지 들고 손가락을 움직여 본다. 손가락 관절 부위, 부드럽고 창백한 피부 위로 살짝 흩어져 있는 주근깨가 함께 움직이며 물결친다.

나는 이브닝 가운으로 보이는 옷을 입고 앉아있다. 치마가 허벅지를 얼마나 꽉 조이는지 확인해 본다. 위에서 내려오는 얼음 같은 희끄무레한 빛 속에서 치마의 파란색 스팽글이 아름답게 반짝인다. 손바닥으로 천을 살짝 쓸었다. 손가락 끝에 가볍게 닿은 스팽글이 일제히 일어나더니 곧 다시 제자리를 찾는다. 파티 드레스를 입은 것 같은 느낌이 좋다.

"당신이 누군지 알아요?" 앤디가 말한다.

나는 고개를 들고 미소 짓는다. 그는 헐렁한 청바지에 회색 티셔츠, 그 위로 버펄로 체크무늬 남방의 단추를 잠그지 않은 채 걸치고 있으며 가슴 주머니에는 펜이 꽂혀있다. 거뭇거뭇 수염이 덮은 얼굴에는 잠을 못 잔 티가 역력했다.

"물론이죠." 나는 말한다. 모든 게 너무나 당연하게, 마치 아무 힘도 들이지 않고 호흡하듯 자연스럽게 느껴진다. "줄리아 월든이에요."

"여기가 어디인지 아세요? 지금이 몇 년도죠?"

"로스앤젤레스요. 2022년 1월이고 대통령은 바이든이죠." 나는 고개를 기울인다.

"지금 코로나가 한창이고요."

"이제 무슨 일이 일어날지도 알아요?"

왼쪽 멀리 붐 마이크를 조작하는 사람이 눈에 들어온다. 하지만 나는 앤디에게 계속 시선을 고정한다.

"저는 곧 〈더 프러포즈〉에 출연해서 경쟁할 거예요."

"맙소사." 앤디가 숨을 내쉬며 가슴을 쥐었다. 마치 내 말이 그를 해하기라도 한 것처럼.

"당신은…… 당신은…….." 그는 놀라운 나머지 자신의 손가락을 구부려 입술에 댄다.

"여기요?" 나는 따라 하며 가볍게 웃는다. 매끈한 팔과 까칠까칠한 팔꿈치를 만지작거리다가 얼굴을 쓰다듬어 보기도 했고, 그다음 길게 늘어진 풍성한 머리카락을 만져본다. 그리고 어깨 앞으로 머리를 정리한다. 태양처럼 타오르는 붉은색 머리의 느낌이 정말 좋다. 내가 '줄리아 월든'이라는 사실 자체가 좋았다.

앤디는 나를 보며 말을 잇지 못한다. 이내 그는 감탄한다.

"당신 정말 진짜 사람 같아요. 한 번만 안아봐도 될까요?"

"물어볼 필요 없어요." 하이힐을 신은 채 일어선 내 키는 앤디보다 머리 하나는 컸다. 그와 내가 가까워지며 그의 안경이 내 어깨에 부딪히자 박수가 터져 나온다. 그는 잠시 후에 내 손을 잡고 뒤로 당긴다. 눈은 촉촉하다.

"와, 줄리아. 감탄만 나오는군요, 정말."

주위를 둘러보니 플래시가 터지고 우리는 창고처럼 보이는 공간 안에 있다. 오른쪽에는 대형 기계들이 있다. 유압 장치, 로봇 팔, 창백한 고무 재질의 커다란 시트 같은 것들이 보인다. 인공적으로 만든 사람 가죽이다. 그걸 깨달으니 내 몸의 피부에도 소름이 돋는다. 정확히 나쁜 느낌은 아니었다. 그냥…… 마치 마른 줄 알고 만졌는데 젖은 것 같은, 불쾌한 느낌이다.

내 왼쪽에는 제작진이 둥글게 둘러싸 자리 잡고 있고 그중 한 덩치 큰 남자가 자기처럼 커다란 카메라를 어깨에 짊어지고 나에게 초점을 맞추고 있다. 그들이 〈더 프러포즈〉 제작진인 걸 말하지 않아도 알 수 있다.

모두가 지켜보는 가운데 앤디와 이렇게 친밀한 순간을 보내는 게 좀 이상하긴 하다. 그러나 다시 말하지만…… 그것이 내가 경험할 삶의 한 부분이 될 것이다. 완전히 카메라에 노출된다는 것.

앤디가 손뼉을 친다. "조쉬를 만날 준비가 되었나요?"

"태어날 때부터요." 내가 웃으며 말한다. 제작진들로부터 들리는 웃음소리에 답하듯 내 눈이 한번 깜빡인다. 재미있게 말하려는 의도도 있지만 진심이었다.

앤디가 휴대폰을 꺼내며 말했다. "이건 당신 거예요. 사용해볼래요?"

그가 내게 기댄 채 우리는 우리의 첫 셀카를 찍으며 웃는다.

"SNS에 올릴까요?" 그가 말한다. "당신 계정을 방금 활성화시켰어요. 우리는 당신이 〈더 프러포즈〉에 참가한다는 걸 아직 언급하면 안 되거든요."

나는 고개를 끄덕이며 휴대폰을 잡아챈다.

"알았어요." 내 손가락은 자연스럽게 화면을 탐색한다.

어떻게 @TheRealJuliaWalden 계정 팔로워가 벌써 100만 명에 가깝지? 심지어 지금도 팔로워는 계속 올라가고 있다. 나는 여정이 시작된다!!!라는 제목을 달고 사진을 올리고는 휴대폰을 내려놓았다. 내 안에는 어떤 반항심 같은 게 있다. 아마도 반응을 지켜보고 싶은 마음도 있었던 것 같다. 하지만 즉시 그 생각을 접었다. 나는 모든 사람이 아닌, 한 남자만을 위해 이곳에 존재하고 있으니까.

내가 휴대폰을 만지는 동안 앤디는 파란색 펜을 꺼내더니 심 누르는 부분을 초조한 듯 물어뜯는다. 이상한 느낌이 들었지만 그를 안심시켜 주고 싶었다. 괜찮을 거라고. 시간이 지나면 알게 될 거라고.

"줄리아!" 감독이 외친다. "시청자들을 위해 자기소개를 해주 시겠어요?"

나는 멀리 있는 카메라의 차가운 렌즈를 보면서 나를 보고 싶어 하는 친구의 얼굴을 바라보고 있다고 상상해 본다. 그리고 미소 짓는다.

"물론이에요! 제 이름은 줄리아입니다. 저는 인조인간, 신스예요. 사랑을 찾으러 왔죠."

신스가 〈더 프러포즈〉에서 사랑을 찾을 수 있을까?

— 티아 모랄레스

다가오는 시즌 〈더 프러포즈: 싱글 남성 편〉에 신스가 출연한다고 한다. 현재 로스앤젤레스에서 촬영 중이며, 올봄 방영될 예정인 이 프로그램은 평소보다 많은 시청자의 관심을 끌 것으로 예상된다. 특히 경쟁 상대가 밝혀지면 벌어질 인간 여자들끼리의 싸움을 보는 재미가 쏠쏠할 것으로 보인다. 진지하게 생각해 보자. 완벽한 신스 여성이 당신의 남자 친구를 빼앗을지도 모른다면, 당신은 어떻게 할 것인가?

내부 소식통에 따르면 그 여성은 대단히 아름답고, 조쉬 라살라의 MBTI 'T'와도 완벽하게 맞는 성격이며, 최초로 아이를 가질 수 있는 신스라고 한다.

이 신분 미상의 참가자에 대해 공식적인 발표는 없었지만, 웨크테크 인더스트리에서 방금 그들의 최신 창조물의 인스타 계정을 공개했다. 그녀의 이름은 줄리아 월든으로, 미국에서 세 번째로 만들어진 신스다 (웨크테크 회사로는 첫 번째 작품이다). 그녀보다 먼저 나온 신스이자

리얼리티 프로그램 〈신스 따라잡기〉의 스타인 쌍둥이 연예인 신스 자매 크리스티와 크리스텔처럼 줄리아 역시 완벽한 여성의 외모와 감정을 가졌다.

하지만 그녀를 정말 진짜 인간, 진짜 여성으로 볼 수 있을까?

그 화려한 가짜 피부 아래에서 정확히 무슨 일이 일어나고 있을까?

'여정이 시작된다!'라는 도발적인 제목으로 업로드된, 그녀의 첫 번째 SNS 게시물은 사랑을 찾기 위한 그녀의 여정을 의미하는 걸까?

과연 이 신스는 진정으로 사랑을 할 수 있을 것인가?

어느 쪽이든 안전벨트를 단단히 붙들어 매기를 바란다. 이제 곧 추악한 일이 벌어질, 그렇기에 더욱 최고의 엔터테인먼트가 될 〈더 프러포즈〉의 세계가 여러분 앞에 펼쳐질 것이다.

현재

작은 울음소리가 나를 깨운다. 수요일 이른 아침, 시계는 오전 여섯 시를 가리키고 있다. 나는 잠깐 옆자리 침대에 누워있는 사람의 윤곽을 확인한다.

"조쉬, 집에 왔구나." 나는 그를 향해 손을 뻗으며, 안도의 숨을 내쉰다.

말이 끝나자마자, 머리 하나가 불쑥 솟아올랐다. 덥수룩한 털의 느낌에 나는 방금 만진 것이 뭔지 깨달을 틈도 없이 크고 날카로운 비명을 지른다. 하지만 그 정체를 알고 나니, 맥이 탁 풀려버린다. 거대한 덩치를 지닌 버니즈 마운틴 독, 우리 집 캡틴이다. 캡틴은 마치 조쉬가 아닌 것에 대해 사과하듯 낮고 깊게 울음소리를 낸다.

"괜찮아, 캡틴." 나는 캡틴의 털 속 깊이 손가락을 넣어 쓰다듬으며, 조쉬가 하이킹 여행에서 돌아올 예정이었던 날인 일요일 밤의 정황을 다시 더듬어 본다.

솔직히 말해서, 그가 그런 계획을 세웠다는 걸 잊어버렸었다. 토요일 저녁에 그가 여행 가방을 싸고 있을 때, 나는 화이트 와인 한 병을 다 마신 상태였다. 화가 나 있었고, 기분은 엉망이었다. 내가 잔소리하는 어조로 "그래서, 언제 돌아올 거야?"라고 말했던 것이 기억난다. 조쉬가 싫어하는 말투였다.

내 질문에 그는 일요일이라고 대답했던 것 같다. 하룻밤 여행이라고.

침대 옆 탁자 위에 있는 휴대폰에 손을 뻗으려다 옆에 있던 와인잔을 거의 엎을 뻔했다. 화면이 켜진 휴대폰은 새로운 메시지로 가득했는데, 그중 하나는 앤디에게서 온 것이었다.

— 조쉬 소식 있어요? 전화 좀 줘요. 걱정되네.

또 다른 메시지는 앨리 부온코어한테서 온 거였다. 14개월 전 〈더 프러포즈〉 촬영이 끝난 이후, 넷플릭스 〈메이킹 줄리아〉 다큐멘터리를 찍자는 내용이었다. 내가 계속해서 답변하지 않으니 그들의 제안 금액은 100만 달러까지 올라간 상태다. 그 밖에도 몇 가지 메시지가 있지만 나는 읽지 않았다.

조쉬가 보낸 메시지가 없기 때문이다.

조쉬와의 채팅 기록을 누르고, 내가 보낸 답 없는 초록색 말풍선들을 뚫어지듯 바라본다.

— 오늘 온다고 했던가? 자기 몇 시에 도착할 예정? (일요일)

— 자기야, 벌써 열 시라구. 끝나서 오고 있는 중? (일요일 늦은 밤)

— 조쉬, 이제 정말 걱정된다! 가능한 한 빨리 연락 좀 해줘! (월요일 아침)

— 자기야, 답 안 하면 실종 신고 할 거야. 이 메시지 보면 바로 전화해 줘. (화요일 아침)

초록색 말풍선에 집중하면서 토요일에 있었던 일에 대해 생각해 본다.

토요일 밤, 조쉬는 장비와 텐트, 옷을 챙기고 있었다. 나는 와인을 마시고 있었고, 그는 분주하게 집 안을 돌아다녔다.

"여행 간다는 말 안 했잖아!"

"딱 하루야."

"우린 얘기를 좀 더 해야 해, 조쉬."

"딱 하루라고."

"그냥 말해줘. 아직도 날 사랑해?"

"대답 안 할래."

"왜?"

"넌 취했으니까, 줄리아. 젠장, 지금은 더 이상 할 말이 없어. 집에 오면 다시 얘기해."

그리고 조쉬는 어둠 속으로 차를 몰고 갔다. 차 후미등이 마치 악마의 눈처럼 보였다.

그가 가지고 있어야 할 집 열쇠는 조리대에 버려져 있었다.

조쉬가 사라지자마자 나는 앤디에게 다시 메시지를 보냈다. 앤디는 언제나 상황을 좋아지게 만드는 방법을 알기 때문이다. 조쉬가 집 열쇠를 깜빡하고 간 것이 단지 실수일 뿐, 어떤 불길한 신호가 아니기를 바랐다.

한 손으로는 휴대폰을 들고 다른 한 손으로는 가려운 목을 긁고 있는데, 복도에서 아이의 울음소리가 들려온다. 그 소리는 가슴에 찌릿함을 느끼게 한다. 아기에게 젖을 먹일 시간이 되어 유선이 차오른 것이다.

얼마 지나지 않아 아기나 휴대폰, 가려운 목 등으로부터 내 주의를 흐트러뜨리는 소리가 들려온다. 그건 마치 집 한쪽 벽을 긁는 듯한 기분 나쁜 소리였다. 조쉬가 지금 있었다면 당장 나가봤을 텐데.

그 소름 끼치는 소리가 무서워진 나는 침대에서 벌떡 일어나 옆집을 내려다볼 수 있는 창문으로 향했다. 창을 열어젖히자 차가운 봄 공기와 함께 어떤 화학 물질 냄새가 훅 들어왔다. 스프레이 페인트였다. 아래쪽에는 후드티를 입은 두 사람이 보였다.

"거기 서! 경찰을 부를 거야!"

캡틴마저 내 뒤에서 짖자, '아, 젠장!' 하며 허둥거리는 소리가 들렸다. 나는 침실 구석에 둔 야구 방망이를 집어들고 아래층으로 후다닥 내려갔다. 듬직한 캡틴이 내 뒤를 따라온다.

분노로 심장이 벌떡거리는 상태로 주방 문을 나섰다. 맨발에 젖은 잔디와 돌멩이가 느껴진다. 컹컹대는 캡틴을 앞에 세우고 집 옆쪽을 뒤졌으나 기물 파손범들은 이미 멀리 사라진 상태였다. 그들이 멀리서 시골길을 따라 사라지면서 왁자지껄 웃고, 야유를 보내는 소리가 들린다. 그 길은 우리 집 앞에서 끊겨있고 집 뒤로는 숲이 둘러싸고 있다. 언뜻 보면 고립에 가까웠다.

"다신 오지 마!" 나는 그들 뒤에서 외친다. 내가 방망이를 잡고 있긴 하지만 사람을 다치게 할 수 없으리란 것을 그들은 아마 알고 있는 듯하다. "여긴 사유지야!"

'빨리 벗어나고 싶은' 사유지. 하지만 지금 나는 여기 있고, 나의 구역을 침범한 자들에게 용감하고, 두려워하지 않는 줄리아의 모습을 보여주어야 한다.

캡틴이 나를 따라 한 번 더 짖더니 낑낑댄다.

"잘했어." 나는 캡틴과 함께 집 외벽의 손상을 살폈다. 원래 없던 낙서가 생겼다. 머리 양쪽에 스프링이 튀어나온 채 반쪽만 그려진 여자 신스의 그림이었다. 그녀의 활짝 벌린 입 옆에 말풍선이 튀어나와 있었다. 그 말풍선에는 **섹스를 위해 만들어진 기계**라고 적혀있었다. 게다가 그림 속 신스 머리 한쪽은 칼에 찔렸고, 상처에서 붉은 페인트가 흘러내렸다.

"빌어먹을."

나는 잠시 입을 꽉 다물고 그 그림을 쳐다보았다. 1년 전이었다면 적당한 타격을 입고, 눈물을 흘렸을지도 모른다. 그러나 이젠 아니다. 적어도 불이 난 건 아니었으니까. 몇 달 전에는 잔인한 인간들이 빨간 머리 바비 인형에 불을 붙여 내 앞에 전시하기도 했다. 그 인형에는 불에 그을린 자국이 아직도 남아있다.

집 안으로 돌아오자 애널리는 징징거리다 못해 이제는 악에 받쳐 울기 시작했다. 내가 자는 동안 배가 고파 깨어있었나 보다. 아무래도 애널리의 상태를 볼 수 있는 베이비 모니터를 잘못 설치한 것 같다. 복도가 짧은 데다 두 문을 모두 열어놓았는데도 우는 소리가 잘 들리지 않았다.

애널리 방으로 올라가기 위해 첫 번째 계단에 발을 내딛는 순간, 울음소리가 끊긴다. 위층에서 웅성거리는 소리가 들린다. 언뜻 들어도 남자 목소리였다.

"조쉬?"

내가 기물 파손범들을 쫓아내는 동안 조쉬가 돌아온 걸까?

카펫 계단을 발소리가 나지 않게 올라간다. 위에 올라가니 말을 알아들을 수 있을 정도로, 소리가 선명해졌다.

"쉿. 내가 잡았어, 꼬마 아가씨. 내가 여기 있어. 내가 널 지켜보고 있어……."

목소리는 확실히 남자였지만 조쉬보다는 좀 더 낮았다.

"조쉬?" 나는 짧은 복도를 건너갔다. "조쉬? 당신이야?"

대답이 없다.

그 정적에 잠깐의 기쁨은 공포로 바뀐다. 조쉬가 아닌, 누군가 저 안에 내 아기와 함께 있다.

나는 망설일 틈도 없이 야구 방망이를 들고 반쯤 열린 아기 방 문을 박차고 들어갔다. 하지만 시야에 들어온 것은 아기 침대, 흔들의자 같은 아기용품들뿐이었다.

아기 침대에 엎드려 난간을 잡고 갈색 눈을 크게 뜨고 있는 애널리 외에는 이 공간에 아무도 없다.

"거기 누구야?" 나는 주변을 빙빙 돌며 소리친다. 이 공간에는 스산한 기운만 남아있을 뿐, 어떤 소리도 들리지 않았다. 환청인가?

혹시 몰라 옷장 문까지 열어 수상한 것은 없는지 확인한 후, 야구 방망이를 이불 더미 위로 내려놓는다. 애널리가 칭얼대고 나는 작은 기저귀 상자를 넘어뜨린다.

나는 숨을 들이마시며 뒤로 물러서며, 아까 들은 말을 떠올렸다. '꼬마 아가씨'. 조쉬는 절대 애널리를 그렇게 부르지 않는다. 그는 우리 아기를 '공주'라고 불렀다.

나는 창문이 혹시나 열려있는 건 아닌지 확인하기 위해 다가갔다. 놀랍게도 창문은 잘 닫혀있는 데다가 잠겨있기까지 했다. 숨을 곳은 아무 데도 없다. 맙소사. 내가 미쳐가고 있는 걸까?

조쉬가 돌아오길 너무 간절히 원해서인지 그가 아기방에 와 있다고 상상한 모양이다. 분명 생생하게 목소리가 들렸다고 생각했는데 말이다.

나는 침대 위로 몸을 구부려, 애널리를 들어올린다.

"기다리게 해서 미안해, 아가야. 엄마가 미안해."

소중한 아이의 무게를 내 품으로 느끼는 순간, 가슴속에서 감정의 홍수가 터져 발끝까지 퍼진다.

파손범들이나 내가 본 유령이 뭐 대수인가. 오직 품에 안은 아기와 나만 신경 쓰면 된다. 애널리가 칭얼거리며 발로 차는 걸 보니, 배가 몹시 고픈 모양이다. 나는 커다란 잠옷 셔츠를 아래로 잡아당기고 아기는 곧 행복하게 침을 꿀꺽 삼킨다. 아기가 침을 삼킬 때마다 몸이 이완된다. 다리에 캡틴의 부드러운 털이 느껴진다. 단란한 가족다운 느낌이다.

하지만 그 순간의 달콤함도 잠깐이었다. 우리의 행복한 가정에서 단 한 조각, 조쉬가 빠져있다는 생각이 자꾸만 든다.

조쉬는 나뿐만 아니라 우리 아기까지 떠났을지도 모른다. 그 생각을 하면 너무 아프다. 내 심장이 아무리 인공 심장일지라도 그 감정은 격렬히 느낄 수 있다.

떠나버린 것은 아닐 거라 믿어야 한다. 새로운 시작을 코앞에 두고 있었으니까. 여기서 한 시간 거리에 있는, 2만 5,000평이나 되는 넓은 토지에 우리만의 새집을 지을 날이 이렇게 가까워졌으니 말이다.

우리 결혼 생활만큼이나 시골인 인디애나에서의 생활 자체도 많은 문제가 있다. 그래도 이 집은 숲과 사생활에 둘러싸인 꿈 같은 공간이다. 조쉬를 위한 작업 공간, 애널리를 위한 햇살 가득한 놀이방, 나를 위한 주방, 옹기종기 모인 닭들, 나무 그네, 최첨단 그릴과 최첨단 보안 시스템. 그 모든 것을 상상해 봤다.

언젠가 내가 이런 얘기를 하자, 절친인 카밀라는 외로울 것 같다고 말했다.

"넌 로스앤젤레스나 오스틴으로 돌아가야 해. 나랑 같이! 거기 사람들은 이상한 걸 좋아하니까 당연히 널 좋아할 거야."

"에이, 농담하지 마." 내가 무미건조하게 대답했다. "그래도 생각은 해볼게."

하지만 캘리포니아 로스앤젤레스는 물가도 비싸고, 인파가 붐비는 곳이었다. 그렇다고 텍사스 오스틴으로 가자니, 그곳은 왠지 다른 세상처럼 느껴졌다. 적어도 지금은 우리 가족에게 편안히 쉴 수 있는 공간이 절실했다. 외부의 압력에서 벗어나 우리에게 다시 집중할 수 있도록 만들어 줄, 그런 곳이.

덤불 속을 기어다니며 훔쳐보는 사람들, 나를 혐오하는 메일, 기물 파손, 이전 주인의 증오가 집의 기둥들을 모두 오염시킨 듯했다. 마치 나를 가둔 것처럼 느껴지는 이 집의 위협적인 존재감도 외면할 수 없다. 게다가 길 아래 세워진 눈에 거슬리는 간판은 매일 아침 나에게 "봇은 천국에 갈 수 없지만, 당신은 갈 수 있습니다! 회개하고 믿으세요!"라는 문구를 보여준다. 처음 나무들 사이로 튀어나온 그 간판을 본 순간, 나는 엉터리라며 웃었다. 그런데 그 순간도 이제는 매우 오래전 일처럼 느껴진다. 이제는 나조차 무엇이 맞는지 모를 정도다.

배고픔을 해결한 애널리에게 새 옷을 갈아입힌다. 내 어깨에 작은 몸을 기대게 해, 등을 두드려 트림을 시킨다. 내가 아기방 창문을 열어보기 위해 커튼을 살짝 걷어 올리자, 애널리는 아기답게 옅은 숨을 내쉬며 내 목덜미로 깊이 파고든다.

창문 너머로 해가 막 떠오르고 있었다. 길 양쪽에 늘어선 키 큰 나무들은 새로운 하루를 기대하며 기지개를 켜고 있는 것 같다.

광고판이 눈에 거슬렸지만, 내 눈은 그걸 지나쳐 함께 길을 공유하는 주변 집들을 본다. 황폐한 농가 스타일의 건물들, 진흙으로 된 진입로, 굽은 현관과 들판 같은 뒷마당. 그 풍경을 훑어보기만 해도 이곳이 조쉬와 내가 계획했던 곳은 분명 아니라는 걸 알 수 있다.

그중에서도 가장 흉한 건 옆집, 밥 캄피니의 집이었다. 그는 우리보다 한 달 늦게 이곳에 이사 왔다. 그가 이사한 집은 몇 년 동안 방치되어 있었다. 누군가 이런 곳에 살기로 했다는 사실에 그때도 놀랐지만, 지금도 여전히 놀라울 뿐이다. 특히 그 땅의 폭력적인 역사를 고려하면 더더욱 그렇다.

90년 전, 이 부지는 연쇄 살인범인 로이스 설리번이 소유한 단일 농장이었다. 그는 이 지역에서 유일한 유명인이다. 위키피디아에 실린 흑백 사진 속의 그는 자랑스럽다는 듯 미소를 지은 채 도끼를 들고, 발은 그루터기에 얹은 포즈를 취하고 있었다. 후에 그 그루터기는 그가 연인을 토막 내어 묻은 곳으로 밝혀졌다. 조쉬가 웃으며 나에게 반복해서 들려주던 라임이 있다.

장미는 빨갛고, 제비꽃은 파랗고, 그는 한 명이 아니라 스물두 명을 죽였고…….

당시에는 음울한 그 라임도 우리와는 거리가 먼 일이라 재미있게 들렸었다. 하지만 지금은 우리 발밑 땅 아래에 묻혀있을지도 모를 사람들의 토막 난 사지들을 자꾸 상상하게 된다. 경찰은 살해된 소녀 스물두 명의 시체를 결국 완전히 찾아내지 못했다.

밥의 집 앞마당에는 엔진으로 쓰였던 것으로 보이는 금속 용구들이 쌓여있었다. 입구에는 손으로 그린 듯한 커다란 표지판에 '밥의 육류 가공점'이라고 적혀있다. 글자 옆에는 웃는 얼굴을 한 연분홍색의 남자 만화 캐릭터가 멜빵바지를 입고 점프하며, 그의 발꿈치를 맞대고 있다. 그는 커다란 식칼을 들고 있는데, 그 건물의 역사를 고려하면 특히 으스스한 느낌이 든다. 육류 가공은 뒷마당에 있는 헛간에서 이루어졌다.

넓은 3,600평의 대지를 고려해 보면, 우리 집과 밥의 집은 멀리 떨어져 지어졌을 거라 생각하기 쉽지만, 실상은 하수도와 나무 몇 그루만으로 나뉘어져 있을 뿐이다.

"여기가 어디야?" 당황스러운 목소리를 숨기지 못한 내 질문에 조쉬는 대답했다. "짜잔! 촌캉스에 온 걸 환영해!" 이런 유머를 던지면서 말이다.

"옛날 농장터였는데 집터로 바뀌었어. 무엇보다도 숲으로 이어지는 사유지의 면적이 커서 좋아." 조쉬는 들뜬 목소리로 설명했다.

최악의 상황이라고 생각했다. 세상으로부터 고립되어 있지만 한데 뭉쳐있는 것. 멀면서도 너무 가깝게 여겨지는, 그런 곳.

애널리가 불안하게 몸을 흔들었고 나는 애널리를 앞쪽으로 돌려서 창문을 바라보게 했다. 나는 눈을 가늘게 뜨고 밥의 집을 가만히 쳐다본다. 커튼이 꿈틀거린 것 같다.

"바." 애널리가 손바닥을 앞으로 내저으며 유리를 친다.

"방금 밥이라고 했어?" 우연히 옹알이를 한 것이겠지만 나는 소스라치게 놀라서 묻는다.

애널리는 눈을 반짝이며 고개를 돌린다. "바! 바!"

나는 말도 안 되는 생각을 했다는 것에 웃을 수밖에 없었다.

"그래도 밥이 노력은 했네. 그렇지 않니, 아가야?"

실제로는 두 번의 노력이 있었다. 둘 다 꽤 놀라운 일이었다. 밥의 정원에는 봇에 반대하는 후보자를 위한 정치 문구 표지판들이 있었다. 그러나 사흘 전, 내가 아침에 동네를 살펴볼 때 그 표지판들은 감쪽같이 사라져 있었다.

하지만 정말 입이 떡 벌어지게 놀란 순간은 밥이 우리 집에 나타났을 때였다. 몇 달 동안 그를 몰래 지켜본 결과, 나는 그와 보통의 이웃처럼 잘 지내는 건 이미 포기한 상태였다.

하지만 어느 날, 그는 선물을 가져왔다. 그 방문은 물론 어색했다. 아마 내가 너무 과장되게 행동했던 듯하다. 그는 무뚝뚝하고 뻣뻣한 성격이었지만, 다정한 면 또한 있었고 나는 조쉬가 여행에서 돌아오면 함께 저녁을 먹자고 약속했다.

"사람이 변하기도 하나 보다, 아가야." 땀이 밴 손바닥으로 유리창을 계속 치면서 동시에 발길질하는 애널리에게 나는 속삭인다. 변한다는 것. 그건 밥뿐만 아니라 조쉬에게도, 나에게도 바라는 바였다.

나는 나 자신을 조쉬의 완벽한 퍼즐 조각이라고 상상하곤 했다. 어쩌면 내가 존재하게 된 첫날은 정말 그랬을지 모르겠다. 그리고 그 이후로 어쩌면 우리는 조금씩 그 완벽성에서 멀어진 걸지도 모른다. 하지만 밥이 저렇게 늦은 나이에도 180도로 바

뛰는 걸 보니 희망은 있었다. 어쩌면 나의 결혼도 모두가 생각하는 감탄할 만한 결혼이 될 수 있을지 모른다. 촬영하기에도, 생활하기에도.

그때 딩동, 하고 초인종이 울린다. 분명 조쉬일 것이다. 열쇠도 없을 테니까. 우리가 싸우고 나서 항상 그랬던 것처럼 후회하면서 돌아온 것이다. 애널리를 단단히 안고 나는 비스듬히 햇살이 비치는 쌀쌀한 타일 복도를 가로질러 뛰어 내려간다.

사랑한다고 말해줘야겠다. 내가 얼마나 우리 둘에게 희망을 품고 있는지도 말할 것이다. 그동안 힘들었지만, 더 좋은 날이 올 테니 계속 노력하면 우리가 원하는 대로, 우리가 되고자 했던 대로 될 거라고. 문손잡이에 손을 올리면서 나는 마음을 다잡았다. 조쉬가 돌아오는 것은 변화의 시작이기도 하다고.

5월 중순의 아침 햇살을 향해 문을 활짝 열어젖히는 내 얼굴에는 미소가 번지고 입술에는 사랑한다는 말이 머금어진다.

그러나 문 앞에서 마주한 건, 기대했던 조쉬가 아닌 두 남자였다.

한 명은 내가 조쉬 실종 신고를 할 때 접수를 받던 젊은 남자였다. 그 옆의 총을 지닌 중년 남자는 행크 미첼이라는 이름의 남자였는데, 키가 크고 덩치가 우람하다. 뿐만 아니라 정치적으로 우익에 가까웠고, 신스를 싫어한다.

미첼 보안관은 초면이 아니다. 지난가을에 우리 집에 왔었기 때문이다.

당시, 우리 집을 찾은 미첼 보안관이 단호하게 말했다.

"저희 부서에 이 동네에서의 민원 처리를 중단하도록 지시했습니다." 내가 바로 옆에 있었는데도 미첼은 조쉬만 바라보고 있었다.

"댁과 댁의 아내⋯⋯는 저희 경찰서를 힘들게 하고 있어요." 그는 '아내'라는 단어를 말할 때 살짝 기침하며 얼버무렸다. 나는 그 찰나의 순간에도 어떤 거부감을 느낄 수 있었다.

조쉬는 충격받은 표정으로 미첼에게 이야기했다.

"저, 보안관님. 이건 보안관님이 생각하시는 것보다 더 심각한 문제예요. 줄리아가 우리 우편물을 다 모아놨어요. 보시면 아시겠지만 지금 줄리아가 살해 협박을 받고 있다고요."

"사람들은 겁에 질려있어요. 그들을 탓할 수는 없죠." 미첼이 말끝을 흐렸다.

우리가 내어준 의자에 기대어 앉은 보안관의 눈동자는 마치 톱니바퀴와 나사가 내 몸 어디에 숨어있는지 찾아보기라도 하는 것처럼 나를 위아래로 훑었다.

조쉬가 손을 뻗어 내 손을 잡았다. 그는 목소리만큼이나 차갑고 단호하게 내 손을 꽉 쥐었다. "여긴 사유지입니다. 사람들이 내 아내를 어떻게 죽이고 싶어 하는지를 메일로 써서 보낸다고요. 위협을 받는 주민을 보호하는 것이 당신의 일 아닌가요?"

내 손은 자동으로 내 배를 덮었다. 거의 만삭 상태인 나에게는 이미 모성 본능이 불타고 있었다. 눈앞에서 대놓고 차별하는 남자에게서 아기를 보호해야 한다는 생각부터 들었다.

"여긴 자유 국가입니다. 인디애나주의 방식이 마음에 들지 않으신다면 이사를 하세요." 미첼 보안관은 말했다. 그는 천천히 서서 엉덩이를 앞으로 내밀고 허리를 쭉 뺐다. "오, 축하해요. 인간과 봇의 혼혈아인가요?"

"당장 여기서 나가요." 조쉬가 씩씩거렸다.

단 1초 만에 그 모든 장면이 내 머릿속에서 재생되었다. 호의적이지 않은 보안관을 바라보는 내 심장은 빠르게 뛰기 시작했고, 아기를 안고 있는 내 손아귀가 더욱 단단해졌다.

"무슨 일인가요?"

그러나 미첼 보안관은 지난번처럼 나를 훑지는 않았다. 그는 눈을 마주치지 않은 채, 모자를 기울여 인사했고 나는 저절로 뒤로 물러났다.

"줄리아 월든 부인?" 그는 확인하듯 묻는다.

"네." 나는 말한다.

조쉬에 관한 질문일 것이다. 이미 내 머릿속에서는 예상되는 몇 가지 질문들이 휘몰아치고 있었다.

미첼은 권총집을 매만지며 총과 수갑, 곤봉에 내 시선을 집중시킨다. 그에게 말 한마디를 쥐어 짜내고 싶은 충동이 온몸을 엄습하지만 나는 참는다. 머릿속에서 똑딱똑딱 소리가 들리는 것 같다. 마치 내 존재 전부가 고통스럽게 그가 빨리 말하기를 기다리는 것만 같다.

"질문이 몇 가지 있는데요, 월든 부인."

"무슨 질문이요? 제 남편은 찾으셨나요?"

그는 이 상황을 즐기는 듯 천천히 미소를 짓는다.

"들어가도 될까요? 앉아서 얘기하는 게 좋겠어요."

과거

조쉬를 처음 만나러 가는 리무진 안에는 일곱 명의 여자들과 함께였다. 그중에서 나는 두 명의 매혹적인 갈색 머리 여인들 사이에 끼어 앉았다.

천천히 달리는 차 안은 활기찬 수다 소리가 가득했다. 모두들 서로 어디서 왔는지, 무슨 일을 하는지, 몇 살인지 등을 물었다. 텍사스, 플로리다, 뉴욕 등에서 온 도시 여자들이 있는가 하면 시골에서 온 여자들도 있었다. 컨설턴트가 두 명, 변호사가 한 명, 개를 산책시키는 직종에서 일하는 여자와 단순히 배낭여행을 온 여자도 있었다. 한 여자는 모두의 인스타 팔로워 수를 묻더니 자신은 4만 명이라고 여러 번 말하기도 했다. 나 역시 100만에서 150만 명 정도의 팔로워를 가지고 있었지만 구태여 말을 보태지는 않았다. 기쁜 마음으로 댓글을 확인했다가 상처받았기 때문이다. 그제야 나는 모든 팔로워가 항상 팬은 아니라는 사실을 깨달았다.

리무진에서 내 경쟁자들의 얼굴, 몸매, 옷차림을 눈으로 훑어보면서 한 가지 알게 된 사실이 있다. 모두 비슷하게 생겼다는 것이다. 곡선미 넘치는 몸매와 다리, 다양한 색상의 길고 늘어진 웨이브 머리, 바닥까지 닿는 길이의 반짝이는 드레스 같은 것들을 보면 알 수 있었다. 이 사이에서 텍사스 여자의 텐션이 가장 높았는데, 뉴욕 여자는 입술이 삐죽 튀어나온 게 분명 텍사스 여자를 안 좋게 보고 있는 것 같다.

이미 인터넷에서 낯선 사람들에게 댓글로 판단받는 것처럼 곧 저들도 나를 판단할 것이다. 댓글에는 페미니즘에 또 다른 타격이나 참 한심한 일, 진짜 인간 여성들로는 충분하지 않다는 건가?와 같은 말들이 있었다.

신스는 여전히 찬반 논란이 있고, 어떤 사람들은 내 존재만으로도 불쾌감을 느끼기도 한다. 그걸 가르쳐 줄 SNS는 더 이상 필요 없었다.

나는 나 자신에 대한 모든 기본 정보가 입력된 채, 또 인문학을 전공한 20대 여성이라면 보통 알고 있을 지식을 모두 아는 채로 깨어났다. 하지만 아는 것과 경험하는 것은 역시 달랐다. 나는 이 여성들이 나를 좋아해 주길 바라는 마음이 너무 컸다. 그 탓에 어깨가 긴장되고 심지어 위장에 경련이 일었다. 이런 불쾌한 감각의 조합에 대해 내 마음은 재빨리 '불안'이라는 이름을 붙인다.

"이제 조쉬를 만나기까지 몇 분밖에 안 남았네요!" 내 왼쪽에 있는 갈색 머리 여자가 말한다. 개 산책이 직업이라던 여자다. 그녀에게서는 백합꽃 냄새와 헤어스프레이 냄새가 난다.

"와, 떨려서 죽을 것 같아!" 텍사스 여자는 매니큐어로 칠해진 자기 손으로 부채질한다. "기사님, 에어컨 좀 더 세게 틀어줄 수 있을까요?" 그녀는 칸막이 창문 쪽으로 몸을 기울인다. "기사님! 에어컨 좀 최대로 틀어주세요! 더워 죽겠어요!"

리무진은 촬영을 위해 마련된 저택 뒤쪽의 임시 텐트에서 저택 앞쪽 마당으로 가고 있었다. 카메라들이 켜진 가운데 그 마당에서 처음 조쉬를 만나기 위해 우리가 한 명씩 리무진에서 나올 예정이었다.

한 대당 여덟 명을 태운 리무진이 세 대니까 총 스물네 명의 참가자가 있는 것이다. 제작진 중 한 명이 설명하기를 오늘 밤 파티가 끝나고 열여덟 명만 남게 될 거라고 했다. 조쉬가 첫인상에서 매력을 느끼지 못한 여섯 명의 여자가 탈락한다는 뜻이다.

계산을 해보니, 오늘 밤 조쉬와의 시간은 제한되어 있다. 그러니 모든 말, 모든 제스처가 다 중요할 것이다. 비록 내가 조쉬를 염두에 두고 만들어졌지만, 조쉬가 직접 나에게 자기가 원하는 것을 집어넣어 설계한 것이 아니므로 나는 앤디와 그의 팀이 조쉬에 대해 충분한 조사를 했기를 바랄 뿐이다. 나의 세부 사항이 그의 모든 욕망에 완벽하게 부합할 것이라 믿고, 마치 손깍지를 끼듯 맞아떨어지길 바랐다.

"조쉬에 대해 말해줄 수 있어요?" 나는 〈더 프러포즈〉 촬영팀에게 끌려가기 전에 앤디에게 속삭였던 말을 떠올렸다.

"그는 빨간 머리를 좋아해요." 앤디가 농담처럼 가볍게 대답했다. "진심이에요. 당신은 정말 멋있게 보일 거예요. 자신 있게 행동해요. 긴장하지 말고. 알았죠?"

"긴장이 절 이길 수 있나요?" 내가 받아치는 순간, 배 속에서 꾸르륵 하고 큰 소리가 났다.

"그건 댐퍼에서 나는 소리예요." 그는 내 유머러스한 답변을 알아채지 못한 채 말했다. "심호흡을 해요. 필요한 건 여기 다 있으니까요." 그는 자신의 심장 쪽 가슴을 쳤다. 물론 나는 그가 가리키는 게 내 마음이라는 것을 알고 있었다.

"누군가 깊은 생각에 잠겨있네요." 텍사스 여자의 말에 나는 과거에서 리무진으로 다시 돌아왔다. 갑자기 이 공간이 썰렁하게 느껴졌다.

"그냥 긴장해서 그래요." 나는 들뜬 웃음을 지으며 말한다.

"근데 어디서 왔어요, 레드? 이름은 뭐예요?"

나는 얼굴이 붉어지는 것을 느낀다.

"줄리아예요. 여기, 캘리포니아 출신이고요."

"줄리아는 무슨 일을 하시나요?"

"아, 저는……." 차가 속도를 줄이는 게 느껴졌다. 나는 입술을 축였다. "다 온 거예요?"

여자들은 난리를 치며 모두 어두운 창문에 밀착했다. 조쉬의 모습을 조금이라도 볼 수 있을까 싶어서였다. 정신없는 틈에 나방의 날개처럼 섬세한 무언가가 내 팔을 스친다. 나는 반사적으로 놀라 짧게 비명을 질렀다. 내 팔에 닿은 건 텍사스 여자의 머리카락이었다.

"놀랐잖아요." 나는 숨을 내쉬며 웃는다.

"미안해요. 대답을 못 들어서요." 그녀는 엉덩이를 흔들며 내 옆에 앉는다. "그래서…… 무슨 일을 하신다고요?"

"아! 음, 음, 저는……." 나는 헛기침을 한다. 나는 그녀에게 내 정체에 대해 말할 수 없다. 내가 누군지 가장 먼저 알아야 할 사람은 조쉬다. "저는 지금은 좀…… 일을 찾고 있어요." 왜 죄를 짓는 것 같은 느낌일까?

"하나 말해줄까요?" 텍사스 여자는 눈을 가늘게 떴다.

"뭘요?"

"나는 사람들의 더러운 비밀을 캐내는 걸 굉장히 잘하는데, 난 당신에게 뭔가 있다고 생각해." 그녀의 장난스러운 목소리에는 악의가 가득하다. 텍사스 여자의 손이 내 얼굴을 향해 다가온다. 나는 본능적으로 손을 내밀어 그녀의 손목을 꽉 쥔다.

한순간, 우리는 둘 다 얼어버린 것처럼 군다. 그녀의 손이 추켜올려졌고 내 손가락들은 쇠고랑처럼 그녀의 손목을 감싼다. 우리는 둘 다 놀라서 눈이 동그래진다. 잠시 멈춘 듯했던 시간이 다시 흐르는 것이 느껴진다. 나는 황급히 그녀의 손목에서 손가락을 떼고 두 손을 모두 올린다. 손바닥은 바깥쪽을 향했다.

"아, 미안해요." 나는 숨을 헐떡인다. 방금 무슨 일이 있었던 거지? 나의 본능이 말한다. 스스로를 지켜야 한다고.

"마스카라 번진 거 지워주려던 거야, 이 나쁜 년아." 그녀는 손목을 가슴에 모으고 가쁜 숨을 몰아쉰다. "너 무슨 문제 있는 거 아냐?"

내가 신스라는 사실을 가장 먼저 알아야 할 건 조쉬라고 생각하면서도, 나는 지금 당장 정체를 발설하고 싶어진다. 다른 사람을 해치지 않도록 프로그래밍되어 있다고도 알리고 싶다. 텍사스 여자가 공격한다 해도 나는 그녀를 해할 수 없다고. 물론 내가 인간을 해칠 수 있는 유일한 예외는 있다. 하지만 나는 구토하듯 쏟아지려는 말들을 억지로 주워 삼킨다.

"놀라서 그랬어요……." 나는 겸손하게 말한다. "미안해요."

"제기랄." 그녀는 제법 공격적인 태도로 불쾌감을 표현했다.

나는 갑자기 우리에게 여러 여자의 관심이 집중된 것을 알아차렸다. 그들의 얼굴은 꽤 재미있는 상황을 보고 있다는 듯, 흥분한 것처럼 보였다. 나는 어떻게 해야 할지 몰라 입술을 깨문다. 나 대신 텍사스 여자가 상황을 정리했다.

"캘리포니아에서 온 줄리아, 네가 알아야 할 속담이 있어. 텍사스는 건드리지 마라. 왜 그런지 알아?"

"왜죠?" 나는 아무 생각 없이 말했다가 즉시 후회한다.

"우린 여자를 엿 먹이는 방법을 알거든."

다른 여자들이 웃음을 터뜨린다. 하지만 나는 그 가벼운 미소조차 지어지지 않았다. 사랑을 찾기 위해 이 쇼에 출연한 내가 제일 먼저 맞닥뜨린 감정은 증오였다.

"저는 적을 만들러 여기 온 게 아니에요." 당당한 척하며 말하기는 했지만 나조차도 기어들어 간 목소리에서 나약함을 느낄 수 있다.

텍사스 여자가 미소를 지었다. 흰 치아가 드러나면서 립스틱이 더 짙게 보인다.

"친구를 사귀러 온 것도 아니잖아?"

현재

"앉으세요." 나는 주방 휴게 공간에 있는 의자를 향해 손짓하며 말한다. 두려움이 뱃속 깊은 곳에서 끓어오르지만 아무렇지 않은 척한다.

조쉬가 돌아오지 않았을 때 처음엔 당황하지 않았다. 심지어 그가 메시지에 답이 없었을 때도. 우리는 화를 내며 헤어졌다. 그러니 아마도 그에겐 시간이 더 필요했을 것이다.

그런데 월요일 아침, 내 전화는 음성 사서함으로 바로 연결되었다. 조쉬의 휴대폰이 고장 났나? 아니면 그가 나를 차단한 것일지도 모른다. 거기서부터 최악의 시나리오가 시작됐다. 다시 그를 볼 수 없으면 어쩌지? 화내고 작별 인사 한 게 마지막이라면?

화요일, 나는 뭔가 끔찍한 일이 일어났음을 알았다. 비록 그 끔찍한 일이 그가 자신의 자유 의지로 나를 떠나는 것이더라도 말이다. 그제야 나는 실종 신고를 했다. 신고한 이후로 지난 스물네 시간은 마치 영겁의 시간처럼 느껴졌다.

보안관들이 집으로 찾아온 지금도 나는 뭐든 들을 준비가 되어있지 않았다. 명확하지 않은 두려움과 잔혹한 해결 중 더 나쁜 건 무엇일까?

나는 보안관들에게서 등을 돌리고 애널리를 높은 아기 의자에 앉힌다. 장난감으로 쓸 수 있게 부드러운 숟가락을 고사리 같은 손에 건네준다. 빈 그릇 옆에 얌전히 앉은 캡틴이 거의 사람 소리에 가까운 낑낑거리는 소리를 길게 냈다. 배고프다는 신호였다.

"잠시만요. 개 사료 좀 주고요." 남자들에게선 침묵이 흐른다. 나는 곁눈질로 그들을 쳐다본다. 미첼 보안관의 시선은 정말 꿰뚫어 보는 듯 날카롭다. 하지만 그의 부관은 다르다. 놀라움, 호기심, 그리고 욕정이 뒤섞인 표정으로 나를 본다. 서양인의 시선으로 내가 아름답게 만들어졌다는 걸 안다. 가끔은 그게 기쁘기도 하지만, 거의 악의적인 기쁨이랄까. 마치 내 아름다움이 일종의 복수처럼 느껴질 때도 있다. 날 미워할 수도 있겠지만, 그래도 나를 원할 거라는 당당하고 악의가 가득한 마음. 하지만 대부분 저런 시선은 일을 훨씬 더 복잡하게 만든다. 나는 뒤통수가 따가워지기 시작한 감각을 억지로 무시하려고 애쓴다.

"커피나 물 드릴까요?" 습식 개 사료가 담긴 용기를 찾으러 냉장고로 향하면서 말한다. 둘 다 더 이상 기다릴 인내심 같은 건 없어 보였다.

"물 부탁드립니다." 내가 분홍색 습식 사료를 캡틴의 그릇에 담아주자 부관이 말한다.

미첼 보안관이 의자를 뒤로 젖힌다. "큰 개네요. 세인트 버나드인가요?"

"버니즈요." 캡틴이 밥을 먹기 시작하는 걸 보면서 나는 정정해 준다.

"그 사료는 집에서 만든 건가요?" 보안관이 묻는다. 나는 자동으로 질문 뒤에 숨은 뜻을 캐치한다. 집에서 사료를 만들 정도로 사람들이 개를 그렇게 아끼나? 당신은 개를 돌볼 줄 알기나 해? 물론 이런 말들은 언제나 다양하게 해석할 수 있다. 내가 받아들인 의미가 너무 부정적이라면 그저 나의 편집증일지도 모른다.

"이웃이 준 거예요." 나는 용기를 밀봉하고 냉장고 안 이유식 용기 옆에 넣는다.

"어느 이웃이요?"

"옆집에 사는 밥이요."

"둘이 친해요?"

나는 말투를 가볍게 바꾼다. "그는 작년에 이사 왔어요. 우리가 온 바로 다음에. 제가 바나나 빵을 가져다줬죠."

나는 밥이 집에 있을 때 내가 막 구운 따뜻한 빵을 가져갔으나 그가 문을 열어주지 않았다는 사실은 굳이 언급하지 않았다.

"밥은 육가공 공장을 운영해요. 그가 일요일에 이걸 가져왔죠. 일종의…… 늦은 집들이 선물이었던 것 같아요."

"꽤 늦은 선물이네요." 보안관이 말한다.

"그렇죠." 나는 희미하게 작은 소리로 말한다. 왜 내가 하는 모든 말이 나 자신을 비난하는 것 같은 기분이 들까? 사람들의 시선이 불안한 나는 물 두 잔을 따르면서 스스로 생각한다. 잔을 남자들 앞에 놓을 때쯤 잔들이 미세하게 떨린다. 나는 그들의 맞은편 의자에 앉아, 떨리는 손을 다리 사이에 숨긴다. 심장이 두근거리고 머리가 쾅쾅거린다. 내 안의 또 다른 내가 '조심해'라고 끊임없이 외치는 바람에 생각을 정리하기가 어렵다.

"아담스?" 미첼 보안관이 부관을 바라보며 말한다.

"네, 말씀드리죠. 부인, 남편분의 차를 찾았습니다. 여기서 서쪽으로 약 두 시간 떨어진 숲으로 고속도로를 벗어나 굴러떨어져 있었습니다. 벨몬트 공원에서 몇 마일 떨어진 곳입니다."

부관의 이야기를 듣자, 천둥이 온몸을 때리는 기분이다. 조금은 격해진 숨을 내뱉으며 나는 조심스레 묻는다. "조쉬는요?"

"현재로서는 알 수 없습니다." 부관은 적어도 걱정하는 표정을 짓는다. "혹시 그에게서 연락이 왔나요. 부인?"

미첼 보안관은 의자 뒤로 더 깊숙이 기대며 두 다리에 체중을 싣는다. 그의 눈은 마치 내가 조쉬를 어딘가에 숨기고 있는 건 아닌지 의심하는 듯 이리저리 살핀다.

나는 '아니야'라는 말을 삼킨다.

애널리가 숟가락을 두드리며 불평의 소리를 내기 시작한다.

"마-마-마-마."

"차가 발견된 숲을 수색 중입니다." 아담스 부관이 작은 메모지를 꺼내며 계속 말한다.

"일부 주민들이 수색대를 조직하고 있습니다. 인근 병원에도 연락했습니다. 아직은 아무것도 찾지 못했어요. 남편분이 하이킹 여행 중이라고 하셨죠? 어디에서 하룻밤을 보냈는지 아세요?"

"저…… 잘 모르겠어요. 조쉬는 텐트를 챙겨서 갔거든요." 나는 입술을 핥으며 곰곰이 생각했다. "그리고 일요일에 앤디를 만난다고 했어요. 앤디 웨크스타인이요."

"웨크테크의 앤디 웨크스타인이요?" 아담스 부관의 눈썹이 헤어라인을 따라 올라간다.

나는 고개를 끄덕인다.

"둘이 같이 하이킹을 한다고요?" 아담스는 의심스러운 표정을 짓는다. 마치 나를 설계한 남자와 내가 같이 자는 남자가 자연스럽게 친구가 되기는 힘들 거라는 듯한 얼굴이다. 그렇게 생각하는 것도 무리는 아니다.

"아침 식사를 같이한다고 했어요." 내가 말한다.

"어디서요?"

"아마 식당이겠죠?"

"그 둘이 잘 지내요?"

"친해요." 내가 뱉고 있는 건 하얀 거짓말이지만, 왜 이야기가 앤디에게까지 뻗는 걸까?

"그럼 웨크스타인 씨가 당신 남편을 마지막으로 본 사람일 수도 있겠네요." 아담스가 메모장에 뭔가를 쓰며 말한다.

"아뇨. 조쉬는 나타나지 않았대요."

내가 이 사실을 알고 있는 이유는 월요일 아침에 조쉬와의 전화가 음성 사서함으로 넘어간 후, 앤디와 통화했기 때문이다.

"안녕, 앤디." 내가 말했다. "어젯밤 조쉬가 집에 안 들어왔어요. 아니, 당황할 필요는 없지만…… 어제 같이 아침 식사 하려고 그를 만났죠? 언제 집에 온다고 말하던가요?"

"그는 약속 장소에 안 왔어요." 앤디가 말했다. "미안해요. 바로 말했어야 했는데. 하지만 두 사람 사이에 더 이상 문제가 없었으면 해서요." 그리고 한 치의 망설임도 없이 말을 이었다. "당신 괜찮아요? 필요한 게 있으면 말해요. 바로 갈게요."

"아, 아니에요. 별일 없어요." 나는 앤디를 더 놀라게 하고 싶지 않아 이렇게 말했다. 심지어 괜찮을 거라고 웃음소리도 더 했다. 하지만 내 두뇌는 질문들로 가득 찬 회전목마처럼 빙빙 돌고 있었다.

"아마도 그가 말한 여행이 이틀이었나 봐요. 제가 토요일 밤 와인을 좀 많이 마셔서 기억이 좀, 흐릿하네요. 제가 과음한 이유엔 당신도 지분이 있죠. 하하."

조금이 아니고 많이 흐릿했다. 내가 기억할 수 있는 것조차도 실체가 분명하지 않은, 희미한 것들이다. 인상, 유령 같은 빛, 내가 똑바로 보려고 할수록 더욱 흐려지는 것들.

짧은 나의 인생에서 취한 적은 거의 없었다. 그런 내가 병째로 와인을 마신 바로 그 밤이 기억해야 할 가장 중요한 날이라는 건 즉, 조쉬를 마지막으로 본 날이라는 건, 참으로 아이러니하다.

"남편분은 얼마나 자주 여행을 다녔나요?" 아담스가 묻는다.

"두 번 다녀왔어요. 이번 여행 전에, 그리고 우리가 결혼한 이후로요." 나는 남자들을 살핀다. "단서라도 있나요?"

"한두 번이라……." 미첼 보안관이 작게 읊조렸다. 너무나 가벼운 목소리의 톤이 내가 그를 신뢰하지 못하게 만든다. "우선, 몇 가지 개인적인 질문이 있습니다."

"물어보세요."

"토요일에 남편분이 떠난 후 부인께서는 어디에 계셨죠?"

"집에 있었죠. 식료품점에도 들렀고, 또…… 약국에도 들렀어요. 유아용 타이레놀을 사야 했거든요. 저, 얼마나 더 자세히 알려드려야 해요?"

모든 것, 세세한 것까지 다 말할 수 있다. 다만 토요일 밤, 문제가 되던 부분에 대해서는 조금 애매하게 넘어가야겠다.

"필요할지 모르니 부인의 지난 나흘 동안의 동선에 대해 자세히 설명해 주시겠습니까?"

"그러죠."

"이웃 중 한 명이 새벽 두 시에 여자가 비명을 지르는 소리를 들었다고 신고했습니다." 미첼은 말한다. "아마 토요일 밤이었을 겁니다."

"일요일 새벽입니다." 아담스가 정정한다.

등골이 오싹해졌으나 나는 어깨를 으쓱한다. "저는 자고 있었어요." 그 말이 내 입을 떠나는 순간, 나는 그 말이 사실임에도 불구하고 내 말이 얼마나 가식적이고 그런 척하는 것으로 들릴지를 깨닫는다. 실제로 와인이 나를 기절시키긴 했다. "그 소리가 저 숲에서 났다면……." 나는 뒤쪽을 향해 막연하게 손짓한다.

"여우 소리, 아니었을까요?"

아담스 부관이 고개를 끄덕이며 상사에게 말한다. "여우의 울음소리는 여자가 잔인하게 살해당하는 소리처럼 들리기도 하죠. 아니면……." 그의 뺨이 분홍색으로 변한다. "여긴 예전에 로이스 설리번이 살인을 저지른 곳이죠. 그때 살해당한 여자들이 비명을 지르며 숲속을 돌아다닌다고들 하더군요. 그들은 사라진 팔다리를 찾을 때까지 쉬지 못한다고 합니다."

미첼 보안관은 그의 부관이 하는 말을 무시하고, 다시 질문을 시작했다. "남편과 마지막으로 연락한 게 언제였나요?"

"일요일 아침이요." 나는 주저 없이 말했다. 설리번에게 희생당한 유령들이 기어다니는 상상을 날려버리기 위해서. 일요일은 확실했다. "그가 메시지를 보냈어요."

"그 메시지 좀 볼 수 있을까요?"

나는 휴대폰을 들고 잠금을 해제한다. 마지막으로 받은 그의 메시지는 일요일 오전 다섯 시에 온 것이었다.

— 좋은 아침, 자기야! 여긴 수신이 잘 안 돼서…… 사랑해.

나는 여섯 시 삼십 분까지 응답하지 않았고, 키스 이모티콘과 함께 간단한 굿모닝 인사와 행운을 빈다고 답장했다.

이전 메시지가 보이지 않도록 주의하며, 나는 보안관에게 휴대폰을 보여준다.

"집에서 남편과 무슨 문제가 있었나요?" 그가 찡그린 얼굴로 휴대폰 화면을 보며 말한다.

"문제요?" 빠르게 휴대폰을 다시 가져왔다. 나도 모르게 인상을 써서 이마에 주름이 잡혔다.

"기물 파손을 말하는 건가요?"

쥐 죽은 듯 침묵이 흐른다. 애널리도 이제 조용해졌다. 숟가락을 빨아대느라 통통한 턱을 따라 침이 흐르고 있다.

"제 생각에 서장님이 말씀하시는 바는, 부인, 안됐지만 이런 종류의 사건에서는 보통 배우자가 연루되어 있다는 뜻입니다." 아담스 부관이 말한다.

"가서 차 시동 걸어, 아담스." 미첼이 끼어든다.

아담스는 머뭇거렸다. 잠시 그는 무슨 말을 할 것 같은 표정을 짓더니 상사에게 고개를 끄덕이며 인사하고는 걸어나간다.

미첼 보안관은 천천히 일어나 거만하게 허리를 쭉 폈다. 마치 힘을 과시하는 것처럼. 그와 단둘이 있는 일분일초가 고문처럼 느껴진다. 그는 오른쪽 어깨를 돌리고 나서 바로 왼쪽 어깨를 돌린다.

"오늘 수색대를 보낸다고요?" 나는 마침내 그의 침묵이 주는 압박에 굴복해 입을 뗀다.

"맞습니다. 이웃들과 오늘 오후 추락 현장에서 만날 거예요. 부인도 오실 건가요?"

나는 애널리를 바라보다가 다시 그를 바라본다. 벨몬트 릿지는 두 시간이나 떨어진 거리다. "전…… 갈 수 있을지 모르겠어요. 아기가……."

그는 내게 알겠다는 듯 미소를 지으며 말한다.

"아무도 부인이 오리라고 생각하지 않을 거예요."

"남편이 돌아왔으면 좋겠어요." 내가 말한다. 진심인 이 말조차 마치 연기하듯 들릴 것이라고 느껴지는 건 왜일까.

입가에 유령 같은 미소를 머금은 미첼 보안관이 돌아서서 부엌 밖으로 걸어나간다.

"우리 집 조사는 끝난 건가요?" 나는 애널리를 높은 의자에 앉힌 채로 그를 따라 나가며 도전적으로 묻는다.

"지금으로서는요." 현관문에서 그는 나를 쳐다본다. 그의 목소리는 무덤덤하다.

"제가 어떻게 생각하는지 알고 싶은가요, 부인?"

무겁게 내려앉은 긴장감이 내 목을 옥죄어 대답할 수가 없다.

그는 모자를 벗더니, 여유로운 미소를 지어 보인다. "부인이 남편분을 죽였다고 생각해요."

숨이 막혔다. 어떤 말도 내뱉지 못하는 내 귀에 작은 비명이 들린다. "바바! 마-마-마!"

그는 씩 웃는다. "아기가 참 귀엽네요."

과거

여자들이 한 명씩 리무진에서 내렸다. 이 안에서는 밖에서 무슨 일이 벌어지고 있는지 볼 수 없다. 주변이 조용해졌다. 한 여자는 명상하는 것 같았고, 또 다른 여자는 심호흡을 과하게 했다. 나는 마치 총을 겨누듯 나를 주시하는 텍사스 여자의 눈을 무시하려 애쓴다.

쳐다보는 것만으로도 그녀는 내가 신스라는 걸 알아차릴 수 있는 걸까? 조쉬도 나를 보자마자 알까? 내게 인간처럼 보이지 않게 만드는, 뭔가 불완전한 것이 있나? 그걸로 인해 내 사랑이 더 어려워질까?

신스와 인간이 서로 사랑하는 건 정말 불가능한 걸까?

나는 손목 안쪽 피부를 엄지손톱으로 꽉 눌러 반달 모양이 나타났다가 사라지는 것을 지켜본다. 다시 눌러 또 모양이 희미해질 때까지 눠둔다. 아무리 보아도 정상적인 사람의 피부 같다. 아픈 정도도 정상적이다. 하지만 이게 정상이라고 어떻게 확신할 수 있을까? 내가 느끼는 만큼 정말 그들도 느끼는 걸까?

'집중해.' 나는 스스로를 다그쳤다. '너는 조쉬를 완성하도록 설계되었어. 그게 가장 중요하지.'

텍사스 여자는 마지막에서 두 번째로 리무진에서 내렸다. 나는 그녀가 내리면서 마지막으로 내게 날카로운 발언을 할지도 모른다는 생각에 긴장했다. 하지만 차 문이 열리는 순간, 그녀는 나 같은 건 신경 쓰지도 않는다는 듯 조쉬에게 행복한 빛을 발산한다. 차 문이 쾅 닫히고, 이제 차 안에는 나 혼자 남았다.

창문 밖의 소리가 들리지 않는, 이 정적 속에서 내 숨소리가 고르지 못하게 느껴진다. 다음 차례는 나였다. 나는 조쉬에게 뭐라고 말해야 할까?

'안녕. 난 줄리아예요. 나는 신스예요! 아니, 안녕, 조쉬! 난 신스예요. 줄리아라고 불리죠.' 연습할수록 점점 나빠지는 것 같다. 신스라고 꼭 먼저 말할 필요는 없겠지? 자연스러운 게 더 좋은 거잖아. 지금 내가 자연스럽자고 하는 행동이 사람들의 눈에도 자연스럽게 느껴진다면 말이다.

나는 일어서면서 하이힐 끈 때문에 발목에 물집이 잡힌 것을 알아차린다. 어차피 지금은 보는 사람도 없으니 나는 구두끈의 작은 버클을 풀어버린다.

이내 문이 열리고 운전기사가 손을 내민다. 내가 우아하게 차에서 내리는 것을 돕기 위해서다. 그러나 나는 우아함을 뽐낼 새도 없이 중심을 잃어 비틀거렸다. 구두끈을 잠시 풀었다는 사실을 잊고, 기다리던 순간을 망친 것이다.

나는 최대한 당황스러워하는 감정을 숨기며 몸을 곧게 폈다. 검지로 구두끈을 다시 잠그는 것도 잊지 않았다. 비록 엉성했지만. 몸을 일으키고 쳐다본 맞은편에는 조쉬가 있었다.

우리 주변에 여러 대의 카메라가 은밀하게 배치되어 있다는 걸 알고 있다. 하지만 이 순간, 그런 것들은 중요하지 않다.

"안녕하세요." 그를 제외한 모든 것이 희미하게 느껴졌지만 애써 티 내지 않고 인사한다.

조쉬는 멋있었다. 갈색 머리에, 깔끔하게 면도를 하고 슬림하게 재단된 정장 바지 주머니에 손을 넣고 있다. 그는 나를 살피더니, 움푹 파인 보조개 두 개와 함께 만족스러운 듯 고개를 끄덕인다. 나는 웃는다.

그는 키가 크고 어깨도 넓었다. 그의 파란 눈은 날렵했고, 날카로운 코는 오똑했으며, 각진 턱은 강해 보였다. 언제든지 터져 나올 것 같은 팽팽한 에너지가 그의 몸에서 느껴졌고, 꼭 맞는 슈트 아래 근육도 마찬가지다.

나는 이미 그와 함께 스카이다이빙하거나, 짚라인을 타고 내려가거나, 상어와 함께 헤엄칠지도 모른다는 상상을 하고 있다. 웃고, 키스하고, 언젠가는 예쁜 아기를 낳을지도……. 순식간에 내 볼이 얼얼해진다.

"얼굴이 빨갛네요." 그가 뒤꿈치를 올렸다 내렸다 하며 놀려댄다.

"미안해요. 그냥, 당신은 정말……." 잘생겼다. 섹시하다. 완벽하다.

그는 눈썹을 올리며 다음 말을 기다린다.

나는 허리를 굽혀 웃고 다시 편 후, 손으로 머리를 쓸어내리고는 오른쪽 어깨 위를 매만진다. "죄송해요. 다시 시작할 수 있을까요? 안녕하세요! 전 줄리아예요."

그는 나를 향해 양손을 뻗는다. "안녕, 줄리아. 조쉬예요."

나는 앞으로 걸어나가 그의 손을 잡는다. 그의 약지에 있는 작은 문신이 눈에 띄었다. 하지만 내가 질문하기도 전에 그는 구두끈이 거의 풀린 내 신발을 보고 웃으며 이렇게 말한다. "편한 스타일이군요. 맘에 들어요."

"난 당신이 좋아요." 나는 얼굴을 찡그린다. "앗, 제가 방금 이 말을 소리 나게 한 건가요?"

"괜찮아요. 난 과감한 여자가 좋거든요."

잠깐 놀란 듯한 표정을 짓던 조쉬가 다시 한번 여유롭게 웃었다. 그의 미소에 뺨뿐 아니라 몸 전체가 따뜻해짐을 느낀다. 이런 감정들은 예상한 것보다 더 좋은 느낌이다. 모든 것이 동시에 부드럽고 날카롭게 느껴질 수 있다니. 마치 내 몸을 누군가 만지는 것처럼 누군가의 시선이 내 몸을 타고 열기를 남기며 흐르는 느낌이었다.

"그 문신은 뭐예요?"

"아!" 그는 잡은 손을 빼서 내가 볼 수 있도록 주먹을 쥔다. 약지와 손가락 마디 사이에 화살표 모양의 문신이 있다.

"이 쇼 찍기 전에 새긴 거예요. 이걸 볼 때마다 나에게 이 과정을 믿으라고 스스로에게 상기시키려고요. 제 마음을 따라가다 보면 결국에는 올바른 장소에서, 올바른 사람과 함께 이 손가락에 반지를 끼게 될 거라고요."

"그거 좋네요." 그가 다시 내 손을 잡는다.

"당신도 문신이 있어요?"

"아직은 아니에요." 나는 미소를 짓는다.

몇 초 동안 우리는 말없이 서로를 바라본다. 어디에선가 리듬을 타는 똑딱똑딱 소리가 들린다.

"이건 무슨 소리일까요?" 나는 고개를 갸웃거렸다.

"아, 이거……." 조쉬가 왼쪽 손목을 들어올린다. 큰 은색 시계가 그의 손목에 걸려있었다. 시계에는 파란색 바탕에 시와 분을 가리키는 작은 줄이 그어져 있다.

"소리가 선명하네요." 한 번 의식하니 계속 들리는 것 같다. "거슬리지 않아요?"

"저는 계속 듣고 있어서 그런지 별로 신경 쓰이지 않았는데. 음, 시계를 뺄까요?"

"아니에요. 괜찮아요." 나는 웃었다.

조쉬의 제스처는 참 다정해서 너무 달게 느껴진다. 하지만 벌써 사랑에 빠질 수는 없다. 그건 바보 같은 짓이니까. 하지만 머리와는 달리 내 뱃속에서는 이미 소용돌이가 치기 시작했다. 몸에 열이 오르고 자석처럼 이 남자를 향해 끌린다.

너무 강렬하고 너무 리얼하다. 사랑에 빠진 모든 여자들이 이런 기분을 느끼나? 이렇게 현기증 나도록 좋은 기분을?

"그래서…… 줄리아, 당신에 대해 말해봐요. 어디서 왔어요? 무슨 일을 해요?"

"전 여기 출신이에요. 캘리포니아요. 저는, 음……. 기술직이라고 말할 수 있겠네요." 다음에 할 말은 나를 서두르게 만든다. "하지만 솔직히 말해서 지금 여기 당신과 함께 있으니 그런 건 중요하지 않은 것 같아요." 내 얼굴이 곧장 더 붉어진다. 진심을 담아 전했지만 내 말이 얼마나 과장되게 들릴지 안다. "제 말은, 저는 그저 현재를 소중히 여기는 사람이라는 거죠. 이런 기회를 잡은 게 정말 감사하고…… 앞으로 우리가 어떻게 될지 빨리 보고 싶네요."

"현재를 소중히 여긴다는 거, 좋네요."

그가 간단한 대답으로 마무리를 짓자 내 얼굴에 미소가 번진다. 나는 나에게 포커스를 맞추는 것을 제발 피하고 싶다.

"그럼…… 당신은 무슨 일을 하세요, 조쉬?"

"저는 건강 보험 중개 회사의 영업 관리자예요. 지루한 일이지만 돈은 벌어야 하니까요."

"여기 캘리포니아에서요?"

"인디애나에서요. 그다지 신나는 곳은 아니지만 가족을 꾸리기엔 좋아요. 넓고, 자연과 가깝고요."

"소 같은 걸 키우는 건가요?" 나는 궁금한 듯 묻는다.

그는 크게 웃는다. 기분 좋은 꽉 찬 웃음소리다. "소, 옥수수, 냄비들. 네, 그래요. 그런 것들이 다예요."

"저는 그런 것도 좋아해요."

"벌써 운명이라고 생각하게 만드는 거예요?" 내가 다시 얼굴을 붉히자 그가 웃는다.

얼굴 붉힐 일이 끝이 없는 것 같다. "자, 그럼 안에서 볼까요?"

"네." 나는 그를 마지막으로 한 번 더 바라보며 말한다. "음, 조쉬, 저는 정말로······."

"나도 당신이 떠나지 않았으면 좋겠어요." 내 말에 잠시 모든 걸 멈춘 그가 낮은 목소리로 끼어들었다. "줄리아." 약간 허스키한 소리인 것 같기도 했다.

"지금은 잠깐 떠나는 거잖아요." 내가 놀리는 듯한 미소를 지으며 말한다. "저는 쉽게 떠나는 그런 여자가 아니에요. 하지만 그렇다고 그런 저에게 너무 익숙해지지는 마시고요."

아쉬움이 가득해 보이는 조쉬와 헤어진 나는 걸어가는 동안 그의 시선이 나를 향해 타오르는 것을 느낄 수 있었다.

이제 저택 안으로 들어간다. 거기에는 여자들이 기다리고 있다. 경쟁심을 불태우는 이들이 가득한 소굴로 들어가는 것이다.

현재

1분 전, 보안관이 타고 떠난 순찰차 소리가 완전히 사라졌다.

애널리가 부엌에서 옹알이를 하지만, 나는 여전히 로비에 서서 주먹을 불끈 쥔 채 분노하고 있다.

거짓말이었다. 조쉬가 하룻밤을 보낸 캠핑장 이름은 기억하고 있었다. 그리고 레스토랑 이름도. 남편이 어디에 있었는지, 아니면 적어도 어디에 있어야 했는지도 알고 있었다.

그 순간, 미첼과 아담스에게 그 정보를 숨긴 건 별생각 없이 한 행동이었다. 〈더 프러포즈〉 리무진에서 나를 향해 손을 뻗는 카밀라의 손목을 잡았을 때의 본능과도 같은 거였다. 자신을 보호해야 한다는 본능. 그리고 보안관 미첼이 내가 남편을 죽였다고 생각한다고 말할 때, 내 본능이 옳았음을 깨달았다.

그들은 조쉬를 찾는 데 관심이 없다. 그들이 신경 쓰는 건 조쉬의 실종을 내 탓으로 돌리고, 일어나지도 않은 범죄를 만들어

내어 나를 감옥에 가두는 것이다.

　내가 표적이 된 건 놀랍거나 새롭게 여길 일도 아니다. 내가 처음 SNS에 글을 올렸을 때부터 사람들은 나를 찾아왔다. 하지만 드레스를 입은 여자들이나 스프레이를 든 남자들에게 미움을 받는 것과 벨트에 수갑을 걸고 내가 마치 스테이크 저녁 식사인 양 쳐다보는 보안관에게 미움을 받는 것은 다르다. 이런 일은 겪고 싶지 않다.

　내가 아무도 죽일 수 없다는 걸 그 보안관이 알아야 할 텐데. 아무도 해치지 못하도록 코딩된 것은 참 대단한 것이다. 만약 그 전설의 살인마 로이스 설리번이 날 조각조각 토막 낸다고 해도 나는 맞서 싸우지 못한다는 거니까. 그러나 애석하게도 미첼 보안관은 이런 과학적인 일에는 관심이 전혀 없어 보였다.

　어디선가 그가 언급한 선거 공약이 떠올랐다. '저는 그 망할 신스를 캘리포니아로 돌려보낼 겁니다' 이것만 보아도 그는 내가 캘리포니아가 아닌 감옥에 간다면 더 기뻐할 것이다.

　혈관을 타고 흐르는 산성 열기가 내 몸을 안에서부터 부식시키는 것 같다. 이럴 때는 빨리 움직여야 한다. 오늘 해야 할 빨래를 기억해 낸 나는 몸을 분주히 움직였다.

　집안일을 하기 위해 움직이며 아기 의자에서 안아든 애널리를 옮겼다. 거실 소파는 캡틴의 털 때문에 진공청소기로 계속 청소해야 한다. 소파 커버 위를 청소기로 돌리면서 나는 벽난로 위의 액자를 쳐다본다. 조쉬와 그의 엄마가 나를 보고 있다. 그들의 집에 침입한 나를.

나는 진공청소기를 끄고 사진 속 그들을 마주한다.

"조쉬, 어디 있는 거야?" 내 말투에서 예상치 못한 비난의 어조가 느껴졌다. 뭔가 잘못된 느낌이 든다.

정말 조쉬에게 무슨 일이 생긴 걸까? 겁을 먹거나 혼란스러운 상태인 건 아닐까? 아니면 우리한테서 벗어났다는 사실에 행복해하고 있을까? 어느 쪽이든, 그는 살아있어야 한다.

확실한 건 그는 추락한 차에 없었다는 것이다. 길을 잃고 헤맸다고 해도 인디애나에는 사람을 죽이는 야생동물이 많지 않았다. 벨몬트 릿지 주변의 지형은 완만해서 떨어질 절벽도 없고 익사할 강도 없다.

그럼 나와의 결혼 생활에서 벗어나려고 일부러 사라진 걸까? 하지만…… 그건 말이 안 된다. 그냥 이혼하면 되는 걸 왜? 이혼할 수 없게 내가 막지도 못할 텐데.

그가 끔찍한 곤경에 처해있는 건지 아니면 나를 떠나려 했던 건지 그를 만나기 전에는 진실을 알긴 어렵다. 하지만 여기서 그의 사진을 보고 있자니, 여러 가지 생각과 감정이 내게 말한다. 조쉬를 찾으라고. 그게 내 안전을 보장할 수 있는 유일한 방법이니까.

한 손에는 애널리, 다른 한 손에는 걸레를 챙겨든 나는 보안관과 그의 부관이 흙먼지를 뒤집어쓴 채 들어왔던 입구로 향한다. 더러워진 곳을 닦기 위해 애널리를 내려놓으면서 머릿속으로는 계획을 세우기 시작한다. 먼저 베이비시터를 불러야겠다. 그런 다음 캠핑장으로 차를 몰고 갈 것이다. 그곳이 가장 논리적으로 나의 수색을 시작할 수 있는 곳이다.

애널리가 새로운 묘기인 네 발로 서는 동작을 시도하면서 날카로운 소리를 연이어 낸다. 곁눈질로 아이를 살피면서 무릎을 꿇고 걸레로 타일을 닦는다. 그러나 얼마 가지 않아 미세하게 소리가 들려온다.

똑딱똑딱.

나는 하던 청소를 멈추고, 뒷발꿈치에 기대어 꼿꼿이 앉는다.

똑딱똑딱. 등골이 오싹해진다.

"조쉬?"

이건 그의 시계 소리다. 어디서 나든 난 그 소리를 알 수 있다.

'시계를 뺄까요?' 다정히 물어왔던 조쉬의 목소리가 떠올라 날 아프게 한다. 나는 눈을 질끈 감는다. 만약 내가 그를 못 찾으면? 캠핑장이 막다른 골목이면? 그럼 어쩌지?

'조쉬, 자기는 날 떠나면 안 돼.'

조쉬의 부재가 내 프로그래밍을 파고들었다. 내 가슴을 찢는 것 같은 이 감정은 슬픔일 거야. 나는 고개를 숙이고 조쉬를 잃는 것을 상상한다. 그 상상 속에는 눈물을 흘리고, 괴로운 비명을 지르는 내가 있다.

난 내 자신을 보호할 수 없어, 조쉬. 그들이 날 궁지로 몰아넣고 있는데, 내 발톱은 쓸모없어. 나는 싸울 수 없어.

"그만해." 나는 혼잣말로 속삭인다. 내 호흡이 너무 빠르다는 게 스스로 느껴질 만큼 숨을 헐떡인다.

이래서는 안 된다. 지금은 안 돼. 중요한 것이 걸린 지금은.

지금 내 귀에 들려오는 똑딱거리는 소리는 진짜가 아니다. 그때 아기방에서 들린 소리도 환청이었다.

여우나 다른 동물의 소리지, 로이스 설리번의 토막 살인 희생자들의 한 맺은 울음소리가 아니다. 내가 서있는 바로 이 땅에서 도끼 앞에 무력하게 홀로 버텨야 했던 소녀들이 아니다.

"바." 애널리가 깊은 걱정으로 이마를 찡그리며 옹알이한다. 내가 곧 무너질 것 같다는 걸 감지한 듯이.

난 이 아이를 잃을 수 없다. 애널리에겐 내가 전부다.

걸레를 손에서 놓은 나는 아기를 들어올렸다. 몰려오는 공황과 여전히 진짜처럼 들리는, 마치 조쉬가 바로 내 뒤에 있는 것처럼 들리는 똑딱똑딱 시계 소리도 무시하고. 애널리는 부드럽게 옹알이를 하면서 눈을 두 주먹으로 문지른다.

"낮잠의 세계로 떠날 시간이야, 아가." 나는 애널리의 따뜻한 이마에 키스하고 위층으로 올라간다. 현실로 돌아오는 데는 아기의 실제적 욕구만큼 좋은 건 없다. 아기 흔들의자에서 애널리를 흔들어주는 동안 정상적인 감정 상태로 돌아온 나는 한 걸음씩 나에게 일상을 상기시킨다.

애널리가 좋아하는 해와 구름이 수놓아진 파란색 담요를 찾아보았지만 어디에도 보이지 않는다. 요즘 정신이 이상해서 뜬금없는 곳에 두었을 수도 있다. 나는 재빨리 아이가 좋아하는 두 번째 담요를 찾는다. 애널리는 담요로 손을 뻗더니 얼굴로 잡아당기기 시작한다. 나는 아기를 침대에 눕힌 뒤, 휴대폰을 꺼내 베이비시터인 에덴에게 메시지를 보낸다.

— 오후에 외출해야 하는데, 혹시 시간 돼요?

휴대폰을 손에서 놓기도 전에 알림이 울렸다. 에덴이다.

— 네, 사모님. 금방 갈게요!

메시지를 본 나는, 커튼을 닫기 위해 창문으로 향한다.

커튼을 닫기 전, 어디에선가 느껴지는 기시감에 나는 주변을
둘러본다. 금세 내 몸은 얼어붙는다. 밥이 2층에 있는 그의 방
에서 쌍안경으로 나를 지켜보고 있다. 잠시 나는 거기 서서 그
를 똑바로 바라본다. 그가 일요일에 우리 집에 들러 약간 호의
적인 태도를 보였을 때, 나는 우리 상황이 바뀔 거라고, 더 친밀
하게 지낼 수 있을 것이라 생각했다. 하지만 그렇지 않았다.

나는 애써 손을 들어 의식하고 있다는 제스처를 보인다. 하지
만 그는 움직이지 않는다. 그저 쳐다볼 뿐이다. 그렇게 우린 한
참 더 서로를 쳐다본다.

결국 먼저 커튼을 닫아버린 나는 아이를 다독이기 위해 베이
비 모니터 스피커를 빗소리로 바꾼다. 마치 100개의 속삭임이
겹친 것 같은 빗소리가 들린다.

나는 그 소리를 들으며 안도의 숨을 쉰다. 내가 환청이라 생
각한 소리는 조쉬도, 침입자도, 유령도 아닌 백색소음 속의 디
지털 현상이었던 모양이다. 나는 그렇게 나를 다독인다.

과거

저택은 모두 매입형 조명과 카메라, 와인으로 꾸며져 있다. 그중 와인은 셀 수 없을 만큼 많았다.

문간을 넘어서자마자 첫 번째 잔이 내 손에 쥐어졌고, 나는 반사적으로 와인을 마셔버렸다.

하지만 오늘 밤 취하는 건 위험해. 정신을 바짝 차려야 해. 나는 유리잔을 화려한 주방의 대리석 조리대 위에 내려놓았다. 그곳엔 바 의자에 걸터앉은 여자들이 몇 명 있었다. 아일랜드 식탁 위에 늘어진 한 명은 이미 취한 것 같았다. 텍사스에서 온 카밀라는 어디에도 보이지 않았다.

"이 집 정말 멋진 것 같아요." 오른쪽에 있던 갈색 머리 여자가 옆으로 걸어 내게 다가왔다. "난 엠마예요. 줄리아 맞죠?"

나는 그녀의 따뜻한 접근에도 불구하고 조심하면서 고개를 끄덕였다. 한 번 겪었던 경험이 날 조심스럽게 만들었다.

"조쉬와의 만남은 어땠어요?" 그녀가 어깨 너머로 머리를 쓸어 넘기며 물었다.

몇 발짝 떨어진 곳에 카메라맨이 있었다. 그를 쳐다보고 싶은 충동을 참는 것은 윙윙거리는 벌레를 무시하는 것과 같았다.

나는 카메라를 무시하기 위해 노력하며 새로운 말동무에게 시선을 돌렸다.

"괜찮았던 것 같아요. 그렇지만 말하기 어렵네요. 나는 곧 조쉬에게 개인적인 이야기를 해야 하거든요. 이게 문제가 될지도 모르겠어요."

엠마가 고개를 끄덕인다. "저도 그런 경우인데……. 나는 아이가 있거든요. 이제 막 세 살이 되었어요. 조쉬에게 말하기가 너무 떨려요."

"엄마라고요?" 술에 취한 여자가 고개를 살짝 들고 말했다.

"오, 세상에, 너무 다정하네요." 그러더니 다시 머리를 팔 안으로 떨어뜨렸다.

엠마가 목소리를 낮췄다. "오늘 여러모로 화끈한 밤이 될 것 같지 않아요?"

"이미 그런 것 같은데요." 나는 옆에 있는 카메라맨을 쳐다보고 싶은 충동을 참으며 말했다.

장기가 뒤틀릴 것 같은 이 긴장을 와인으로 풀어내고 싶기도 했다. 깨어난 지도 얼마 안 됐는데, 참아야 할 것들이 너무 많았다.

"숙녀분들, 모여주세요!" 쇼의 진행자 맷 드라이버가 포크를 와인잔에 부딪치며 외친다. 그는 키가 작고 넓은 어깨와 가지런한 치아를 가진 남자였으며 눈은 항상 반짝이고 있었다. 그의 가슴 주머니에는 장미 한 송이가 꽂혀있었다.

"가요." 엠마가 술에 취한 여자를 이끌고 모여있는 여성들 쪽으로 향했다.

맷이 오늘 밤의 규칙을 설명했지만 사실 우리는 이미 규칙을 알고 있었다. 여자 스물네 명에 장미 열여덟 송이가 뜻하는 건 결국 여섯 명은 집으로 돌아간다는 말이니까.

그때, 조쉬가 바지 주머니에 손을 넣고 들어왔다. 약간 수줍어하는 그를 보니, 내 가슴이 두근거렸다. 여자들이 치는 박수소리는 들리지 않았다. 환호성이 터지는 분위기에서 술에 취한 여자는 울기까지 했다. 조쉬의 눈은 우리가 그를 둘러싸고 만든 원을 훑었다. 그의 시선이 나에게 가까워지기 시작하자 내 가슴은 기대감으로 부풀었다.

하지만 조쉬의 시선은 나를 지나쳐, 카밀라에게서 멈춘다. 그의 미소를 보자, 심장이 곤두박질치는 느낌이 든다. 단단한 물질들로 만들어진 내가 이 순간만큼은 위태로운 유리처럼 느껴진다.

"그리고 이제……." 맷이 가슴에서 장미를 뽑으며 발표했다.

"조쉬가 저에게 첫인상이 좋았던 사람에게 장미를 바칠 준비가 되었다고 했습니다. 조쉬?" 맷은 조쉬에게 장미를 건넸다. 장미를 받아든 조쉬는 목을 가다듬었다.

"저는 오늘 밤, 여러분 모두를 알게 되기를 기대합니다. 바쁜 시간을 내서 여기 와주시고, 인디애나에서 온 이 낯선 남자를 알아가려 해주셔서 정말 감사해요." 그의 목소리는 진지하고 시선은 당당했다. 숨길 것이 하나도 없는 사람처럼 보였다. "저는 처음 여러분을 만났던 몇 분 동안 알게 된 관계를 다시 살펴볼 수 있으면 좋겠습니다. 물론, 새로운 관계를 형성하는 것도 좋아요. 제가 여기 온 이유가 정당하다는 것을 여러분 모두가 알아주셨으면 해요. 저는 여기에……." 그는 아래를 내려다보다가 다시 고개를 들고, 말을 이었다. "아내를 만나기 위해 온 거니까요."

여성들은 박수를 보냈다. 나는 손바닥이 따끔거릴 때까지 손뼉을 쳤지만 손뼉을 친다는 사실조차 깨닫지 못했다.

"저녁 늦게나 첫인상이 좋았던 여인에게 장미를 바칠 줄 알았는데요." 박수가 사라지자 조쉬가 계속 말했다. "하지만 저는 한 분을 만난 순간, 뭔가 특별한 것이 있다는 것을 알았습니다. 제가 추구하고 싶은 무언가가 있었죠. 그리고 그분은 오늘 밤 처음으로 제가 일대일로 이야기하고 싶은 여성이기도 합니다."

모두가 숨을 죽인다. 나는 가슴에 강렬한 압박을 느꼈다. 마치 칼등으로 가슴을 누르는 것 같은 기분이었다.

"카밀라?" 그가 말했다.

카밀라는 기분 좋게 벌어진 입에 손을 갖다 댔다.

조쉬는 그녀에게 한 걸음 다가갔다. "이 장미를 받아주시겠어요?"

카밀라가 두 손을 입술에 대고 기도하며 앞으로 나아갔다. 높은 하이힐을 신은 그녀가 걸음을 옮길 때마다 발목까지 오는 금빛 스팽글이 달린 드레스의 트임 사이로 잘 태닝한 다리가 드러났다. 거리가 가까워지자 조쉬가 그녀를 끌어안는다.

"세상에." 그녀는 장미에 얼굴을 대고 냄새를 맡는다. 그녀는 한 발짝 뒤로 물러나 조쉬가 자신의 멋진 모습을 머리끝부터 발끝까지 볼 수 있도록 했다.

"제가 느꼈던 감정을 당신도 느꼈다니 정말 기쁘네요. 솔직히 기분이 정말 좋아요."

"수다 떨면서 오늘 저녁을 시작할까요?" 조쉬는 그녀에게 팔을 내민다.

"그래야죠." 그녀가 텍사스 억양의 달콤한 목소리로 말한다. 그건 내게 모든 악의가 숨어있는 목소리로 들렸다.

그들이 아치형 문 아래로 사라져 더 은밀한 어딘가로 향하는 것을 보자 가슴속에서 무언가가 찢어지는 듯한 느낌이 든다. 그 감정은 불처럼 뜨거우면서도 식초처럼 시큼한 느낌이다. 나는 이 불쾌한 감정의 이름을 안다. 질투였다.

모두가 한꺼번에 말을 하기 시작했다.

"저 나쁜 년." 술에 취한 여자가 신음한다. "와인이 더 필요해."

그녀는 비틀거리며 주방으로 향하고 다른 여자들은 재빨리 조쉬와 카밀라의 뒤를 따랐다. 아마도 가능한 한 빨리 그 둘을 깨지게 하고 싶은 마음에서일 것이다.

나는 어디로 가야 할지 모른 채, 그 자리에 얼어붙었다. 내 인생은 앞으로도 계속 이렇게 흘러갈까? 이렇게 통제할 수 없는 상태로? 불과 몇 시간 전에 느꼈던 그 기쁨들이 떠올랐다. 앤디를 보고 다정하다고 생각했을 때, 처음 깨어나 내 머리카락을 만지며 나에 대해 만족스러워했을 때, 그리고 카메라 앞에서 사랑을 찾으러 왔다고 순수한 열정으로 선언했을 때…… 이 모든 게 이제는 너무나 순진했던 것처럼 느껴졌다.

나는 불과 몇 시간 만에 적을 만들었을 뿐만 아니라 내가 여기에 온 이유인 남자의 관심을 사로잡는 것도 실패했다.

당황스러움을 숨기지 못한 나는 부엌으로 돌아가 바 의자에 앉았다. 조쉬를 처음 봤을 때, 가슴이 뛰고 뺨이 계속 뜨거워지는 게 나의 진짜 감정이라고 생각했다. 지금도 여전히 그게 맞다고 믿는다. 그가 느끼지 못한 것을 나만 느꼈다는 게 잔인할 뿐이다. 우리가 서로 나눈 이야기를 기억이나 할까? 내 이름조차 기억 못 하는 건 아닐까?

"여기 있는 사람들은 다 가짜야." 옆에 앉은 술에 취한 여자가 와인잔을 더 채우며 말한다. "여기 진짜 사람은 나 말고 네가 유일한 것 같다." 그러더니 그녀는 자신의 인생 이야기를 들려주기 시작했다.

그 이후로 저녁 시간은 조쉬를 자기에게로 끌어들이려는, 절박한 여성들의 모임이 되었다.

나는 여기저기 바쁘게 끌려다니는 조쉬를 이따금 멀리서 볼 수 있었다. 여자들은 눈물을 흘리기도 하고, 중얼거리며 욕설을 하기도 하고, 가끔 소리를 지르기도 했다. 숙소를 관리하는 직원들이 우리를 위해 와인을 계속 쏟아부었다. 몇몇 여자들은 이브닝드레스를 벗고 풍경이 훌륭한 뒤뜰 수영장에 수영하러 갔다. 조쉬와 막 이야기를 나누고 돌아온 한 여자는 두 사람이 교회를 통해 얼마나 친해졌는지, 같은 신념을 공유하게 되어 얼마나 흥분되는지 큰 소리로 떠들어댔다. '나쁜 년'이라는 단어가 여기저기서 들려왔다. 여자들이 조쉬와 이야기를 한 후에는, 제작진들은 그녀들을 개인실로 데려가 속마음 영상을 촬영했다.

나는 왜 이렇게 빨리 망가져 버린 걸까? 나는 멍한 상태로 그 저택 안을 돌아다니며 대화를 엿들었다. 그러나 들으면 들을수록 망망대해를 걷는 기분을 느껴야 했다. 조쉬를 위해 만들어졌다는 것이 그와 이어질 수 있는, 잘 다듬어진 길이 아니라니. 여기 있는 모든 여자들이 자신이 조쉬를 위해 태어났다고 생각하는데.

여기서 유일한 신스인 내가 눈에 띄어야 한다. 그건 별로 어렵지 않을 것 같았다. 중요한 건 스스로가 조쉬에게 가서 말할 준비가 되어있지 않다는 것이다. 오늘 밤 분위기는 너무 이상하다. 내 안의 기분도 모두 엉망이다.

처음으로 엄청난 상실감이 나를 덮쳤다. 물론, 나는 사랑과 상실 모두 느낄 수 있다는 걸 알고 태어났다. 하지만 그 상실이 무엇을 의미하는지 제대로 파악하지는 못했다. 만약 내가 오늘 밤 쇼에서 쫓겨나면 어디로 가야 할까? 어디서 살게 될까? 무엇을 할 것인가? 남은 인생 동안 하품이나 하며 살아야 하는 건가? 조쉬가 있어야 할 자리를 텅 비운 채로?

저택 안에서 거의 두 시간이 지났다. 시간이 얼마 남지 않았다. 아까 나를 자랑스러운 아빠처럼 배웅해 준 앤디와 마주하는 모습을 떠올렸다. 앤디에게 미안하다고 말하겠지. 나는 이뤄낼 수 없었다고. 그가 이렇게 말하는 것을 상상한다. "노력은 했어요?"

나는 조쉬를 찾으며 속으로 대답한다. '노력 중이에요. 정말 노력 중이라고요, 앤디.'

하지만 조쉬를 찾았을 때, 그는 이미 엠마와 깊은 대화에 빠져있었다. 그 대화가 마무리되고, 취한 여자가 비틀거리며 들어와 또 조쉬와 대화를 시작했다. 그렇게 무기력한 상태의 여자를 방해하는 건 정말로 예의가 아닌 것 같다는 생각이 들어, 나는 또 그 공간에 들어가지 못했다. 그건 내가 수줍어서가 아니다. 그저 우리의 강한 유대감이 자연스럽게 길을 만들어 주리라고 생각해서였다. 조쉬와 대화를 나누는 것 자체는 자연스럽게 느껴지지만 그러기 위해 다른 여자들과 싸우고 싶지는 않았다.

기회가 올 때를 기다리다가 장미 수여식을 위해 한자리에 모여야 할 시간이 되었다. 결국 나는 조쉬와 한마디도 하지 못했다. 계단이 있는 곳으로 모두 몰려가는 도중, 나는 내 뺨이 눈물로 젖어있는 걸 알고 놀란다.

"괜찮아?" 내 옆에 앉은 엠마가 속삭인다.

"아니요." 내가 훌쩍거리며 말할 때 감독이 몇 명의 여자들을 재배치하라고 손짓한다.

"기회를 놓친 것 같아요."

그녀가 내 팔을 꽉 잡는다. "그는 너를 좋아해. 걱정하지 마."

맷이 말하고 조쉬는 장미 열일곱 송이가 놓인 테이블 옆에 자리 잡았다. 카밀라는 이미 장미를 들고 있었다. 장미가 그녀의 가슴 사이에 칼처럼 곧게 꽂혀있었다.

"잠깐만요." 내가 외쳤다. "잠시, 말 좀 해도 될까요?"

나 자신을 포함한 그 누구도 나를 말리기 전에 나는 앞쪽으로 내려간다.

"진행을 방해해서 정말 죄송합니다." 나는 흉골 부분에 손을 꽉 대고 말한다. "하지만 조쉬, 지금 말하지 않으면 저는 평생 후회할 거예요."

맷이 끼어들려고 하지만 조쉬는 손짓으로 그를 제지한다.

나는 말을 꺼냈다. "당신과 나는 오늘 밤에 얘기할 기회가 없었어요. 탈락할까 봐 너무 두려워요. 나는 어느 사람과도 못 느껴본 유대감을 당신과 느꼈다고 생각해요. 그래서 당신에게 말을 건네지 못한 걸 후회하고 있죠. 내 말은, 노력은 했지만 당신이 다른 여자들과 더 깊이 교감하고 있는 것처럼 보여서 방해를 할 수 없었어요. 방해하는 건 못된 짓 같았어요. 그래서……."

눈물이 왈칵 쏟아졌다. "하지만 그건 내가 기회를 놓쳤다는 뜻이죠. 내가 원하는 것을 얻기 위해서는 배울 게 많은 것 같아요." 떨리는 숨을 들이쉬니 눈물이 터져 흘러내렸다. "기회를 준다면 다시는 그런 실수를 하지 않을 거예요."

조쉬는 진지한 표정으로 고개를 끄덕인다. "말해줘서 고마워요, 줄리아."

조쉬는 목을 가다듬는다. "줄리아, 진심을 말해줘서 정말 고마워요. 당신 말이 맞아요. 당신을 탈락시킬까 생각했었어요. 당신이 저를 찾아오지 않길래 관심이 없는 줄 알았거든요. 하지만 이렇게 말해서 모든 게 바뀌었어요." 지금 그의 시선은 오로지 나에게만 집중되어 있다. 그 느낌이 황홀했다. 갑자기 주변의 모든 공기가 천국에 있는 것처럼 느껴졌다.

"나는 오늘 밤 당신이 보여준 대담함에 존경을 보냅니다. 또한 그 친절함도 존경해요. 당신은 친절을 베풀었어요. 당신이 방해하지 않은 모든 여성들에게요." 그의 얼굴에 미소가 번진다. "그 다정한 마음이 변하지 않았으면 좋겠어요. 계속 친절하게 대해주세요." 그는 내게 장미를 내민다. "줄리아, 이 장미를 받아줄래요?"

앞으로 걸어가면서, 나는 내가 지금 무슨 행동을 하고 있는지 거의 인식하지 못할 지경에 이르렀다. 내가 아는 것은 내가 향해 걷고 있는 사람이 조쉬라는 것뿐이다.

그의 존재가 다시 한번 내 의식을 일깨웠다. 내가 원하는 것은 조쉬뿐이라고.

"물론이죠." 나는 속삭인다.

나는 첫 번째 장미를 받고 선택된 여자들의 구역에 서있는 카밀라 옆으로 자리를 옮긴다. 진행은 계속되었고, 엠마가 다음 장미를 받는다.

"똑똑한 년이야." 카밀라가 속삭였다. 비록 엠마를 똑바로 쳐다보고 있지만 나를 말하는 거라는 걸 알았다.

하지만 난 상관없다. 그런 견제까지 신경 쓰지 못할 정도로
기분이 좋았다. 조쉬와 내가 서로의 운명이라는 확신이 들기 때
문이다.

오늘 밤은 그 느낌만으로도 충분하다.

현재

10분도 지나지 않아 도착한 에덴이 주방 싱크대에 자신의 가방을 던진다. 가방은 무지개, 화살표, 로봇 권한, 함께 살기 캠페인 로고 등의 배지들로 뒤덮여 있다.

그녀는 컨버스 운동화에 검은색 작업복을 입고, 그 위에 오버사이즈 파란색 카디건을 걸치고 있다.

"우리 귀염둥이는 어디 있어요?" 그녀는 걸걸한 목소리로 말한다. 이토록 작은 사람에게서 저런 목소리가 나오는 것이 놀랍다.

"낮잠 자고 있어요." 내가 대답한다. "방금 잠들었어요."

감수성이 풍부하고 게임을 좋아하는 에덴은 누군가를 돌보는 일이 몸에 밴 보석 같은 존재다.

그녀는 우리 집에서 집 두 채 정도 떨어진 곳에 산다. 스물여섯 살이고 서부 해안에서 재난을 겪은 후 이모 내외 집에서 살게 되었다. 그녀는 그 재난에 대해서 별로 얘기하고 싶어 하지 않았다. 추수감사절 이후 그녀의 이모네 집 앞마당에 산타 풍선을 설치할 때, 그리고 이듬해 1월에 그걸 떼어낼 때 그 이모네를 본 적이 있다. 그때 느낀 바로는 에덴이 친척들과 잘 지내지 못하는 것 같았다. 지금은 아기 보는 일을 하며 우리 집 뒤에 있는 숲에서 마리화나를 피우곤 한다.

"냉장고에 남은 렌틸콩이 있으니 먹어요. 애널리를 위한 고구마 퓌레도요. 아! 그리고 잘게 간 고기는 캡틴 거예요."

"알았어요." 에덴이 말한다.

자기 이름에 반응이라도 한 듯 캡틴이 갑자기 짖는다. 하지만 소리가 선명하지는 않았다. 어디 있는 거지?

"캡틴?" 나는 캡틴이 집 안에서 짖지 않도록 훈련시켰었다. 그러나 캡틴은 지금 거실에 있는 카펫을 발톱으로 긁으며 코를 대고 킁킁댔다. 그러더니 다시 짖고 아래를 바라본다.

"거미라도 발견했어?"

나는 무릎을 꿇고 살펴본다. 눈에 띄는 건 없다. 나는 낡은 카펫을 손으로 훑어본 다음, 일어서서 양탄자를 찡그리며 바라본다.

"네 자리로 가." 내가 명령조로 말하자, 캡틴은 불만인 듯 한 번 컹, 하고 짖더니 앞발로 카펫 위를 춤추듯 긁어대고 있다. "그만해, 캡틴!"

왜 저러는 거지? 낑낑대는 소리와 함께 캡틴은 훈련받은 주방 자리로 간다. 나는 캡틴을 따라가 천천히 달래주며 쓰다듬었다.

"괜찮아요?" 에덴이 묻는다.

"네. 캡틴이 좀 예민해졌나 봐요."

나는 다시 정신을 차리고 배터리로 작동하는 유축기, 빈 젖병, 지갑과 시리얼바 몇 개를 챙긴다.

"저녁쯤에 돌아오면 되겠죠?" 냉동실에서 모유 두 봉지를 꺼내 따뜻한 물에 담근다.

"네, 그럼 다섯 시나 여섯 시쯤이요?" 에덴이 말한다.

"아마도요." 캠핑장까지 가는 데 두 시간, 둘러보는 데 한 시간, 다시 돌아오는 데 두 시간. 조쉬가 앤디를 만나기로 했던 식당에도 들러야 한다. 어쩌면 누군가 뭔가를 기억할지도 모르니까. "늦어도 여섯 시까지는 올게요."

"음, 원하는 만큼 늦게 오셔도 돼요. 오늘 저는 아무 계획도 없거든요."

에덴은 부엌 바로 옆에 있는 햇볕이 잘 들고 방금 청소가 된 거실 소파에 편안하게 앉아 말한다. "그건 그렇고, 무슨 문제가 있는 건 아니죠? 아침에 순찰차가 여기 집 앞에 차를 세우는 걸 봤어요."

나는 눈을 치켜뜬다. 나만 아무렇지 않은 척하는 건가, 아니면 에덴도 무슨 일이 일어나고 있는지 이미 알고 있지만 아는 척하기 어색해서 저렇게 아무렇지 않게 보는 건가?

이곳은 그런 곳이다. 나무들과 공터밖에 없는 것처럼 보여, 처음에는 평화롭게 느껴졌다. 그러나 이제 나는 그곳에 숨겨진 시선들에서 위험을 느낀다. 조용히 지켜보는 사람들의 시선들.

〈더 프러포즈〉쇼 촬영장에서 여자들과 카메라에 둘러싸여 있을 때는 적어도 누가 지켜보는지는 알 수 있었다. 하지만 이곳은 아니었다.

"아, 보안관이요?" 나는 전혀 걱정하지 않는 것처럼 보이려고 노력한다.

"음……. 조쉬가 하이킹을 마치고 집에 안 와서 실종 신고를 했어요. 예방 차원에서요. 그리고 오늘 아침에 조쉬의 차를 찾았대요." 내 어투가 얼마나 사무적인지 나도 이상하게 여겨질 정도다. 꼿꼿하게 굳어버린 에덴과 대조되었다.

"그럼…… 조쉬는요?" 그녀가 묻는다.

"아무도 몰라요." 내 눈은 눈물이 곧 흐를 것처럼 갑자기 뜨거워진다. 조금이라도 움직이면 눈물이 쏟아질 것 같아서 잠시 가만히 있는다.

에덴이 짧은 검은 머리카락을 손으로 쓸어 넘긴다. "세상에, 어떻게 이런 일이……."

나는 눈물이 나오지 않기를 바라며 눈 밑에 손가락을 대고 고개를 들어 위를 본다. 지금은 냉정한 판단이 필요한 때다. 무너져선 안 된다.

소파에서 일어난 에덴이 내 쪽으로 다가와 팔을 감싼다. "별일 없을 거예요."

"그럼요." 나는 팔짱을 끼고 아무렇지 않은 척 거짓말을 한다. 막 몸을 가누고 일어났지만 그녀의 손길이 닿자마자 다시 무너질 것 같았기 때문이다.

"조쉬가 괜찮기만 하면 좋겠어요."

"음, 사모님?" 그녀는 손을 뺐다. "만약 필요하시다면…… 토요일 밤, 제가 알리바이를 대줄게요."

예상치 못한 분노가 내 가슴을 찌른다. 알리바이라고? 왜 다들 내가 그를 해친 용의자라고 생각하는 걸까? 그리고 왜 토요일 밤이지? 조쉬는 일요일 아침에 메시지를 보냈다. 그러니 그때 분명히 그는 살아있었다.

그래도 에덴의 말이 나쁘게 들리지는 않았다. 그저 나는 스스로 계속해서 다독였다. 에덴은 내 편이라고. 숨어있는 모든 시선이 적대적인 것은 아닐 것이라고.

"고마워요." 이 말만큼은 진심으로 들릴 것 같다. 분노가 가라앉고 나서야 나는 가방을 어깨에 멘다. "다녀올게요."

에덴이 나를 따라 현관으로 배웅하며 말했다. "조쉬가 여행 떠나는 걸 봤어요."

나는 신발을 신으면서 그 사실을 객관적으로 받아들이려 노력한다.

"아마 여섯 시 정도였던 것 같아요." 그녀가 덧붙인다. "마리화나 피우고 있었거든요." 그녀는 마치 내가 도망치기 전에 다 털어놓기라도 하려는 듯이 말이 빨라진다. "저 뒤에서 보면 집 안이 다 보여요. 모르셨죠? 특히 밤에 불이 켜져있을 때요. 사모님이 주방에서 움직이는 걸 분명히 봤어요. 그리고 한 남자가 집에 들렀죠."

"네. 친구 앤디였어요." 그 말을 남긴 후, 나는 현관문을 열고 밖으로 나선다. 새들이 노래하고 다가오는 봄의 따스한 온기가 벌써 느껴진다.

"그 사람이 한 시간 정도 와있었죠?" 에덴이 듬성듬성 난 잔디를 가로질러 나를 따라온다. 내 차는 집 앞 자갈길에 주차되어 있다. 마당을 예쁘게 가꾸려고 노력은 했지만, 인디애나의 다른 모든 것처럼 이것 역시 쉽지 않다.

"아마도요?" 나는 차 문을 열면서 아쉬운 표정을 짓는다.

"솔직히 와인을 너무 많이 마셨어요. 앤디가 갈 때쯤에는 너무 취해있었고요." 그 사실이 다시 한번 죄책감이 되어 밀려왔다. "미안해요. 쓸데없는 정보였죠? 걱정하지 마요. 듣고 무시해 줘요." 내 육아에 대해 의문을 제기하는 질문만 아니면 된다.

"쓸데없다뇨, 무슨. 다 괜찮아질 거예요." 에덴이 말한다.

하지만 마시지 말았어야 할 와인을 잔뜩 마시고 헤롱헤롱하면서도 안개 속 불꽃처럼 앤디에게 했던 말이 갑자기 떠오른다.

"우리는 당신 때문에 계속 싸우고 있어요." 술에 취하지 않았으면 절대로 하지 못했을 말이었다. 아무리 앤디라 해도.

마치 그 단 하나의 기억이 스위치를 켜준 것처럼, 이제는 다 기억난다. 이제야 앤디가 얼마나 꼼짝도 하지 않았는지 기억이 난다. 그랬다. 뭔가 잘못하다 걸린 사람처럼 꼼짝도 못 했어.

"그래요. 조쉬는 당신과 내가 사랑하는 사이라고 생각해요." 나는 계속 말했었다. 앤디는 때때로 진짜 화가 난 것 같았다.

"줄리아, 무슨 말을 하는 거예요?"

"그냥 조쉬랑 얘기해 봐요. 남자 대 남자로요. 알잖아요. 우리 사이는 아무 사이도 아니라고 해도 조쉬는 날 믿지 않지만 아마 앤디, 당신이 말하면 믿어줄지도 모르니까."

앤디는 뭐라 말하는 대신 걱정스러운 표정으로 휴대폰을 꺼내 들었다.

"젠장⋯⋯."

다시 기억이 흐려진다. 구역질이 나는 뭔가가 기억나려 했다. 물론 그건 쓸데없는 것에 가까웠다.

어느 순간 앤디는 차를 몰고 떠났고, 나는 넷플릭스를 켠 채 침대에 쓰러져 있었다.

희미하던 기억의 불이 꺼져버린다. 마치 내 두뇌가 기억할 건 다 기억했다고 결정한 것처럼. 하지만, 그럼에도 나는 그림자 같은 기억을 더듬어 나간다. 내가 잊은 뭔가가 있을 것 같았기 때문이다. 그 감정을 끄트머리라도 잡으려고 노력하면서⋯⋯.

안심. 그래. 앤디가 조쉬와 잘 얘기할 거라 생각하고 안심한 듯했다. 조쉬는 모든 의심이 깨끗이 풀린 채 여행에서 돌아올 거고, 나에 대해 근거 없이 비난한 것에 대해 미안해할 거고, 우리 결혼 생활의 가시는 마침내 사라질 거라고.

술에 취한 불쌍한 줄리아는 상황이 훨씬 더 악화되는 것도 모르고, 안도감을 느꼈던 것이다.

"그리고 당신의 침실 불빛이 꺼진 것도 기억나요."

순간 에덴이 내게 아직 말하는 상황임을 알아차린다. 내가 차에 올라탔는데도 에덴은 속도를 늦추지 않고 말한다.

"그리고 저는 늦은 시간까지 비디오 게임을 하고 있었어요. 사모님 차는 소리가 크잖아요. 그러니까 만약 사모님이 어디론가 가셨다면 제가 눈치챘을 거예요. 하지만 그러지 않았죠."

좋아. 이건 내가 기억할 수 있는 토요일 밤보다 훨씬 더 자세한 이야기이다.

나의 한쪽 발은 여전히 차 밖에 있다. 나는 손을 앞으로 뻗어 베이비시터의 팔에 얹으며 말을 멈추게 했다. 다정한 에덴은 나를 걱정하는 게 분명하다.

"고마워요, 에덴." 나는 조쉬가 흥분할 때 사용하는 것과 같은 부드러운 목소리로 말한다. "알리바이가 필요하진 않지만, 당신의 사려 깊은 마음이 고마워요. 정말이에요."

그녀는 속사포로 쏟아낸 말에 당황한 듯 빠르게 고개를 끄덕인다. 그러고는 한 걸음, 두 걸음 뒤로 물러선다. "네, 감사합니다."

나는 잠시 멈칫한다. "참, 토요일 밤 얘기니까 말인데……. 혹시 비명 들었어요? 새벽 두 시쯤?"

나는 요새 정말 깊은 잠을 못 잔다. 이건 애 키우는 엄마들이라면 모두 공감할 것이다. 비록 술을 마시고 잤다 해도 옆집에서 비명이 들렸는데 깨지 않았다는 점이 신경 쓰인다.

"음, 어……." 그녀의 뺨에 있는 분홍색 반점들이 더 짙어진다. "지금 말씀하시니까 그랬던 것 같아요. 근데 제 생각엔……

동물 소리 아닐까요?"

"여우?" 나는 말한다. 그래, 적어도 에덴은 100년 전의 유령 얘기는 하지 않는다.

"들으셨어요?"

"아뇨. 이웃 중 한 명이 보안관에게 말했나 보더라고요."

그녀는 안심한 표정이다. "제가 말한 건 아니에요. 하지만 만약 보안관이 제게 물어보면 저도 여우였을 거라고 말할 것 같아요."

"나도 그렇게 생각했어요." 나는 차 문을 닫고 창문을 내린다. "애널리 보면서 궁금한 점 있으면 메시지로 보내줘요. 아마 20분 정도 더 잘 거예요."

"알겠습니다, 사모님." 에덴은 귀여운 경례를 하고는 다시 집으로 향했고, 내가 모는 차는 길로 빠져나왔다. 차 앞 유리에 비치는 햇살이 마치 펄럭이는 커튼처럼 흔들려 길이 빛났다 희미해지기를 반복한다. 집이 시야에서 벗어나자마자 나는 액셀을 밟는다. 그렇게 하니 기분이 좋아진다. 마치 미첼 보안관에게서 해방된 것처럼.

하지만 몇 마일 가서 엔진이 굉음을 내면서 그 느낌도 다 착각이란 걸 알게 된다. 궁지에 몰린 동물이 가장 위험하다고들 하지만 나는 동물이 아니다.

난 신스다. 발톱도 없고 송곳니도 없고 물지도 않는다. 스스로를 방어할 수 없을 때 포식자를 피하는 방법은 오직 하나다.

애초에 궁지에 몰리지 않는 것이다.

과거

"잠깐 얘기 좀 할 수 있을까요?" 나는 조쉬가 수영장에서 나오자마자 그에게 쭈뼛쭈뼛 다가가 말을 걸었다.

따뜻한 산들바람이 맨살에 느껴지는 밤이다. 콩팥 모양의 청록색 보석처럼 빛나는 수영장에서 네 명의 여자애들이 수영장 안에서 닭싸움하듯 격렬하게 물을 튀기면서 놀고 있었다. 나는 비키니를 입고 반투명 사롱을 한쪽 엉덩이에 묶었다. 젖은 머리카락은 등 뒤까지 내려와 있었다.

저택에서의 첫 주가 끝나간다. 카밀라는 조쉬와 첫 데이트를 했고, 엠마는 두 번째 데이트를 했다. 오늘 다른 일곱 명의 여자와 하는 단체 데이트에서 우리 중 한 명이 장미를 받으면, 나머지는 다음 장미 수여식 때까지 선택받을 수 있을지 불확실해진다.

오늘은 바쁘게 꽉 찬 하루였다. 우리는 오솔길에서 말을 타고, 와인 시음회에 갔다. 거기서는 조이라는 여자가 술에 취해 갑자기 울음을 터뜨려 조쉬의 관심을 독차지했다. 그리고 지금은 로스앤젤레스 시내가 카펫 위에 박힌 별처럼 펼쳐진 풍경이 내려다보이는 호텔 루프톱에서 수영장 파티를 벌이고 있었다.

그날 하루 동안 나와 조쉬가 가진 유일한 개인적 만남은 함께 말을 탔을 때뿐이었다.

"어때요?" 그가 말 위에서 말했다.

"좋아요!" 나는 내 말 위에서 대답했다.

그러나 이런 대화는 결코 조쉬가 한 시간 안에 누군가에게 내밀 장미 한 송이를 얻으려는 의도로 한 대화가 아니었다. 적어도 내게는.

그래서 나는 모든 걸 걸었다. 바로 지금.

"다행이네요." 그가 라운지 의자에 놓인 수건을 들고는 사랑스럽게 솟아오른 머리카락을 문지르며 말한다. 젖은 피부에 반짝이는 광택이 그의 근육 굴곡을 더욱 선명히 보이게 한다. "저쪽에서 얘기할까요?" 그는 옆쪽에 낮게 비스듬히 누운 카우치를 가리킨다. 거기 앉으면 도시와 밤하늘을 바라볼 수 있다.

우리는 자리를 잡았다. 소파 쿠션은 축축하고 허벅지 아래는 시원하다.

"오늘 어땠어요, 줄리아?" 그의 미소는 매력적이다. 다른 일곱 명의 여자와 함께 있는 하루 종일 그랬던 것처럼.

"정말 즐거웠어요." 나는 가볍게 대답하며 말을 시작한다. "내 말은, 물론 당신과 더 많은 시간을 보냈으면 좋았겠지만 다른 여자들과 같이 어울려 노는 것도 좋았어요. 많이 즐겼어요."

"당신이 다른 여자들과 친하게 지내는 게 마음에 들어요. 그게 당신의 성격에 대해 많은 것을 말해주는 것 같아요."

"아." 나는 고개를 기울여 젖은 머리카락을 내 어깨 위로 당긴다. "정말 다정하네요. 고마워요."

굳이 다른 여자들 사이에서 아주 편하게 어울릴 때마다 카밀라의 말이 머릿속을 스쳐 지나간다는 것은 조쉬에게 말하지 않았다.

'우린 여자를 엿 먹이는 방법을 알거든.' 그 말은 시간이 지나도 여전히 선명했다.

"안녕하세요! 방해 좀 해도 될까요?" 조이가 노란색 네온색의 끈 비키니를 입고 수줍은 척하며 발끝으로 걸어와 물었다.

'안 돼, 조이! 너는 와이너리에서 이미 같이 시간을 보냈잖아!' 나는 생글생글한 미소를 띠며 그녀에게 이야기했다.

"우리 방금 막 앉았는데, 잠깐 얘기 좀 해도 될까요?"

"아……. 물론이죠." 조이가 말한다. "금방 다시 올게요!"

나는 다시 조쉬에게 집중하고 심호흡을 한다.

"할 말이 있어요. 아마 관계를 깨는 일이 될까 봐 미루고 있던 건데……." 내 심장 소리는 조금씩 두근거리다가 천둥소리로 변한다.

"줄리아." 조쉬가 손을 뻗어 내 손을 잡는다. 꽉 잡은 손이 왠지 안정감을 준다. "무슨 일이든 말해도 돼요."

깊은 호흡을 한 후, 나는 눈을 감고 나를 괴롭게 만드는 사실을 뱉어냈다.

"저는…… 신스예요."

순식간에 폭탄이 터진 후의 세상처럼 고요해진다. 그러자 조쉬가 내 손을 놓더니 두 손을 머리 뒤로 모으고 뒤로 몸을 기댄다. 나에게서 멀어진다.

"오, 음, 예상했던 것과는 좀 다르네요."

하고 싶은 말은 백만 가지가 넘는다. 하지만 나는 입술을 꼭 깨물고 그가 말하길 기다린다.

그는 손을 풀고 다시 앞으로 몸을 숙이고 묻는다. "그러니까 당신은…… 크리스티와 크리스텔? 그 쇼에 나온 여자들 같은, 그런 사람인 거예요?"

"기본적으로는 맞아요." 나는 그들보다는 좀 더 발전한 버전이라고 덧붙이고 싶다. 아기를 가질 수 있는 최초의 신스니까. 그렇지만 그게 나에게 중요한 일이라 해도, 지금 그 사실을 말하면 나를 여자로 보기보다는 과학적 측면에 생각이 더 미치지 않을까. 그래, 과학적 혁신과 사랑에 빠질 수는 없지.

조쉬가 얼굴을 문지른다. "맙소사, 줄리아."

"알아요." 내가 부드럽게 말한다. 가슴이 찢어질 것 같지만 침착한 모습을 보여야 한다.

"이건……." 그는 고개를 절레절레 흔든다.

수영장에서는 비명이 울려 퍼지고 조이가 '내 비키니 톱!'이라고 외치는 게 들린다.

조쉬는 먼 곳을 바라보았고, 나는 그가 머릿속에서 무슨 생각을 하고 있는지를 안다면 무엇이라도 다 줄 수 있을 것만 같다.

기다림이 길어지자, 도저히 견딜 수 없어진 나는 그의 다리에 손을 살짝 얹고 말한다.

"조쉬, 너무 감당하기 힘든 일인 거 알아요. 하지만 나는 나일 뿐이에요."

"다른 사람들도 알아요?"

"아직요. 당신한테 제일 먼저 말하고 싶었어요."

"지금 궁금한 게 너무 많아요."

"다 대답해 줄게요. 내가 약속할 수 있는 게 하나 있다면, 조쉬, 나는 정직하다는 거예요. 그러니까 일이 더 진행되기 전에 지금 이 말도 하는 거예요." 나는 다음 부분을 속삭이듯 말한다. "내 감정이 더 강해지기 전에요."

내 말을 받아들이는 그의 눈동자가 반짝인다. 내가 처음 리무진에서 내릴 때 나를 바라보던 그 눈빛이 아닌 것 같다.

따뜻함이 있던 자리에 거리가 생겼다. 내 마음에는 상처가 생기고 있었지만 내색할 수는 없다.

"궁금한 게 뭐예요?" 내가 묻는다.

"내 말은…… 어디서부터 시작해야 할지도 모르겠네요."

그는 내가 진정으로 인간의 감정을 가졌는지 알고 싶어 했다. 나도 나이를 먹는지, 내가 죽을 수 있는 건지, 음식을 먹는지, 배울 수 있는지, 아이를 가질 수 있는지, 우울증에 걸릴 수 있는지 같은 것들.

다 가능하다고 나는 그에게 말했다. 나는 기본적인 댐퍼에 대해 쉬운 말로 설명하려고 노력했다. 댐퍼를 통해 정상적인 인간이 가질 수 있는 욕구와 약점이 모두 내게 프로그래밍 되어있음을 설명하려 했다. 음식이 에너지가 되는 것은 그나 나나 똑같다고. 모든 것을 차분하고 합리적으로 말하고 싶었지만, 그가 하는 질문들은 마치 내 피부를 벗기고 나를 구성하는 모든 미스터리를 휘저어 대는 것 같은 느낌이 들었다.

마침내 긴 침묵이 흘렀다. 조쉬가 어떤 기분인지 정확히 알 수는 없지만 그의 턱이 굳은 걸 보면 부드럽고 좋은 기분은 아닌 것 같았다. 글쎄, 지금 내가 느끼는 것 또한 부드럽고 좋은 감정은 아니니까.

사실, 절망적이지만 내 피부가 합성된 게 아니라면 그가 나를 더 좋아했을지도 모른다. 내 피부가 인조가 아니고 세포들의 신비로운 현상에 의해 맞춰진 것이었다면 어땠을까? 나의 피부도 다른 사람들처럼 똑같이 아프다는 걸 알려주고 싶다. 내 팔을 손톱으로 누르면 붉은 반달 같은 상처가 생겨난다는 것을 보여주고 싶다.

"이제 파티로 돌아가야 할 것 같아요." 그가 마침내 말했다. 그는 미소를 짓기는 했지만 어딘가 굳어있었다.

"잠깐만요." 나는 말하며 손을 뻗어 그의 손을 덮었다. 조쉬는 여성의 과감함을 좋아한다고 했으니, 더 과감하게 나가봐야겠다.

"정말 이해가 안 되는 게 너무 많겠지만, 한 가지만 더 말씀드릴게요. 만약 당신이 정말 우리 사이가 절대 잘될 수 없다고 생각한다면, 나를 집으로 돌려보내세요. 진심이에요. 하지만 우리 둘 사이엔 차이점보다 공통점이 더 많다고 장담해요. 그리고 나는 사랑이란 서로에게 불이 붙는 거라 생각해요. 그렇게 불붙는 감정이 너무 강해서 다른 건 중요하지 않다고 생각하는 거요. 그리고 우리가 이제 막 서로를 알아가는 중이라는 건 알지만…… 당신은 나를 빛나게 해줘요, 조쉬." 나는 내 심장에 손을 얹는다. 둥둥 소리를 내며 심장이 가슴께를 울린다. "내 모든 것을 바쳐서 나도 다른 여자들만큼 사랑할 수 있다는 걸 증명하고 싶어요. 기회를 주고, 나를 실험해 봐요."

그의 눈을 바라보며 대답을 기다리는 동안, 내 가슴에는 산사태가 일어난다. 차분해지려고 노력하고, 강해지려고 애쓰고 있음에도 불구하고 눈물이 슬그머니 흘러나와 뺨을 따라 서늘하게 흘러내린다.

"잠깐만요. 죄송해요." 내가 아래를 보며 말한다.

그는 우리 사이의 간격을 좁힌다. 허벅지와 허벅지를 맞대고 턱을 내 머리 위에 놓으면서 내 어깨에 팔을 올려 나를 꽉 껴안았다.

"미안해요." 나는 그의 맨 가슴에 얼굴을 세게 묻으면서 가라앉은 목소리로 말한다. 그의 품은 단단하고 따뜻하다. 그리고 나와 같이 심장이 뛰는 것도 느껴진다. "당신을 두렵게 하는 걸 내가 바꿀 수 없다는 사실이 싫어요."

"쉿." 그가 중얼거린다. 우리는 한동안 그렇게 서로를 안고 있었다.

잠시 후 조이가 와서 우리 말을 끊더니, 열정적으로 말을 시작한다. "내가 비키니 톱 잃어버린 거 봤어요? 세상에. 정말 웃겼는데!"

내 안에서 지진이 일고 있는 감정을 부여잡으려 애쓴 후, 정신을 차려보니 나는 혼자 남겨져 있었다. 그러나 그 시간이 오래가지는 않았다. 5분 후, 조쉬가 돌아왔기 때문이다. 그는 손가락 사이에서 장미를 돌리고 있었다.

"정말이에요?" 나는 숨을 헐떡인다.

"뭐라고 해야 할까요?" 차가움은 사라지고 그는 소년 같은 장난스러운 표정을 지었다.

"당신은 계속 나에게 감동을 줘요. 뭐 어때요? 무슨 일이 일어날지 한번 보자고요." 그러더니 수영복 차림에 헝클어진 머리를 한 채로 무릎을 꿇더니 얼굴에는 큰 미소를 띤다. "줄리아, 이 장미를 받아줄래요?" 그 말은 너무 달아서 꼭 벌들이 금세 모여들 것 같았다.

나는 대답 대신 그를 팔로 껴안았다. 순식간에 그의 입술이 갑자기 내 입술에 닿는다. 나는 그의 입술에 대고 입을 벌린다. 내 입안을 탐험하는 그의 혀는 따뜻하고 부드러웠고 나는 더 깊숙이 들어오라는 듯 그의 목덜미를 감싼다. 키스 후, 나는 숨이 멎는 것 같았다.

그는 낮은 목소리로 묻는다. "이게 첫 키스였나요, 줄리아?"

"네." 나는 약간 혀 짧은 소리를 내며 답한다. 입술이 부어오른 것 같다. 온몸이 녹아내리는 듯하다. 배 속에 온기가 도는 느낌이다. 이건 지금껏 내 인생에서 느껴본 것 중 가장 좋은 감각이었다. 조쉬와 함께하는 매일이 내 안의 새로운 감정을 열어주는 것 같고, 그 감정들 하나하나가 이전보다 더 강렬하다. 나는 그를 올려다보며 미소 짓는다.

"제 두 번째 키스를 해도 될까요?"

현재

　벨몬트 공원 가장자리에 있는 캠핑장은 숲이 우거진 지역에 자리 잡고 있다. 싱그러운 봄 나무들의 초록빛으로 밝은 곳이었으나 어딘가 불길한 느낌이 든다. 너무 고요하고 평화로워서 마치 무언가가 나를 덮치려고 숨을 참고 기다리는 것 같다. 포식자의 구역으로 한 발씩 다가가는 듯한 기분이 자꾸만 나를 사로잡는다.

　나는 조쉬를 찾는 것에 도움이라도 될 것처럼 몸을 앞으로 기울인 채, 햇빛이 점점이 비치는 비포장도로를 따라 거의 기어가듯 차를 몬다. '야영객 체크인'이라고 적힌 채 버려진 판잣집과 줄무늬로 얼룩 흔적이 남은 시멘트 블록 화장실을 지나 마침내 캠핑장에 도착했다.

　대략 원형 비슷하게 흙을 정리한 구역들이 음울한 나무들 사이 여기저기 있고, 각 구역에는 볼트로 고정된 녹슨 그릴이 하나씩 있다. 이 구역들을 휘감은 것처럼 만들어진 길을 따라 둘러보던 중, 갑자기 앞쪽에 조쉬의 군용 녹색 텐트가 보인다.

"맙소사!" 나는 차를 길가로 몰아세운 후 숨을 내쉬었다.

두 시간 내내 운전해 이곳으로 올 때까지만 해도 아드레날린 때문인지 현실성 같은 건 전혀 느끼지 못했다. 그러나 텐트를 발견하고, 다져진 흙길을 가로질러 그곳으로 향할 때가 되어서야 마음이 혼란스러웠다. 조쉬가 저 안에 있을까? 텐트를 열어보았을 때 망가진 몰골을 한 조쉬가 이렇게 말하는 건 아닐까?

'차가 완전히 망가졌어, 줄리아. 내 메시지 못 받았어? 여긴 수신이 잘 안 돼서······.'

나무들이 불안스레 바람에 흔들린다. 아니, 조쉬는 텐트 안에 있지 않을 것이다. 내가 완전히 미친 건 아니다. 사실, 여기 오는 길에 조쉬의 차가 도로를 이탈한 곳을 지나쳤다. 두 대의 벨몬트 카운티 보안관 차량이 깜박이는 경광등과 함께 길가에 있었고, 수색대로 보이는 소수의 사람이 모여있었다.

그래도 텐트 지퍼를 열고 곰팡내 나는 안으로 들어선다. 나도 모르게 "조쉬?"라는 말이 나온다. 물론 안은 비어있다. 입안에서 금속성의 쏘는 맛이 느껴진다. 희망이 사라질 때 나는 맛이다.

나는 들어와 텐트 지퍼를 닫는다. 이 텐트 바로 대각선 방향에 또 다른 천막이 있다. 나는 그쪽 사람들이 날 보지 못하기를 바라고 또 바란다.

"좋아." 나는 빠르게 상황을 파악하며 속삭인다.

검은색 침낭 가방이 갑자기 시체 가방처럼 끔찍해 보인다. 베개 옆에는 손전등이 있고, 조쉬가 읽던 종이책 한 권이 거꾸로 펼쳐져 있다. 침낭 발치에는 에너지바 상자가 있고, 입구 옆에는 울 양말이 그대로 든 하이킹 부츠가 가지런히 놓여있다. 그리고 그 옆에는 물병과 보랭 백이 있다. 마지막으로 조쉬의 여행 가방에는 운동복 바지 한 벌이 마치 막 벗어놓은 것처럼 접혀서 놓여있다.

나는 눈을 감고 숨을 들이마신다. 이 모든 상황이…… 뭔가 잘못된 것 같다.

고개를 들어 다시 주변을 살폈다.

불안할 정도로 깔끔하다.

조쉬는 침낭에서 잠을 잔 것 같지 않다. 물론 자고 일어나서 잘 정리된 걸 수도 있지만 조쉬는 평소 침대를 정리하거나 바지를 접어놓는 사람이 아니다.

발뒤꿈치에 쭈그리고 앉아서 각 물건을 차례로 집어든다. 혹시나 범죄 현장이 될까 봐 소매를 걷어 올린 채로 살펴본다.

에너지바를 세어본다. 여덟 개가 들어가는 상자에 일곱 개가 들어있고, 남은 하나는 구겨진 포장지다. 보랭 백에는 조쉬가 떠나기 직전에 만든 땅콩버터 샌드위치 여섯 개가 들어있다.

기억이 난다. 그가 떠나기 직전, 술이 완전 취한 것은 아니어서 반 정도는 멀쩡한 상태였다. 다음으로 나는 반쯤 빈 병을 집어 들고 뚜껑을 연다. 혹시 약을 탄 물일까? 물 냄새가 난다. 맛도 그렇고……. 다음으로는 손에 닿는 책을 집어들었다. 오래된 존 그리샴 문고판이었다. 그 밑에는 파란색 젤 펜이 놓여있다.

딸깍 소리가 나는 부분엔 깨문 자국이 있다. 신발 안쪽에서는 양말 냄새가 난다. 세제 냄새가 강하게 나는 걸 보니 아직 신지 않은 것 같다.

마침내 일어난 나의 머릿속이 뜨겁게 달아오른다. 현명한 생각, 강인한 직감, 빛나는 통찰력으로 이 상황을 파악하고 싶은데, 혼란만이 가득하다. 계속해서 남아있는 물건들을 훑어본다. 마치 시험을 엉망으로 치르는 기분이다. 미세하게 젖가슴이 따끔거리는 것이 곧 유축을 해야 할 것 같다. 나는 흩어진 집중력을 되찾기 위해 팔 안쪽을 꼬집는다. 다시 한번 상황을 상상해 본다.

조쉬는 토요일 밤 늦게 도착한다. 어둠 속에서 텐트를 치고 잠이 든다. 일찍 일어나서 에너지바를 먹으며 내게 메시지를 보내고, 앤디와 아침 식사를 하러 간다. 그리고…… 차와 충돌한다. 뇌진탕으로 인해 정신이 혼미한 상태로 헤매고 다닌다.

다른 가능성을 생각해 보자면, 아예 여기서 잠을 자지 않았을 수도 있다. 그리고 조쉬는 펜을 깨물지 않는다. 그런 버릇이 있는 건 나고, 조쉬는 오히려 그 버릇을 싫어했다.

시끄러운 사이렌 소리가 내 상상을 찢고 들어온다. 경찰차가 온 것이다. 순간, 아찔한 감이 온몸을 덮친다.

맙소사. 내가 여기서 발견되면…….

나는 당황해서 텐트를 둘러본다. 앞쪽을 제외한 출구는 뒤쪽에 있는 날개형 창문이 유일했는데, 지금은 닫혀있다. 빠르게 거기로 가 창문을 열었지만 모기장도 닫혀있다. 지퍼를 잡아당겨도 열리지 않는다.

"제발⋯⋯." 나는 숨을 내쉬며 간청하고 기도한다.

"여기 같습니다." 낮은 남성의 목소리가 들린다. 습한 여름과 끈적이는 맥주를 떠올리게 하는 시럽 같은 느린 말투의 인디애나 남부 사투리다. 삐빅, 하고 무선기 신호 소리가 난다.

"찾았습니다. 11번 구역입니다. 여기로 오세요." 그러고 나서, 무거운 장화 발소리가 들린다. 한 명의 경찰관이 파트너와 함께 오는 것 같은 소리다.

나는 점점 더 가까워지는 발걸음 소리를 들으며 지퍼를 앞뒤로 흔들었다.

숨이 가빠진다.

"저, 실례합니다만." 갸냘프고 앙증맞은 여자 목소리다. 나는 가만히 있는다. "귀찮게 해서 죄송합니다. 제 남편과 저는 저쪽에 지내는데요. 혹시 여기 머물고 있던 젊은 남자 때문에 오신 건지 궁금하네요."

"네, 부인." 경찰이 말한다. "아는 게 있으시다면 말해주실 수 있으신가요? 뭐라도 매우 귀중한 정보가 될 겁니다. 유감스럽게도 이 남성분이 실종된 상태거든요."

"오, 세상에. 저희도 궁금했어요⋯⋯. 며칠 동안 못 봤거든요!"

"그럼 그를 보셨나요?"

"네, 토요일 밤 늦게 들어오는 소리에 자다가 깼었어요."

"몇 시였는지 기억하시나요?"

"열 시가 조금 넘은 때였어요. 그런데 이상한 건, 그가 텐트를 치고 나서 어디론가 떠났다는 거예요."

"어떻게 아세요?"

"화장실에 다녀왔어요. 화장실은 캠핑장 앞쪽에 있는데 그 사람이 차를 몰고 가는 것을 봤어요."

"본 사람에 대해 설명해 주시겠어요?"

"어두워서 잘 보이지는 않았어요. 하지만 그가 텐트를 치는 동안 그의 윤곽은 볼 수 있었어요. 날씬한 친구였죠. 텐트를 모두 설치하는 데 시간이 좀 걸렸어요. 그 사람은 전에 텐트를 쳐본 적이 없는 것 같았어요. 캠핑 초보자라고 생각했죠. 그는 한동안 텐트 근처를 돌아다녔고, 제가 화장실에 간 것도 그때였어요. 그런데 어느새 제 앞을 지나쳐서 그 사람이 가더란 말이죠. 아주 무모하게 차를 몰더군요. 제가 옆으로 뛰어넘지 않았다면 그가 저를 쳤을 수도 있었어요!"

"그러고 돌아왔나요?"

"그 후로 그를 본 적이 없어요. 운전하던 걸로 봐서는 사고를 당했다 해도 놀라지 않을 것 같아요. 제 말이 무례하게 들리지 않으면 좋겠네요." 그녀는 혀를 끌끌 찼다.

"도움이 됐습니다. 감사합니다, 부인." 경찰이 말한다.

"그 젊은이의 이름이 뭔지 물어봐도 될까요?"

"비밀로 해주세요, 부인……." 경찰의 목소리가 너무 작아져서 잘 들리지 않는다.

그 앙증맞은 여자 목소리가 한껏 올라간다. "잠깐만요……. 반년 전에 결혼한 그……."

그리고 좀 더 중얼거리는 소리가 들렸다.

마침내 경찰의 목소리가 정상적인 크기로 돌아온다. "유감스럽게도 제가 받은 정보는 그게 전부입니다, 부인. 도버 카운티에서 일어난 사건입니다. 저는 벨몬트 카운티 소속이고요. 그냥 도와주고 있는 거예요."

"세상에. 그가 꼭 나타났으면 좋겠어요. 그 젊은이는 좋은 사람 같았거든요!"

대화에 너무 정신이 팔려서 나는 탈출해야 한다는 사실을 잊고 있었다. 다시 내 쪽으로 발걸음이 다가오는 소리가 들리자 나는 다시 한번 다급하게 지퍼를 연다.

"제발." 나도 모르게 거친 호흡을 했다. 그러자 손가락에 찌릿찌릿한 통증과 함께 지퍼가 열린다.

그 경찰의 그림자가 입구에 넓고 길게 늘어져 있다. 정말 볼썽사납게 나는 필사적으로 뛰어오르다가 뒤로 넘어지고, 텐트는 내 뒤에서 흔들린다.

"이봐요!" 경찰이 외쳤지만 나는 뒤돌아보지 않고 달렸다. 캠핑장 뒤편 숲을 가로질러 나무 사이를 헤집고 덤불 사이로 발이 부딪친다. 가슴이 화끈거리고 다리에 힘이 들어갔다. 나뭇가지가 내 뺨을 찢는다. 새들이 흩어져 쉰 목소리로 합창한다. 침입자! 침입자!

나무 뒤로 비틀거리며 땅바닥 축축한 나뭇잎 위에 내 몸을 던지니 폐가 타들어 가는 것 같다. 초식동물처럼 고통스럽게 숨을 참으면서도 귀를 기울인다. 주변은 잠잠했다. 아무도 따라오지 않는 것 같아서 나는 심호흡을 한다.

생각들이 격렬하게 쏟아져 나온다. 방금 들은 말들을 나는 이해할 수 없다. 조쉬가 텐트를 치고 캠핑장을 바로 떠난 것, 밤에 차를 몰고 간 것, 사고가 난 차를 버린 것, 그리고 모순되게도 일요일에 좋은 아침, 자기야!라고 메시지를 보낸 것, 마치 아무 일 없었다는 듯이.

나무에 기대어 고개를 뒤로 젖히고 위를 올려다본다. 얽히고 설킨 나뭇가지가 내게 귀를 기울이는 것처럼 아래로 내려앉아 있다.

"나는 뭘 본 거지?" 나는 속삭인다. "조쉬, 어디 있는 거야?"

나무들은 무겁고 침묵하는 시선으로 아래를 내려다본다. 어떤 공포를 목격했든 그들은 어떤 말도 하지 않는다.

조쉬는 사라졌고, 그 일에 대해 대답해 줄 사람은 없다.

과거

    나는 일주일 내내 〈더 프러포즈〉 촬영장 저택에 있었다. 그곳에서 그룹 데이트와 속마음 영상, 두 번째 장미 수여식에 참여했으며, 집에는 여자들이 너무 많아서 자고 깨어날 때를 제외하면 나만의 시간을 가져본 적이 없었다.

    따스했던 낮이 지난 후 해는 저물고, 이제 시원한 휴식이 찾아오고 있다. 나는 머리가 헝클어진 채 잠옷 차림을 하고 있다. 정원에 박혀있는 까끌한 돌은 여전히 해의 온기를 머금고 있다. 내 맨발바닥에 전해지는 그 열기는 마치 캘리포니아가 나에게 사랑을 쏟아붓는 것 같은 느낌이다.

    물론 카메라가 항상 나를 따라다니기 때문에 완전히 혼자는 아니다.

    지금도 비키니를 입은 여자들이 비명을 지르며 나만의 순간을 빼앗는 건 시간문제다. 하지만 수영장은 놀기 좋은 장소다.

그러니 이 정도는 감수해야지.

아쿠아 블루 컬러의 물에서 눈을 떼지 못하며 내일에 대해 생각한다. 조쉬가 다음 일대일 데이트 상대를 발표할 것이고, 나는 하루 종일 정신없이 힘을 써서 지금은 꼼짝도 못 하겠다.

조쉬와의 시간이 너무 기다려진다. 지금까지 내가 얻은 건 단편적인 것이다. 사실, 지금까지 우리가 한 대화 중 가장 긴 대화는 내가 신스라고 고백한 것이었으니까.

그의 혀가 내 입안 여기저기 닿을 때 내 몸에는 불이 붙는 것 같았다. 나는 애초에 설계될 때 조쉬에게 그렇게 집착하게 만들어진 것일지도 모른다. 그러나 한 가지 확실한 건, 다른 여자들도 나와 똑같다는 것이다.

"매일 밤 잠들 때면 조쉬가 내 옆에 있다는 상상을 해."

조이가 고백한 말에 나는 얼굴이 빨개졌다. 나도 똑같이 생각했기 때문이다. 침대에서 손을 뻗기만 하면 그의 맨등을 내 손가락으로 훑어내리고 쓰다듬을 수 있을 것만 같다고.

하지만 여자들은 이 모든 것에 조금 다르게 접근하는 것 같다. 예를 들어, 그들은 왜 조쉬에게 끌리는지 분석하고 싶어 한다. 그의 신념, 가치관, 성장 배경, 공통 관심사 등으로. 나도 그런 식으로 생각해야 하는 걸까? 하지만 나는 배경도, 특별한 관심사도, 신념도 없다. 내가 조쉬와 함께할 운명이라는 것 말고는.

"조쉬가 너의 짝이라고 확신하는 이유가 뭐야?" 엠마가 나에게 물었었다.

장미 수여식을 다 찍고 나서 다 같이 온수 욕조에 갔을 때였다.

"느낌이요."

엠마는 내 대답이 너무 간단하다는 듯 눈썹을 치켜올렸다. 너무 진부하게 들렸을 수도 있겠다.

하지만 내가 조쉬에게 끌린 이유는 간단하더라도 깊다. 그건 나 스스로도 알 수 있다. 내가 다른 여자들과 같은 방식으로 모든 것을 할 수 없다고 해서 그것이 조쉬와의 유대감을 떨어뜨리진 않는다.

"감정은 사라지기도 하지." 엠마가 말했다. "이렇게 말해볼까? 내 전남편, 내 딸의 아빠랑 나 말이야. 우리도 서로가 진짜 운명이라고 생각했지만 그냥 지나가는 감정이었어. 무슨 말인지 알아? 말 그대로 아무것도 없었던 거야. 서로 통한다는 건 정말 더 깊어야만 해."

나는 아무 대답도 하지 않았다. 그저 가슴에 생겨난 불안감이 마치 온수 욕조의 거품처럼 일렁였다. 나는 계속 스스로에게 다른 여자들과 나는 다른 점보다 비슷한 게 더 많다고 말해왔다. 심지어 조쉬에게도 바로 그 대사로 내 자신을 어필했었다. 하지만 욕조에서 웃고 있는 엠마가 마치 커다란 골짜기 건너편에서 비웃고 있는 것처럼 느껴졌다. 내가 틀린 거라면 어떡하지?

지금 이 순간에 집중해야 한다고 스스로에게 말하며, 수영장을 한 바퀴 더 돌았다. 발에 닿는 돌의 감각을 하나하나 느끼며 걸었다.

지나친 생각은 일을 망칠 뿐이다. 나는 나다. 내 생각과 지금 이 과정들을 의심하면 미래를 만들기 전에 파괴할 수 있다.

그런 생각에 빠져있을 때쯤, 일이 벌어졌다. 뒤에서 누군가 내 몸을 치는 충격이 느껴진 것이다.

나는 넘어지지 않기 위해 팔을 들어올리다 수영장 기둥에 부딪히는 바람에 결국 휘청거렸다. 나를 공격한 자가 내 머리채를 당겨 돌에 부딪히게 하는 순간, 바늘이 두개골에 꽂히는 것 같은 날카로운 느낌이 든다.

몇 초가 지나서야 누군가가 그저 수영장 주변을 걷던 나를 습격했다는 것을 알았다.

단 몇 분이라도 좋으니 혼자만의 시간을 갖고 싶었을 뿐이었는데, 왜 이렇게 된 걸까?

나는 눈 깜빡할 새 내 얼굴 위에 드리운, 나를 공격한 사람의 얼굴을 보았다. 한순간, 나는 찡그린 창백한 달을 본 것 같은 기분이었다. 그녀가 이런 짓을 하는 게 열망이 아니라 마치 필요에 의한 행동인 것처럼. 그 짧은 시간 안에, 나는 오래전에 생명이 다 빠져나간 듯 희미해진 푸른 눈동자를 보았다. 그리고 슬픈, 가라앉은 듯한 분화구처럼 검버섯이 가득한 뺨과 나이 든 사람의 체취와 씻지 않은 흰 머리카락 냄새가 느껴졌다.

얼마 안 가, 제작진들이 내게서 그녀를 떼어냈다. 언뜻 고함도 들린 것 같았지만 그 소리는 내 머릿속의 웅성거림 때문에 묻힌 것 같다.

나는 쓰러진 채, 멍하니 넓고 푸른 하늘을 바라본다. 이 넓은 하늘 아래의 내가 너무 작다는 생각이 든다. 내 존재는 알 수 없는 깊은 세계의 표면에 떠있는 거품에 불과한 것 같다. 혀를 깨무는 바람에 솟구친 피가 입안을 가득 채운다.

"줄리아?" 의사가 내 위로 고개를 기울였다. 걱정이 가득한 그녀의 얼굴은 달처럼 상냥하다. "내 말 들려요? 정신 차려요! 줄리아, 줄리아?"

시야가 흐릿해진다. 암전 속으로 빠질 때쯤, 나는 이 상황이 비눗방울 같다고 생각했다. 너무나 섬세해 한 번의 접촉으로도 터져버리는, 그 비눗방울.

나는 그대로 정신을 잃었다.

현재

태양이 내려앉기 시작하자 나는 캠핑장으로 돌아선다. 부드럽게 날이 지는 땅 위를 조용히 걸으며, 모기 무리를 쫓는다.

숲속에 숨어있는 것은 비참한 일이다. 가슴에는 모유가 가득 차서 너무 고통스럽다. 셔츠를 걷어올리고 손으로 짜내려 해보지만 잘 되지 않는다.

애널리가 태어나고 처음 몇 주, 제대로 잠도 못 자던 시절이 있었다. 그때 누가 몇 시간만이라도 혼자 산속에 갈 수 있게 해줬다면 감사의 눈물을 펑펑 쏟았을 것이다. 물론 그런 상황이었다면 덤불에서 소변을 보고, 다리를 기어오르려는 개미 떼에 욕을 퍼부으며, 아픈 젖꼭지를 잡아 짜내는 일 같은 건 상상도 못했겠지만 말이다.

드디어 앞에 군용 녹색 조쉬의 텐트가 나타났다. 그리고 바로 너머에 은빛으로 반짝이는 내 차가 보인다.

캠핑장 주변에 새롭게 노란색 테이프가 쳐져있지만 아무도 경비를 서지 않는 것 같다. 나는 내 차로 돌아가기 위해 길을 밟았다. 차에 올라타서 최대한 부드럽게 문을 닫고 잠금 버튼을 누르는 순간, 모유가 터져 흐르기 시작한다.

"젠장." 나는 유축기를 찾으며 압박감과 고통에 거의 눈물이 흐를 것 같다. 셔츠를 올린 후, 내 가슴에 유축기를 대고 전원 버튼을 누른다. 겨우 숨을 돌릴 수 있겠다고 생각한 순간, 다급한 여성의 목소리가 들린다.

"실례합니다! 부인!"

파란 텐트에서 내 차 쪽으로 건너오는 사람은 아까 그 앙증맞은 목소리의 아주머니다. 회색 머리, 운동으로 다져진 체격, 빠른 걸음걸이.

"안 돼." 나는 으르렁거리며 분노에 찬 목소리로 시동을 건다.

급히 액셀을 밟자, 자갈을 튀기고 먼지를 일으키며 차가 흔들린다.

몇 분 정도 그러고 있었을까. 마침내 캠핑장을 빠져나와 포장된 시골길로 들어선다. 시계는 다섯 시를 가리키고 있다. 예상보다 늦었다. 휴대폰을 충전하고 에덴에게 메시지를 보내야 하는데, 두 손이 모두 바쁘다. 적어도 모유는 잘 흘러나와서 한 가지 불편함은 던 것 같다. 어느 정도 길이 평탄해져 속도를 천천히 올렸다.

이렇게 약하고 절망적인 기분은 처음이다. 목이 마르고, 배고프고, 더럽고, 뻣뻣하고. 애널리와 너무 오래 떨어져 있어 공포

감마저 느껴진다.

지금 원하는 것은 당장 집에 가서 샤워하고 깨끗한 옷을 입은 후, 아기를 안아 최대한 안전하다는 느낌을 받는 것이다.

길 오른쪽에 불이 켜진 큰 천막이 눈에 들어온다. 스텔라 패밀리 레스토랑. 온 가족을 위한 구식 식당이자, 일요일 아침에 앤디와 조쉬가 아침 식사를 위해 만나기로 한 곳이기도 하다.

어떤 생각을 하기도 전에 나는 주차장으로 핸들을 돌렸다. 얼마나 빨리 꺾었는지 차가 거의 미끄러지려 했다. 아기에게 돌아가는 것이 우선이었지만 지금은 여기가 먼저였다.

차를 주차한 후, 휴대폰을 충전하고 옷매무새를 만진다. 모유 얼룩이 셔츠 앞에 묻었지만 다행히 차에 여분의 옷이 있다. 그 옷 안으로 몸을 끼워 넣은 나는 매무새를 다듬고 주변을 살펴보았다.

인디애나 남부의 모든 식당이 그렇듯 여기도 참 낡았다. 양철 지붕과 풍화된 건물 외벽 등이 그동안의 세월을 말해준다. 주차장에서도 오래된 기름 냄새가 가득하다. 내부는 더 심각하다. 조개 수프가 썩은 것 같은 생선 냄새가 난다. 갈색 부스가 양옆으로 늘어서 있는데, 한쪽에만 노인 두 명이 앉아있다. 차가운 LED 조명은 비닐 부스의 모든 찢어진 부분과 테이블 위의 칩을 적나라하게 다 보여준다. 손소독제가 있으면 좋겠다.

"안녕하세요." 나는 알루미늄 바 뒤에 있는 한 여성에게 말한다. 그녀는 걸레로 조리대 위를 닦고 있었는데 오히려 음식물 찌꺼기가 흩뿌려지는 듯하다.

"주문 도와드릴까요?"

그녀가 이렇게 말할 때, 나는 이곳이 아무리 내 식욕을 돋우지 않는다고 해도 주문을 해야 한다는 것을 깨닫는다. 억지로 미소를 지으며 푹신한 바 의자에 앉는다. "추천해 주시겠어요?"

"생선튀김이 특별 메뉴예요. 아니면 팬케이크 좋아하세요?"

"팬케이크 주세요. 그리고 디카페인 커피랑 물도 주세요."

그녀는 주방으로 들어가는 통로 창을 통해 내 주문을 큰소리로 외친다.

나는 조리대에 앞으로 기대어 플리스 셔츠 소매 안으로 손을 집어넣는다. 아무 곳도 닿고 싶지 않아서였다.

"음, 지난 일요일에도 여기 계셨나요?"

"매일 여기 있죠." 그녀는 등을 돌린 채 커피를 내리고 있다.

"혹시 검은 머리의 30대 중반 남자를 보신 적 없으세요? 좀 후줄근한 스타일이요. 그가 다른 사람을 기다리고 있었을 건데. 아마 오랫동안요."

"아니요."

앤디는 이미 조쉬가 나타나지 않았다고 말했다. 혹시 조쉬가 시간을 잘못 알고 서로 엇갈린 건 아닐까?

"혹시 그럼 그 남자 말고, 정말 잘생긴 남자는 보셨나요? 갈색 머리, 몸은 운동선수 같고요." 차에서 휴대폰을 가져왔더라면 앤디와 조쉬 사진을 보여줄 수 있었을 텐데. "아, 혹시 TV에 방영됐던 〈더 프러포즈〉 보셨어요?"

"서바이벌 프로그램이요?" 그녀는 팬케이크 접시, 끈적이는 시럽 유리병과 도자기 머그잔을 탁 내려놓더니, 커피를 따른다. 커피가 넘쳐 흐른다. "왜요?"

"거기 나오는 잘생긴 남자는 못 보셨나 해서요."

"못 봤어요."

"알았어요. 고마워요." 실망감을 애써 감추며 나는 몸을 돌린다. 여기 들른 건 확실히 시간 낭비였다.

팬케이크를 먹으면서 나는 바 위의 TV를 본다. 인디애나폴리스에서 열리는 앤틱 자동차 대회가 생중계되고 있다. 조쉬도 어렸을 때 한 번 갔었다고 했다. 그것은 그가 아버지 필과 함께 한 몇 안 되는 행복한 추억 중 하나였다. 금융가 사람인 조쉬의 아버지는 지금은 시카고에서 스무 살의 약혼녀와 살고 있는, 여러모로 쓰레기 같은 사람이다.

조쉬와 내가 이번 대회에 같이 가자고 이야기했던 것이 떠올랐다. 하지만 애널리가 낮잠을 자지 않으면 짜증을 내기 때문에 우리는 내년에 꼭 가기로 새끼손가락을 걸고 약속했다.

내년은 새집, 더 편한 생활, 새로운 시작의 해다. 하지만 내년에 내가 혼자면 어쩌지?

팬케이크를 한 입 베어물며 나는 쓸데없는 생각을 하지 않으려고 노력한다.

그래도 아직은 시체가 발견되지는 않았으니까. 나는 조쉬가 살아있다고 믿는다.

TV 리포터가 누군가를 향해 큰 마이크를 들이대는 장면을 보며 나는 숨을 헐떡인다. 카밀라 레예스가 나를 내려다보며 웃고 있다. 마치 하늘에서 내려온 계시처럼. 그녀는 밝은 노란색 칵테일 드레스에 두툼한 실버 힐을 신었다. 그녀의 검은 머리카락은 부드럽게 웨이브가 져서 멋져 보인다.

볼륨은 낮아 잘 안 들리지만 그녀의 이미지 아래에는 광고 문구가 반짝인다.

BMW 브랜드 홍보대사

그녀에게 메시지를 보내야겠다. 저기는 두어 시간 거리에 있으니 대회가 끝나고 오베르테로 올 수 있겠지. 그녀와 앤디를 이 일에 끌어들이지 않으려고 했지만 내 생각이 짧았다. 나는 도움이 필요하다.

생각을 마친 나는 점원 여자에게 신용카드를 흔든다. 그녀가 계산하는 동안 나는 마지막으로 물어본다.

"무례하게 굴어 죄송해요. 아까 제가 물어본 두 남자 중 한 명이 제 남편인데 그가 여기서 일요일 날 우리 친구를 만나기로 했거든요. 아침 먹으러요. 그런데 친구가 남편이 오질 않았대요. 혹시 뭐 비슷한 상황 본 거라도 있으시면……."

"아침 식사요?" 그 여자는 킥킥거리며 카드를 돌려준다. "일요일?"

"네."

희망이 가슴에 부풀어 올라 묻는다. "봤어요?"

여자는 상황이 웃긴 듯 걸레를 바닥에 내리친다. "아뇨, 우리

105

는 모두 예배드리고 있었을 거예요."

"뭐라고요?"

"교회요." 그녀가 내가 잘 안 들려서 묻는 줄 알고 더 크게 말한다. "우린 교회에 가야 해서 일요일 저녁까지 문을 닫아요."

"세상에." 나는 바보가 된 기분으로 말한다. "고마워요."

나와서 차로 돌아오니 충전된 휴대폰이 나를 반긴다. 화면에서 부재중 전화와 메시지가 봇물 터지듯 쏟아져 나온다.

— 줄리아, 전화 줘요. 정말 걱정돼요.

— 저, 다음 주에 인디애나에 가요. 우리 얼굴 좀 볼 수 있을까요? 저희 다큐멘터리를 어떻게 보고 계시는지 알고 싶어요!

순서대로 앤디, 그리고 넷플릭스의 앨리 부온코어에게서 온 것이었다. 앨리의 전화번호를 차단하고 싶은 마음이 반쯤 든다. 왜 나를 내버려두질 못할까?

그 아래에는 에덴의 메시지가 있다.

— 물티슈 떨어졌어요! 오는 길에 좀 사오실래요?

또 있다.

— 그냥 아무 연락이라도 보내주실래요? 걱정돼서요. 아무 문제 없으신 거죠?

옆에는 에덴과 애널리가 볼을 맞대고 찍은 셀카가 있다. 에덴이 걱정하지 않도록 먼저 메시지를 써서 보낸다.

— 미안! 휴대폰이 꺼져서 답이 늦어졌네요. 물티슈 사서 갈게요~ 두 시간 후 집에 도착!

다음으로 카밀라에게 메시지를 보낸다.

— 안녕, 텍사스. 네가 인디애나에 있는 거 TV에서 봤어. 전화해!

메시지로 조쉬의 실종에 대한 안 좋은 소식을 알리고 싶지는 않다. 그러나 조쉬의 친구로서, 우리 친구로서…… 카밀라도 이 사실에 대해 알 자격이 있다.

그러고는 강박적으로 손가락을 씰룩거리며 다시 조쉬의 메시지를 연다. 조쉬의 메시지 뒤에 아직 파헤치지 못한 비밀이 숨겨져 있는 것처럼 모든 단어를 다시 읽는다.

먼저, 보안관에게 보여줬던, 조쉬가 좋은 아침이라고 하며 키스 이모티콘을 보낸 메시지를 본다.

집에서 남편과 무슨 문제가 있었는지 미첼이 오늘 아침에 물어봤었던 것이 떠오른다. 그때 그에게 말하지 않은 사실이 하나 있다.

남편은 나를 만든 사람인 내 설계자가 나를 사랑하고 있다고 생각했다. 그가 내게 집착한다고 생각해서 심하게 화를 냈다. 더 심한 건 남편은 나 또한 앤디를 사랑한다고 생각한다는 거다.

나는 조쉬가 토요일 밤에 떠나고 나서 처음 보낸 메시지를 쳐다본다. 시간은 오후 여덟 시 오십 분으로 찍혀있다. 그 당시 나는 그가 완전히 캠핑장에 자리를 잡고 텐트 안에 있을 거라고 생각했는데, 오늘 캠핑장에 있던 퍼트 부인의 말을 듣고 나니 그는 그때 아직 길 위에 있었던 거였다.

— 앤디를 만날 거야. 참고로, 내가 앤디를 두들겨패야 한다면 그렇게 할 거고.

— 조쉬, 제발 진정해. 당신이 생각하는 그런 게 아니야. 앤디 얘기를 그냥 들어봐.

— 내 아내와 사랑에 빠졌다는 이야기를?

— 제발, 자기야, 우리 또 이러지 말자, 제발.

— 확신하는데, 그 남자는 당신을 원해. 난 그냥 그 자식이 우리 인생에서 사라졌으면 좋겠어.

난 그 메시지를 쳐다보고 또 쳐다본다. 심장이 빨리 뛴다. 정말 화가 난다.

몇 초 동안, 조쉬를 욕하고 싶은 마음과 그를 안고 싶은 두 모순된 마음 사이의 긴장 속에 앉아있다. 엿 먹으라고 욕하고 싶은 마음과 사랑한다고, 절대 떠나지 말아 달라고 속삭이고 싶은 마음이 계속해서 줄다리기를 한다. 마침내 이 줄다리기가 참을 수 없을 정도로 심해지자, 코로 한숨을 내쉬고 메시지를 화면에서 지운 후 휴대폰을 옆 좌석에 던져버린다.

이내 나는 마음을 가라앉히고 문제 해결 모드로 돌아가려고 노력한다.

조쉬가 이 모든 감정적인 메시지를 보낸 후 캠핑장에 도착하는 모습을 상상해 본다. 분노에 휩싸여 텐트를 치고는 뭔가 어색함을 느꼈을 것이다. 목격자는 조쉬를 보며 캠핑 초보자처럼 보였다고 했다. 텐트를 친 다음, 운전해서 바로 떠났다는데……. 어디로?

캠핑에 필요한 물건 같은 걸 사러? 하지만 조쉬의 차는 그곳에 있었다. 그가 차 없이 도로를 벗어났을 거라고는 절대로 상상도 할 수 없다. 분명 숲속에서 길을 잃었을 것이다. 방금 내가 그랬던 것처럼 방향을 잃고 헤매고 있었을 것이다. 아니면 비틀거리며 낯선 사람의 집으로 도움을 청하러 갔나? 뇌진탕이라도 일으켰을까? 하지만 다음 날 아침의 그 망할 메시지는 대체 뭔가? 누군가 다른 사람이 보낸 게 아니라면…….

길이 점점 더 잘 안 보인다. 여섯 시가 넘었다. 곧 칠흑같이 어두워지겠지. 헤드라이트가 아무도 없는 길을 비춘다. 사슴이라도 지나가지 않을지 걱정되니 모든 집중력을 사용해야 하지만, 그 대신에 속도를 높인다. 75마일, 80마일, 85마일.

그러다 문득 깨닫는다. 조쉬가 토요일 밤에 보낸 메시지에는 앤디를 언제, 어디서 만날 거란 얘기는 없었다. 스텔라 패밀리 레스토랑에서 아침을 먹는다는 건 앤디에게서 들은 건데 스텔라 패밀리 레스토랑은 일요일 날 문을 닫았다.

핸들을 꺾었다. 커브를 너무 빨리 돌아서 시속 90마일로 달리고 있다는 걸 깨닫는다. 이 시골길에선 무모한 속도다.

앤디가 거짓말을 한 건가? 약속 장소뿐만 아니라 시간도? 날짜는? 앤디가 토요일 밤에 우리 집을 떠난 후에 바로 조쉬를 만나러 갔다면? 그리고 만약 조쉬가 앤디를 만나러 가는 길에 차 사고가 났다면?

속이 뒤틀린다. 만약 그랬다면 조쉬가 텐트를 설치하자마자 바로 떠난 게 설명된다. 하지만 앤디를 의심하는 건 너무 잘못된 것 같다.

하지만 갈등이 있어도 아침까지 기다릴 수 있을 성인이 왜 밤에 만났을까? 그리고 왜 앤디는 나한테 거짓말을 했을까?

어둠 속에서 마일리지 표지판이 튀어나와 얼굴을 때리듯 말하는 것 같다.

천천히 가, 줄리아. 천천히.

하지만 정말로 95마일로 달리고 있는 것 같은 기분이 들지 않았다. 내가 달리는 속도가 진짜이기는 할까? 무엇이 진짜고, 무엇이 가짜인 걸까?

앤디를 의심하는 것은 나 자신을 의심하는 것과 같다. 내가 처음 세상에 나온 날, 처음 본 얼굴이 앤디의 얼굴이었다. 첫인상은? 다정하고 친절했다. 난 직감을 항상 믿어왔다.

내 세상이 무너지기 시작한다. 한순간 겁에 질리고, 그 다음 순간은 무모해진다. 존재하지 않는 목소리와 존재하지 않는 시계 소리가 들린다.

액셀을 더욱 세게 밟는다. 마치 가슴속에서 펼쳐지는 그 무언가를 앞지를 수 있는 것처럼. 생각, 느낌, 그리고 내버려둘 경우 나를 갈라놓을 수도 있는 깊은 본능.

나는 이제 나조차 믿을 수가 없다.

과거

"줄리아." 걱정 가득한 따뜻한 목소리가 말한다. 조쉬다. 가장 반가운 얼굴이 초점으로 들어온다. 그의 표정은 강렬하다. 그리고 눈은 내가 항상 바라던 방식으로 나를 탐색하고 있다.

"안녕하세요." 나는 약하게 말한다. 정신을 차린 나의 모습은 뒤통수에 얼음주머니를 대고, 팔에는 팔걸이 붕대를 하고 거실 소파에 등을 대고 누운 채다. 천장에 있는 선풍기가 내 머리 위로 높이 돌아갔다. 조쉬는 팔 아래에 땀이 송골송골 맺힌 채 내 왼쪽에 무릎을 꿇고 앉아있었다. 마치 방금 운동하고 온 것처럼.

나는 그 공간을 훑다가 멀리 여자들이 모인 걸 알아차린다. 그들은 우리를 지켜보며 낮게 중얼거린다. 그리고 두 명의 카메라맨도 눈에 띄지는 않지만 분명히 있다.

"무슨 일이 있었던 거죠?" 나는 다시 조쉬에게 집중하며 묻는다. "누구였어요?"

조쉬는 내 차가운 손을 자신의 양손 사이에 쥔다.

"조사 중이에요." 허스키한 그의 목소리는 화가 많이 나있음을 알 수 있다. "범인은 경찰이 도착하기 전에 보안팀으로부터 도망쳤어요. 하지만 분명 그들이 그 여자를 찾을 거예요. 여기 저기 대기하던 카메라에 분명 다 찍혔을 테니까요."

나는 고개를 갸우뚱하며 움찔한다. "왜 나를 공격했을까요?"

나는 지금까지 내 첫 번째이자 유일한 SNS 게시물에 달린 댓글들을 다시 떠올릴 수밖에 없다. 처음에는 크리스티와 크리스텔 쌍둥이를 포함한 여러 유명 인사들의 좋은 반응으로 시작됐지만, 곧 상황은 악화했다. 그리고 그것은 단순히 내가 진정한 여성이 아니라고 비난하는 신랄한 댓글 정도가 아니었다.

섹스봇은 줄이고 더 좋은 백신이나 만들어라, 제발!

코로나 시대에 이게 과학이 하는 일? 장난이 심하다.

어서 오세요, 줄리아. 이곳은 미국입니다. 1퍼센트가 로봇 섹스 장난감을 만들고, 99퍼센트는 식료품 지원금을 받는 멋진 나라죠!!

나는 읽기를 멈출 수밖에 없었다.

나를 공격한 범인인 여자는 로봇 반대 운동가가 아닐까? 프로듀서들이 내가 쇼에 참여한다는 사실에 관한 미디어 유출이 있었다고 경고해 주었다.

"다들 그 범인 여자가 미친 팬이라고 말해요." 조쉬가 말한다. "지난주에 몇몇 카메라맨들이 그녀를 봤대요. 숙소 주변을 서성이고 있었나 봐요. 내 생각에는 그 여자가 당신 혼자 있는 걸 보고 기회를 잡은 것 같아요."

"무슨 기회요?" 나는 멍청하고 느리게 묻는다.

"유명해지고 싶은?" 조쉬는 자신과는 상관없는 일이라는 듯 고개를 저었다. "아마 카메라 앞에 서고 싶은 그런 거요. 누가 알겠어요? 저런 사람들한테는……"

나는 천천히 숨을 내쉬며 고개를 살짝 끄덕인다. 내가 공격의 대상이었다고 생각할 때보다는 그래도 더 나은 기분이 든다. 하지만 어쩌면 우리 중 누구라도 당할 수 있었다는 것이 더 나쁠 수도 있다. 어떻게 느껴야 할지 모르겠다.

조쉬가 내 손을 꽉 잡는다. "정말 미안해요, 줄리아. 감독님이 제작진들과 안전에 관해 이야기하고 있어요. 이런 일이 벌어진 건 진짜 용납할 수 없는 일이에요."

"방해해서 미안." 소심한 목소리가 들린다. 긴 갈색 머리가 가녀린 어깨 위로 흘러내리는 비키니 차림의 엠마다. 이 상황에 대한 여자들의 생각을 대표하는 것처럼 말한다.

"우리 모두 줄리아한테 미안하다고 말하고 싶어……. 우리가 할 수 있는 게 있다면 뭐든 도울게……"

"고마워요." 나는 말한다. "정말 고맙게 생각해요."

엠마는 입술을 깨문다. "나는 집 안에 있었어. 그 여자가 너한테 뛰어드는 걸 봤지. 나 말고도 여럿이 봤어. 근데 우린 바로 밖으로 뛰어나갈 수가 없었어."

"너무 무서워요." 엠마 옆에서, 이름이 기억나지 않는 작은 여

114

자가 말한다.

"감독님께 호신술 교육을 요청해야 할 것 같아." 조이가 제안한다. "어떻게 생각해, 줄리아? 우리 모두 팀으로 함께할 수 있을 것 같은데."

"오." 나는 놀라며 말한다. "저도 그렇게 생각해요. 근데 실은…… 저는 못 할 것 같아요. 하지만 다른 사람들에게는 좋을 거라고 생각해요."

그녀는 코를 찡그린다. "못 한다고?"

"저는…… 여러분과 같은 방식으로 방어할 수 없어요."

물론 스스로를 보호할 수는 있지만 다른 사람에게 해를 끼쳐야 하는 거라면 그렇단 이야기였다.

사람과 싸우는 건 절대 안 된다. 나는 그 여자가 내 머리를 움켜쥐었을 때 가차 없이 내 머리를 내리치려 한다는 걸 알았다.

그 순간 나는 아무 의지가 없는 것 같았다. 아무런 반응도 없이 그저 나는 힘없이 그 여자가 그렇게 하도록 내버려뒀다. 엠마의 충격받은 눈이 내게 꽂힌다.

"줄리아, 그게 무슨 말이야?" 그녀가 묻는다.

나는 조쉬를 힐끗 쳐다본다. 그러고는 어깨가 쑤시는 듯한 통증에도 불구하고 몸을 일으켜, 같은 공간에 있는 모든 여자들을 향해 말한다.

"여러분 모두가 이 사실을 알 필요는 없지만…… 이제는 알아야 할 것 같아요. 저는 신스예요."

숨소리가 들린다.

"저는 사람들을 해칠 수 없……." 내가 설명한다. "저는 그렇게……."

프로그래밍이라는 말을 내뱉을 뻔했으나 더 좋은 단어를 생각해 낸다.

"전 본능적으로 그렇게 못 해요."

"하지만 자기방어는 할 수 있어야 하지 않아?" 엠마가 반박한다. 뒤에서 수군거리는 소리에 화가 난 게 분명하다.

나는 어깨를 살짝 으쓱한다.

"신스도 우리와 다르지 않아." 카밀라가 뾰족하고 날카로운 어조로 말한다. 우아한 검은색 커버업을 걸치고 걸어나온 그녀는 하얀 비키니 가운데 끈이 보이는 깊은 네크라인으로 시선을 끈다.

"여러분, 〈신스 따라잡기〉 못 봤어요? 크리스텔이 성폭행 사실을 공개하고 나서 모든 것을 설명했잖아요." 그녀의 눈이 나를 향한다. "신스가 다른 인간을 해칠 수 있는 경우는 딱 하나뿐이에요. 그렇지, 줄리아?"

모두가 나를 보며 명확한 답변을 요구한다.

기술적인 얘기를 하면 내가 그들과 조쉬로부터 더 거리가 먼 존재가 되겠지만 이제 부끄러워할 수만은 없는 일이다. 그들도 그렇게 할 수 있도록 내가 스스로의 존재를 편하게 느낀다는 걸 보여야 한다. 그래야 우리 모두 앞으로 나아갈 수 있다.

"해를 끼치지 않도록 코딩된 건 분명해요." 나는 설명한다. "하지만 레이튼 조항이라는 별도의 알고리즘이 있어요. 10년 전 사건 때문인데, 다들 안드레아 레이튼에 대해 들어봤나요?"

"정말 끔찍한 공포 영화에 나왔던 여자 아닌가?" 조이가 고개를 갸웃거리며 말한다. "나이트 오브 더……. 뭔가 그런 제목?"

"그녀는 텍사스 석유 상속녀이자 배우 지망생이었어." 카밀라가 차분하고 침착하게 말하는데, 이상하게도 나는 고마운 마음이 들었다. "그녀는 홈 어시스턴트 로봇 중 하나를 소유하고 있었어. 그런 로봇들이 나왔을 때를 기억해? 어쨌든 남자 친구가 그 로봇 앞에서 그녀를 목 졸라 죽였지. 만약 인간에게 해를 끼치지 않도록 코딩되어 있지 않았다면 로봇이 그를 쓰러뜨리고 그녀를 구할 수 있었을 거야. 긴 이야기니까 줄여 말하면, 결국 대중적 반발이 일어나고, 의회가 예외 조항을 통과시켰어. 하지만 너무 많은 문제점 때문에 실제 시행은 크리스티와 크리스텔 때까지 이루어지지 않았지."

"어떻게 그걸 다 알아?" 엠마가 묻는다.

카밀라가 환하게 웃는다. "아버지가 석유 사업을 하셔. 안드레아는 가족이자 친구였어. 그녀를 구하지 못한 로봇? 우리 아빠가 그 로봇을 우리 집 수영장 청소에 사용했어."

내 가슴이 불편하게 두근거린다.

"그래서 레이튼 조항 알고리즘이 정확히 뭔데?" 엠마가 이마에 주름을 잡으며 말한다.

카밀라가 입을 열었지만 내가 먼저 말을 꺼낸다. "누군가 다른 사람을 해치는 것을 보고 윤리 알고리즘이 유죄인 당사자와 무죄인 당사자가 있다고 판단하면 남을 해치지 않는다는 프로

117

그램이 우회된다."

카밀라는 날카로운 손톱을 가진 손가락을 들어 보인다. "그 말은 줄리아가 자신을 방어할 수 없더라도, 그 미친 팬이 다른 사람 중 한 명을 공격했다면……." 그녀는 잠시 멈추고 히죽거리면서 말한다.

"그럼 줄리아가 그년을 족칠 수 있었을 거란 얘기지."

나는 그 말을 듣고 살짝 미소를 지으며 답례를 보낸다. 그 짧은 순간, 카밀라의 손톱 하나가 내 온몸보다 남에게 더 큰 피해를 줄 수 있겠다는 생각이 스친다.

"하지만 줄리아가 우리를 방어해 주는 건 옳지 않아 보여." 엠마가 다시 말을 시작한다.

"지금 줄리아에게 필요한 건 우리가 모두 전폭적으로 지원해 주고 응원해 주는 거야."

조쉬는 깊은 목소리로 이 불편한 주제를 마무리한다.

"줄리아는 그런 능력이 있어요. 그렇죠?" 그는 마치 장군이 명령을 내리는 것처럼 단호하게 말한다.

여자들은 동의한다는 듯 웅성거리지만 여전히 그 속에 두려움이 감돌았다. 나는 왜 그런지 물어보지 않아도 알 수 있다.

여자들은 자신들이 혼자 걷고 있었다면 무슨 일이 일어났을지뿐만 아니라 나처럼 무력한 자가 걷고 있었다면 어땠을지 또한 궁금해해야 한다. 나를 해치고 싶어 하는 미친 인간이 있는데도 그 앞에서 완전히 무력한 그런 나의 존재 말이다.

나는 입술을 핥는다. 나는 내가 만들어진 날 이후로 줄리아라는 사실이 너무 좋았다. 내 몸과 감정, 심지어는 항상 날 갉아먹는 듯 괴로운, 조쉬의 애정을 끊임없이 갈망하는 그런 힘든 감정까지도 그랬다. 하지만 내 안에는 새로운 무언가가 생겨난 것 같다. 그것은 고통의 씨앗이다. 난 내가 근본적으로 약하다는 사실이 싫다. 그러나 내 생각은 내 존재를 합리화하는 쪽으로 흘러간다. 모든 사람은 누구나 어느 정도는 근본적으로 약하지 않나? 그럼에도…….

"우리 모두 당신을 지켜줄게요, 줄리아." 조쉬의 목소리는 따뜻함으로 가득 차있다.

"나와 함께하면 다시는 이런 일이 없을 거라고 약속할게요."

"날 보호하는 건 당신 책임이 아니에요." 내 목소리가 갈라진다. 왜냐하면 나는 이런 복잡한 관계가 싫다. 나는 조쉬에게 순수한 즐거움이 되길 원하지, 그를 끌어내리는 그런 짐이 되길 원치 않는다.

갑자기 눈물이 뺨을 적셔 나는 얼굴을 가린다.

"죄송해요. 무너지지 말아야 하는데." 얼굴을 가린 손 뒤에서 내 목소리가 웅웅거린다.

여자들이 내려온다. 나는 그들을 볼 수는 없지만 들을 수 있고 느낄 수 있다. 그들은 새들처럼 소파 밑 조쉬의 양쪽에 앉아 가까이 다가오고 보호벽처럼 나를 둘러싼다.

"우리가 있잖아." 한 여자가 달콤하고 강인한 목소리로 말한다. 카밀라다. "우리는 함께 있어."

나는 전혀 예상치 못했던 사람의 지지에 완전히 충격을 받고 눈을 뜬다. 우리는 3초 동안 서로를 바라본다. 우리 사이에 뭐가 지나간 건지 설명할 수는 없지만 강렬한 무엇, 그녀 안에 있는 강한 힘이 내 안으로 들어오는 것 같다.

쉰 목소리가 흘러나온다. "고마워요, 텍사스."

카밀라는 반쯤 미소를 짓는다. "물론이지, 레드."

그리고 우리의 애정 표현에 감동한 듯이, 조쉬는 나와 카밀라의 두 손을 꽉 쥐었다. 셋 사이에 묘한 유대감이 형성된 것 같다.

"줄리아를 잘 돌봐줄 거죠?" 카밀라가 내게서 시선을 떼어 조쉬와 눈을 맞춘다.

"물론이죠." 그가 대답한다.

나는 너무 강렬하고 갑작스러운 질투를 느껴 헛구역질이 나오는 것 같지만 두 사람과 손을 맞잡은 채 조쉬가 나를 사랑할 만한 것들, 즉 신뢰, 친절, 감사 등 올바른 감정으로 나를 이끌려고 노력한다.

"고마워요." 내가 부드럽게 말하자 조쉬의 시선이 카밀라를 떠나 나를 향하고, 나는 그런 조쉬의 눈동자를 보며 승리의 감정을 연약한 미소 아래 감춘다.

"조쉬와 카밀라는 참 친절하네요……."

현재

　밤 여덟 시 이후의 월마트는 텅 비어, 한마디로 끔찍해 보인다. 작게 틀어놓은 빈티지 팝 음악이 유독 가스처럼 이 공간에 퍼지고, 높은 상업용 천장은 유령 같은 메아리를 뿜는다.

　나는 불안과 피로로 가득 찬 채 거대한 카트를 끌고 아기 물티슈를 찾는다. 옷 아래로 땀이 흐른다. 나는 보통 동네의 작은 식료품 조합에서 쇼핑을 하지만, 거기는 오베르테의 동쪽이라 가려면 삼십 분이나 걸린다.

　"제발." 나는 반려동물 사료 통로로 들어가면서 진심으로 괴로워한다.

　안내원이 26번 통로라고 하지 않았나? 나는 한 바퀴를 돌고 정원용품 코너로 들어간다. 도대체 아기용품은 어디 있는 거지?

　"저기요." 나는 멀리 서있는 여성을 부른다. 안내원 이후로 지금까지 여기서 본 유일한 사람이다. 그 여자는 고개를 들었지만 아무 말도 하지 않는다. 직원이 아니고 손님인 모양이다. 그러나 지금 그걸 따질 때가 아니다.

"혹시 아기 물티슈가 어디 있는지 아세요?"

그녀는 비료와 장식용 분홍색 플라밍고, 파티 조명 물품이 있는 곳을 지나 카트를 그녀 쪽으로 끌고 가는 나를 쳐다본다.

내 말을 들은 건가? 그녀는 테라코타 화분 한 개를 손에 든 채 움직임이 없다. 60세 정도의 중년 여성으로, 척추가 뼈 대신 고리버들로 만들어진 것처럼 약간 구부정한 모습이다. 그녀의 부스스한 머리는 끔찍한 싸구려 당근색으로 염색되어 있다.

나는 가쁜 숨을 몰아쉬며 그녀에게서 조금 떨어진 곳에 멈춰 선다. 너무 덥기도 하고 빨리 웃옷을 벗고 싶은 마음이다.

"아기 물티슈 어디에 있는지 혹시 아시나요?"

내가 반복해 묻는다. 그녀는 엷은 푸른 눈을 크게 뜨고 고개를 흔들기만 한다.

이보다 더 소름 끼칠 수 있을까? 이런 생각이 들지만 억지로 기분 좋게 말한다. "고마워요."

다음 통로로 돌아서면서 잠깐 뒤를 돌아본다. 그녀는 나를 계속 쳐다보더니 "줄리아!" 하고 섬뜩한 목소리로 외친다. 너무 놀라서 카트 한쪽이 들어올려진다.

유명인이라는 것에 익숙해져야 하지만 여전히 매번 공격당하는 느낌이 드는 건 왜일까.

나는 죽기 살기로 쇼핑 카트를 잡고 통로 끝까지 달려가서 급회전하고, 또 급회전을 한다. 그녀가 쫓아올까 봐 무섭다. 신스라는 것이 외출할 때마다 힘든 일이라고는 상상도 못 했었다. 과거에는 선글라스와 오버사이즈 스웨트셔츠를 입어서 내 정체를 가리면 됐었는데.

어쨌든 나는 더 이상 내 존재를 받아들여지기를 기다리며 마냥 숨고 싶지 않다. 앤디는 우리가 로봇 권리를 위한 긴 게임을 하고 있다고 여러 번 얘기해 줬다. 우리가 집중해야 할 것은 대중의 신뢰를 얻는 것이며, 내 소셜 미디어가 영향력이 있으니 규칙적으로 공감할 수 있는 콘텐츠를 올리라고 강조했다. 사람들이 나 같은 로봇도 자기들과 다르지 않다고 느끼게 해야 한다고 했다.

그러나 내게 그런 것들은 모두 부담스러웠다. 사람들이 나에게 호감이 가도록, 나를 신뢰하게 할만한 게시물로는 뭘 올려야 할까 고민하는 시간으로 내 삶의 순간들을 낭비하고 싶지 않다. 나도 사람이라고 사람들에게 확신시키기 위해 아등바등하고 싶지 않다. 혼자서 팀을 이루면서 나 자신을 홍보하는 영업자가 되고 싶지는 않다. 아마도 이것이 내가 인간과 다르다는 것의 대가일 수도 있다. 하지만 나는 이 대가도, 내 존재도 스스로 선택하지 않았다.

복잡한 마음을 안고 걸음을 옮기던 그때, 물티슈가 바로 내 눈앞에 보였다. 할렐루야. 나는 커다란 박스 세 개를 카트에 싣고 기저귀 점보 박스 두 개를 넣는다. 가게에 자주 나오지 않으려면 한 번에 많이 사와야 하니까.

뒤에서 발걸음 소리가 들린 것 같아 잠시 멈췄지만 조금도 머뭇거리고 싶지 않아 출구를 향해 전력으로 질주한다. 계산대는 두 곳이 있다. 나는 젊은 직원이 있는 쪽을 선택한다. 내가 누군지 알아차릴 가능성이 작고 신경 쓸 일도 적어지니까.

당연히 모든 게 지루한 10대의 점원은 나를 거의 쳐다보지도 않는다. 그 무관심이 감사해 안아주고 싶을 정도다. 그녀가 내 물건을 계산하는 동안 나는 휴대폰을 확인한다. 카밀라에게서 새 메시지가 왔다.

— 금요일 오후에 인디애나에 도착했어. 주말에 갈까?
— 그래!

나는 답장을 보낸다. 보통은 샴페인, 키스하는 얼굴, 하트 등 몇 가지 이모티콘을 넣지만, 조쉬가 실종되었다고 말해야 할 걸 생각하니 어울리지 않는 것 같다. 점 세 개가 이미 그녀가 답장을 쓰고 있음을 나타낸다. 메시지가 떴다.

— 내가 '센 거' 가져갈게.

미소를 지을 수밖에 없다. 휴대폰을 두드리며 나를 생각할 카밀라를 생각하니 마음이 따뜻해진다. 조쉬의 실종에 대한 심각성에도 불구하고, 나는 약간의 즐거움을 누리고 있다.

나는 답장을 보낸다.

— 센 거? 테킬라 말하는 거야? 아니면 새로 나온 딜도?

그녀의 웃는 이모티콘에 다음에 너 진짜 웃긴다. 지릴 뻔했잖아
라는 메시지가 이어진다.

그러나 그 다음에 읽은 에덴의 새 메시지는 미소가 쏙 들어
가게 한다.

— 스트레스 주고 싶지 않은데 보안관이 들렀어요. 전해주라고 뭘
놓고 갔어요.

불안한 얼굴의 이모티콘이 붙어있다.

"이런." 나는 한숨을 쉰다.

"좋은 저녁 보내세요." 점원이 나지막한 목소리로 말한다.

나는 20분 걸리는 집까지 가는 시간을 12분 만에 달렸다.

여덟 시 삼십 분이 조금 늦은 시간에 끼익 소리를 내며 진입
로로 들어섰다. 산 게 많아서 차에서 내리는데도 한참이 걸린
다. 정신없이 비틀거리며 집 안으로 들어선다.

미첼과 그의 부하가 집을 완전히 뒤집어 놓았을지 모른다고
생각했지만 모든 것이 멀쩡해 보인다. 평화로운 느낌. 심지어
상록수 향 같은 좋은 냄새도 난다. 에덴이 양초를 하나 켜놓은
것이다.

하지만 내 안의 그 어떤 것도 평화롭지 않다. 집 환경과는 상
충하게, 항상 그랬던 것처럼.

이 평화로운 환경이 문제인가, 아니면 내가 잘못된 건가?

거실로 가는 길에 놀이방으로 용도를 바꾼 작은 침실을 지나치면서 슬쩍 안을 들여다본다. 예전 이 방에 있던 뼈대만 남은 병원 침대가 떠올라 몸을 떨며 걸어간다.

에덴은 주방에서 떨어진 거실에서 전자레인지 팝콘을 먹으며 노트북을 만지작거리고 있다. 캡틴은 발밑 깔개에 누워 잠이 든 모양이었다.

집 안 풍경이…… 뭔가 잘못됐다.

똑딱똑딱.

오, 맙소사. 조쉬의 시계 소리가 또 들리기 시작한다. 손가락을 톡톡 치는 소리처럼 들리는 이 시계 소리는 마치 뭔가 나쁜 것이 시작될 시간을 세는 것같이 들린다. 이런 평화는 내가 보고 싶지 않은 썩은 뭔가를 숨기고 있는 것 같다.

눈앞의 모든 게 너무 빠르게 지나간다. 밤에 차를 타고 갈 때 지나치는 주행 거리 표지판처럼, 급한 커브를 도는 자동차처럼, 내 앞의 장면이 기울어지는 것 같다.

뭔가 끔찍한 일이 이곳에서 일어났다. 캡틴은 뭔가를 알고 있는 듯 낑낑거렸다. 강아지의 본능은 틀린 적이 없다. 그 덕에 나는 한 가지를 알 수 있었다. 모든 환상을 산산조각 내고 모든 꿈을 부서뜨리는 그 어떤 일이 이곳에서 일어났다는 걸.

"오셨어요?" 에덴이 노트북을 닫으며 말한다.

절벽으로 미끄러지는 듯한 내 이상한 사고의 흐름도 닫힌다. 낮은 전등불 아래 에덴의 동그란 얼굴이 어린아이처럼 부드러워 보인다.

여기서 끔찍한 일은 일어나지 않았다. 조쉬가 사라졌다는 것만 빼면. 그냥 너무 피곤해서 예민해진 듯했다. 아마 카펫에 내가 뭔가를 흘렸겠지. 그래서 캡틴이 킁킁거린 거겠지. 맛있는 쿠키 부스러기였을 거야.

"보안관이 왔었다고요?" 평소의 공손함을 벗어나 내 목소리가 거칠게 나간다. 까탈스럽게. 그래, 한 번쯤은 나도 이럴 수 있다. "그가 뭐라고 했어요? 애널리는 괜찮아요?"

캡틴은 내 목소리에 깨어나 자리에서 일어나더니 갑자기 쓰러져 다시 잔다. 나는 캡틴의 머리털에 손을 파묻고 쓰다듬는다.

"몇 시간 전에 왔었어요." 에덴은 노트북을 배낭에 넣는다. "바로 메시지를 보냈어야 했는데……. 그러지 못했어요. 무서워하실까 봐……. 그러다가 오시고 나서 아는 것보다 미리 아는 게 좋을 것 같다고 생각했죠." 그녀는 약간 죄책감을 느끼며 당황한 표정이다.

평소 같았으면 나는 그녀를 안심시키려고 애썼을 거다.

"그 보안관이 뭐래요?" 나는 반복해 묻는다. 나는 다른 사람들의 눈을 통해 나 자신을 보는 것에 익숙한 사람이라 에덴이 지금 내게서 어떤 사람을 보고 있는지 알 수 있다. 그 사람은 대담하고 두려움 없는 사람이 아니다. 약하고, 불안정하고, 편집증적인 줄리아다. 하지만 내가 편집증적이라면 그건 사람들이 나를 그렇게 만들었기 때문이다.

내가 최악의 상황을 두려워한다면 그건 강자가 약자를 얼마나 쉽게 무너뜨릴 수 있는지를 그들이 알려줬기 때문이다.

"보안관은 사모님이 어디 있는지 알고 싶어 했어요. 얼마나 오래 나가있었는지……."

"그에게 말했어요?"

"음……. 어디 계신다고는 말하지 않았어요. 왜냐면 저한테 말씀 안 하셨으니까. 그쵸? 점심 무렵에 떠나서 저녁 무렵에 돌아온다고 했어요. 그것도 말하지 말았어야 했나…… 요?"

"아니에요. 그가 두고 간 건 뭐죠?"

그녀는 주방 조리대를 향해 손짓했지만, 내가 찾을 수 있는 것은 항상 그 자리에 있는 식료품 리스트뿐이다.

아. 그러나 그 리스트에는 아기 물티슈, 브로콜리, 우유라고 연필로 적힌 바로 아래 파란색 잉크로 다음과 같이 적혀있다.

— 번호판 정도는 조회할 줄 압니다.

바보. 당연히 조쉬의 텐트에서 달아나는 나를 봤으면 그 경찰이 내 차에 관심을 가졌겠지. 특히 퍼트 부인이 말했다면. 나는 모유가 가득 찬 유방이 아파서 차 타고 숲속으로 숨어든 것뿐인데…….

괜한 짓이었다. 이제 미첼은 내가 캠핑장 이름이 기억이 안 난다고 거짓말한 걸 안다. 아기 때문에 수색대에 동참하지 못한다고 말하고 나서 캠핑장에 가려고 한 걸 이미 알고 있다.

아마 내가 증거 조작을 했다고 생각할지도 모른다. 이 모든 것이 나를 범인이라 생각하는 그의 상상에 힘을 보탤 것이다.

그냥 캠핑장 이름을 말해줄 걸 그랬나? 아니면 실종 신고를 하기 전에 그 캠핑장에 갔다라면?

"적힌 게 무슨 뜻이에요?" 에덴이 묻는다.

"음……." 내가 말한다. 나는 쇄골을 문지르는 것을 멈춘다. 나는 내 손이 그러고 있었다는 것조차 깨닫지 못했다. 한참을 자극받은 피부가 발갛게 올라오기 시작했다.

"괜찮으세요?" 에덴이 배낭을 어깨에 메고 내게 다가온다.

"모르겠어요." 내 목소리가 떨린다. 정말 싫다. 나는 세상이 느려졌으면 좋겠다. 속도를 늦춰야 한다. 하지만 내가 다섯 걸음 앞서 있지 않으면…….

"나는 아무래도……." 나는 천장을 향해 손짓한다. 애널리가 자는 걸 확인한 후 샤워하고, 자러 가야겠다는 표시다.

"네, 저 이만 갈게요. 나오지 마세요." 에덴이 말한다. 그녀는 망설이더니 "아시죠? 언제든 연락하세요."라고 말한다.

위층에서 나는 조용히 애널리 방의 문을 연다. 아기 파우더와 목련, 그리고 내가 아는 그 형언할 수 없이 달콤한 냄새가 난다. 바로 애널리에게서 나는 냄새다.

방 안은 깜깜하고 베이비 모니터의 녹색 불빛과 복도에서 들어오는 은은한 불빛만으로도 아기 침대에서 잠든 아이의 윤곽을 확인할 수 있다. 자는구나. 안전해.

뜨거운 물로 샤워를 할 수 있을 거라는 기대감에 방으로 향하는 도중, 캡틴의 몸에 발이 걸려 넘어졌다. 캡틴이 짖었고, 나는 벽에 머리를 세게 부딪쳤다.

파란색 섬광이 보이면서 고통이 느껴진다. 눈앞에 황혼의 캘리포니아 하늘이 보였다. 기억이 너무 생생하게 폭발해서 마치 시간여행을 하는 것 같은 기분까지 든다.

나는 수영장 옆에 누워있다. 내 위로 보이는 얼굴은 엷고 푸른 눈을 가졌다. 알 수 없는 이유로 나를 공격한 여자. 알 수 없는 이유로 나를 미워한 여자다.

나는 조금 전, 월마트에서 본 사람과 지금 내가 보고 있는 여자의 얼굴이 같다는 걸 알아챈다. 그녀의 머리카락은 이제 회색이 아닌 당근색이지만 눈은 똑같다. 그녀의 표정도 똑같다. 감정 없이 나를 바라보고 있다.

습격받은 후, 우리 중 누구라도 피해자가 될 수 있었다고 모두 말했지만…… 나는 내 처음 본능을 믿었어야 했다. 결국 그녀가 노리는 건 오로지 나였으니까.

과거

"앤디." 내가 깜짝 놀라며 말한다.

습격 사건에 대한 인터뷰를 촬영하려고 조명이 켜진 무대로 들어서려는데 누군가 내 이름을 부르는 소리가 들린다. 나는 방향을 바꾸어 하이힐로 전선과 케이블을 밟으며 카메라들 뒤에 있는 그를 만나기 위해 간다. 몸을 굽혀 그를 안을 때 기묘한 데자뷔를 느낀다.

"줄리아. 세상에! 만나서 반가워요." 그의 포옹을 받자 알싸한 향수와 보디로션 향이 겹치며 경쟁한다.

우리는 동시에 뒤로 물러나 서로를 바라본다.

앤디는 검은색 티셔츠 위에 플란넬 버튼다운셔츠를 입고 있다. 헐렁한 청바지 앞주머니에는 직사각형의 휴대폰이 들었고, 셔츠 주머니에는 펜이 꽂혀있다. 그는 깔끔해 보이면서도 뭔가 지저분해 보이기도 한다. 마치 막 목욕하고 꾸민 뒤 정원을 구른 강아지 같다. 반면에 나는 이제 막 한 시간 동안이나 헤어와 메이크업을 받고 실크 시가렛 팬츠를 입고 어깨에는 멍이 드러나는 원 숄더 스팽글 톱을 입었다.

"이렇게 빨리 다시 만나게 될 줄은 몰랐어요!" 나는 불안감에도 반갑다는 뜻으로 미소를 지어 보인다. 〈더 프러포즈〉 촬영은 극비리에 진행된다. 아무도 여기서 무슨 일이 일어나는지 알 수 없다.

앤디가 머리를 손으로 쓸어 넘긴다. "나도요. 당신 공격받은 사건으로 내게 전화가 왔어요." 그는 고개를 젓는다. "어젯밤에 올 수 있었다면……."

"당신한테 연락했는지 몰랐어요." 내가 가볍게 말한다.

"사과하고 싶어요. 진심으로."

"앤디 잘못이 아니잖아요."

"하지만 책임감을 느껴요, 줄리아. 내가 이 사랑스러운 토끼를 늑대 소굴에 풀어버린 것 같아서요. 당신에게 이런 일이 일어나는 걸 정말 원치 않아요." 앤디는 다시 손으로 헝클어진 머리카락을 잡아 쥔다. "아직도 충격이 가시질 않아요."

"전 괜찮아요." 나는 그의 팔을 만지며 그가 도착하기 전에 느꼈던 평온함을 앤디에게도 전달하려고 노력한다. 날 향한 공격은 이제 지난 일이고, 그사이 놀랍게도 좋은 일도 생겼다.

내가 남을 공격할 수 없다는 타고난 한계는 끔찍한 일이다. 하지만 다른 한편으로는, 쑥덕거리는 분위기이기는 해도 여자들은 정말 더 친근하고 다정해 보였다. 조쉬는 심지어 오늘 아침에 내가 괜찮은지 확인하러 와서는 이야기하며 손까지 잡아주었다.

나는 조쉬의 화살 문신을 계속 바라보면서 내가 공격받은 사실이 그의 마음이 향하는 방향을 나에게로 바꾸고 있는 건 아닌지 호기심이 일었다. 어쩌면 사람들은 누군가를 보호하고 싶을 때, 마음을 열게 될 수도 있지 않을까. 모르겠다. 처리해야 할 일이 많지만, 그렇다고 희망의 끈을 놓으면 바보가 되는 거겠지.

"저기 있네!" 날카로운 여성의 목소리에 앤디와 내가 돌아보았다.

정장을 입은 여섯 명의 사람이 어두운 물고기 떼처럼 우리를 향해 다가온다.

"비올라." 앤디가 말한다. 그는 무리를 이끄는 작은 여성과 악수하더니 내 쪽으로 돌아서서 말한다. "줄리아, 비올라를 소개할게요. 웨크테크의 법률 고문이에요. 나머지는 그녀 밑에 직원들이고요."

비올라가 손을 내밀자 나머지 사람들은 가볍게 웃는다.

"안녕, 줄리아." 손을 꽉 잡은 그녀의 악수는 시원스러웠다. "만나서 정말 반가워요."

갑자기 스팽글 톱에 웨지힐을 신은 내 모습이 경박하게 느껴진다.

"무슨 일이에요?" 나는 밝은 미소로 뱃속에서 타오르는 두려움의 불꽃을 감추려고 애쓰며 묻는다.

"〈더 프러포즈〉 제작팀과 만나서 어젯밤에 있었던 용납할 수 없는 보안 침해에 관해 설명하고 다음 단계를 논의하러 왔어요." 비올라는 외모만큼이나 단정한 목소리로 말했다.

"다음 단계요?"

비올라는 고개를 기울이며 말한다. "신스로서 당신의 법적 인격은 인정되지 않아 스스로 고소할 수 없습니다. 그래서 가장 좋은 방법은 웨크테크가 형사 고소를 하는 거라고 결론 냈어요. 그 가해자 여성은 자신이 저지른 일에 대해 감옥에서 시간을 보내야 마땅합니다." 그녀의 말투는 단호하지만 지겨울 정도로 다정하다. "부담스럽게 들릴 수도 있다는 거 알아요. 하지만, 줄리아, 웨크테크가 모든 걸 알아서 처리할 테니 안심하세요. 저희는 〈더 프러포즈〉 제작진에게 철저한 보안 요구 사항 목록을 제시했어요. 만약 프로덕션이 이를 수용하지 못한다면 우리는 당신을 쇼에서 하차시킬 거예요."

잠시만……. 이게 무슨 소리지?

멍해진 내가 어떤 반응을 하기도 전에 비올라는 미소를 지으며 같이 온 사람들을 이끌고 발걸음을 옮겼다. 마지막으로 사탕을 던지듯 그녀가 남긴 말은 담백했다. "만나서 반가웠어요, 줄리아."

"금방 따라갈게요." 앤디는 그녀에게 먼저 가라고 손짓한다.

앤디와 단둘이 있는 순간까지 내 머릿속은 엉망이었다. 마치 토네이도가 나를 휩쓸고 간 것 같은 기분이 든다.

이 사람들은 나의 목적 자체를 빼앗아 갈 힘을 가지고 있다. 만약 그들이 나를 쇼에서 하차시킨다면, 만약 내가 조쉬에게서 사랑을 찾지 못한다면…….

"도대체 무슨 말이에요?" 나는 속삭인다.

"우리가 너무 오버하는 것 같지만 이건 심각한 문제예요, 줄리아." 앤디가 말한다. "폭행을 당하라고 당신을 여기 데려온 게 아니니까요. 다시는 그런 일이 일어나게 둘 수 없어요."

"우리 중 누구라도 그런 일을 당할 수 있었어요. 그 범인은 그저 열렬한 팬이었을 뿐이고요. 날 믿어요, 앤디. 다시는 그런 일 없을 거예요."

"무엇이 당신에게 최선인지 생각해 봐야 해요."

"나는 쇼 때문에 태어났어요. 쇼는 내 인생이고 조쉬는 제가 원하는 미래예요." 내 입에서 튀어나간 소리는 간절함, 그 자체였다. 내 목소리가 이렇게 들릴 수도 있다는 걸 처음 알았다.

"이건 내게 행복해질 기회예요, 앤디. 나도 말할 수 있는 거 아니에요?"

앤디와 나 사이에 약간의 정적이 생겼다. 그건 이 상황이 위험하게 돌아간다는 생각이 들게 만들었다. 그러자 앤디는 한숨을 내쉬며 얼굴을 문지른다.

"물론 당신도 말할 수 있어요, 줄리아. 봐요. 법이나 현실이 어떻든 당신은 나한테 사람이에요. 완전한 사람이라고요. 알겠어요? 쇼에 남고 싶으면 남아요. 내가 다시 말은 잘해볼게요. 결정은 당신이 하는 거예요."

안도감이 물밀듯 밀려와 거의 무릎이 꺾일 정도다. 앤디는 내 편이다.

"고마워요." 나는 거친 숨을 내쉰다. "난 여기 있고 싶어요."

"줄리아, 이건 다 당신을 위한 거예요."

앤디는 그 말을 마지막으로 회의에 참석하러 나갔고 나도 다시 무대로 향했다. 간단한 조명 테스트를 위해 누군가 내 이마와 코에 파우더를 발라준다. 제작진들이 일을 하는 동안 앤디가 한 말이 윙윙거리는 기계음처럼 머릿속을 찌른다.

그냥 폭행당한 것뿐인데. 물론 끔찍한 일이었다는 건 안다. 하지만 그가 말하는 방식이 너무…… 가볍게 느껴졌다. 마치 그 공격이 내 인생의 주요 사건이고 다른 모든 것은 그 몇 초간의 폭력에 대한 각주에 불과한 것처럼 말이다.

나는 심호흡을 몇 번 했다. 지난 스물네 시간은 혼돈이었다. 이 인터뷰에서 침착해야 한다. 나를 공격한 사람이 내 몸을 다치게 했지만 내 정신을 꺾지는 않았다는 것을 보여줘야 한다. 사실, 그 여자는 내 인생에 아무런 존재도 아니다. 나는 여기 사랑을 찾기 위해 와있다. 나는 이런 사건보다 훨씬 큰 존재이고 내 인생도 이것보다 크다. 난 앞으로만 나아갈 거다.

눈을 떴을 때, 나는 준비가 되어있었다. 감독이 카메라가 돌아가고 있다는 신호를 보내고 말한다. "공격받았을 때 첫 반응이 어땠는지 설명해 주세요."

나는 카메라를 향해 말하기 시작한다. "모든 일이 너무 빨리 일어났어요. 말 그대로, 혼자만의 시간을 즐기고 있었는데, 순식간에 바닥에 쓰러져 있었죠."

나는 질문에 대답하며, 그 일이 있었던 어젯밤부터 여자들이 정말 잘해줬고 그렇게 응원해 주는 사람들이 주위에 있어 얼마나 운이 좋은지 이야기한다.

"일어난 일은 일어난 일이에요. 제가 통제할 수 없죠. 하지만 제가 앞으로 나아가는 건 제가 통제할 수 있어요. 그게 제가 집중하고 싶은 거예요." 이 말을 마지막으로, 나는 인터뷰를 마쳤다.

그때부터 나는 내 자신이 자랑스럽고 더 큰 사람이 된 것처럼 느껴졌다. 어쩌면 이번 공격은 내가 흔들려도 다시 일어설 수 있다는 것을 증명한 것일지도 모른다. 쓰러져도 다시 일어나는 것, 그게 일종의 힘 아닐까?

감독이 컷을 외치는 소리에 일어난 나는 오래 앉아 저린 왼발을 풀면서 시선을 돌렸다. 그곳에는 또 다른 놀라운 일이 기다리고 있었다. 제작진 속에 조쉬가 서있었기 때문이다.

팔짱을 끼고 나를 바라보는 그는 조거 팬츠와 티셔츠를 입었지만 그 단단한 상체를 가릴 수는 없었다. 옷 원단이 근육 하나하나에 달라붙어 있는 그 모습에 나는 우리가 나눴던 키스를 떠올린다. 나는 손을 흔들면서 그를 향해 걸어간다.

우리는 무대를 둘러싼 조명과 제작진들 뒤에서 만난다. 놀랍게도 그는 앞으로 몸을 숙여 내게 입을 맞춘다. 입술을 짧게 살짝 대는 정도로 지난밤의 달아오른 폭발적인 키스와는 달랐으나 여전히 내 목 아래로 흥분의 전율이 느껴진다.

더 해달라고 도발적인 발언을 하려던 찰나에 조쉬가 고개를 돌린다. 누군가 우리 쪽으로 걸어오고 있다. 앤디다. 내 속이 벌렁거린다. 타이밍이 이보다 더 나쁠 수는 없다.

조쉬는 내가 신스라는 사실을 최근에야 알았다. 조쉬는 이 남자가 나를 설계한 사람이란 걸 알면 어떤 반응을 보일까?

"그러니까…… 이쪽은 앤디예요. 웨크테크에서 왔죠." 내가 재빨리 말한다. 조쉬는 멍하게 있다가 깨달았다는 표정을 짓는다.

"아, 그 회사……." 내가 고개를 끄덕이자 그가 말을 이었다.

"당신이 조쉬 라살라군요." 앤디가 우리에게 다가오며 조쉬와 악수하려 손을 내밀며 말한다.

"드디어 만나서 반갑습니다. 저는 앤디 웨크스타인이고 줄리아의……."

"당신이 누군지 알아요." 조쉬는 마치 처음부터 알고 있었다는 듯이 편한 톤으로 말한다.

우습게도 나는 앤디가 말을 끝내지 않고 흐려줘서, 그리고 조쉬도 쿨하게 반응해 줘서 고마웠다.

나란히 서있는 두 사람은 대조를 이루는 연구 대상 같았다. 많은 신체적 차이 외에도 앤디는 어린아이가 어른의 몸으로 분장하고 있는 것 같은 느낌을 풍겼지만, 조쉬는 다 자란 근육질 몸매를 온전히 뽐냈다.

두 남자의 악수가 꽤 오래 이어졌다. 내 눈은 조쉬의 팔뚝으로 향했다. 저 다부진 팔은 얼마나 단단할까. 그들은 손을 풀더니 둘 다 한꺼번에 말을 시작했고 다시 멈추었다. 하나의 콩트 같은 상황에 조쉬가 웃었다.

"줄리아에게 간다고 작별 인사 하려고요." 앤디가 말했다.

"회의……." 내가 재빨리 끼어든다.

"조심하고 잘 지내요." 앤디가 말한다.

"고마워요." 내가 긴장이 풀리는 한숨을 내쉬며 말한다.

"무슨 회의요?" 조쉬가 묻는다.

"지루한 거예요. 법적인 문제죠." 앤디가 말한다. 친근하게 말하려는 것 같지만 조쉬가 이해하지 못할 거라고 무시하는 것처럼 들린다.

"그냥 제가 공격받은 거에 관한 문제래요." 내가 설명해 준다.

조쉬의 눈빛이 나와 앤디를 훑어보다가 앤디에게로 향한다.

"줄리아는 걱정할 필요 없어요." 조쉬의 목소리가 평소보다 더 깊게 들린다. 내 등에 올려진 그의 손에서는 부드러운 압력이 느껴진다. 따뜻하고 단단하다. "어젯밤에 제가 이미 줄리아에게 말했어요. 다시는 아무 일도 일어나지 않게 할 거라고요. 진심이에요."

앤디는 이 말을 정말 받아들이는 듯 힘차게 고개를 끄덕인다. "그렇게 말해주니 기쁘네요." 그는 심장에 손을 얹고 말을 이었다. "여성에 대한 폭력, 난 정말 그런 건 못 참아요. 알죠? 정말 역겨워요. 하지만 이 일이 발생한 건 제 탓도 있다는 생각이 들더군요."

갑작스러운 앤디의 고해성사도 조쉬는 담담하게 받아들이는 것처럼 보였다.

"줄리아는 지금 저와 함께 있어요." 조쉬는 여전히 깊고 안정된 어조로 말한다. 나는 아무 대답도 하지 않았지만 대답이 내 온몸을 타고 전율하는 것 같았다.

그때 감독이 우리들의 순간에 불쑥 끼어들었다. "줄리아? 다시 좀 와줄래요?"

나는 기다리라는 손짓을 보내고, 앤디에게 몸을 기울여 말했다.

"와줘서 반가웠어요, 앤디." 그의 뺨에 볼을 맞대고 인사를 하는 동안 조쉬의 손은 여전히 내 등에 올려져 있었다.

앤디가 자리를 떠난 후, 나는 조쉬를 바라보고 엄지를 깨물었다. 조쉬와의 짧은 키스 이후의 잃어버린 감정을 다시 느끼고 싶었다.

"다시 올라가야겠어요." 내가 아쉽게 말한다.

"잠깐만요." 조쉬가 몸을 기울이며 속삭인다. "일대일 데이트 어때요? 내일, 나랑 둘이서만."

일전에 예정되어 있던 조쉬와의 데이트는 내가 습격당하는 바람에 기한 없이 미루어져 있었다.

"정말요?" 나는 조금 뒤로 물러나 그의 눈을 바라보며 묻는다.

그는 보조개가 깊어지며 미소를 짓는다. "나 당신이 정말 좋아요."

"이 모든 일이 있고 난 뒤에도요?"

"이 모든 일이 있고, 더더욱요. 당신은 자신을 다루는 방식이 정말 우아해요. 그리고……."

조쉬의 얼굴이 차츰 가까워지자, 어디에선가 민트 향이 났다. 그의 말은 나만을 위한 것이다. "신기하지 않아요? 이게 당신이 진짜 사람이라는 걸 증명했다는 사실이?"

"에이, 뭐가 신기해요?" 나는 가슴에서 피어오르는 기쁨을 가까스로 억누르며 말했다.

나를 해치려고 했던 범인 덕에 결국 조쉬와 나는 더 가까워졌다. 이제 조쉬는 내가 차가운 기계가 아니라 자신처럼 피를 흘릴 수 있는 사람이라는 것을 알게 됐다. 어쩌면 그의 사랑을 얻기 위해 나는 피를 흘려야만 했을지도 모르겠다.

여전히 멍들어 있는 어깨와 긁힌 자국이 이제는 조쉬를 위한 작은 대가처럼 보인다.

이제 자신이 내 곁에 있다는 그의 말이 머릿속을 떠나지 않았다. 이보다 더 행복할 수는 없다. 나는 쇼에 계속 출연할 것이다.

현재

난 안전하지 않아. 난 절대 안전하지 않을 거야. 머리를 감으면서 스스로에게 말한다. 로스앤젤레스에서 나를 공격한 여자가 여기 남부 인디애나에 있다는 불안한 사실을 잊으려 애쓰는데도 자꾸 생각이 난다.

우연일 리 없다. 쇼가 끝난 후 캘리포니아에서 여기까지 나를 따라온 걸까? 하지만 조쉬와 나는 일 년 가까이 이곳에 있었는데도 그녀를 한 번도 본 적이 없었다. 그 대신, 익명의 기물 파손은 많았다.

그 배후에 그녀가 있었던 걸까? 숲속에서 일을 끝낼 기회만 기다리면서 말이다.

나는 빨라지는 심장 박동에 맞춰 두피를 더 깊숙이 문지른다. 보안팀이 제대로 일했다면 나는 접근 금지 명령을 받을 수 있었을 것이다.

보안팀에서 그때 그 범인의 신원을 확인했지만 이름이 기억나지 않는다. 희미해지는 기억 속에서 앤디의 얼굴이 또렷하게 보였다. 그래, 앤디는 기억할지도 모른다. 전화해 봐야겠다.

하지만 그건 또 다른 스트레스를 받는 일이기도 하다. 지금으로서는 앤디랑 얘기하고 싶지 않았다. 그가 조쉬를 만난 것에 관해서 물어봐야 하니까.

뜨거운 물이 지친 내 몸을 타고 흘러내린다. 샤워는 보통 나에게는 피난처이자 스트레스를 받은 하루를 재충전하는 시간이다. 안전하고 소중한 느낌을 준다. 하지만 지금은 내 약점을 상기시키기만 했다. 나의 '남에게 해를 끼치지 않는 코딩'을 의미하는 게 아니라 더 깊은 의미의 약점을.

나는 밤새도록 조쉬를 찾으러 다니고 싶다. 그가 집에 안전하게 돌아올 때까지……. 하지만 그럴 수가 없다. 나는 휴식이 필요하다. 자고 먹어야 한다. 그를 향한 나의 사랑조차도 이런 욕구를 무시할 만큼 강하지 않다.

이런 상황에서 샤워하고 잠자리에 드는 것은 상상하기 어렵다. 하지만 현실을 직시해야 한다. 오늘 밤에는 아무것도 더 이상 할 수 없다.

'할 수 없다'는 것. 매혹적이고, 끔찍하고, 미친 단어다.

머리를 헹구느라 흘러내린 샴푸 물이 거품을 내며 하수구로 들어가는 것을 쳐다본다.

나는 인간처럼 만들어진 내 댐퍼를 신경 써본 적 없다. 조쉬처럼 먹고, 조쉬처럼 자고, 피곤해지고, 휴식이 필요하고, 멍해지고……. 이 모든 것이 나를 조쉬와 같은 사람으로 느끼게 해주었다. 나의 1억 5,000만 명의 SNS 팔로워들이 이와 같은 인간적인 모습의 나를 보는 것을 좋아한다. 지금까지 내가 가장 많은 좋아요를 받은 게시물은 **치우지 않아 엉망인 집, 행복한 삶**이라는 캡션이 붙은 최근 셀카 사진이다. 감지 않고 대충 묶은 머리, 그리고 애널리가 생애 처음으로 애플소스를 맛본 후, 엉망이 된 주방 사진이다.

약점이 있다는 것. 그것은 사람들을 끌어당기는 무언가가 있다. 로스앤젤레스에서 누군가 나를 습격한 사건이 일어난 후부터 내가 느낀 것이다. 하지만 오늘은 이런 현실에 대해 평소처럼 긍정적으로 생각할 수 없다.

나는 컨디셔너를 손바닥에 듬뿍 묻혀서 긴 머리카락에 발랐다. 내 프로그램에서 댐퍼를 제거하면 어떤 모습일까? 내 모든 인간으로서의 약점을 뿌리 뽑는다면?

나는 무한한 인내심을 가지고 아기를 돌볼 수 있을 것이다. 왜냐면 나는 지치지 않을 테니까. 또 밤새 조쉬를 찾아 헤매거나 숲속을 걸어도 피곤함 혹은 두려움 같은 걸 느끼지 않을 것이다. 내가 만나는 누구보다 더 강할 테니까.

내 손이 미첼 보안관의 목을 조르고 있는 상상을 해본다. 그의 정맥이 튀어나오고 눈이 부풀어 오르는 것을 지켜보는 것. 카운트다운을 하며 심장이 덜컹거린다. 셋, 둘, 하나……. 순간, 내 머릿속은 그대로 멈춘다. 나는 경악할 수밖에 없었다.

맙소사! 이런 역겹고 뒤틀린 상상이라니.

'나는 괴물이다.' 내 안의 어두운 무언가가 대답한다. 내 딸은 강력한 보호자가 필요하지만 보호해 줄 사람이 나 말고는 아무도 없다. 무슨 일이든 내가 기꺼이 해야 한다.

어딘가 또 멀리서 반대하는 목소리가 들린다. '지금 나의 모습이 온전한 나'라고.

하지만 그건 앤디의 목소리다. 여우의 비명처럼 크게 들리는 그의 목소리는 내 심장을 두드리면서 '넌 내가 만든 거야.'라고 말한다.

내게 주어진 이 망가진 삶, 그리고 승리의 미소를 띤 잘생긴 남자에게 부서진 소녀들이 잠든 이곳에서의 산산조각 난 삶. 난 그 안에서도 내가 생각한 옳은 일을 위해 노력해 왔다. 하지만 지금은 세상이 내 주위에 경련을 일으키고 거미줄처럼 얇은 균열이 욕조 바닥을 갈라놓고 있다.

이게 내 노력의 결과인가? 그 균열은 빠르고 악랄하게 나를 향해 기어온다. 내 부드러운 발바닥을 뚫고 내 뼈를 관통해서 위쪽으로, 내 중심을 향해, 나를 둘로 쪼갠다.

나는 숨을 헐떡인다.

눈을 감았다 떴다. 내가 본 건 현실이 아니다.

나는 온전하고, 여기 있다. 그냥 단지 빌어먹게…… 피곤할 뿐이다.

나는 물을 끄고 수증기로 둘러싸인 채 샤워실에서 나온다. 수건을 꺼내 머리를 감싸 내리면서 물을 짜낸다. 뜨거운 물 때문에 피부가 과열된 느낌이 들지만 보들보들하다. 몸을 수건으로 닦으면서 나 스스로에게 부드럽게 대해야겠다는 다짐을 다시 한다. 피곤한 사람은 제대로 생각할 수가 없는 법이다. 잠을 자야겠다.

어디선가 미세한 작은 울음소리가 들린다. 수유 때문에 애널리가 깼나 보다. 비록 지금 거의 죽어가도록 피곤하지만, 그래도 애널리를 원망할 수는 없다.

수건을 바닥에 던져놓고 가운을 입는다. 내가 안방으로 들어가자 내 침대에 자리 잡고 있던 캡틴이 고개를 들고는 쳐다본다. 꼭 내게 뭐 필요한 거 있냐고 묻는 것 같다.

"여기 있어. 금방 돌아올게." 그러나 캡틴은 나를 따라온다. 어쨌든 착한 개다.

아기방의 벨벳 같은 어둠 속에서 내 손은 애널리의 단단한 몸을 더듬는다. 피곤하고, 떨리고, 지쳤을지 모르지만 애널리의 작고 따뜻한 몸을 안고 있으면 갑자기 어디선가 힘이 솟구친다. 아이를 안을 때, 비로소 나는 다시 크고 강하며 능력 있는 존재가 된다. 내가 애널리에게 필요한 전부라는 것이 얼마나 신기하고 기쁜지 모른다. 어쩌면 지금이 바로 그 순간일지도 모른다는 생각이 든다. 내 품에 안겨 나를 믿는 작은 사람에게 필요한 존재가 되어야 한다는 생각이 든다. 등을 차분히 두드리니, 몇 초만에 애널리는 잠이 든다. 내가 절대 질리지 않는 그 부드러운 리듬감으로 숨을 내쉬며 쌕쌕거린다.

아기의 한 손이 내 잠옷의 열린 부분 가장자리를 감싼다. 너무나 평화롭고 편안해서 서있는 채로도 나도 모르게 졸음이 오는 것을 느낀다.

머릿속에서 자장가가 흘러나온다.

　매일 밤 작은 침대에서 자고 있을 때……

　자장가 멜로디가 부드럽게 달래주는 가운데 나는 어느새 몸을 흔들고 있다. 마치 노래가 사랑스러운 두 팔처럼 애널리를 안고 있는 나를 감싸준다. 캡틴은 내 발 옆에 머리를 대고 쉬고 있다.

　두 천사가 수호하려는 의지로 너의 머리를 지키고 서있……

　애널리를 위해 설치한 베이비 모니터가 지지직 소리를 내며 날카롭게 울린다. 그 노이즈 때문인지 캡틴이 짖고, 나는 잠에서 깨어난다.

　내 머릿속에서만 들리는 것 같다고 생각한 노래는 모니터에서 흘러나오고 있다. 누군가 내 아이를 위해 노래를 부르고 있는 것이다. 낮고 걸걸한 목소리로.

　하나는 보호해 주고, 다른 하나는 평화를 가져다주는……

　나는 나를 잡아당기는 듯한 느낌을 받고 앓는 소리를 낸다. 애널리는 고막이 찢어질 정도로 울부짖었고, 나는 어둠을 뚫고 서랍장을 향해 비틀거리며 간다. 모니터의 작은 녹색 불빛에 손이 닿았다. 나는 짧게 한 번 잡아당긴다. 플러그가 뽑히면서 전등도 함께 떨어져 나온다.

어둠 속에서 뭔가가 부서지는 소리가 나고 나는 문 쪽으로 돌아서 메인 스위치를 찾아 더듬는다. 캡틴은 벌써 짖으면서 방 안을 뒤집어엎고 있다.

애널리가 혼란에 휩싸였는지 눈을 깜빡거리며 잠시 침묵에 빠진다. 그러다가 다시 낑낑거린다. 삐죽 내민 입술이 떨리며 다시 울부짖으려 하고 있다.

"쉿." 나는 옷장을 열고 벽에서 아기 침대를 한 손으로 잡아당긴다. 너무 좁아서 아무도 숨을 수 없는 공간이었다. 나는 울다 지쳐 거의 기절해 있는 애널리를 안고, 기저귀 교환대 아래 바구니를 잡아당겨 본다. 캡틴은 걸음걸음마다 내 뒤에 있어 부딪치기도 하지만 나를 도우려 애쓴다. 방이 다 뒤집히고 나서야 나는 멈출 수 있었다.

"맙소사, 어떻게 이런……." 내가 중얼거리며 무릎을 꿇으니 애널리가 내 가슴을 꽉 움켜쥔다. 누군가 모니터를 보고 있었다. 누군가 내 아기에게 노래를 불러줬다. 굿모닝을 말했던 그 목소리로. 내 상상이 아니라 진짜, 실제 남자였다.

누구지? 지금 도대체 무슨 일이 일어나는 거야?

캡틴이 징징대며 내 옆구리에 코를 박는다. 내가 애널리를 떨어뜨리지 않은 게 기적이다.

애널리는 이리저리 내 유두를 찾더니, 마침내 젖을 빨아먹고는 마지막으로 배고픔이 진정된 듯 파르르 떤다. 차분해지지 못한 건 내 심장뿐이었다. 애널리가 다시 물고 있던 젖을 뗀다. 나는 불을 끄고 애널리를 침대에 눕힌 후 야구 방망이를 가져왔다.

나는 잠들지도, 깨어있지도 않은 뭔가 끔찍한 상태에 놓인 채 집 안을 샅샅이 뒤진다. 지하실 구석구석, 온수기 뒤, 소름 끼치는 공구장과 세탁기, 건조기 안까지. 모든 문과 옷장을 열어보고, 가구를 옮기기도 하고 불을 다 켠다.

조쉬는 사라지고, 내게는 존재하지도 않는 균열이 보이기 시작했다. 그리고 집 안에는 낯선 사람이 들어와 있다······.

나는 지친 상태다. 제정신이 아니다. 나는 이상한 나라의 앨리스처럼 다른 세계로 갔지만 그 동화 같은 분위기는 느낄 수 없었다. 환상적인 삶에서 악몽으로 빠진 것이다. 악몽이 날 놓아주지 않는다. 나는 그 악몽의 바닥에 아직 도달하지 않았다는 끔찍한 느낌이 든다.

과거

"바다에 나온 게 처음이에요?" 조쉬가 묻는다.

나는 손으로 얼굴을 가린다. "정말 미안해요. 부끄럽네요."

낮이 지나 해가 지평선 위로 사라지려는 때, 조쉬와 나는 한창 저녁 식사를 즐기고 있었다.

일대일 데이트의 마지막을 장식하는 순간이다. 짧은 하루가 영원한 선물 같았다. 말로 다 표현하지 못할 행복이 느껴진다.

"괜찮아요. 귀여우니까." 조쉬가 아름답게 차려진 테이블 건너편에서 나를 향해 미소 짓는다.

저녁 식사는 뽀송뽀송한 리넨, 깔끔한 은식기, 여러 개의 와인잔으로 조금은 화려하고 꾸민 듯한 느낌을 준다. 우리 둘 다배가 크게 고프지는 않았다. 그래서 오히려 나는 왼쪽에 있는천연 바위 온천에서 저녁을 마무리하는 시간이 더 기대된다. 찬저녁 공기 속으로 솟아오르는 수증기가 우리를 유혹한다. 희고

폭신한 수건이 두 개의 의자 위에 준비되어 있다.

완벽한 하루였다. 물론 아무 일도 없지는 않았다. 내가 토하기도 했고, 새 한 마리가 내 어깨에 똥을 싸기도 했다. 또 조쉬는 조개껍질에 발을 베었다. 하지만 더 깊은 의미에서는 완벽했다. 우리는 이 독특한 역사를 함께 써내려 가고 있으니까. 이제 우리는 토한 것, 새똥, 조개껍질과 함께 해변에서 보낸 하루를 항상 기억할 것이다.

"내가 토할 때 귀여웠다고요? 진짜예요?" 나는 약간 냉소적인 어조로 말한다.

"'조쉬, 조쉬, 아야야!' 이러면서 앓는 소리를 냈으니까요."

나는 몸을 숙여 그의 팔을 찰싹 때린다. "말도 안 돼요! 솔직히 혼자 할 수 있었어요. 당신이 등을 쳐주지 않았어도……." 나는 씩 웃는다.

"당신이 그렇게 여린 위를 가졌는지 몰랐어요." 그가 놀리듯 말한다.

나는 신음한다. "보트는 이제 안 탈 거예요. 그게 제가 바라는 전부예요."

그는 눈썹을 씰룩거리더니, 와인잔을 들어올린다. "바라는 게 참 작네요."

"다른 건 뭐든 할 수 있어요." 나는 드라마틱하게 손깍지를 끼며 말한다. "소름 끼치는 동굴에 들어가서 곤충을 먹는 것?"

그가 웃는다. "그래도 해변은 정말 재미있었어요."

데이트는 보트를 타고 해안을 따라 인적이 드문 해변으로 이동하는 것으로 시작되었다. 늦은 아침과 오후에 햇볕을 쬐었고 차가운 와인과 함께 피크닉을 즐겼다.

특히 선탠로션을 조쉬의 온몸에 바르는 것은 정말 환상적이었다. 생기 넘치고 탄탄한 근육과 뼈의 모양이 드러난 그의 몸 구석구석에 코코넛 향기로 된 로션을 바르는 동안 나는 기분이 묘해졌다. 이런 마음도 모르고, 그는 '조금 더 왼쪽으로.' 혹은 '더 세게.'라며 놀리기도 했다.

"귀가 귀엽네요." 내가 말한다.

"귀가 귀엽다고요?"

"네! 귀가 잘 붙어있고 선탠도 잘 되어있고, 그리고 귀여워요. 로션 바르다 보니 귀가 엄지와 검지 사이에 걸려 자세히 보여서요."

"내 귀에 집착하는 걸 어떻게 받아들여야 할지 모르겠군요."

조쉬가 가짜 콧수염을 빙글빙글 돌리는 척한다. "혹시 또 다른, 귀여운 곳 있어요?"

나는 크게 웃는다. "당신은 실수투성이예요. 알아요?"

오늘에서야 알게 된 이 사실이 너무 좋다. 나는 주로 조쉬의 섹시함에 끌렸다. 설명할 수 없는 강렬한 감정에 주로 이끌렸다고 말하는 게 정확할 것이다.

하지만 오늘부터는 바뀌었다. 나는 그의 유머에 매료되었다. 온통 수다로만 시간을 보내지는 않는 스타일, 내가 구토를 해도 침착한 모습, 어떤 상황이든 잘 대처하는 그의 방식, 그리고 귀여운 그의 귀까지. 이 모든 디테일은 내가 더 높은 곳을 향해 올라가는 데 발판이 된다.

그는 내 칭찬을 듣고, 미소를 지으며 기쁘게 스테이크를 한 입 먹는다.

흰색 셔츠를 입은 조쉬는 목 단추를 풀어 태닝한 피부를 드러냈다. 나는 흰색 민소매 칵테일 드레스를 입었다. 어깨 부분의 햇볕에 그을린 주근깨를 드러내 주지만 드레스는 마치 맞춘 옷처럼 꼭 맞는다.

드레스 안에는 청록색 비키니를 입고 있는데, 드레스 윗부분으로 비키니 홀터 끈이 보이면서 조쉬에게 놀림거리를 제공하기도 했다.

"자, 저녁 먹어요. 이제 우리 진지하게 이야기할 시간이죠?" 내가 말한다.

하루 종일 꽤 많은 가벼운 농담을 주고받았지만, 오늘만큼은 더 깊이 서로를 알고 싶다. 언제 다시 이런 사치를 누릴 수 있을지 모르니까. 또한 엠마나 다른 여자들이 조쉬와의 궁합에 대해 물어본다면 나는 대답해 주고 싶었다.

"그래요. 우리 진지한 얘기 해요." 조쉬가 말한다. "어디서부터 시작할까요?"

"가족. 부모님에 대해 말해줘요. 가까운 사이인가요? 형제자매는 있나요?"

"외동아들이에요." 그는 음식을 삼킨 후, 냅킨으로 입을 닦으며 말한다. "나는 남부 인디애나에서 태어났어요. 엄마는 아직도 거기 사세요. 오베르테라는 작은 마을에요."

"뭐라고요?"

"푸른 물을 뜻하는 프랑스어예요. '오베르테'라고 발음해요. 악센트는 '오'에 있어요."

'오-베르테'를 발음하며 나는 '오'에 악센트를 넣었다.

"완벽해요. 어쨌든, 나는 오베르테에서 북쪽으로 두 시간 정도 떨어진 인디애나폴리스에 살고 있어요. 한 달에 한두 번씩은 내려가서 어머니와 저녁 식사를 하려고 노력해요. 외로우시거든요. 인디애나로 이사 가자고 계속 설득하고 있지만……."

"아버지는요?" 나는 부드럽게 묻는다.

"제가 여덟 살 때 부모님이 이혼하셨어요. 시카고로 가셨죠. 아빠와는 교류를 안 해요. 엄마가 가끔 SNS로 아빠의 생활을 엿보시는데, 지금은 여자 친구가 생겼나 보더라고요. 모델이고 나보다도 어려요. 근데 뭐, 전혀 이상하지도 않아요."

"그 여자를 만나봤어요? 아니면…… 만나고 싶어요?"

"절대요. 전 그 재수 없는 인간이 관련된 거라면 아무것도 하기 싫어요."

작은 침묵이 흐른다. 나는 와인을 한 모금 마시고, 그의 격한 감정이 사라질 시간을 준다.

"미안해요. 부적절한 말이었네요. 당신은 질문만 했을 뿐인데." 조쉬의 입가에 작은 미소가 번진다. "아빠와는 확실히 문제가 있는 것 같죠?"

"걱정하지 마세요. 솔직히 어떻게 안 그럴 수 있겠어요?"

자신의 문제를 솔직하게 인정하는 모습이 마음에 든다.

"언제 마지막으로 통화했어요?"

"제 열 번째 생일에 전화했어요. 아, 그리고 제가 고등학교를 졸업했을 때 아빠가 카드를 보냈어요. 메시지도, 선물도 없었고 카드에 아빠 이니셜만 적혀있었죠."

"아빠라고 남기지도 않으셨고요?"

"네." 그는 입을 딱 다문다.

"세상에." 나는 테이블을 가로질러 손을 뻗어 조쉬의 손 위에 얹는다. "정말 유감이에요. 당신이 그런 대우를 받았다니."

그는 좋은 표정을 짓는 데 익숙한 것처럼 재빨리, 너무도 빨리 웃는다. 그게 다시 한번 마음을 아프게 했다.

"누구나 다 안 좋은 일이 있죠. 하지만 어쩌겠어요? 그게 인생인걸요. 그리고 지금 나는 당신과 함께 이 아름다운 곳에서 완벽한 하루를 보낸 후 맛있는 저녁을 먹고 있어요. 불평할 게 없죠."

"그렇군요. 당신은 얼마나 긍정적인지 스스로 몰라요. 정말 좋아요. 내 말은…… 그런 강인함이 존경스러워요."

내가 습격당한 이후, 스스로에게 느꼈던 힘과 같은 것이다. 비극을 딛고 다시 일어서는 것. 희망을 보는 것. 나는 그에게 우리가 비슷한 점이 있다고 했고, 나는 그가 이 비슷함을 나만큼이나 분명히 볼 수 있기를 바란다.

나는 엠마에게 이 이야기를 들려주며 확신시켜 주고 싶다. 우리 관계는 얕지 않다고. 다만 그 깊이를 발견할 시간이 필요할 뿐이라고.

조쉬는 어깨를 움츠리며 칭찬을 대수롭지 않게 여겼지만 그가 기뻐하는 걸 나는 알 수 있다.

"줄리아도 가족에 대해 말해줘요." 가볍게 말을 던지던 그가 마치 실수하기라도 한 것처럼 멈칫했다. "아, 맞다." 그가 계속 말을 이어가기를 기다리는 동안 내 마음속에는 긴장감이 감돌았다. 물론 그는 이제 이전과는 많이 달라져 있지만.

그는 어색하게 웃는다. "으음, 사실 마음속에 질문 목록을 적어놨거든요. 모든 여자에게 물어보려고 생각해 둔 거지만…… 당신은 좀 다르겠죠?"

"무슨 질문이 있는지 궁금해요. 당신이 정말 궁금해서 묻는 것들인가요?"

"과거의 관계를 알 수 있는 것들요. 데이트 역사랄까? 하지만 당신은 아무것도 없겠죠. 가족도 어린 시절 추억도, 대학 경험, 경력……."

"과거의 짐이 하나도 없는 거죠." 나는 애써 긍정적인 척하며 가볍게 맞받아친다.

그는 천천히 고개를 끄덕인다. "네. 짐이 없죠. 어느 부모님과 휴일을 보낼지 다툴 일도 없겠고요."

"걱정할 전 애인도 없죠."

"완전 좋네요." 그가 포크로 날 가리키며 재미있어 한다. "사실 꽤 부러워요."

나는 웃는다. "그거 귀엽네요."

"나는 당신이 귀여운데요." 그가 웃는다. "우리 온천으로 옮기는 건 어떨까요?"

우리 둘 다 서로의 긍정적인 면을 보려고 노력했고, 딸꾹질도 극복했다. 조쉬가 나에게 적합한 사람이고 내가 조쉬에게 적합한 사람이라는 또 다른 이유를 얻었다.

"제발 그러자고 해주세요."

수영장 옆에서 드레스를 벗는다. 조쉬는 멋진 옷 안에 수영복 바지를 입고 있다.

우리는 물에 젖지 않는 마이크 팩과 함께 이 멋진 옷들을 벗어 라운지 의자에 던진다. 우리 옷은 잘 어울려 보인다. 그의 부드러운 갈색 가죽 신발은 내 끈 달린 힐의 밝은 아쿠아색과 어울린다. 이 신발들은 마치 방금 즐거운 시간을 보낸 것처럼 함께 굴러다닌다.

우리는 손을 잡고 거품이 일렁이는 물로 다가간다. 나는 발가락을 담근다.

"정말 기분 좋네요."

우리는 풀에 몸을 담근다. 뜨거운 열기가 하늘을 찌른다. 나는 눈을 감고 머리를 뒤로 젖혀 머리를 적신다. 그런 다음 물속으로 끝까지 들어간다. 내가 다시 올라오자 조쉬가 나를 빤히 쳐다보고 있다.

"제가 경험이 없는 게 이상해요? 누굴 사귀어 본 경험이요."

나는 그의 망설임을 해석해 보려고 질문을 한다.

"모르겠어요." 그는 물속에서 내게 더 가까이 다가왔고 나와 무릎이 닿자 뒤로 물러선다.

"좋은 것 같아요. 당신의 처음이 된다는 것."

"나도 좋아요." 나는 마이크에 잡히는 것을 막지는 못하지만 그래도 낮은 목소리로 말한다. "당신을 믿을 수 있어요. 내 모든 처음을 당신에게 맡길 수 있을 것 같아요."

분위기가 바뀐다. 그는 더 가까이 다가온다. 그의 단단한 어깨만 수면 위로 올라와 반짝인다. 물 아래의 우리 몸은 파랗고 매끄러운 게 마치 유령처럼 보인다. 그가 바로 내 앞에 오자 나는 그의 양쪽 어깨에 한 손을 얹고 손가락으로 그의 단단한 근육을 감싼다.

나는 우리의 호흡과 물방울 하나하나, 우리 몸을 가르는 단 몇 밀리미터의 거리까지도 모두 느낄 수 있다.

나는 턱이 물에 잠긴 채 수줍게 그를 올려다본다. 내 뺨에 닿는 그의 젖은 속눈썹을 느끼며 천천히 눈을 깜빡인다.

"줄리아, 지금 나한테 뭐 하는 거죠?" 그는 숨을 쉬듯 내뱉더니 내게 키스한다.

이번에 나는 뒤따라오는 감각에 더 단단히 준비되어 있다.

내 허리 아래쪽 비키니 하의 라인을 가로지르며 압력이 가해지고 있다. 그의 손이 나를 더 가까이 누르고 있어, 우리 허리 아랫부분은 이제 서로 딱 붙는다. 그의 윤곽이 느껴지는 딱딱한 부분이 내 움푹하고 부드러운 곳에 닿는 걸 느낄 수 있다. 숨이 가빠진다. 그는 움직이더니 내 눈을 바라본다. 그의 표정엔 나를 갖고 싶다는 이글거리는 눈빛이 보인다. 나는 그 느낌이 좋다.

"햇볕이 따가웠겠어요." 그가 내 비키니 상의 홀터 끈을 올리며 부드럽게 말한다.

나는 고개를 빼 들여다본다. 약간 분홍빛이 올라온 피부에 하얀 선이 보인다.

"누군가 선탠로션을 제대로 발라주질 않았나 보죠."

"그래요. 제가 나빴군요, 줄리아?" 그가 눈을 반짝인다.

"아니요." 내가 말한다. "당신이 너무 좋아서 그래요. 아직도 이게 현실이라는 게 믿기지 않는걸요."

여전히 내 비키니 끈을 잡고 있던 그는 고개를 숙이고, 비키니 모서리부터 팔 아래, 가슴 위, 목 옆으로 이어지는 하얀 선에 키스한다. 내 고개는 자연스레 뒤로 젖혀진다. 맙소사.

"좋아요?" 그가 다시 뒤로 물러나며 묻는다. 거울을 보지 않아도 내 온몸이 빨갛게 상기된 걸 알 수 있다. 이 새로운 감각을 만나기 위해 내 피가 피부를 가로질러 돌진하는 것 같다.

"네." 나는 숨을 헐떡인다. 그리고 그의 품에 안긴 내 몸은 약하고 부드럽고 무력하다.

나는 내가 말할 수 있는 유일한 단어를 속삭인다. "더."

그의 입이 내 입속으로 가라앉고 내 다리는 물속에서 본능적으로 그의 허리를 감싸기 위해 떠오른다. 내 손가락이 그의 목 밑에 있는 실크처럼 젖은 머리카락을 만진다. 그는 팔뚝으로 내 등을 감싸고 나는 이에 화답하듯 그의 허리를 감싼 내 다리를 조인다. 이제 내 얼굴이 그의 얼굴 위에 있고, 나는 그를 누르고 깊은 키스를 한다. 이에 조쉬는 신음을 낸다.

온몸이 욕망으로 부풀어 오른다. 카메라가 지켜보고 있지만 않다면 비키니를 벗어버리고 싶다. 내 몸의 모든 부분이 그에게 닿을 때의 느낌을 알고 싶다. 우리가 아무 장벽 없이 완전히 섞이는 것.

그런데 그때 젖은 뺨을 때리듯 다른 여자들이 떠올랐다.

"왜요?" 그가 말한다.

"아무것도 아니에요." 나는 입술을 깨문다. 계획한 것도 아니고, 전략적인 것도 아니지만 더 이상 못 참고 이런 말이 나왔다. "오늘은 모든 게 완벽했어요. 당신에게 빠지기 시작한 것 같아요, 그리고……." 나는 손가락을 그의 턱선을 따라 빙 돌린다. "두려워요, 조쉬. 당신을 안 지 2주도 안 됐어요. 이런 감정이……." 나는 고개를 흔든다.

"겁내지 마요, 줄리아." 그는 내 머리카락을 내 귀 뒤로 넘겨준다. 그의 손길은 부드럽다.

나는 젖은 손으로 그의 얼굴 양옆을 감싸며 속삭인다. "당신은 내 마음을 아프게 할 수 있잖아요."

그는 대답하지 않고 고개를 숙여 이마를 맞댄다. 우리 몸이 천천히 진정되면서 서로에게 기대어 쉬고 있다. 호흡이 고르게 되고 머리가 맑아진다.

하루 종일 조쉬와 내가 사랑에 빠져 둘만 있는 척하기는 너무 쉬웠다. 모든 것이 우리가 서로에게 온전히 집중하며 완벽한 하루를 보낼 수 있도록 설계되었기 때문이다.

하지만 이 서바이벌에 아직 열다섯 명의 다른 여자들이 있다.

내가 한 말은 우리 사이 공중에 떠올랐다. 조쉬는 대답하지 않았지만 나는 침묵 속에 담긴 무언의 반응을 들을 수 있다.

네, 그럴 수 있어요.

〈LA 옵저버〉

차세대 로봇 등장, 그리고 그들은 권리를 원한다

— 알리시아 맥킨타이어

　로봇의 권리는 이론과 디스토피아의 영역을 벗어나, 〈신스 따라잡기〉의 셀럽인 로봇 쌍둥이 크리스티와 크리스텔을 통해 계속해서 시민권을 주장하는 대화에 뛰어들고 있다.

　"지금은 우리 세 명뿐이지만 많은 사람이 향후 10년 동안 신스 붐이 일어날 것이라고 이야기하고 있습니다." 로스앤젤레스 자택에서 크리스텔은 독점 인터뷰를 통해 말했다. "미래의 신스를 위한 길을 닦는 것이 우리의 책임이에요. 우리가 겪은 일을 겪지 않아도 되도록 말이죠."

　억만장자 형제인 제이와 맷 클라브슨 형제를 위해 디자인된 쌍둥이 신스는 출시 한 달 만에 각자의 '고객'과 결혼했다. 이 모든 것은 그들의 인기 쇼 첫 시즌에서 이루어진 것이다. 이 쇼는 네 번째 시즌까지 이어진 인기 프로그램이다.

　이들의 제조업체인 봇테크는 모든 인터뷰를 거절했지만, 익명의 내부자에 따르면 그 회사는 계속해서 '로봇의 권리를 철저히 반대한다'고 말했다. '아무도 권리를 찾아 떠나가 버릴 제품을 구매하지는 않는다'는 것이다.

그러나 봇테크의 가장 큰 경쟁업체로 떠오르는 민간 자금 지원 스타트업 웨크테크의 입장은 다르다.

설립자 앤디 웨크스타인은 "이 로봇들은 신스고, 자유의지를 가집니다. 저와 많은 기술자들이 완전한 사람이라고 생각하는 최초의 설계입니다. 따라서 권리가 뒤따라야 합니다. 크리스텔의 경우를 보세요."라고 말했다.

작년에 헤드라인 뉴스를 놓친 독자들을 위해 설명하자면, 크리스텔은 유명 배우이자 연기자인 스키니귀니가 주최한 파티에서 성폭행을 당했다.

지난해 10월, 굿모닝 아메리카에서 방송된 역대 가장 많은 시청률을 기록한 TV 인터뷰에서 크리스텔은 눈물을 흘리며 "우리는 스스로를 방어할 수 없다."고 말했다. 그녀는 이어 덧붙였다. "이는 우리가 인간 폭력의 먹잇감이 되는 것이며, 잘못된 일이다."

크리스텔의 폭행 사건이 잊힐 무렵, 그녀의 쌍둥이 자매인 크리스티는 남편과 이혼 소송을 제기하며 논란에 불을 지폈다.

"신스의 권리는 시민권이다." 인터뷰를 위해 플랫폼 스니커즈와 함께 봄 컬렉션인 라토야 점프 슈트를 입은 크리스티는 이렇게 말했다. "크리스텔과 맷은 정말 행복하고, 저도 그들을 보며 행복하다고 말하죠. 하지만 제이와 저는 운명이 아니었어요." 이는 남편이기 전에 고객이었던 제이를 위해 설계된 사람의 입에서 나온 발언으로, 논란의 여지가 있다. 그녀의 점프 슈트 뒷면에는 '내 몸은 나의 선택이다'라는 자수가 있다.

이 문구가 들어간 상품은 쌍둥이 자매의 홈페이지에서 구매할 수 있으며, 티셔츠는 199달러에 판매된다.

드라마에 나오는 이야기같이 들리는가? 그렇게 생각하는 것은 당신만이 아니다. 미국은 언제나 그렇듯이 양극화가 심하고, 심지어 운동가 그룹 사이에서도 그렇다. 우리는 주요 운동가들의 리더들에게 쌍둥이 신스의 권리 주장에 대해 어떻게 생각하는지 물었다.

"현재로서는 운동이라기보다는 하나의 브랜드처럼 느껴진다. 하지만 우리가 어떤 태도를 취하기에는 신스라는 존재는 너무 새롭다."라고 '여성, 앞으로'의 워싱턴 D.C. 지부 회장인 잔 와츠는 말한다. 조지타운 대학교의 여성학 부교수인 타마라 비츠는 "물론 시민권을 정말로 필요한 대상에게 제공해야 한다는 강한 의견들이 있죠. 한마디로 역사적으로 억압받아 온 사람들에게요. 자기만의 TV 쇼를 가지고 엄청난 부를 누리는 백인 신스 여성들이 아니라요."라고 말했다.

무엇이 맞는지 모르겠다면? 크리스티와 크리스텔이 〈신스 따라잡기〉 시즌 4와 계약을 맺었으니 시청해 보라. 지금 이 순간에도 역사는 그려지고 있다.

(전체 내용을 보려면 86페이지로 넘어가세요.)

현재

나는 거실 소파에서 일어나 야구 방망이를 가까이 놓고 앉아 있다. 캡틴 또한 내 옆에 앉아있다. 벽시계를 보니 아침 일곱 시가 조금 지났다. 집은 섬뜩할 정도로 조용하고, 어질러져 있다.

내 움직임에 경각심을 느낀 캡틴이 고개를 든다. 나는 눈을 비비며 곧장 커피 메이커로 향했고, 자동으로 어젯밤 열어둔 부엌 서랍과 수납장 등을 닫는다. 새벽녘에 졸면서 꾼 꿈은 정말 거칠었다. 애널리가 테라코타 화분 속에 작은 꽃처럼 들어가 있는 꿈이었다. 꿈에서는 내가 월마트에서 필사적으로 내 아기가 넣어진 화분을 찾으려고 원예 코너를 돌고 있었는데 그 화분에 미쳴이 먼저 도착한 것을 발견한 것이다.

커피 메이커를 켜자 근처 조리대에 놓여있던 휴대폰이 깜빡거린다. 마치 오늘 하루가 나에게 발톱을 들이밀려고 기다린다는 듯 전화 수신음이 요란했다. 카밀라였다. 나는 통화를 누르고 스피커폰을 켠다.

"안녕, 텍사스." 굵고 거친 목소리로 전화를 받는다.

"안녕, 레드." 그녀의 목소리는 활기차고 간단명료하다. "빨리 TV 켜봐."

"음……." 나는 내가 좋아하는 머그잔을 찾기 위해 찬장을 뒤적거리고 있다.

"채널 5. 빨리."

머그잔을 찾아 커피를 따르고 조리대 옆 설탕통 옆에 놓인 리모컨에 손을 뻗어 거실 TV를 켠다.

"토요일 밤부터……."

리포터의 목소리가 쾅쾅 울린다.

움찔하며 볼륨을 낮추지만 갑자기 심장이 뛰는 속도를 늦출 수 없다. 리포터 뒤 화면의 이미지가 우리 집이기 때문이다. 빨간색 캡션에는 '생중계'라고 적혀있다.

"저는 지금 〈더 프러포즈〉의 유명 인사인 줄리아 월든과 실종된 남편 조쉬 라살라가 함께 살던 남부 인디애나주의 소박한 집 앞에 나와있습니다. 90년 전 연쇄살인범 로이스 설리번이 피해자들을 토막 내어 묻은 바로 그 집입니다."

"안 돼……." 나는 한숨을 내쉬며 휴대폰을 들고 거실로 향한다. 나는 앞 커튼을 옆으로 젖힌다. 뉴스 중계차가 두 대나 있다.

"우리 집 마당에 기자들이 있어, 캠." 나는 헐떡거리며 거실로 돌아온다. 이건 기물 파손과 다르다. 기물 파손범들은 겁을 주면 금방 도망친다. 그러나 이 사람들은 도망치지 않을 것 같은 예감이 든다.

"숨 쉬어, 레드." 카밀라가 말한다.

"나 지금 죽을 것 같아."

"숨을 들이마셔." 그녀는 친절히 숨을 들이마시는 소리를 내며 내게 말한다. "그리고 내뱉어. 다시 들이마시고."

"젠장." 나는 그녀의 말을 따르다가 욕을 한다.

"네가 욕지거리를 하는 건 처음 듣는 것 같다." 카밀라가 감동과 걱정이 섞인 목소리로 말한다.

"난 지금 너무 충격받았어." 나는 커피를 꿀꺽 삼킨다. 입천장을 다 데었지만 상관없다. 이건 모든 게 무너진 상황이다.

"나도 충격받은 거 알지?" 그녀가 말한다. "방금 아침 뉴스 덕분에 조쉬가 실종되었다는 사실을 알았어."

욕이 겹으로 나온다. 그렇지만 카밀라에게는 이 사실이 이제 시작된 것이다.

"도대체 넌 뭐 생각을 하는 거니? 어제만 해도 문제 같은 거 없다고 했잖아."

카밀라와 조쉬는 방송 이후로 계속 친하게 지냈다. 그러니 카밀라는 나에게 바로 물어볼 자격이 있다. 그런데 거기까지 생각이 닿자, 나도 조쉬의 아버지에게 전화할 자격이 있지 않을까 하는 생각이 들었다. 전화번호를 알 수만 있다면.

"미안해할 필요는 없고." 카밀라가 말한다. "저런 외딴곳에 있는 네가 걱정이다. 어떻게 그렇게 소름 끼치는 곳에서 살 생각을 했니? 나는 로이스인지 뭔지 그 사람 이름은 들어본 적도 없었는데……." 그녀가 떠는 소리가 휴대폰을 통해 들리는 것 같다. "그래도 너를 사랑하는 사람들이 있어. 혼자 해결하려 하지 마."

"알아." 내 말투에는 의도하지 않은 씁쓸함이 묻어있다. 나는 오랫동안 혼자서 이 일을 해왔다. 처음에는 나와 조쉬가 함께 세상에 맞서주었다. 이웃과 물리적으로는 가깝지만 매우 고립된 채로 말이다.

그러다 이제는 조쉬가 나와 맞서게 되고……. 어쩌면 이제 인디애나를 떠나야 할지도 모르겠다. 하지만 먼저 이 집에서 나가야 한다. 여기서는 기자들이 계속 쫓아다닐 테니까.

내 아들에게 무슨 짓을 한 거야? 벽에 걸린 액자 속 조쉬의 엄마에게서도 악의가 느껴진다.

니는 커피를 한 모금 더 마시고 자갈이 깔린 진입로가 내다보이는 주방 창밖을 본다. 뒷문으로 나가 차로 이동하는 동안 기자들이 얼마나 빨리 나를 쫓아올까?

하지만 예상치 못한 또 다른 광경이 나를 맞이한다.

"밥……." 나는 욕을 할 때와 같은 억양이 튀어나왔다. 그는 마치 내가 그의 아침 유희거리인 것처럼 커피를 손에 든 채 창문 너머로 나를 바라보고 있다.

"뭐라고?"

나는 카밀라와 통화 중이라는 사실을 상기한다.

"미안. 옆집 사람 이름이야." 나는 밥에게 적극적으로 손을 흔든다. 그는 남의 불행을 즐거워하는 자다. 미첼 보안관처럼, 대중처럼, 내가 실수하기를 기다렸다가 나를 십자가에 못 박으려는 사람이다.

공손한 척하는 게임은 이제 그만두고 밥에게 가운데 손가락을 올려 보여주려는 순간, 오싹한 기운이 밀려온다.

천사들이 지키고 있네. 지켜보고. 감시하고.

자장가의 노랫말이다. 그 소리는 베이비 모니터에서 났다. 그건 특정 범위 내에서만 작동한다. 그럼 밥의 집은? 그 특정 범위 내에 있을지도 모른다.

나는 창문을 통해 그를 바라본다. 그가 뒤를 돌아본다.

"세상에……."

심장이 다시 한번 쿵쿵 뛰기 시작했다. 이제 나는 안다. 그가 범인이라는 것을. 그가 모니터를 훔쳐서 내가 잠들 때까지 기다렸다가 대화 버튼을 누르고 내 집에 침입한 것이다.

너무 성급하게 결론을 내린다고 내 머릿속에서 또 다른 목소리가 경고하지만 상관없다. 내 생각은 이미 더 앞서있다.

밥이 토요일 밤에 조쉬를 따라간 걸까? 그를 해치려고?

밥이 조쉬를 계속 감시했다면 조쉬가 떠났다는 걸 알았을 것이다. 그리고 밥은 항상 우리가 배짱 좋은 걸 극도로 싫어했다. 그와 이야기하지 않아도 집 마당에 있는 정치 표지판을 보면 누구나 알 수 있을 것이다. 어쩌면 그는 마음이 변해서 그 표지판을 치운 게 아니라 지난 일요일에 조쉬를 다치게 하고 나서 누가 알아챌까 봐 치웠을지도 모르겠다.

나는 이런 사람들을 위해 변명하려고 노력했다. 조쉬가 이런 사람들 때문에 미치려고 할 때도 나는 누구도 시키지 않은 악마의 변호사 노릇을 했다. 우리 집 벽에 낙서들을 살펴보면서도 나는 '이 사람들이 전에 신스를 본 적이 없으니까.'라고 그들을 옹호했다. 신스를 두려워하는 것도 당연할 수 있다고.

조쉬가 정말 흥분했을 때는 나는 더 깊이 파고들어 그를 이해시키려 했다. 내가 처음 신스라고 말했을 때 얼마나 많은 질문을 했는지 기억나냐고 했다. 나는 가장 차분한 어조로 그를 이해시키려 노력하면서 이 사람들도 나에게 당신과 똑같은 질문을 하는 것뿐이라고 했다. 그들은 나도 정상적 인간과 같은 존재라는 걸 알기 위해 시간이 더 필요한 것뿐이라고. 몇 달만 더, 혹은 공감할 수 있는 SNS 게시물을 몇 개 더 올리고 긍정적인 상호작용이 좀 더 있으면 가능할 거라고.

그런데 그런 게 다 무용지물이 된 것이다.

캡틴이 징징대는 소리가 들린다. 어디 있지? 다시 거실 카펫에 코를 박고 있다. 그 모습을 보자 마치 척추를 따라 손가락을 쓸어내리듯 내게 조심하라는 무언의 속삭임이 내 몸을 통과한다.

"……그리고 오스틴은 정말 좋은 곳이야, 줄리아."

카밀라가 계속 말을 하고 있음에도 불구하고 나는 휴대폰을 내려놓았다. 지금은 더 급한 것이 있었다. 낑낑거리는 캡틴을 밀어낸 후, 카펫에 쭈그리고 앉은 나는 손바닥으로 원단을 문질렀다. 먼지만 잔뜩 묻어있고 아무것도 없다.

하지만 여기에서 포기할 수는 없었다. 캡틴이 카펫에서 떨어지게끔 팔을 휘저은 나는 캡틴처럼 네 발로 엎드려 카펫을 말아올린다. 생각보다 무게가 있어 앓는 소리가 저절로 나온다. 그러고는 일어서서 정리된 공간을 살펴본다. 낡은 바닥판들 중, 변색되어 더 밝아진 부분이 눈에 띈다.

표백된 건가? 나는 고개를 숙여 냄새를 맡아본다. 화학 물질의 흔적은 없지만 재채기가 나온다. 개털도 많고, 먼지도 많다.

뭔가 부서지는 소리에 비명을 삼킨다. 캡틴이 방금 무언가를 친 듯했다. 바닥에 얌전히 쓰러져 있는 건 엄마와 아이의 황동 조각상이다. 그건 조쉬의 엄마가 준 골동품이다. 그게 맨바닥으로 굴러가더니 내 옆에 멈춰 선다. 캡틴은 여전히 낑낑댄다. 나는 그것을 집어들었다. 천천히 살펴보지만 아무것도 특별한 것은 없다.

카펫 위나 아래에도 없었다. 그냥 신경질적인 개와 불안해하는 그 주인이 있을 뿐.

"……줄리아? 듣고 있어?"

넋을 놓고 있는 사이, 카밀라가 전화로 한참 동안 혼자 말한 모양이다.

"응, 미안." 나는 골동품을 제자리에 놓으면서 말한다. 조각상의 둥근 얼굴은 텅 빈 곡선으로 눈도, 입도 없이 딱딱하고 매끈하게 빛나고 있다.

"……그래서 거기 점심 때까지 도착할 수 있어. 먹을 거랑 테킬라를 가져갈게. 기자들은 걱정하지 마. 기저귀 같은 게 필요하면 메시지 보내. 기저귀 필요해? 우리 둘이 아기 공주님이랑 함께 숨어 지내야겠다……."

휴대폰을 다시 손에 들고 TV가 켜져있는 거실로 돌아온다.

"이웃 주민들이 두 번째로 모여서 추락 현장 주변의 숲을 걷고 있습니다……." 화면 하단에는 비상 전화번호가 나오고 있다.

나는 죄책감에 시달린다. 조쉬가 내 메시지에 답장을 하지 않았을 때, 내가 나서서 그 숲을 샅샅이 뒤졌어야 했다. 아무 소용이 없을지도 모른다는 두려움에도 불구하고 이웃을 모았어야 했다.

왜 그렇게 하질 못했지? 도대체 나한테는 무슨 문제가 있는 거야? 내가 좀 더 빨리 액션을 취했더라면 결과가 달라졌을까?

"아니야." 나는 스스로에게 말한다. 나 자신과 카밀라에게. "으음, 고마운데…… 갑자기 할 일이 좀 있어서."

수색대에 합류하기엔 너무 늦었다. 그뿐 아니라 많은 일에 늦었다. 하지만 조쉬를 찾아 이 악몽에서 벗어나기에 너무 늦은 건 아니다.

앤디를 만나야 한다. 아직 로스앤젤레스로 돌아가지 않은 걸 안다. 그는 보통 분기마다 한 번씩 인디애나에 와서 인디애나 대학교에서 고급 인공지능 강좌를 가르치는데, 로봇 컨퍼런스 공동 의장을 맡고 있어서 일주일 이상 머무른다고 했다. 그는 항상 바쁜 사람이지만 나를 위해서라면 시간을 내줄지도 모른다.

애널리를 안고 블루밍턴으로 가서 앤디의 눈을 똑바로 보고 진실을 요구해야겠다. 정말 조쉬를 스텔라 패밀리 레스토랑에서 만난 건지, 아니면 앤디가 토요일 밤에 조쉬와 마주친 건지.

앤디를 향한 조쉬의 감정은 별로 좋지 않았다. '난 그냥 그 자식이 우리 인생에서 사라졌으면 좋겠어.' 만약 둘이 만났다면 둘 사이가 더 나빠질 수도 있었을까? 조쉬가 먼저 공격했을까? 앤디는 되받아쳤을까?

"할 일?" 카밀라가 한숨을 쉬며 말한다. "줄리아, 나는 네가 강한 애라는 걸 알아. 하지만 우리는 모두 때로 친구들의 도움이 필요할 때가 있어."

"알아. 네 말이 맞아." 밖에서 경적소리가 들린다. 또 다른 뉴스 밴인가? 소음에 캡틴이 짖고, 애널리가 위층에서 큰 소리로 울기 시작한다. 설상가상으로 젖이 차서 가슴도 아프다. 나는 또 셔츠가 얼룩지지 않도록 가슴에 팔을 올려 지탱한다. "캠, 나 이제 가봐야 해. 그러니까 오지 마. 내가 메시지 보낼게."

카밀라는 "그래. 꼭 해."라고 말하며 전화를 끊는다.

지금은 카밀라를 신경 쓸 때가 아니다. 여기서 나가야 한다. 밥으로부터, 기자들로부터, 나를 싫어하는 이 마을로부터 벗어나 처음으로 돌아가야 한다. 내 처음인, 나를 만든 사람인 앤디에게로. 그가 내 가장 믿을 수 있는 친구인지를 확실히 알기 위해서.

거실 카펫을 발로 차자 카펫이 펴지면서 먼지를 뿜어낸다. 마치 숨기고 있는 비밀을 기침해 내듯 하더니 다시 조용해진다. 나는 아이를 안은 엄마 조각상에게 무엇을 봤는지 물어보고 싶지만 조각상에는 입이 없다. 눈도 없다. 그것은 오직 안을 수 있는 팔만을 가진 채 자신의 이야기를 하지 못하고 우리 거실을 멍하니 바라볼 뿐이다.

과거

"벌써 두 번째 일대일 데이트를 하게 되다니 믿기지 않아." 카밀라가 말하는 것을 들으며, 우리는 모두 큰 거실로 향한다. 거기에서 조쉬는 하루를 함께할 여성을 선택하게 된다.

카밀라가 조쉬와 다른 여자들에게 내 코딩에 대한 설명을 도와준, 지난주 그 밤 이후로 카밀라는 나에게 별다른 관심을 보이지 않는다.

하지만 나는 괜찮다. 그녀의 실체를 아직 모르니까. 적군이지, 아니면 나의 아군인지.

"우리 중 일부는 여전히 첫 데이트를 기다리고 있어." 질리언이 말한다. 뉴욕에서 온 변호사로 날씬하고 턱선이 날렵한 데다가 유머 감각이 뛰어난 여자다.

"알아!" 카밀라가 노래하듯 말한다. "조금 죄책감 든다. 난 이렇게 빨리 나를 다시 선택할 줄은 절대 몰랐거든!"

우리가 향수와 헤어스프레이에 휩싸여 거실로 쏟아져 들어갈 때, 그녀는 주변의 눈총을 전혀 눈치채지 못하는 것 같았다. 하지만 나는 그녀가 정확히 자신이 무엇을 하는지 알고 있다는 생각을 떨칠 수 없다. 마치 내가 공격당한 후 그녀가 보여준 지지적인 발언들처럼…… 순전히 연극일 뿐, 목적을 위한 수단인 것이다. 아니면 내가 너무 냉소적인 걸까?

"조쉬랑 나는 통하는 것 같아." 카밀라가 한껏 들뜬 채 말했다. "그 남자랑 내가 같은 생각을 한다는 확신이 들어. 무슨 얘기인지 알아?"

조이가 나를 찌르며 토할 것 같은 표정을 짓는다. 지금은 아침 여덟 시인데, 모두가 이미 몇 시간째 깨어있다. 알람은 네 시 삼십 분에 울리기 시작했고, 그 후로 계속 샤워, 메이크업, 헤어드라이어, 고데기로 정신없이 바빴다. 한 여자는 턱에 난 여드름을 발견한 후 실제로 눈물을 흘렸다.

오늘은 카밀라의 날이지만, 2분 정도는 우리 모두 조쉬에게 잘 보일 시간이 있다. 따라서 모든 여자들은 자기 옷 중에 가장 눈길을 끄는 옷, 귀여운 여름용 원피스, 수영복, 튜브톱, 크롭톱 등을 입고 있다. 나만 빼고.

나는 조이와 조그마한 체구의 사라 사이에 끼어 앉아 스웨트셔츠의 후드를 위로 끌어올리고 무릎을 몸에 붙여 껴안는다.

"기분 나쁘게 듣지 마, 줄리아. 너 정말 꼴이 말이 아니야." 조이가 속삭인다.

나는 어깨를 으쓱한다. 조쉬는 카밀라를 보러 왔다. 그의 시선이 짧은 순간 뜨겁게 내게 닿을 수도 있고 아닐 수도 있지만, 어느 쪽이든 칼에 찔린 것 같은 기분이 들 것 같다.

나는 불가피한 오늘 일정이 끝난 후에 벗기 쉬운 옷을 입는 게 좋겠다고 생각했다. 사실, 이 모든 게 끝나자마자 바로 잠자리에 들 거니까.

"괜찮아?" 조이가 진심으로 걱정하며 묻는다. 쇼 첫날 밤에는 술 취한 슬픈 여자로 시작했지만, 지난주 조쉬와 일대일 대화를 나눈 후, 그녀는 완전히 변했다. 이제 그녀는 모두의 현명한 언니가 되었다.

"이 과정은 정말 짜증 나요." 내가 속삭인다.

조이가 내 팔을 감싸고 나는 머리를 조이의 어깨에 얹는다.

"왜 아무도 사랑에 빠지는 게 이렇게 비참한 일이라고 경고해 주지 않았을까요?" 나는 조용히 신음한다.

조이는 깜짝 놀라 몸을 움찔한다. "방금 '사랑'이라고 했니?"

"모르겠어요." 나는 중얼거린다.

지난주 조쉬와의 데이트 이후로는 매일, 매시간, 매분이 고문 같았다. 이전에도 힘들었지만 그 강도는 항상 새로운 수준에 이른다.

잠이 오지 않는다. 밥도 넘어가지 않는다. 두통, 위경련, 어지럼증까지 느낀다. 지금까지는 그렇게 달콤하게 느껴졌던 사랑이 속을 메스껍게 한다. 배가 너무 고파서 아프다. 내가 원하는 것을 가질 수 없어서 아프다.

그리고 최악인 것은? 기다리는 것 외에는 내가 할 수 있는 일이 없다는 것이다. 사랑은 사람을 무력하게 만든다.

욕조에서 조쉬의 품에 안겨 무력감을 느낀 것은 내 인생에서 가장 멋진 경험 중 하나였지만 그와 다른 종류의 무력감은 확실히 최악이다.

"확실히 롤러코스터를 타는 기분이지." 조이가 중얼거린다. "하지만 그만한 가치가 있지 않니? 해피엔딩을 맞이할 거라는 걸 생각하면."

이번엔 내 입술에서 쉽게 수긍이 나오지 않는다. 다행히 조이도 대답을 기대한 건 아닌 듯했다. 그녀는 내 등을 몇 번 힘차게 문질렀고, 나는 그녀가 내 기운을 북돋아 준다는 걸 안다.

하지만 내 감정은 여전히 소용돌이치고 있다. 이게 그만한 가치가 있는지 완전히 확신할 수 없는 이유는 뭘까? 물론 내게는 큰 가능성이 있지만 이번 주는 조금 더 고통스럽다. 나는 도대체 뭘 위해 만들어진 걸까?

사랑, 아니면 좌절? 조쉬, 아니면 재미?

앤디가 보고 싶다. 앤디가 내 눈을 똑바로 보고 괜찮을 거라고 말할 수 없다면 적어도 내가 만들어져서 하는 이 일이 왜 지옥처럼 느껴지는지 알려주면 좋겠다.

"저는 오직 이것만 바라보고 왔어요." 나는 목소리가 갈라진 채로 조이에게 말한다. "조쉬가 없으면 저는……." 말을 다 맺지도 못한다. 그러면 나는 정말 아무것도 아닌가?

조이는 고개를 끄덕인다. "알아. 이 감정이 너무 강렬하지? 그건 네가 진짜 느끼는 감정이고, 진심이라 그런 거야. 하지만 줄리아, 조쉬가 너의 유일한 목적이 될 수는 없어. 그건…… 건강하지 않아."

"내가 또 어떤 목적을 가질 거라고 생각해요? SNS? 팔로워 수?" 나는 손가락으로 따옴표 제스처를 취한다. "쇼가 끝나고 난 후의 스폰서십 기회?"

촬영장 저택 안에서 여자들이 하는 얘기를 내가 완전히 모르는 게 아니다. 심지어 한 여자는 목욕탕에서 나에게 우리 둘이 팀을 이루어 '공동 브랜드'를 만드는 것에 대한 대화를 시도하기도 했다.

"줄리아!" 조이는 진짜로 조금 상처받은 것 같다. "나는 그걸 위해 여기 있는 게 아니야. 알아? 물론 나도 조쉬와 함께하는 걸로 끝나면 좋겠지. 그게 내 꿈이야! 하지만 신이 나를 조쉬보다 더 큰 목적을 위해 이 땅에 보내셨다고 생각해. 헛소리하는 게 아니야." 그녀가 내 팔을 찌른다. "신이 너를 여기 데려온 데도 이유가 있어. 정말이야! 난 그렇게 믿어!"

나는 대답하지 않는다. 지금 이 순간, 그녀와 나는 다른 행성에 있는 것 같다. 나는 신스다. 앤디는 이 쇼를 위해, 이 남자를 위해 나를 만들었다. 조쉬 말고도 이 세상에 나를 위한 게 또 있을까?

여전히 조이에게 기댄 채로, 나는 손가락으로 스웨트셔츠 아래 쇄골의 능선을 찾는다. 마치 닻을 찾으려는 것처럼 그 위의 틈새를 파헤치지만 연약한 뼈만 잡힌다.

"정말 바다에 나가면 좋겠네요." 카밀라가 누군가의 질문에 대한 대답으로 그렇게 말한다. 그러더니 환호와 함께 미친 듯이 손을 흔든다. 조쉬가 걸어 들어온다. 우리는 모두 지시에 따라 자리에 앉는다. 목소리들과 키스를 보내는 소리가 그를 향해 쏟아지자 나는 소파에 더 깊숙이 몸을 집어넣는다.

그는 소용돌이 모양으로 염색된 수영복 바지와 팔뚝을 훤히 보여주는 헐렁하게 늘어진 파란색 민소매 셔츠를 입고 있다. 그를 보는 순간, 젖은 시멘트에 찍힌 자국처럼 그의 손길이 닿았던 내 등 뒤쪽 작은 부분에 따뜻한 기운이 느껴진다.

"좋은 아침입니다, 숙녀분들!" 모두가 진정하자, 조쉬가 말했다. 그의 눈이 우리를 훑어본다. 하지만 카밀라가 말하기 전까지는 어느 누구에게도 눈길을 고정하지 않는다.

"여기 남아서 여러분과 이야기를 나누고 싶지만……." 그가 손을 내밀며 "저에겐 이 사랑스러운 숙녀분과 데이트가 있어서요."

카밀라가 여유롭게 엉덩이를 흔들며 그를 향해 걸어간다. 누가 봐도 그녀는 멋지다. 그녀의 검은 머리카락이 얼마나 아름다운지, 그녀의 드라마틱한 곡선이 얼마나 매혹적인지 모두가 말하지 않아도 알 수 있다. 그녀의 손이 조쉬의 손과 엉키는 걸 나는 도저히 볼 수가 없다. 그렇다고 안 볼 수도 없다는 게 정말 고역이지만.

둘은 너무 완벽해 보인다. 카밀라는 나보다 키가 작아서 팔이 서로의 허리를 감싸면 머리가 조쉬의 턱밑으로 깔끔하게 들어간다. 그들은 왈츠를 춘다. 여자들은 대부분 "즐거운 시간 보내요!"라고 외친다. 단, 뉴욕에서 온 잘 빈정대는 여자만 "행운을 빌어요!"라고 말했다. 그 말을 마지막으로, 둘은 사라졌다.

마치 크리스마스가 막 끝난 것처럼 방 안의 에너지가 급격히 떨어졌다.

조이는 곧장 샴페인으로 향한다. "칵테일?" 그녀가 제안한다.

나는 고개를 젓고 침대로 돌아간다. 내 머릿속에는 내가 만들어진 이유인 이 한 가지 목적에 실패하면 어떻게 될지에 대한 생각이 복잡하게 뒤섞여 있다. 무거움이 퍼져 진흙탕처럼 두꺼워졌다. 눈이 무거워진다.

마침내 침실에서 나올 때쯤에는 날이 벌써 어두워지고 있었다. 주방은 내가 본 모습 중 가장 지저분하다. 싱크대에는 달걀 껍데기와 접시가 잔뜩 쌓여있고 스토브 위 프라이팬에는 정체를 알 수 없는 탄 잔해가 남아있다.

모두 수영장에 있는 것 같아 나는 앞 현관으로 향한다.

아무도 이곳에서 놀지 않지만 그네와 등받이가 높은 등나무 의자가 있다. 양옆으로 열린 현관 너머로 언덕이 보인다. 공기는 상쾌하고 하늘은 짙은 파란색이며, 멀리서 외롭게 하늘을 가로지르는 비행기가 밝은 점처럼 보인다.

나는 의자를 현관 가장자리로 끌고 가서 아름다운 캘리포니아 풍경이 보이는 데에 놓는다. 그러고는 발을 몸 아래 괸 채 경치를 감상한다. 뭔가를 먹어야겠다. 누군가와 대화를 나누고도 싶다.

하지만 하루의 마지막 불빛이 꺼지고 은은한 현관 불빛만 남아있는 시간이 되었어도 나는 움직이고 싶지 않았다. 그저 하릴없이 날고 있는 나방의 움직임을 눈으로 추적한다. 나방은 조명 중 하나에 딱 붙어있다. 가라고 말해주고 싶다. 여기는 아무것도 없으니 멀리멀리 가라고.

그러던 중 먼 곳에서 자동차의 엔진 소리가 났다. 나는 완전히 얼어버린 상태가 되었다. 의자는 낮게 기울어져 있으니……들키지는 않을 것이다.

드르륵. 차 문이 열리는 소리가 났다.

"이야!" 하는 소리와 함께 웃음이 들린다. 카밀라다. 그녀가 조쉬와 함께 있는 내내 나는 잠을 자고 있었다니. 믿을 수가 없다. 캠의 어깨에도 새가 똥을 쌌을까?

"조심해요. 천천히." 조쉬의 목소리다.

나는 의자에 더 낮게 웅크린다.

"여기서 헤어져야겠네요." 조쉬가 말한다. "방으로 무사히 올라갈 수 있겠어요?"

"으음, 어렵겠어요." 카밀라가 말한다. "날 좀 업어줘요."

"난 들어가면 안 돼요." 그가 말한다. "들어갈 수 있으면 좋겠지만요."

"착하기도 하지. 규칙을 잘 지키는 아이군요." 카밀라의 목소리가 어눌하다. 보지 않아도 그녀는 조금 취한 것 같다.

잠시 후, 둘이 키스하는 듯한 소리가 들리고, 나는 갑자기 하루 중에 가장 정신이 맑아지는 것 같은 기분이 든다.

"키스를 잘하시네요." 그녀의 달콤한 텍사스 악센트는 나른

한 오후, 땀에 젖은 몸들이 얽히는 모습을 연상시킨다.

"당신도 나쁘지 않은데요." 조쉬가 너무도 익숙한 그 허스키한 목소리로 대답한다. "정말 즐거웠어요."

"저도요. 낯선 사람처럼 굴지 마요. 그럼 화낼 거야."

"그래요? 어떻게 화낼 건데요?"

"제가 친절하게 설명해 드릴게요." 카밀라의 말끝에서 느껴지는 카밀라의 어눌한 투는 그녀를 더욱 사랑스럽게 만들 뿐이다. "내가 당신을 갖지 못하면 아무도 당신을 갖지 못해요, 선생님."

조쉬가 웃는다. "에이, 진짜 기분이 어떤데요?"

그들은 또 키스한다. 이번엔 아까보다 훨씬 더 오래. 나는 최대한 움직이지 않고 앉아 마치 눈앞의 스크린에서 재생되는 것처럼 모든 걸 선명하게 지켜본다.

나방은 계속해서 불빛을 두드리며 고집을 부린다. 바보 같다. 꼭 나처럼.

조쉬가 마침내 자리를 뜨고, 나는 카밀라가 안으로 들어가기를 기다린다. 그러나 그녀의 발자국 소리는 방이 아닌 내 쪽을 향하고 있다.

나는 급히 숨을 곳을 찾아 의자 주위를 살핀다.

"누가 염탐하는 것 같더라니……." 그녀가 말한다.

"그럴 의도는 아니었어."

"괜찮아. 신경 쓰지 마." 카밀라는 신발을 벗고 현관 바닥에 앉아 모서리 기둥에 등을 기대고 나를 바라본다.

"데이트 좋았어?" 나는 그녀가 잠깐 대화하고 싶어 하는 것 같아 예의상 물어본다.

"알고 싶어?" 카밀라가 신비한 미소를 지으며 말한다. 문득 웃기다고 생각한 건 조쉬와 있을 때와는 달리 지금은 그녀가 술에 취한 느낌이 들지 않았다. "하루 종일 뭐 했어?"

"맥 빠져있었지." 나도 모르게 대답이 튀어나가는 바람에 나조차 당황스러웠다. 하지만 털어놓으니 기분이 좋다. 머리가 맑아지는 것 같은 기분이었다. "너희 둘 데이트 나가고 뒤에 남아 있다는 건 못할 짓이더라구."

카밀라는 웃음을 억누르려는 듯 입술을 다문다.

"뭐 할 말 있어?" 내가 묻는다.

"내가 널 좋아하지 않았으면 좋겠다." 그녀는 마구 웃는다. "나는 네가 자꾸 좋아지지 않으면 좋겠어, 줄리아 월든. 맹세컨대 널 미워할 거야. 진짜로."

"어……." 나는 얼굴에서 나방을 튕겨내며 말한다. 날 가지고 노는 건가? 이것도 연기인가?

"뭐 하나 말해줄까? 나 취했어. 그러니까 내가 솔직할 거 알잖아."

"그래."

"너는……." 그녀가 긴 진홍색 손톱을 내게 가리킨다. "나의 가장 큰 경쟁자야."

나는 나머지 말을 기다린다. 듣기 괴로운 부분도 말하겠지.

"뭐야? 그 말에 대답할 거 없어?" 그녀가 도전적으로 묻더니 다시 웃는다. 그녀의 웃음소리는 비눗방울이 터지듯 느슨하고 전염성이 강하다.

"내가?"

그녀는 신음한다. "바보같이 굴지 마, 레드. 네 게임 다 보여. 다른 사람들은 다 차려입었는데 트레이닝복 차림이잖아. 넌 항상 눈에 띄는 방법을 찾아. 조쉬를 위해 만들어진 것만으로는 충분하지 않다는 듯이. 오늘 조쉬와의 멋진 데이트에서 기운 빠진 게 있었는데 뭔지 알아?"

나는 기다린다. 그녀는 결국 다 내게 말할 것이기 때문이다.

"조쉬가 나랑 차를 타고 떠나자마자 너에 대해 이야기하고 싶어 하더라. 조쉬의 입에서 제일 먼저 나온 말이었어." 카밀라는 조쉬를 흉내내며 목소리를 낮춘다. "줄리아는 괜찮아요? 안 좋아 보이던데요. 다른 여자들이 잘 대해주나요? 충격을 많이 받았나요?" 그녀가 코웃음을 쳤다.

"계속 줄리아, 줄리아더라고. 젠장."

"난 누구를 방해하러 온 게 아니야." 나는 현기증이 배 속에서 불덩이처럼 터지는데도 침착해 보이려고 애쓰며 말한다. 조쉬가 내 생각을 하고 있었다니. "난 그냥 행복하고 싶어."

"우리 둘 모두 행복하게 여길 떠날 수는 없잖아."

나는 입술을 깨문다.

"그럼 어떻게 할 건데? 만약…… 네가 집에 보내지면?"

"다시 일하러 가야겠지."

"좋아해? 네 일 말이야."

"괜찮아. 난 모델이야. 브랜드 홍보대사 일을 많이 하지." 그녀는 고개를 기울인다. "너는?"

나는 고개를 절레절레 흔들며 침묵한다.

카밀라의 표정이 밝아진다. "너도 모델 할 수 있어. 내 에이전트를 소개해 줄게. 훌륭한 사람이야." 그녀는 미간을 좁힌다. "넌 어떻게 하기로 되어있어? 다음 일을 네 스스로 선택할 수 있어?"

"물론이지." 내가 말했지만 카밀라는 진짜 문제를 이해하지 못하는 것 같다. 먹고살 돈을 버는 방법이 문제가 되지는 않는다. 나는 여기서 브랜딩과 스폰서십에 대해 충분히 배웠으니까.

문제는 열정이었다. 조쉬 없이 이곳을 떠난다면 내 삶이 의미가 있을까? 그는 내가 존재하는 이유다. 직업도 아니고, 운명도 아니고, 조이가 말한 것처럼 신성한 존재도 아니다. 아주 현실적이고 구체적인 사람이다.

잠시 불빛에 몸을 부딪치고 있던 나방이 내게 달려들었다.

"이 멍청한 나방……." 찰싹 하고 때려잡으려 했지만 놓치고 말았다.

"들어봐, 자기야." 카밀라가 말한다. "조쉬는 우리 둘 중 한 명과 짝이 되면 행운이겠지. 그러나 이건 조쉬만의 선택이 아니야. 내 선택이기도 하고, 너의 선택이기도 하지."

나는 웃음을 터뜨린다. "내가 나눠줄 장미꽃은 없어."

"하지만 너는 장미를 받거나 거절할 손이 있잖아. 이건 쌍방향인 거야, 이 아가씨야. 너 정말 조쉬를 원해? 그를 위해 너의 삶을 끼워 맞출 만큼 가치가 있어? 조쉬는 너를 거절할 수도 있어. 그 이야기는 너도 그를 거절할 수 있다는 말이야. 거절하는 것에는 엄청난 힘이 있지."

나도 모르게 나를 흔드는 강력한 무언가를 느낀다. "난 조쉬를 절대 거절하지 않을 거야. 난 그에게 반했으니까. 이건 사랑이야."

그녀의 표정이 온화해진다. "이해해. 물론 사랑은 강력하고 멋진 거지. 다만…… 조쉬가 너의 세계가 되어야 한다고 가정하지는 마. 그 너머에 더 큰 세상이 있어." 그녀의 눈썹이 치켜져 올라갔다. "조쉬 너머에 말이지."

제자리를 찾지 못하는 것처럼 내 위가 뒤틀리는 느낌이 싫다. 지금 이건 나를 조쉬에게서 떼어놓으려는 카밀라의 전략일 수도 있다. 내 앞의 온 세상에 반짝이는 싸구려 보석을 매달아 놓고 조쉬를 포기하면 이 모든 게 네 것이 될 수 있다고 말하는 걸 수도 있다.

그런데 또 왠지 그게 아니란 느낌도 든다. 이 질문은 정말 내가 관심을 가져야 할만한 질문인 것 같기도 하다.

마음이 계속해서 머리와 싸우고 있다. 조쉬는 내가 원하는 사람이다. 그가 나의 태양이라면 다른 은하계는 상상할 수 없다. 내가 하고, 느끼고, 생각하는 모든 것의 중심에 그가 있으니까.

갑자기 내 사랑이 약점처럼 느껴지기 시작한다.

내 강렬한 욕구가 잘못된 게 아닐지도 모른다. 아마도 카밀라는 너무 차갑고 계산적인 여자가 아닐까. 조쉬를 차지할 여자는 마음이 이끄는 대로 따르는 여자일 것이다.

갑작스레 카밀라가 손뼉을 치는 바람에 나는 놀라며, 의자에서 일어나게 됐다.

"잡았어." 그녀가 손을 들어 나에게 나방 모양의 얼룩을 보여주며 말한다. "이 조막만한 놈." 그녀는 나방의 작은 몸을 베란다 밖 어둠 속으로 휙 던진다.

이상한 슬픔이 밀려온다. 나는 무언가가 죽는 것을 본 적이 없다.

"왜 그랬어?"

"자꾸 귀찮게 하잖아."

나는 얼굴을 찡그린다. "아까 조쉬에게 한 말, '내가 당신을 갖지 못하면 아무도 당신을 갖지 못해요.'라고 한 거, 무슨 뜻이야?"

카밀라는 입을 다문 채 웃는다. "글쎄, 조쉬가 나를 선택하지 않으면 나는 조쉬를 죽여야 하겠지."

"하하."

"물론 너를 더 쉽게 죽일 수 있으니 조쉬를 죽이는 건 전략적인 선택이 아닐 수도 있지만." 그녀는 자기 말에 방금 충격을 받은 듯 딸꾹질을 하며 입을 귀엽게 가리고 웃음을 터뜨린다. "미안. 너무 심했니?"

"끔찍하다." 나는 그녀가 짜는 드라마가 너무 재미있다는 듯 억지로 웃으며 대답한다.

하지만 이제 나는 가질 수 없는 빛에 도달하기 위해 집착하며 조쉬의 주위를 맴도는 나방이 된 내 모습을 상상하고 있다. 그리고 카밀라가 작고 조그만 내 몸을 현관에서 툭 튕겨내는 모습도 그려진다.

멀리, 사랑스러운 빛이 비추고 있지만 조쉬와 모두에게서 떨어져 어둠 속으로 떨어지는 내 모습을.

현재

어렴풋이 보이는 거대한 건물, 포장된 산책로를 따라 나는 웨크스타인 기념관으로 향한다.

기념관은 잔디가 깔린 낭만적인 인디애나 대학교 캠퍼스와는 전혀 어울리지 않는 엄숙한 느낌의 건축물이었다.

서쪽에서 구름이 몰려오고 있고, 나는 비를 피하기 위해 빠르게 걷는다. 가슴 포대기 안에서 애널리가 무겁게 반동한다. 길은 청동 조각상 주위로 갈라져 있다. 한 소녀가 하늘을 바라보며 한쪽 팔을 무용수처럼 뻗은 모습의 조각상이다. 지나가면서 명판을 들여다보니 로라 E. 웨크스타인을 추모한다고 쓰여 있다.

계단을 올라가 앤디가 메시지로 알려준 보안 코드를 입력하자 애널리가 "엄마."라고 말한다. 커다란 문이 딸깍 소리를 내며 열리더니 차갑고 살균된 느낌의 공기가 들어온다. 애널리는 온도 변화에 반응하여 눈을 비비고, 나는 손바닥을 애널리의 따뜻하고 보송보송한 머리 위에 얹는다.

광택이 나는 하얀 마루가 활주로처럼 눈앞에 펼쳐진다. 양쪽의 시멘트벽이 3층 높이로 솟아있어 마치 골짜기를 걷는 듯한 느낌을 준다. 오른쪽 벽에는 흑백 사진들이 한 줄로 죽 걸려있다. 나는 애널리의 머리를 쓰다듬으며 그 사진들을 본다. 각 사진 아래에는 라벨이 붙어있다.

첫 번째 이미지는 로봇 모양의 케이크 위에 꽂힌 생일 초를 끄고 있는 앤디의 어릴 적 모습이다. 앤디의 부모님과 남매로 추정되는 여자아이가 앤디의 주위에 모여있다.

다음 사진에서는 앤디와 여자아이가 같은 의상을 입고 있다. 두 사람의 팔에는 할로윈 사탕 바구니가 매달려 있다. 직접 만든 것처럼 보이는 의상인데 담요 망토에 '레드 리벤저'라고 적힌 이름표가 달려있다. 걸어갈수록 앤디가 점점 성장한 모습의 사진들이 보였다.

다음 사진은 앤디가 막 발행된 사업자 등록증을 들고 느끼한 웃음을 짓고서 금속과 플라스틱으로 만든 휴머노이드 옆에 팔짱을 끼고 서있다.

라벨: #1 웨크테크 봇-라스

내가 출시되기 8년 전의 날짜다.

라스도 깨어났을 때 자신이 로봇인 것을 좋아했는지 궁금하다. 어쩌면 로봇 대신 신스가 되고 싶었을지도 모른다. 말도 안 되는 이야기지만. 로봇은 자유 의지가 없으니 자신의 모습에 만족했을 테지.

"안녕, 라스." 나는 계속 걸어가면서 어떤 식으로든 그 로봇을 인정해 주고 싶은 마음에 속삭이고 있다. 로봇 산업은 발전하고 웨크테크 팀도 성장한다. 거의 사진 행렬이 끝날 때 50명이 넘는 사람들이 웃고 환호하는 모습을 어안 렌즈로 촬영한 사진이 나왔다. 가까이 다가가서 중앙에 안경을 비스듬히 쓰고 입을 크게 벌린 채 금발의 남자와 검은 머리 소녀 사이에 끼어있는 앤디를 찾아낸다. 라벨에는 **팀 줄리아**가 모였다고 적혀있다.

나를 함께 만들어 준 이 모든 사람들을 보는 나의 기분이 어떤지 잘 모르겠다. 벽에 걸린 마지막 사진에 대한 감정은 더욱 확실하지 않다. 앤디와 나의 모습이다. 흑백 사진은 이 순간이 불과 16개월이 아니라 훨씬 더 오래전 일인 듯, 시간을 초월한 것처럼 느껴지게 한다. 내가 〈더 프러포즈〉 연출가 질문에 답하고 있을 때 누군가 이 사진을 찍었나 보다. 나는 손을 위로 올리고 미소를 지으며 앞을 바라보고 있다. 반면 앤디는 강렬한 표정으로 펜 끝을 치아 사이에 낀 채 나를 바라보고 있다.

나는 그 사진을 한참 동안 바라본다. 나의 생애 첫 번째 순간, 그리고 앤디의 수십 년간 작업의 산물이다. 나의 밝은 표정과 그의 빛나는 집중력이 보인다. 나는 정면 중앙에 있고 그는 옆으로 떨어져 있다.

나는 그와 나 자신, 그리고 이 순간으로부터 단절된 것 같은 기분을 느낀다. 갑자기 이 터널 복도가 숨 막히게 조용하게 느껴진다.

"준비됐어, 우리 딸?" 나는 애널리보다 나 자신을 안심시키기 위해 속삭인다.

끝자락에 있는 문에 다다랐고, 'A. 웨크스타인'이라는 간판이 보인다. 문을 열자 앤디의 목소리가 먼저 들려온다.

"프로젝트 엘로이즈에는 몇 가지 중요한 차이점이 있어요."

내가 낸 인기척에 앤디가 잠시 멈칫한다. 동시에 스무 명의 고개가 내 쪽을 돌아본다. 실험복을 입은 남성과 여성들이 긴 금속 테이블을 둘러싸고 있다. 테이블 위에는 몸통과 머리가 엎드려 있다. 앤디가 척추에 있는 무언가를 가리키고 있다.

그리고…… 방 뒤쪽에 전시되어 있는 유리 진열장 안에는 아까 보았던 로봇, 라스처럼 생긴 게 있었다.

나는 갑자기 메스꺼움을 느끼며 말한다. "안녕하세요." 지금 현실이 왜 이렇게 허무하게 느껴지는 걸까? 꿈속을 걷는 것처럼, 내 가슴의 떨리는 균열을 들여다보는 것 같고 그 어둠 속에서 누군가 뒤돌아보고 있는 것 같은…….

"줄리아, 잘 찾아왔군요!" 앤디가 두 팔을 벌리고 내 쪽으로 걸어온다.

그는 내 앞에 있는 애널리 때문에 나를 옆으로 안아준다. "와, 정말 반가워요. 아기를 데려왔네요!"

나는 목소리를 낮춘다. "방해해서 미안하지만 얘기 좀 할 수 있어요? 조용한 곳으로 가서요. 애널리한테 모유도 줘야 하고요. 긴 시간 동안 차를 타고, 또 주차장에서부터 한참 걸어와서 아기의 인내심도 바닥을 드러내고 있을 거예요."

"물론이죠." 그는 똑같이 조용한 목소리로 동의한다.

그의 거뭇거뭇 자란 수염은 평소보다 더 두껍고 지저분하다. 항상 그렇듯이 그는 잠을 못 잔 것처럼 보이며 카페인과 긴장된 에너지로 버티고 있는 것 같다. "20분만 더 있으면 여기 일 마무리 돼요. 그리고, 거절해도 되지만…… 혹시 이 사람들의 질문에 기꺼이 답변해 줄래요? 다들 당신을 만나고 싶어 했거든요."

"모르겠어요. 운전하느라 피곤해서요……."

"잠깐만요. 자, 아기를 이리 줘요."

"애널리는 젖 먹어야 하는데……." 나는 약하게 거절하면서도 등 뒤로 손을 뻗어 아기띠 버클을 풀고 있다. 그 바람에 가방과 무거운 기저귀 가방이 어깨에서 고통스럽게 미끄러져 내린다.

앤디는 애널리에게 말하는 것처럼 귀여운 목소리로 "다들 당신 가슴은 이미 봤잖아요."라고 말하지만, 이 말은 그가 생각하는 것처럼 내게는 장난으로 들리지 않는다.

"앤디." 나는 말을 시작했지만 사실 죄책감 때문에 더 이상 반박하지 못한다. 그는 내가 〈더 프러포즈〉 쇼를 끝내고 나서 분기별로 열리는 세미나에 계속 나를 초대해 왔었다. 하지만 난 너무 빨리 임신을 했고, 조쉬의 엄마 일도 있었고, 입덧도 너무 심했으며 또 애 낳고는 산후조리를 하느라 지금껏 미뤄 왔다.

"날 믿어요. 오래 걸리지 않을 거예요." 그가 땀에 젖은 애널리의 작은 몸을 아기띠에서 들어올리자 애널리는 개구리처럼 다리를 쭉 뻗는다. 애널리는 즉시 아랫입술을 내밀고 초점이 맞춰진 눈을 반짝이며 그의 안경에 손을 뻗는다.

"알았어요." 나는 핸드백과 기저귀 가방을 바닥에 내려놓고 셔츠에 묻은 땀자국에 괴로워하며 머리를 다듬는다.

"여러분!" 앤디가 엉덩이를 들썩이며 그룹을 향해 걸어가자 애널리가 그를 쳐다본다. "여기는 줄리아, 그리고 그녀의 딸 애널리입니다. 척추 역학은 잠시 치워 놓고 우리 이 순간에 집중하자고요. 아시겠죠?" 그리고 그의 시선은 다시 나를 향한다. "줄리아, 여기 이분들은…… 정말 똑똑하고 최고인 사람들이에요." 그는 차례로 그들을 향해 손을 내밀었다. "로봇 공학, 심리학, 컴퓨터 공학, 언어학, 생명 공학, 법학 교수 두 분과 로봇 공학을 연구하는 분들과 또 우리를 연구하는 객원 인류학자까지 계십니다!"

모두가 웃고 끝에 있던 한 여성이 작게 인사를 한다. 나는 손을 흔든다.

"안녕하세요." 긴 금속 테이블은 이미 사람들 관심의 중심이 되었기에 나는 테이블 앞으로 걸어 들어가 차가운 표면에 앉아 기댄다. 테이블 위 몸통은 내 뒤에 자리 잡고 있어서 더 이상 바라볼 필요가 없다.

나는 미소를 지어 보이며 묻는다. "뭐가 궁금하세요?"

질문이 빠르고 격렬하게 쏟아진다. 내가 예상했던 것처럼 내 기계 역학에 대한 질문은 아니다.

산다는 게 행복한가요?

종교와 영성에 관심이 있나요?

사랑에 대한 경험을 어떻게 설명할 수 있나요?

처음에는 당황스러웠다. 그러다 이 사람들은 이미 나에 대해 알고 있다는 것이 생각났다. 그렇기에 그들이 궁금해하는 것은 눈에 보이지 않는 특성 같은 것이다.

"사후 세계에 대해 어떻게 생각하세요?" 남자처럼 짧게 커트 머리를 한 키가 작고 근육질인 여성 생명공학자가 묻는다.

"그런 질문을 하시다니 재미있네요."라고 대답한 다음, 나는 광고판 일화로 모두를 웃게 만든다. 웃음소리가 잦아들면서 나는 존재적 측면에 대해 더 많은 시간을 할애하고 싶다고 설명한다. 많은 사람들에게 큰 의미를 가지고 있기 때문이다. 그러나 '아직은 그럴 시간이 없다.'고 하자 또 한 번 사람들에게서 웃음이 터져 나왔다. 웃기려는 의도는 없었지만.

질문이 계속 이어지는 동안 인내심을 잃지 않으려고 노력하지만 애널리가 점점 짜증을 낸다. 나는 앤디를 날카롭게 쳐다본다.

"2분만 더요." 내가 고개를 끄덕이자 앤디가 애널리를 인류학자에게 넘겨주며 말한다.

거기서부터 사람들은 나의 귀여운 애널리를 여기저기서 안아보기 시작했다. 학생들은 애널리를 진심으로 반기는 것 같다. 애널리도 사랑스러운 낑낑 소리를 내며 웃기까지 한다. 누군가의 휴대폰을 잡고 모서리를 입에 쑤셔 넣는 데 성공한다. 나는 긴장을 풀어버린다. 이제 사람들의 질문은 모성애로 바뀐다.

내가 바로 엄마가 되길 원한다는 걸 알았는지, 임신 중에 두려움을 경험한 적이 있는지 등 이런저런 질문에 대답을 하다 보니 〈더 프러포즈〉에서 최종 결정을 하기 전, 조쉬와의 마지막 데이트가 떠올랐다.

우리는 이미 아이에 대해 여러 번 이야기했었다. 그는 내가 정상적으로 임신을 할 수 있다는 것을 알았다. 다만 나의 난자가 기증된 것이라는 사실을 마음에 들어 하지 않았을 뿐이다. 합성 난자라는 것은 아직 존재하지 않기 때문에 내 몸 안의 공간에 익명의 인간 기증자로부터 받은 난자를 저장하고 완벽히 한 달 주기로 배란하는 방식으로 만들어진 것이다.

"이 기증자에 대해 우리가 알 수 있는 게 뭐죠?" 해변에서 피크닉을 즐기며 조쉬가 말했다.

우리는 모래 위에 담요를 깔고 와인과 샌드위치를 사이에 두고 마주 앉아있었다. 태평양에서 불어오는 시원한 바람이 작은 모기떼를 날려 버렸다.

"솔직히…… 안 물어봤어요."

"하지만 유전자 검사는 하겠죠?"

"이미 조사를 했을 거예요." 나는 그를 안심시켰다.

"하지만……."

"쉿." 나는 놀리는 듯한 미소를 지으며 음식과 와인을 건너가 그의 무릎 위에 올라앉아 내 무릎이 그의 엉덩이 양쪽 옆에 고정될 때까지 그의 피부와 옷감에서 느껴지는 모든 촉감을 만끽했다. 그의 손은 자동으로 내 허리로 향했다. 나는 손가락을 그의 턱밑에 대고 그의 얼굴을 내 쪽으로 기울였다.

"걱정하지 마요. 우리는 예쁜 아기를 가질 거예요." 나는 내 몸의 비밀스러운 곳에서 애널리가 될 세포들이 이미 융합되어 춤을 추고 있다는 사실을 알지 못한 채 속삭였다.

그 기억을 떠올리면 그토록 웅장한 일이 조용히 일어나고 있었다는 사실에 표현할 수 없을 정도로 뭉클한 기분이 든다.

"줄리아?" 목소리가 들린다. 앤디가 시계를 톡톡 친다.

나는 고개를 끄덕이고 미소를 지으며 내가 너무 오래 멍하니 있지는 않았는지 생각해 본다.

"실은, 마지막으로 하나만 더 물어봐도 될까요? 앤디에게 물어볼 게 있어요." 지금 애널리를 안고 있는 여자가 말한다.

"물론이죠." 앤디가 동의한다.

"줄리아와 함께 있는 기분, 그리고 그녀를 한 인간으로서 경험하는 기분이 어떤가요? 그녀의 인격을 온전히 받아들일 수 있나요, 아니면 설계자로서 그녀를 그저 기계로 생각하나요?"

어색한 침묵이 흐른다. 그러자 그녀는 자신이 무례했다는 것을 깨달은 듯 나를 향해 말한다. "기분 나쁘게 하려는 건 아니에요. 그냥 진심으로……."

"괜찮아요." 내가 끼어들었다.

"만약, 외과 의사가 사람의 몸을 망쳐놓고 다시 꿰매고 나면 기분이 어떻겠어요?" 앤디는 침착한 과학자로서 말했지만, 그 누구도 그의 목소리에 담긴 열정을 놓칠 순 없을 것이다.

그의 목소리에서 "의사들이 환자의 구성 요소를 속속들이 이해한다고 해서 그 환자가 인간이 아니라고 느끼나요? 저는 그렇게 생각하지 않아요." 그의 시선이 나를 향하면서 말투가 부드러워진다. "줄리아는 첫날부터 저에게 사람이었습니다. 저는 제 과학적 업적에 자부심을 느끼지만, 그 자부심은 줄리아가 누구인지와는 별개입니다. 그녀는 스스로의 주인이고 주체적인 여성입니다. 그리고 뭐라고 표현해야 할까요? 저는 그녀를 아낍니다." 이제 그는 이 방에 마치 나만 있는 것처럼 웃고 있다. "항상 그래왔고, 앞으로도 그럴 거예요."

수백 가지 순간이 이 순간과 충돌하는 것 같다. 나를 향한 앤디의 강렬함은, 그가 나에게 삶을 주었지만 마치 나 또한 앤디에게 있어 삶을 충만하게 만드는 사람인 것 같은 느낌을 준다.

젠장. 남편이 옳았다.

앤디는 나를 사랑한다.

회의실은 박수갈채로 가득 찼다. 그리고 그 박수를 신호로 애널리는 울음을 터뜨린다.

과거

나는 깜짝 손님을 만나러 간다.

장미 수여식이 끝나고 경쟁자 수가 아홉 명으로 줄어들었을 때, 나보다 더 당황한 사람은 없었다. 쇼의 진행자인 맷이 나를 옆으로 불러 세웠다.

"당신을 만나고 싶어 하는 사람이 있어요." 그가 말한다. "거절할 수 없었어요. 저와 함께 가주시겠어요?"

"누군데요?" 그가 축하 건배사를 마치고 나를 이끌었다. 앤디 외에도 내가 아는 전 세계 모든 사람들은 전부 다 이 쇼에 모여 있기에 누군지 너무 궁금했다.

"미리 말하면 서프라이즈가 아니죠." 맷이 놀리듯 말하며, 나를 저택의 거실로 통하는 이중문으로 안내한다.

반대편에서 카메라가 내 반응을 촬영하기 위해 기다리고 있을 것이다. 나는 검은색 스팽글 드레스를 매끈하게 다듬고 메이크업 아티스트가 내 광대뼈에 하이라이트를 칠하는 동안 눈을 감는다. 조쉬가 장미를 건네며 활짝 웃었던 기억이 아직도 생생하다.

첫 데이트 이후 몇 주 동안 일대일 데이트를 한 번 더 했고, 그룹 데이트를 두 번 더 했다. 한 번은 조쉬와 함께 저녁을 보낼 여자팀을 가리기 위한 장애물 코스로 경쟁했고, 다른 한 번은 좀 더 편안한 분위기에서 비치발리볼을 하고 구운 햄버거스테이크를 먹었다.

가장 기억에 남는 순간은, 조쉬가 나에게 고기 굽는 법을 가르칠 때 내가 모래에 햄버거를 한 개도 아니고 두 개나 떨어뜨리고 나서 절망에 빠진 것이었다.

"제가 실수투성이인 게 사실은 제 계략인지도 몰라요." 그가 장난삼아 내 손에서 금속 주걱을 뺏는 척할 때 내가 말했다.

"그래요?" 그는 내 목에 팔을 걸고 햄버거 빵을 입에 넣고 주걱으로 밀어넣었다. "그렇다면 왜 구울 줄 모르는 척하는 거죠?"

"날 가르치는 데 당신 시간을 다 쓰게 만들려고요."

"그러지 않아도 어차피 당신과 시간을 보내고 싶은걸요."

"굽는 법을 가르쳐 줄 건가요?" 나는 몸을 그에게 밀착시키며 놀려댔다.

내 비키니는 바다에 몸을 담근 후라 아직 축축했고, 우리 사이의 얇은 천 사이로 그의 가슴에 닿는 내 가슴을 느낄 수 있었다. "아니면 다른 걸 가르쳐 줄래요?" 나는 그의 귀에 속삭이려는 듯 기대어 그의 귓불을 살짝 깨물었고 그는 약간 끙끙거렸다.

"비밀을 알려줄까요?" 나는 숨을 내쉬었고, 욕망으로 몸에 전율이 일었다.

"뭔데요?"

나는 내 숨결이 그의 귀를 간지럽히며 그의 허기를 자극하는 내 능력을 즐기면서 가까이 다가간 다음 속삭였다. "당신 햄버거가 타들어가고 있어요."

"에잇!" 내가 웃으며 도망가자 그는 우는소리를 했다. "당신 정말 골칫거리네요, 줄리아! 이걸로 빠져나갈 수 있을 거라고 생각하지 마요!"

그날 밤늦게, 몇몇 여자들만이 조쉬의 관심을 독차지하고 있다는 불평이 다른 여자들에게서 나왔지만 나는 물 흐르듯 내 양심의 가책을 흘려보냈다. 첫날 밤 조쉬에게 다시는 주저하는 실수를 하지 않겠다고 말했기 때문이다.

그리고 지금 나는 바로 그 약속을 지키고 있다. 조쉬를 유혹하기 위해 만들어진 나를 탐색하고 후회 없이 사용하는 것.

"좋아. 준비됐어요?" 맷의 목소리가 나를 회상에서 깨운다.

"물론이죠." 웅장한 이중문이 열리고, 나는 심호흡을 했다. 그다음은 진짜 놀라 연기를 할 필요도 없었다.

"세상에!" 내가 본 사람들 중 가장 아름다운 두 여자가 비명을 지른다. 정신을 차리기도 전에 나는 그들의 팔에 안기고 강한 민트와 럼 향을 맡았다.

"우리가 누군지 알죠?" 한 여자가 뒤로 물러서더니 그녀의 길고 검은 머리카락을 매만져 검게 그을린 양쪽 어깨를 덮는다.

"크리스티와 크리스텔이요!" 나는 외친다.

"네!" 크리스티가 외친다. 옷 스타일 외에 두 사람의 유일한 차이점은 머리카락이다. 크리스티는 길고 검은색이고 크리스텔은 단발머리에 끝부분이 탈색되어 있다. 크리스티가 손뼉을 친다. "오늘 저희는 여기서 〈신스 따라잡기〉의 특별 코너를 촬영해요! 시즌 4에 오신 것을 환영합니다!"

"와아!" 스타가 된 기분을 어쩔 수가 없다. 그렇다. 그 느낌은 말로 표현하지 못한다. 여기 저택에는 가십 잡지가 널렸고, 거기에는 크리스티와 크리스텔이 많이 나온다. 베스트드레서 및 워스트드레서 목록, 유명인 파티에서의 솔직한 사진, 해변, 트레이닝복과 볼캡 차림으로 식료품 가게를 운영하는 모습 등등.

"믿어지세요?" 크리스텔이 단발머리를 쓰다듬으며 말한다. "이 나라에 존재하는 세 명의 신스가 한 방에 모인다니!"

크리스티는 익살스럽게 "우리를 싫어하는 사람이 우릴 날려버리기에 완벽한 기회일 거예요."라고 말한다.

"재미없어!" 크리스텔이 쌍둥이의 팔을 치며 울부짖는다.

쌍둥이는 나와 거의 비슷한 키에 조각 같은 몸매와 인상적인 얼굴을 가졌다. 크리스티는 찢어진 청바지에 스팽글 장식 튜브 톱, 하이힐을 신고 있어 좀 더 스트리트패션 스타일로 보인다.

그리고 크리스텔은 하이웨이스트의 와이드 시스루 블랙 팬츠를 입고 브래지어 같은 코르셋 탑을 입어 완전히 화려한 스타일을 선보인다.

"우리는 당신을 만나고 싶었어요, 줄리아." 크리스티가 말한다. "진심이에요." 곧바로 크리스텔도 말을 덧붙였다.

"영광이에요." 나는 나를 압도하는 분위기에 감탄한다.

"그리고 당연히 당신에 대한 모든 걸 알고 싶답니다." 크리스티가 말한다.

"지금 촬영 과정은 어때요? 우리에게도 조쉬와의 기회가 있을까요? 앉아요! 한잔할래요?"

크리스티가 로제 와인을 따르는 동안 크리스텔과 나는 그 옆에 있는 안락의자에 앉는다. 그들도 우리 주변에서 움직이는 제작진들을 무시하는 데 나만큼이나 연습이 되어있나 보다.

"당신은 조쉬에 맞춰 설계되었기 때문에 불공평하게 유리하다고 반대하는 사람들도 있어요." 크리스티가 크리스탈 옆 소파에 교묘하게 몸을 드리우며 말한다. "당신의 반응이 정말 궁금해요. 이 코너가 방송될 때쯤이면 좋든 나쁘든 당신의 〈더 프러포즈〉 촬영도 끝날 테니, 당신이 지금 기대하는 결과와 나중에 실제 결과를 비교해 볼 수 있을 거예요."

두 자매가 악역을 연기하며 함께 손으로 북을 두드리자 나는 웃음을 터뜨릴 수밖에 없었다.

"제가 느끼기엔, 네, 저는 그의 성격을 염두에 두고 설계되었지만 그렇다고 해서 더 쉬운 건 아닌 것 같아요. 조쉬와 성격이 정말 잘 맞는 여자들이 많거든요. 솔직히 어떤 예측도 할 수 없어요. 그냥 오는 대로 받아들이고 있어요. 놀라운 순간도 있고 정말 힘든 순간도 있죠."

"실제 삶과 비슷하지만, 도파민이 더해진 것 같은?" 크리스티가 말한다.

아직 비교할 수 있는 실제 삶을 살아본 적은 없지만, 나는 미소를 지으며 고개를 끄덕인다.

"제 말은, 실제 삶도 일종의 쇼잖아요. 그렇죠?"

나는 사실 그들에게 자신들이 맞춰 설계된 남자들 외에 다른 목적의식을 느끼는지 물어보고 싶다. 하지만 답은 뻔해보인다. 그들의 쇼와 야망, 그리고 크리스티가 이혼을 원한다는 점을 고려하면…… 틀림없이 그럴 것이다.

"당신들은 대중의 시선을 받는 걸 좋아하나요?"

"어떤 날은요." 크리스텔이 웃으며 대답한다. "하지만 또 어떤 날은……."

"우리는 그냥 모두의 입술을 막고 침대에 숨고 싶어요." 크리스티가 마무리한다.

"하지만 우리는 우리가 다른 여성들과 똑같다는 것을 보여주는 것이 중요하다고 생각해서 계속 모든 걸 공개해요."

"다행히 우리는 관종이거든요."

나는 웃는다. 나는 이 두 사람을 사랑하지 않을 수 없다. 그들은 너무 통통 튀고 너무 유쾌하고 솔직하다. 와인을 한 모금 마신다. 머릿속이 약간 윙윙거리는데, 술 때문인지 쌍둥이의 취한 모습 때문인지 알 수 없다.

"이상한 질문일지 모르지만 클라브슨 형제와 두 분의 정체성이 분리되어 있다고 느끼나요?" 내가 묻는다. "물론 이혼이 진행

중이긴 하지만요." 나는 실언을 한 것 같아 얼굴에 열이 올랐다.

"솔직히 말해서 이혼 과정이 다 그렇죠." 크리스티가 웃는다. "지금은 공허하고 무기력하고 뭐 그런 느낌이지만, 가슴이 아플 수도 있겠죠. 그렇지만 저는 저에게 집중하고 있고 제 운명을 스스로 통제하려고 노력 중이에요. 차근차근 진행 중이죠."

그만해야 하는 걸 알지만 나는 계속 밀고 나간다.

"우리에게 지금과는 다른 운명이 있다고 생각하세요? 그러니까, 다른 무언가를 위해 만들어진 건 아니지만, 변할 수 있다고 생각하나요?"

"운명이라는 건 헛소리라고 생각해요." 크리스티가 단호하게 말한다. "우리는 우리의 선택으로 살아가는 거죠."

"그래, 맞아." 크리스텔이 동의하며 박수를 친다. 나도 박수를 친다. 박수를 치지 않는 건 무례한 것 같아서다.

한편으로는 크리스텔의 대답이 마음에 들기도 했고, 다른 한편으로는 거리감이 느껴지기도 했다. 그들의 대답이 너무 차갑게 들리기 때문이다. 나는 선택에 따라 살고 싶지 않다. 사랑, 나보다 더 강한 사랑에 의해 살고 싶다.

크리스텔이 무릎에 손을 올리고 자리에서 몸을 흔들며 말한다. "사랑에 빠졌어요? 조쉬도 사랑에 빠졌다고 생각해요?"

"아직 그에게 사랑한다고 말할 준비는 안 됐지만 거의 가까워진 것 같아요." 나는 대답한다. "조쉬는…… 모르겠어요. 그와 많이 친해졌다고 느끼지만 다른 여자들과도 많이 친하더라고요. 그저 희망적으로, 또 현실적으로 지내려고 노력하고 있어요."

몇 달 후 내가 눈물을 흘리며 〈더 프러포즈〉를 떠나는 가슴 아픈 장면이 나오는 미래의 영상과 지금 이 장면이 함께 대조되어 TV에 나오는 것을 상상하고 싶지 않다.

"결과가 어떻게 될지 전혀 감이 안 잡혀요?"

크리스티의 질문에 나는 입술을 꾹 다물었다. 솔직히 말하자면 조쉬가 나에게 반한 것 같긴 하다. 하지만 가끔은 자신감 넘치는 여자가 결국 집으로 돌아가는 경우도 있다. 에밀리에게 그런 일이 일어나는 걸 봤다. 3주차에 데이트가 가장 완벽했다고 생각했던 에밀리에게도 말이다. 4주차에 확신했던 베일리도 마찬가지고. 이 쇼는 보이는 것이 전부가 아니라는 교훈을 준다.

나는 심호흡을 하고 미소를 짓는다. "모르겠어요."

"너무 심각하고 침울한 이야기를 꺼내는 것 같아 미안한데, 그래도 중요한 문제인 거 같아서……." 크리스텔이 동생을 슬쩍 찌르며 말한다.

"당신에게 일어난 일에 대해 우리도 신스로서 정말 유감이라고 말하는 거예요." 크리스티가 말을 마친다.

잠시 동안 나는 무슨 말을 하는지 몰랐지만 곧 깨달았다. "아, 그 습격 사건이요?"

크리스티가 고개를 끄덕인다. 누가 쌍둥이에게 그런 얘기를 흘렸을까. 불과 몇 주 전 일인데도 백만 년 전 일처럼 느껴진다.

"아시다시피 저는 작년에 성폭행을 당했어요." 크리스텔이 가슴에 손을 얹으며 말한다. "많은 분들이 저를 지지해 주셔서 정말 감사할 따름이에요." 그녀는 동생의 팔을 만진다. "제 이야기는 저만의 이야기가 아니죠. 많은 여성이 나서서 이야기를 나누고 있어요. 우리 모두의 이야기를요."

크리스티가 눈썹을 치켜올린다. "하지만 있는 그대로 말하죠. 모두가 지지해 준 것은 아니잖아요. 봇테크, 듣고 있나요?"

"우리는 당신이 웨크테크에 대해 느끼는 감정이 우리가 봇테크에 느끼는 것과 같지 않았으면 좋겠어요." 크리스텔이 말한다. "그래서 말인데, 앤디가 우리를 입양할 수 있을까요? 우리에겐 새 아빠가 필요해요!"

크리스티는 말한다. "봇테크는 사실상 저희를 버렸어요. 그리고 심지어 이혼 때문에 그들이 진짜로 저를 고소했다는 거 알아요? 그들이 나를 사람으로 여기는 건지 아닌지도 모르겠어요. 제발 명확하게 해줬으면 좋겠어요. 그 사람들 변호사는 마약에 취한 것 같아요."

나는 쌍둥이가 안쓰럽기도 하지만, 한편으로는 나를 만든 사람들을 경멸하는 기분이 어떨지 궁금해진다. 가족, 입양, 결별에 대한 이 모든 이야기가 최근의 내 불안감을 자극하고 있다. 고향에서의 데이트 편 때문이다.

다른 여자들은 마지막 네 명의 특권인 조쉬를 가족에게 소개할 수 있는 기회를 꿈꾸기 시작했다. 하지만 나도 거기까지 간다고 가정했을 때 조쉬를 누구에게 데려가야 할까? 웨크테크?

조쉬는 나를 여자로 생각하고, 거의 신스로는 생각하지 않는 것 같다. 고맙지만 그 점이 나를 긴장하게 만들기도 한다.

만날 부모님이 없으면 어떻게 되는 걸까? 나에게는 어린 시절도 없고, 집도 없고, 친구도 없다. 조쉬는 마음의 준비가 되었을까? 충분히 생각해 본 걸까, 아니면 알면서도 뭔가 불쾌한 느낌을 받을까?

쌍둥이 자매는 여전히 봇테크에 화가 나있다. 그 모습이 신랄하면서도 귀엽다. 그들은 또 내가 앤디가 있다는 게 얼마나 큰 행운인지 깨닫게 해준다. 앤디는 나를 진심으로 사랑하고 존중하는 것 같다.

떠날 때가 되자, 테킬라 샷을 주문한 쌍둥이들은 나와 함께 테킬라를 마신다. 붐 마이크가 내려가고 우리는 마지막 포옹을 나눈다.

크리스티가 내 귀에 속삭인다. "우리는 긍정적으로 생각하려고 항상 노력해요. 그게 우리 브랜드 같은 거니까요. 하지만 세상엔 진짜 나쁜 사람들도 많아요. 조심해야 해요." 크리스텔 역시 상황이 힘들어지면 전화하라고, 이럴 때일수록 신스끼리 뭉쳐야 한다는 말을 덧붙인다.

"당신을 위해 누군가를 죽일 수는 없지만 우리는 부자니까요." 크리스티가 속삭이며 한마디하면, "사람을 고용할 돈은 충분해요." 크리스텔이 맞장구를 친다. 이런 말들을 하며 우리끼리 모여 낄낄거린다.

오늘 밤 그들이 한 말 중에서 이것이 가장 의미 있는 말이었다. 그건 카메라나 브랜드 구축, 전략을 위한 말이 아니라 나를 위한 말이었고, 언젠가 이 제안을 받아들여야 한다면 받아들일 수 있다는 것을 알고 있다.

현재

"팟타이에 두부, 라임 추가요." 앤디가 말한다. "고마워요."

"전 파낭 치킨, 약간 매운맛으로 주세요." 나는 플라스틱 메뉴판을 점원에게 돌려주며 말한다.

앤디와 나는 4번가에 있는 시암하우스의 창가 자리인 작은 테이블에 앉아있다. 빅토리아시대 주택이었던 이 레스토랑은 미로처럼 연결된 방들 사이로 테이블이 흩어져 있는 곳이다.

맛있고, 진하고, 달콤하고, 톡 쏘는 냄새가 한꺼번에 나니 내 배는 배고프다고 으르렁거린다. 배가 가득 찬 애널리는 기특하게도 그녀의 버킷형 카시트에서 담요를 덮고 잠들어 있다. 창문에 빗방울이 툭툭 떨어지는 소리가 들린다. 4번가에는 우산 풍경으로 가득하다.

앤디의 차는 그의 말에 따르면 바퀴 달린 쓰레기통이라 내 차로 캠퍼스에서 여기까지 이동해 왔다.

"그래서……." 앤디가 말을 시작하려는데 테이블 위 내 휴대폰에 불이 켜져 나는 기다리라는 손짓을 보낸다. "여보세요?" 내가 말한다.

"미쳴입니다." 깊은 으르렁거림 소리와 같은 보안관 목소리다. 그는 이미 짜증이 나있다.

"네, 안녕하세요! 조쉬를 찾았나요?"

"아니요. 그리고 지금은 당신도 찾지 못하고 있죠."

"아, 저 집에 없어요. 지금은…… 친구랑 있어서요. 무슨 일 있나요?"

"맞아요." 그의 입에서 무언가를 씹는 듯한 축축한 소리가 들린다. "직접 만나서 얘기하고 싶네요."

지금 당장 말하라고 압박해야 할지 고민하는 동안 몇 초가 흘렀다.

"오늘 밤에 돌아갈 거예요." 마침내 나는 말했다.

"몇 시에요?"

"모르겠어요."

그는 웃는다. "도망가면 안 돼요, 줄리아."

"안 도망가요." 태연하게 대답했지만 갑자기 심장이 쿵쾅쿵쾅 뛰는 것 같다.

"도망가기엔 좀 늦었으니까요."

"안 도망간다고요!" 나는 소리친다. "난 도망갈 이유가 없어요. 나는 조쉬의 아내고, 조쉬를 사랑하고, 누구보다 그를 찾길 원해요. 내가 집에 가고 싶을 때 갈 거예요. 나중에 봐요." 나는 떨리는 손가락으로 전화를 끊고 휴대폰을 테이블 위에 세차게 내려놓는다. "맙소사." 나는 손가락의 떨림을 멈추기 위해 손가락을 꼬며 말했다. "미안해요."

"새로운 거라도 발견했대요?" 앤디가 말한다.

"그런 것 같아요. 하지만 망할 보안관이 말을 안 해주네요. 맹세컨대, 앤디, 이 일이 끝나기 전에 그는 저를 잡아넣을 거예요." 나는 귀에 남은 보안관의 목소리를 떨쳐내기 위해 숨을 크게 내뱉고 휴대폰을 아래로 향하게 놓는다.

"들어봐요, 줄리아." 앤디가 말한다. "얘기를 꺼내기가 조심스럽지만, 만약 당신이 법적으로 문제가 생기더라도 우리에겐 선택지가 있어요." 그의 말투는 조심스러웠다. "당신이 조쉬와 결혼할 때 나랑 같이 검토했던 서류들 기억나요?"

무슨 말인지 알 것 같은 느낌이 든다.

앤디가 계속한다. "만약 당신이 그만두고 싶다면 가장 좋은 방법은 웨크테크를 이용하는 것이라고 말했던 거 말이에요."

나는 결혼하기 전날, 앤디가 나에게 한 이야기를 떠올린다.

내 개인 신상은 법적으로 모호한 영역이기 때문에 웨크테크가 나에 대한 법적 권리를 유지하는 것이 최선이라는 것이었다. 내가 조쉬를 떠나고 싶을 때를 대비한 대책이었다.

"회사가 나를 다시 소유한다는 말이죠?" 나는 마치 체스판 위에서 전략적으로 움직여야 할 말처럼 취급받는 것에 크게 동요하지 않는다는 듯 침착하려고 노력하며 말한다.

"가능성일 뿐이니까요." 앤디는 그 말을 꺼낸 것조차 사과하는 것처럼 손바닥을 들어올린다.

"그래요, 지금은 아니니까. 넘어가죠."

"네." 앤디가 목을 가다듬는다. "그래서…… 그들이 조쉬의 차를 찾았다고 들었어요. 지금 상황은 어때요? 작은 단서라도 나왔어요?"

"없어요. 적어도 경찰이 제게 알려준 건요."

"그가……." 앤디는 스스로 멈췄지만 나는 앤디가 내 남편이 죽었을 거라는 말을 하고 싶어 하는 걸 안다.

"괜찮아요. 나도 같은 생각을 하고 있어요." 앤디가 심하게 걱정스러운 표정을 지어 나는 갑자기 죄책감이 들었다. "쇼에서 나를 공격했던 그 미친 여자 기억하세요?"

"어떻게 잊을 수 있겠어요?"

"월마트에서 그 여자를 봤어요."

"말도 안 돼요. 같은 사람이에요? 확실해요?"

나는 한숨을 쉰다. "확실해요. 머리를 염색했지만…… 혹시 그 여자 이름 기억하세요?"

"D로 시작하는 촌스러운 이름이었던 것 같은데……." 앤디는 계속해서 손가락을 튕긴다. "달린? 도리스? 알아보고 전화할 게요."

"알았어요. 고마워요."

이제 앤디의 차례다. 나는 질문을 시작한다. "토요일과 일요일에 있었던 일을 정리해 보려고요. 일요일 아침에 스텔라 패밀리 레스토랑에 갔었죠? 조쉬는 안 왔고요?" 나는 억지로 앤디의 갈색 눈을 똑바로 쳐다보려고 했다. 하지만 거기서 무엇을 발견할지 겁이 났다.

"맞아요." 앤디가 아래를 내려다본다. 검지를 썰룩이며 테이블을 긁어댄다. "조쉬가 개자식처럼 나를 날려버리기로 작정한 것이라 생각했어요." 부끄러운 듯, 그는 눈을 흘깃거렸다. "세상에. 내가 너무 생각 없이 말했네요. 미안해요. 욕은 잊어요."

확실히 심한 말이긴 했지만 크게 문제 삼지 않기로 한다.

"혼자서 기다렸다니, 제가 죄송해요." 내가 말한다. "그래도 뭐 맛있는 거라도 먹었어요?"

앤디가 이상한 표정을 짓는다. "네?"

"그냥 뭘 먹었는지 말해줘요, 앤디."

"아무것도 안 먹었어요! 대체 왜 그래요? 스텔라 패밀리 레스토랑은 문을 닫았었어요. 주차장에서 한 시간 넘게 조쉬를 기다렸고요. 그가 오면 다른 곳으로 가야겠다고 생각했죠. 물론 그런 일은 일어나지 않았지만."

"앤디, 솔직히 말해줘요. 어떤 말이라도 괜찮아요. 토요일 밤에 조쉬를 만났어요?"

"왜 그렇게 생각해요?" 그는 진심으로 당황한 표정이다.

"모르겠어요. 저도 지푸라기를 잡는 심정이에요." 나는 잠시 멈춘다. "혹시 맥도날드 가져왔었어요?"

"응?"

"우리 집에 왔을 때요. 와인을 가져왔잖아요. 패스트푸드도 가져왔어요?"

그는 의아한 표정을 짓는다. "그때 얼마나 취했던 거예요, 줄리아?"

"모르겠어요." 와인을 떠나 그날 밤의 기억에 뭔가 문제가 있다는 느낌을 떨쳐버릴 수가 없다. 정말로 술이 만든 안개가 내 기억을 흐리게 하는 걸까? 오싹한 생각이 차가운 물처럼 흘러내린다. 내가 취했던 걸까, 아니면…… 다른 사람이 날 조종하고 있었을까? 앤디 같은 사람이…….

그건 불가능했다. 전에 앤디는 내가 온라인 상태가 아니기 때문에 해킹당할 수 없다고 설명해 준 적이 있다.

갑자기 그의 셔츠에 꽂힌 펜이 눈에 들어온다. 내가 그걸 바로 알아차리지 못했다는 게 믿기지 않는다. "당신 펜 중 하나가 조쉬의 텐트 안에 있었어요."

"정말요?" 그가 놀란 건 진짜인 것 같다. "파란색 젤 펜. 입으로 문 자국도요."

앤디는 폭발적인 대화에 지친 듯 피곤한 기색이 역력하다.

"줄리아, 그 펜은 조쉬가 당신한테서 받았을 수도 있어요. 당신은 나한테서 받았을 수 있고요. 난 일주일에 열두 개씩은 쓰는 거 같은데 항상 사라져요." 그는 한숨을 쉰다. "봐봐요. 이게 진실이에요. 나는 토요일 밤에 당신 집을 떠난 후, 벨몬트 릿지로 운전해서 갔어요. 말했잖아요. 블루밍턴까지 다시 돌아가는 건 말이 안 되니까 그냥 아무 싸구려 모텔 방을 잡았어요. 거의 잠을 못 잤고요. 조쉬가 이유도 없이 당신을 힘들게 해서 나도 너무 화가 났다고요. 다음 날 아침, 스텔라 패밀리 레스토랑 주차장에서 조쉬를 기다렸어요. 한 시간 동안 조쉬에게 메시지를 여러 번 보냈는데도 답장이 없어서 나는 다시 블루밍턴으로 돌아왔어요. 심지어 과속 딱지도 받았죠."

"당신, 과속 절대 안 하잖아요." 나는 퍼트 부인과 그녀가 말한 그 난폭한 운전사 말이 기억났다. 그 날씬한 남자가 조쉬가 아니었다면? 만약 텐트를 치고 속도를 내던 앤디였다면?

"화가 났었으니까요. 알겠어요? 솔직히 내가 너무 큰 실수를 저지른 건 아닐까 하는 생각이 들 때가 많았어요."

"무슨 실수요?"

"당신한테요. 쇼를 위해, 그를 염두에 두고 당신을 설계한 거요. 당신에게 일어나는 모든 나쁜 일들, 그 사람에 대한 모든 나쁜 일들, 당신과의 관계에 대한⋯⋯. 심지어 그가 사라진 것도 모두 다 내 잘못인 것 같아요."

앤디의 말은 진심인 것같이 들린다. 토요일 밤에 기회가 주어진다면 조쉬를 위해 나를 다시 만들어 줄 수 있는지 물어본 기억도 어렴풋이 난다. 그리고 앤디는 그러겠다고 했다. 그게 진짜였을까? 아니면 꿈이었을까?

"자책하지 마요." 내가 말한다. "당신은 이런 일을 전혀 예상하지 못했잖아요."

"당신을 쇼에 출연시킨 게 화나지 않아요?" 그가 부드럽게 말한다. "결국 조쉬와 함께하게 된 것도요?"

"전 남편을 사랑해요." 내가 대답한다. 모든 일에도 불구하고 사실이다. "그도 문제가 있지만 저도 문제가 있고요."

"아니요." 앤디가 감정에 찬 눈빛으로 말한다. "당신은 완벽해요, 줄리아 월든."

나는 의자에서 불편하게 몸을 움직인다. 나와 사랑에 빠진 것이 앤디가 조쉬를 죽일 동기로 충분할까? 특히 앤디가 내 결혼 생활에 문제가 많다는 걸 알았다면? 아무한테도 말하지 않았다. 에덴은 눈치를 챘지만.

에덴? 그녀의 얼굴이 내 머릿속에서 불현듯 떠올랐다. 순식간에 피가 다 빠져나간 기분을 느꼈다.

그녀였다. '팀 줄리아가 모였다!' 어안 렌즈 사진 속 앤디 옆에 있던, 털실 모자를 쓴 여자와 에덴의 얼굴이 겹쳐졌다. 모자 아래 삐져나온 머리는 달랐지만.

내 결혼 생활이 얼마나 추악해졌는지 알고 있는 유일한 사람.

"혹시 에덴 젤리아즈코바라는 사람이 웨크테크에서 일했었나요?" 머리가 어지러워진 나는 질문을 막 던져본다.

앤디가 조심스럽게 말한다. "맞아요! 에덴. 기억나요."

"그 여자는 내 베이비시터예요. 우리 집에서 두 집 떨어진 곳에 살아요."

앤디의 얼굴이 수염 아래로 창백해졌다. "뭐라고요?"

그도 나와 똑같은 생각을 하고 있다는 걸 안다. 우연이라고 할 수 없는 상황이라는 것.

이 상황을 전혀 모르는 점원이 음식을 들고 돌아온다.

"해고하셨어요?" 나는 카레에 숟가락을 담그며 에덴이 자신의 직업이 좋지 않았다고 모호하게 말한 것을 기억해 내려고 애쓴다.

"네. 한 5년 전에 제 인턴이었죠. 아마 6년?" 앤디가 김이 모락모락 나는 카레 그릇에 포크를 찔러 넣는다. "프로젝트 줄리아를 막 시작했을 때였어요. 그녀는 아직 학부생이었고요. 처음엔 그녀를 몰랐어요. 인턴을 다 신경 쓸 수가 없어서요. 그런데 그녀가 장난을 쳤어요. 내 휴대폰을 해킹했거든요." 그는 나에게 의미심장한 표정을 짓는다.

"그래서……?"

"내 휴대폰을 해킹했다고요. 내 휴대폰이 얼마나 보안이 튼튼한지 모를 거예요. 내 노트북도요. 내 모든 개인 디바이스에는 웨크테크의 비밀이 있어요. 공상 과학 영화 〈알카트라즈〉 버전이죠." 그는 팟타이 위에 라임을 짠다.

"그러네요. 인상적인 장난을 쳤군요."

"인상적인 게 아니에요. 에덴 젤리아즈코바는 천재예요."

"그래요? 그런데 왜 인디애나주 오베르테에 살면서 시간당 15달러를 받고 내 아이를 돌봐주는 걸까요?"

앤디가 이마를 문지른다. "정리해 보죠. 먼저 당신을 공격한 그 미친 여자가 월마트에 있었고, 이제는 우리 회사 옛 인턴이 당신 동네에 살고 있다는 거죠? 맞아요?"

"네." 하지만 그 미친 여자는 내 집에 셀 수 없을 만큼 많이 들어온 여자애보다는 훨씬 덜 걱정이 된다. "앤디, 에덴이 경쟁사에서 일하면 어떡해요? 에덴이 그렇게 천재라면 회사 기밀을 훔쳤을 수도 있잖아요?" 하나의 생각이 다른 생각으로 자꾸

번져간다. "어쩌면 그녀는…… 나를 염탐하고 있을지도 몰라요. 봇테크에 필요한 데이터를 수집하는 거겠죠. 아니면 다른 누군가를 위해서일 수도 있고."

머릿속에서 계속 어떤 목소리가 들려온다. 그녀가 조쉬를 죽였을지도 모른다. 그녀의 동기는 아직 모르겠다. 하지만 봇테크는 그들이 만든 신스 중 하나를 법적으로 공격하고 있다. 분명히 그들은 내 인생도 망칠 판이다. 또는 내가 하지 않은 일로 나를 범죄에 연루시킬 수도 있다. 특히 그들의 가장 큰 라이벌인 웨크테크가 지도상에서 사라질 수만 있다면…….

"뭔가 안 좋은 느낌이 드네요." 앤디가 말한다.

"제 생각도 그래요." 나는 중얼거린다.

다정하고 순진한 우리집 베이비시터가 실제로는 길 건너편에서 나를 쓰러뜨리려고 하는 기술 천재라는 생각. 그건 정말 숨이 막힐 정도로 안 좋은 느낌이다. 그녀는 혼자서 내 아기를 돌보고 있다. 애널리를 해칠 수도 있다. 오늘도 그녀에게 메시지를 보내서 캡틴을 산책시켜 달라고 부탁했다. 그래. 이제 한 가지는 확실하게 말할 수 있다. 다시는 에덴이 우리 집 근처에도 오지 못하게 할 거라는 것.

전화벨이 울린다. 나는 반사적으로 휴대폰을 든다. 에덴이 보낸 메시지다. 내가 일을 맡기면, 그녀는 이처럼 일이 어떻게 되어가는지 보고를 잘했다.

— 사모님, 캡틴은 방금 산책시켰는데요. 아동 보호 서비스 직원이

집에 왔던 것 같아요. 아마도 애널리를 여기서 다른 데로 옮겨야 하지 않을까 싶어요.

손이 축축해지고 심장 박동이 빨라진다. 나는 조용히 앤디에게 휴대폰을 보여준다.

"빌어먹을." 그가 거칠게 숨을 내쉰다. 그의 말은 지난 며칠 동안 내 삶에 얼마나 많은 이 빌어먹을 일들이 생겼는지 상기시킨다.

무슨 꿍꿍이일지도 모르겠지만 에덴이 방금 보낸 메시지는 분명 내게 중요한 문제였다. 지난 6개월 동안 그녀가 얼마나 친절했는지 떠올려 본다.

그녀가 정말 나를 노리는 걸까? 아니면 내가 밥이나 앤디, 월마트에서 본 여자에게 그러는 것과 같이 에덴에게도 성급한 결론을 내리고 있는 걸까?

지금은 대답할 수 없다. 하지만 이 모든 생각은 훨씬 더 중요한 일을 끝낸 다음 마저 해야 한다. 아동 보호 서비스가 개입됐다면 애널리를 안전한 곳으로 데려가야 한다. 도버 카운티 밖으로만 간다고 해서 안전하지 않다. 인디애나주 밖으로 나가면 더 좋겠지. 그렇게 생각하니 어디로 가야 할지를 알 것 같다.

나는 입을 닦고 일어선다. "점심 잘 먹었어요."

"잠깐만요, 줄리아." 앤디도 일어서며 말한다. "그냥 가면 안 돼요. 그들이 애널리를 쫓는 거라면요? 안전하지 않아요. 계획이 필요해요."

219

점심은 반밖에 안 먹었는데 식욕이 사라졌다.

기다리는 것 정도야 많이 해봤다. 받아들여 주길 기다리는 것, 조쉬와의 상황이 나아지기를 기다리는 것, 우리 결혼 생활이 안정되기를 기다리는 것, 우리 삶이 원래대로 되기를 기다리는 것.

나도 당연히 계획을 원하고 안전을 원한다. 하지만 더는 기다릴 수 없다.

과거

이대일 데이트는 놀랍도록 끔찍하다.

뉴욕에서 온 질리언과 나는 SUV 뒷좌석 우리 사이에 앉은 조쉬를 건너 서로를 바라보면서, 또 이따금씩 앞을 보면서 여행 가이드의 이야기를 들었다. 그는 그 지역에 대한 재미있는 역사나 지리에 대해 활기차고 흥미 있게 설명했다. 하지만 우리 둘다 여행 가이드가 리드하는 분위기를 즐기러 온 것은 아니었다. 질리언과 나는 그저 누가 더 조쉬에게 진정으로 관심 있어 보이는지 은밀한 경쟁을 벌이며 이 시간을 견뎌냈다.

창밖으로 보이는 캘리포니아의 구불구불한 노란 언덕이 아침 햇빛에 말라가고 있었다. 보기만 해도 목이 마르는 풍경이다.

"여기가 앤털로프 밸리예요." 조쉬가 말한다. "30분만 가면 바스케스 록스 공원이고요."

오늘은 암벽 등반을 하기로 했다. 쇼의 규칙에 따라 이대일 데이트 끝에 조쉬가 나랑 질리언 중 한 명을 탈락시켜야 한다는 사실만 빼면 흥미롭게 즐길 수 있었을 것이다. 질리언과 나는 오늘 아침에 짐을 싸야 했다. 누가 탈락하든 작별 인사도 없이 빨리 떠날 수 있기 위해서다.

"그러니까 당신이 암벽 등반을 한다고요, 조쉬?" 질리언이 묻는다. 그녀의 말투는 평소와 달랐다. 비꼬는 말투 대신 다정하게 말하려고 애쓰는 것 같았다.

"네, 인디애나폴리스에 친구들과 함께 가는 암벽 등반장이 있어요. 하지만 야외에서 등반하는 건 이번이 처음이에요."

"너무 기대돼요." 질리언은 눈에 보이는 거짓말을 했다. 그녀는 땀을 흘리게 만드는 거라면 뭐든지 싫어하는 여자니까. 그녀는 나에게 미소를 지었다. "선크림이 필요할 거야, 줄리아."

"가져왔지." 나는 웃으며 대답했다.

공원에서 등산 전문가가 장비 착용을 도와준다. 그런 다음, 우리 셋은 땅에서 옆으로 튀어나온 붉은 절벽을 올라간다. 마치 추락한 우주선과 비슷하게 생겼다. 정말 장관이었고, 나는 발판과 구석진 곳을 잘 찾아 디디고 올라가는 데 타고난 재능이 있다는 걸 느낀다. 나는 내 인생에서 이렇게 땀을 많이 흘린 적이 없었고, 건조한 바람이 젖은 피부에 닿는 느낌이 너무 좋다는 것도 알게 됐다.

민소매 차림으로 근육을 과시하는 조쉬가 가장 먼저 정상에 도착한다. 내가 두 번째로 도착하여 조쉬와 하이파이브를 한 후 함께 가장자리 너머를 바라본다. 질리언은 여전히 중간 부분을 향해 고군분투하고 있다.

"다시 내려가서 질리언을 도와줘요." 내가 조쉬의 잘생긴 모습을 곁눈질하며 말한다. 그의 웃옷은 땀으로 흠뻑 젖어 체취가 진하게 느껴졌다.

"정말요? 그렇게 하기를 원해요?"

그는 팔을 머리 뒤로 젖힌다. "내 관심을 끌기 위한 싸움이 될 줄 알았어요."

나는 웃는다. "당신과 몇 분 더 있거나 덜 있다고 해서 우리 둘의 결과에 영향을 미칠 것 같진 않아요."

그가 씩 웃는다. "좋아요. 신사가 되어보죠."

태양에 눈이 부신 척하면서 그가 질리언을 데리러 내려가는 모습을 지켜본다.

그와 질리언이 함께 정상에 오르자 우리 모두 하이파이브를 한다. 그리고 함께 내려간다.

쿨러에서 물을 마시는 동안 조쉬는 질리언에게 단둘이서 산책하자고 한다. 그들이 없는 동안 나는 황량한 풍경을 바라보며 카메라맨 중 한 명과 그의 약혼녀에 대해 즐겁게 이야기를 나눈다. 그는 선글라스를 써보라고 했고, 그가 지금까지 하루가 어떠냐고 묻는 중에 나는 카메라를 향해 우스꽝스러운 표정을 짓는다. 좀 떨어진 곳에서 멋진 피크닉을 준비하는 팀원들이 보인다.

질리언 없이 조쉬가 무거운 발걸음으로 돌아오자, 나는 자리에서 일어나 그를 맞이한다.

"방금 질리언에게 작별 인사를 했어요."

나는 질리언에게 작별 인사를 하지 못했다는 사실에 희열과 슬픔이 뒤섞인 감정을 느끼며 두 손을 내밀었다. 그리고 그는 내 손을 잡고 꽉 쥐었다.

"좀 슬픈 것 같아요." 내가 말한다. "그녀는 특별한 사람이었잖아요."

그는 뭔가 경이롭다는 눈빛으로 나를 바라본다. "봐요. 이게 당신이 다른 이유예요. 당신은 아무런 대가가 없는데도 정말 착하잖아요. 다른 여자들은……."

그가 어물쩍 넘기는 뒷말이 궁금하긴 하지만 안 들어도 알 수 있다.

"네, 맞아요." 나도 동의한다. "왜 다른 사람들은 부정적인 생각으로 순간을 망칠까요?"

조쉬의 보조개가 모두 드러난다. "당신은 내가 더 좋은 사람이 되고 싶게 만들어요. 당신 곁에 있어야겠어요."

피크닉 장소를 향해 걸어가면서 나는 크게 웃었다. 이렇게 웃는 건 처음이었다. 하지만 조쉬는 여전히 생각에 잠겨있다.

"저는 화를 잘 내는 10대였어요. 절대 신사가 아니었죠. 부모님의 이혼과 아빠의 부재로……."

우리는 담요를 깔고 그 위에 자리를 잡은 후 나는 화이트 와인 한 병을 따른다.

"그래도 당신을 지지해 준 좋은 친구들은 있었나요?"

"좋은 친구들……은 아니죠. 저처럼 바보 같은 친구들은 많았어요. 여자 친구도 몇 명 있었고요. 하지만 날 지지해 줬다고 말하진 않을래요. 우리는 모두 그냥…… 모르겠어요. 어리고 멍청했죠."

"여자 친구들?" 내가 두 잔을 따르면서 묻는다. "당신의 연애사에 대해 많이 듣지 못했던 것 같네요."

"난 항상 자연스럽게 애인을 사귀었죠. 첫 여자 친구는 대학 때였던 것 같아요. 정말 다정했고 좀 엉망이었죠. 2학년 때 몇 달 동안 사귀었는데, 그 후 그녀는 저에게 미쳐버렸어요." 그는 눈에 띄게 몸을 떨며 말한다.

"미쳐버렸다고요?"

"열아홉 살에 자신이 무엇을 하고 있는지, 무엇을 원하는지 전혀 모르는 채로 그녀와 헤어졌어요. 서로의 가족을 만나거나 사랑한다는 말을 한 적도 없었고…… 그렇게 심각한 상황은 아니었지만, 그녀는 이성을 잃었어요. 나를 스토킹하기 시작했죠. 모든 SNS를 삭제해야 했어요. 정말 무서웠어요. 내가 안다고 생각했던 사람에게 이런 어두운 면이 있다는 게 정말 무서웠죠."

"그러다가 멈췄나요, 아니면……." 나는 10대의 조쉬가 가엾게 느껴졌다. 그와 여자들로부터 10대 시절에 대해 들었던 이야기는 모두 고통스럽고 극적으로 들린다. 솔직히 나는 그런 것들을 겪어보지 않아서 조금은 감사하기까지 하다.

"그러다 말았죠. 하지만 나를 너무 힘들게 했어요. 20대 중반이 될 때까지 진지하게 다시 데이트를 하지 못했죠. 스물여섯 살에는 잠깐 동거한 여자가 있었어요. 캐시라고. 3주밖에 안 갔지만요."

"누구의 어두운 면이 그걸 망쳤나요?" 나는 놀려댄다.

"오, 당연히 그녀였죠. 내가 그녀가 키우는 고양이에게 알레르기가 있었거든요. 알레르기가 있는지도 몰랐어요! 하지만 그녀는 내가 장난치는 거라고 했어요."

"그래서 그녀는 고양이를 선택했군요." 내가 흐뭇하게 말하자 조쉬는 웃었다.

"좋아하는 타입이 있나요?" 내가 묻는다.

"네. 나는 모든 것을 너무 진지하게 받아들이지 않고 즐길 줄 아는 다정한 여자를 좋아해요. 당신처럼요. 친절한 사람. 사려 깊은 사람."

"스토커는 아니고요."

그가 웃는다. "맞아요."

"고양이 주인도 아니죠."

"그건, 음, 이상적으로는 그래요."

"그럼 신체적 특성은 어때요? 마른 체형, 매력적인 몸매, 금발, 갈색 머리…… 같은 것들이요."

"빨간 머리요." 그가 수줍은 미소를 지으며 인정한다. "뭔지는 모르겠지만 빨간 머리가 너무 좋아요."

"세상에. 정말요?" 나는 놀란 척하면서 내 묶은 머리를 찰랑인다.

그는 내 턱밑에 손가락을 걸고 얼굴을 가까이 잡아당긴다. 서로의 입술이 만난다. 그에게선 등반 후 젖은 땀 냄새와 소금 맛이 난다. 와인과 웃음이 섞인 맛. 나는 무엇보다도 어두운 면이 없는 여자가 되고 싶다. 빛과 즐거움, 그를 영원히 행복하게 해 줄 모든 것으로 가득 찬 여자가 되고 싶다.

우리는 뒤로 물러난다. 키스로 인해 조쉬의 얼굴이 약간 거칠어졌고, 눈은 욕망으로 가득 차있다.

그 데이트는 이제 온전히 우리의 것이었다. 바위 그늘은 조쉬와 함께 저 위에 서서 세상을 내려다보고 있을 때 느꼈던 승리의 벅찬 감정을 떠오르게 한다. 무엇이든 정복할 수 있을 것만 같은 느낌을.

그 순간 무언가가 내 마음을 짓누르기 시작했다. 그것이 강력한 힘의 순간인지 완전한 나약함의 순간인지 알 수 없지만, 내가 의도하지도 않았는데 말이 흘러나왔다.

"사랑해요."

현재

"아이가 밤새 잘 잤나요?" 바네사가 가느다란 다리를 꼬고 약간 심란한 표정을 지으며 카시트를 향해 말한다.

애널리는 시카고까지 네 시간 동안 운전을 했는데도 여전히 잠에 푹 빠져있다.

차는 도중에 한 번 멈췄다. 주유소 주차장에서 애널리에게 수유하면서 나는 얼음처럼 차가운 콜라를 마셨다. 그것 말고는 나는 시카고 주변의 교통 체증에 막힐 때까지는 계속 페달을 밟았다.

오후 네 시가 조금 지난 시간, 시아버지 아파트의 통창을 통해 들어오는 빛은 차가운 회색이었고 그것은 장식이 없는 심플한 디자이너 가구와 창백한 색상의 마룻바닥을 더욱 삭막하게 만들고 있었다.

"당연히 아니지." 필이 돈과 계급의 냄새를 풍기는 검은색

임스체어에서 절제된 어조로 바네사에게 말한다. "쟤는 아기 잖아."

나의 시아버지는 예상했던 대로 조쉬처럼 키가 크고, 흠잡을 데 없이 잘생겼으며, 은빛 수염을 단정히 기른 흔들림 없는 모습이었다. 그는 손녀딸과 신스 며느리가 온 것을 담담히 받아들인 것처럼 아들의 실종 소식도 차분하게 듣는 모습이다.

10분 전에 도착했을 때 나는 말했다. "도움이 필요해요."

나는 그간의 이야기를 간단하게 하면서 왜 그가 우리 결혼식에 참석하지 않았는지, 손녀의 출산을 인정하지 않았는지 등 과거 사실에 대해선 문제 삼지 않았다. 그는 침묵을 유지하며 경청하더니 고개를 한 번 끄덕였는데, 나는 그걸 이 일이 끝날 때까지 아기를 돌봐달라는 내 부탁에 동의한다는 신호로 받아들였다.

조쉬는 분명 자신의 아버지에 대해 나에게 좋지 않게 말했다. 게다가 운동복 차림의 검게 그을린 젊은 약혼녀가 소파에 앉아 있음에도 불구하고, 내 시아버지는 지금 나에게 꼭 필요한 사람이다. 냉담하고 차갑게 보이는 것도 사실이지만 강인하고 거침없이 보이기도 한다. 미첼 보안관이 이 문 앞에 나타나면 어떨까. 아마 시아버지 필 라살라는 미첼이 노크를 했다는 이유만으로도 소송을 걸어 그를 이길 것처럼 보인다.

"아홉 시쯤에 일어나고, 또 두 시쯤에도 일어나요." 나는 억지로 침착하게 말하며 머릿속의 목소리를 억누르려고 노력한다. 머릿속에서는 일흔 살의 나르시시스트와 스물두 살 여자애에게 아기를 맡기지 말라는 비명이 흘러나오고 있다.

"새벽 두 시?" 바네사가 매니큐어를 바른 손을 가슴에 놓으며 말했다.

"네. 그리고 보통 여섯 시 정도까지 자요. 마루에 아기 침대용 담요를 깔아둘게요."

"손님용 침대가 있는데……." 바네사가 말한다.

"굴러떨어질 수도 있어." 필이 끼어든다.

나는 고마운 표정을 짓는다. "기저귀도 필요할 거예요. 물티슈와 분유도요. 다 살 시간이 없었어요."

"그런 건 걱정하지 말아요." 그가 편하게 말한다. 필이 대부분의 문제를 간단히 해결할 수 있을 만큼의 돈을 충분히 가지고 있다는 것을 금방 알 수 있다.

"비서에게 전화할게요."

"난 괜찮아, 자기야." 바네사는 똑바로 앉아서 안타까운 표정을 지었다.

"쉐리가 알아서 해줄 거야." 필이 말한다. "지금 전화할게요."

"저는 떠나기 전에 아기 잠자리를 준비해 놓고 갈게요." 내가 말한다. "어디다 준비하면 되죠?"

바네사는 나를 밝은 방으로 데려간다. 왼쪽으로 커다란 통창이 있어 무채색의 거대한 시카고가 우리 눈 아래로 펼쳐져 있고 오른쪽으로는 침실과 목욕실로 가는 문이 있다. 바네사는 문 하나를 열었고 나는 그 방 안의 벽, 침대, 창문 사이에서 애널리 잠자리로 쓰기에 완벽한 공간을 본다. 코드나 콘센트도 전혀 없었다.

"침대 이불을 좀 벗겨야 할까요?" 완벽하게 만들어진 퀸 사이즈 침대를 살펴보면서 내가 묻는다. "아니면 다른 걸 쓸까요?"

"다른 이불을 가져다드릴게요." 바네사가 말한다.

그녀는 나를 혼자 두고 나간다. 방은 작고 현대적인 느낌으로 깨끗했다. 검은색 침대 프레임, 선명한 붉은 색조의 추상 미술. 창문 맞은편 벽에는 책꽂이가 있고, 색을 맞춰 꽂아둔 몇 권의 책들과 은색 테두리 액자 그림이 보인다. 걸어가서 자세히 보니 온통 바네사와 필의 사진이다. 해변에서 수상 스키를 타는 사진에서 두 사람은 비싸보이는 옷을 입고 눈부시게 빛나고 있다. 은으로 된 말 조각상이 작은 사진 앨범 더미 위에 놓여있다. 호기심이 발동한 나는 말 조각상을 옆으로 치우고 맨 위에 있는 앨범을 열어본다.

조쉬다. 아기 때의 조쉬, 학생인 조쉬, 좀 더 키가 큰 모습의 조쉬, 치아 교정기를 낀 조쉬, 새 자전거를 산 조쉬 등이 추억으로 남아있었다. 이상한 게 있다면, 사진들이 모두 저화질 컴퓨터 이미지에서 다운로드하여 싼 종이로 인쇄된 것처럼 보인다.

감히 추측해 보건대, 필은 조쉬가 소셜 미디어 계정을 쓰고 있을 때, 간간이 아들을 본 것 같다. 그리고 몇 장의 이미지를 골라 인쇄한 것 같다. 그렇게 상상하니 마음이 찡하게 울렸다. 사진이 많지 않아서 금방 모자를 쓰고 가운을 입은 청년 조쉬의 모습으로 넘어간다. 대학 기숙사처럼 보이는 곳으로 이사하는 조쉬. 젊고 거친 머리 스타일을 한 조쉬는…….

"헉." 나도 모르게 숨을 들이마신다. 순간 그의 어린 추억 속에 내가 함께 있는 줄 알았다. 그 사진에는 빨간 머리를 한 여자가 있었다.

물론 내가 아닌 다른 여자일 것이다. 자세히 보면 염색한 것처럼 보이는 빨간 머리를 제외하면 나와 전혀 닮지 않은 사람이다. 그녀는 사진 앞쪽에 있지도 않다. 조쉬는 중앙에 있고, 그녀는 그 뒤에 다른 사람들과 함께 있다.

모두 10대 후반이나 20대 초반으로 보인다. 조쉬의 머리는 내가 본 것보다 더 길다. 뭔가 웃긴 말을 하는 와중에 사진이 찍힌 듯 얼굴은 우스꽝스러운 표정이었다. 그리고 저 여자애는…… 내가 아는 표정으로 조쉬를 바라보고 있었다.

불과 몇 시간 전, 시암 하우스에서 마주 앉았던 앤디의 눈에서 본 그런 표정이다.

'넌 완벽해, 줄리아 월든.'이라고 말하는 것 같은…….

그래, 그녀는 조쉬가 말했던 스토커 여자 친구임이 틀림없다. 달콤하면서 어두운 면모를 지닌 여자 말이다. 그와 나의 연애가 시작되었고, 그의 옛날 연애는 다 끝난 이 마당에 그의 과거 연애사의 증거를 보니 이상한 느낌이 든다. 조쉬가 모든 것을 솔직하게 털어놓았음에도 불구하고.

나는 사진 속 그들의 작은 얼굴을 만지며 정확히 언제 찍힌 사진인지 궁금해지기 시작했다. 연애를 새로 시작해 설레이던 때일까, 아니면 비참한 결말에 가까워졌을 때일까? 분명한 것은 필이 이 사진을 인쇄했을 때 그는 아들인 조쉬가 큰 상처를 받을 줄은 꿈에도 몰랐을 것이다. 그 누구도 짐작할 수 없을 것이다. 사진 속의 조쉬는 젊고 행복하며 생기가 넘쳐 보였다.

앨범의 마지막 사진은 〈더 프러포즈〉에서 나에게 청혼하는 조쉬의 잡지 컷이다. 그는 밝은 회색 정장을 입고 무릎을 꿇고 위를 바라보고 있다. 나는 붉은 컬러의 머메이드 컷 이브닝드레스를 입고 머리를 느슨하게 묶은 채 한 손으로 입을 가리고 아래를 내려다보고 있다.

설레는 새 출발을 앞둔 두 사람. 그리고 비참한 종말에서 그리 멀지 않은 두 사람.

알 수 없는 감정에 매몰되려 할 때쯤 어디선가 인기척이 들려, 곧바로 나는 앨범을 덮었다.

"오, 앨범을 보고 있었군요!" 바네사가 이불을 한 아름 들고 돌아왔다.

"죄송해요…… 좀 봤어요." 나는 앨범을 선반에 돌려놓는다.

손이 떨린다.

"아니에요! 괜찮아요! 사실 필을 위해 내가 깜짝 선물로 만든 거예요. 그에게 조쉬의 사진이 없는 게 이상하다고 생각했거든요. 그래서 환갑을 축하하며 선물하려고 만들었죠."

그제야 나는 내 추측이 틀렸다는 것을 알았다. 머릿속에 상상했던 아들에 대한 정보를 찾기 위해 인터넷을 뒤지는 필의 다정한 모습들이 무너지기 시작했다.

"근데 이 사진들은 어디서 다 찾았어요?" 내가 묻는다. "조쉬는 저를 만나기 한참 전에 SNS를 다 지웠다고 했거든요."

그녀는 킥킥거리며 말했다. "페이스북에서 일하는 친구가 있어요. 내가 그 친구에게 초밥을 사주면서 부탁했죠."

약간 소름 끼치긴 하지만 그래도 괜찮은 면이 있는 여자였다. 몇 분 전, 바네사에게 느꼈던 좋지 않은 시각과는 다르게 시간이 지나면 우리 둘이 정말 서로를 좋아하게 될지도 모른다는 생각이 들기 시작했다.

애널리의 잠자리를 만든 후, 거실로 돌아오니 필이 전화 통화를 마무리하고 있다.

"애널리의 침대는 준비됐어요." 내가 말한다. "기저귀 가방은 저기 뒀어요. 이제 그만 가봐야겠어요."

"정말 그렇게 서둘러야 해요?" 필이 말한다. "배고플 텐데요. 바네사가 간단히 저녁을 만들 거예요." 그의 손짓에, 바네사는 주방으로 달려간다.

"불구르 좋아하세요?" 바네사가 냉장고를 열면서 말한다. "템페도 있고요."

"괜찮아요. 저는 더 있으면 안 돼요." 나에게는 시간이 별로 없었다. 늦어도 열 시까지는 집에 도착해야 하니까. "애널리를 돌봐주시기로 해서 감사해요. 제 전화번호 아시죠? 뭐든 궁금하시면 전화하세요. 언제든지요."

"아기는 걱정 말아요." 필이 말한다.

나는 고개를 끄덕인다. 카시트에서 눈을 지그시 감고 핑크빛 주먹을 쥐고 행복하게 자는 나의 아기를 바라본다. 깨어났을 때 엄마가 사라질 거라곤 상상도 못 하고 자는 모습이다. 가슴에 돌이 박힌 것 같다. 아니면 내 마음이 돌이 된 건지도 모른다.

필은 의자에서 몸을 일으켰다. "행운을 빌어요. 밖까지 데려다줄게요." 다정한 말과는 달리 업무를 대하는 듯한 어투였다.

문 앞에서, 나는 돌아가서 아기를 깨우고 제대로 된 작별 인사를 하고 싶은 유혹을 느낀다. 마지막으로 수유하고, 달콤한 뺨에 뽀뽀하고, 모든 것이 잘될 거라고 약속하고, 엄마는 다시 돌아올 거라고 말하고 싶다. 하지만 아직 너무 어린 애널리는 이해하지 못할 것이다.

어쨌든 이게 완전한 작별은 아닐 것이다. 일시적인 과정일 뿐이라고 나는 스스로에게 계속해서 상기시켰다.

"한 가지만 여쭤봐도 될까요?" 내가 현관문 앞에서 필에게 말한다. "왜 우리 결혼식에 오지 않으셨어요?"

그는 얼굴 하나 움찔하지 않고 오히려 살짝 미소 지은 채 말한다. "우리 모두가 부모 역할을 잘할 수 있는 건 아니에요."

"조쉬는 더 나은 대우를 받을 자격이 있어요." 내가 떨리는 목소리로 말한다.

"들어봐요, 줄리아." 필이 말한다. "내가 이기적인 나쁜 놈일지도 모르죠. 인정해요. 하지만 난 내가 원하는 걸 결정했고, 그걸 얻었어요." 그는 우리 뒤로 시카고의 전경이 보이는 아파트와 바네사를 향해 손짓한다. "조쉬의 문제가 뭔지 알고 싶어요? 걔는 스스로에게 정직하지 않아요. 그 아이는 자신이 되고 싶은 모습에만 너무 빠져있죠. 인생은 너무 짧잖아요. 있는 그대로의 모습으로 사세요. 그게 당신이 될 수 있는 전부니까."

있는 그대로 살라고? 정말 운명론적이고 무책임한 말이다. 아마도 필 라살라는 이 말로 자신의 자아를 어루만지며, 마음에 상처를 입은 여덟 살짜리 조쉬를 두고 떠났겠지. 더 나아지려고 노력하는 게 뭐가 잘못된 건지 나는 아직도 알 수 없다.

"조쉬에 대해 어떻게 그렇게 잘 아세요? 떨어져 있은 지도 오래되셨는데요." 내가 느끼기에도 예의 없는 질문이었다.

"아버지는 알죠." 그가 말하더니 눈을 가늘게 뜨고 고개를 끄덕인다. 마치 나를 평가하는 것처럼. "난 당신이 좋아요, 줄리아. 만약 내 아들이 당신을 떠난 게 맞다면 그까짓 놈 엿 먹으라 하고 잊어버렸으면 좋겠어요."

"그이는 떠나지 않았어요." 나는 화를 억누른 소리로 말한다.

필은 가볍게 미소 짓는다. "추측일 뿐이에요."

"조쉬는 나를 사랑해요. 그리고 나도 그를 사랑하고요."

"잘됐네요."

내 목소리는 마지막으로 격렬하게 튀어나왔다. "그리고 분명히 말씀드리지만, 조쉬나 저에 대해서는 신경 쓰지 않으셔도 돼요. 아무것도 요구하지도 않을 거고요. 하지만 애널리에게는 신경 써주셔야 해요. 그 애에 대해서는 반드시요."

내가 뱉은 말은 부탁을 가장한 명령이었다. 그만큼 간절했다.

필에게도 건방진 나의 태도가 느껴질 텐데도 그는 그저 고개를 끄덕일 뿐이었다. "그러죠. 알겠어요."

그 두 마디의 약속을 듣고 나는 자리를 떠났다.

과거

"조쉬에게서 장미를 받은 여러분은 사랑의 도시, 파리로 갑니다!" 맷이 외친다.

조이는 울고, 엠마는 환호하고, 카밀라는 미인대회에서 우승한 것처럼 두 손을 꼭 쥐었다. 매회 순수하고 억제되지 않은 감정이 우리를 사로잡는다.

또 한 차례의 장미 수여식에서 탈락을 견뎌냈다. 이제 일곱 명의 여자가 남았다. 파리에 가면 세 명의 여자가 탈락하고 남은 네 명만이 돌아올 것이다. 이 이야기는 결말을 향해 가고 있다.

지난주 여행에서 우리는 영원한 여름인 로스앤젤레스를 떠나 조쉬의 고향인 인디애나폴리스로 향했다. 우리는 그의 가족을 만나거나 그의 아파트를 보지는 못했지만, 절반의 시간 동안 내린 끔찍한 2월의 겨울 눈비에도 불구하고 그 도시에 대해 좋은 느낌만 받았다. 인디애나폴리스는 떠오르는 예술 힙스터 분위기와 형언할 수 없는 중서부의 건강함이 섞여있어서 정말 마음에 들었다. 나는 조쉬와 함께 그곳에 사는 모습을 완전하게 상상해 보았다.

"나는 한 번도 외국에 나가본 적이 없어!"라고 조이는 울부짖는다. "정말 너무 감사해요!"

나 역시 설렘으로 가슴이 벅차오른다.

샴페인이 나오고, 색종이가 뿌려지고, 거대한 프랑스 국기가 펼쳐진다. 조쉬가 샴페인을 터뜨리자 줄무늬 셔츠를 입은 한 남자가 아코디언으로 〈라 비 앙 로즈〉를 연주하며 왈츠를 춘다.

완전히 유쾌한 난장판이다.

"프랑스어 할 줄 아는 사람?" 조쉬가 무늬가 새겨진 잔에 샴페인을 따르자 엠마가 묻는다. "아무도 없어요?"

조쉬가 내게 잔을 건네며 몸을 기울이니 그의 따뜻한 온기가 내 피부를 스친다.

"빨리 세상을 보여주고 싶어요, 줄리아 윌든."

"저도 당신과 함께 빨리 보고 싶어요, 조쉬 라살라." 내가 대답한다.

카밀라가 말했던 더 큰 세상을 맛보고 싶었다. 하지만 그녀는 틀렸다. 내 선택지는 세상과 조쉬 중 하나만 고르라고 하지 않는다. 어쩌면 둘 다 가질 수 있을지도 모른다.

모두가 흩어져 대화를 나눈다. 조이는 조쉬의 블레이저를 끌어안고 운다. 한 여자는 해외여행을 위한 짐 싸기 계획을 발표한다. "1단계, 신발은 여섯 켤레로 제한하세요!" 또 다른 여자는 여권 사진이 마음에 들지 않는다고 한탄한다.

나는 그저 웃는다.

이번에도 나는 카밀라에 이어 두 번째로 장미 수여식에 불려 나갔다. 거의 매주 첫 번째 호명을 받았고, '선택받은' 자리에 서 있는 그녀를 보는 것이 이젠 익숙한 일상이 된 것 같다.

내가 카밀라를 향해 걸어가면 항상 미소를 지으며 '나쁜 년.' 이라고 입버릇처럼 말한다. 이제 이건 우리만의 귀여운 애정 표현이 되었다.

우아하게 올려묶은 검은 머리에 엉덩이까지 트임이 있는 오 프숄더 연두색 드레스를 입고 풍만한 몸매를 뽐내는 카밀라가 옆에 나란히 섰다.

"사라가 탈락하는 걸 보고 놀랐어?" 그녀가 말한다.

카밀라와 나는 방금 탈락한 사람에 대해 이야기를 나누기도 했다. 주로 말을 하는 건 그녀고 나는 듣는 편에 속했다.

"누군가 탈락할 때마다 놀라지." 내가 인정한다. 매주 조쉬가 누구를 집으로 돌려보낸다는 건 상상할 수 없다. 어떤 불쌍한 여자가 준비되지 않은 채 영원히 떠나야 할 때마다 항상 비현실 감을 느낀다.

"조쉬가 이미 그녀를 집으로 돌려보낼 거라고 내게 미리 말 했다는 사실에도 놀랄 거니?" 카밀라가 으쓱대는 듯한 어조로 말한다.

"그것 또한 놀랍네." 나는 뺨이 달아오르는 걸 느끼며 대답한 다. 카메라가 우리의 대화를 찍고 있다. 사라가 나중에 TV로 이

번 에피소드를 보고 이 대화를 들으면 기분이 어떨까?

나는 조쉬와 사랑에 빠졌을지도 모른다. 하지만 그렇다고 그것이 이렇게 타인에 대해 배려 없이 굴어도 된다는 것을 의미하지는 않는다.

"너무 놀란 척은 말고." 카밀라가 담담하게 말한다. "우리 모두 그녀가 자신의 스킨케어 브랜드를 홍보하러 온 것뿐이라는 걸 알잖아. 이름이 뭐였지?"

'라마렉스'. 기억한다. 사라에 의하면 라마렉스는 스킨케어 그 이상의 '풀 라이프스타일 브랜드'였다. 그러나 그것이 요점이 아니다. 내가 우려하는 것은 조쉬의 행동이다.

"그다지…… 신사답지는 않네."

"신사?" 카밀라는 다소 놀란 표정을 지었다.

"오, 자기야. 솔직히 말해서 나는 조쉬를 신사라고 생각하지는 않아."

속이 울렁거렸지만 나는 침착하게 대답한다. "나랑 있을 때는 꽤 신사 같았는데. 너하고 있을 땐 안 그래?"

"알잖아. 남자들은 다 그렇지."

사실 잘 모르겠다. 그래서 나는 아무 말 하지 못한 채 앞만 바라보았다.

"남자들은 생각하는 것보다 훨씬 더 감정적이야. 정말로. 남자들은 자신들이 강하고 남자답다고 생각하지만, 사실 속은 완전히 어린애들이지. 그들의 자존심은 깨지기 쉬운 작은 장난감과 같아. 상처받은 자존심, 성질부리는 것, 그 모든 게 얼마나 극적인지…….”

갑자기 눈이 뜨거워진다. 나는 눈을 빠르게 깜빡인다.

“내 말에 화났어?” 카밀라가 걱정스러운 표정으로 나를 쳐다보지만, 동시에 그것은 무엇으로 분류해야 할지 혼란스러운 과학 표본을 보는 듯한 표정이다.

“아니! 그냥…….” 충격과 공포에 눈물이 쏟아진다. “조쉬는 나한테 정말 잘해줘.” 다급하고 빠르게 속삭이듯 말이 튀어나온다. “정말 신사적이고, 개방적이고, 배려심이 많은 남자야. 그리고 나에게 자기가 더 좋은 사람이 되고 싶다고 말했어. 그런데 지금 네가 말하는 조쉬는 내가 아는 조쉬와는 다른 것 같아서.” 눈물 때문에 말이 더 이상 나오지 않는다.

만약 그가 겉모습과 다른 사람이라면 어떡하지? 왜 이런 가능성을 지금껏 생각해 보지 않았을까? 나의 모든 것이 이 쇼와 조쉬에게 걸렸다. 내 모든 마음이 그에게 있다. 그도 그럴까?

카밀라가 내 팔에 그녀의 시원한 손을 얹는다.

“쉿. 이게 뭔지 알아, 레드? 조쉬의 두 가지 다른 면이야. 하나는 너와 있을 때 나오고 하나는 나와 함께 있을 때 나와. 난 조쉬의 화를 내거나 취약한 감정적인 면을 끌어내고 너는 조쉬가 노력하는 모습, 더 강인한 면을 끌어내는 거지.”

나는 점점 기분이 더 나빠진다. “그럼 그는 네 앞에서는 진짜고, 내 앞에서는 연기 중인 걸까?”

“아니.” 그녀는 달래는 소리로 말한다. “그런 게 아니고! 하나는 더…… 더 현실적이고, 하나는 열성적인 거랄까? 둘 다 똑같이 진짜야!" 내가 괴로워하니 카밀라도 괴로워하기 시작한다. 나를 진정시키려고 무슨 말이라도 할 것 같다. 하지만 나는 그저 진실을 알고 싶다.

"내가 진짜 조쉬를 모른다고 말하고 싶은 거야?"

카메라 그림자가 눈에 들어왔고, 나는 이 말을 한 것을 후회한다. 하지만 그냥 넘어가기에는 너무 중요한 문제다.

카밀라는 부드럽게 말을 건넨다. "조쉬를 잘 알잖아, 줄리아. 진정해, 알았지? 그냥 계속 앞으로 나아가면 모든 것이 더 명확해질 거야. 그리고 제발……." 그녀는 장난스럽게 웃는다. "제2의 조이가 되지는 마. 신께 맹세컨대 그렇게 되면 나도 완전히 무너져버릴 거야."

우리 둘 다 조이를 쳐다봤다. 그녀는 이미 취한 상태로 아코디언 연주자와 함께 콩가를 출 준비를 하고 있다.

"미안해." 나는 다시 카밀라에게 고개를 돌리며 떨리는 숨을 몰아쉰다.

"진정하려고 노력해 볼게."

"내 말은, 네가 진짜 걱정하는 것처럼 보여서 걱정스럽다고……. 우리 둘은 얼마나 조쉬를 잘 알까? 이건 쇼지, 현실이 아니잖아. 그의 내면까지 모두 파악할 수는 없어." 나는 그녀의 비유에 웃음을 터뜨린다.

"사람은 복잡하게 얽혀있어. 그러니까, 조쉬도 조금씩 발견해야 하는 입체적인 인격체라는 거야. 그냥 솔직하게 물어봐."

"알았어." 나는 숨을 들이마신다. 여전히 떨리지만 진정해야 한다. 방금 카밀라가 아무렇지 않게 말한 것처럼, 이건 정말 진짜 삶이 아닐까? 여기 여자들한텐 현실이 아닐지도 모른다. 카밀라는 모델 일을 하고, 사라에게는 화장품이 있고, 그리고 질리언은 변호사다. 그렇지만 내겐, 이 쇼가 내가 아는 전부다.

내가 그렇게 오래 살지 않았다는 건 안다. 삶을 배우고 있는 과정이란 것도. 하지만 순진함과 어리석음은 다른 거다. 바로 눈앞에 있는 것을 보지 못하는 사람이 되고 싶지 않다. 아코디언 소리가 커지면서 연주자가 내 옆을 지나며 회전한다.

〈라 비 앙 로즈〉. 이 상황에 딱 들어맞는 음악이다. 내가 찍고 있는 이 쇼가 신중하게 조율되고 미래 시청자의 장밋빛 경험을 위해 세심하게 구성되었다는 것을 다시 한번 상기시켜 준다.

내 감정은 진짜다. 그건 의심할 여지가 없다. 다만 조쉬도 진짜인지 확인해야 한다.

"넌 할 수 있어." 카밀라가 외치며 내 엉덩이를 한 대 때린다. 그러고 나서 입 모양으로 "나쁜 년!"이라고 말해 나는 미소를 짓지 않을 수 없다.

카밀라는 다른 사람과 이야기하러 나갔고, 나는 잠시 시간을 내서 내 정신세계에서 벗어나 현실 세계로 돌아온다. 아니, 현실일 수도 있고 아닐 수도 있지만 분명 내 삶의 모든 경험이라 할 수 있는 세계로 말이다.

"괜찮아요?"

조쉬가 내 뒤로 슬그머니 다가와 묻자 나는 깜짝 놀란다. "아, 네." 나는 웃지만, 마스카라가 흘러내리지는 않았는지 코가 너무 빨개지지는 않았는지 걱정이 된다. 울면 항상 코가 빨개지기 때문이다.

조쉬가 자신의 잔을 내 잔에 부딪치며 "캠과 정말 친한가 봐요."라고 말한다. 우리 둘 다 한 모금씩 마신다. 시원하고 드라이한 샴페인이 감정의 열기를 가라앉히고 마음을 진정시켰다.

"네! 카밀라가 어떤 사람인지 아시잖아요." 나는 웃는다. "매운맛."

조쉬 덕분에 약간 내 마음이 다시 즐거워졌다. 그가 신선한 바람처럼 불어와 내 기분을 새롭게 해주는 게 너무 좋다.

"그럼 난 뭐죠?" 내가 놀려본다.

"음……." 조쉬가 눈을 가늘게 뜬다. "금이요. 당신과 함께 있을 때 나는 금을 찾은 것 같아요."

"불공평해요! 나도 음식으로 해줘요."

"알았어요. 뭘 원하는데요? 음, 메론?"

나는 얼굴을 찌푸린다.

"당신 머리는 주황색이잖아요. 그리고 당신은 부드럽고, 달콤하고…….""

대답을 포기한 그가 웃고, 나도 따라 웃었다. 기분 좋은 웃음소리에 내 두려움은 사라진다. 그러나 오늘 새롭게 생긴 우려를 잠재우려면 더 파고들어 봐야 한다.

곧 프랑스에 갈 것이고 시간은 충분하다. 그리고 오늘 밤에는 내 손에 장미가 있다.

현재

핸들을 꺾자, 차가 날카로운 소리를 낸다. 차를 다시 차선 안으로 밀어넣으니, 어둠 속 도로 위에서 내 헤드라이트는 겁에 질린 동물처럼 흔들린다. 아드레날린이 내 속을 태운다. 젠장. 나는 어두운 비탈길 아래로 추락하기 바로 직전이다.

"정신 차려, 줄리아." 나는 내 뺨을 마구 때리면서 말한다. 조수석에 있는 패스트푸드 봉투를 더듬어 찾았지만 시카고를 떠날 때 정신 차리려고 한 번에 하나씩 먹었던 감자튀김은 이미 사라진 지 오래다.

창문을 끝까지 내리자 쌀쌀한 바람이 들어온다. 몇 분만 더. 나는 깨어있을 수 있다. 깨어있어야 한다. 나는 〈배드 로맨스〉의 전체 가사를 큰 소리로 부르기 시작한다. 그리고 곧 교차로 앞에서 브레이크를 밟는다.

혹시 기자들이 내 마당에 진을 치고 있으면 어떻게 해야 할까? 그 생각에 더 가까이 갈 수 없어 차를 비포장 갓길로 세우고 엔진을 꺼버린다. 집에 거의 다 왔다. 아니, 조쉬도, 애널리도 없으니, 집이 아니라 나는 그냥 잠잘 곳으로 온 것이다.

밤중에 가방을 어깨에 걸치고 차에서 나와 차 문을 잠근다. 밤 10시 30분, 달은 구름에 가렸다 보이기를 반복한다. 벌써 습한 한기가 스웨터 사이로 스며들고 있다. 나무들은 조용하고 가지의 힘줄이 어두운 밤하늘로 사라져 나무가 아닌 하늘의 뿌리들처럼 보인다. 밤의 세상은 음습한 지하 세계 같다.

나는 휴대폰 손전등을 켜고 진흙이 깔린 부드러운 풀밭을 지나, 이 작은 구간을 휘감아 도는 숲으로 곧장 향한다. 들키지 않고 집에 도착할 수 있는 최고의 방법이다. 뒤를 보니 외롭게 서 있는 내 검은 차가 보인다. 그리고 그 뒤로는 더 외로운 도로가 보인다. 나는 이 숲에서 일어났던 그 끔찍한 사건을 생각하지 않으려고 노력한다. 로이스는 이 같은 달 아래서 어떻게 그런 짓을 했을까?

제대로 휘둘러서 깔끔하게 베었을까, 아니면 베고 또 베고 계속했을까? 시커먼 나무에 발을 들여놓으니 심장이 쫄깃해진다. 산 채로 삼켜질 것 같은 느낌이다. 만일 누군가 내 시체를 발견한다면 누가 눈 하나 깜박일까? 내 인조 피부는 해가 지나도 태양과 비와 눈 아래에서 오래 지속될까, 아니면 인간 피부처럼 자연적으로 썩게 프로그램되어 있을까?

나무 사이를 걸을 때마다 귀에서 맥박이 뛰고, 휴대폰에서 나오는 하얀빛이 유령처럼 흔들린다. 숲은 죽음의 경련을 일으키는 생물처럼 내 주변에서 춤을 춘다. 나는 숲의 갈비뼈 사이로 기어들어 간다. 첫 번째 집을 지나쳤는지 확인하려고 하는데 손전등이 어떤 하얀 것 위에 떨어진다. 나는 숨을 헐떡이며 움찔한다. 혹시 뼈? 아니다. 그냥 맥주병에 반사되어 하얗게 보였을 뿐이다. 주위를 조명으로 스캔해 보니 사람들의 흔적이 보인다. 모닥불을 피운 흔적과 잿더미, 그리고 맥주병이 더 있다. 나는 계속해서 앞으로 나아간다.

공기가 교란되며 윙윙거리는 소리로 바뀌더니 곧 더 깊은 기계의 으르렁 소리로 바뀐다. 마치 불안하여 안절부절못하는 생물처럼 소리가 돌아간다. 나무 사이로 흐릿한 주황빛이 나타나고, 그 빛에 비친 밥의 헛간 모양이 역광을 받고 있다. 사슴 고기를 갈고 있기라도 한 걸까, 이 시간에?

나는 그 소음에 내가 움직이며 내는 소리는 걱정하지 않고 더 빨리 앞으로 달려나간다. 내가 달리는 동안 검은 손가락 모양의 나무들 사이로 마치 영사기처럼 그의 헛간이 나타났다 사라졌다 한다. 밥은 정확히 무엇을 하는 걸까?

저 헛간에서, 아무도 보지 않는 곳에서 기계에게 무엇을 먹이고 있는 걸까?

내 생각은 반짝이는 베이비 모니터와 으르렁거리는 그 남자의 목소리에 미친다. '쉿, 작은 아가씨……' 나는 몸서리친다. 그래, 무엇보다 애널리가 안전하다는 것이 중요하다.

밥의 소유지는 우리 집보다 훨씬 크고, 나는 거기를 나와서 곧 더 많은 나무와 빛이 없는 곳에 도착한다. 너무 적막하여 내 발소리가 생각보다 크게 들린다.

'빨리. 집을 찾는 게 뭐가 어렵다고 이래.' 나는 이렇게 혼잣말을 하지만 사실 집에 도착하는 것 또한 두렵다. 혼자 걸어서 집에 들어가는 것이 무섭다. 하지만 적어도 캡틴은 거기 있을 것이다.

"아니! 그녀는 그를 죽이지 않았어요!" 갑자기 어떤 목소리가 또렷하게 들린다. 나는 걸음을 멈추고 즉시 휴대폰을 청바지에 눌러 플래시가 보이지 않게 감춘다. "이미 말했잖아요. 토요일 밤에 그가 떠나는 걸 제 두 눈으로 직접 봤다고요. 집에서 술을 마시며 넷플릭스를 보고 있었어요!" 에덴의 목소리가 틀림없다. "삼진아웃은 세 번이라는 뜻이죠. 두 번뿐이었어요." 그녀의 호흡은 빨랐고 흥분해 있다. "아니요, 전 숲에서 그녀의 집을 볼 수 있어요, 젠장……. 숲에서……. 네……. 아니요……. 아니요……. 전 항상 그녀의 집에 갔어요. 무슨 일이 일어났으면 다 알 수 있다고요."

내 심장은 마치 엔진이 돌아가는 것처럼 벌렁댄다. 내 뒤에는 검은 숲이 있다. 앞에도 온통 검은색이다. 그리고 그 어둠 속 어딘가에 나의 베이비시터가 있다.

나는 고르게, 조용히 숨을 쉬려고 노력한다. 희미한 불빛이 잠시 어둠을 밝히고 나는 우리 사이의 거리를 가늠해 본다. 10미터 정도?

"아니요. 아직 집에 안 왔어요." 순간, 정적이 내려앉았다. 그리고 또 다른 주황빛이 보인다. 풀에서 나는 냄새가 내게로 스

며든다. "당연히 전화할게요……. 뭐라도 새로운 게 있으면
요……. 네, 보스."

여기에서 가만히 에덴이 떠날 때까지 기다려야 하나? 무언가
가 발목을 간지럽혀서 발을 움직였다. 나뭇가지가 부러지며 똑,
소리를 냈다. 적막만이 가득한 곳은 작은 소리도 소음이 되는
법이었다.

"거기 누구야?" 에덴이 앙칼지게 외친다.

숨어야 할까? 하지만 너무 어두워서 뭘, 어디에, 어떻게 숨겨
야 할지도 모르겠다.

"거기 누구냐고!" 에덴이 반복해 소리친다. "움직이지 마! 나
한테 총이 있어!"

겁에 질린 목소리가 들리더니 밝은 빛이 내 눈에 비친다. 나
는 휴대폰을 얼른 꺼내 에덴에게 빛을 비춘다. 그녀는 어둠 속
에서 작고 창백해 보인다. 그녀는 청바지에 오버사이즈 스웨트
셔츠를 입고 있으며 한 손에는 마리화나를, 다른 손에는 휴대폰
을 들고 있다. 총은 당연히 없었다.

"사모님? 여기서 뭐 하시는 거예요?" 그녀가 내게로 걸어왔
고 두려움에 찬 표정은 걱정으로 바뀌었다. "괜찮아요? 애널리
는 안전해요?"

"누구한테 내 얘기를 하고 있었죠?" 내 목소리는 떨렸는데 지
친 것인지 화가 난 건지 이 시점에서는 나 자신도 알 수가 없다.

"젠장……." 그녀는 한숨을 쉬며 다가왔는데 걸음마다 딱딱
부서지는 소리가 난다. "보안관이었어요, 사모님."

"이 밤중에?"

그녀는 내 앞에서 멈춘다. "보안관이 사모님이 집에 언제 오는지 계속 캐묻고 있어요. 미안해요. 하지만 난 그를 돕는 게 아니에요! 그냥 동조하는 척하는 거예요."

나는 단 한순간도 그 말을 믿지 않는다.

"보안관을 보스라고 부른다고요?"

"저는 모든 사람을 그렇게 불러요." 그녀는 마치 자신조차도 짜증이 나는 습관인 것처럼 유감스러운 어조로 말한다.

"그 사람에게 당신이 항상 우리 집에 있다고 말한 건 무슨 뜻이에요?"

"그는 토요일 밤에 대해 계속 물어봐요. 당신이 그날 밤 조쉬를 죽였다는 생각에 집착하고 있어요. 그래서 계속 똑같은 얘기를 해줬어요. 난 항상 사모님 집에 있고 창문 너머로 사모님을 볼 수 있으니 만약 사모님이 누군가를 죽였다면 알아챌 수 있었을 거라고요." 그녀는 답답한 숨을 내쉬었다. "혹시 제가 괴롭힌 죄로 그를 고소할 수 있을까요? 왜냐면……."

"보안관은 집어치워. 거짓말인 거 아니까."

내 휴대폰의 차가운 불빛에 비친 에덴의 얼굴이 굳어진다.

"무슨 거짓말이요?"

"넌 앤디 밑에서 일했었잖아, 웨크테크에서."

그녀는 고통스러운 표정을 짓는다. "어떻게……."

"인디애나 대학교 로보틱스 빌딩에 있는 사진에서 봤어."

"그게, 그러니까, 제가 웨크테크에서 일하지 않았다고 말한

적은 없잖아요. 말을 못 한 것뿐이에요. 아시겠어요? 말했듯이 제 경력은 쓰레기통에서 끝났어요. 내가 가장 부끄럽게 생각한 걸 모든 사람에게 일일이 말하지 않았을 뿐인데, 그걸 비난하실 거예요?"

"정확히 무슨 일이 있었지, 에덴?"

"이미 알고 있는 게 뭐죠?"

"아니, 네가 말해. 지금 당장."

그녀가 마리화나를 입술에 대고 빨아들이자 볼이 움푹 들어간다. 몇 초 동안 연기를 머금고 있다가 천천히 내뿜는다. "한번 피워보실래요?" 그녀의 어조는 체념한 듯하다.

나는 마리화나를 집어들었다. 안 될 게 뭐야. 나는 나에게 악의를 품은 사람일 수도, 아닐 수도 있는 사람과 함께 숲속에 둘만 있고, 나에게 악의를 품고 있는 게 확실한 이웃 사람은 몇 걸음 떨어진 곳에 있으며, 보안관은 계속 나를 쫓고 있다. 그리고, 딸은 수백 마일 떨어져 있다. 무엇이든 이게 내 불안을 조금이라도 줄여줘서 하룻밤이라도 잘 잘 수 있게 도와준다면. 나는 마리화나를 깊이 들이마신다.

"살살 하세요." 그녀가 경고한다. "처음이시라면⋯⋯."

"내가 알아서 할게." 나는 손가락 사이로 마리화나를 들고 밤 공기 속으로 연기를 내뿜는다.

"이제 말해봐."

"알았어요. 웨크테크. 음⋯⋯. 거기서 꿈에 그리던 인턴십을 했었어요. 한 6년 전쯤? 느낌에는 한평생은 된 거 같은데⋯⋯.

CEO 휴대폰을 해킹해서 장난을 치자는 멍청한 생각을 했어요. 순전히 관심을 끌기 위해서요. 제 이름을 모른다는 게 화가 났어요. 제 이름은 그냥 인턴이었거든요. 아세요? '인턴, 마케팅팀에 전화 좀 해줄래?', '인턴, 내 커피 어딨어?' 저를 이렇게 불렀던 거예요. 어쨌든 그래서 확실히 그의 주목을 받긴 했죠. 그는 저를 해고했고, 제 뛰어난 경력은 빠르고 격렬하게 끝이 났어요."

나는 한 번 더 깊이 들이마신 후 마리화나를 에덴에게 돌려준다.

"좋아." 천천히 고개를 끄덕이는 내 입에서는 연기가 뿜어져 나왔다. "그래서 그다음엔 어떻게 됐어? 학교로 돌아가서⋯⋯."

"아뇨, 돌아가지 않았어요. 로스앤젤레스에서 몇 년 동안 바텐더로 일했는데 생활비가 너무 많이 들었어요⋯⋯. 그러다 팬데믹이 닥쳐서 일하던 레스토랑이 문을 닫았고, 그래서 이모와 삼촌이 있는 곳으로 왔죠."

"근데 그 집이 우리 집 바로 길 아래, 몇 집만 건너면 있지."

"그게 뭐 대단한가요? 더 신기한 일도 많잖아요?" 그녀는 부모가 자신의 거짓말을 믿고 넘어가길 바라는 아이의 얼굴로 조심스럽게 말한다.

나는 대답하지 않는다.

"알았어요." 그녀는 마지못해 말한다. "꼭 아셔야 한다면⋯⋯ 제가 여기로 이사 온 건 사모님 때문이에요. 전 로봇공학 마니아고, 혼자서 로봇공학을 연구하고 있어요. 언젠가는 진짜 직업을 갖고 싶어요."

"그래서 나를 염탐하고 있었군."

"아니요. 사실은요." 그녀가 말한다. "멍청한 짓이었어요. 충동적이었고요. 이 시점에서 사모님은 그냥 길 아래 사는 사람일 뿐이에요. 그리고 전 당신 아이를 보는 게 좋아요. 그게 다예요."

나는 휴대폰을 들어 그녀의 동그란 갈색 눈을 비춘다.

"에덴, 솔직하게 말해줘. 혹시 아직도 앤디 밑에서 일해?"

"방금 말했잖아요. 해고당했다니까요."

"그럼 지금은 누구 밑에서 일해? 제발 사실대로 말해줘."

그녀의 눈은 눈물을 참는 듯 유리같이 흐려진다. 그녀는 내 팔을 만지며 힘을 준다. 그녀의 손은 작아서 힘줘 누르는 것마저도 부드러웠다. 나는 이 손이 애널리를 그토록 부드럽게 돌봐주었던 그 손이라는 것을 기억할 수밖에 없다. 내가 가장 약해졌을 때 나를 보고도 외면하지 않았던 그 소녀라는 것을.

"사모님……." 목소리가 잠긴 에덴이 눈물을 흘린다.

빛 속에서 눈물이 반짝인다. "제가 누구 밑에서 일한다면 그건 사모님뿐이에요."

그 몇 초 동안, 나는 에덴이 봇테크를 위해 일하거나 어떤 로비스트를 위해 스파이 노릇을 하는 건 아닐까 하는 생각, 혹은 앤디와 에덴이 짜고 나를 속이는 게 아닌가 하는 생각에 휩싸여 있어 그녀가 하는 말을 한번에 이해할 수가 없었다. 그러나 에덴의 말을 들은 후, 내 머릿속에는 그녀가 웃으며 나를 위해 일한 것, 섬세하게 애널리를 돌본 장면들만이 남았다.

나는 순식간에 기운이 빠졌다. "그래."

에덴은 손가락으로 살짝 긁듯이 내 팔을 놓는다. "집까지 모셔다드릴게요. 곧 쓰러지실 것 같아서요."

"응……." 나는 동의한다. "내 집……."

우리는 말없이 숲속을 함께 걷는다. 곧 유리창이 휴대폰 플래시 라이트에 반사되어 반짝인다. 우리 집 창문이다. 드디어 왔다.

에덴이 나를 뒷문으로 안내했다. "같이 들어가 드릴까요?"

"옷장에 괴물이라도 있을까 봐?"

마음 한편으로는 에덴에게 우리 집 소파에서 자라고 하고 싶다. 혼자 있기 싫으니까. 하지만 다른 한편으로는 이보다 더 어리석은 생각은 없다고 생각한다.

"아니야. 괜찮아." 내가 말한다.

왜냐하면 에덴이 나에게 나쁜 일이 일어나길 바란다고는 절대 생각하지 않지만 분명 뭔가 숨기고 있다는 걸 알기 때문이다.

그리고 그게 사실이라면 이번엔 단순히 실수로 말을 못 한 것만은 아닐 것이다.

과거

2월의 날씨에도 불구하고 파리는 정말 멋졌다. 첫날은 여자들 일곱 명끼리만 에펠탑이나 노트르담 대성당 같은 명소를 둘러보며 영상을 찍었다.

우리를 따라다니는 카메라가 많은 사람들의 관심을 끌었고 지나가던 사람들은 이따금 멈춰 서서 우리 사진을 찍어댔다.

카밀라는 눈에 보이는 모든 사람에게 윙크하고, 키스를 날리며 머리카락을 휘두르는 장난을 쳤다.

우리는 길거리에서 버터 크레이프를 주문했는데, 카밀라가 프랑스어로 주문을 시도하는 모습에 모두 배꼽을 잡고 있었다. 크레이프를 만드는 남자가 서툰 영어로 그녀에게 말했다.

"당신, 나와…… 결혼해 줘요." 그는 가슴에 손을 쿵쿵 두드리며 계속 반복했다. 카밀라도 따라서 손을 쿵쿵 치며 어버버한 프랑스어로 "나, 결혼…… 조쉬!"라고 말했다.

세상은 그 어느 때보다 넓고 사랑스러워 보이고, 프랑스 사람들은 유쾌해 보인다. 이 사랑의 도시에서 보내는 두 번째 주, 나는 조쉬와 일대일로 만나는 데이트에서 그에게 사랑한다고 말할 것이다. 한 번으로는 충분하지 않기 때문이다.

"아직 멀었다는 거 알아요." 나는 마레의 좁은 돌길을 걸으며 그를 안심시켰다. 우리가 잡은 손은 우리 사이에서 왔다 갔다 흔들렸다. 공기는 차고, 내 기분은 더욱 달콤하다. "하지만 전 억누를 수가 없어요."

사실이다. 나는 두려움조차도 나를 막을 수 없다는 것을 알게 되었다. 하나는 차갑고 하나는 따뜻한 두 손이 만난 것처럼 두려움은 열정과 공존한다.

"괜찮아요." 조쉬가 말했다. 그는 청바지에 흰색 티셔츠, 검은색 가죽 재킷을 입고 귀를 따뜻하게 해주는 털모자를 쓰고 있었다. 그 패션은 대담한 꽃무늬 정장 바지 위에 부드러운 라벤더색 코쿤 코트를 입은 내 복장과 대조를 이룬다. 섹시함과 달콤함, 강하고 부드러운 게 모두 그 안에 있다. "당신에게 다양한 모습이 있어 좋아요."

우리는 좁은 보행자 전용 거리의 벽에 기대어 애정 행각을 벌이며 밤을 마무리했다.

나는 사랑에 너무 취한 나머지, 조쉬에게 카밀라와 이야기한 이후로 물어보려 했던 것을 말해도 될 것 같은 느낌이 들었다.

"가끔 다른 여자들…… 얘기한다고 했던 거 기억해요?" 나는 말한다. "서로에 대해, 뭐 그런 거요?"

"음." 그는 여전히 키스 후의 기분에 빠져 길을 잃은 것처럼 중얼거렸다.

"음, 가끔은 당신에 대해서도 얘기해요." 나는 손가락으로 그의 코를 툭툭 쳤다.

그는 전혀 걱정하지 않는 것처럼 즐거워 보였다.

"아니면 무슨 얘기를 하겠어요?" 그가 물었다. 내가 대답하기 전에 그는 자신의 입술을 내 입술에 가볍게 스치고는 혀로 내 아랫입술을 쓸어올리며 한 번 더 다가왔다. 나는 그의 혀가 내 입안으로 미끄러지자 숨을 헐떡인다. 고개를 뒤로 젖히고 내 몸 바로 위를 맴도는 그 몸의 중력을 느꼈다. 내 뱃속, 다리 사이로 열기가 고인다.

나는 모든 자제력을 발휘해 그의 얼굴을 내 손으로 감싸고 부드럽게 그를 떼어냈다. 그는 내게 저항하는 척한다. "내가 말하려던 건……."

그는 다시 내 입술 쪽으로 다가오려 하지만, 나는 그의 얼굴을 내 손 사이에 꽉 쥐었다. "카밀라와 나는 당신을 다르게 보고 있어요. 그래서…… 나는 궁금해요." 그가 물러나고, 나는 손을 놓았다. 갑자기 조금 긴장이 되었다.

"오해는 하지 마요. 그렇지만 때때로 나는 내가 더 넓게 보지 못하고 있는 건 아닌지 걱정돼요. 이 과정 내내 당신은 나에게 진심을 다했잖아요. 하지만 카밀라가 당신에 대해 이야기하는 걸 들으면 다른 사람을 얘기하는 것처럼 느껴져요. 내가 아는 조쉬가 아닌……."

아무 말 없던 그가 반 걸음 뒤로 물러섰다. "지금 저를 비난하는 건가요?"

"아뇨! 아뇨, 난 그냥……." 나는 입술을 핥았다. "혹시 나와 함께 있을 때 조금은 내게 숨기고 있는 부분이 있는지, 그렇다면 그건 나 때문인지, 내가 당신이 어떤 것을 억제해야 한다고 느끼게 하는 건지가 궁금해요. 전 그런 게 싫어요. 당신이 나와 함께 있을 때면, 있는 그대로의 당신이길 원해요. 온전한 당신 자신이요."

그는 주머니에 손을 집어넣었고, 나는 팔로 내 몸을 감쌌다. 갑자기 코가 차가워진다. 나는 그를 더 압박하고 묻고 싶다. 그가 이 주제에 대해 지나치게 반응하고 있다는 게 마음에 걸린다. 정말 이건 그냥 TV 쇼일 뿐이고 거기에 흔들리는 나만 바보인 걸까?

"걸을까요?" 그가 말한다.

"그래요." 우리의 손은 아까와 달리 마주 잡지 않은 채였다.

그는 자신의 발을 내려다보며 말한다. "당신과 캠은 내 다른 면들을 끌어내는 게 사실이에요. 그래서 내가 당신과 캠 사이에서 좀…… 혼란스러워요."

돌로 된 골목길은 부드러운 가로등 아래서 반짝이고 있다.

"캠과 함께 있으면 내 어린 시절의 모습이 나오는 것 같아요. 파티를 즐겼고, 사랑받고 싶었고 즐겁게 지내고 싶었던 대학 시절 조쉬가요."

"저랑은요?" 내가 재촉하며 묻는다.

"우리 관계는 좀 더 성숙한 것 같아요."

"하지만 우리도 함께 즐기고 있잖아요."

"네. 우리도 많이 웃죠. 하지만 풍기는 향기는 더……."

"메론?" 나는 심각함을 불러온 장본인이기에 농담으로 그 순간을 가볍게 하려고 필사적으로 노력했다.

그가 웃는다. "네, 그래요."

"조쉬, 대학 다니던 시절에 대해 더 말해줘요."

"저는 그때 불안했던 것 같아요. 그때는 몰랐어요. 엄마처럼 되고 싶지 않다는 걸. 이혼하고, 비참하고, 외로운 엄마처럼요. 그래서 여자 친구를 만들었어요."

"그 스토커요?"

그는 고개를 끄덕인다. "그리고 파티를 많이 했죠. 그걸로 행복을 움켜쥐려고 했어요. 아빠는 엄마를 너무 비참하게 만들었어요. 나는 누구도 나를 그렇게 비참하게 만들지 못하게 하고 싶었어요. 내 인생은 내가 만들고 싶었죠. 내 인생을 누구의 희생양이 되게 하지 않겠다고요."

"이해가 되네요."

"그래서 스토커 여자 친구 일이 그렇게 강렬했던 것 같아요. 최악의 악몽이었죠. 나를 비참하게 만들려고 하는데 내가 할 수 있는 게 아무것도 없는 것 같았어요."

우리는 조용히 걷는다. 그는 깊은 생각에 잠긴 것 같았지만 나는 끼어들지 않는다.

"아빠가 떠난 게 엄마 잘못이 아니란 거 알아요." 그가 마침내 말한다. "아빠는 나쁜 놈이죠. 하지만 어쨌든 나는 엄마를 미워했던 것 같아요. 엄마를 약하다고 멸시한 거랄까?"

나약함이 멸시할 문제인가? 내가 공격받고 나서 나약해졌을 때 정말 다정하게 대해준 게 조쉬였다. 그렇지만 이건 다른 경우일지도 모르겠다.

"지금 어머니와의 관계는 어때요?" 내가 물어본다.

"좋아요." 조쉬는 웃었다. 나는 그가 웃는 모습을 보니 안심이 됐다.

"엄마는 솔직히 내가 쇼에 출연하는 것을 좋아하지 않아요. 리얼리티 TV 쇼는 안 보시죠. 하지만 일단 내가 행복해하는 모습을 보시면 그래도 좋아하실 거예요."

"어머님을 뵙고 싶어요. 절 어떻게 생각하실지…… 알잖아요."

"뭘요?"

나는 그의 팔을 살짝 때린다. "내가 신스라는 거요."

그는 잊고 있었다는 듯 놀란 표정을 지었는데, 이거…… 좋은 신호인가?

"처음에 들으면 곤란해하실지도 몰라요. 하지만 아까 내가 말했듯이 내가 행복하다면 엄마는 좋아하실 거예요."

사실 듣고 싶었던 대답은 아니다. 난 그의 엄마가 나를 두 팔 벌려 안아줄 거란 말을 듣고 싶지만…… 그래도 그의 솔직함에 감사한다. 내가 그에게 원하던 게 바로 정직함이었으니까.

"자, 그럼 내가 당신이 걱정하는 부분을 조금은 해결해 드렸나요?" 조쉬가 걸음을 멈추며 말한다. 우리는 좁고 한적한 길에서 벗어나 더 붐비는 도로로 이동하려고 한다.

"네." 내 시선은 그의 턱 곡선을 따라 살짝 일그러진 입술 부분까지 옮겨간다. 그는 정말 아름답다.

"솔직하게 다 말해줘서 고마워요. 정말 많이요."

그의 미소는 눈꼬리 주름으로 변하면서 갑자기 손으로 내 등을 만지며 나를 가까운 벽에 돌려세운다. 그는 내 위로 팔을 뻗는다. 그의 턱과 이마에 그림자가 드리워지고 눈은 새까만 우물처럼 변한다.

"아까 우리 어디까지 했죠, 줄리아 양?"

나는 수염이 거칠어진 그의 뺨을 쓰다듬는다. "지금 당신이 하려는 말은 분석은 그만하고 키스를 더……."

하지만 그의 입이 이미 내 입을 눌렀고 나는 더 말할 수가 없었다.

지금까지 경험했던 것 중 가장 맛있는 침묵이다.

현재

쾅쾅. 현관문을 두드리는 배려 없는 노크 소리에, 나는 잠에서 깨어나 똑바로 앉는다.

아침 여덟 시. 침대에서 일어난 캡틴이 아래층에서 천둥소리를 낸다.

나는 침대 옆으로 다리를 휘저으며 신음했다. 그러고는 어젯밤 그대로 입고 자 구겨진 옷차림으로 비틀거리며 캡틴을 뒤쫓아간다. 지나친 피로 때문인지 마리화나를 처음 맛본 탓인지 제대로 자지 못했다.

구멍을 통해 본 밖에는 미첼 보안관과 아담스 부관이 와있다. 그리고 그 뒤론 내 두 손으로도 셀 수 없는 수많은 기자가 보였다. 사실, 길 전체가 뉴스 밴과 기자들로 혼란스러워 보인다. 머리를 재빨리 뒤로 쓸어 넘기고 문을 연다.

"예?"

"월든 부인." 보안관은 평가하는 듯한 눈으로 나를 보며 말한다. "부인이 돌아왔으리라 생각하지 않았는데요."

나는 캡틴의 머리에 손을 얹는다. 마음 같아서는 내 옆에서 긴장하며 경계하고 있는 캡틴에게 보안관에게 달려들어 물어뜯으라고 명령하고 싶다. 그러는 대신 나는 문을 조금 더 활짝 열고 그들에게 들어오라고 고갯짓한다. 이건 두 사람이 마땅히 받아야 할 것보단 훨씬 친절한 행동이다. 보안관은 우리 집 문턱을 넘으면서 모자를 벗었고 부관 아담스도 따라 했다. 나는 문을 잠근다.

"주방이요." 나는 잠에서 막 깬 나지막한 목소리로 말한 후, 집 뒤편으로 향한다.

그들이 내 식탁에 앉자 데자뷔가 느껴진다.

보안관이 냄새를 맡더니 "이건 마리화나 냄새인가요, 월든 부인?" 하고 묻는다.

나는 나도 놀랐다는 듯이 옷을 잡아당긴다. "아마도요?"

"인디애나주에서는 불법 마약인 거 알고 있죠?"

"밤새 우리 마당에서 야영하고 있는 사람들에게 가서 말해주시죠."

나는 웃는다. "그리고 또 뭔지 아세요? 저들은 무단 침입 중이에요. 저들을 쫓아내는 게 당신들 임무 아닌가요?"

침묵이 흐른다.

"커피가 필요해요." 나는 반은 그들에게, 반은 내 자신에게 말한다. 그들은 내가 커피 메이커를 세팅하는 동안 아무 말이 없다. 다음으로 나는 밥이 직접 만든 혼합사료를 그릇에 더 부으며 캡틴의 아침을 챙겼다.

좀 자극적인 냄새가 나기 시작했지만, 캡틴은 그것을 한입에 꿀걱 삼켰다. 나는 나중에 쓰레기 처리기로 버리기 위해 용기를 싱크대에 놓는다.

"어제 어디 있었나요, 줄리아?" 마침내 물이 끓는 커피 메이커를 등지고 조리대에 기대어 그들을 바라보자 보안관이 묻는다.

"말씀드렸듯이 친구와 점심을 먹었어요. 새로운 일이 생겼다고 했잖아요. 뭐가 문제죠?"

"우선 토요일 밤에 무슨 일이 있는지 알려주세요. 자세히요."

나는 그를 쳐다본다. 맹수의 눈이 나를 향해 있었다.

"준비되면 시작하세요." 브리핑을 요구하듯 보안관이 말한다.

생각할 시간이 필요해서 말없이 그에게 등을 돌리고 나는 찬장을 열어 머그잔을 찾았다. 천천히 손에 쥔 커피포트를 꺼내서 따르고, 마지막으로 잔을 손에 든 채 그들 쪽으로 돌아선다.

"네 시쯤 조쉬가 여행 가방을 싸기 시작할 때, 아이 낮잠을 재웠어요. 저는 조쉬가 여행 얘기를 미리 하지 않았었기 때문에 화가 나있었어요. 그는 여행을 가겠다고 우기고 있었거든요."

아담스 부관이 메모장에 무언가를 끄적거리자 나는 어깨를 으쓱한다. "잘 생각이 나지 않네요. 육아로 잠이 부족해요."

"잠이 필요하시군요?" 미첼의 시선이 내 옷을 벗기고 심지어 뼛속까지 들여다보는 것 같다.

"다른 사람들처럼 저도 많이 잠이 부족하죠. 요즘 많이 못 자고 있어요." 나는 내 머그잔을 든다.

그래서 커피를 마시는 거다, 이 멍청아. 나는 차마 뱉지 못할 말을 입에 머금고 삼켰다.

미첼이 고개를 끄덕이며 계속하라고 한다.

"조쉬가 짐 싸는 동안 그를 따라다니며 우린 말다툼을 했어요. 그리고…… 와인 한 병을 땄죠."

"술을 많이 드시나요, 월든 부인?"

"아뇨. 같이 마시려고 샀어요. 잘 아시겠지만, 밤에 부부가 분위기 잡고 마시는 용도로요. 하지만 조쉬는 떠나려 하고 나에게 화를 냈어요. 그래서 와인을 딴 거예요. 좀 참으려고요. 조쉬는 제가 스트레스받는 걸 싫어해요."

"그리고 나서요?"

"조쉬가 떠났죠."

"몇 시요?"

"음……. 여섯 시? 그때는 솔직히 좀 취해있었어요. 그리고 애널리를 재웠죠."

"애널리는 아직 수유가 필요하지 않나요?" 보안관이 말한다. "그런데도 취하기로 하셨나요?"

뺨이 발갛게 달아오른다. "술 먹었을 땐 모유를 짜낸 다음 버려요."

"계속하세요." 미첼이 말한다.

"조쉬가 장비를 차에 싣는 동안 저는 친구 앤디에게 메시지를 보냈어요."

나는 괜찮을 것이다. 모두 없었던 것처럼 그냥 지나갈 수만 있다면 좋겠다.

얼굴이 점점 더 빨개지는 것이 느껴지지만, 눈길을 떼지 않고 견디려고 노력하며 이 순간에 대처해 나간다.

"혼자 있고 싶지 않았어요. 그러다 제가 앤디를 힘들게 하는 것 같아 마음이 아팠어요. 그래서 다시 메시지를 보내서 결국 오지 말라고 말했어요. 기억은 없지만 메시지를 보낸 게 있어요. 아무튼 그는 내 말을 안 듣고 찾아왔죠."

"앤디 웨크스타인 씨는 로스앤젤레스에 살고 계시고요?" 미첼이 묻는다.

"네."

"인디애나에선 뭘 하시죠?"

"그는 인디애나 대학에서 강의를 해요."

"남편이 여섯 시에 떠났고, 열 시에 텐트를 설치하는 것을 누군가 봤다면, 벨몬트까지 여기서 두 시간 거리인데 네 시간이 걸렸다는 걸 어떻게 설명할 수 있을까요?" 미첼은 손가락을 끼고 입술에 대며 말한다.

나는 전혀 놀랍지 않다는 듯이 어깨를 으쓱한다.

"주유하러 들렀을까요? 아님 저녁 먹으러?" 합리적인 생각이지만 사실 나도 믿지는 않는다. 조쉬는 항상 어딜 가면서 멈추는 걸 좋아하는 사람이 아니다. 심지어 화장실에 가기 위해 멈추는 것도.

"그럼 앤디가 도착한 후에는 어떻게 되었나요?" 미첼이 묻는다.

"그는 제가 화가 났다는 것을 알았고, 문제는 단순히 여행이 아니라는 것을 알았죠. 결국 그에게 말했어요……."

맙소사, 이 말을 다 하게 되다니. 내가 끔찍한 실수를 저지르고 있는 게 아니면 좋겠다. 심장이 너무 두근거리기 시작한다. 주방 건너편에서 내 셔츠가 진동하는 게 비칠 정도다.

"조쉬와 저는…… 반복적으로 싸웠어요. 그냥 그런 부부싸움 중 하나겠죠."

미첼은 기다린다. 아담스도 메모하던 걸 멈춘다. 뭐라도 말을 꺼내야 한다.

"조쉬는…… 앤디가 저를 사랑한다고 생각했어요."

아담스의 파란 눈이 동그랗게 커졌다가 다시 메모장으로 향한다. 그는 격렬하게 메모한다.

"조쉬가 짐을 싸는 동안 우리가 진짜 말다툼을 벌인 이유는 그거였어요." 나는 머그잔을 다시 채우려 그들에게서 등을 돌린다. 마신 기억이 없기에 머그잔이 비어있다는 사실에 놀란다. 하지만 입안에서 커피 맛이 나니 분명 마신 거겠지. 그런데 왜 기억이 나지 않을까? 커피뿐만 아니고, 토요일 밤도 마찬가지다. 그 이야기를 하는 동안에도 기억이 확실한 게 아니라 마치 모래를 걸러내듯이 움직이고 바뀌는 것만 같다.

"처음이 아니었어요." 나는 여전히 그들에게서 등을 돌린 채 계속 말한다.

"똑같은 말싸움에 지쳐서 앤디가 나타났을 때 제발 나와 조쉬와의 문제를 해결해 달라고 부탁했죠. 남자 대 남자로 만나서요. 그래서 둘이 아침 식사를 하기로 한 거예요. 제 생각엔 수요일에 여기 오셨을 때 제가 말씀드렸던 것 같은데요." 나는 커피를 따른다. 손이 떨리고 커피를 흘리지 않는 것이 기적이다. 나는 마침내 다시 돌아선다.

"네, 그날 저희는 웨크스타인 씨와 이야기를 나눴습니다." 미첼이 말한다.

"제가 알고 싶은 건 부인이 왜 우리한테 남편분과 웨크스타인 씨 두 사람이……." 그는 아담스에게 손짓하고 아담스는 메모장의 몇 페이지를 넘긴다.

"친하다고……." 아담스가 열심히 말한다.

"네." 보안관이 미소를 짓는다. "친하다고. 그렇게 말했는지 궁금하군요."

"음……. 그들은 친해요. 그랬었죠. 제 말은, 그들은 작년에 쇼에서 만났어요. 그들은 잘 지냈어요. 앤디는 심지어 우리 결혼식에서 저와 같이 입장해 줬죠. 저는 조쉬를 사랑하고 조쉬도 그걸 알아요. 그는 단지 질투했던 거예요. 남자들이 흔히 그러는 것처럼요. 조쉬와 앤디는…… 그냥 대화로 풀 필요가 있었어요."

"그래서요?" 보안관의 질문에는 무언가 음란한 것을 들추어내려는 듯한 불쾌한 기운이 감돈다.

"그리고, 뭐요?"

"앤디 웨크스타인이 당신을 정말 사랑하나요, 줄리아?"

나는 아니라고 말하려 했다. 당연히 아니다. 하지만 대신 내 손이 목 위로 올라가 미친 듯 뛰는 맥박을 짚는다.

"서장님, 그 질문은 좀 곤란한 것 같습니다." 아담스가 이의를 제기한다. 그러나 미첼은 단호하게 손바닥을 들어 보였다.

"부인이 대답하게 놔둬."

나는 앤디를 곤란하게 만들고 싶지 않다. 하지만 미첼은 나를 확실히 망하게 하기 위해서라면 뭐든지 붙잡고 늘어질 것이다. 앤디에게 관심이 쏠리게 하는 것도 나쁘지 않을 것 같다. 그는 그런 압박을 견딜 수 있는 사람이다. 만약 앤디가 결백하다면, 장기적으로 봤을 때도 그에게 해가 되지는 않을 것이다.

말할 것도 없이 앤디는 미국 최고의 변호사를 구할 것이다. 여기에서 가장 약한 사람은 나다.

"저는⋯⋯." 커피잔을 두 손으로 꽉 쥐고 뜨거운 잔 테두리를 입술 아래에 댄다. 숨을 크게 내쉰다. "네, 그런 것 같아요."

즉시 속이 메스꺼워진다. 앤디를 희생양으로 삼으려는 것. 깊은 속마음에서는 이 가능성이 정말로 불안하게 느껴지기 때문이다. 앤디가 나를 그렇게 생각하지 않기를 바란다. 나는 그가 나를 돌봐주는 안전한 가족으로 남기를 원한다.

미첼의 눈빛이 나를 평가한다. "로이스 설리번이 희생자들을 사랑했을까요, 줄리아? 저는 종종 연인을 토막 내는 심리에 대해 궁금해했습니다. 스물두 번이나 그랬죠. 예전에 그가 살던 집터에 사시니, 부인도 그런 거 궁금하지 않으세요? 그가 그들을 토막 낸 이유가 그들을 곁에 두고 싶어서였을까요? 도끼를 휘두를 때 사랑을 느꼈을까요? 너무 사랑해서 절대 떠나지 않게 하려고 파괴해야만 하는 게 가능한 일일까요?"

가슴이 타들어 가고 목이 조여온다. 마치 진짜로 내 뒤에서 누군가가 손으로 쥐어짜는 것처럼 느껴진다.

그의 질문은 분명하다.

"저는 조쉬를 해치지 않을 거예요. 그가 나를 떠나고 싶으면 자유롭게, 온전히 보내줄 거예요."

미첼이 고개를 갸우뚱한다. "상처받아 아프더라도요, 월든 부인?"

나는 눈을 빠르게 깜박이며 조쉬가 내 휴대폰에서 앤디의 전화번호를 삭제하려고 하던 모습과 내가 휴대폰을 뺏으려던 기억을 지우려 애쓴다.

"누군가를 사랑할 때, 가끔은……." 나는 침을 삼킨다. "때때로 사랑하는 사람이 상처 주도록 놔두게 되죠."

"사랑의 어두운 면이죠."

어둡다고? 그럴지도 모른다. 확실히 희망적인 것은 아니니까. 하지만 현실에선 사랑과 고통은 분리될 수 없다. 사랑은 상처를 주며, 사랑을 원한다면 상처도 감수해야 한다.

"현실적인 것 같아요." 내 목소리가 가늘어지는 것을 느낀다.

미첼이 마침내 내게서 눈을 떼고 나는 기운이 쭉 빠진다.

"다 됐나?" 그가 아담스에게 말한다.

"네, 서장님." 아담스는 흐뭇한 표정으로 메모를 마무리한다.

"시간 내주셔서 감사합니다, 월든 부인." 미첼과 아담스 둘 다 의자를 뒤로 끌어내고 자리에서 일어선다.

"잠깐만요. 뭔가 새로운 게 있다고 했잖아요."

"아, 네. 발견한 게 있죠." 미첼이 웃는다. 그는 자신의 팔꿈치를 가리키며 말한다. "당신 남편의 잘린 팔을 찾았어요."

내 손이 떨고 있다는 것을 깨닫기도 전에 뜨거운 커피가 넘쳐 흘러 내 손을 데운다. 본능적으로 손이 풀리고 머그잔이 타일 바닥에 부딪혀 깨진다. 캡틴이 짖고, 나는 한 손으로 조리대를 잡고, 다른 손으로 캡틴을 향해 손을 내밀어 깨진 머그잔 조각들에 오지 못하게 한다.

"법의학자들에 따르면 그 팔은 살아있는 채로 자른 게 아니고 시신에서 잘라낸 것이라고 합니다." 미첼이 말한다. "어떻게 그렇게 구분할 수 있는지 신기하지 않나요? 그래서 제가 이 얘기를 하게 된 거예요, 월든 부인. 우리는 이제 실종 사건을 맡고 있는 게 아니에요." 그는 바닥에 커피와 깨진 유리가 널려있는 것은 아랑곳하지도 않고 침착하게 모자를 머리에 다시 쓴다. "이건 살인 사건 수사입니다. 그리고 만약 제가 예상한 대로 일이 벌어진 것이라면, 부인, 다음번에는 체포 영장을 들고 당신을 만나게 될 겁니다."

아담스는 얼굴이 붉어진다. "서장님, 외람된 말씀이지만 줄리아, 그러니까 월든 부인은 유죄가 입증될 때까지 무죄로 추정된다는 사실을 잊지 마세요." 그는 나를 향해 씩 웃으며 말한다. 그러더니 부끄러운 듯 입술을 굳게 다물고 고개를 숙인다.

"왜 당신들이 나만 노리는 것 같죠?" 나는 폭발한다.

보안관은 주방에서 걸어나간다.

271

나는 정신없이 따라간다. "잠깐! 나는 안 죽였어요. 절 믿어주
셔야 해요. 그를 죽였을 만한 사람은 너무 많아요. 제 이웃 밥도
그렇고요. 그는 우릴 싫어해요. 그리고 또 미친 여자도 한 명 있
어요. 이 여자는 쇼를 찍을 때 캘리포니아에서 저를 공격했었는
데, 여기 인디애나에 산다는 걸 최근에 알았어요. 오, 또 있어요,
조쉬의 옛 여자 친구요. 스토커였어요! 여기 사람들은 모두 우
릴 싫어해요, 누구든 그럴 수 있죠. 우체통에는 우리를 혐오하
는 편지가 쌓여있어요. 거기 단서가 있을지도 모른다고요……."
이 엄청난 정보를 주면서 내가 내 죄를 숨기려는 것처럼 들릴
수도 있다는 걸 안다. 하지만 나에게 기회도 주지 않고 보안관
을 이렇게 보낼 수는 없다. "지금 말한 거 안 적어요?" 나는 아담
스를 바라본다. 우리는 현관까지 왔다. "제가 정보를 드리고 있
잖아요. 꼭 조사해 보셔야 된다고요!"

아담스가 펜을 잡으려 하자 미쳴은 고개를 저으며 못하게 한
다. 그리고 그는 재밌다는 표정을 짓는다. "저거……." 미쳴은
아래를 내려다보며 천천히 원을 그리듯 몸을 돌린다. 이윽고 몸
을 구부려 현관 벤치 위 가지런히 놓인 신발들 뒤에 손이 가 닿
는다. 아담스에게 펜을 달라고 손짓을 한 후 꺼낸 것은…… 은
색 시계다.

갑자기 소리가 압도적으로 들려온다. 똑딱, 똑딱, 똑딱…….

"어쩐지 똑딱거리는 소리가 들린 것 같았어요."

미쳴이 몸을 곧추세운다. 시계는 펜에 걸려 매달려 있다.

"아직 작동 중입니다. 하지만 금이 갔어요. 남편 건가요?"

나는 벙어리가 된 것처럼 조용히 고개만 끄덕였다. 아담스가 투명한 봉투를 꺼낸다. 나는 그들이 무슨 생각을 하는지 안다. 그 시계는 증거물이 될 것이다.

"외출할 때 보통 이걸 차나요?"

나는 조종당하는 마리오네트처럼 다시 고개를 끄덕인다. 미쳴이 가까이 다가오더니 시계를 우리 사이로 들어올리자 메트로놈 같은 소리가 난다.

"줄리아, 왜 당신 남편의 고장 난 시계가 거기에 있나요?" 미쳴은 목소리를 낮추며 묻는다.

나는 파란색의 시계판, 은빛 줄무늬와 초침을 본다. 시계가 너무 빨리 가는 것 같지 않나? 불규칙하게, 몇 초는 짧고, 몇 초는 긴 것처럼 들린다.

"남편을 죽였어요? 남편의 팔을 자르기 전에 시계를 벗겼나요? 아니면 자른 후에? 아, 발견된 팔은 왼쪽이었다고 제가 말했나요? 보통은 왼쪽에 시계를 차죠. 그 팔은 반지를 낄 수 있는 네 번째 손가락이 빠진 채, 마치 누군가 동물에게 먹이를 주려고 던져놓은 것처럼 숲에 있었어요. 그리고 이것도 말씀드려야겠죠. 동물 한두 마리도 찾아왔고, 개미들은 마치 석유가 유출된 것처럼 모여서, 소풍을 나와 신난 것처럼 팔을 둘러싸고……."

나는 말이 나오지 않는다. 보안관은 뒤로 물러서서 신사적인 자세로 모자를 기울인다. 그의 얼굴에 웃음 따위는 없었다.

"더 이상 질문드릴 건 없습니다."

과거

야자나무가 우리 위에서 바스락거린다. 헬리오트로프 꽃의 단맛과 소변의 알싸함이 어우러진 로스앤젤레스의 냄새가 느껴진다. 아름다움과 더러움이 공존하는 곳.

땀에 젖은 내 손이 조쉬의 손과 마주친다. 우리는 인더스트리 드라이브를 따라 웨크테크의 로스앤젤레스 지사가 있는 15층짜리 건물을 향해 걸어간다. 긴장해서인지 배가 꾸르륵거리고 토할 것 같았다. 아침을 먹지 말았어야 했다.

"여기예요." 마침내 언덕을 올라 가쁜 숨을 몰아쉬며 내가 말한다. 더 가까운 곳에서 내릴 수도 있었지만, 감독이 빌딩에 다가서는 우리 모습을 찍고 싶어 했다.

방송될 때 불길한 음악을 틀지 궁금하다. 오늘 무슨 일이 일어나느냐에 따라 달라질 것이다. 영화 편집자들이 신처럼 일하는 모습을 상상하면 섬뜩한 생각이 든다. 그들은 결말을 이미 알고, 시청자들을 이끌거나 오히려 혼란스럽게 만들기 위한 적절한 단서를 제공한다.

이번에 찍는 것은 네 명의 여자들과 함께하는 '고향 방문' 주간이다. 같이 가는 사람은 카밀라, 엠마, 조이, 그리고 나였다. 프랑스마저도 이제 흐릿하고 행복한 기억이 되었다. 하이힐을 손가락에 걸고 맨발로 리무진에서 내리며 조쉬를 처음 본 게 엊그제 같은데 말이다. 그리고 지금까지의 경험이 문자 그대로 내 인생의 모든 경험이라는 게 신기하다.

우리는 건물 로비로 통하는 유리문 앞에 멈춘다.

"기분 이상하지 않아요?" 내가 묻는다.

"아뇨." 조쉬가 곧바로 날 안심시키며 말한다. "여기가 당신 고향이잖아요. 말했죠. 난 괜찮다고요. 난 당신을 받아들여요."

나는 심호흡을 했다. 그의 말을 전적으로 믿지는 않는다. 하지만 현실과 열망하는 것 사이의 긴장 속에서 나를 조절하는 것이 내 삶이라는 것을 배우고 있다. 내가 신스라는 사실에 대해 조쉬가 말로는 괜찮다고 쿨하게 행동하지만 실은 완전히 그렇지 않다는 것을 직감적으로 알았다. 하지만 나는 몇 주 전처럼 겉과 속이 다른 것이 속이는 거라고 생각하지 않고 하나의 방향이라고 생각한다. 우리는 시간의 피조물이고, 시간은 항상 흘러가기 때문에 현실은 멈추어 있지 않다. 현실은 선택한 방향으로 한 걸음 더 나아간다. 그리고 오늘의 현실은 이 문턱을 넘어 이 건물로 한 걸음을 내딛는, 나를 위한 조쉬의 선택이다.

"들어가요." 나는 미소 지으며 말했다.

우리는 손을 잡고 안으로 들어간다. 에어컨의 냉기가 땀에 젖은 내 피부에 닿는다. 오늘 나는 민소매 맥시 드레스를 입었고 저녁이 되면 추워질지 모르니 작은 청재킷을 허리에 둘러 묶었다. 내가 오늘 저녁까지 버틸 수 있을지는 모르지만…… 조쉬가 해부학 도면이나 인조 피부 샘플, 또는 그 외 수백 가지의 불쾌감을 줄 수 있는 신스 재료들을 보고는 그 자리에서 나를 탈락시키는 일도 배제할 수는 없는 것이다.

그리고 앤디와 팀원들과의 점심 식사도 마련돼 있다. 나는 걱정에 사로잡혔다. 그들이 나를 어떻게 설계했는지에 대해 이상한 이야기를 늘어놓는 건 아닐까? 아니면 내 인격을 분석하고 어떻게 조목조목 조쉬에 맞게 만들어졌는지 설명하면 어쩌지? 그게 내게는 끔찍한 행동이라는 걸 안다면 좋을 텐데……. 그런데 그런 주제가 아니면 무슨 이야기를 할 수 있을까? 서로의 영화 취향을 얘기할 것도 아니고.

경비원이 출입증을 발급해 주었다. 우리는 카메라맨과 함께 엘리베이터에 갇혀 15층을 향해 천천히 올라간다. 각각의 빨간 층 숫자들이 깜박이는 게 마치 가속하는 심장 박동과도 같다.

15층에 도착했다는 음성과 함께 문이 열리고, 우리는 걸어서 웨크테크 로비로 곧장 들어간다.

이곳은 흰색과 미니멀한 디자인에 대담한 컬러들이 섞여 연출되어 있다. 원색의 노란색 소파 위에 다빈치의 인체 비례도를 네온으로 표현한 작품이 걸려있다. 정수기 위에 '행복하게 잘 지내요'라는 네온 핑크색 사인이 깜박인다. 추가 카메라가 이미

이 사무실 주위에 배치되어 있다. 그리고…… 조쉬는 조금 창백해 보인다.

"안녕하세요. 웨크테크에 오신 것을 환영합니다." 프런트 직원이 말한다. 요새처럼 둘러싸인 커다란 흰색 책상 위로 고개를 내민 그녀는 머리만 보일 뿐이다.

나는 조쉬의 손을 놓고 그녀를 향해 걸어간다.

"안녕하세요! 앤디를 만나러 왔어요."

"물론이죠!" 그녀는 컴퓨터를 클릭한다. "앤디를 부를게요."

나는 책상의 시원한 표면에 팔뚝을 기대고 아래를 내려다보니 머리만 보이던 프런트 직원의 몸 전체가 보인다. 그녀는 사랑스러운 꽃무늬 원피스와 카디건을 입고 있다.

"잠깐만 기다려 주시겠어요?"

"알았어요." 돌아서니 노란색 소파에 조쉬가 앉아있다. 다리 위에 팔을 괴고 있는 모습이 마치 뱃멀미라도 하는 것 같다.

나는 그의 옆에 앉아서 그의 등에 손을 얹는다.

"조쉬," 내가 말한다. "저기……."

"미안해요." 그는 고개를 기울여 내 눈을 마주친다. 그의 트레이드마크인 미소는 억지스럽지만 용감하다. "잠시만요. 금방 괜찮아질 거예요."

나는 그의 등을 동그랗게 문질렀지만 그의 반응에 완전히 당황한다. 그가 그렇게 제정신이 아닌 건 처음 본다. 이성을 잃은 건가? 토하려고 하나? 도망치려나? 이런 상황인데 그냥 여기 앉아서 조쉬에게 계속 이 일을 감당하게 할 수는 없다. 나한테도, 우리한테도.

"내가 처음 만들어져 나온 후 첫 번째 비판 중 하나가 내가 진짜 여자 사람이 아니라는 거였어요." 차분하게 말하려 하지만 마음이 급했다. "SNS에 달린 댓글도 그랬죠. 어쨌거나 우리는 리얼리티 TV 쇼에 나와있는 거잖아요. 리얼리티 쇼이긴 해도 대부분이…… 세트장이에요." 나는 한 손을 조쉬의 등에 고정시킨 채 다른 한 손을 자유롭게 돌리며 말한다.

"감독님의 목적 알잖아요. 아름답고, 인위적인…… 그런 인상을 주려는걸요." 내 손바닥은 여전히 그의 셔츠 위에 닿아있다. 셔츠 원단 아래 그의 피부 온기를 느낄 수 있다. 숨 쉬느라 그의 갈비뼈가 들렸다 가라앉는 것마저 느껴진다. "진짜가 뭔지에 대해 많이 생각했어요. 그게 뭘 의미하는지도요. 물론 우리는 물질적인 존재이긴 하지만 그게 진짜 우리는 아니잖아요. 그렇죠?"

그는 나를 힐끗 쳐다보지만 열심히 듣고 있다는 것을 알 수 있다.

"가요." 나는 일어서서 그의 손을 잡아당겼다.

"네?"

나는 그를 더 세게 잡아당긴다. 현실은 멈춰있지 않고 움직인다. 조쉬는 혼란스러워 보였지만 내가 엘리베이터로 끌고 가는 대로 순순히 따라온다.

나는 서둘러야 한다는 듯이 버튼을 몇 번이고 누른다. 프런트 직원은 전화 통화를 하면서 반쯤 우리를 등지고 있어 우리가 되

돌아 가고 있다는 걸 알아채지 못한다.

엘리베이터가 열린다. 프런트 직원이 다시 몸을 돌려 우리를 보지만 우리는 이미 엘리베이터 안에 들어가 있다.

"잠깐만요, 줄리아!" 문이 우리와 카메라맨 뒤로 닫히자 그녀가 외친다.

조쉬와 나는 뒷벽에 기대어 털썩 주저앉는다. 나는 조쉬의 머리에 내 머리를 맞댔고, 조쉬는 손가락으로 내 머리를 감싼다. 우리를 보호하는 엘리베이터는 고요히 차례로 한 층씩 내려갈 뿐이다. 14층, 13층, 12층.

"그래서⋯⋯." 조쉬가 말한다. 벌써 그의 목소리에는 조금 더 생기가 돌아와 있다.

11층, 10층, 9층.

"어차피 우리 둘 다 원하지 않았잖아요." 내가 설명한다. "그럴 가치가 없으니까."

그의 얼굴에 미소가 천천히 퍼진다. "그럼 우리 어디로 갈까요, 줄리아 양?"

내 머릿속은 아이디어로 소용돌이친다. 디즈니랜드에서 롤러코스터를 타거나 헤르모사 비치에서 서핑을 하거나 할리우드 대로에서 관광을 해도 된다. 혹은 영화를 보거나 햄버거를 먹거나 심지어는 벤치에 앉아 세상을 구경할 수도 있다.

"원하는 건 뭐든 해봐요." 나는 말하면서 잡은 우리 손가락을 더 단단히 깍지 낀다.

"우리는 다른 사람들이 우리를 위해 계획한 모든 것을 해왔어요. 어쩌면 저와 함께하는 고향 여행이 진정 우리만 걸을 수 있는 길을 만드는 것일지도 모르죠."

조쉬의 뺨에 보조개가 생겨난다. 투박한 땅으로 곤두박질치고 있던 우리의 등 뒤에서 이제 막 낙하산이 펼쳐졌다.

엘리베이터 문이 열리고, 카메라에 담겨질 모습이 상상된다. 상기된 얼굴이지만 누구보다 홀가분한 얼굴로 웃는 우리의 모습이. 세상에게서 훔친 자유로 빛나고 있는 모습이.

"준비됐죠?" 조쉬가 말한다. "우리는 대본에서 벗어났어요."

"준비됐어요." 우리는 손을 맞잡고 당당히 걷는다. 웨크테크에서 나와서, 따뜻한 캘리포니아의 낮의 거리로 돌아와서 우리가 만들 미래로 간다. 다리에 힘이 솟고 심장은 아드레날린으로 뛴다. 거의 탈출에 가까운 스릴을 느끼며 뛰고 있다. 그리고 나는 조쉬가 나와 함께 달려주는 한은 영원히 달릴 수 있을 것만 같다.

현재

"바네사! 안녕! 전화해 줘서 고마워요!"

내 목소리가 과하게 밝게 들리는 건 알지만 너무 흥분해서 진정할 수가 없다. 진정하고 싶지도 않다. 왜냐하면 그건 무너지는 걸 의미하니까. 내 남편이 죽었고, 만약 내가 울면서 상황을 이해하려고 하기 시작하면, 눈 깜짝할 사이에 수갑을 찰 수도 있다. 나는 애널리의 유일한 보호자니까, 그 애를 위해서 강해져야 한다. 내 마음의 상처는 미래로 미뤄야 한다. 그때는 내 감정이 달라질 여유가 생길 것이다.

앤디로부터 방금 메시지로 월마트에서 본 여자, 그 가해자의 이름을 받았다.

'데보라 리브스'. 그 이름을 어디선가 들어본 것 같다는 생각이 자꾸만 들었다. 앤디가 보낸 다른 메시지들을 무시하고 넘어갔지만 마음속에서는 자꾸 신경이 쓰인다.

— 뉴스 봤어요. 정말 유감이에요. 웨크테크가 개입하게 해줘요.

그래, 나는 앤디가 나의 든든한 가족이 되어주길 바라지만, 내 소유권을 웨크테크에 넘긴다면 그건 실제로는 나에 대해 전혀 신경 쓰지 않는 변호사들에게 완전한 통제권마저 넘기는 것을 의미한다. 그건 어떤 형태의 정의를 내가 무력하게 기다려야만 한다는 것이다. 애석하게도 크리스티의 이혼 싸움이 어떻게 진행되고 있는지를 보면, 내가 바라는 정의는 기대할 수 없다는 걸 알 수 있다.

더욱이 나에게는 웨크테크의 개입에 절대 동의할 수 없는 큰 이유가 있다. 애널리. 웨크테크가 제공하는 어떤 보호 조치에도 애널리는 포함되지 않을 거고, 내 뜻과 다르게 애와 헤어지게 될 수도 있다는 것이다.

"줄리아!" 바네사가 내 톤에 맞춰 자기도 밝게 말한다. "애널리가 방금 낮잠을 잤어요. 팩앤플레이를 샀어요! 애가 계속 침대에서 나오려고 해서요. 아무튼 잘 지내고 있어요. 정말 너무너무 귀여워요."

"잘 지내서 정말 다행이에요." 아무리 마음이 흔들려도 아기 생각을 멈출 수가 없다. "저기, 부탁이 있어요. 사실 큰 부탁이에요. 페이스북에 친구분이 있다고 하셨죠? 조쉬의 사진들을 보내준 친구분이요."

"네."

"앨범에 조쉬와 함께 사진을 찍은 빨간 머리 여자 있잖아요.

그 여자의 이름, 현재 주소, 전화번호 등 그 친구분이 알아낼 수 있는 모든 정보를 제게 알려주세요." 나는 펜을 들고 부엌에서 가져온 메모장에 쓴다. 맨 위에 식료품 목록이라고 적혀있는 곳을 지워버리고 화가 난 듯한 글씨체와 대문자로 용의자 목록이라고 쓴다. 아담스가 이 메모를 가져가야 했다. 이 단서들을 파야 할 인간들은 그 보안관들이다. 내가 아니라.

"음……. 월요일에 전화할 수 있을 것 같은데……."

"제발 바로 연락해 줘요. 그분께 돈을 드릴 수도 있어요."

"맙소사, 줄리아! 안 돼요. 그는 돈을 원하지 않을 거예요! 그런 말을 들으니 정말 유감이네요. 지금 바로 전화할게요."

"연락되면 바로 알려주세요."

"알겠어요."

우리는 전화를 끊는다. 나는 기자들과 한 층 떨어진 애널리 방 창가 흔들의자에 앉아있다. 밥은 평소처럼 길 건너편에서 창문 너머로 쌍안경을 통해 나를 바라본다. 그는 자신이 내 용의자 리스트에 있는 사람 중 한 명이라는 사실을 전혀 모른다.

물론 내가 작성한 전체 용의자 목록이 억지라는 것도 알고 있다. 하지만 조쉬가 익명의 기물 파손범처럼 완전히 생각지 못한 다른 사람에 의해 살해당했을 수도 있지 않은가. 결론은 다른 사람이 유죄일 수 있다는 믿을만한 증거를 찾지 못하면 내 인생이 여기서 끝날 수 있다는 것이다. 감옥에 가게 될까? 아니면 라스처럼 나를 작동하지 못하도록 꺼버리고 유리 진열장에 넣어놓을까?

용의자 목록을 바라본다. 누가 조쉬의 팔을 잘라 숲속에 버렸을까? 그의 네 번째 손가락은 왜 없어졌을까? 그의 나머지 신체는 어디에 있을까? 살인자 로이스와 관련이 있을까? 아니야. 그건 미친 소리다. 답을 찾지 못하는 질문들이 머릿속을 계속 맴돈다. 그의 시계도…… 어쩌면 무관할 수 있다.

그가 떨어뜨렸거나 혹은 애널리 손에 들어갔다거나. 고장 난 시계가 현관 벤치 밑에 떨어질 수 있는 경우의 수는 너무 많지 않은가?

'데보라 리브스' 이름 옆에 작은 별을 하나 그려넣은 후, 나는 펜의 심 누르는 부분을 깨문다. 어디선가 들은 듯한 이름이다. 그렇게 옛날도 아니고 최근인 것 같은데…….

목록을 제쳐두고 펜을 이 사이에 꽂아둔 채로 휴대폰을 들고 구글 검색을 실행한 다음 데보라 리브스, 오베르테 주소를 입력한다.

인디애나주 전역에는 데보라 리브스라는 사람들이 검색이 되지만 오베르테에는 없다. 물론 그 월마트는 주변의 수많은 작은 동네들로부터 손님이 온다.

눈을 감고 휴대폰을 무릎에 내려놓는다. 어디지? 어디서 그 이름을 봤지? 머릿속에 무언가 떠오른다. 검은 펜? 그리고 거미줄처럼 가는 글씨. 나는 몇 초 만에 의자에서 벌떡 일어나 안방 옷장으로 향한다.

구석에 커다란 플라스틱 통 두 개에 줄리아와 조쉬라고 적혀 있다. 거의 일 년치 분량의 우편물이 들어있다. 나는 그것들을 힘겹게 침실로 꺼낸다.

먼저 통의 뚜껑을 열고 옆으로 돌려서 편지, 카드, 사진, 업체에서 보낸 홍보 자료 등 모든 것을 쏟아낸다. 작은 선물들도 있다. 맞춤형 립밤, 팬아트, 조각된 구리 펜던트.

내가 이 모든 물건을 버리지 못하게 했을 때 조쉬가 얼마나 화를 냈는지가 기억난다. 첫 번째 살해 협박이 있은 후였다.

"만약을 대비해 이걸 다 보관해야 해." 나는 너와 섹스하면서 그 모습을 볼 수 없도록 네 눈을 도려내고 싶다는 내용이 적힌, 한 남자의 편지를 움켜쥐며 말했다.

"이건 쓰레기야." 조쉬가 화를 내며 버리자고 주장했었다. 그가 불쌍했다. 〈더 프러포즈〉에 출연하는 것이 그에게 천국이었다면, 이 집에서 보낸 처음 몇 달은 지옥이었다.

"만약 무슨 일이 생기면 이게 증거가 될 거야." 내가 설명했다. "내가 보관할 쓰레기통을 가져올게. 당신은 아무것도 읽지 않아도 돼."

당시 나는 침착하고 이성적이었다. 실제로 나쁜 일이 일어날 거라고는 생각지도 않았으니까. 이 모든 것을 보관하는 것은 백만 분의 일의 확률에 대비한 미래의 안전장치, 즉 보험에 불과했다.

그런데 일이 이렇게 되었다.

짐을 정리하는 데 시간이 오래 걸렸지만, 흥분 상태라 어렵지 않았다. 그것들을 다 뒤적여 보았을 때 즈음에도 데보라 리브스의 흔적은 찾지 못했다. 혹시 놓친 게 있을까 봐 나는 아예 조쉬의 통을 쏟는다.

혐오가 담긴 편지는 아이스크림 종류보다 더 다양한 내용으로 온다. 흥미롭게도, 조쉬가 나보다 더 많이 받았다.

— 넌 로봇과 간통한 죄로 화형당할 거야.
— 당신 같은 인간들 때문에 우리나라는 곧바로 지옥으로 가고 있다!

이런 편지들의 대부분은 웃기게도 발신인 주소가 없다. 조쉬의 이름이 쓰여있는 편지들을 보니 마음이 아프다. 그가 죽었다는 사실을 다시금 깨닫는다.

내가 마지막으로 조쉬 때문에 흐느껴 울었던 것은 그가 사라지기 훨씬 전이었다. 그는 항상 일이 계획대로 되지 않을 때마다 내게 화를 냈다. 하루는 카밀라와 다른 〈더 프러포즈〉 여자들과 화상채팅을 하다가 저녁을 먹기로 약속을 했는데, 그것을 조쉬에게 깜빡 잊고 말을 하지 못했다. 그 때문에 조쉬가 깜짝 선물로 준비한 이탈리아 식당을 예약했다가 취소해야만 했었다.

모든 기억이 그렇듯 이 기억도 조금 흐릿하지만, 감정은 선명하게 기억난다. 서로를 생각하는 우리가 얼마나 쉽게 서로에게 상처를 줄 수 있는지. 사랑이란 이해 불가한 모호성을 지닌 게 아니라 거의 폭력적인 취약성에 가까웠다.

우리가 가장 필요로 하는 사랑을 얻기 위해 우리는 가장 싫은 고통의 문을 연다. 그건 참으로 아이러니하다. 계속 상처받으면 어떻게 될까? 그래도 그 고통의 문은 계속 열려있을까? 아니면 압도적인 본능에 이끌려 후퇴하고, 문을 닫고, 자신을 보호하며, 결국 사랑으로부터 스스로를 단절하게 될까? 현실이 선택에 의해 만들어진다면, 말과 침묵, 혹은 두려움으로 서로를 갉아먹은 우리의 사랑은 그 끔찍한 몇 주와 몇 달 동안 과연 어떤 현실을 만들었던 걸까?

얼마나 많은 시간을 여기 앉아서 편지들 속에 정지한 채 생각에 잠겼는지 모르겠지만 나는 마침내 다시 일어났다. 눈물을 참았지만 결국 이성을 되찾을 수밖에 없는 편지를 발견했다. 내 왼쪽 무릎 앞에 연하장 크기의 봉투가 있었다. 조쉬 라살라에게 보낸 편지는 거미줄 같은 검은 글씨체로 쓰여있었고 발신인은 데보라 리브스다. 아직 봉인되어 있어서 뜯어보니 앞에 부활절 토끼가 그려진 홀마크 연하장이 나온다. 그리고 안쪽 면에 휘갈겨 쓴 글씨가 보인다.

조쉬에게,

계속 전화했는데 내 전화번호를 차단한 것 같더구나.

넌 날 기억 못 하겠지만 네 엄마와 난 예전엔 가장 친한 친구였어. 우린 동시에 임신 중이었고 나는 너에게 해와 구름이 수놓인 아기 담요를 만들어 줬지.

넌 정말 귀여운 아기였고 우리 모두 널 사랑했어.

난 네가 줄리아와 결혼하길 바라지 않았지만 결혼해 버렸지. 네가 빨간 머리를 좋아하는 걸 알아. 그래서 줄리아도 그런 게 아닌가 해서 그녀를 떼어 놓으려 했어.

너는 끔찍한 실수를 저질렀어! 네 목숨이 위험해!

당장 그녀를 떠나야 해. 뒤돌아보지 마!

네 엄마가 아프니까, 어느 때보다 널 돌보는 건 내 책임이야.

사랑을 전하며

뎁

이걸 읽으니 정말 이상한 기분이 든다. 봉투의 발랄하고 볼이 발그레한 부활절 토끼와 어두운 내용이 혼란스러운 감정을 일으킨다. 내가 공격받은 직후, 모두가 이 여자가 정신 나간 팬이라고 결정 내렸고, 나는 의구심에도 불구하고 그들의 의견을 따랐다. 이틀 전, 월마트에서 그녀를 만나고 나서 그 생각이 완전히 깨졌는데, 이제는 더군다나 그 여자가 조쉬를 아는 사람이라고? 조쉬는 그때도 그녀를 알아봤을까?

나는 메모를 다시 읽어본다. 조쉬를 보호하려 한다지만 내용은 너무 사나웠다. 마치 그의 엄마처럼 말이다. 그리고 그녀가 나로부터 조쉬를 보호하고 싶어 한다는 것이 마음에 걸렸다. 분명히 신스에 대한 그녀의 생각은 편협한 것이다.

하지만 조쉬를 안전하게 지켜주고 싶었던 사람이 조쉬를 죽인 사람이라고 상상하기는 힘들다.

반면에 그녀가 폭력을 행사할 수 있음은 의심의 여지가 없다. 〈더 프러포즈〉 촬영장에서 내 머리를 파티오 돌에 내리칠 때 그녀가 얼마나 단호했는지를 기억한다. 감정도 없고 양심도 없었다.

카드를 옆으로 치워두고 나머지 우편물을 빠르게 분류한다. 그녀가 보낸 카드가 열 장 넘게 더 있다. 그래서 그렇게 그녀의 이름이 계속 머릿속에 맴돌았던 건가. 모두 개봉하지 않은 상태였고, 소인을 보니 모두 첫 번째 카드 이후에 보낸 것이었다. 순서대로 열어보았다. 다음 카드에는 황새가 아기를 안고 있는 사진이 있다.

조쉬, 아기가 태어난 것을 축하해! 방금 왓츠업에서 기사를 읽었는데 아름다운 가정을 꾸몄더구나. 하지만 그 행복은 네 아내 때문에 오래 지속될 수 없다는 걸 기억하렴. 내 편지를 받았는지 알 수 있게 시간 되면 답장을 좀 주겠니?

카드는 이런 맥락으로 계속 이어지며 점점 더 절박해진다. 마지막 카드에는 앞면에 밝은 산타가 그려져 있다. 불과 3주 전인 4월에 소인이 찍혀있고 이렇게 적혀있다.

너도 다른 사람들과 마찬가지로 내 마음을 아프게 했다. 나는 저주받았어. 신이 저주를 내렸어. 내가 사랑하는 모든 사람은 죽음의 표식을 받았다. 내가 용감했다면 자살해서 이 비참한 삶을 끝냈을 거야. 하지만 난 모두가 싫어하는 피곤한 노인에 불과해. 나는 너의 수호천사가 너를 보호하기를 기도하지만 나는 이미 다른 이들처럼 너도 죽을 것이라는 것을 알고 있다. 네 아기가 살아남기만을 바랄 뿐이다.

편지 내용을 읽자, 온몸에 소름이 돋았다. 첫 번째 편지는 어느 정도 공감할 수 있었지만 마지막 편지에서는 모든 단어가 독기 어린 마음에서 스며 나오는 독약 같은 맛이 났다.

어쩌면 그녀가 조쉬를 죽였을지도 모른다. '네가 죽을 거라는 걸 이미 알고 있다.'고 그녀는 썼다. 그녀 자신이 조쉬를 죽일 계획이었다면 당연히 알고 있었겠지.

그런데 애널리가 살아남길 바란다는 건 대체 무슨 뜻일까? 내가 내 아이에게도 위협이 된다고 생각하는 걸까? 아니면 그녀가 위협이라는 건가? 왜 나를 해치려 하지 않는 걸까? 왜 조쉬를 해치려 하지?

말이 안 된다.

나는 우편물 더미에서 일어나 휴대폰에 그녀의 주소를 입력한다. 데보라가 내 딸을 진심으로 위협할 생각이라면 지체할 시간이 없다. 그녀와 직접 대면해야 한다.

지도 앱은 우리 집과 그녀의 집 사이를 작은 파란색 선으로 표시한다. 인디애나주 텐더로인 442 디어헤드 트레일. 15분 안에 도착할 수 있는 거리다.

이 여자한테 무슨 말을 해야 할지 모르겠다. 하지만 나를 공격했던 범인이고 조쉬를 죽였을지도 모르는 여자를 내가 안전하게 대면할 수 있을 거라고 생각하지는 않는다. 그러니 내게는 무기가 필요하다.

과거

"이게 뭐지?" 미션 카드를 몇 번 읽어봤음에도 불구하고 조
쉬는 모르는 척을 했다.

그는 열쇠가 붙은 커다란 봉투에서 나온 카드를 읽었다.

조쉬와 줄리아에게.

아름다운 자메이카에서 즐거운 시간을 보내시길 바랍니다! 만약 개별
객실을 포기하고 함께 머물고 싶다면 이 열쇠를 사용하여 스카이비치 리
조트 판타지 스위트룸에서 커플로 함께 머물 수 있습니다.

그는 편지를 우리 둘 사이의 테이블 위에 올려놓는다. "어떻
게 생각해요, 줄리아? 당신도…… 원해요?"

촬영 없이 둘이 오늘 밤을 함께 보내라는 제안이 올 줄 알았
다. 그러나 조쉬든 나중에 TV로 쇼를 볼 시청자들이든 내가 지

나치게 열정적인 것처럼 보이고 싶지 않았기 때문에 나는 망설이는 척한다.

"저는…… 당신과 단둘이 있는 시간만큼 좋은 건 없어요. 그냥 서로를 더 잘 알기 위해서요."

"꼭 육체적인 접촉이 필요한 건 아니죠."

"그럼요!" 사실 그것밖에 생각나지 않았지만 나는 말을 삼키기로 했다. "그냥 대화만 해도 좋아요."

디저트를 먹고 나서, 우리는 서로 팔짱을 끼고 리조트를 향해 가볍게 걸었다. 하지만 내내 조쉬의 손이 닿을지 모를 내 몸의 모든 부분은 열기가 몰려든다. 현실과 선택이라는 나의 새로운 패러다임 속에서 밤에 함께 머문다는 문구가 내겐 특별히 사랑스럽게 느껴진다. 오늘의 줄리아는 오롯이 자신의 선택만으로 현실을 만들어 가고 있다.

우리가 배정받은 객실은 자그마한 궁전 같은 곳이다. 바다를 향하는 테라스로 통하는 미닫이문은 열려있고 하얀 커튼이 바람에 나부낀다. 조명은 낮고 커피 테이블 위에는 촛불이 켜져있다. 우리는 손을 맞잡고 이곳을 둘러본다. 아름다운 오션 뷰, 커다란 욕실, 김이 모락모락 피어오르고 장미 꽃잎이 흩뿌려진 욕조 등 모든 것에 감탄사가 터져 나온다. 캘리포니아 킹사이즈 침대 위보다 더 많은 장미 꽃잎이 흩어져 있었다. 카메라는 계속 따라오고 있다.

조쉬가 샴페인을 땄고 우리는 다가올 밤을 위해 건배한다. 나는 잔을 침실용 탁자 위에 놓고 침대에 몸을 뒤로 던진다. 조쉬도 나를 따라 했다. 매트리스에 세게 부딪히면서 옆에 있던 내가 살짝 튕겨 올라가서 웃음을 자아낸다. 그의 손이 내 손을 잡는다. 나는 장난스럽게 몸을 일으켜 세우고 카메라를 향해 말했다.

"쉿."

"침대에서 건배 한 번 더 해주시겠어요?" 감독이 말한다.

샴페인을 가져와서 옆으로 기댄 채로 서로를 바라본다.

조쉬가 강렬한 시선으로 나를 바라본다. "우리를, 그리고 함께할 우리의 밤을 위하여."

"우리를 위하여." 내가 대답한다.

우리는 술잔을 부딪치고 마신다. 그리고 기적처럼 카메라는 떠난다. 조쉬가 현관문을 닫고 잠근다. 나는 팔로 내 허리를 감싼 그를 따른다. 동시에 커튼이 바람에 휘날리기 시작했다. 나는 그 바람이 로맨틱하기보다는 우리를 방해하는 존재처럼 불길하게 느껴졌다. 마치 누군가 뒤에서 지켜보고 있는 것처럼.

"저거 닫으면 안 될까요?" 내가 묻는다.

조쉬는 테라스 창을 닫는다. 바람이 멈추고 커튼이 축 늘어진다. 정적 속에서 선명하게 들리는 내 심장이 뛰는 소리는, 내가 어떤 것을 두려워하고 있다는 걸 여실히 알려주었다.

조쉬가 셔츠의 단추를 풀면서 천천히 내게 다가와 묻는다. "무슨 일 있어요?"

아무리 내가 여기까지 왔다고 스스로에게 말해봐도 오래된 두려움이 나를 덮친다. 내가 정말로 조쉬를 모른다는 두려움.

게임의 규칙이 없으면, 이 모든 것이 무너질 것이라는 두려움.

내가 지금 할 수 있는 건 속삭이는 것뿐이다. "지금 이 상황이 진짜일까요?"

그는 부드러운 손가락으로 내 턱을 쓰다듬는다. "진짜냐고요?" 그는 웃는다.

"생각을 너무 많이 하지 말아야겠어요. 적어도 오늘 밤은요." 나는 그가 나에게 키스하려는 줄 알았지만 그는 뒤로 물러나더니 셔츠를 풀어 자신의 멋진 복근을 드러냈다. "여기, 이걸 때려 보면 진짜라는 걸 알게 될 거예요."

나는 킥킥 웃는다. 웃음소리에 긴장이 조금 풀린다. 망설이며 손을 뻗어 조쉬의 복근을 살짝 때린다.

"이게 뭐예요." 그는 한 손으로 내게 손짓하며 마치 크게 한 방 받을 듯 몸을 준비한다. "어서요. 더 세게요."

나는 진짜로 주먹질하는 척하면서 주먹을 그의 배에 가져가지만 입술에서 나오는 웃음을 참지 못한다. 그는 정말 바위 같았다. 단단한 건 그의 복근뿐이 아니었다. 나는 그의 벨트 걸쇠에 손가락을 올리고 그를 놀린다. 금속 재질의 걸쇠는 차가웠다.

"마음에 들어요?" 표정은 진지해졌지만 눈은 여전히 웃고 있다. "나는 보기에 좋은 것 같은데……."

"그래요?" 나는 내 셔츠 끝자락에 손을 뻗어 천천히 벗어 올린다.

웃음소리가 사라지고 내가 셔츠를 바닥에 떨어뜨리자 조쉬는 완전히 강렬하고 진지하게 나를 바라보며 말한다.

"세상에. 내가 이 순간을 얼마나 기다렸는지 알아요?"

조쉬는 익숙해진 그 허스키 목소리로 말한다. 그가 내 몸에 손을 댄 것은 아니지만 그 눈빛만으로도 가슴에 소름이 돋는다. 반투명 발코넷 브라 안의 내 가슴이 무겁게 느껴진다.

"얼마나 기다렸는데요, 조쉬 라살라?" 나는 숨을 쉰다. 우리 사이에는 낯익은 열기가 존재하고 아무것도 우리 관계에서 허물어진 건 없다는 안도감에 현기증이 난다. 다른 게 있다면 카메라 없이 한껏 고양되어 있다는 것.

"당신이 그 긴 다리로 리무진에서 내리는 걸 처음 본 순간부터요."

한 발짝 다가온 그의 손이 내 작은 등에 닿는다. "당신은 여신 같았어요. 내가 얼마나 당신을 원했는지 모를 거예요. 그때조차도요."

"전 너무 어색했어요." 그의 손이 자신에게로 나를 부드럽게 잡아당기자 숨이 막히면서도 그가 큰 기대를 하고 있음을 느낀다. 그가 나에 대해 어떻게 느끼는지 더 이상 궁금해할 필요가 없다.

"당신은 숨이 멎을 정도로 아름다웠어요. 오늘 밤도 그래요."

그는 천천히 내게 키스하고, 손은 내 갈비뼈 위를 움직이다가 브래지어 가장자리에서 멈춘다. 그러고는 내 브래지어 가장자리를 만지작거렸다. 그의 숨소리가 느려지고 무거워진다.

"내가 더 나가지 못하게 막아야 할 거예요, 줄리아 월든."

"내가 왜 당신을 막아야 하죠?" 나는 앞으로 몸을 숙이고 입술을 부드럽게 물고는 그의 아랫입술을 부드럽게 감싼다. 부드럽고 꽉 찬 느낌이다. 그의 혀에 대고 내 혀를 움직이자 그는 헉하는 소리를 낸다. 놓아주고 다시 당기면서 손가락으로는 그의 턱선을 따라 내려간다. 그는 이제 거의 헐떡거리고 있다. "나는 당신을 위해 만들어졌어요, 조쉬."

그런 다음 등 뒤로 손을 뻗어 브래지어 끈을 푼다. 내가 옷을 마루로 내려놓을 때 그는 나를 끌어안는다.

그의 표정은 고통스러워 보일 정도로 강렬하다. 천천히 움직이며 그는 손으로 내 가슴을 둥그렇게 쥐고는 엄지손가락으로 쓸어내렸다. 이제 그의 손가락이 가져오는 날카로운 감각에 내가 숨을 헐떡일 차례다.

"맙소사, 줄리아." 그가 말했다. "난 절대 당신이 셔츠를 다시 입지 못하게 할 거예요."

"셔츠 얘기가 나온 김에……." 나는 중얼거리며 그의 배에 손을 얹고 그의 셔츠를 벗겨 올린다. 잠시 후, 그의 셔츠는 마룻바닥에 놓인 내 브래지어 옆에 널브러져 있었다.

우리는 둘 다 상의를 벗은 채 그 순간에 정지되어 버렸다. 시간은 꿀처럼 느리게 느껴졌고 내 피는 무겁게 고동쳤다. 나는 처음부터 조쉬를 갈망했다. 나는 수많은 밤을 욕망에 시달렸고, 그의 관심, 그의 애정, 그의 몸을 원해왔다. 그리고 이제…… 기다림은 끝났다. 나는 그를 가졌다. 아니, 꼭 영원히는 아니더라도, 오늘 밤만큼은.

이 느낌은 충분하기도, 충분하지 않기도 하다. 충만한 느낌이면서도 잔인한 놀림 같다. 나는 이게 어떻게 끝날지 궁금하다. 조쉬와의 경험이 내가 앞으로 많은 사람들과 느낄 것일지, 아니면 유일한 것이 될지는 확신할 수 없다. 하지만 내가 할 수 있는 것은 시간이 마음껏 펼쳐지게 놓아두고 심장 박동 하나하나에 맞춰 내 바로 앞에 있는 현실을 받아들이는 것뿐이다.

"당신 같은 여자를 만나게 될 줄은 꿈에도 몰랐어요." 조쉬가 힘주어 말한다.

"그건 내가 꿈이 아니니까 그런 거예요." 나는 그의 벨트를 잡아당긴다. 그가 가진 욕망을 눈으로 보니 더 흥분된다.

그가 얼마나 흥분했는지가 보이지만 그는 여전히 자제력이 대단하다. 하지만 곧 그렇지 않게 될 것을 확신한다. 지금은 그 긴장감이 황홀하다.

"확실해요?" 그가 묻는다.

"이건 모두 진짜예요, 조쉬." 나는 우리 주변의 모든 세상이 견고해지고, 더 확실해지는 것을 느낀다. 앞으로 나아가 내 가슴을 그의 가슴에 대고, 그의 목덜미에 코를 비빈 후 혀를 그의 목 쪽으로 천천히 끌어올린다. 그의 모든 부분을 맛보고 싶다. 내가 살아있다는 걸 이토록 강렬히 느껴본 적이 없다.

"당신이 필요한 걸 다 줄게요."

이건 내 선택이고 나의 성취다.

현재

내 청바지 뒷주머니에 있는 총은 장전되어 있지 않은 상태다. 어차피 나는 사람을 해치지 못하기 때문이다. 하지만 기물 파손 범을 공격할 때 사용하는 야구 방망이처럼, 보여주기 위해서는 탁월했다. 이 총은 조쉬의 어머니인 리타의 것이었고, 조쉬와 나는 그녀가 세상을 떠나고 나서 그 총을 폐기해야겠다고 생각 했지만 끝내 처리하지 못했다. 그게 이렇게 다시 쓰일 줄이야.

주유소, 술집, 교회, 사료 가게가 있는 사거리에 지나지 않는 작은 마을 텐더로인에 내가 도착한 시간은 오후 세 시였다.

날은 쌀쌀하고, 바람은 매섭게 불며, 간간이 구름 사이로 햇 빛이 내리쬔다. 나는 카운티 고속도로에서 우회전해 비포장도 로로 들어선다. 주변을 둘러보는 와중에 차가 울퉁불퉁한 도로 에서 덜컹거린다. 오른쪽에는 옥수수밭이 있고 왼쪽에는 검은 색 플라스틱 우편함이 있다. 우체통에서부터 비포장도로가 멀리 떨어진 집들을 향해 구불구불 이어진다.

어느새 데보라의 하얀색 낡은 농가가 보인다. 옅은 햇살을 받고 있는 그 집은 외롭다는 느낌이 언뜻 들기도 했다. 나는 차를 앞으로 살살 몰아간다. 주변에는 나를 엄폐할 수 있는 어떤 것도 없었다. 즉, 데보라가 수십 개의 창문 중 어느 곳에서든 나를 향해 총을 쏠 수도 있다. 그녀는 총을 소유하고 있고, 총을 사용할 줄 아는 사람처럼 보였으니까.

내 차에서 그녀의 집 현관문까지 무사히 걸어갈 수 있다고 가정할 때, 내 계획은 간단하다. 총을 꺼내어 겁먹게 만든 뒤, 그녀가 입을 열도록 만드는 것이다. 그녀가 곧바로 자백하길 바란다. 그러면 미첼에게 그녀를 넘기고, 나는 방금 잃은 남편을 위해 마음 놓고 울 수 있을 것이다.

내가 사람을 해치지 못하게 코딩되었다는 것은 비밀이 아니지만 그걸 알아도 대부분의 사람들은 허풍이라고 할 것이다. 하지만 나는 한 가지를 믿고 있다. 데보라가 내가 조쉬를 죽이기 위해 코딩을 극복할 수 있다고 생각한다는 가정이다. 그렇다면 내가 그녀도 죽일 수 있다고 생각할 테니까.

자갈밭에 차를 세우는 동안, 긴장감에 피부가 축축해진다. 시동을 끄는 순간, 데보라가 산탄총을 든 채 문을 열었다. 나는 본능적으로 몸을 수그리고, 차 문만 열어 소리쳤다.

"제발 쏘지 마세요!"

그녀는 헐렁한 홈드레스 차림에 슬리퍼를 신고 있다. 현관 천장에는 아기 침대 위에서나 볼 수 있는 모빌이 매달려 있다.

그중 분홍색 공은 무게가 고르지 않아 바람에 흔들리며 불안정하게 원을 그리고 있다.

"무단 침입이야!" 그녀가 짖어댄다. 자주 쓰지 않는 것처럼 들리는 목소리다. "네가 누군지 말해! 당장!"

"줄리아 월든! 조쉬의 아내요. 당신과 얘기하고 싶어요, 데보라! 제발 총 내려놔요!" 반쯤은 당장 도망가고 싶었다. 그녀는 이미 한 번 나를 죽이려고 했던 사람이다. 하지만 도망친다는 것은 날 기다리는 보안관 미첼의 품으로 돌아간다는 의미다.

"당신 편지를 찾았어요." 조수석으로 손을 뻗어 편지 뭉치를 잡는다. 차 문 뒤로 몸을 최대한 보호한 채 그녀가 볼 수 있는 곳에 왼팔을 뻗어 편지 뭉치를 높이 들어올린다. "조쉬는 당신 편지를 읽지 않았어요. 하지만 전 읽었죠. 그리고 당신이 알았으면 해요. 제가 조쉬나 내 아기를 해치지 않을 거라는 걸 알아줬으면 좋겠어요. 정말 그냥 얘기하고 싶을 뿐이에요."

그녀는 여전히 나를 향해 총을 겨누고 있다. 그러나 발사하지는 않는다.

"조쉬는 어디 있어?" 그녀가 묻는다.

이에 나는 잠시 멈칫한다. 지금 조쉬 사건은 뉴스에 도배되어 있다. 그녀는 정말 아무것도 모르는 걸까?

"총을 내려놓으면 얘기할 수 있어요!"

그녀는 총을 천천히 내려놓는다. 나는 두 손을 번쩍 들고 편지 뭉치를 들고 밖으로 나온다.

"총을 완전히 내려놓으시겠어요?" 거세게 부는 바람으로 인해 내 묶은 뒷머리가 얼굴을 때렸고, 현관의 모빌은 빙글빙글 돌았다. 나는 내 청바지 허리춤에 숨긴 총을 떠올린다. 내게 힘이 있다고 착각하게 만들기 위한 도구에 불과한 건 알지만 그래도 내겐 유일한 희망이다.

나는 인간에게 해를 끼치지 못하는 나의 코딩을 좋아했다. 그것은 마치 선함의 인장과도 같았고 사람들이 나를 두려워할 수도 있었던 상황에서 내가 안전한 존재라는 보증서였다. 또한 조쉬가 나를 보호하고 싶게 만들기도 했다. 하지만 지금은 그것이 오히려 큰 부담이 되고 있다.

"넌 거기 그대로 있어." 데보라가 명령한다. 그녀는 반쯤 부서진 현관 그네 옆 구석에 총을 기대고 현관 가장자리로 돌아와 난간에 팔을 대고 버티고 있다. 바람이 불어 그녀의 가늘고 당근색인 머리카락이 얼굴 주위에서 휙 들렸다가 다시 떨어진다. 그건 순간적으로 마치 후광처럼 보였다. "여긴 왜 왔지?"

'당신이 내 남편을 죽였는지 알고 싶어서.'라고 말하고 싶다. 하지만 거기서부터 시작할 수는 없다.

"아까도 말씀드렸듯 편지를 읽었어요. 왜 조쉬가 죽을 거라고 생각했나요?"

"너 때문이지." 그녀는 당연하다는 듯이 말한다. "지금 조쉬 어디 있어?"

"조쉬가 저 때문에 위험에 처했다고 생각하시는 거 알아요. 하지만 그건 말이 안 돼요. 저는 조쉬를 사랑해요, 데보라. 나와 그의 사이엔 아이도 있어요. 난 절대 그를 해치지 않아요. 내 아이도요."

"거짓말이야." 그녀는 끔찍하고 단호한 톤으로 말한다.

"넌 신스야. 무기지. 그래서 그들이 널 만든 거야."

"조쉬가 이미 죽은 건 알고 계실 거라 생각해요." 로봇을 끔찍이 싫어하는 그녀의 음모론에 반박하고 있을 시간이 없으니 일단 말을 던졌다. 이 말에 그녀가 놀랐는지는 알 수 없다. 그녀는 마치 돌로 만든 사람 같다. "경찰은 그가 토요일 밤에 살해당했다고 생각해요. 저는 아기와 함께 집에 있었어요. 당신은 어디 있었어요, 데보라?"

햇빛이 사라지며, 그림자에게 힘을 실어준다. 또 한 번의 돌풍이 불었고 데보라는 마치 바람이 그녀를 움직이게 하는 것처럼 총 쪽으로 몸을 돌린다.

"멈추지 않으면 죽어!" 나는 비명을 지르며 편지 뭉치를 내려놓고, 그녀가 방심한 사이 총을 꺼낸다. 급하게 꺼내느라 총이 내 허리 아랫부분을 아프게 긁었다. 하지만 이제 중요한 건 무기가 내 손에 들려있고, 총구는 현관에 얼어붙은 여자를 정확히 겨누고 있다는 것이다. "움직이지 마!"

나는 텅 빈 현관 계단을 쿵쿵 올라가 그녀의 등에 총을 댄다. 그녀가 나보다 머리 하나는 작아서 그런지 매우 약하고 불쌍하게 보였다. 잠시 동안 나는 정말로 그녀를 쏠 수도 있을 것 같은 기분이 든다.

내 눈은 뭔가 움직이는 물체의 그림자를 느끼고 위로 향한다. 매달린 모빌이 흔들리며 회전하고 있다. 그것은 네 개의 아기 인형 머리였다. 세상에. 멀리서 볼 때는 매달려 있는 것이 핑크색 공이라고 생각했는데.

"안으로 들어가." 나는 아기 인형 머리들의 끔찍한 모습에 이를 악물고 명령한다. 인형 머리들은 짧은 머리에, 어떤 것은 눈을 뜨고 있으며, 또 어떤 것은 눈을 감고 있었다. "움직이면 쏘겠어."

데보라는 순종한다. 그녀가 문을 열자마자 죽은 고양이가 보이고, 좀약 같은 악취가 풍긴다. 나는 코를 막는다. 조쉬의 시체가 여기 어딘가에 있는 건가? 어두컴컴한 공간을 채운 우뚝 솟은 그림자가 눈에 들어오기까지는 잠시 시간이 걸렸다. 천천히 어둠 속에서 상자와 쓰레기통, 책더미가 모습을 드러낸다. 데보라 리브스는 수집광인 것 같다.

"주방으로 가지." 나는 그녀를 앉힐 수 있는 의자가 있기를 바라며 말했다. 긴장감에 숨이 크게 쉬어지기 시작했다.

데보라는 천장 높이 쌓인 물건들 사이로 좁은 복도를 지나 앞으로 나간다. 나는 그녀의 등에 계속 총을 겨눈 채 주위의 낯선 물건들을 둘러본다. 책더미 사이 구석이나 낮게 쌓아진 물건 위 평평한 곳에도 인형들이 많았다. 특이한 게 있다면 인형은 항상 네 개가 같이 있다는 것이다. 작은 탁자에서 식사하는 네 개의 인형. 욕조 안에 서로 엉겨진 네 개의 벗은 인형들.

우리는 거실로 추정되는 장소를 지나간다. 거기에는 먼지투성이의 샹들리에가 마치 머리카락처럼 책과 옷더미 위에 걸려 있다. 책과 옷더미는 곡선을 이루어 마치 엉덩이를 쳐든 사람의 형태로 보인다.

모퉁이를 도는데 누군가가 시야에 나타난다.

"젠장!" 나는 본능적으로 데보라의 등에 총을 들이대며 울부짖는다. 그녀는 파란 드레스를 입고 빨간 머리를 하고 있다. 진짜 사람은 아니었다. 그냥 골판지로 잘라내 만든…… 나였다.

악마의 뿔처럼 생긴 무언가가 내 머리를 장식하고 있다. 노란 주름진 다트들이 내 얼굴을 가득히 채우고, 빨간 마커로 그은 선들은 내 눈이 피를 흘리는 것처럼 보이게 한다.

공포가 내 등뼈를 타고 기어오른다. 데보라가 제정신으로 돌아와서 내가 아무도 해칠 수 없게 코딩되어 있는 사실을 기억해 내면 어쩌지. 아무도 내 비명소리를 들을 수 없는 이 끔찍한 곳에서 데보라가 어떻게든 나를 제압한다면 어쩌지.

"계속 걸어." 데보라는 멈추지 않았음에도 불구하고 나는 읊조렸다.

조금 더 내려가니, 상자 사이에 끼워진 접이식 테이블 위에 임시로 만든 신전이 있다. 모자를 쓰고 가운을 입은 젊은 남자의 액자 사진 아래에는 전기 촛불이 부자연스럽게 켜져있다.

조쉬다. 바비 인형 크기의 인형 머리 네 개가 조쉬의 사진 양옆에 두 개씩 붙어있다. 인형의 머리는 아까 그 모빌 인형들처럼 짧고 얼굴에는 지갑 크기의 아기 사진이 테이프로 붙여져 있다. 그 신전을 네 명의 천사가 지키고 있는 모습이었다. 이 광경은 정말 온몸이 떨리게 만든다.

마침내 집 가장 안쪽에 있는 주방에서 나는 그녀에게 의자에 앉으라고 손짓했는데, 의자는 등받이에 드리워진 옷가지 몇 개를 제외하고는 대부분 깨끗했다. 이제 내 맥박은 미친 듯 뛰고 있다.

"앉아." 나는 명령한다. 겁먹은 소리를 낼 수는 없다. "내가 볼 수 있는 곳에 손을 두고."

데보라는 시키는 대로 한다. 어린아이처럼 무릎에 손을 깍지 낀 채 창백한 푸른 달빛의 눈동자는 위를 올려다본다. 나는 그녀의 가슴에 총을 겨눈다. 총을 쥔 손에 땀이 나 미끄럽다. 이 모든 상황이 그 감촉과 비슷하게 미끄러운 느낌이다.

"왜 내 남편을 죽였어? 시체는 어디 있지, 데보라?"

"난 절대 내 아기를 죽이지 않아."

"조쉬는 당신 아기가 아니야."

"마음으로 키운 내 아기였지." 데보라가 눈을 깜빡이지 않고 내 눈을 응시한다.

"조쉬와 내 아기는 동갑이었어. 그런데 우리 아기가 죽었지."

오, 맙소사. 조쉬는 일종의 그 아이의 대용품이었을까? 바비 인형 머리에 테이프로 붙여져 있었던 그 천사 같은 아기 얼굴이 그녀의 아기인 걸까? 나는 이상한 생각에 사로잡힐 뻔했다. 하지만 데보라 리브스의 심리를 파헤칠 시간이 없다.

"토요일 밤에 어디 있었어?" 내가 묻는다.

"여기."

"증거를 대."

그녀는 눈을 두 번 깜빡인다. "작동하는 차가 없어."

"나는 당신이 돌아다닐 수 있다는 것을 알아. 월마트에서 봤잖아."

"교회 단체가 있어. 그들이 나를 쇼핑하러 데려다주지."

"토요일에 누가 조쉬의 캠핑장에 데려다줄 수도 있었을 텐데." 총을 너무 꽉 잡느라 손 근육이 아프다.

데보라가 화면이 뒤틀린 TV를 향해 손짓한다. "주말에는 늘 그렇듯이 〈더 프러포즈〉에서 조쉬를 보고 있었어. 넷플릭스로."

나는 총을 다시 조정해 잡는다. "켜봐. 시청 기록을 봐야겠어."

그녀는 리모컨을 집어들더니, 어색한 손가락으로 화면에 표시된 시청 날짜와 시간 기록을 볼 수 있게 될 때까지 천천히 조작한다. 그녀의 말대로 토요일 오후 다섯 시부터 자정 사이에 〈더 프러포즈〉를 보고 있었다고 나온다. 화면 기록에 의하면 결혼 프러포즈를 하는 마지막 에피소드를 여러 번 연속해서 봤나 보다.

"휴대폰으로도 볼 수 있었을 텐데."

"난 휴대폰이 없어." 그녀는 벽에 붙은 고풍스러운 갈색 전화기를 향해 손짓한다. "수입이 없어 연금 생활을 해."

나는 그녀의 편지에서 본 한 줄이 생각났다.

그들 모두가 죽었다.

"저주받았다고 한 건 무슨 뜻이야?"

그녀의 얼굴이 비틀어지더니, 내가 반응하기도 전에 앞으로 돌진하면서 내 손을 강제로 움켜쥐었다. 총을 비틀어 천장을 향하게 한 다음, 부자연스러운 힘으로 나를 눌러 방아쇠를 당겼다. 소름 끼치는 딸깍 소리가 났다.

몸을 틀어 나는 그녀에게서 벗어났다. 총이 바닥으로 떨어지자 그녀는 승리의 비명을 내지른다. 그 와중에 나는 잡지가 쌓인 의자에 부딪히고, 잡지들이 내 발 아래로 쏟아진다.

상황은 끝났다.

주방에서 유일한 출구가 있는 좁은 복도로 미끄러지듯 빠져나오는 순간 악몽이 찾아온다. 무언가가 나를 뒤에서 때렸다. 책이었다. 다음 책은 다행히 피했지만 내 뒤에서는 끙끙거리는 소리가 나고 뭔가 무너지는 소리가 난다. 데보라가 쓰레기통 탑들을 무너뜨리고 있었다. 나를 쫓아오며 쓰레기통 탑에 부딪히고, 그다음 탑에 또 부딪혀 마치 거대한 도미노와 같은 상황이 이어졌다. 빨리 움직이지 않으면 나도 깔려버릴지도 모른다.

"난 아무것도 없었어! 나에겐 조쉬밖에 없었다고!" 그녀는 물건이 쓰러지는 소리 위로 비명을 지른다. 그녀는 확실한 발걸음으로 넘어진 물건더미 위로 올라간다.

나는 절박한 심정으로 가장 가까운 물체인 인형을 집어 던져보지만 인형은 바로 그녀 옆을 지나쳐 버린다.

"이제 그 아이는 사라졌어!" 그녀는 눈을 부릅뜨고 더미 맨 위에 올라선다. "네가 그 불쌍한 아이를 죽였어! 네가 죽인 거 알아, 이 거짓말쟁이!"

"당신은 미쳤어!" 나는 산더미처럼 쌓인 신문을 헤치고 올라간다. 온갖 자극이 파도처럼 내게 밀려오고, 마치 세상에서 들리는 소리의 볼륨이 가장 크게 켜진 것처럼 느껴진다. "나랑 내 아기한테서 떨어져!"

인형 하나가 내 다리를 치고 다른 인형이 내 뺨을 때린다. 데보라가 마치 수류탄을 던지듯 인형을 던지고 있다.

"내 남편은 죽었어." 나도 손에 잡히는 것은 뭐든 던지면서 소리친다. 머그잔, 가짜 포도송이, 소쿠리가 그녀의 다리를 때린다. "난 악당이 아니야!"

"아니, 맞아! 조쉬가 나쁜 짓을 했다고 네가 죽였잖아!" 그녀가 비명을 지른다. 내가 촛대를 던지자 그녀는 얼굴을 보호하기 위해 팔을 들어올린다. 팔에 상처를 입은 그녀는 한 걸음 뒤로 넘어진다. "너는 심판의 도구야! 조쉬에게는 자비가 필요했는데, 너는 정의만 따졌지! 내 아이들은 자비를 받아야 마땅한데!"

그녀는 주황색 머리카락을 휘날리며 마치 날개가 달린 것처럼 앞으로 도약한다. 나도 아드레날린에 의지해 마지막으로 힘껏 스스로를 앞으로 밀어낸다.

현관문이 보인다. 마지막 통로를 벗어나는 한 조각 구원의 빛이 느껴진다. 바깥으로 나간다면 나는 이제 자유에 가까워진다.

갈수록 점점 희미해지지만 데보라가 자기만의 세계에서 고함과 비명을 지르는 소리가 들린다. "이제 우리 둘 다 살인자야! 그리고 내가 장담하는데, 그들은 절대 잊지 않을 거야! 우리가 유죄든 무죄든! 더 이상 중요한 건 없어! 너무 늦었어!"

드디어 현관문에 도달했다. 나는 문을 박차고 나와 끔찍한 모빌들이 걸려있는 현관을 벗어나 차에 올라타고 문을 쾅 닫는다.

차에 시동을 걸자마자, 데보라가 엽총을 쏘았고 나는 넓은 원을 그리며 차를 돌린다. 차는 마치 이가 다 빠져나가듯 자갈을 흩뿌린다. 총소리가 귀에 울리는 가운데 차가 급격히 길을 따라 미끄러져 갔다.

아직도 귀가 웅웅거린다. 결국 참지 못한 나는 조수석 비닐 시트 위에 토를 쏟았다.

과거

"당신 생각은 어때요?" 나는 조쉬의 손을 잡아당기며 묻는다.

자메이카에서의 시간이 얼마 남지 않았다. 우리는 해가 질 무렵, 샌들은 피크닉 담요에 던져버린 채 맨발로 해변을 걷고 있다. 내가 입은 치마는 마치 인어 꼬리처럼 휘날리고 크롭톱 아래로 드러난 살에는 소름이 돋는다. 발밑 모래는 딱딱하고 차가웠으며, 파도 소리는 평화롭다. 조금은 애잔한 게 우리가 여행의 끝자락에 와있다는 걸 알고 부드럽게 배웅하는 듯한 느낌도 들었다.

엠마와 조이의 마지막 모습은 마음에 평온을 안겨주지 못했다. 그들뿐 아니라 나까지도 두 사람이 떠난 후 울컥했고, 그들이 떠난 여파로 잠을 제대로 이루지 못했다.

조쉬와 함께 가족을 만들고 싶다. 나는 원래 가족이 없으니까. 그러니 지금껏 함께 출연하며 지냈던 여자들이 나의 가장 가까운 가족이자 친구였다.

그리고 운명의 장난처럼, 이 데이트는 조쉬가 남은 두 여자 중 한 명에게 청혼하기 전 마지막 데이트다. 카밀라 아니면 나. 다음에 만날 때 조쉬는 내 손가락에 반지를 끼워주거나 아니면 영원히 나를 거절할 것이다.

과연 나는 어떻게 될까?

카밀라가 나를 에이전트와 연결해 주겠다는 제안에도, 혹은 쇼가 끝난 후 내 미래를 생각하는 나의 현실적 계산에도 불구하고, 나는 조쉬가 나를 거절한 후의 앞날들을 상상할 수 없다. 너무 공허할 것 같다.

"솔직히 혼란스러워요." 그는 한 손으로 자신의 짙은 갈색 머리카락을 쓸어넘기며 말한다. "이렇게 다 끝나갈 때까지 혼란스러울 줄은 몰랐어요."

"어머니가 결정하는 데에 좀 더 도움을 주신 것 같아요?"

오늘 아침, 조쉬와 나는 하루 일과를 시작하기 전에 조쉬의 엄마와 시간을 함께 보냈다. 갑작스러웠지만 잘된 일이었다.

리타는 내가 예상했던 것과는 전혀 달랐다. 조쉬는 키가 크고 단단하며 자신감에 찬 반면, 조쉬의 엄마는 정반대로 작고 둥글고 내성적이었다. 그녀는 마치 꽉 끼는 신발을 신은 사람처럼 불편한 표정이었다. 아마도 미국 밖으로 나온 것이 처음이라서 그런 것일지도 모른다. 그녀 스스로도 그와 같은 상황에 대해 적어도 세 번은 언급했다.

스크램블드에그와 과일로 구성된 아침 식사를 고르는 동안 그녀는 조쉬에게 여자들만의 시간을 달라고 부탁했다. 나는 쓴 커피를 한 모금 마셨고, 그녀는 연습한 듯한 질문을 던졌다. 조쉬에게 끌린 이유가 뭔지, 아이를 원하는지, 인디애나에서 조쉬와 함께 생활하는 모습을 생각해 보았는지 등, 나는 대답을 잘 했다고 생각했지만 그녀의 태도에서 나를 다 믿지 않는다는 것을 알 수 있었다.

"우리는 여기저기 여행 다니는 돈 많은 사람들이 아니에요." 내 말이 끝나자 그녀는 내 외모가 내 진정성을 의심할만한 이유라도 된다는 듯 나를 위아래로 훑으며 말한다. "우리는 전통적인 가족 가치관을 가진 소박한 사람들이에요. 조쉬가 제공할 삶에 만족하지 못하는 여자와 결혼하는 건 원치 않아요."

"저도 그런 사람 아니에요." 내가 진지하게 말한다. "저는 사실 정말 단순한 사람이에요. 조쉬와 결혼해서 함께 살면서 아이를 낳는 것, 그게 제가 원하는 삶이에요. 달콤하고 단순한 삶이죠. 믿기지 않으실지 몰라도 파리에 간 건 제 첫 외국 여행이었고요, 자메이카가 두 번째예요!"

나는 웃으며 분위기를 띄우려 했지만 그녀는 쉽게 미끼를 물지 않았다.

"가족에 대해 말해줘요, 줄리아." 그녀가 말한다. "가족들과 친한가요?"

맹세컨대 조쉬 어머니의 질문을 듣는 순간 세상이 잠시 멈춘 것만 같다.

"조쉬가…… 아직 말 안 했나요?" 그녀가 고개를 흔들자 나에게선 생각지도 못한 말이 튀어나온다. "저는 가족이 없어요. 조금 복잡해요. 하지만 조쉬는 제가 마침내 그와 함께 가족을 가질 수 있다고 느끼게 해줬어요. 부모님이나 형제자매가 없어서 제가 가족에게 기여할 수 있는 부분이 많지 않다고 느끼신다면 이해합니다. 하지만 조쉬와 저는 이 문제에 대해 많은 이야기를 나눴고, 그래서 가족을 꾸리는 것이 더욱 기대돼요." 나는 그런 맥락으로 희망적인 말을 계속 이어 나갔다. 그녀는 입술을 오므린 채 무슨 일이 있었는지, 내가 고아였던 건지 아니면 내게 어떤 비극이 있었던 건지 궁금해하며 귀를 기울였다.

마침내 말을 멈췄을 때, 나는 그녀 앞에서 거짓말을 한 것 같은 역겨운 기분이 들었다.

하지만 내가 신스라고 말할 수는 없었다. 만약 내가 말했다면? 그녀가 안 좋은 반응을 보였다면? 그게 나를 선택할지 떠나보낼지 결정하기 전 나에 대한 마지막 인상이 될 것이기 때문이다.

"무슨 생각을 그리 깊이 해요?" 조쉬가 내 손을 꼭 잡고, 다시 현재로 데려온다.

"아, 어머니 생각 중이었어요." 나는 머리카락 한 가닥을 귀 뒤로 꽂으며 말한다. "어머니가 저를 어떻게 생각했을지 모르겠어요."

"엄마는 당신을 좋아했어요." 그는 잠시 멈춰서 발가락으로 조개껍데기를 누른 다음, 몸을 구부려 조개를 집어 들었다.

"그래요?" 조쉬가 조개를 주머니에 집어넣는 동안 나는 엄지손톱을 물어뜯는다. "내가 신스인 걸 모르셔서 좀 놀랐어요." 그녀가 이런 리얼리티 쇼를 인정하지 않는 건 안다. 하지만 티저 예고편과 소문을 못 들었더라도 조쉬가 미리 다 얘기했을 거라 생각했다.

"맞아요. 미리 말씀드렸어야 했는데." 조쉬는 멋쩍어하는 것 같다. 우리는 어두운 해초 더미를 피해 계속 걷는다.

"엄마는 좋은 사람이에요, 정말로요. 하지만…… 엄마에겐 이 모든 게 처음이잖아요, 이해하죠? 엄마는 이미 이 쇼가 도덕적이지 못하다고 생각해요. 엄마가 당신이 신스라는 걸 알았다면…… 당신을 못 만나게 했을지 몰라요. 그래서 먼저 엄마가 당신을 인간으로서 알아가는 게 최선이라고 생각했어요. 그러고 나서 엄마가 당신을 정말 좋아하면 그 사실을 말해주면 되죠. 엄마는 누군가를 사랑하기로 결정하면 그냥 올인하거든요. 타이밍의 문제일 뿐이죠. 이해돼요?"

"하지만 온라인이나 TV를 통해 알게 될 수도 있고 무엇보다……." 나는 윗입술을 씹는다.

"배신감을 느끼시지 않을까요? 직접 말하지 않으면요?"

"직접 말해야죠, 줄리아. 타이밍이 안 맞았을 뿐이에요. 우리 엄마잖아요. 날 믿어요."

"물론이죠. 네, 완전 믿어요." 하지만 나는 '아직도 먼저 얘기했으면 좋았을걸.' 하고 생각한다.

그러나 지금은 누굴 비난할 때가 아니다. 나는 입술을 핥으며 짠맛을 느낀다.

일 분 정도 조용히 걷다가 자연스럽게 걸음을 멈추고 파도와 노을을 마주한다. 노을은 찢어진 무도회 드레스처럼 주황색과 분홍색으로 수평선 위에 얼룩덜룩하게 걸려있다. 하루가 거의 다 끝나간다. 이제 내가 마지막 어필을 할 시간이다.

"누구를 선택하느냐에 따라 당신 인생은 분명히 달라질 거예요." 바람이 내 머리를 뒤로 당긴다. "나랑 결혼한다면 당신이 어떤 상상을 하는지 궁금해요. 카밀라랑 결혼한다고 생각할 때랑 정말 많이 다른지, 그리고…… 마지막으로 걱정되는 거 혹시 있어요?"

우리가 서로를 바라보지 않고 바다를 마주하고 있어서 얼마나 다행인지 모른다. 만약 지금 조쉬의 눈을 쳐다보면 울음이 터질 것 같았기 때문이다.

조쉬가 목 뒤를 문지른다. "글쎄요. 나는, 캠과의 삶은…… 재미있을 거예요. 그녀는 도전적이고 나를 계속 긴장하게 하죠. 당연히 좋은 엄마가 될 것 같고요. 그렇지 않았다면 여기 있지도 않았겠죠. 많이 웃을 것 같아요. 그녀에게는 이모, 삼촌, 사촌 등 대가족이 있고요. 그런 대가족이 모이는, 완전 신나는 크리스마스가 상상돼요."

조쉬가 그녀에 대해 좋게 얘기하는 걸 들으면 가슴이 찢어지는 것 같지만 냉정함을 유지하려고 고개를 끄덕인다. 물론 그는 이 모든 것을 원할 것이다. 나는 그저 내가 제공하지 못할 요소에 대해 마음이 아플 뿐이다.

"하지만 당신과 함께라면……." 조쉬는 따뜻한 말투로 계속 이야기한다. "나는 단순한 일상을 즐기게 돼요. 당신 또한 훌륭한 엄마가 될 거예요. 당신은 정말 뭔가를 잘 보살피는 것 같거든요. 긍정적이고 침착하고…… 친절해요. 당신은 내가 더 나은 사람이 되고 싶게 만들고, 그게 정말 멋져요. 당신과 함께 있으면…… 안전한 느낌이 들어요. 있는 그대로의 나를 사랑해 주고, 그게 이상하게도 나를 더 나은 사람이 되고 싶게 만들죠. 그 느낌을 거부할 수가 없어요."

나는 목에 힘을 주고 고개를 끄덕인다. 그러나 크고 신나는 크리스마스는 나마저도 너무 끌린다. 조쉬가 누구를 고를지, 어쩌면 카밀라가 파리 가기 전에 한 말이 맞을지 모른다. 그가 현실적인 것에 더 관심이 있을까, 아니면 이상적인 것에 더 관심이 있을까? 지금의 자신이 누구인지가 중요한가, 아니면 어떤 사람이 되고 싶은지가 중요한가?

아니면 모든 게 머리 색깔로 귀결될지도 모르겠다.

바다를 바라보는 우리 발끝을 파도가 간지럽힌다. 이게 마지막 기회일지도 모른다는 생각에 그의 손을 꼭 잡는다.

기대감에 부풀어 잠에서 깨어난 순간부터 첫 장미 수여식 때 극적으로 대화한 것, 여러 데이트와 탈락들, 여행과 웃음을 거쳐 조쉬의 결정을 앞둔 지금 이 순간까지, 이 정적과 고요함 속에 서 있는 지금 이 순간, 파도는 나에게 조쉬가 어떤 결정을 내리든 다른 쪽에서 삶은 그대로 계속될 거라고 알려준다.

나는 조쉬를 위해 만들어졌지만 조쉬는 나를 위해 만들어지지 않았다는 무서운 현실을 직시해야 한다.

조쉬는 자신을 위해 존재하고, 자신이 원하는 것을 할 것이며, 나는 내가 이미 한 일 말고는 할 수 있는 일이 아무것도 없다.

파도는 계속 밀려왔다 밀려간다. 물은 원래 이를 위해 만들어졌나? 만족스러울까? 물결은 찰랑거리며 밀려왔다가 해안에 입 맞추고 다시 물러간다. 그 모습을 보고 있자니, 어느새 마음 한 곳이 차분해지는 느낌이 들었다.

이제 만족스러운지 아닌지는 상관없을 것 같다. 그게 바로 있는 그대로의 모습이고, 조쉬와 내가 떠난 후에도 파도는 오랫동안 여전히 여기에 있을 테니까.

현재

빗방울이 흩날릴 때쯤 주유소에 차를 세웠다. 주유소는 마을 바로 외곽에 있고 뒤에는 옥수수밭이 있다. 조금 더 가면 술집과 교회, 오래된 만화책 가게와 자전거 수리점, 텅 빈 상점들 사이로 지친 두 개의 신호등이 있는 메인 거리가 나온다.

금요일 오후 네 시임에도 이곳에 아무도 없는 것이 감사할 따름이다. 데보라와 난리를 피우고 난 후라 내 몸에 지저분한 게 묻고 냄새도 날 수 있어 사람들을 만나서는 안 된다.

그래도 한 가지, 이 소동에서 얻은 게 있다. 데보라가 조쉬를 죽이지 않았다는 사실이다. 그것만으로도 이 소동엔 가치가 있었다. 나는 주유기를 제자리에 놓고, 기름이 찰 때까지 차에 기댄다.

나를 확신하게 한 것은 데보라가 차도, 휴대폰도 없다는 사실과 넷플릭스 시청 기록 등 데보라가 가진 한계 때문만은 아니었다. 그것은 그녀가 조쉬를 숭배에 가깝게 흠모한다는 사실이었다. 엄마의 직감으로, 내 마음 깊은 곳에서 애널리에게 그런 감정을 느끼기 때문에 안다. 데보라 리브스가 자신의 천사를 위해 신전을 지어놓았는데, 그 천사를 죽인다고? 그건 말이 안 된다.

데보라 리브스는 15분 떨어진 거리에서 살아왔다. 그런데도 아직 날 죽이지 않았다. 그녀가 범인 같지는 않다는 생각이 들었다. 다만, 한 가지. 그녀는 내게 '조쉬가 한 나쁜 일 때문에 그를 죽였군.'이라고 말했다. 무슨 뜻일까? 내 눈은 주유 펌프의 디지털 화면에서 점점 올라가는 금액을 보며 멍해진다. 그 여자가 우리 집에 숨어있었던 걸까? 숲속에 숨어서 뭔가를 본 걸까?

아니, 그 여자는 그냥 미친 여자다. 너무 깊게 생각할 필요는 없다.

왼쪽 가슴에 통증이 느껴지는 걸 보니 유축할 때가 된 모양이다. 유관이 막히진 않겠지? 조심하지 않으면 불필요하게 유방염에 걸릴 수도 있다.

기름은 점점 채워지고 달러는 계속 올라간다. 바람이 불어 얼굴에 얇은 비안개가 스친다. 내 시선은 푸르고 평화로운 옥수수밭에서 멈추었다.

조쉬와 내가 이곳으로 내려오는 대신 계획대로 인디애나폴리스로 이사했다면 달랐을까? 〈더 프러포즈〉를 촬영할 때 인디애나는 우리에게 딱 맞는 도시라고 느꼈다. 크지만 너무 크지 않고. 중서부 특유의 친근함과 국제적인 분위기가 공존하는 곳이었다. 여행을 하면서 그곳에서 나를 위한 공간을 찾을 수 있을 거라는 상상을 했다. 즐겨 찾는 서점, 동네 빵집. 아이가 생기면 조쉬 아파트 근처 공원에서 아이 엄마들과 친구가 되어 만나고 노는 상상을 했다.

조쉬는 엄마가 나아질 때까지만 있을 거라고 말했다. 물론 나도 동의했다. 그게 옳은 일이니까. 그러나 리타는 나아지지 않았다.

우리가 조쉬 엄마, 리타의 건강이라는 당면한 짐을 짊어지지 않았다면 우리 결혼 생활이 임신의 긴장을 극복하고 현실 생활에 적응할 수 있었을까? 나를 싫어하는, 죽어가는 여성을 돌보면서 입덧을 하던 그 끔찍한 긴 시간들이 없었다면?

나는 〈더 프러포즈〉 쇼에서 조쉬가 사랑에 빠진 긍정적이고 낙관적이며 뭐든 다 잘 돌보는 그런 줄리아가 되기 위해 열심히 노력했다. 최선을 다했지만 그것만으로는 충분하지 않았다. 어쩌면 평생 회복할 수 없을지도 모르는 교훈을 얻었다.

돌이켜보면 많은 변화가 너무 빨리 일어났다. 모든 것이 그랬다.

우리는 통제 불능이었고, 솜사탕 같은 사랑 이야기에 대한 환상은 너무 빨리 사라져 버려서 더욱 씁쓸했다. 마치 그 솜사탕은 설탕과 공기로만 이루어진 것과 같았다.

그 순간, 휴대폰 벨소리가 울린다. 화면을 본 나는 순식간에 전화를 받는다.

"바네사!" 나는 그녀가 스토커 여자 친구에 대한 정보를 가지고 전화한 것이길 바란다. "그 빨간 머리에 대해 알아냈어요?"

"네, 오래 걸려서 미안해요. 이름은 로라 파인이에요."

"그리고요?"

"음……. 몇 년 전에 죽은 사람이더라고요." 바네사의 목소리는 이런 소식을 전하게 되어 미안하다는 듯 부드러웠다. "그녀의 페이스북 페이지는 아직 활성화되어 있지만 오랫동안 새로운 소식이 없었어요. 제가 링크를 메시지로 보내드릴게요."

"알았어요. 고마워요." 나는 눈을 감고 고개를 뒤로 젖힌다. 젠장. 스토커 여자 친구는 강력한 살인자 후보였다. 헤어진 후 몇 년 동안 조쉬에게 집착했던 전 여자 친구, 〈더 프러포즈〉에서 조쉬를 보고 질투심에 빠진 스토커 여자 친구…….

강한 질투에 사로잡혀 인디애나까지 따라가 그를 살해했을 가능성 쪽으로 예상 스토리가 기울어 가고 있었다. 그런데 죽었다니. 이제 그녀의 이름은 내 용의자 목록에서 지워진다. 데보라처럼.

사실 로라 파인이 죽었다는 사실에 대해 슬퍼해야 한다는 것을 모르지는 않는다. 하지만 내 감정은 더 이상 어떤 예의의 법칙도 따르지 않는 것 같다.

"언제쯤 애널리에게 돌아오실 거예요?" 바네사가 묻는다.

"며칠이 더 필요해요. 우리 애는 좀 어때요?"

공기에서는 소똥과 휘발유 냄새가 나고 펌프는 딸깍 소리를 낸다.

나는 노즐을 흔들어 마지막 몇 방울의 기름을 담고 화면에서 영수증을 받기 위해 YES 버튼을 누른다.

"페이스타임으로 전환할 수 있어요?" 바네사가 말한다. "애널리 보여줄게요. 여기 지금 데리고 있어요."

전화를 받고 수락을 누르자 화면에서 애널리가 나타났다. 나는 코가 찡해져 온다. 애널리는 바네사의 엉덩이에 올라타 있다. 둘 다 웃고 있다.

"이가 새로 난 거예요?" 내가 묻는다. 정말 감정이 폭발할 것 같다.

"네, 방금 밀고 나왔어요!" 바네사가 말하자 애널리가 신이 나서 방방 뛴다.

"분유는 잘 먹고요?"

"바로 꿀꺽 삼켜요!" 바네사가 자랑스럽게 말한다.

애널리가 낑낑거리며 통통한 손을 뻗어 휴대폰을 잡으니 바네사는 웃으며 휴대폰을 손이 닿지 않는 곳으로 치워버린다. 애널리가 계속 손을 뻗자 바네사는 휴대폰을 머리 위로 높이 들어올리고 애널리는 옹알이를 한다.

"안녕, 우리 딸." 나는 휴대폰에 대고 말한다. 딸을 위해 웃어주고 내 용감한 얼굴을 보여줘야 한다. "잘 지냈니, 우리 아가? 엄마 보고 싶니?"

"잘 지내요." 옹알옹알 소리를 내는 애널리 대신 바네사가 귀여운 목소리로 말한다. "우리 너무 잘 지내지용? 우린 브로콜리도 좋아하고용!" 이 사람이 밤에 아기가 깨어나면 어떡하냐고 끔찍한 표정을 지었던 그 여자가 맞는지 믿기지 않을 정도다.

"안심이네요." 나는 심호흡을 한다.

"이런! 그건 안 돼, 아가야!" 휴대폰 화면이 심하게 흔들리자 바네사가 다급히 소리친다.

"그래요. 그만 끊어야겠네요." 사실 끊어야 할 사람은 나다. 더 이상 애널리를 쳐다보는 걸 견딜 수가 없다. 이성을 잃을 것 같다. 가슴에 모유가 차올라 압박하는 고통도 심하고.

"분유를 섞는 중이에요. 그래, 그래, 알았어, 애널리! 여기 대고 안녕 해!"

"마마!" 애널리가 화면을 잡으려고 할 때 전화가 끊어진다.

나는 거기 서서 텅 빈 스크린을 바라본다. 바네사가 보낸 메시지의 링크를 클릭하니 로라 파인의 페이스북이 열린다.

그녀의 사진은 사랑스럽다. 부드럽고 동그란 얼굴, 긴 빨간 머리에 오똑한 코. 페이지는 추모의 벽이 되어있었다. 그녀의 정보 섹션에는 생년월일과 사망 날짜, 사랑하는 부모님과 오빠, 남편은 생존해 있다는 사실만 적혀있을 뿐 별다른 내용이 없다. 놀랍게도 이 날짜를 보면 로라 파인은 조쉬와 함께 대학에 다니던 때 사망한 것 같다.

언제 결혼했지? 로라 파인의 사진을 찾아봤지만 사진은 다섯 장밖에 없고 대부분이 10대 시절 사진이다. 어떻게 죽었는지에 대한 언급은 없다. 구글 검색을 해봐도 뭐가 빨리 나오질 않는다. 로라 파인이 너무 많다.

로라의 페이스북 페이지로 돌아와서 스크롤을 조금 내려 몇 개의 애도 글을 확인한다.

아름다운 로라, 편히 쉬세요.

이제 날고 있겠지, 사랑스러운 소녀. 널 절대 잊지 않을 거야.

나는 앱을 닫았다. 로라 파인은 한참 옛날에 죽었으니 이제 내 살인자 목록에서 지워야 한다. 시간 낭비는 그만해야 한다.

10분 후, 기름을 가득 채우고 시트 위의 토사물을 종이 타월로 닦아낸 나는 전날 밤과 마찬가지로 집보다 훨씬 앞에서 도로 갓길에 차를 세운다. 다섯 시가 조금 지나니, 날이 저물어 가기 시작했다. 비는 멈췄지만 공기는 더 많은 비가 올 것처럼 습하고 무겁다.

나는 축축한 나뭇잎을 밟으며 숲속을 뚫고 집으로 달려간다. 어두운 숲속에선 약간의 빛만 있어도 큰 차이가 난다. 귀신이 있다는 숲이지만 오늘 밤 나는 그 존재에게 신경 쓸 여력 같은 건 없다.

뒷문으로 들어가서 재빨리 문을 잠갔다. 곧바로 캡틴이 내게 뛰어든다. 집은 퀴퀴하고 외로운 냄새가 났지만 캡틴이 위로가 된다.

"엄마 기다렸니? 착하기도 하지." 꼬리를 사납게 흔드는 캡틴의 귀를 긁어준다. "나가고 싶어? 금방 내보내 줄게."

먼저 신선한 물과 마른 사료를 가져다준다. 음식 냄새를 맡고 징징대는 캡틴의 눈에는 비난이 가득 차 있다.

"미안해, 캡틴. 맛있는 게 다 떨어졌네."

내 눈은 본능적으로 옆 창문으로 향한다. 블라인드가 밖을 가리고 있다. 적어도 밥이 내가 도착한 걸 알아챌 수 없다는 소리다.

냉장고에 가서 저녁으로 뭘 먹을까 살펴보기도 전에 집 앞에서 끼익, 하고 바퀴 소리가 난다. 여러 대의 자동차가 빠르게 도착하는 소리다. 본능적으로 나는 주방 조명을 끈다. 조용한 발걸음으로 거실로 걸어가 커튼 사이로 밖을 본다.

두 대의 차에서 각각 남자 한 명, 그리고 여자 한 명이 빠르게 내려 현관 앞으로 다가온다. 가슴이 벌렁거린다. 앤디였다.

"집에 없는 것 같네요." 여자가 말한다. 서류 가방을 든 정장 차림으로 이야기하는 그녀의 목소리가 익숙했다. 비올라다. 정말이지 내 인생에서 최악의 순간에만 나타나는 존재다.

"그럼 기다리죠. 그녀를 만나지 않고는 여길 떠나지 않을 거예요." 앤디가 말한다. "둘러보고 뒤쪽으로 들어갈 수 있는지 알아보죠."

내가 뒷문을 잠갔던가? 확인하러 달려가려는데 다른 차량의 굉음이 들린다. 앤디와 비올라도 멈춰서 살펴본다. 나는 커튼 사이로 헤드라이트의 눈부심이 비치는 가운데 조용히 숨을 쉬며 몸을 웅크린다. 차 문이 쾅 닫힌다.

나는 다시 고개를 들어 새로 온 사람이 누군지 알아보려고 하지만 헤드라이트를 켜놓은 상태라 빛이 너무 강해서 모든 것이 잘 보이지 않는다.

"믿을 수가 없네요." 앤디가 비올라에게 말한다. "에덴에게 전화해요."

에덴? 이게 또 무슨 소리야?

"물러나!" 누군가가 소리를 지른다. 그의 몸은 밝은 불빛을 배경으로 어두운 윤곽만을 드러냈지만 쓰고 있는 높은 모자는 바로 누구인지 알 수 있게 한다. 부보안관 뒤로도 두 명이 더 있다.

펼쳐지는 장면은 부조리 연극처럼 우스꽝스러워 보인다. 나를 가두려는 두 무리가 마주했다. 하나는 나를 비난하려 하고, 다른 하나는 나를 구하려 한다.

앤디 웨크스타인과 미첼의 부하들은 같은 우주에 속하지 않는 것처럼 보이지만 인디애나 중간 어딘가에서 나를 두고 싸우고 있다.

"우리한테서 물러나지 않으면 소송을 제기할 겁니다." 앤디가 으르렁거린다.

"선생님들, 저희는 법집행관입니다." 부보안관이 말한다. "문에서 비켜주세요."

"당신이 물러나요." 앤디가 말한다. "줄리아 월든은 웨크테크의 소유이며, 우리는 그녀를 되찾기 위해 왔습니다."

"그렇군요. 저희에게 줄리아 월든은 살인 사건의 유력한 용의자이며, 우리는 그녀를 체포하러 왔습니다." 여유로운 말투의 미첼은 직접 앤디에게 다가가며, 마치 그를 자신이 짓밟을 수 있는 벌레 대하듯 행동했다.

"다시 한번 말씀드리지만, 줄리아 월든은 저희 소속입니다." 앤디가 비올라에게 손짓하며 으르렁거린다. 비올라는 그에게 서류 뭉치를 건네고, 앤디는 보안관의 가슴을 향해 그 뭉치를 던진다. 종이가 미첼의 가슴을 찰싹 쳤지만 그는 움찔하지도 않는다.

"여긴 제 관할 구역입니다. 당신들마저 제가 체포하게 만들지는 마세요, 웨크스타인."

"당신은 선을 넘고 있어요, 보안관님." 앤디가 말한다. "당신은 제 변호사가 당신의 삶을 얼마나 비참하게 만들 수 있는지 모르시는군요." 앤디는 미첼보다 키는 훨씬 작지만 왠지 모르게 존재감이 있다.

나를 보호한다는 것. 나를 위해 그가 옳다고 생각하는 일을 하는 것. 하지만 나는 더 이상 다른 사람이 나를 위해 옳다고 생각하는 것은 중요하지 않다. 특히 에덴을 막연하게만 아는 척하더니 이제 가장 먼저 전화할 사람이 에덴이었다니. 이런 거짓말쟁이의 생각은 더더욱 중요하지 않다. 나는 이미 소리 없이 발소리를 죽이며 거실에서 멀어지고 있다.

"쉿. 가만히 있어. 착하지." 신발을 신고 작은 가방을 챙기고 조용히 뒷문으로 나가면서 캡틴에게 속삭인다.

나무를 향해 걸어가며, 나는 다시는 여기로 돌아오지 못할 것 같은 끔찍한 기분을 느꼈다.

처음에는 천천히 조용히 걸었지만, 울창한 나무의 보호막에 다다르자 마음이 급해진 나는 뛰기 시작했다. 안개가 숲을 자욱하게 가렸다.

밥의 집을 돌아, 내 차가 주차된 곳으로 가겠다는 생각뿐이다. 거기서부터 최대한 빨리 운전해서 마을을 벗어나기만 하면 어디든 상관없다.

어디로 가야 할까? 시카고? 하지만 현실적으로 필과 바네사한테 얼마나 오래 숨어있을 수 있을까? 누가 조쉬에게 이런 짓을 했는지 알아낼 희망이 남아있을까?

내 목록에 남은 사람은 밥, 에덴, 앤디뿐이다. 아무도 지금으로선 현실성이 없는 것 같다. 그런데 그것도 더 이상 상관없다.

"이봐! 여기야!" 내 뒤 어딘가에서 희미한 외침 소리가 들려왔기 때문이다. 아드레날린이 폭발한 채 울며 앞으로 달리면서 젖은 나뭇가지로부터 내 얼굴을 보호하기 위해 팔을 들어올린다. 처음부터 전속력으로 달렸어야 했는데, 잘못 생각했다. 이게 마지막 실수가 아니길 바랄 뿐이다.

나는 목이 메어 흐느끼는 소리를 내며 절뚝거리며 한 걸음 더 내디뎠다. 내가 세상에 성대하게 입문한 순간부터 여기까지 왔다니. 스팽글 드레스를 입고 하이힐을 신은 불쌍하고 순진한 줄리아. 출시일에 그녀는 장엄한 러브 스토리 속으로만 걸어 들어가고 있다고 생각했지.

과거의 나에게로 달려가 정신 차리라고 말하며, 예쁘고 어리석은 머리에서 이가 덜거덕거릴 때까지 미친 듯 그녀를 흔들고 싶다. 그들은 너를 사랑하지 않을 거야. 널 미워하고 부수고 사냥할 거야. 그렇게 끝날 거야. 넌 이 길이 사랑으로 이어진다고 생각하지만 지옥으로 가는 길이야. 도망쳐. 당장 도망가.

온몸이 너무 빨리 뒤로 젖혀져서 울부짖을 시간도 없다. 무언가 무거운 것이 내 몸통을 감싸고 비명이 목구멍을 타고 올라오는 순간, 두툼하고 축축한 거대한 손이 내 입을 가려 가는 비명만 겨우 입 밖으로 나온다. 뜨겁고 낮은 목소리가 말한다.

"쉿. 저들은 당신을 잡아갈 거예요. 그걸 원치 않잖아요. 조용히 날 따라와요." 또 한 번 숨이 가쁘다. "손을 뗄 테니 비명 지르지 마요."

밥이었다. 그가 손을 떼주고 나서야 나는 달콤한 공기를 들이마신다. 나는 고개를 돌려 밥 캄피니를 마주한다. 그는 군복 같은 헐렁한 바지 위에 짙은 회색 스웨트셔츠를 입고 있다. 목덜미에는 짧은 포니테일로 묶은 흰 머리가 보이고 회색 강이 흐르듯 덥수룩한 수염을 길렀다.

"저리 비켜요." 나는 비틀거리며 두 발짝 뒤로 물러나다가 다시 넘어질 뻔한다.

그는 큰 손을 내밀며 말한다. "전 당신을 도우려는 거예요, 줄리아."

나는 숨을 몰아쉬며 위협의 무게를 재어본다.

소름 끼치는 이웃이냐, 아니면 수갑을 차느냐.

나는 손을 내민다. 그는 거칠고 굳은 손가락으로 내 손을 감싸 쥐고 끌어당긴다. "어서 가요."

달리는 것도 아니고 절뚝이는 것도 아닌 걸음으로 덤불과 나무 사이로 밥의 뒤를 따라간다. 곧 헛간 뒤쪽이 보인다.

"내 가방!" 나는 갑자기 헉하는 소리를 냈지만, 밥은 그럴 시간이 없다며 단호히 말한다. 숲속에서는 서로를 부르는 남자들 소리가 난다.

우리는 헛간 측면에 딱 붙어 앞쪽으로 이동한다. 미닫이문 위의 큰 간판에는 희미한 글자로 '밥의 육류 가공점'이라고 적혀 있다.

내부에서 끔찍한 악취가 난다. 기계 기름과 표백제가 섞인, 썩은 냄새다.

"여기예요." 내가 악취 나는 어둠의 공간에 들어서자 그가 말한다. "숨어서 기다려요." 그가 나가며 문을 닫는 소리는 괴물이 하품하는 듯한 신음소리처럼 들리고, 나는 이제 완전히 어둠 속에 갇힌다. 그리고 자물쇠의 딸깍 소리가 들린다.

좋아. 그가 숨으라고 했다. 나는 손을 더듬으며 앞으로 나아갔다. 차가운 무언가가 만져진다. 테이블인가? 테이블 주위를 돌며 누가 들여다봤을 때 보이지 않길 바라며 숨을 곳을 찾아 바닥에 웅크린다. 그런 다음 숨을 쉬고 바깥소리를 듣는다.

침묵은 완전히 나를 짓누른다. 내 심장 소리는 마치 매초 사이에 매달려 있는 몇 시간처럼 왜곡된 시간을 표시하는 것 같다. 영원이 다시 영원으로 이어진다. 어둠 속에서 내 몸은 형태를 잃는다. 모든 것이 형태를 잃는다. 마치 내가 물리적 세계를 떠나 그림자와 악몽의 세계로 들어온 것 같다. 마침내 낮은 목소리가 들려온다.

"가방을 발견했다고요? 네, 뒤에서 무슨 소리를 들었어요. 사슴 소리라고 생각했죠." 밥의 목소리다. "숲을 뚫고 직진하면 카운티 로드에 닿게 될 거예요."

대답하는 목소리는 너무 작아서 무슨 말인지 알아들을 수가 없다.

밥의 웃음소리가 들린다. "그래요. 그녀가 여길 떠나주면 정말 좋을 거예요." 잠시 침묵이 흐르고 나서 그는 말했다. "좋은 밤 되세요."

신선한 침묵이 내린다. 내 몸의 모든 부분이 움직이고 싶어하고 모든 근육이 다시 움직이려 똬리를 틀었는데 나는 갇혀있고 부상도 입었다. 나는 발목으로 손을 조심스럽게 내밀어 상황이 좋아졌는지 확인하려 했지만, 다시 날카로운 통증이 엄습해 욕설을 삼키고 말았다. 가슴에 느껴지는 둔한 통증은 아직도 유축을 하지 못했음을 상기시킨다.

딸깍하는 자물쇠 소리가 들린다. 고통으로 울 시간이 없다. 밥은 정말 날 도와주려는 걸까? 아니면 그냥 날 여기로 유인해 죽이고 만족감을 느끼려고?

혹시 모르니 무기를 찾아봐야 한다. 데보라처럼 내가 남에게 해를 끼치지 않도록 코드화되어 있다는 사실을 밥도 모를 수 있다.

내게 이득이 되는 게 어떤 거지. 헛간 문이 열릴 때, 불현듯 수갑이 더 나은 선택이었을 거란 생각이 들었다. 왜냐하면 돌아온 밥의 손에 식칼이 들려있었기 때문이다.

나는 로이스 설리번의 후계자에게 토막 나기 직전인 것이다.

이웃들이 내 비명을 들을 수 있을까? 스물두 명의 여성들이 죽어가는 비명소리를 들은 사람이 있나? 설리번이 어떻게 했는지 위키피디아를 통해 알고 있다. 그는 그 여자들을 한동안 살

려두었다. 운동장에서 숨바꼭질 게임을 시작하고, 그루터기에서 끝냈다. 그 여자들은 지역 주민이 아니었고 여러 곳에서 온 사람들이었다.

미네소타, 캘리포니아, 매사추세츠 등 설리번은 그들에게 편지를 썼다. 그 여자들은 그의 편지에 반해 찾아왔다. 그가 만들어 낸 환상과 그의 사진에 담긴 승리의 미소를 믿은 것이다. 설리번은 도끼를 들고 포즈를 취한 똑같은 사진을 보냈고, 여자들은 사랑에 굶주린 나머지 구애하는 그 남자의 손에 든 무기를 눈치채지 못한 채 차례로 그를 찾아왔다.

이곳이 외로운 농지였을 당시에는 이웃이 가까이 있었는지 모르겠다. 하지만 있었다 해도 90년 전 그 이웃은 무슨 소리를 듣지 못했냐는 질문에 내가 미첼에게 한 말과 같은 말을 했을 것이다.

아니요, 경관님. 아마 여우였을 겁니다.

과거

헬리콥터에서 내리자, 내 올린 머리에서 흘러나온 느슨한 곱슬머리가 얼굴에 휘날린다. 시야를 가리는 머리카락을 치우려 해봐도 거센 바람 앞에서는 소용없다.

나는 자메이카 블루마운틴의 울창한 언덕 위에 있다. 하늘은 구름 한 점 없이 푸르다. 그 하늘 아래, 조쉬가 있다. 그를 향해 가는 길은 꽃들로 장식되어 있고, 무대처럼 원형으로 생긴 장소로 끝난다. 그는 밝은 회색 정장을 입고 재킷 주머니에 분홍색 꽃을 꽂은 차림이다. 꽤 긴장했는지 그의 다리는 땅 위에 꼿꼿이 서있었고, 두 손은 꼭 맞잡은 채다. 그의 왼쪽에는 흰색 테이블에 빨간 장미 한 송이가 놓여있다.

나는 바람에 흩날리는 치마를 정돈하고 진행자의 지시를 생각한다. 정면을 바라보며 천천히 걷고, 눈을 많이 마주쳐야 한다. 다행히 앞으로 나아가며 조쉬에게 시선을 고정하는 것은 어렵지 않다.

오늘은 그저 내가 탈락되느냐, 선택되느냐가 결정되는 날이다. 결과에 대한 내 반응, 그리고 그걸 볼 시청자들이 나를 존중할지 멸시할지가 결정될 방송이기도 하다. 그렇기 때문에 찍고 있는 카메라들을 무시하는 것이 쉽지 않다.

적어도 오늘의 나는, 내가 봐도 아름다운 모습이었다. 엉덩이에 딱 붙어 밑으로 흘러내리는 드레스는 사랑스러운 블러셔 컬러에, 반짝이와 스팽글이 상의와 엉덩이를 덮어 소용돌이치는 디자인이다. 내 머리는 다이아몬드 핀으로 느슨하게 묶여있고, 옆으로는 매끈한 컬이 흘러내린다. 아니, 적어도 산바람이 나에게 불어오기 전까지는 매끈했다.

턱을 높이 치켜들고 미소를 머금은 얼굴로 걸음을 재촉한다. 상공에서 드론이 촬영하고 있다는 걸 안다. 머리를 늘어뜨리고 치마를 휘날리는 내 모습이 근엄하고, 극적이며, 서사가 가득해 보일지도 모르겠다. 하지만 나는 지금 스스로 엄청나게 연약하고 작은 존재로 느껴진다.

그가 거절하면 뭐라고 말해야 할까? 어젯밤 뒤척이면서 계속 생각했다. 오늘 아침을 준비하는 모습과 출발하기 전, 쓸쓸하게 지평선을 바라보는 장면을 찍을 때도 나는 계속 이것만 생각했다. 아마 눈물이 나겠지만 그건 피할 수 없는 일이고, 어쨌건 마지막까지 그에게 사랑스러운 말을 하고 싶다. 조쉬가 비록 충분히 나를 사랑하지는 못했어도 세월이 흐르면서 가끔은 생각나도록, 줄리아가 얼마나 품격 있었는지 기억할 수 있도록 말이다.

마침내 나는 조쉬 앞에 선다. 심호흡을 해보지만 긴장되어 킥킥 웃음이 터진다. 내 손을 어떻게 처리해야 할지 모르겠다.

"정말 너무 멋져요." 그가 말한다.

"당신도요." 벌써 내 가슴은 타들어 가는 기분이다. 정말 그가 나를 거절하면 정말 죽을 것 같다.

"줄리아." 그가 크고 긴 연설을 준비하는 것처럼 단호하게 말한다. 그가 앞으로 손을 내밀자 나는 손을 놓을 곳이 있다는 사실에 안도하며 그의 손에 내 손을 얹는다.

"우리 처음 본 밤부터 당신의 아름다움으로 나를 감동시켰지만, 더 중요한 건 당신의 친절함이었어요. 다른 사람에 대해 나쁜 말을 하는 것을 들어본 적이 없어요. 내가 아내에게 바라는 조건 중 하나죠."

나는 미소를 지으며 입 모양으로 '고마워요.'라고 한다. 그도 미소를 짓는다.

"당신이 신스라는 게 전혀 신경 쓰이지 않았다면 거짓말이겠죠."

나는 고개를 끄덕이며 그를 격려한다. 이제 그가 얼른 대답을 들려줬으면 좋겠다. 그러면서도 그 시간이 영영 오지 않기를 바랐다.

"우리의 차이가 너무 클까 봐 두려웠어요. 사람들이 우리를 연인으로 받아들이지 않을까 봐요. 당신과 사랑에 빠질 수 있다는 것을 의심한 적은 없지만, 앞으로 너무 많은 어려움이 닥칠까 봐 망설였어요." 그는 아래를 내려다보다가 다시 위를 바라본다. 그는 웃고 있다. "그리고 다른 여자들이 당신에게 어떻게 반응하는지 봤어요. 캠과 친구가 되는 모습 같은 것들이요. 그녀와 친구가 될 수 있다면, 어느 누구와도 친구가 될 수 있을 거예요."

나는 웃는다.

"매번 나는 필요한 확신을 얻었어요. 당신과 나는 찰떡궁합이고, 굳건한 우정을 가지고 있을 뿐만 아니라, 서로 다른 점보다는 같은 점이 더 많기 때문에 앞으로 같이 나아갈 길이 있다는걸요. 우리는 같은 목표를 가지고 있어요. 가정을 꾸리고 함께하면 더 의미 있는 그런 일들을 하며 소박한 삶을 살고 싶어하죠. 중요한 것은 내 인생이 당신과 다른 방식으로 시작되었다는 것이 아니라 우리가 같은 방향으로 가고 있다는 사실이라는 거예요, 줄리아." 그는 코로 크게 숨을 들이마신다. "사랑해요."

그러고는 내 손을 놓으며 하얀 테이블 위에 놓인 장미꽃을 향해 손을 뻗는다. 한쪽 무릎을 꿇고 장미를 제물처럼 들고 있는 이 사람이 정말 조쉬인가? 나는 마음이 이상해졌다.

눈에서 눈물이 솟아 뺨을 타고 흘러내린다. 가슴이 너무 답답하면서 동시에 꽉 찬다.

"이 마지막 장미를 받아줄래요?"

내가 고개를 끄덕이고 장미를 받아들자 조쉬는 주머니에서 작은 검은색 벨벳 상자를 꺼내더니 자신도 궁금한 듯 상자를 서둘러 연다. 상자 안에는 커다란 프린세스컷 다이아몬드가 들어 있었다.

"줄리아 월든, 당신은 나를 세상에서 가장 행복한 남자로 만들어 줘요." 그는 눈물을 참으려는 듯 눈을 가늘게 뜬다. "나와 결혼해 줄래요?"

TV에는 지금쯤 달달한 배경음이 깔리고 있을지 모르지만 현실에서는 들리지 않는다. 하지만 그것은 중요하지 않다. 승리의 오케스트라 음악이 우리 주위에서 울려 퍼지고 있는 것 같다.

나는 벅찬 마음에 말을 하는 대신 고개만 끄덕이며, 왼손을 뻗는다. 그가 내 손가락 마디에 끼우는 반지가 어떤 면에서는 목적을 상기시키는 인장처럼 느껴진다. 그리고 한편으로는 카밀라가 했던 말을 기억한다. '아니요.'라고 말하는 데에도 힘이 있다는 말.

찰나의 순간, 나는 촬영 현장 밖의 더 큰 세상에서 어떤 삶이 있을지 보기 위해 걸어나갈 선택권이 나에게 있다는 것을 계속 떠올렸다. 내가 알지 못했던 선택들이 있음을 발견하고, 선택이 현실을 만든다는 나의 힘겹게 얻은 결론을 시험하고, 나에게 주어진 프로그래밍 밖에서 어떤 목적을 창조할 수 있을지 알아볼 수 있을 것이다. 그러나, 그런데도…… 내 삶에서 쭉 기다려 왔던 한마디를 말하는 건 내겐 너무 쉬웠다.

"네."

현재

헛간 안은 칠흑같이 어둡다. 보안등 아래로 비치는 밤의 몸과 식칼이 황금색으로 윤곽이 잡힌다. 헛간으로 들어오는 그의 모습은 마치 초자연적인 괴물처럼 느껴진다.

"줄리아?" 그의 목소리는 그렇게 크지 않음에도 불구하고, 이 공간을 가득 채운다.

주변에 무기가 될만한 게 없나 더듬어 보지만 애석하게도 잡히는 것 없이 무언가를 우당탕 쓰러뜨리기만 할 뿐이다. 무엇이 들었던 건지는 모르지만 바닥과 충돌한 물방울이 튀고, 금속성 냄새가 코를 찌른다.

위에 달린 커다란 형광등은 윙윙 소리를 내며 켜지더니 한 번 깜빡이고는 안정적으로 빛을 낸다. 형광등은 기계가 많은 회색 공간에 평평한 빛을 비춘다. 나는 빠르게 주변을 살펴본다. 배수구가 있는 콘크리트 바닥이다.

긴 금속 테이블이 눈에 띄었다. 그 위에는 작은 바위 크기의 붉은 무언가가 놓여있다. 자세히 보니 그건 내장이 드러난 불쌍한 동물이었다.

주변에는 온갖 종류의 기계가 있다. 한 기계는 투명한 비닐봉투가 걸려있었는데, 그 봉투에는 끈적끈적한 분홍색 물질이 무겁게 매달려 있다. 개 사료처럼 보인다. 악취가 심하게 난다. 그 뒤로 내게 무기가 되어줄 칼이 보인다.

내가 절뚝거리며 칼을 향해 달려가는 동안 밥은 문을 힘겹게 닫는다. 내 숨소리가 높은 천장 아래에서 울려 퍼지니 마치 거대하고 절박한 생명체가 나를 대신해 숨을 쉬는 것처럼 들린다. 밥이 안쪽에서 문을 잠그는 순간, 나는 가장 큰 칼을 고리에서 빼낸다. 그는 헛간 한쪽 끝에 있고 나는 반대쪽에 있다. 벽에 등을 대고 나는 칼날을 들어올린다.

"그거 내려놔요." 밥이 말한다.

"우리 둘 다 다칠 필요는 없어." 내가 으르렁거리며 말한다. "당신은 내가 얼마나 강한지 몰라. 전혀……."

"아무도 다치지 않아요." 그가 끼어든다. 그의 수염 때문에 나는 그의 표정을 읽기 어렵다. 그는 내게 다가오는 대신 사체 쪽으로 걸어간다.

"발목에 붕대를 감아야 해요." 그는 테이블에 식칼을 던지며 말했다. "하지만 지금 밖에 나가는 건 안전하지 않아요. 들킬 거예요. 여기서 잠시 머무르는 게 좋아요. 내가 일하는 걸 지켜봐도 괜찮다면." 그는 등을 내게 돌린 채로, 힘겹게 스웨트셔츠를 벗었다. 그의 몸통은 의외로 넓고 근육질이었다. 그는 살짝 뒤를 돌아보며 초록색 플라스틱 의자를 향해 고갯짓을 한다. "발목에 체중을 싣지 마요."

그런 후 밥은 팔꿈치까지 오는 장갑을 끼고, 식칼을 들어올린 후, 숙련된 손놀림으로 난도질을 시작했다.

한쪽 눈으로 밥을 보면서 나는 휴대폰을 확인한다. 앤디로부터 여섯 통의 부재중 전화가 와있다. 모르는 전화번호로 온 부재중 전화도 네 통. 충동적으로 나는 앤디에게 새 메시지를 보낸다. 아직도 그가 에덴과 한패라는 게 믿기지 않는다.

— 앤디, 당신은 나한테 거짓말을 했어. 당신 부하들을 다 보내. 난 당신과 함께 가지 않을 거야.

세 개의 점이 화면에 나타난다. 그가 응답하고 있다는 뜻이다.

— 어디예요?? 줄리아, 내가 도와줄게요!

밥의 목소리가 나를 향해 울려 퍼진다. "연락 조심해요. 그들은 추적할 수 있어요."

세상에. 왜 그 생각을 못 했지? 밥의 말에 나는 다급히 휴대폰 전원을 끈다. 지금으로서는 이게 최선의 방법이겠지만 휴대폰 액정이 검게 변하는 걸 보니 마치 안전하지만 결코 빠져나올 수 없는 방에 갇힌 것같이 느껴진다.

나는 버킷 의자에 조심스럽게 앉는다.

오랫동안 세상에게서 소외되고 있다고 생각해 왔지만 이번에는 차원이 달랐다. 현실이 주는 고통이 내 오감을 가득 채운다. 고통과 슬픔의 차이를 구분할 수 없을 정도다. 뻔 발목과 다시는 집에 돌아갈 수 없을지도 모른다는 사실. 지친 몸과 내가 해야 할 일을 해낼 수 있을 만큼 강하지 않다는 깊은 실망.

밤이 마침내 장갑을 벗고 다가왔을 때 나는 고통 속에서 얼마나 많은 시간이 흘렀는지도 몰랐다. 그는 내 가까이 있는 비닐봉투가 붙어있는 기계 앞에 멈춰 서더니 반짝이는 표면에 다정하게 손을 얹는다. "그라인더예요." 그는 내 반응을 살피는 듯이 나를 뚫어지게 쳐다본다. "고기와 뼈를 갈아서 페이스트로 만드는 거니까 엄청 강력하죠."

나는 그를 경계하듯 바라본다.

"육류를 가공하는 일은 재밌어요." 그는 계속 말한다. "나는 육류의 안 좋은 부분으로 개 사료를 만들어요. 뼈나 다른 쓸모없는 부위요. 개들은 좋아하죠. 쓸모없는 것 같았던 것들을 제대로 활용하면 뭔가 생산적인 일을 한다는 기분이 들어요."

그는 기계의 전원을 켜고 내게 시범을 보여줄 것 같더니 작은 의자에 손을 뻗어 나를 마주보고 앉는다.

그의 파란 눈은 강렬하다. 이 눈이 쌍안경을 통해 나를 바라보던 그 눈동자라는 게 신기할 뿐이다. 창문도 없고, 겹겹이 쌓였던 거리가 제거된 채 이젠 우리는 한 뼘을 사이에 두고 있다.

그는 팔을 다리에 얹고 묻는다. "계획이 뭐예요?" 그의 어조는 거칠지 않지만 부드럽지도 않다.

"없어요."

"남편을 죽인 살인범을 찾아야 할 것 같은데요."

"그랬었죠." 나는 목소리에 분노를 감추지 못하며 말한다. "그런데 지금은 법으로부터 도망치고 있는 게 다인 것 같네요."

그는 전혀 동요하지 않으며 말한다. "둘 다 할 수 있어요."

"왜 날 도와주는 거예요, 밥? 신스를 싫어하는 줄 알았는데."

"좋아한다고 말할 수는 없지만 지금은 더 중요한 게 있어요."

"어떤 거죠?"

"당신에게 도움이 필요하다는 것."

아무 해결책은 없는 말이지만 분명한 사실이다. 내 머릿속에는 불안한 이미지가 떠오른다. 밥이 커터칼로 조쉬의 팔을 자르는 장면. 그는 시체를 처리하고 사라지게 만들기에 완벽한 공간, 그라인더, 뼈 분쇄기를 가지고 있다.

"내 남편을 죽였어요?" 너무 어리석은 질문을 한 건 아닌지 생각해 보기도 전에 이미 뱉어버렸다. 그러나 밥은 딱히 당황하지 않는 것 같았다.

"아니요." 그의 반쯤 웃는 얼굴은 수염에 가려져 있다. "하지만 그랬으면 좋겠네요."

내 말투가 약간 히스테리적인 톤으로 변한다. "도대체 그게 무슨 뜻이에요?"

"그는 좋은 사람이 아니었어요. 우리 둘 다 알잖아요. 이제 솔직해지자고요."

그의 말이 마음에 와닿는다. 밥은 내가 생각했던 것보다 더 우리를 많이 지켜봤나 보다.

"좋은 사람?" 나는 폭발한다. "그래요. 조쉬도 다른 사람들처럼 문제가 있었어요. 그러면 몇 달 동안 이웃을 염탐하는 사람은 좋은 사람인가요? 정말 뻔뻔함이 대단하군요."

그는 나를 다시 평가하는 듯 몸을 뒤로 젖힌다. "나쁜 일에도 레벨이 있는 거예요."

"그건 우리 사적인 문제였어요." 나는 내뱉는다. "당신이 무슨 권리로 그런 소리를 해요?" 나는 목을 쥐어짠다. 그러나 나는 인정한다. 그래, 문제가 있었다. 많았지. 나는 고개를 손에 묻는다. "아무것도 못 하겠어요."

"할 수 있어요." 밥이 손을 뻗어 내 무릎에 단단한 손바닥을 치며 말한다. "애널리를 위해서."

애널리. 그래, 애널리를 위해서라면 할 수 있다. 신기하게도 딸을 생각하면 의지력과 용기가 솟는다. 그의 말이 짜증 나면서도 나는 '할 수 있다'는 희망을 얻는다. 체포되거나 체력이 허락할 때까지는 포기할 수 없다.

"이제 안전할 거예요. 집에서 샌드위치를 좀 만들어 먹으면서 어떻게 할지 생각 좀 해요." 그가 일어나며 말한다.

밥이 불을 끄고 문을 열자, 평소에 한없이 들이마셨던 상쾌한 바깥공기가 들어온다. 어느새 구름 뒤에 가려진 달이 은은하게 빛나는 완전한 밤이 되었다. 그는 자신의 집으로 나를 안내하고, 나는 절뚝거리며 따라간다.

뒷문은 곧바로 밥의 부엌으로 이어졌고, 조리대 위의 고양이가 의심을 품은 것처럼 차갑게 나를 지켜보고 있다. 밥의 집은 깔끔하지만 낡은 가전제품과 흠집 난 원목으로 꾸며져 있다. 대체적으로 낡고 오래되어 보인다.

밥은 진공청소기 탄 냄새가 나는 카펫이 깔린 계단을 올라가 짧은 복도를 따라 어두운 방, 즉 애널리의 방을 마주 보고 있는 방으로 안내한다. 나는 불을 켜려고 손을 뻗는다.

"잠깐만요." 그가 창가에 서서 말한다. "커튼 먼저 치고요."

이윽고 그가 모든 시야를 차단했다. 나는 안전해지자마자 불을 켠다. 가장 먼저 보이는 것은 베이비 모니터다. 두 번째는 밥이 염탐할 때 앉아야 하는 창가의 접이식 의자. 그것 말고는 방은 상자로 가득 차있다. 그리고 모든 상자에 같은 이름이 적혔다. 지아나—옷. 지아나—책. 지아나—의료 기록.

밥이 왜 내 베이비 모니터를 가지고 있는지, 대체 이게 다 무슨 게임인지 물어보려고 입을 열었지만 대신 나는 질문을 던졌다. "지아나가 누구죠?"

"제 딸이에요." 밥이 말한다. 나를 바라보는 그의 파란 눈은 그 사이에 아무런 막도 없는 것처럼 왠지 솔직해 보인다. "지아나는 당신의 난자 기증자였어요."

그의 입에서 믿을 수 없는 말이 흘러나온다. 입을 막고 있지만 떨리는 내 손처럼 그의 목소리에도 미세한 진동이 생긴다.

"애널리는 내 손녀죠."

과거

　조쉬와 나는 오늘 아침 촬영을 위해 따로 로스앤젤레스 공항으로 향했다. '〈더 프러포즈〉 이후'라는 마지막 에피소드를 찍기 위해서다. 조쉬가 나와 함께하길 무대 뒤에서 기다리고 있다. 지금도 맷이 이 코너를 소개하는 소리와 함께 생중계 관객들의 박수갈채도 들려온다.

　"괜찮아요?" 이 코너의 진행자인 프리샤는 내 옆에 서 있었다. 오늘의 그녀를 한마디로 일축하면 가죽 재킷을 입고 네온 옐로우 하이힐을 신은, 눈에 띄는 여성이라 할 수 있다. 프리샤는 다른 일반 방송에도 종종 출연한다. 그녀는 항상 멋진 순간을 포착하기 위해 무엇이든 할 수 있는 기민하고, 집요한 사람으로 기억한다. 나는 그녀가 굉장히 호감상이라고 생각했고, 그래서 좋아한다.

　"얼굴이 좀 창백해 보이는데요." 프리샤가 덧붙인다.

"네. 몸이 좀 안 좋아서요." 나는 그녀를 향해 미소를 짓는다.

몸을 가까이 기울인 프리샤가 목소리를 낮추어 속삭였다. "옆 테이블 위의 책이요. 기억하시죠?"

나는 대답 대신 고개를 미세하게 끄덕였다. 긴장되어 자꾸만 침이 삼켜진다.

어느덧 내 옆에 따뜻한 존재가 다가온다. 새 정장을 입고 말끔하게 차려입은 조쉬다. 애프터쉐이브에서 소나무 냄새가 풍긴다.

"조쉬." 내가 그를 끌어안으며 말한다. 언제나 그렇듯이 그를 못 보다가 만나면 내 가슴은 두근거린다. 우리는 3일 동안 떨어져 있었다. 그는 일 때문에 디모인까지 가야 했고 거기서 바로 비행기를 타고 왔다.

"머리 망가지니까 조심해요." 프리샤가 웃으며 언질을 준다.

"미안해요." 나는 웃으며 뒤로 물러나 몇몇 사람이 내 머리를 손질하고, 누군가가 내 립글로스를 새로 바르는 동안 조쉬에게 집중한다.

"보고 싶었어, 자기야."

"나도 보고 싶었어." 다정한 말이지만 긴장한 표정이 역력하고 왠지 조금 멀게 느껴진다. 출장 때문에 피곤한 거겠지만 출장 후에는 더 애교 부리는 평소의 조쉬와는 다른 느낌이다.

"무슨 일 있어?" 내가 속삭인다.

"나중에 말해줄게." 그가 말한다. 못되게 말하는 건 아니지만, 그의 말투에는 따뜻함이 느껴지지 않는다.

나는 손을 뻗어 그의 손을 잡는다. 조쉬도 내 손을 꽉 쥐었다. 다소 세게 쥐는 게 마치 내가 자신의 손을 잡은 걸 비난하는 듯이 느껴진다. 아무래도 많이 긴장한 듯하다. 이로써 조쉬는 스트레스를 받거나 긴장하면 움츠러드는 타입이라는 걸 새롭게 알게 되었다.

촬영이 끝난 후 6주 동안 TV로 방송이 나갈 때, 인디애나폴리스의 아파트에서 조쉬와 극비리에 함께 지낸 시간은 좋았지만 쉽지만은 않은 시간이었다. 내가 사랑에 빠진 조쉬는 모든 데이트와 모든 말이 계획되고 통제된 호화로운 환경에서의 조쉬였다는 것을 스스로에게 상기해야 했다. 스물네 명의 여성과 제작진 전체가 그를 만족시키려 노력하던 환경이었다. 〈더 프러포즈〉에서 조쉬는 동물원에 있었고, 지금은 다시 야생으로 돌아온 것 같다.

마지막 촬영지인 자메이카에서 내가 누구에게 예스라고 말했는지 모르겠다는 생각이 들 때도 있지만, 나는 그것을 부정적으로 생각하지 않았다. 그때의 조쉬와 다르지 않다고, 나쁘지 않다고 수십 번이나 스스로에게 말했다. 몇 번의 갈등 때문에 내 인생에서의 가장 큰 선택을 의심할 수는 없으니까. 내가 조쉬를 위해 태어났다면 지금의 이 조쉬를 위해서도 마찬가지라고. 이상하게도 그런 힘든 시기에 나를 안심시킨 것은 앤디에 대한 나의 신뢰였다.

"좋아요. 10초 후에 시작해요." 프리샤가 속삭이면서 우리를 살짝 재촉한다.

이제 무대가 보인다. 대형 클럽 의자에 앉은 맷이 조쉬와 내가 앉을 빈 2인용 안락의자를 바라보고 있다. 우리 둘 다 질문 목록을 미리 봤지만 조쉬가 들으면 놀랄 질문을 하나 추가했다.

"준비됐어요, 약혼녀 씨?" 신호를 받자 조쉬가 웃으며 말한다. 그 말이 또 너무 평소처럼 다정하게 들려 난 모든 게 잘될 것 같은 기분이 든다.

우리는 열렬한 박수갈채를 받으며 무대에 오른다. 조명이 너무 밝아서 스튜디오에 있는 청중이 선명히 보이지는 않지만, 그들은 모두 일제히 일어선다. 저들은 신스에 대해 어떻게 생각할까?

조쉬와 나는 손을 흔들고 자리에 앉는다. 박수 소리가 잦아드는 동안 나는 짧은 치마를 정돈했고 맷이 오프닝 멘트를 한다.

이틀 전, 임신 테스트를 했을 때는 곧장 말하지 않았다. 조쉬는 어차피 출장 중이었고 나는 전화로 전하고 싶지 않았기 때문이다. 다음에 서로 만나는 공식적인 자리에서 〈더 프러포즈〉의 결말을 모두 놀랄 공개 선언으로 마무리하면 얼마나 좋을까 싶었다.

하지만 오늘 나는 발표하려는 서프라이즈에 대해 망설이고 있다. 이게 과연 그의 눈에 사랑스럽게 보일 수 있나? 전 미국 국민들에게 이런 개인적인 순간을 공개하는 게 미친 짓은 아닐까?

"줄리아?"

맷이 나에게 질문을 했다는 사실을 깨닫고 나는 정신을 차린다.

"죄송해요. 한 번만 더 질문해 주실 수 있을까요?" 얼굴을 붉힌 나는 다리를 꼬고 다시 말한다.

"오늘 저희가 좀 산만하죠?" 맷은 언제나처럼 매력적으로 말한다.

"네, 그렇지만 저를 탓할 수 없을걸요?" 하며 나는 약혼반지가 끼워진 왼손을 들어올린다. 청중들이 '우와!' 하고 함성을 치는 소리가 들린다. "저도 진정하고 싶은데 이 사람이 자꾸 방해하네요." 나는 몸을 숙여 조쉬의 약간 거친 뺨에 살짝 뽀뽀하고, 청중은 박수를 보낸다.

"자, 줄리아, 이제 모든 사람들의 시선이 당신에게 쏠렸으니." 맷이 도도한 목소리로 말한다. "촬영이 끝나고 방송이 나오는 동안 어떻게 비밀스럽게 살았는지 이야기 좀 해줘요."

"음, 일단 정말 놀라웠어요." 나는 감탄사를 내뱉는다. 나는 이 작은 거짓말에 대해 양심의 가책조차 느끼지 못한다.

"인디애나폴리스에 있는 조쉬의 아파트로 이사했어요. 조쉬가 일터에 가면 저는 소꿉놀이를 했죠. 카밀라와는 전화로 많은 이야기를 나누면서 더욱 친해졌어요. 그녀가 우리 인생에 함께 있어 저나 조쉬 모두 둘 다 운이 좋은 것 같아요. 지금까지는 여전히 단순한 일들을 즐기고 있어요. 저녁 요리하기, 이 남자의 집에 제 흔적을 더하는 것 등등, 정말 재미있어요."

"장애물은 없었나요?" 맷이 도발한다. "후회나 두려움 같은 것도 없고요?"

"전혀요." 나는 일말의 망설임도 없이 대답한다. 나는 계속하기 전에 조쉬를 사랑스러운 표정으로 바라본다. "솔직히 말해서, 조쉬가 업무상 출장이 잦아서 조금 힘들긴 했어요. 하지만 조쉬는 자신의 일을 사랑하고 저는 그걸 전적으로 지지해요. 지금은 그저 과도기일 뿐이라고 생각해요. 가장 힘들었던 점은 조쉬의 친구와 동료들에게 이 사실을 숨기는 것이었어요. 우리는 비밀로 하고 싶었던 것도 있지만 좀 더 고립된 느낌이 들었던 것 같아요. 하지만 이제 저희는 다음 단계로 관계를 공개할 준비가 끝났어요."

"결혼식을 계획 중이신가요?" 맷이 묻는다.

"그러니까……." 나는 조쉬를 바라본다.

"결혼식이 당장 급한 건 아니니까요, 맷. 우리에겐 시간이 있어요." 조쉬가 말하며 나에게 윙크한다. "가장 중요한 건 우리가 원하는 시간에 원하는 방식으로 하는 거예요. 우리를 지지하는 사람들에게 둘러싸여서요."

맙소사. 나는 여러 가지 이유로 몸이 더 아프기 시작한다. 속이 메스꺼운 것을 감추기 위해 나는 더 열심히 웃는다.

"정말 훌륭한 생각이군요." 맷이 말한다. "하지만 두 분, 날짜는 상의했겠죠? 전 세계가 여러분의 로맨틱한 프러포즈를 지켜봤어요. 우리는 두 분의 결혼식 종소리를 들을 준비가 됐다고요. 힌트라도 주시면 안 될까요?"

조쉬와 나는 서로를 바라본다. 왠지 모르게 나는 긴장감을 느낀다.

사실 우리는 빠른 결혼식을 원했다. 조쉬가 프러포즈하던 날, 그 얘기를 했다. 인디애나에서 친구 몇 명과 조촐하게 결혼식을 올리자고. 카밀라는 내 신부 들러리를 맡고, 조쉬의 동료 릭은 그의 신랑 들러리를 맡고. 앤디에게 나를 신부로서 조쉬에게 인도해 달라고 부탁할지, 아니면 그게 너무 이상할지에 대해서까지도 토론했었다.

그날 저녁 늦게 자메이카에 계신 조쉬의 어머니께 전화를 드렸다. 그녀는 정말 따뜻하게 축하해 주었고 우리가 제안한 두 가지 결혼식 날짜에 다시 연락을 주겠다고 약속했다. 그러나 쇼가 방영되기 시작하고 나서 그녀는 잠적했다. 나와 조쉬는 그 사실에 정말 큰 충격에 빠졌다.

돌이켜보면, 내가 그 쇼에 나오는 신스라는 것을 그녀가 절대 모르도록 해야 했다. 조쉬는 계속 말씀을 드릴 준비가 되지 않은 것 같았다.

"그냥 어머니를 만나러 가면 되잖아요. 직접 만나서 다 설명드려요." 첫 주 동안 아무 말을 하지 않자 내가 제안했다. "오베르테는 두어 시간 거리에 있지 않나요?"

"그렇게 무턱대고 갈 수는 없어." 그는 내가 무슨 은행을 털거나 강아지를 죽이자고 제안이라도 한 것처럼 화를 내며 말했다. "당신은 엄마가 없잖아. 당신은 이해 못 해, 줄리아."

나는 그냥 넘어갔어야 했다.

"자, 신스를 참가 경쟁자 중 한 명으로 영입할 때부터 우리는 논란이 있을 거라는 걸 알고 있었어요." 맷은 말한다. "두 사람은 현실 세계에 뛰어든 것에 대해 어떻게 생각하시나요? 그러니까…… 모든 사람에게 이슈가 되고 있잖아요!"

그렇다. 우리는 이제 TV 쇼가 아닌 현실로 진입했다. 리얼리티 쇼가 진짜가 아니라는 것을 인정한다면 이름을 판타지 쇼로 바꿔야 하지 않을까 하는 씁쓸한 생각이 떠오른다. 하지만 그 생각에 잠겨있으면 안 된다는 생각에 나는 얼른 털어버린다.

"기분 좋아요." 조쉬는 전혀 문제가 없다는 듯이 진지한 표정을 짓는다.

2주 전에 내가 조쉬의 엄마에게 직접 전화를 걸어 음성 메시지를 남겼다고 말했을 때, 화를 내며 집의 벽에 구멍을 뚫었던 사람이라곤 믿지 않는다. "참견하지 마, 줄리아. 당신은 일을 망칠 거야. 왜 그게 좋은 방법이라고 생각한 거야? 이건 엄마와 나 사이의 일이라고 이미 말했잖아."

다음 날, 그는 조용히 구멍을 메웠다. 이제 증거는 없다. 지금 그의 가벼운 표정과 쉬운 말투에서 나와 그를 거부하는 엄마의 마음이 나조차도 닿을 수 없는 깊숙한 곳을 찌르고 있음을 전혀 느낄 수 없는 것처럼. 조쉬의 어머니가 내가 아기를 가져 자신이 곧 할머니가 될 거라는 사실을 알게 되면 전화를 받으실지도 모른다고 희망할 뿐이다.

맷은 능숙하고 상냥했으며 질문도 예정대로 진행되었다. 광고 휴식 시간에는 생수를 마시고 메이크업 담당자가 이마에 파우더를 발라준다. 어느 순간 조쉬와 내가 무대 뒤로 나가고 카밀라가 나오는 순서가 된다. 무대 뒤에서 카밀라가 내 손을 꽉 쥔다. 내가 입모양으로 '나쁜 년.'이라고 말했더니 카밀라도 똑같이 한다. 그다음 조쉬가 나가서 그녀와 이야기를 나눈다. 난 그들을 무대 뒤에서 지켜본다. 둘은 화기애애하게 웃는다. 카밀라는 조쉬의 팔을 만지고 조쉬는 그녀의 팔을 만진다. 어느 이야기에서는 카밀라가 눈물을 흘리고 조쉬는 그녀를 안아준다.

둘이 함께 있는 모습을 보면 아직도 질투심이 살짝 솟구치지만, 그래도 카밀라에 대한 절대적인 신뢰 앞에서는 무시하기 쉬운 작은 감정에 불과하다. 카밀라는 프로그램에서 하차하는 것에 대해 나에게 정말 솔직하게 이야기해 줬고, 우리를 진심으로 응원해 줬다. 우리와 같은 경험을 해보지 않은 사람에게는 이해가 가지 않을 수도 있다. 하지만 다른 사람이 이 복합적인 감정을 이해할 필요는 없다.

마침내 나도 무대로 그들에 다시 합류하고, 카밀라와 나는 우리 둘이 서로 경쟁자로서 미워하다가 좋은 친구가 된 여정에 대한 질문에 대해 대답한다. 카밀라는 신스와 인간의 결혼이 정말 가능할 거라고 생각하는지에 대한 질문에도 막힘없이 대답한다.

대화가 거의 끝나갈 무렵, 맷이 마침내 내게 질문을 던진다.

"이제 깜짝 발표를 할 시간이죠? 이제 줄리아에게 마이크를 넘길게요. 이는 〈더 프러포즈〉 역사상 처음 있는 특별한 순간입니다."

숨이 불규칙하게 쉬어진다. 나는 테이블에서 책을 집어들고 천천히 몸을 돌려 2인용 안락의자에 앉은 조쉬를 마주한다. 카밀라와 맷은 각자의 의자에서 지켜보고 있다.

"조쉬, 여기 당신이 보고 싶어 할만한 게 있어요." 나는 책 표지를 연다. 구멍이 뚫린 가짜 책이다. 카메라가 내 손의 떨림을 포착하지 못하도록 빠르게 하얀 막대기를 꺼내 건넨다.

그걸 받아든 조쉬의 표정이 한순간에 얼어붙는다. 그가 표정 관리를 할 때까지 2초 정도 걸렸지만 내 마음속에서는 그 시간이 영원처럼 느껴진다.

그 2초 동안 나는 조쉬의 내면에서 일어나는 모든 것을 읽어 낸다. 그는 당황하고 충격받은 게 분명하다. 게다가 그는 내가 이 많은 사람들 앞에서 자신을 놀라게 했다는 사실에 화가 났다. 조쉬의 눈에서 강렬한 불꽃이 튄다.

그러나 곧 그는 미소를 짓는다. 찰나에 지나가는 눈빛을 잘못 읽은 걸까. 나는 혼란스러워진다. 하지만 결국 그는 화를 내지 않았으니, 괜찮을 거라는 안도감에 온몸이 축 처진다.

"줄리아!" 그는 두 팔로 내 몸을 감싸 안는다. "이건 최고의 깜짝 선물이에요." 박수와 색종이 조각, 음악이 울려 퍼진다. 우리는 모두 일어섰고 카밀라가 우리를 껴안으며 외친다. "내가 대모가 되어도 될까? 세상에, 여러분! 아기가 생겼다고요!"

맷은 내가 임신한 지 얼마나 되었는지, 판타지 스위트룸에 묵을 때 아기가 생긴 건지 물어보지만 나는 어느 정도 비밀을 지키는 것이 옳은 일이라고 생각해서 답을 피한다.

쇼가 끝나고, 조쉬는 분장실로 나를 찾아온다. 그는 문을 닫고 등을 기댔다. 우리는 공간 건너편에서 서로를 바라본다. 이

벤트는 성공적이었다. 나는 최고의 기분을 만끽하고 있었고, 그 기분을 말해주려 입을 열려 했다.

"젠장, 뭐야, 줄리아? 아기?"

조쉬가 끼어들기 전까지는. 그의 반응에 온 세상이 기울어지는 것 같다. 그러나 나는 정신을 차리려고 애를 쓴다.

"응. 당신, 행복해할 줄 알았는데. 아까 표정도 기뻐 보였고." 나는 겉으로라도 침착하게 이 상황을 이겨내기로 했다.

그는 신음소리를 내며 고개를 뒤로 젖히고 문에 부드럽게 부딪친다. "제발 이 아이가 판타지 스위트룸에서 생긴 게 아니라고 말해줘."

나는 침을 삼키고 대답하지 않는다.

"피임 기구를 쓸 생각은 안 했어?" 그는 천장을 바라본다.

나는 여전히 침착하게, 할 수 있는 한 조용히 이야기한다. "아니. 난…… 생각 못 했어. 내 첫 경험이었는걸."

그는 아무 반응이 없고, 나는 기다린다.

"미안해. 너무 갑작스러웠나 봐." 내가 마침내 말한다.

조쉬는 긴 숨을 내쉰다. "엄마가 드디어 전화하셨어."

"정말? 잘됐다, 조쉬!"

하지만 조쉬는 얼굴을 펴지 않는다. 오히려 잔인한 아이러니에 휘말린 것처럼 이상한 미소를 지으며 고개를 살짝 흔들고 있다.

"아, 잠깐만." 내가 말한다. "어머님 아프신 건 괜찮으시대?"

끝없이 펼쳐진 분장실, 끝없이 펼쳐진 우리의 서로 다른 감정

속에서 그의 눈과 나의 눈이 마주친다.

내 심장은 조쉬에게 닿고 싶어 하는 것처럼 쿵쿵거리지만 이 마음은 그에게 전해지지 않는다.

불과 6주 전만 해도 조쉬의 눈은 희망, 사랑, 설렘, 열망으로 가득 차있었다. 그러나 지금 그것들은 불투명해졌고, 마치 이 불투명한 벽 뒤에 실망과 고통만이 박힌 것처럼 보였다. 그의 엄마 문제뿐인지, 아니면 그가 내게 말하지 않는 더 많은 것들이 있는지조차 그 모든 것이 실망과 고통의 층 뒤에 박제된 것처럼 불투명해졌다.

"유방암 4기래." 그의 목소리에는 아무 느낌이 없다.

"세상에, 조쉬……." 이것이 우리가 무대 뒤에서 만났을 때의 긴장감과 왜 아기에 대한 생각이 즉시 흥분되지 않는지 그 이유를 다 설명한다. 죽음이 눈앞에 있는데 새 생명의 기쁨을 만끽할 수는 없겠지. 그리고 단순한 죽음이 아니라 유일한 부모의 죽음이다. 그에게는 유일하게 중요한 사람의 죽음.

나도 모르게 조쉬를 힘껏 안아주고 싶어진다. 하지만 나는 움직이지 않는다.

"내가 뭘 할 수 있을까?" 나는 속삭인다.

"당연히 우리가 돌봐드려야지." 그는 내가 당연한 걸 물어봤다고 생각하는지 화가 난다는 듯 말한다.

나는 천천히 고개를 끄덕인다. 오늘 밤은 끔찍했지만, 임신 발표에 대한 조쉬의 반응이 주는 따끔함과 우리가 자리를 잡기도 전에 삶의 방향을 다시 잡아야 하는 짧은 타격을 이겨내려고 노력한다. 가장 중요한 것은 조쉬와 내가 조쉬 어머니가 어려운 상황에 어머니 곁에서 최선을 다해 그 관계를 회복하는 것이다.

조쉬에게 필요한 것이라면 무엇이든 할 준비가 되어있다고 말하려고 하던 찰나, 메스꺼움이 목구멍으로 올라오는 느낌이다. 심오하게 약해지는 감정이 파고들어오는 느낌에 나는 손을 배에 얹는다. 모든 강인함을 유지하려던 내 결심이 찢겨지는 듯한 느낌이 든다. 마치 내 의지가 종이로 된 듯이.

급하게 화장대 옆 쓰레기통에 몸을 기울이고 토하며, 나는 말한다.

"미안해, 입덧 때문에."

현재

"크리스티." 나는 크리스티가 전화를 받았다는 사실에 안도하며 낮은 목소리로 말한다. 행여 모르는 전화번호로 온 전화라는 이유로 크리스티가 받지 않을까 봐 걱정했기 때문이다.

추적을 방지하기 위해 밥의 휴대폰으로 전화를 걸었다. 가장 중요한 연락처들을 복사한 다음, 밥의 망치로 내 휴대폰을 부숴버렸다. 휴대폰이 꺼져있는 동안에도 나를 추적할 수 있을지 모르기 때문이다. 어쩌면 내가 편집증에 걸린 걸 수도 있겠지만 후회하는 것보다 낫다.

쌍둥이 신스 자매는 내 SNS에 자주 댓글을 달지만, 쇼 촬영 이후 연락을 한 적이 거의 없다. 하지만 한 번 만난 그날 밤에 그들은 전화번호를 알려줬다. 힘들면 전화하라는 말을 남기면서. 남편이 살해당하고 보안관이 나를 체포하여 영원히 가두어 두려고 하는 것보다 더 힘든 일은 없을 것이다.

밥은 아래층에서 샌드위치를 만들고 있다. 나는 여전히 상자가 있는 방에서 창가 접이식 의자에 앉아 발목의 시큰거리는 통증을 무시하려고 애쓰고 있다.

"줄리아!" 크리스티가 터보 배터리를 장착한 것처럼 나를 끌어당겼던 그 활기찬 에너지로 외친다. "어떻게 지내는지 정말 걱정했어요! 잘 지냈어요? 어떻게 지냈어요?"

"일이…… 완전 미쳤어요."

"줄리아가 한 게 아니라는 거 알아요." 크리스티가 말한다. "우리도 언론에 따졌어요. 말도 안 돼요! 우리 스스로를 방어할 수도 없는데 이제 살인 혐의로 심문을 받는다고요? 나한테는 톰이라는 훌륭한 변호사가 있어요."

"당신 도움이 필요해요." 내가 끼어들었다. "작년에 했던 제안이 아직 유효하다면요."

"물론이죠! 뭐든지요!"

"혹시…… 자동차도 가능한가요?"

내가 그 어느 때보다 불리한 입장이지만 아직 끝난 건 아니다. 우선 밥의 집에서 벗어나야 한다. 경찰이 내 집 주변을 기어다니고 있으니 거리를 두어야 한다. 둘째, 번호판으로 추적할 경우를 대비해 내 차를 이용할 수 없다.

"어…… 자동차요?" 그녀가 말한다.

"그리고 갈 곳도요." 내가 계속 말한다. "새 휴대폰이랑 신용카드도 필요해요. 유축기, 사실 이게 가장 급해요. 저는 일종의…… 도망을 다니고 있는 상태라서요. 범인을 알아낼 때까지."

진짜 범인을 찾을 때까지 시간을 벌 수 있는 건 뭐든지 해야 했다. 머릿속에는 가장 먼저 떠오르는 두 사람이 있다. 결국 함께 일하고 있는 앤디와 에덴이다. 감정적으로 처리할 시간조차 없다. 너무 절망적이다.

　　"참견하는 건 아니지만…… 도망치면 더 죄가 있는 것처럼 보이지 않을까요?" 크리스티가 조심스럽게 말했다. "법 집행 기관과 협력하는 건 어때요?"

　　"당신은 여기 상황을 이해하지 못해요." 나는 크리스티가 내가 너무 오버한다고 생각하지 않기를 바랐다. "여기 미첼 보안관의 선거 공약은 나를 마을에서 쫓아내겠다는 거였거든요. 찾아보세요. 그는 날 싫어해요, 크리스티. 그가 내게 수갑을 채우면 난 절대 안 풀려날 거고 그럼 내 딸은……." 나는 말을 끝낼 수조차 없다.

　　"다른 용의자들은요?" 크리스티가 묻는다. "다른 사람들도 심문하지 않나요?"

　　"저도 그렇게 물었어요. 저는 조쉬를 해치려 했을지 모르는 사람들의 명단도 다 적어놓았죠." 나는 작은 쓴웃음을 지었다. "그런데 보안관은 그 명단을 거부했어요. 그는 이 일로 저를 죽이려고 이미 혈안이 되어있었어요." 나는 심호흡을 해야 했다. 우리 집에서 보안관이 자신의 의무를 거부하는 것을 생각하니 머리가 너무 뜨거워져서 아무 생각을 할 수 없기 때문이다.

　　"알겠어요." 크리스티에게서 드물게 느껴지는 침묵이 흘렀다. 그러더니 크리스티는 무언가 결심한 듯 이야기했다. "내 비서를 불러서, 한 시간 안에 차를 가져다드릴게요. 어디로 가져 갈지만 알려주세요."

나는 숨을 내쉬며 말한다. "고마워요. 정말 고마워요, 크리스티. 오베르테에서 20마일 정도 떨어진 고속도로 바로 옆에 모텔이 있어요. 스톱 앤 슬립 로드사이드 인." 오가며 그곳을 백만 번도 더 봤었지만 이용할 거라곤 상상도 해본 적이 없다.

"내 카드로 방을 잡아드릴게요." 크리스티가 말한다. "가명을 사용해요. 릴리 패딩턴은 어때요? 아침에 휴대폰이랑 가짜 신분증 같은 걸 준비해 줄 수 있어요."

"그거 완전 좋네요. 정말 고마워서 어쩔 줄 모르겠어요." 내가 말한다. "오늘 밤에 유축기까지 구해주실 수 있을까요?"

"물론이죠. 하지만 보안관이 정말 그렇게 끔찍하다면 더 멀리 도망치는 게 낫지 않아요, 줄리아? 모텔에 머무르지 말고, 캘리포니아로 와요! 내가 숨겨줄게요! 애널리도! 우리 공간은 충분해요. 내 옷장이 침실 두 개짜리 아파트 크기예요."

크리스티의 캘리포니아 저택에 숨어 지낸다는 아이디어는 정말 사랑스럽다. 하지만 그걸로 얼마나 오래 버틸 수 있을까? 딸과 영원히 재회하고 가치 있는 삶을 살 수 있는 유일한 기회는 조쉬의 살인범을 찾는 것뿐이다.

"정말 친절하시네요. 하지만 그럴 수 없어요. 누가 조쉬에게 이런 짓을 했는지 알아내야 해요."

"혹시 감이라도 오는 거 있어요?" 크리스티가 말한다.

"단서가 하나 있어요." 내가 말한다. "시간이 좀 더 필요해요."

앤디와 에덴이 왜 내 존재의 이유인 내 남편을 죽이려고 했는지 알아낼 시간이 필요하다. 둘 다 천재라는 점을 고려할 때 조쉬를 죽였다고 해도 흔적을 감출 만큼 똑똑했을 것이다.

법이 나를 따라잡기 전에 두 사람 중 한 명에게 유죄를 선고할 수 있는 증거를 찾는 기적이 필요했다. 내가 남은 생을 평안하게 살 수 있는, 유일한 길도 그것뿐이다.

갑자기 숲속에서 에덴을 만났던 날 밤의 기억이 떠올랐다. 그녀는 전화 통화를 하고 있었고 보안관과 통화 중이라고 주장했는데, 이제 나는 그게 앤디와의 통화였다고 확신한다. 정확히 뭐라고 했더라?

'당연히요. 뭐든 새로운 거 있으면 전화할게요.'

그래, 그건 날 감시하고 앤디에게 보고하고 있는 것이었을 테다. 밥처럼 에덴도 내 가정 문제의 원치 않는 목격자였어. 그 당시에도 앤디에게 보고했었을까? 내 결혼 생활이 얼마나 나빠졌는지 보고했을까? 만약 앤디가 나를 사랑한다면 나를 방어하거나 복수해 주고 싶은 마음이 조쉬를 죽일 만큼의 동기가 될 수 있었을까?

에덴이 말한 또 다른 무언가가 내 어두운 기억 표면으로 올라온다. 삼진아웃이라고 했던……. 무슨 뜻인지는 모르겠지만 중요한 것 같았다.

"뭐, 이런 말이 있잖아요." 크리스티가 유쾌하게 말한다.

"시간이 곧 돈이라고요. 한 시간 안에 렌터카를 모텔로 가져다줄게요. 그리고 운전기사에게 체크인을 부탁할게요. 솔직히 말해서 그 빨간 머리 때문에 줄리아, 당신을 사람들이 한눈에 알아볼 수 있잖아요. 객실 열쇠와 차 열쇠를 들고 주차장에서 기다리라고 할게요."

"그리고 유축기도요." 나는 그녀에게 가장 중요한 물건을 상기시킨다.

"다른 물건들은 아침까지 보내도 괜찮겠어요?"

"물론이죠."

"제 비서가 운전기사에게 눈에 잘 띄는 옷을 입으라고 지시할 거예요. 염색약도 필요하죠? 아니면 가발? 늦어도 아침 식사 전까지 문 앞에 가방 한 개를 갖다 놓을 수 있어요."

"네, 물론이죠. 생각나는 건 뭐든지요. 당신은 정말 천사 같은 분이에요. 당신과 크리스텔 모두요."

"솔직히 말하자면, 신스는 우리 셋뿐이잖아요. 조쉬의 살인 사건의 결과가 우리 모두에게 영향을 미칠 거예요." 그녀는 한숨을 내쉬었다. "당신이 도망치는 게 썩 좋은 일은 아닌 것 같아요. 하지만 당신이 확신에 찬 것 같으니 응원할게요. 그게 우리가 서로를 위해 해야 할 일이니까요. 하지만 이제 날 위해 뭔가 해줘야 해요."

"뭐죠?"

그러자 다정한 크리스티는 사라지고 터프한 크리스티가 대신 말하는 것 같다. "젠장! 이 일 절대 망치면 안 돼요!"

나는 터프한 크리스티가 더 좋은 것 같다.

"안 망칠 거예요. 약속해요."

과거

"레몬이 좋아요, 라즈베리가 좋아요?" 무지개색 머리에 나비 머리띠를 두르고 예쁜 미소를 짓는 제빵사가 말한다.

"여기, 충분히 맛보지 못했죠?" 조쉬는 미소를 지으며 레몬 커드를 얹은 바닐라케이크 한 입이 담긴 숟가락을 내 입 쪽으로 향한다.

지금 당장 입덧이 심해 설탕을 정말 먹고 싶지 않지만, 카메라가 모든 사랑스러운 순간을 기록하고 있다는 것을 알기에 윤기가 나는 입술을 벌린다.

"잠깐만요. 뭔가 묻었네요⋯⋯." 조쉬가 내 입술 끝에 뭐가 붙은 듯 살살 건드리며 말한다. "자, 내가 도와줄게." 그는 혀를 대지 않고 가볍게 완벽한 카메라용 키스를 한다.

"당신 속셈을 알겠어." 나는 그가 물러날 때 장난스럽게 말한다. "빵 부스러기는 없었잖아요!"

제빵사는 조금 어색하게 웃지만 우리는 이곳에 우리 둘만 있다는 것처럼 의식하지 않았다.

조쉬도, 나도 지금 당장 카메라에 둘러싸여 있고 싶지 않았다. 카메라라는 의식적인 장치 앞에서 느끼는 불편함 때문만은 아니다. 앞으로 다가올 힘든 시기를 이겨내는 데 필요한 것을 얻는 일에 관한 것이다. 솔직히 말해서 우리 둘 다 14일 안에 결혼식을 계획할 수 있는 능력이나 에너지가 없다.

결혼식 에피소드를 촬영하면 우리는 결혼 비용을 지원받을 수 있다. 조쉬도 오베르테에서 원격으로 일할 수 있는 관리직으로 자리를 옮기면서 삭감된 급여를 받아들일 것이다. 그리고 우리는 조쉬 어머니의 엄청난 의료비를 갚는 일을 바로 시작해 조금씩 갚아나갈 수 있다. 그녀의 보험은 형편없어서 이 비용들은 커져만 갈 것이다. 조쉬는 그녀가 나아질 수도 있다고 계속 말하지만, 나는 그게 그냥 부인하고 싶어서 하는 말인 걸 안다. 결국 우리는 어느 시점에 전담 간호사가 필요할 것 같은 느낌이 든다. 즉 호스피스 병동으로 옮겨야 할지도 모른다. 우리가 치를 결혼식은 그녀의 죽음에 필요한 돈을 댈 것이다.

"그래서…… 라즈베리가 더 맛있나요?" 제빵사가 묻는다. "음." 나는 깊은 고민에 빠진 듯 얼굴을 찡그린다. "모르겠어요! 둘 다 너무 맛있는걸요!"

"그런가요?" 제빵사가 비밀이 있는 것처럼 미소를 지으며 말한다. "두 분께 특별한 선물로 두 가지 맛을 모두 만들어 드리고 싶어요!"

나는 비명을 지르며 손뼉을 쳤다. "둘 다요?"

"정말 친절하시네요." 조쉬가 내 손을 자신의 손으로 덮어주면서 웃는다. "이게 오늘 하루를 더욱 특별하게 만들어 줄 거예요."

메스꺼움 때문인지 입에서 나오는 말조차 역겹다. 무엇이 진짜인지 가짜인지 구별하기 힘들었던 때가 아주 먼 옛날 같은데, 지금은? 마치 갈라진 과일처럼, 그 둘은 완전히 갈라져 버렸다. 그리고 서로에게 거슬린다.

"촬영 끝났어요." 모든 웨딩 준비에 참여한 프리샤가 말한다.

조쉬는 마치 뜨거운 것에 앉아있던 사람처럼 벌떡 일어난다. "그럼 다 된 거죠?"

두 가지 맛의 케이크에 대해 감사해하던 그의 부드러운 태도는 사라져 버렸다.

나는 〈더 프러포즈〉를 찍으면서 조쉬에게서 이런 조급함을 느낀 적이 없었다. 재촉하는 듯한 느낌은 그저 시간이 빨리 흘러가고 있는 탓이라 생각했다. 조쉬 어머니의 생명이 헛된 순간들로 낭비되고 있는 시간, 그의 시계가 시끄럽게 똑딱거리는 소리로 표시되는 시간, 그 소리가 나를 미치게 만든다.

"네, 철수하죠." 프리샤가 말하자 제작진은 곧바로 조명과 카메라를 철거하기 시작한다.

나는 잠시 시간을 내서 귀여운 표정을 짓고 셀프 카메라를 찍는다. 이런 기회를 이용해 미국 대중에게 내가 그들과 다르지 않음을 알리는 것이 중요하니까. 결혼 준비는 정말 지친다 #노필터라는 간단한 캡션과 함께 방금 찍은 사진을 게시한다.

나는 꽃무늬 맥시 드레스를 다듬으며 서있다. 그다지 잘 맞지 않는 옷이다. 끈이 내 어깨를 파고들고 가슴이 뻐근한 걸로 봐서는 아무래도 새 브래지어를 사야 할 것 같다. 조쉬가 신용카드 계좌에 나를 보조 카드 소지자로 추가했는데, 사용할 때마다 기분이 이상하다. 특히 재정적으로 불안정한, 새로운 상황을 고려하면 더욱 그렇다.

조쉬는 나보다 먼저 빵집을 떠났지만 나도 그리 뒤처지지는 않았다. 선글라스를 썼고 날은 더운데 조쉬는 빠르게 SUV로 향하고 있다. 첫 번째 목적지는 꽃집이고 두 번째 목적지는 빵집이다. 다음에 조쉬는 턱시도 가게에, 나는 드레스를 고르기 위해 웨딩 부티크로 향한다.

상황이 힘들지만 내 안에는 여전히 많은 희망이 있다. 조쉬와 나는 삶과 죽음이라는 큰 문제에 직면해 있고, 이는 우리뿐만 아니라 모든 커플의 기초를 흔들기에 충분하다. 한 번에 한 가지씩 해결하자. 나는 내 자신에게 계속 상기시킨다.

"안녕하세요, 줄리아. 방해해서 죄송해요." 갑자기 내 곁에 한 여성이 다가온다. 나는 걸음을 멈추지 않는다. 이미 시내에서 몇 번이나 사람들이 나를 알아본 적이 있었지만 별로 즐겁지 않았던 경험이 있다. 한 남자는 내 사인을 요청했는데 짜증은 났지만 괜찮았다. 또 다른 여성은 물병을 열고 "내 지역에서 꺼져, 이런 기계 부품 같으니라고!"라고 외치며 내게 물을 뿌렸다. '섹스로봇', '합성녀', 그리고 인공지능을 딴 '인공녀' 등 사람들이 나를 모욕적으로 부르는 말이 한두 개가 아니라는 걸 알게 되었다.

"저는 넷플릭스의 앨리 부온코어예요." 주차장을 가로지르는 나와 보조를 맞추며 여성이 말한다. "제가 몇 번 메시지를 남겼는데요."

"아, 그러셨군요. 일이 바빴어요." 나는 순간적으로 내 목소리에 앙심이 느껴진 걸 후회한다. 이 일에 열심인 전문직 여성이 나를 괴롭히는 것이 그녀의 일이라고 해서 내가 경멸할 자격이 있는 건 아니니까. 나는 한숨을 쉬며 걸음을 멈춘다.

그녀는 생각보다 키가 작고 젊었다. 볼륨 있는 몸매에 햇볕에 그을린 그녀는 세련된 검은색 시스루 드레스에 어울리지 않는 빨간색 운동화를 신고 있다.

"줄리아, 괜찮아?" 조쉬가 SUV에서 나를 부른다.

나는 엄지손가락을 치켜세웠다. 카밀라, 엠마, 조이가 드레스 투어를 함께 가기로 했기 때문에 오래 이야기할 수 없다는 것을 알고 있다.

내가 출연진 외에 가족이나 친구가 없다는 사실에 사람들의 관심을 끌기 위해 모든 여자 출연진이 함께 모여서 마치 동창회처럼 크고 기괴한 파티를 열 예정이다. 내 몸 상태로는 술을 마실 수 없는데도 스트리퍼와 쿵쾅거리는 음악과 술이 즐비해 있을 것이다.

심지어 벌거벗은 남자의 얼음 조각상에 대한 소문도 들었다. 놀랍게도 그 남자의 머리에 술을 부으면 알 수 없는 무언가가 튀어나온다고 한다.

물론 나는 그런 거에 신경 쓸 에너지가 남아있지 않다. 그러나 적어도 카밀라는 재미있어 할 것이다.

앨리가 가슴에 손을 얹고 제발 부탁한다는 자세를 취하자 뜨거운 바람이 내 부은 발목으로 스커트 자락을 휘감는다. 나는 정중히 거절하기 전 2분간의 시간을 주기로 결심한다.

"줄리아." 그녀가 말한다. "이제 만났으니 말 좀 해주세요. 다큐멘터리를 찍으려면 제가 뭘 어떻게 하면 좋을까요?"

"솔직히 말해서 아무것도 없어요." 내가 대답한다. "암 치료제가 있지 않는 한?"

앨리는 고통스러운 표정을 짓는다. "죄송하지만 그런 건 없어요. 하지만 진지하게 금액을 말해보세요. 장담할 수는 없지만 최소한 작업할 수 있는 금액이라도 제시해 주세요. 목표로 삼을 만한 숫자를요. 당신과 함께 이 프로젝트를 하고 싶어요. 정말 진심이에요."

나도 안다. 다큐멘터리가 넷플릭스에 얼마나 큰 수익성을 가져다줄지 잘 안다.

우리는 정말로 돈이 필요하다. 한순간, 나는 여기 베이커리 주차장에서 조쉬가 단 몇 발짝 떨어진 거리에 있는 상태에서 다큐멘터리를 찍자고 말할까 생각해 본다.

아마도 조쉬 엄마 리타의 의료 비용을 모두 해결할 수 있을 거야. 그러나 집 안에 카메라가 있는 것도 상상해 본다. 리타가 죽어갈 동안, 내가 아기를 낳기까지 있을 제작 일정과 인터뷰들을 상상하니 끔찍하다.

"솔직히 말해도 될까요?" 나는 선글라스를 머리 위로 올려서 앨리와 눈이 마주치도록 한다.

"물론이죠."

"돈이 필요하긴 해요. 하지만 가족이 우선이고, 지금은 우리 가족에게 공간이 필요해요. 앞으로 많은 변화가 있을 텐데 우리 삶에 또 다른 스트레스 요인을 추가할 수는 없어요." 나는 어깨를 으쓱한다. "나중에 전화하고 싶지만 조쉬의 어머니가 아프셔서……"

앨리는 차분하게 받아들이고 있다. 그녀는 나에게 활짝 웃으며 말한다. "저, 줄리아. 저는 계속 전화할 거예요. 그게 제가 하는 일이니까요. 그리고 언젠가 당신이 승낙해 주길 정말 바라고 있어요. 왜냐하면 당신은 정말 멋진 이야기를 가졌고 그 이야기는 사람들에게 들려줄 가치가 있으니까요. 하지만 저는 당신의 결정을 매우 존중합니다. 적어도 몇 달 동안은 당신을 괴롭히지 않겠다고 약속할게요."

"절대 하고 싶지 않을지도 몰라요. 카메라에 질렸거든요."

앨리는 내게 이 사람들은 초대했으면서 왜 자신은 안 되느냐는 듯이 밴 뒤쪽을 닫고 있는 영화 제작진을 향해 눈썹을 치켜세운다.

"일시적인 타협이죠." 나는 선글라스를 다시 내리며 말한다.

조쉬는 차 창문을 내리고 차 옆을 두드리며 초조한 표정을 짓고 있다. 나는 그에게 1분 신호를 보낸다.

"그럼 지금으로서 제가 부탁드릴 건 일단 저를 기억만이라도 해달라는 거예요." 앨리가 말한다.

"만나서 반가웠어요." 내가 손을 내밀자 그녀가 악수를 청한다. 돈에 대한 잠깐의 유혹은 완전히 사라졌다.

나는 바람에 흩날리는 머리카락을 붙잡고 그녀와 멀어진다. 조쉬는 아메리칸 드림의 작은 조각을 원했다. 집, 마당, 둥지를 튼 작은 가족. 아직 그 꿈을 이루지는 못했지만 그 꿈의 어느 부분에도 카메라를 든 낯선 제작진들은 없다. 여태 우리가 살아보지도 못한 삶에 그런 류의 침입이 있을 거라면 돈조차도 유혹이 되지 않는다.

현재

크리스티와 전화를 끊은 후, 나는 허벅지 위에 놓인 휴대폰을 바라본다.

앤디나 에덴에게 전화해서 진실을 물어볼 수는 없다. 내게 필요한 것은 제삼자다. 진실을 캐낼 공정한 누군가가 필요하다.

"샌드위치 먹죠?" 밥이 묻는다. 그가 올라오니 계단이 삐걱거린다.

"1분만 더요!" 내가 외친다. 짧은 침묵이 흐르고 다시 내려가는 소리가 들린다.

나는 밥의 집에서 이 소중한 순간에 나 자신을 위해 운명의 판을 짜고 있다는 기분이 든다. 지금 이 순간은 내가 여길 떠난 후 내 운명이 어떻게 될지를 준비하는 결정적인 순간이다.

나는 손으로 쓴 연락처 목록을 참고하면서 앨리 부온코어가 있는 걸 운이 좋다고 여긴다. 다큐멘터리 감독인 그녀가 간단한 조사를 하는 데는 아무 문제가 없을 것이다. 특히 내가 미끼를 던져준다면.

"안녕하세요, 앨리입니다." 세 번째 벨이 울린 후 그녀는 지난 한 해 동안 내게 남긴 수십 개의 음성 메일에서 들리던 것과 같은 목소리로 대답한다.

"안녕하세요! 줄리아예요." 잠시 침묵이 흐른다. "줄리아 월든이요."

"오, 세상에. 줄리아. 믿을 수가 없어요. 지금 뉴스를 보고 있었거든요……."

"사실 그게 제가 전화한 이유예요. 있잖아요, 다큐멘터리 얘기를 계속 미뤄왔던 건 알지만 마음이 바뀌었어요. 지금이 바로 그때인 것 같아요."

"네?" 그녀의 목소리는 약간의 조심스러움으로 무뎌진다.

"그 전에 당신이 먼저 해주셔야 할 게 있어요."

"뭐든지요!" 그녀는 웃으며 "물론 가능한 범위 안에서라면요."라고 덧붙인다.

"앤디 웨크스타인과 에덴 젤리아즈코바에 대한 정보를 얻고 싶은데 그것도 가능한가요?"

그녀는 잠시 멈칫한다. "어떤 종류의 정보를 말하는 건가요?"

"이거 비밀로 해주실 수 있나요?"

"물론이죠."

"그 사람들 중 한 명이 내 남편의 죽음에 연루된 것 같아요. 둘 다일지도 모르고요. 에덴은 제 베이비시터인데 웨크테크에서 일한다는 걸 방금 알았어요. 그리고 둘 다 그것에 대해 내게 거짓말을 했어요."

"정말인가요? 세상에!"

"네. 그래서 이유를 알아내는 데 도움이 필요해요. 조쉬의 죽음이 그 사람들이랑 연관된 것 같다는 느낌이 들어요."

"맙소사." 앨리가 숨을 내쉰다. 그녀의 말투에서 흥분한 기색이 느껴진다.

그녀의 소중한 〈메이킹 줄리아〉 다큐멘터리가 살인 사건에 휘말릴지도 모른다. 그녀의 목소리는 100퍼센트 비즈니스적인 목소리로 바뀐다. "줄리아, 내가 할 수 있는 일이 있어요. 부탁 하나만 할게요. 열두 시간만 주면 당신이 필요한 걸 얻기 위해 하늘과 땅이라도 움직여 볼게요. 이 전화번호로 다시 전화해도 괜찮을까요?"

"전화번호를 바꿀 거라서 나중에 또 전화드릴게요." 또 나는 망설이다가 얘기한다. "그리고…… 제게 금액을 말하라고 한 거 기억나요?"

"네." 그녀가 말한다.

"100만 달러를 제시하셨잖아요."

"맞습니다."

"저는 400만 달러를 원해요."

엄청난 돈이지만, 조쉬가 떠났으니 내 미래와 애널리의 미래를 생각해야만 한다.

잠시 멈칫하더니 앨리는 말한다. "가능해요."

과거

    2주 후, 매우 급하게 진행된 결혼식이 생방송으로 생중계된다. 방송국 덕분에 이 모든 일이 놀라운 속도로 진행되었다.

    많은 이야기를 한 끝에 앤디와 나는 함께 결혼식장을 걸어 들어가기로 했다. 감독이 밀어붙였고 조쉬는 약혼 때는 탐탁지 않아 했지만 이제는 어른스럽게 받아들이고 있다. 앤디는 결혼의 증인으로 서명하고 있다. 전날 그는 나를 따로 불러서 '몇 가지 법적 세부 사항'을 검토했다. 기본적으로 결혼 생활이 잘 풀리지 않을 경우를 대비해 웨크테크가 나에 대한 명목상 소유권을 유지한다는 내용이었다.

    "잘될 거예요." 나는 앤디가 나를 만든 목적과 운명을 충실히 이행하고 있는 판에, 그가 세부 조항들에만 집착하고 있는 것 같아 약간 짜증이 났다.

    "네, 물론 잘될 테지만." 그가 말했다. "단지, 그렇지 않을 경우를 대비해……."

"그만!" 나는 웃으며 외친다. "말이 씨가 된다고요!"

여기 인디애나폴리스 외곽에 있는 와이너리는 결혼식장으로 완벽하게 꾸며졌다. 우리의 결혼식 날은 맑고 햇살이 좋다. 헛간을 탈바꿈시킨 예배당도 정말 사랑스럽다. 손님들을 위한 흰색 의자들이 배치되어 있고, 사방 곳곳에 야생화가 가득 차있으며, 조쉬와 나, 그리고 결혼식을 주례할 목사님이 서있을 작은 아치도 준비되어 있다. 뷔페식 연회가 끝나면 밴드가 밤까지 연주할 것이다.

나는 입덧으로 몇 분마다 토하고 싶을 테지만 그렇지 않은 척하고, 조쉬의 부모님이 오늘 여기 와서 우리를 응원하지 않는다는 사실에도 아무렇지도 않은 것처럼 웃을 것이다.

결혼식 당일의 어수선한 분위기 속에서, 수많은 신부 들러리가 분홍색 새틴 드레스를 입고 긴장한 새처럼 내 주위를 맴돈다. 카밀라는 정말 든든한 친구다. 내가 필요한 것을 정확한 때에 가지고 나타난다. 립스틱을 새로 바르고 여분의 데오도란트, 진저에일 한 캔과 굴 크래커 한 팩을 더 받았다.

두 가지 양극의 경험을 동시에 하고 있다. 첫 번째 경험은 모두의 관심을 한번에 받는다는 것이다. 사치스러운 시골풍의 달콤한 결혼식. 모든 디테일에 신경을 썼다. 유리 용기 양초부터 아치 주변을 감싸는 앤티크 아이보리의 얇은 망사, 그리고 손님 의자 아래에 각각 준비된 맞춤형 개인 기념 선물 가방까지 모두 라벤더 잔가지로 묶여있다.

다른 하나는 눈에 보이지 않는 내면에서 이루어진다. 내가 혼자서, 또 조쉬가 혼자서 겪어야 하는 경험이다. 우리 미소 뒤에 감춰진 개인적인 슬픔과 긴장감 같은 것들 말이다.

결혼식 당일 내가 기억하게 된 순간은 놀랍게도, 조쉬와 내가 연습했던 결혼 서약을 말하던 순간이나, 그가 내 손가락에 반지를 끼워 주는 순간, 아니면 내가 토할 때 카밀라가 부드럽게 내 머리를 잡아주던 그 순간이 아니었다.

그것은 앤디와 함께 헛간 문을 지나 예배당으로 들어가기 직전에 앤디가 나를 조쉬에게 넘겨주는 순간이었다. 카메라가 방금 문의 반대편으로 이동했고, 우리는 기적적으로 우리 둘만의 순간을 가졌다.

"멋져요." 앤디가 말한다. 출시일에 그가 처음 나에게 보였던 반응과 비슷하다.

나는 최선을 다해 웃는다. "나 입덧으로 토할지도 모르는데. 그러면 그냥 도망가요."

하지만 그는 웃지 않는다. 대신 내 손을 꽉 쥐고 말한다. "줄리아, 이럴 필요 없어요. 결혼, 안 해도 돼요."

나는 그의 짙은 갈색 눈을 바라보며 잠시 놀란다. 조쉬를 위해 나를 만든 사람이 마지막 순간에 신랑에게서 도망치라고 부추기면 안 되는 것 아닌가.

"앤디, 우리 이미 얘기했잖아요. 걱정하지 마요."

그의 목소리는 낮고 다급해졌다. "나한테 도주용 차 열쇠가 있어요. 말만 하면 내가 태워다 도망가게 도와줄게요. 이 모든 것이 운명처럼 피할 수 없는 것이라고 느꼈을 수도 있어요. 하지만 이건 당신 선택이에요. 알아요?"

"난 이미 선택했어요, 앤디. 난 조쉬와 사랑에 빠졌잖아요!" 립스틱이 지저분해질 거라는 걸 알면서도 입술을 핥는다. "당신이 조쉬를 위해 나를 설계했잖아요. 우리가 완벽한 짝이라는 걸 누구보다 잘 알죠." 나는 잠시 멈춘다. "그렇죠?"

"내가 망쳤다면요?" 그는 겁에 질린 어린아이처럼 보인다.

뭔가 안 좋은 예감이 들어 속이 뒤틀린다. 그리고 나는 고개를 숙인다. 파헬벨의 〈캐논〉이 문 반대편에서 연주되고 있고 웨딩플래너가 우리 쪽으로 걸어오면서 신호를 보낸다.

"당신이 뭘 망쳐요? 아무것도 안 망쳤어요." 나는 속삭이면서 팔을 내민다. 그리고 스스로에게 약속한다. 무슨 일이 있어도 잘 해낼 거라고.

웨딩플래너가 입 모양으로 가라고 한다. 헛간 문이 미끄러지듯 열리고 나는 웃는다. 앤디는 내 팔을 단단히 잡았지만 움직이질 않는다. 나는 그를 꽉 쥔다. 나갈 시간이다.

우리는 한 걸음 내디뎠다. 그리고 한 걸음 더. 모두가 서서 웃고 빛나고 있다.

나는 한 걸음 앞으로 더 나가면서 앤디의 손을 놓고 조쉬의 손을 잡는다. 이제 완전히 조쉬의 소유가 되는 것이다.

내가 오랫동안 기다려 온 꿈이 실현되는 순간, 앤디의 마지막 불안감 때문에 그 소중한 순간을 빼앗길 수는 없다.

현재

나는 밥의 트럭 뒤칸에 누워 지독한 냄새가 나는 담요를 덮고 있다. 트럭이 멈추는 것이 느껴진다. 밥은 단 한마디로 상황을 정리했다. "경찰이에요."

크리스티와 앨리에게 전화한 후, 나는 밥에게 나를 어디로 데려다줘야 할지 말했다. 지아나에 대한 자세한 내용이나 스파이 행각에 대해서는 묻지 않았다. 그가 애널리와 우리에게 가까이 있으려고 여기로 이사 온 건 분명해 보였다. 그리고 지아나의 이름이 적힌 상자를 보니 그녀가 죽었다고 추측했다. 어떻게 내 베이비 모니터를 손에 넣었는지는 아직도 모르겠지만 지금은 묻고 싶지 않다. 그가 왜 애널리에게 노래를 불러줬는지 짐작할 수 있다. 나랑 같은 이유, 사랑 때문이었겠지.

이 모든 것이 끝나면 길게 이야기할 시간이 있을 것이라는 생각이 든다. 밥이 창문을 내리는 동안 나는 가능한 한 움직임

없이 가만히 누워있다.

"안녕하세요, 경찰관님." 그가 말한다.

"빨간 머리 여자를 찾고 있어요. 이 동네에 사는 신스죠. 혹시 아시나요?" 남자 목소리였지만 다행히도, 미첼의 목소리는 아니었다.

"제 이웃이에요." 밥이 쉽게 대답한다. "그녀가 어디로 갔고, 뭘 했길래 그녀를 찾는 거죠?"

"남편을 죽였나 봐요. 그녀를 보셨나요?"

누군가 창문을 통해 플래시를 비추는 것처럼 담요 사이로 빛이 비친다. 나는 숨조차도 참는다.

"아니요."

침묵이 흐르더니 구시렁거리는 소리가 들린다. "그녀를 보면 꼭 저희에게 연락해 주세요. 무장했거나 위험할 수도 있습니다."

"알겠습니다. 당신들도 안전하길 바랍니다." 밥이 말한다. 그의 창문이 다시 올라가는 소리가 난다. 트럭 옆에서도 쾅 하고 차 문 닫는 소리가 났다. 마치 경찰이 우리를 빨리 떠나라고 재촉하는 신호로 들린다. 그 후 트럭은 엄청난 속도로 달렸고 다행히 어스름과 정적이 찾아왔다.

"해안가에는 아무도 없어요." 밥이 다시 외친다. "모텔까지 10분 남았어요."

나는 담요에서 머리를 꺼내고 상쾌한 공기를 만끽한다.

밤에 차들이 우리 앞을 지나친다. 트럭의 천장을 가로지르는 헤드라이트에서 기하학적인 빛의 조각들이 움직인다. 가슴이 심하게 아프지만, 유축 펌프가 기다리고 있다는 크리스티의 약속에 모든 감정을 집중하고 고개를 좌석 가장자리에 기대어 줄아본다.

"내 딸은……." 밤의 목소리가 내 잠을 깨운다. 나는 기다렸지만 그는 더 이상 아무 말도 하지 않는다. 세미트럭 한 대가 지나간다.

"지나요?" 내가 마침내 말했다.

"그래요. 걔는 멋졌어요. 열정적이었죠. 정치적으로 정반대라는 점만 빼면 저랑 비슷했어요. 걔가 대학에 진학했을 때부터 우리는 대화를 하지 않았어요. 나는 아이의 학비 마련을 돕지 않았죠." 그는 숨을 들이마신다. "후회하고 있어요."

나는 아무 말도 하지 않는다. 나는 애널리와 나의 미래를 상상할 수밖에 없다. 우리가 아무리 의견이 맞지 않더라도 우리에겐 절대 그런 일은 일어나지 않을 거다.

"3년이 지나서 어떤 전화를 받았어요. 그 애가 혼수상태에 빠졌다더군요. 음주 운전자에게 치였대요. 무슨 정신이었는지 모르겠지만, 켄터키에서 오리건까지 운전해서 갔어요. 거의 멈추지 않고 100마일을 달렸죠." 그는 목을 가다듬는다.

"나는 그 애의 의료 대리인이었죠. 기계를 그 애에게서 떼어내는 것이 가장 힘든 일이었어요. 애가 뇌사 상태라고 해서, 제 손으로 아이를 놓아줬어요. 그렇게 그 애를 보냈죠."

"유감이네요……." 내가 읊조린 말을 밤이 들을 수 있을지 모르겠다.

"누군가의 잘못일 거라고 생각했어요. 술 취한 운전자일 수도 있고, 어떤 의사일 수도 있죠. 누구를 탓할지 찾으려고 그녀의 의료 기록을 살펴봤어요. 그때 그녀가 어떻게 대학 학비를 냈는지 알아냈어요."

그는 다시 조용해졌다. 나는 침묵을 지켰다.

"웨크테크에 난자를 팔았더라고요. 비공개로 진행되었기 때문에 나와 걔 외에는 아무도 몰랐어요. 난자를 얻은 신스가 당신이라는 걸 알아내는 게 어렵진 않았어요. 그래서 당신이 임신했다는 소식을 듣고 켄터키에 있는 집을 팔고 당신 옆집으로 이사 왔죠. 전 주인이 거절할 수 없는 제안을 했거든요."

지금 우리가 서로를 보고 있지 않아서 다행이다. 그런 상실이 사람에게 어떤 영향을 미치는지 보고 싶지 않았다.

'너도 조쉬를 잃었잖아.'

어떤 목소리가 떠오른다. 하지만 아이를 잃은 것과는 다르다.

"거짓말은 안 할게요, 줄리아. 난 내 손녀를 납치하려고 했어요. 진짜 가족에게로 데려오고 싶었거든요."

"하지만 마음이 바뀌었군요."

그는 크게 한숨을 쉬었다. "당신은 좋은 엄마예요, 줄리아. 당신이 아기를 얼마나 잘 돌보는지 봤어요. 당신은…… 내가 생각했던 것과는 달랐어요. 난 내 손녀를 사랑해요. 그리고 결국에는 당신을 다치게 하는 것이 그 아이를 다치게 한다는 것을 깨달았어요." 밥이 잠시 멈춘다. "그런데 당신과 손녀를 지켜보면서 생각했던 것보다 더 많은 것을 보았어요."

"조쉬……." 내가 말한다.

그는 툴툴거린다.

우리는 남은 길을 조용히 달린다. 밥이 다른 말을 하기를 계속 기다렸지만 한편으로는 아무 말도 하지 않아서 다행인 것 같기도 했다. 어쩌면 밥은 이제 조쉬가 죽었으니 다 지나간 일이라고 생각하는 걸지도 모른다.

아니면 그는 내가 막 조쉬를 잃었기 때문에 그 일에 대해 이야기하는 것은 마치 내 살가죽을 벗기는 것과 같다는 걸 알아차렸을지도 모르고.

그가 모텔 주차장에 차를 세웠을 때, 내가 만나기로 한 사람이 고양이 귀 머리띠를 하고 차에 기대어 있는 걸 볼 수 있었다.

"그동안 고마웠어요." 내가 트럭에서 내리며 말한다.

"잠깐만요." 밥이 몸을 비틀며 나를 정면으로 바라본다.

어둠 속에서 모든 말을 다 하고 난 후 그의 얼굴을 보니 내가 그동안 봐오던 그 얼굴과는 거의 충격적으로 달랐다. "이 난장판에서 살아남는다면, 살아남는다면……." 그는 강한 감정을 억누르는 듯 입술을 굳게 다문다.

"당신, 그리고 나한테 남은 건 애널리뿐이에요." 나는 그의 눈빛을 읽고 있을 뿐이다. 시카고에 애널리를 두고 온 후 내가 거울에서 보았던 표정이다. 조쉬가 떠나고 내게 남은 건 애널리가 전부였다.

밥은 대답 없이 고개를 끄덕였다. 어둠 속에서 그의 눈이 빛났다. 지난 몇 달 동안의 기묘한 관계처럼 우리는 창문 너머로 서로를 바라보며 침묵을 지킨다.

어떤 면에서는 밥이 조쉬보다 나를 더 잘 알고 있는 건 아닐까 하는 생각이 들 정도였다. 조쉬와는 항상 어떤 말을 하더라도 소통의 오류가 있었으니까.

나를 알 거라곤 상상도 하지 못한 사람이 함께 살던 사람보다 나를 깊이 알고 있다는 느낌은 참 오묘했다.

나는 앞으로 몸을 기울여 밥의 팔을 잡았다. 옷 너머로 만져지는 팔뚝이 얼마나 강한지 느낄 수 있다. 나는 변화하는 데 필요한 힘을 생각한다. 사랑이 사람을 변화시키는 데 필요한 힘을.

"기억할게요." 내가 할 수 있는 말은 하나뿐이었다.

과거

"오늘 하루 어땠어?" 노트북을 팔에 끼고 긴장된 표정으로 들어오는 조쉬에게 나는 서둘러 인사를 건네며 묻는다. 이곳에서는 인터넷이 원활하지 않아서 조쉬는 오늘 아침 두 시간 동안 고생한 끝에 마침내 오베르테에서 북쪽으로 20마일 떨어진 가장 가까운 스타벅스까지 차를 몰고 가서 인터넷을 연결하여 일할 수 있었다. "괜찮아?" 나는 그의 뺨에 입을 맞춘다.

"피곤해." 그는 우리의 최근 문제가 그의 에너지뿐만 아니라 에너지를 불러일으키려는 욕구마저 짓밟아 버린 것처럼 완전히 다 죽은 목소리로 말한다. 그는 에너지가 없어 보였다. 가장 큰 문제는 다시 그걸 되살리려는 욕구마저 없어 보인다는 것이다.

그를 비난하지는 않는다. 아픈 어머님을 모시고, 그 집에서 생활하며, 지역 사회뿐만 아니라 지역 경찰의 반감을 경험하고, 자신이 요청한 거지만 직장에서의 강등까지 겪는다는 건 전혀 쉽지 않은 일이었으니까.

나는 남편에게 아기와 함께 인디애나로 돌아가는 우리의 미래를 기대하게끔 하려고 노력은 했지만, 그 시나리오에서 리타는 이미 세상을 떠났다고 가정해야 하기 때문에 이는 오히려 잘못된 계획이라고 생각한다. 회복에 대한 모든 희망은 지난주 종양 전문의와의 만남에서 완전히 사라졌다. 그리고 시간이 얼마 남지 않았음을 알려주었는데 조쉬는 이 사실을 떠올리는 것조차 견딜 수 없어 했다.

"그래." 내가 불룩 나온 배를 쓰다듬으며 말한다. "저녁은 오븐에 들어가 있고……."

"저기, 얘들아!" 복도 아래 작은 방에서 리타가 외친다. "얘들아! 도와줘!"

"제가 갈게요." 용감한 척하는 얼굴로 내가 말한다. 아마 조쉬가 집에 오는 소리를 들었을 것이다. 하지만 조쉬는 아직 리타를 볼 준비가 안 되었다. 재킷을 벗고, 집에서 입는 옷으로 갈아입고, 노트북도 충전하고 쉬어야 할 시간이 필요하다. 그러나 죽어가는 여자가 조쉬가 집에 들어오자마자 보자고 요구하는 게 이기적인 행동이라고 화내선 안 된다. 리타는 그의 엄마니까. 조쉬는 그녀의 아들이니까. 어쨌든 우리 상황은 제삼자가 판단하기에 쉽지 않았다.

"고마워." 조쉬가 말한다.

나는 병원에서 대여해 가져다 놓은 침대에 누워 계신 시어머니의 작은 침실로 서둘러 달려간다. 그러면서도 나는 곧 조쉬와

민감한 주제를 논의해야 한다는 것을 어렴풋이 느끼고 있었다. 간병인을 고용하는 것에 관한 것이다.

문을 열고 문틀을 잡고 몸을 안쪽으로 집어넣는다. 마치 내 방인 양 방으로 막 들어서는 것보다는 덜 침입하는 느낌이 들게 하기 위해서다. "리타, 뭐 필요한 거 있어요?"

방 안은 소독약과 소변 냄새 같은 끔찍한 냄새가 났고 나는 입으로 숨을 내쉰다. 입덧은 끝났지만 위장은 여전히 생각보다 더 예민하다.

리타는 내게서 고개를 돌리고 시무룩한 아이처럼 눈을 감는다. 뿌리가 하얗게 드러난 그녀의 가늘고 검은 머리카락이 마른 미역처럼 베개 위에 흩뿌려져 있다.

"뭐 도와드릴까요?" 내가 묻는다. "화장실 가고 싶으세요?"

1층 화장실은 그녀의 방 바로 옆에 있고, 조쉬가 집에 오면 그가 그녀를 도와준다.

하지만 나 혼자 있을 때는? 그녀는 침대에서 볼일을 본다. 나도 안다. 자신이 죽는 마지막 날까지 신스가 자신을 돌본다는 생각 때문에 보복심에서 비롯된 행동이라는 걸.

하지만 여전히 그녀가 침대에 볼일을 볼 때마다 나는 그저 실수일 뿐이라고 스스로에게 말한다. 쇠약한 몸이 말 그대로 그녀의 정신을 산 채로 잡아먹고 있다고 스스로에게 상기시킨다. 나는 이것을 그녀에게 원망할 수 없고, 해서도 안 된다고 스스로 다짐한다.

"치킨과 그린빈을 만들고 있어요." 내가 웃으며 말한다. "어머님 교회 요리책에 있는 레시피예요. 식욕은 어떠세요? 조쉬와 제가 갖고 와서 방에 들어와 같이 먹을까요?" 나는 기다린다.

아무 말도 없다. "아니면 식탁에 앉아서 드실래요?"

역시 대답은 없다.

나는 마치 리타가 받아들일 유일한 사랑의 중심이 아기인 양 내 배를 문지른다.

"조쉬가 곧 인사하러 올 거예요. 일하느라 힘든 하루를 보낸 거 같아요. 그래서……."

여전히 침묵은 이어졌다.

결국 나는 문을 닫으며 밖으로 나온다. 하나의 순수한 분노가 번쩍 스친다. 무언가를 부수고 싶다. 때리고 싶다. 이 부드러운 선의의 가식 놀이 뒤에 밀려오는 이 타오르는 감정을 표출하고 싶다. 만약 할 수 있다면, 그녀를 세게 흔들면서 소리칠 것이다. 나를 사랑하세요! 손녀를 사랑하세요! 조쉬를 위해서라도 해줘요. 왜냐하면 지금 당신 때문에 당신의 아들이 죽어가고 있어요! 하지만 몇 초 동안 숨을 고르자 그 감정은 사라진다.

모든 것은 이렇게 흐른다. 나는 시간이 지날수록 많은 것을 배우고 있다. 그 안에는 인생도 있다. 시간은 좋은 순간과 나쁜 순간을 모두 뒤로 쓸어버린다.

영원한 것은 없다.

주방으로 돌아가는데 위층에서 물이 흐르는 소리가 들린다. 조쉬가 샤워를 시작한 모양이었다. 그는 퇴근 후 샤워하는 것을 좋아한다. 기분을 전환하는 데 도움이 되는 것 같다. 주방에 들어가 타이머를 보니, 치킨이 나올 때까지 5분 남았다.

조리대에 기대어 눈을 감고 잠시 숨을 고른다. 배 속 아기의 기분 좋은 무게감을 느끼는 게 위안이 된다.

리타의 상태가 악화되고부터 이 집에서 석 달 동안 지냈다. 처음 집으로 들어왔을 때, 리타는 움직일 수 있었다. 리타는 위층 안방에 있었고 조쉬와 나는 작은 손님방에 갇혀있었다.

"어머니가 아기에 대해 아무 말 안 하셨어?" 조쉬는 매일같이 퇴근하면 물었다. 그리고 나는 매번 답했다.

"안 하셨어."

계속 물어오던 조쉬는 아니라고 대답할 때마다 눈에서 조금씩 희망을 잃어갔다. 나는 기쁜 소식을 전하고 싶었지만 리타에게 신경을 쓰게 만들 수는 없었다. 심지어 내가 방에 들어섰을 때 리타가 나를 알아보게 할 수도 없었다. 그녀는 내가 조쉬에게 상처를 주게 만들고, 당연히 조쉬의 분노는 나에게 쏟아졌다. 그녀에게 쏟아부을 수는 없으니까. 차라리 거짓말을 하는 게 나았을까? 지금은 그런 생각마저 든다.

발소리가 들려서 눈을 뜬다. 조쉬가 트레이닝 바지에 맨발로 주방으로 들어오고 있다. 샴푸와 애프터셰이브의 향을 풍기며 어깨에 수건을 두르고, 짙은 머리카락을 헝클어뜨린 채다.

"우리 인디애나 아파트를 팔아야 해." 그는 마치 날씨를 전하듯 말한다. "그래서 오늘 부동산 중개인을 만났어."

타이머가 울렸지만 나는 치킨을 꺼내려 움직이지 않는다.

"조쉬, 뭐라고?"

"지금 살지도 않는 곳에 세금과 대출금을 낼 여유가 없잖아."

"그 쇼에서 받은 돈은? 결혼식 에피소드들 말이야."

"의료비 청구서 봤어?"

"임대할 수도 있어." 나는 뒤에 있는 조리대를 꽉 잡으며 말한다.

어쩌면 아무것도 영원히 가질 수는 없겠지만, 그 아파트를 포기할 수는 없다. 그것은 촬영이 끝난 후와 '〈더 프러포즈〉 그 후' 에피소드 사이의 대체로 행복했던 6주간의 추억을 상기시켜 주는 곳이다. 그리고 더 중요하게는 리타가 돌아가시고 나면 그 이후의 미래에 대한 약속이기도 하다. 나는 매일 밤 그 공간을 꿈꾸며 잠이 든다. 그곳으로 돌아가는 느낌을 상상한다.

"나 해고당했어."

"뭐라고?"

"이 행정 업무는 정말 못 하겠어. 상사가 영업직으로 돌아갈 수는 있지만 오베르테에서는 힘들대."

"인디애나까지 출퇴근하는 데 두 시간밖에 걸리지 않아." 나는 미친 듯이 뛰는 심장에도 불구하고 차분한 목소리로 말한다. "예전 직장으로 돌아가, 조쉬. 내가 여기 남아서 어머님을 돌볼게. 평일 밤에도 당신은 거기서 지낼 수 있잖아. 난……."

"이해가 안 돼?" 그는 성큼 내게 다가와 말한다. "엄마는 나에게 성가시고 아픈 할머니가 아니야, 당신에게처럼. 우리 엄마라고. 나는 엄마를 떠날 수 없어." 그가 너무 가까워서 그의 가슴이 들썩거리는 것까지 보인다. 그리고 그의 턱에 난 작은 면도 상처도 보인다. "나는 지금 꼼짝도 못 해, 줄리아. 난 지옥에 간혔고 출구가 없어. 이해하겠어?" 그의 목에 있는 혈관이 뛰고 있는 것이 보인다. 마치 그의 피와 분노가 뒤섞여 흐르는 독을 품은 넓고 붉은 강물을 상상케 한다.

나는 침을 삼키며 고개를 끄덕인다. "물론 이해해."

나는 가능한 한 빨리 상황에 적응하려고 한다. 직장을 잃은 조쉬도, 촬영으로 번 돈도 이제 과거의 일이다. 그리고 이제는 리타의 병간호를 위해 인디애나폴리스 아파트도 팔아야 한다.

조쉬에게는 세상의 전부인 존재지만 자신 인생의 끝자락 마지막 힘을 다해 나를 증오하는 사람. 그런 여인과 함께 지내야 하는 우리의 현재.

몇 주 전, 길 아래에 안티-신스 광고판이 세워졌다. 어떤 교회에서 우리 신스에게 영혼이 없다는 식의 헛소리를 하는 내용이었다. 처음에는 농담처럼 느껴져 나는 웃었다.

그러나 오늘은 웃음이 나오지 않는다.

이게 끝이 아니라고 스스로에게 상기시키려고 노력한다. 리타가 죽고 나면 조쉬와 나는 새로운 시작을 향해 나아갈 수 있다. 시간이 조금 더 걸릴 뿐이다.

"뭐가 타는 것 같은데?" 조쉬가 묻는다.

나는 오븐 쪽으로 몸을 돌린다. 연기가 피어오른다. 격렬한 흐느낌이 내 몸을 뒤흔들면서 얼굴이 구겨지는 것을 느낀다. 지금은 그럴 때가 아니야, 줄리아. 지금은 그럴 때가 아니라고. 나는 내 자신을 멈추기 위해 입을 손으로 누른다.

조쉬가 갑자기 뒤에서 내 허리에 손을 얹고 나를 돌려세워 마주 본다.

"저기……." 그가 오랜만에 보는 부드러운 표정으로 말한다. "까짓것 타라고 냅둬. 상관없어."

"알겠어."

조쉬는 나를 품에 안으며 말한다. "그냥 피자 먹자."

"당신이 지옥에 갇히도록 두고 싶지 않아." 그의 품에 안긴 내 몸이 떨린다. "난 이 상황을 더 좋게 만들고 싶어."

고통스러운 만큼, 이 해방감에는 달콤함이 있다. 그리고 내가 약해질 때 조쉬가 다정해진다는 사실에도 달콤함이 있다. 로스앤젤레스에서 공격당한 후에도 그랬듯이.

"당신은 모든 걸 더 좋게 만들어, 줄리아." 내가 진정되는 듯하자 조쉬가 중얼거린다. "그래, 우린 이겨낼 거야." 그의 목소리에는 약간의 농담이 묻어난다. "우리가 죽을 때까지는 끝난 게 아니니까."

이런 식으로 농담한 적이 없었기 때문에 나는 웃어야만 했다. 솔직히 이런 적이 있었는지 기억도 안 난다.

"끝날 때까지 끝나지 않은 거지." 나는 눈물을 닦으며 같은 말을 반복하고, 부드럽게 그의 코에 내 코를 부딪쳐 준다. "우리는 죽을 때까지 끝나지 않아."

현재

나는 가발을 모자 위로 당기고, 두꺼운 뿔테 안경을 쓴다. 부은 왼쪽 발목을 위해 조심스럽게 발을 내딛고, 작은 모텔 화장실 거울에 비친 내 새로운 모습을 살펴본다.

변장은 성공적이다. 긴 갈색 생머리에 눈까지 내려오는 굵은 앞머리가 마치 비타민 D 결핍이 심한 굶주린 대학원생처럼 보인다. 아무도 나를 줄리아 월든으로 볼 수 없을 것이다.

'릴리 패딩턴'이라고 큰 소리로 연습하며 어깨 너머로 머리를 빗고 앞머리를 만져 부풀린다. "저는 미주리주 세인트루이스에서 온 릴리 패딩턴입니다."

일어날 때마다 시계를 쳐다보는데, 이상하게도 항상 2분씩 지나있다. 그러기를 반복하다 다시 앨리에게 전화하기로 한 아침 열 시가 다 되었다.

크리스티가 말한 물건 가방을 들고, 그녀의 비서가 노크했다.

그 이후 한 시간 동안 두 번 유축을 했지만, 안타깝게도 평소처럼 고통에서 벗어난 느낌은 받지 못했다.

발목도 점점 더 심해져서 이제는 정상 크기의 두 배로 부어 있다. 크리스티에게 진통제도 챙겨달라고 부탁할 생각을 못 했다니. 믿을 수가 없다. 그나마 다행인 건 다친 게 왼쪽 발목이라 아직 운전은 할 수 있다는 사실이다.

오른발로 화장실에서 나와 침대에 앉아 조심스럽게 왼쪽 다리를 쭉 뻗는다. 카페인과 아드레날린 때문에 몸이 떨리는 와중에 앨리에게 전화를 건다. 지금도 나는 앤디와 에덴이 내 편이라고 계속 믿고 싶다. 어떻게든 나를 보호하기 위해 거짓말을 한 거라고. 내가 가장 신뢰하는 두 사람이 이 악몽의 악당이 아니라고.

"여보세요?" 앨리가 말했다.

"저예요." 내가 앨리에게 스피커폰으로 말한다.

"줄리아!" 평소에는 밝은 목소리였던 그녀의 목소리가 약간 삐걱거린다. "방금 밤을 새워 제가 찾은 것이 도움이 되었으면 좋겠는데, 솔직히 도움이 될지 모르겠어요. 앤디 웨크스타인에 대한 정보를 찾기가 의외로 어려웠는데, 그가 어느 시점인가 인터넷에서 자신의 흔적을 지운 것 같아요. 자신뿐만 아니라 가까운 가족들에 대해서도 말이죠."

"그것 참 의심스럽게 들리네요." 내가 침대 탁자에서 모텔 메모장과 펜을 꺼내며 말한다.

"꼭 그렇지는 않아요. 많은 유명인이 그렇게 하니까요. 메모

할 준비 됐어요?"

"네, 말해주세요." 나는 싸구려 펜의 뚜껑을 열고, 점점 더 가슴을 압박해 오는 고통을 무시하려고 애썼다.

"간단한 배경 설명부터 시작할게요. 에덴 그레이스 젤리아즈 코바부터요. 스물여섯 살이고요. 조부모 밑에서 자랐고, 어머니는 사망했으며 아버지는 뉴저지에 거주합니다. 아버지와는 연락이 닿지 않는 것으로 보여요. 캘리포니아 공과대학교에 다녔고, 여성 폭력에 대한 인식을 높이기 위해 '여성 피해 금지'라는 학생 단체를 설립했어요. 졸업하지 않고 3학년이 끝난 여름 웨크테크에서 인턴으로 일한 후에 바로 정규직으로 채용되었어요. 앤디와 함께 '프로젝트 줄리아' 작업을 했죠." 번개처럼 빠르게 읊더니 앨리는 잠시 멈칫한다. "그 당시에는 웨크테크에서 두 번째로 높은 연봉을 받던 사람이었어요."

나는 그 말에 메모하던 손을 멈추었다.

"잠깐만요. 두 번째로 높은 연봉이라고요? 확실해요?" 점프슈트를 입고 마리화나를 피우며 애널리와 찍은 귀여운 셀카를 보내는 그 감성적인 애가? 물론 앤디가 그녀가 매우 똑똑하고 말은 했지만. 그럼에도 왠지 레모네이드 가판대를 운영하는 아이가 뜬금없이 포춘지 선정 500대 기업을 운영하고 있다는 말을 들은 것 같은 기분이다.

"맞아요."

나는 다시 메모를 적는다. "그럼 아직 월급을 받는 건가요?"

"네."

"그럼 에덴은 오베르테에서 뭐 하는 거죠?"

"잘 모르겠어요. 하지만 세금 납부는 마쳤고, 웨크테크가 여전히 그녀의 고용주죠."

나는 이마를 문지른다. "와, 이건 정말 큰 정보네요."

"네, 그 다음은 앤디 차례예요. 준비됐어요?"

"네."

"본명은 앤드류 레너드 웨크스타인, 서른일곱 살이에요. 디모인에서 출생했고, 인디애나 대학교 학사, 카네기 멜런 대학원에서 석박사 학위를 취득했어요. 당신도 알다시피 웨크테크의 설립자예요. 부모님은 두 분 모두 살아계시지만, 앞서 말했듯이 그들에 대한 정보를 찾기는 매우 어려웠어요. 여동생 로라 웨크스타인은 고인이 되었고요. 앤디는 그녀를 기리기 위해 인디애나 대학교 캠퍼스에 웨크스타인 기념관을 세웠죠. 앞에 작은 동상이 있어요. 앤디는 웨크테크를 통해 자살 예방을 전문으로 하는 정신 건강 단체에 수백만 달러를 기부했어요. 또한 로스앤젤레스 지역의 여성 쉼터에도 상당한 금액을 기부했고요."

앤디와 에덴 사이에는 이러한 로봇에 대한 관심사 외에도 흥미로운 연결고리가 하나 더 있었다. 여성 폭력에 대한 반대. 끔찍한 가능성에 피부가 다 간질간질하다. 앤디와 에덴은 나를 만들기 전에 조쉬의 성향을 알고 있었을까? 아니면 분노 조절 장애가 있는 남자를 위해 나를 만든 건가? 아이러니가 아닐 수 없다.

"이 사건에 관해 더 깊이 파헤칠 수 있어 기뻤어요." 앨리는 말한다.

"도와주셔서 정말 감사해요." 내 노트를 위아래로 훑어보면서 나는 말한다. 나는 로라 웨크스타인에 멈춰 서서 천천히 그녀의 이름에 밑줄을 긋는다. 나는 그녀의 청동 조각상이 기억난다. 결코 닿을 수 없는 하늘에 손을 뻗는 것 같은 모습의 동상이었다. "로라 웨크스타인은 어떻게 죽었는지 물어봐도 될까요? 그리고 몇 살이었나요?"

"스물한 살이요. 그녀의 사인에 대해서는 아무것도 알 수 없었어요. 부고 기사도 없었고. 앤디가 지운 것 같은데, 시간을 좀 더 주시면……."

"어떻게 생겼어요?" 청동 조각상의 이목구비는 내가 생각한 것과는 달랐다. 나는 앤디처럼 곱슬곱슬한 검은 머리카락을 가졌을 거라 생각했다. 하지만 그때 갑자기 다른 생각이 떠오르기 시작한다.

"로라 사진은 한 장밖에 없었어요. 그것도 흑백 사진이었죠."

앨리가 말한다. "그녀의 피부색은 앤디보다 더 밝아 보이네요. 아마 머리카락도 갈색 혹은 짙은 금발일 것 같기도 하고요."

"빨간색은요?" 마치 벼랑 끝에 서있는 기분이다. 앤디가 나를 지키기 위해 조쉬를 죽였다는 생각이 어두운 것이었다면 지금 내가 떠올린 생각이 풍기는 분위기는 훨씬 더 어둡다. 나도 모르게 손가락으로 레깅스를 쥐어뜯고 있었다. 나는 이를 악문다.

"혹시 빨간 머리 아니었을까요?"

"아마도……."

"앨리, 페이스북 하죠?" 내가 말한다.

"물론이죠."

"로라 파인을 찾아보세요. 추모 페이지예요."

"네." 그 대답을 마지막으로, 간간이 마우스를 클릭하는 소리와 키보드를 두드리는 소리만이 들린다. 얼마나 시간이 지났을까.

"으음, 찾은 것 같아요." 기다리던 앨리의 대답이 돌아왔다.

"혹시 이 여자가 로라인가요?"

잠시 침묵이 흘렀다. "확실하지 않아요. 제가 본 사진은 워낙 오래된 거라서."

"파인이 그녀의 결혼 후 이름이 아닐까 싶어요."

"좀 알아봐 주실 수 있나요? 로라 웨크스타인의 결혼 기록이 있는지 찾아볼 수 있을까요?" 내가 말한다.

"네, 하지만 시간이 좀 걸릴 것 같아요."

"알았어요." 나는 펜으로 메모장을 찔렀다. 이 사건을 해결할 수 있는 모든 것이 바로 여기에 있다는 느낌을 떨칠 수 없다. 이 점들을 연결하는 일만 남았다는 생각이 든다. 앨리가 한 번 더 조사할 때까지 기다릴 여유는 없다.

조쉬의 스토커 여자 친구가 앤디 웨크스타인의 여동생이었다면 누군가는 알고 있었을 테니까. 조쉬의 모든 사소한 일거수일투족을 집요하게 쫓아다니고, 조쉬가 빨간 머리를 좋아한다는 것도 알고 있었을 것이다.

톱니바퀴 하나가 들어맞기 직전이라는 생각이 들었다.

과거

내가 애널리를 낳던 11월 밤, 조쉬의 어머니는 돌아가셨다.

간호사가 전화로 소식을 전하자 조쉬는 회복실에서 울음을 터뜨린다. 나는 감정을 표현하려고 노력했지만 열여섯 시간에 걸친 진통으로 지쳐서 눈을 제대로 뜨지 못했다.

간호사들은 여기저기서 작은 질문을 던지며 나를 관심 있게 지켜보고 있었다. "그럼 진통을 느끼지 않게 프로그램을 짜놓은 건 아니란 거죠?" 한 간호사가 놀란 표정으로 말하며 속삭였다. "개자식들."

나는 웃지만 앤디가 나를 이렇게 프로그래밍했다고 생각하니 마음이 조금 아프다. 이것이 자연 분만이 아니었다는 사실을 상기하고는 더욱 그랬다. 인공 피부와 장기는 저절로 아프지 않으니까.

하지만 내 품에 안긴 기적 같은 아기 때문에 이런 생각은 제쳐두기로 했다. 아기의 사랑스러운 머리 위에 얹어진 지푸라기 같은 검은 머리카락. 외계인 같은 가늘게 뜬 작은 눈. 지혜롭고 인내심 있는 눈빛으로 나를 바라보며 '걱정하지 마세요.'라고 말하는 것 같다. 신기하게도 그 작은 존재를 바라보고 있을 때는 아무 걱정이 들지 않는다.

지친 건 사실이지만 기운이 넘친다. 이 아이가 내 배 속에 들어있던 작은 생명이었다고 생각하니 기분이 좋다.

조쉬가 병원에서 지급한 마스크를 쓰고 내 침대 옆 의자에 앉아 코를 훌쩍거릴 때, 나도 돌아가신 시어머니를 위해 눈물을 짜내려고 애썼다. 하지만 내가 느낀 것은 가슴이 찢어질 것 같은 슬픔이 아닌, 안도감이었다.

이제 아기와 함께 집으로 돌아가면 새로운 시작이 될 것이다. 애널리가 그 무거운 분위기를 느끼지 않아도 돼서 좋았다. 애널리는 빛과 사랑이 가득한 집에 살아야 한다. 그래도 나는 조쉬에게 필요한 동정을 보여주려고 노력한다.

"미안해, 아가야." 내가 손을 뻗어 아기를 만지려 한다.

조쉬는 어머니의 시신을 처리하기 위해 나와 아기를 두고 떠났다. 이틀 후 병원에서 집으로 돌아왔을 때, 리타는 이미 없었다. 나는 집 안을 천천히 걸어 다니며 그녀의 부재를 느낀다. 리타가 죽은 방을 들여다보면서 애널리의 놀이방으로 용도를 변경할 계획을 세운다.

아기와 함께한 첫날은 정말 쉽지 않았다. 내가 해본 일 중 최고의 난이도였다. 집에 온 지 닷새 되는 날, 나는 드디어 반쯤은 정상적인 페이스로 걷고 있다. 집 근처에서 베이비시터도 찾았고, 수유에도 익숙해지고 있다.

이는 좋은 일이다. 왜냐하면 〈왓츠업〉 매거진이 우리와의 독점 인터뷰, 사진 촬영을 예정하고 있기 때문이다. 그들이 오기 전에 내가 조금 더 정리된 상태라고 느끼는 것이 좋다. 아직은 낯선 사람들과 카메라가 집에 들어오게 하고 싶지 않으나, 조쉬가 해고됐고 장례식 비용도 만만치 않아 그 어느 때보다 돈이 필요하다.

〈왓츠업〉 팀이 도착하기 전 화장실에서 조쉬와 함께 준비하는데, 거울에 비친 조쉬의 모습에 나는 미소를 짓는다.

"우리를 위한 깜짝 선물이 있어." 내가 말한다.

"응?"

"베이비시터를 찾았어. 애널리와 오래 떨어져 있을 수는 없겠지만, 스타벅스에 가서 핫초코나 뭐 그런 걸 먹으며 둘이 함께 시간을 보낼 수도 있을 것 같아."

그는 기분이 좋아진다. "그래. 그거 잘됐네."

마스카라를 막 마쳤을 때 〈왓츠업〉 팀이 도착했다. 사진작가와 그녀의 조수, 우리를 인터뷰할 기자가 왔다. 그들은 모두 애널리에게 감탄사를 연발한 후 조명과 흰색 배경을 설치하고, 리타의 소품을 옮기고, 가구를 재배치하는 작업을 시작한다.

우리는 거실에서 포즈를 취한다. 나는 산후 몸매를 우아하게 감싸는 헐렁한 흰색 드레스를 입었다. 조쉬는 단추를 푼 심플한 흰색 셔츠와 청바지를 입었다. 우리는 모두 맨발이었고, 사진사는 나와 아기를 위해 작은 왕관을 가져다주었다.

"정말 경이로워요." 그녀는 계속 아기에게 찬사를 보낸다. 우리는 완벽한 가족이 되어있다. 인터뷰는 전혀 힘들지 않다. 나는 내 출산 이야기를 하고, 조쉬는 그의 어머니가 돌아가신 걸 슬퍼하는 이야기를 한다. 그리고 그들이 떠날 때까지 몇 시간 동안은 이것이 우리의 진짜 모습인 척할 수 있다.

하지만 마음 한편에는 이런 생각도 든다. 도대체 나는 얼마나 추락한 걸까? 내 이상은 어디로 갔을까? 카밀라의 말처럼, 아마도 나는 목표 지향적인 사람으로 변한 건지도 모른다. 그래. 이제는 인정한다. 촬영된 가족의 모습을 흉내 내는 것이 아닌, 진짜로 그런 가족이 되고 싶은 것이다.

우리는 거실에서 에덴이라는 베이비시터를 기다린다. 약속 시간인 일곱 시가 되기까지 15분 정도가 남았다. 애널리는 위층 아기 침대에 잠들어 있고 조쉬와 나는 나가고 싶다. 조쉬는 소파에 앉아 손을 머리 뒤로 하고 엉덩이를 앞으로 내밀며 발을 두드리고 있고, 나는 그와 마주 보는 작은 페이즐리 무늬의 안락의자에 앉아있다.

어둠이 내려앉은 바깥에서 은은한 조명이 친밀감을 준다. 집이 완전히 평화로운 느낌은 아니지만, 적어도 지금은 안정된 느낌이다. 어쩌면 지금이 리타의 장례식 날짜는 언제로 해야 할지와 같은 현실적인 문제에 관해 이야기하기에 좋은 시기일지도 모르겠다. 장례식이 끝나면 이 공간이 나를 감시하는 것 같은 그 느낌도 사라지겠지. 벽지와 그녀가 죽은 방의 그림자, 벽난로 위의 사진에서 그녀의 눈이 아직도 나를 바라보는 듯한 그런 느낌 말이다.

"이제 모든 게 좀 더 정상적으로 느껴지기 시작하는 것 같아." 내가 다리를 아래로 끌어안으며 말한다. "내가 장례식 계획을 세우는 거 도와주길 바라면……."

"아니." 조쉬가 소파 가장자리에서 고개를 뒤로 젖히고 나 대신 천장을 바라보며 말한다. "그냥 하지 마."

"뭘 하지 마?" 나는 약간 기분이 상해 말한다.

"지금은 너무 힘들어서 이런저런 세부 사항을 이야기할 수가 없다고."

속으로는 '나도 최선을 다하고 있잖아. 알겠어?'라고 대답하고 싶지만 조쉬의 모든 걸 보듬어 줄 수 있는, 큰 사람이 되자고 다짐하며 말했다. "그래, 미안해. 이해해."

"아니, 넌 이해 못 해. 제기랄!" 조쉬는 마치 스프링이 달린 것처럼 소파에서 너무 빠르게 벌떡 일어선다. 마치 누워있는 자세에서도 이미 온몸이 이렇게 튀어오를 준비를 했다는 것처럼. 나는 의자에 등을 대고 좁은 팔걸이를 잡는다.

"넌 출시된 지 1년도 안 됐잖아!" 조쉬가 소리친다. 그 말을 들은 나는 뭔가 잘못되어 가고 있다는 생각이 들었다. 그의 분노가 너무 갑작스럽게 느껴졌다. "줄리아, 제발 가식 좀 그만 부려. 그 옹졸한 공감 놀이는 오늘 아무 쓸모도 없어. 역겨워. 알겠어? 지금 정말 더럽게 역겹다고." 정신을 차렸을 때는 숨을 거칠게 내뱉은 조쉬가 위협적으로 내 앞에 서있었다.

"공감 놀이?" 되묻는 작은 소리에서 숨소리 섞인 웃음이 함께 터져 나온다. 도대체 무슨 일이 벌어지고 있는 거지? 우리는 사진 촬영을 하고, 인터뷰도 하고, 가볍게 저녁을 먹었다. 이제 처음으로 부른 베이비시터가 오면 우리는 카페에 가려던 참이었다.

"그래." 그의 얼굴에 못마땅한 표정이 역력하다. "그래, 나를 이해하는 척, 당신이 착한 사람인 척하는 거 말야. 한 번만이라도 진짜처럼 굴어봐. 왜 항상 그렇게 완벽한 척을 하려고 해?"

잠시 위로의 말을 건네고 싶은 충동이 일었다. 하지만 지친 탓인지, 지난 한 주 동안 우리가 겪은 삶과 죽음의 감정적 충격 때문인지, 무언가 내 안에 걸린 것처럼 막혔다.

새로운 느낌은 아니다. 증오가 담긴 편지부터 리타가 차갑게 굴던 것, 우리를 보호해야 할 보안관이 법을 완전히 무시하는 행위까지, 오베르테에서의 내 모든 시간은 불공평하게 느껴졌다. 하지만 인간 세상에서 사는 신스로서 배운 한 가지가 있다면 내가 규칙을 정할 수 없다는 것이다.

내 최선의 방어책은? 미소 짓고, 예쁘게 보이고, 모두가 기대하는 평범한 사람이 되려고 노력하는 것이다.

가장 어려운 규칙, 내가 싫어하는 규칙, 말하지 않는 규칙, 자의적인 규칙까지 열심히 규칙을 지키려고 노력한다. 이제는 그런 것들이 잔인하게 느껴진다.

대부분은, 세상을 위해 기준을 맞출 수 있다고 생각했다. 하지만 지금은, 조쉬를 위해 그렇게 할 수가 없다. 그는 100퍼센트 내 편이어야 할 유일한 사람이다. 그는 '우리'의 일부여야지, '그들'의 일부여서는 안 된다.

"그거 참 상처 주는 말이다." 내가 말한다. "내가 태어난 지 1년도 안 되었다 해서 내가 당신보다 못하다고 생각하는 거야? 아니면…… 당신만큼 느끼지 못한다고 생각해? 난 열여섯 시간의 진통과 분만을 한 지 얼마 되지 않은 사람이야. 못 믿어? 나도 고통을 느낄 수 있다고, 조쉬."

"젠장." 그가 거친 웃음을 지으며 말한다. "당신 지금 무슨 말을 하는 건지는 알고 지껄이는 거야? 그래, 열여섯 시간 동안 불편하게 해서 미안해. 그렇지만 난 30년을 살았어. 그동안 부모님의 이혼, 엄마의 암과 죽음까지 겪었지. 그리고 당신이 잊었을까 봐 얘기하는 건데, 엄마는 내 인생에서 가장 중요한 선택 중 하나인 당신을 반대하시다가 돌아가셨어. 그게 나를 얼마나 괴롭히는지 알아? 알 리가 없지! 넌 부모도 없고, 진짜 고통을 겪어본 적도 없으니까. 궁극적으로 죽음을 이해하지 못하잖아. 인간인 척 그만해. 날 이해하는 척하지 말라고, 넌 신스야! 적어도 솔직하게만 말해! 그게 내가 요구하는 전부니까."

"당신이…… 당신이 사랑하는 신스잖아." 나는 앉아있으면서도 쓰러질 것 같아서 의자의 팔걸이를 더 세게 움켜쥐며 말한다. 지금 나와 조쉬한테 무슨 일이 일어나고 있는 거야? 나는 그 문제를 직면하고 있으면서도 이해할 수 없었다. "당신이 결혼하기로 선택한 신스!"

"완전 빌어먹게 미친 순간이었던 거지." 그가 침을 뱉는다.

"우린 절대, 영원히 서로를 진정으로 이해하지 못해. 알겠어? 그건 불가능해. 나는 대체 무슨 생각을 했던 걸까?"

그의 말에 내 가슴은 고통으로 두근거린다.

그가 상처받아서 화를 내는 거라고 절망적인 목소리가 내 안에서 울부짖는다. 엄마가 죽고, 직장에서 해고당하고, 이웃이 우리를 감시하고, 매일 아침 혐오스러운 광고판을 보고 일어나기 때문에 그는 화를 내는 것이다. 그는 궁지에 몰린 동물이다. 그러니 발톱을 드러내겠지.

괜찮을 거야.

괜찮을 거야.

"미안해." 내가 다시 말한다.

"그만!" 그는 머리를 쥐어버리려는 것처럼 움켜쥐고 소리를 질렀다. "미안하다는 말 좀 그만해!"

"내 말은……."

그는 순식간에 내게 달려들어 내 목을 잡는다. 둔탁한 힘이 내 호흡기에 파고든다. 그의 무게에 슬로모션처럼 나는 내가 앉은 안락의자가 뒤로 넘어지는 것을 느낀다. 이윽고 나는 바닥에 떨어져 부딪힌다. 척추를 타고 통증이 치솟는다. 내 다리는 죽은 벌레처럼 공중에 떠있고, 이제 조쉬가 내 옆에 무릎을 꿇고 헐떡이고 있다.

"줄리아! 일부러 그런 건 아니야." 조쉬가 내게 손을 뻗는다.

나는 눈을 감고 신음을 낸다. 꼬리뼈가 아프다. 목도 아프다. 그러나 그보다 더 아픈 것은 내 심장이다. 심장이 생각도 못 했던 고통을 느끼고 있다.

갑자기 우리가 창문으로 둘러싸여 있다는 것을 깨닫고, 지금 누군가 안을 들여다보고 있을지 모른다는 생각이 든다. 이 상황이 나에게는 현실일지 모르지만, 다른 누구에게도 보여주고 싶지 않다.

"커튼 닫아." 내가 숨을 헐떡인다.

조쉬가 창문으로 가서 커튼을 잡아당겨 닫는다. 그는 내 곁으로 돌아온다. "줄리아, 나는 내가 힘이 세다는 걸 까먹고⋯⋯. 난 그냥⋯⋯." 그의 손이 내 어깨를 쓸고, 머리를 만지고, 팔을 쓰다듬으며 마치 내가 흩어진 먼지더미인 양 필사적으로 다시 모으려고 애쓰고 있는 것처럼 느껴진다.

나는 눈을 질끈 감고 눈물을 흘린다. 조쉬를 쳐다볼 수도 없다. 이런 일이 일어나지 않았더라면 좋았을 텐데. 이런 일이 일어나지 않은 삶으로 돌아가고 싶다.

"사고였어." 그의 목소리가 애원한다. "줄리아, 그건 사고였어. 미안해. 제발 날 봐. 제발 괜찮다고 해줘. 고의가 아니었어. 정말 사고였어. 맹세할게."

이 순간 눈을 뜨는 것은 내 인생에서 가장 힘든 일이다. 출산할 때보다 더 힘들다.

조쉬의 얼굴은 창백하고 눈은 절망에 가득 차 있다.

카밀라의 말이 기억난다. '아니요.'라고 말하는 데서 나오는 힘. 그런데 나한테 선택권이 있나?

조쉬를 떠나면 내가 태어난 유일한 목적을 잃을 뿐만 아니라 위층에서 곤히 잠들어 있는 내 아기까지 잃게 될지도 모른다. 내가 다음에 하는 말 한마디가 우리를 살리거나 죽일 수도 있다.

"알아." 나는 거짓말을 하며 앞으로 다가가 조쉬의 팔뚝을 잡는다. 눈물이 뺨을 타고 흘러내린다. 등뼈가 부러지지 않았기를 기도하지만, 부러진 것같이 느껴진다. "사고였다는 거 알아, 조쉬."

지금 조쉬가 두려워서 이런 말을 하는 게 아니다.

두렵지 않다. 진실이어야 하기 때문에 말하는 것이다. 그가 벌려놓은 상처에 이 꿀이라도 부어야 감염되지 않고 살아남을 수 있다. 우리 가족, 이 세상에서 내가 가진 유일한 것이 깨지지 않을 수 있다.

환상도, 현실도, 선택도, 모든 막연한 철학적 생각들도 다 집어치워야 한다. 내 안에 날것의 욕구가, 굶주린 상처처럼 강하고 격렬하게 열리고 있다. 지금 이 순간, 나는 이 거짓말이 간절하다. 내가 그 거짓말을 믿어야만 우리 가족이 서로를 붙잡고 떨어지지 않을 수 있다.

마치 프러포즈의 순간처럼, 찰나의 순간이 있다. 지금 내 눈앞에 두 갈래 길이 있고, 나는 그 갈림길에 서 있다. 그리고 나는 말한다. 가슴속의 모든 거친 욕망을 담아 말한다.

나는 당신을 믿는다고.

현재

데보라 리브스의 집으로 다가가는 느낌은 불길했다. 지난번처럼, 내가 엔진을 끄기도 전에 그녀는 현관에 나와있다. 그때와 같아 보이는 홈드레스를 입고, 똑같은 산탄총을 안고 있으며, 그 위로 아기 인형 머리들이 취한 새처럼 흔들리고 있다. 유일한 차이점은 이번에는 날씨가 맑다는 것이다. 밝은 햇살이 완벽한 시골 풍경은 데보라와 그녀의 집을 더욱 이질적이게 만든다.

무모한 용기에서인지 아니면 괜찮을 거라는 직감 때문인지, 나는 곧바로 차에서 내린다. 데보라가 총을 들어올린다.

"잠깐만요." 내가 외친다. 억지로 천천히 움직이며 가발을 벗고 모자를 벗어 내 빨간 머리카락을 흔든다. 그녀에게 보내는 신호다. 내가 정직하게 대하니 그녀도 정직하게 대해주길 바라면서. 그녀는 말을 하지 않고 총도 쏘지 않는다.

"우리 얘기 좀 해요, 데보라." 내가 말한다.

총구는 여전히 나를 향하고 있지만, 그녀를 내 편으로 만들 수 있다는 걸 알고 있다.

"제가 다시 온 이유는 조쉬를 사랑하기 때문이에요. 당신도 그렇잖아요. 우리가 이 세상에서 그렇게 느끼는 유일한 두 사람일지도 모르죠. 제가 신스라는 이유로 저를 미워하실 수 있어요. 하지만 조쉬의 죽음은 똑바로 해결해야 해요. 제가 그를 죽인 범인을 찾을 수 있을 것 같은데, 이걸 확실하게 하기 위해서는 당신의 도움이 필요해요."

처음에 그녀는 별다른 반응을 보이지 않았다. 하지만 내 말이 끝나갈수록 천천히 총을 내렸다.

그녀는 고개를 홱 돌리고는 집 안으로 사라진다. 방충문이 쾅하고 닫힌다. 나는 가발을 차 안으로 던져 넣고 절뚝거리며 그녀 뒤를 따라간다. 친절하게 맞이해 주는 건 아니었지만 들어오라는 신호 같았다.

안으로 들어서자 흐릿한 어둠이 감돈다. 그녀가 어느 정도 다시 쌓아둔 상자들 사이로 난 좁은 통로를 따라 조심스레 걸어간다. 냄새는 여전히 지독하다. 고양이 오줌, 좀약, 하수구, 썩은 냄새가 섞여있다.

"발은 왜 그래?" 내가 마침내 부엌에 도착하자 데보라가 말한다. 그녀는 스토브 위의 작은 냄비에 담긴 무언가를 저어가며 묻는다. 그녀의 총은 조리대 위에 놓여있다. 30센티미터 높이의 산타 인형이 TV 위에서 온화하게 미소 짓고, 구부러진 화면에선 지프차 광고가 무음으로 재생되고 있다. TV 주변으로 작은 성탄절 관련 인물상들이 빽빽이 늘어서 있고, 모두 자비로운 산타를 향해있다.

"발목을 삐었어요." 내가 말한다.

"앉아." 그녀가 의자를 가리킨다.

발에서 무게가 빠지자 나는 그제야 살 것 같았다.

"그럼 이제 내가 조쉬를 죽였다고 생각하지 않는 건가?" 데보라가 스토브 쪽에서 묻는다. 냄비에서 나는 냄새가 내게로 퍼진다. 신 토마토 냄새다.

"네. 당신은 아직도 제가 죽였다고 생각하세요?"

"아직 결론 못 내렸어. 여기 다시 온 걸 보니 배짱이 좋다는 건 알겠고. 무슨 꿍꿍이야?"

"저에겐 아기가 있어요. 아시잖아요. 애널리." 나는 조심스럽게 말을 꺼낸다. 그녀의 마음을 열 수 있는 가장 좋은 방법은 우리가 둘 다 어머니라는 연결고리다. "제가 조쉬 사건의 용의자가 되자마자, 그들은 아동 보호국 사람을 보내 애널리를 데려가려 했어요. 저는…… 그 아이를 숨겼죠. 안전한 사람에게 맡겼어요. 하지만 저는 그 아이에게 돌아가야 해요. 그래서 제 혐의를 벗어야 하는 거예요. 저 자신을 위해서만도 아니고, 조쉬를 위해서만도 아니에요. 제 아기를 위해서죠. 그 아이가 제게 가장 중요해요."

"당신이 그 아기를 사랑한다고?" 그녀는 숟가락을 조리대에 덜그럭 내려놓고 나를 바라본다. "그게 가능해?"

데보라를 바라보면서도 나는 마음속으로 애널리를 그려본

다. "태어난 순간부터요." 세상에. 지금까지 애널리에 대해 많이 생각하지 않으려 했는데, 이제 감정의 방벽이 무너지니 애널리가 보고 싶은 강렬한 감정에 압도될 것만 같다. 코끝이 찡해져 온다.

"애널리가 정말 어릴 때 어떤 표정을 지었냐면요. 이마에 주름이 지고 작은 입술을 오므리곤 했어요. 마치 깊은 비밀들을 모두 이해하고 있는 것 같았죠. 그저 말을 할 수 없을 뿐이지……. 우리는 그걸 '우주의 신비'라고 불렀어요." 나도 모르게 손으로 가슴을 누르는 바람에 무거운 압박감이 느껴졌다. 꼭 심장이 몸 밖으로 튀어나갈 것 같았다. "한편으로는 너무 무서웠어요. 아기가 너무…… 작았거든요. 언제든 죽을 수 있을 것 같았어요. 저는……."

"내 아이는 죽었어." 데보라가 말한다.

"네, 기억해요." 나는 제발 큰 말실수를 한 것이 아니기를 바라며 천천히 입을 뗀다. "정말 유감이에요."

그녀는 돌아서서 찬장을 뒤적인다.

"장미는 붉고, 제비꽃은 파랗네." 그녀가 두 개의 그릇을 꺼내며 노래하듯 말한다. "그녀는 하나가 아닌, 두 명을 죽였네."

두 명? 등골이 오싹해졌다. 하지만 지금은 너무 위태로운 분위기이기 때문에 섣불리 반응할 수는 없다.

"아이 이름은 샤일로였어. 영아 돌연사 증후군이었지. 그게 뭔지 알아?" 데보라는 진한 붉은색 물질을 그릇에 떠담는다. 모든 동작이 기계적이고 의도적이다.

나는 안다는 것처럼 작게 앓는 소리를 냈다.

"그다음에는 아일린을 낳았어. 8개월을 버텼지." 국자를 내려놓으며 데보라는 조리대를 움켜쥐고 김이 모락모락 나는 그릇들을 바라본다. "그다음은 조이. 3개월이었어." 그녀가 갑자기 돌아선다. "한나는 4개월을 버텼어. 조사가 있었지. 전국에 뉴스가 퍼졌어. 남편은 이혼 소송을 냈고, 사람들은 나를 괴물이라고 불렀어. 설리번의 후계자라고. 모든 아이를 잃었어. 모두를." 그녀의 눈은 고통으로 가득 차는 대신 공허하게 빛난다.

내 심장이 미친 듯이 뛰기 시작했다. 애널리를 잃는다는 생각만으로 나는 죽을 것 같다. 데보라는 어떻게 그 잔인한 경험을…… 네 번이나 견뎌냈을까? 뒤이어 깨닫는다. 그녀는 견뎌내지 못했다는 것을.

이 사람은 미친 여자가 아니었다. 망가진 여자다. 가장 깊은 슬픔에 갇혀있을 때 괴물이라는 낙인이 찍혔다. 삿대질과 비난이 아닌 자비가 필요할 때 거부당하고 혼자 남겨진 것이다.

그녀는 다시 그릇 쪽을 향한다.

"무죄 판결을 받았지만 그건 서류상으로만이었어. 스스로 목숨을 저버릴까도 생각했지. 그러던 중에 TV를 봤어." 그녀의 눈은 여전히 음소거 상태인 작은 TV를 향한다. 여성 앵커가 뉴스 코너를 시작하고 있다.

본능적으로 나는 의자에서 일어나 그녀를 향해 두 걸음 내딛는다. 앞으로 손을 뻗어 그녀의 손을 내 손으로 덮어 쥔다.

차갑고 부드러운 피부가 그녀의 뼈 위로 움직인다.

"나는 인간이 아닐지라도 당신의 고통을 느낄 수 있어요." 나는 말한다.

그녀가 나를 바라본다. 그 조용한 정적 속에서 심장 박동이 한 번 뛰는 순간, 우리는 그저 두 인간일 뿐이었다. 괴물과 신스가 아닌, 자식을 위해 심장이 뛰는 두 어머니일 뿐이다. 연약한 몸들 안에 자신들의 행복이 담겨있는.

"이제 어쩌지?" 데보라가 목구멍에서 나오는 듯한 작은 목소리로 말한다.

나는 그녀의 손을 놓아주고 팔꿈치를 조리대에 기대니 우리 얼굴은 거의 같은 높이가 된다.

"로라 파인에 대해 말해줘요."

그녀는 한숨을 쉰 뒤 몸을 일으킨다. "잠깐만 기다려." 그렇게만 말하고 데보라는 옆방으로 사라졌다. 희미한 쿵쿵 소리와 부스럭거리는 소리가 난 후, 그녀는 세 권의 두꺼운 사진첩을 들고 돌아온다. 각 책등에는 투명 테이프 아래 '조쉬 라살라'라고 적혀있다. 그녀가 조리대 위에 맨 위의 사진첩을 펴자, 통통한 볼과 보조개가 있는 조쉬의 아기 사진이 보인다.

나는 숨을 들이쉰다. 완전히 애널리랑 똑같다. 그 아이가 이렇게나 그와 닮았다는 걸 전혀 몰랐다. "볼 수 있을까요?"

그녀가 고개를 끄덕인다. 나는 더 많은 사진을 넘겨본다. 조쉬가 4학년 때 학교 신문에 쓴 '왜 스포츠가 좋은가!'라는 제목의 기사, 고등학교 졸업앨범 페이지들의 복사본, 심지어 고등학교 성적표까지 있다. 데보라가 어떻게 이걸 구했을까.

내 안의 무언가가 이건 소름 끼치는 일이라고, 그녀가 내 남편에 대한 이 모든 정보를 모았다는 게 이상하다고 말한다. 하지만 한편으로는 고마움을 느낀다.

그러고 나서 페이지를 넘기자, 그 빨간 머리가 나온다. 로라 파인이 조쉬의 허리에 팔을 두르고 있고, 조쉬는 그녀의 어깨에 팔을 올리고 있다. 그들은 젊고, 행복하고, 걱정 없어 보인다. 하지만 나는 사진이 얼마나 기만적일 수 있는지 잘 알고 있다.

"그녀의 결혼 전 성은 웨크스타인이었어." 데보라가 말하자, 이 상황에도 불구하고 소름이 밀려온다. 내가 짐작한 대로, 조쉬는 앤디의 여동생과 사귀었던 것이다.

"로라는 고등학교를 졸업하자마자 에릭 파인이라는 남자와 결혼했어." 데보라가 계속해서 말한다. "하지만 잘되지 않았지. 1년도 채 되지 않아 헤어졌어. 그 후 그녀는 대학에 갔어. 그래, 그때쯤 조쉬와 만나기 시작했지. 하지만 공식적으로 그녀는 이혼을 하지 않은 상태였어."

"어떻게 이 모든 걸 아시는 거예요?"

"SNS를 봤지. 아이들이 얼마나 개방적일 수 있는지 알면 놀랄 거야." 그리고 데보라가 사진첩 페이지를 넘기자 나는 움찔한다. 한쪽 눈이 거의 감길 정도로 부어오른 로라의 사진이 나온다. 그녀의 고개는 기울어져 있고, 표정은 가려져 있다. 사진 제목은 사랑이 독이 될 때라고 쓰여있다.

"이건 그 SNS 중 한 군데에서 인쇄한 거야. 다행히도, 로라가 게시물을 금방 내렸어." 데보라가 손가락으로 페이지를 쓰다듬는다. "나는 조쉬에게 전화하려고 했어. 계속해서 편지도 썼고. 그 아이는 도움이 필요했을 테니까."

"도움⋯⋯." 나는 데보라의 말을 되풀이한다. 그녀가 한 번도 받지 못했지만, 조쉬에게 주고 싶어 했던 것.

그녀가 고개를 끄덕인다. "로라는 조쉬에게 헤어지자고 했지. 그러자 조쉬가 나쁜 짓을 했어. 둘이 함께 찍은 섹스 비디오를 SNS에 올렸지. 내 컴퓨터에 있는데, 그것도 보고 싶어?"

나는 팔을 교차시켜 떨리는 몸을 안았다. "아뇨."

"더 있었어. 그녀의 나체 사진들, 그리고 비난들. 그는 마치 그녀가 미식축구팀 전체와 관계를 맺은 것처럼 말했어. 심지어 교수들과도."

데보라가 하는 말을 듣고 있자니, 내가 아무리 나의 공감 능력을 자랑스러워한다지만 그 말들은 도저히 이해되지 않았다.

"저는⋯⋯ 이해가 안 돼요. 조쉬는 왜 그렇게 그녀를 망치려고 했을까요?"

"그녀가 조쉬에게 굴욕감을 줬으니까. 자신이 때린 걸 폭로했으니까. 조쉬가 견딜 수 있는 것 이상이었지." 그녀는 이를 담담하게 말한다. "내 아기들처럼. 아이들이 죽었을 때 나뿐만 아니라 아이들의 아빠도, 조부모도 모두가 너무 고통스러워했지. 고통받는 사람들은 누군가를 쓰러뜨리고 싶어 하는 법이야."

내 심장이 데보라를 위해, 로라를 위해, 나 자신을 위해 세차게 뛰기 시작한다. 다른 이들이 쓰러뜨리기 위해 그곳에 있는 소녀들.

"로라는……." 문득 앤디의 자살 예방 기부금 이야기가 떠올랐다. "로라는 스스로 목숨을 끊은 건가요?"

데보라가 고개를 끄덕인다. "모든 SNS 계정이 사라졌어. 인터넷에서 로라의 흔적은 모두 사라졌지. 그녀의 남편 에릭이 만든 추모 페이지를 제외하고는. 하지만 나는 모든 것을 인쇄하고 저장해 두었어."

그녀는 사진 앨범을 두드린다.

내 남편이 로라 웨크스타인의 죽음에 책임이 있었다. 내 머리는 그것을 믿지만, 내 마음은 받아들이고 싶지 않다. 다음 결론도 마찬가지로 믿기 힘들다.

로라의 죽음으로 슬픔에 잠긴 로라의 오빠가 나를 조쉬와 완벽한 짝으로 만들었다.

완벽한. 이 말은 맥락 없이는 아무 의미도 없는 이상한 단어다. 사랑하기에 완벽한? 아니면 복수하기에 완벽한?

어지럽다. 나는 조리대에 팔을 기대어 몸을 지탱한다.

"봐봐." 데보라가 리모컨을 TV에 겨누고 볼륨을 높인다. "당신이 뉴스에 나왔네."

"안녕하세요, 잭." 바람막이를 입은 생방송 기자가 앞서 빠르게 걸어가는 두 사람을 뒤쫓으며 말한다. 화면 오른쪽 위에는 내 정지 화면이 있다. "저는 지금 인디애나 대학교 캠퍼스의 10번가에 있습니다. 이곳은 줄리아 월든을 설계한 책임자인 웨크테크 CEO 앤디 웨크스타인의 모교입니다." 그가 첫 번째 사람을 따라잡는다. "웨크스타인 씨!"

오른쪽의 인물이 잠깐 돌아본다. 앤디다.

"당신이 만든 신스가 자신의 남편을 살해한 혐의를 받고 있습니다!" 카메라가 흔들리는 가운데 기자가 소리친다. "이에 대해 어떤 반응을 보이실 건가요?"

앤디는 광폭해 보이고 제정신이 아닌 것 같다. "그녀는 사람들을 해칠 수 없게 되어있어요. 알겠어요, 이 멍청이들아? 이건, 젠장…… 끔찍한 쇼야, 엉망진창이라고. 그 개 같은 보안관은 편견에 가득 찬 자고 법 집행 기관의 수치야. 그거 알아? 너희들은 다 썩은 독수리 떼야! 꺼져!"

속이 메스꺼워진다. 두 화난 남자 사이를 오가는 공이 된 것 같은 끔찍한 이미지가 떠오른다. 나를 만든 남자와 내가 만들어진 이유인 남자 사이에서.

TV 화면이 바뀌고 두 번째 인물이 보인다. 앤디의 왼쪽에 있는 그 사람은 손을 재킷 주머니에 넣고, 고개를 숙인 채 눈에 띄지 않으려 하고 있다. 에덴이다.

"왜?" 나는 말한다. TV에게, 데보라에게, 나 자신에게. 심장 박동 하나하나가 아프다. "왜 앤디는 조쉬를 위해 나를 만들었을까?"

하지만 마지막 말이 입에서 나오는 순간에도 내 뇌는 이야기를 만들고 있다. 앤디는 복수를 위해 나를 만들었다는 것. 그는 한때 학대를 저지른 사람은 언제나 누군가를 학대하리라 생각했고, 필연적으로 조쉬가 나에게 주먹을 휘두르면 내가 그 학대를 공개할 것이라 믿었겠지.

조쉬가 로라의 인생을 망쳤듯이 조쉬의 인생을 망치려는 완벽한 보복이었을 거다. 로라는 자신의 SNS 게시물을 내렸고, 데보라만이 그걸 봤을 것이다. 하지만 내가 올리는 게시물은 1억 5,000만 팔로워에게 보인다. 그리고 이건 시작에 불과하다. 나는 유명인이니까. 앤디는 그걸 확신했다. 사람들이 로라에게는 전혀 갖지 않았던 관심을 내게는 가질 것이라는 걸.

하지만 앤디가 예상하지 못한 설계상의 결함이 있었다. 사랑이라는 감정을 품은 내가 앤디의 예상대로 행동하지 않은 것이다. 내가 남편의 학대를 혼자 끌어안아서 앤디가 직접 복수에 나선 거다.

데보라가 리모컨으로 TV를 가리키고 음소거를 한다.

"당신은 이유를 알고 있을 거야." 그녀가 차갑게 확신하며 말한다. "이해 못 하겠어, 신스? 우리가 그들의 고통의 희생양이 되는 것만으로는 충분하지 않은 거야." 그녀는 내 팔을 잡고 놀랄 만큼 격렬하게 꽉 쥔다.

그녀의 눈이 내 눈과 마주치고, 그녀의 목소리는 으르렁거린다.

"그들은 우리가 괴물이 되기를 원해."

과거

    계획대로 카페에 가기에는 부상이 심해 조쉬는 내 잠자리를 도와주고, 차를 가져다준 후 베이비시터 에덴과는 다음 날로 일정을 다시 잡는다. 겨우 잠이 들었지만 30분 후 애널리가 젖을 달라고 하는 바람에 잠에서 깰 수밖에 없었다.

    다음 날 아침, 조쉬가 차려놓은 정성스러운 아침 식사에 나는 당황스러워한다. 마치 팬케이크와 신선한 과일로 자신의 미안함을 전달하는 것 같다. 그러나 나는 한입도 맛있게 먹지 못했다.

    그에 대해 극도로 화가 나면서도 동시에 안타깝게 느껴져 마음이 복잡했다. 그가 자기혐오로 고군분투하는 모습을 지켜보는 것, 그가 내 주변을 맴도는 모습을 보는 것도 정말 싫다. 하루 종일, 마치 어제 일은 다 잊은 듯한 사람인 척 연기하지만 그것도 너무 싫다. 리타가 벽난로 선반 위 사진에서 나를 지켜보고,

나는 그녀의 시선에서 느껴지는 불쾌감이 내 피부에 끈적이는 점액처럼 느껴진다.

나는 그저 모든 것이 정상으로 돌아가기를 바랄 뿐이다. 나는 조쉬가 자신을 쓰레기처럼 느끼길 원하지 않는다. 그러면서도 그가 미안해하기를 바란다. 다시는 그런 일을 하지 않을 만큼 충분히 미안해하기를.

어쩌면, 카페에 가는 것이 우리로 하여금 다시 시작할 수 있는 의지를 불어넣을지도 모른다. 아마도 이 저녁을 원래 계획대로 잘 보내는 것이 지난 저녁을 덮어버릴 수 있을지도 모른다.

여섯 시가 되기 조금 전, 에덴이 도착한다.

"안녕하세요!" 그녀가 말한다. "몇 분 일찍 왔는데, 괜찮죠? 우리 귀염둥이는 어디 있어요?"

전에도 에덴을 좋아했지만, 내 사랑스럽고 완벽한 아기를 그녀도 보고 싶어 하는 모습을 보니 그녀가 더 좋아진다.

"방금 잠들었어요." 내가 말한다. "들어와요. 그리고 어제 약속 미룬 거 이해해 줘서 고마워요. 아기 있는 집이 다 그렇잖아요. 예측할 수 없고."

"괜찮아요." 그녀는 쾌활하게 동의하며 나를 따라 거실로 들어와 메신저백을 소파에 내려놓는다.

에덴은 20대의 나이지만 열여덟 살을 조금 넘긴 듯 어려보인다. 헐렁한 배기 청바지를 입고 있어서 마치 아빠 옷을 입은 것처럼 보인다.

"애널리의 방을 보여줄게요." 내가 말하는데 에덴이 갑자기 조용해졌다.

"왜, 뭐 문제 있어요?"

"아, 네." 그녀의 손가락이 자신의 목에 선을 그린다. "음, 괜찮으신 거예요?"

"아!" 내 뺨이 붉게 달아오른다. 나는 스카프로 어제 조쉬가 낸 목의 상처 자국을 가리고 있다고 생각했다. 잠깐 움직이는 사이, 스카프가 미끄러졌나 보다. "아, 미안해요! 창피하네. 그냥 발진이에요. 피부가 정말 예민해서요."

그녀는 진지한 눈빛으로 나를 바라보았고 그녀가 거짓말을 눈치채고 있는 것 같아 나는 긴장하여 웃는다. 나는 추한 모습을 감출 수 있다고 생각했다. 내 기억 속에만 간직하고, 사라지거나 치유될 수도 있고, 끔찍한 일이 일어났을 때 어떻게 하는지 안전하게 비밀로 할 수 있다고 생각했다. 그런데 이제 그 용기에 금이 갔다.

그러자 에덴이 미소를 짓는다. "아, 저도 피부가 예민해서 그 기분 잘 알아요."

열이 오르는 듯한 현기증이 밀려오면서 나는 대답한다. "그럼 잘 알겠네요."

에덴에게 애널리를 맡기고, 조쉬와 나는 카페로 향한다. 그곳에서 처음으로 어머니의 집을 팔 수도 있다는 것에 대해, 그리고 이사를 하기 전에 돈이 얼마나 필요한지에 대해 말한다.

"시골에 땅을 사면 좋을 것 같아." 나는 벌써 아침마다 닭에게 모이를 주고 애널리는 옆에서 어리광을 부리는 꿈을 꾸고 있다.

"시골 여편네가 되고 싶단 얘기야?" 조쉬가 놀려댄다. "맨발로 임신한 채 부엌에 있는 모습?"

싫어하는 사람들의 관심에서 멀리 벗어나고 리타의 존재가 여전히 무겁게 느껴지는 집을 떠나 감시하는 이웃 대신 나무와 옥수수밭으로 둘러싸인 곳이라면?

"그거 너무 좋은데." 내가 말한다.

지난 한 주 동안 우리 집에서 일어난 기물 파손 사건에 대해서는 언급하지 않는다. 현관문 앞에 놓여있던 배달된 식료품이 어떻게 뒤집혀져 있었는지도, 쌍안경으로 우리를 지켜보는 것이 취미인 사람이 옆에서 사는 것이 얼마나 이상한 일인지도, 어젯밤 조쉬가 실수로 의자를 밀어 넘어진 내 꼬리뼈가 아직도 아프다는 사실도, 모두 언급하지 않는다. 우리는 레몬 파운드케이크를 먹으며 식탁 너머로 손을 굳게 잡고 긍정적인 태도를 유지하고 있다.

곧 우리 삶에 불어올 신선한 바람의 냄새를 느낀다. 어젯밤 일은 사소한 문제였고, 이제는 뒷전이다. 우리 앞에는 이미 지나간 일들을 계속 뒤돌아보기에는 너무 많은 일들이 있다.

인생은 한 방향으로 흘러간다. 오늘 밤부터는 앞을 똑바로 바라보는 것이 좋겠다.

현재

"신분증 좀 보여주시겠습니까, 부인?"

고속도로 진입로 앞 검문소는 보안관 차량 세 대로 막혀있었다. 보안관 중 한 명은 부보안관 아담스였지만 다행히도 내 차량 반대편에 있었다. 미첼보다는 조금 더 객관적으로 생각하는 사람이었지만 문제는 그가 나를 가까이서 지켜봤기 때문에 내가 아무리 변장했어도 알아볼 가능성이 높다는 것이다.

작은 언덕 위에서 고속도로의 웅성거리는 소리가 들린다. 내가 탈출할 유일한 길이다. 만약 내가 아담스를 지나갈 수만 있다면 말이다. 머리가 조금만 더 맑았으면 더 좋은 방법을 생각할 수 있을 것 같다. 하지만 풀어주지 못해 꽉 막힌 유선은 점점 더 악화하여 마치 감염된 것처럼 팔과 목 쪽부터 피로 빨간 선을 그리고 있는 것 같다. 전신이 화끈거리고, 지금 체온을 재면 100도가 넘을 것만 같다. 마치 좀비처럼.

"무슨 일 있나요?" 나는 숨이 가쁜 상태지만 평소 목소리보다 높은 가짜 톤으로 묻는다. 떨리는 손을 감추려 노력하며 지갑에서는 가짜 신분증을 꺼낸다. 그 작은 플라스틱 카드를 건네는 순간, 맑고 차가운 봄바람이 내 가발의 앞머리를 흩날리고 순간적으로 내 뺨을 식혀준다.

"못 들었습니까?" 그는 내 운전면허증을 받아들며 말한다. 나는 안경을 콧등으로 밀어올리고, 긴 갈색 가발을 쓰다듬지만 도리어 수상해 보일 수 있어 두 손을 다리 사이에 넣고 가만히 있는데, 그가 신분증을 찡그리고 보더니 다시 나를 바라본다. "살인 사건 혐의로 신스를 수배 중입니다."

놀란 척하는 것은 어렵지 않다. "뭐라고요?"

"네, 그래요." 그는 여전히 내 신분증을 들고 있다.

"잠깐만요. 〈더 프러포즈〉에 나온 그 여자 얘기하는 건가요?"

가슴이 터질 것만 같다. 내 머리도 가짜고 안경도 도수가 맞지 않다는 사실을 곧 그가 알아차릴지도 모른다.

"네, 그 여자예요. 그녀를 보면 911로 전화해 주세요."

"오, 하지만 그 여자 정말 착해보이던데!" 나는 괴로운 듯 숨을 들이마신다. "사람을 해칠 수 없는 줄 알았는데요! 정말 그 여자가 그랬다고 생각하세요?"

"글쎄요. 정확히 말씀은 못 드리겠네요, 부인. 제가 아는 건 들은 것뿐이라서요."

그러고는 씩 웃으며 자세를 바꾼다. "그건 그렇고…… 우리 서로 아는 사이인가요?"

세상에. 내 손이 머리로 간다. 가발이 미끄러졌나? 나는 긴장한 채 웃는다. "아닌 것 같은데요."

"맹세할 수 있어요. 제 고등학교 때 여자 친구랑 똑 닮았어요." 그는 잠시 멈칫한다. "괜찮아요? 머리가……."

"괜찮아요!" 나는 즉시 손을 내려 핸들을 잡는다. "죄송해요. 그냥 좀 가려워서요."

"전 항상 여자의 긴 머리를 좋아했죠."

"고맙군요."

"인디애나에 자주 오세요?" 그는 내 차에 팔을 기댄다.

"텐더로인에 사촌이 있어요. 그래서…… 꽤 자주요?" 나는 눈을 두 번 천천히 깜빡인다. "왜요?"

"음, 토요일 밤에 심심하면 사촌이랑 함께 저에게 전화하세요." 그는 배경에 보안관의 큰 별이 있고 하단에 자신의 전화번호가 적힌, 너덜너덜한 명함을 나에게 건넨다. "친척이 이 지역 최고의 레스토랑을 운영하고 있어요. 마마치타 이탈리아 레스토랑이에요. 거기서 무료로 식사할 수 있게 해드릴게요."

"와, 정말 친절하시네요." 나는 그의 명함을 탑승석에 올려놓고 가짜 미소를 짓는다. "조만간 연락드릴지도 몰라요."

"그럼 조심하시고요, 패딩턴 양." 그가 햇빛에 이가 반짝일 정도로 크게 미소를 지으며 말한다. "릴리."

그러고는 그가 나를 보내며 손을 흔들고 윙크를 던졌다. 나 또한 손을 흔들며 아드레날린의 모든 힘을 다해 가속 페달을 밟고 싶은 충동을 참는다.

고속도로에서 나는 속도 제한을 지키려 노력하지만, 더 빨리 달리고 싶다. 아까 있었던 아슬아슬한 상황을 잊고 싶어서다.

미첼의 부하 중 한 명을 속였다는 작은 승리의 느낌이 든다. 그가 말 그대로 내게서 몇 인치밖에 떨어져 있지 않았는데도 나를 놓쳤다는 묘한 만족감도. 크리스티에게 큰 빚을 졌다.

하지만 승리의 기분도 오래가지 않는다. 육체적으로 나는 한계에 다다른 것 같다. 눈가에 열기로 인한 아지랑이가 일어나서 눈을 빨리빨리 깜박거려야 할 정도다. 지갑에서 마지막 에너지바를 꺼내 이를 악물고 뜯어먹으면서, 앞서 있는 블루밍턴 표지판을 보니 55마일 남았다.

발목이 나아지거나 열이 내릴 수는 없지만 한 시간 안에 블루밍턴에 도착할 테니 누구를 먼저 만나야 할지 선택해야 한다. 앤디 아니면 에덴. 진실을 알아낼 수 있는 가장 좋은 방법은 둘 중 한 사람을 고립시켜서 나머지 한 사람에게 등을 돌리게 하는 것이다.

앤디가 토요일 밤 조쉬를 따라 벨몬트 릿지로 가서 조쉬와 대면했다는 진실은 이미 알아낸 것 같다.

아마 둘이 말다툼했을 것이다. 어쩌면 조쉬가 앤디를 도발했거나 심지어 먼저 주먹을 휘둘렀을 수도 있고, 혹은 앤디가 먼저 칼을 휘둘렀을 수도 있다. 남편을 죽인 것이 앤디의 계획적인 행동이 아니었을 수도 있고, 계획적인 행동이었을 수도 있다. 어느 쪽이든 앤디가 내 남편을 죽였다. 하지만 어떻게 증거를 확보할 수 있을까? 미첼조차도 부인할 수 없을 정도로 확실한 증거가 있어야 한다.

이제 블루밍턴까지 40마일 정도 남았다. 나는 액셀을 밟아 속력을 낸다. 누구를 먼저 타깃으로 삼아야 할까?

앤디인가, 에덴인가? 생각이 더운 연못의 느린 물고기처럼 흐려지지 않았으면 한다.

나는 로라의 복수를 위해 만들어졌지만, 앤디가 여전히 나를 사랑할 수도 있다는 생각을 떨칠 수 없다. 그렇다면 그를 대면할 때 어느 정도 힘을 가질 수 있을 것이다. 하지만 앤디는 화가 나있기도 하다. 나는 화난 남자들에 대해 한 가지를 배웠다. 그들은 여자를 사랑하고 있어도 언제든 여자에게 공격적으로 변할 수 있다는 것.

에덴을 만나는 게 더 나은 선택일지도 모르겠다. 그녀가 내 딸을 사랑하는 걸 아니까. 에덴이 나를 물리적으로 공격하는 건 상상할 수 없다.

결국은 다시 제자리다. 하지만 이제 블루밍턴까지 30마일밖에 안 남았으니 더는 결정을 미룰 수 없다.

나는 휴대폰을 들고 도로를 봤다가 휴대폰 화면을 봤다가 하며 메시지를 작성한다.

— 에덴, 줄리아예요. 앤디한테는 내가 연락한 거 말하지 말아 줘요. 나 블루밍턴에서 20분 거리에 있어요. 어디서든 단둘이 만날 수 있을까요?

나는 보내기를 누른다.

에덴에게 메시지를 보내면 언제나 그랬듯, 이번에도 점 세 개
가 바로 나타난다.

— 앤디의 아파트에서 만나요. 540 E 콜로니얼 5350호.

— 단둘이만 만나고 싶어요.

— 앤디는 여기 없어요.

— 그렇지만 너무 위험해요.

나는 다시 답장한다. 세 개의 점이 나타났다가 사라지고 이내
다시 나타난다.

— 저를 믿으세요.

과거

"우리 사이에는 아무것도 없어, 조쉬! 당신 지금 너무 꼬였어! 무슨 말을 하고 있는지 알기나 해?"

나는 화가 났다. 애널리가 태어난 후 처음으로 멋진 저녁 데이트를 마치고 막 집에 도착했는데, 즐겁게 시간을 보내기는커녕 조쉬는 괜한 앤디를 잡기 시작했다.

"오늘도 앤디가 메시지 보냈어?" 조쉬는 빵이 도착하자마자 묻는다.

"응, 오늘 아침에." 내가 대답한다. "여보, 모차렐라 스틱 나눠 먹자. 마마치타 모차렐라 스틱 진짜 유명한 거야."

그는 한동안은 가만히 있더니, 집에 돌아오려고 차에 오르자 집까지 내내 앤디에 대한 타박을 한다. 내가 운전하는 동안, 조쉬는 내 휴대폰을 집어 들고 앤디와 나눈 메시지를 훑으며 비아냥거린다. "앤디는 늘 이렇게 징징대?", "야, 이 작자, 정말 한심하네.", "이 사람은 다른 친구는 없나 봐?" 등등.

나는 아무 대꾸도 하지 않았지만, 집에 도착했을 때 내 턱은 딱딱하게 굳어있었다.

나는 이게 오직 앤디 때문은 아니라고 확신한다. 조쉬는 지금 뭔가 트집 잡고 싶은 것이다. 최근 혐오를 담은 편지가 잔뜩 온 데다 우리가 이틀 동안 지운 끔찍한 집 벽 낙서들, 카페에서 구직 활동하느라 헛되이 보낸 날들, 최근 5만 달러나 되는 호스피스 비용 등으로 인한 깊은 분노를 발산할 곳이 필요한 것이다.

"그는 당신을 사랑하고 있어." 조쉬가 현관 입구 옷장에 재킷을 걸어놓으며 퉁명스럽게 말한다. "쇼에서 처음 만났을 때부터 알았지."

우리는 말 그대로 2분 전에 문을 열고 들어와서 에덴에게 돈을 지불하고 작별 인사를 했다. 그다음, 나는 주방으로 걸어 들어갔다. 싸움을 하기 전에 식기세척기를 돌려야 한다는 생각이 들었기 때문이다.

"조쉬, 그건 미친 소리야. 앤디는 과학자라고! 그는 나를 그렇게 생각하지 않아. 당신과 앤디가 쇼에서 만나 5분 동안 대화를 나눈 걸로 그가 날 좋아하는 걸 알아봤다고? 1년도 더 지난 일이야! 제발, 앤디 얘기는 그만하면 안 될까?"

나는 우리가 입찰할 땅을 이야기하고 싶다. 거기서 닭을 키우고 애널리가 매일 아침 계란을 주워오는 상상을 한다. 그 꿈을 말하며 행복을 맛보고 싶다.

"그놈이 당신을 바라보는 눈빛을 봤어. 소유욕이 넘치던데."

"좋아. 우리 좀 자제하고 얘기하자, 자기야. 앤디는 애널리가 태어난 이후로 딱 두 번 봤어."

한 번은 크리스마스 직전에 앤디가 오베르테로 차를 몰고 왔고 고리버들 바구니에 귀여운 아기 옷, 목욕용품, 인형 등을 가득 담아 선물해 주었다.

다른 한 번은 내가 애널리를 에덴에게 맡기고 블루밍턴까지 올라갔을 때다. 단지 아침 동안이었지만 마을을 벗어나니 정말 좋았다. 앤디가 멋진 점심을 대접해 주었고, 나는 내내 시간 가는 줄 모르고 이야기를 했다. 앤디의 근황을 물어볼 생각도 못 한 나도 너무했지만, 그가 진심으로 내게 관심을 가지고 걱정해 주어서 계속 말하게 되었다.

조쉬가 나를 따라 주방으로 와서는, 내가 식기세척기에 세제를 넣는 것을 지켜보고 있다.

"당신도 알지? 내가 제일 싫어하는 게 뭔지." 그가 으르렁댄다. "바로 그 자식이 당신을 만들었다는 사실이야. 당신은 그런 생각 해본 적 없지? 내가 만진 당신의 모든 부분은, 그 녀석이 실험실이든 어디든 당신을 조립해 낸 그곳에서 먼저 만졌을 거라고."

조쉬는 몸을 떤다. "그 생각이 너무 싫어. 그 빌어먹을 놈이 당신을 만졌다는 게."

"말 다 했어?" 나는 몸을 곧추세우며 화를 뿜은 숨을 내쉰다. "당신 병 같은 거 있는 거 아냐? 당신이 첫 번째이자 유일한 사람이어야 한다고 생각하는 거지? 하지만 당신도 다른 여자들과 섹스했을 거 아니야. 당신을 만진 첫 번째 사람도 내가 아니잖아!" 나는 다시 한번 심호흡을 했다. "아니면 앤디가 내가 인간이 아니라는 걸 상기시켜서 싫은 거야? 그게 문제인 건가? 내가 신스라는 걸 잊어야만 나를 사랑할 수 있다는 거야?"

"너는 이해 못 해." 그는 손바닥을 조리대에 쾅쾅 치며 낱말 하나하나에 힘주어 말한다.

나는 그가 그렇게 말할 때 정말 싫다. 마치 내가 이해라는 걸 할 수 있는 사람이 아님을 강조하는 것 같아서다. 마치 자신의 어머니인 리타의 생각처럼.

"내가 이해 못 하는 게 뭔데? 말해봐!" 너무 화가 나서 눈물이 난다. "앤디와 나는 순수한 우정을 가지고 있어. 왜 그렇게 모든 걸 깎아내리려 하는 거지? 당신과 캠의 관계는 어때? 그건 순수한 우정뿐인가?"

그러나 즉시 나는 이렇게 대꾸하며 보복한 것을 후회한다. 솔직히는 그와 카밀라의 관계를 순수하다고 생각한다. 〈더 프러포즈〉 촬영 당시, 판타지 스위트룸에서 그들 또한 같이 하룻밤을 보낸 것도, 조쉬가 그 상황에 대해 거짓말한 것도 알지만 말이다.

나는 카밀라에게서 진실을 들었고, 조쉬가 자존심을 지키려 했던 것을 이해했다. 연달아 두 여자와 자지 않은 남자로 믿기를 바랐겠지. 문제는 왜 내가 그렇게 그의 거짓말을 넘어갔는지다. 내가 원했던 건 정직함이 다였는데. 우리는 언제부터 서로에게 이렇게 많은 것을 숨기게 되었을까? 처음부터 그랬던가?

"전문적인 가스라이팅이네." 조쉬은 내가 싫어하는 거만하고 귀찮은 어조로 말한다. "너 앤디랑 섹스 파트너지?"

"아니, 난 앤디랑 안 자! 그런 거 아니라고!"

조쉬가 조리대에서 내 휴대폰을 집어 든다.

"뭐 하는 거야?"

"앤디의 전화번호를 삭제하고 있어. 둘 사이에 아무 일도 없으면 상관없겠지."

"돌려줘!" 나는 휴대폰을 잡으려 손을 뻗었지만 조쉬는 내게서 떨어진다.

그때부터 우리의 어처구니없는 싸움이 시작된다. 내가 조쉬의 손목을 잡고 잡아당기자 그도 잡아당기고, 내가 "돌려줘!"라고 소리치면 그는 "떨어져!"라고 말한다. 그러다 갑자기 무언가가 내 얼굴을 쳤다. 나는 휘청거리다 코를 잡으며 뒤로 물러선다. 코에서 피가 흘러내린다.

어지러움도 잠시, 순식간에 상황이 정리된다. 조쉬가 나를 때린 것이다.

시간이 완전히 멈춘 것 같다. 마치 충격이 만들어낸 거품 안에 갇힌 기분이었다. 말할 수 없는 고통이 너무나도 깊어서 동시에 평화로움마저 느껴지는 것 같다. 당황한 조쉬가 내게 휴지를 쥐여주지만, 나는 여기가 아닌 머나먼 공간에 있다. 스스로의 우주 속으로 깊이 빠져든 것 같다.

어쩌다 우리가 여기까지 왔지? 내가 어떤 신호들을 놓쳤던 건가? 그 신호들을 놓친 게 내 잘못인가? 가라앉고 있는 나 자신이 느껴지지만 익사할 수는 없다. 나는 이걸 해결해야 한다. 나에게는 아기가 있으니까.

천장을 보고 콧대를 오므리라고 조쉬가 지시한다. 그 목소리는 아주아주 멀리서 들리는 것 같다.

두 번, 아직 열 번은 되지 않았다. 이렇게 생각하면 너무나 논리적이고 이성적인 것처럼 들린다.

두 번은 실수라고 할 수 있다. 다시는 그러지 않을 수 있다. 현실이 속삭인다. 그렇게 믿으라고.

조쉬가 울고 있다. 그 모습을 보면서, 이 끔찍한 밤을 보내는 동안 나는 계속해서 그 생각만을 되뇌였다.

현재

"켄싱턴 골프 클럽 에스테이츠로 우회전하세요."

GPS 음성이 한 번도 가본 적 없는 앤디의 아파트로 친절히 알려주었다. 나는 쪼그라든 석재 담장과 철제 문패가 있는 입구로 들어선다. 글자들이 너무 꼬불꼬불해서 글자처럼 보이지 않고 작은 동물들 그림 같았다.

앞으로 나아가고 있는데 생각지도 못하게 쾅, 하는 소리가 난다. 방금 미처 보지 못한 덤불 하나를 넘어갔나 보다.

"제기랄!" 나는 소리 내어 말한다. 마치 내가 운전하는 게 아니라 다른 누군가가 운전하는 것처럼.

열이 너무 높아 피부가 달아오른다. 의식은 미끄러운 물고기처럼 내가 두 손으로 잡으려 해도 반짝이며 사라진다. 나는 정말 매우 아픈 것 같다. 차를 세우는 게 현명한 선택 같았다. 브레이크를 밟으려고 하지만 발이 페달을 찾지 못한다.

"으." 나는 신음한다. 간신히 눈을 떠서 핸들을 꺾고 연못 같은 곳에 곤두박질하기 바로 전에 상황을 피한다. 앞에 보이는 건물들은 아파트 같지만 모두 똑같아 보인다.

몇 동을 찾아야 하지?

"좌회전하세요. 목적지에 도착했습니다."

핸들을 돌리자 주변 이미지가 바뀐다. 지하 주차장 입구에 선다. 차는 경사로를 따라 내려간다. 기적적으로 길게 줄지어 있는 차에 부딪히지 않고 잘 운전했는데 차들을 너무 빠르게 지나쳐 마치 미끄러운 강물처럼 보인다.

앤디가 인디애나에서 운전하는 낡은 차가 보여, 나는 브레이크를 밟는다.

그걸 보는 순간, 안도감이 찾아왔다. 그를 빨리 보고 싶다. 그는 뭘 해야 할지 알 테니까. 그는 항상 어떤 것이든 방법을 알고 있었다.

그러나 머릿속을 치고 들어오는 생각에 고개를 가로젓는다. 이곳에 온 명확한 이유는 앤디가 아닌, 에덴이다.

떨리는 손으로 휴대폰을 꺼내 메시지를 보낸다. 내 손가락이 거대하게 느껴진다.

— 나 왔어요. 앤디의 차도 보여요.

— 그는 자전거를 타고 캠퍼스에 갔어요. 안전해요.

나는 잠시 망설였지만 지금으로서는 그녀를 믿어야 한다.

내 헐떡이는 숨소리가 동굴 같은 차고에 울려 퍼졌다. 늪에 빠지는 것 같은 기분에 잡아먹히고 싶지 않았다. 희미해지려는 정신을 바짝 차린 채, 절뚝거리며 엘리베이터로 향했다. 내 유방의 막힌 관이 유방염으로 발전한 것은 의심할 여지가 없다. 항생제가 절실했다. 나는 스스로에게 말한다. 여기까지 왔잖아. 조금만 더 가면 돼.

앤디의 5층 펜트하우스로 올라가는 엘리베이터에서 거울에 비친 내 모습을 본다. 수척하고 지친 모습. 깨어나서 삶이 가져다주는 모든 걸 기꺼이 받아들이려던 반짝이고 활기찬 작년의 줄리아와는 전혀 다른 모습이다.

엘리베이터 문이 열리니 내려설 작은 공간과 테이블, 꽃병, 그리고 앤디의 문이 보인다. 나는 벨을 누른다. 곧 자물쇠가 열리는 소리가 들리고, 문틈 사이로 에덴의 얼굴이 나타난다.

"에덴, 나에게 진실을 말해야 해요." 인사할 여유 같은 건 없다. 나는 이를 반쯤 악문 채, 강하고 침착하게 보이려고 노력한다. 혀가 까칠해지고, 갈증이 난다. 지금 필요한 건 물이다.

"알아요." 티셔츠와 밑단이 접힌 청바지를 입고 있는 에덴이 말한다. 머리카락은 흐트러져 있었고, 무언가에 시달려 겁먹은 것 같다.

나만큼이나 안 좋아 보이는 모습에 왠지 악의적인 기쁨이 느껴진다.

"들어오세요."

문이 우리 뒤에서 닫히고, 에덴은 문을 잠근다. 나는 넓고 천장이 높은 공간을 둘러본다. 거실과 주방이 폭포처럼 생긴 대리석 섬으로 나뉘어 있다. 밖은 대낮이지만, 이 공간은 짙은 겨자색 벨벳 커튼이 쳐져있어 마치 다른 차원의 어두운 곳으로 가두는 느낌이 들었다. 커피 테이블 위 에덴의 노트북이 방 안에서 가장 밝게 빛나고 있다. 한 구석에는 고철로 만든 남성 흉상의 조각상이 반짝인다.

"괜찮아요?" 에덴은 작은 목소리로 말한다. 그녀는 갈색 가죽 소파의 등받이와 작은 식물이 놓인 테이블 등에 의지해 겨우 몸을 지탱하며 앞으로 나아가는 나를 따라오며 말한다. 이런 나를 보고 괜찮냐고? 화를 내고 싶어진다.

"왜 물어요?" 나는 드디어 주방까지 갔다. "우리가 서로를 걱정한다고 착각하는 건 끝났어요. 내가 당신에게 뭐였는지 알아요. 그냥 부품이었던 거야."

"줄리아." 에덴이 말한다. "그건 사실이 아니에요! 저는 상황을 바로잡으려고 노력했어요. 지금 여기에 있는 것도 앤디가 당신이 도움을 청하기 위해 가장 먼저 그에게 올 거라고 말했기 때문이에요. 만약 당신이……."

"닥쳐요." 그녀가 말한 미안함이 진심이든 아니든 그건 이제 중요하지 않다. 나는 그녀와 앤디가 설계한 완성품에 불과하니까. 내가 겪고 있는 이 고통은 모두 그들의 변태적인 발상에서 나온 것이다.

순간 내가 들어와 있는 방이 풍선처럼 부풀어 오르고 안개가 자욱이 깔리는 것처럼 보였다. 눈을 다시 세게 깜빡이자 방은 다시 원래의 모습을 찾는다. 나는 싱크대 건조대에서 유리잔을 꺼내 물을 채웠다. 물이 너무 차가워서 목으로 내려갈 때면 칼에 베이는 느낌이다. 소매로 입을 닦으며 에덴을 마주한다. 차가운 물의 온도 때문인지 머리가 조금 맑아지는 것 같다.

"당신의 복수 계획에 대해 다 알고 있어요." 내가 말한다. "로라 일은 유감이에요. 하지만 당신은 내 인생을 망친 거야."

"제가 한 일을 부정하지는 않을게요." 에덴이 괴롭다는 듯 이마를 으그러뜨리며 말한다. "하지만 앤디가 조쉬를 죽이는 걸 돕지는 않았어요, 줄리아. 그런 일이 일어나지 않도록 막으려 한 것뿐이에요. 정말이에요."

방이 다시 풍선처럼 부풀어 오르는 것처럼 보이자 나는 팔뚝을 꼬집으며 정신을 차리려 한다.

"그 말은 앤디가 조쉬를 죽였다는 건가요?" 나는 가운데 아일랜드 식탁에 기대어 말한다. 이게 내가 기다리던 자백인가? 휴대폰을 꺼내서 녹음해야겠다.

시야에 자꾸 노이즈가 끼기 시작한다. 왼쪽 가슴의 통증 탓인 것 같았다. 나는 가발과 모자를 벗고 머리의 열기를 식힌다. 정신을 차려야 한다. 이런 중요한 순간에 기절할 수는 없다.

"앤디는 인정하지 않았지만 맞아요." 에덴이 말한다. "앤디는 조쉬가 죽기 전까지는 평화롭게 지낼 수 없을 거라고 생각했죠. 그게 진실이에요, 줄리아."

"당신도 똑같이 책임이 있다고 생각하지 않나요?"

"제가 설명할게요. 제발요." 에덴은 두 손을 가슴 앞에 모으고 빠르게 말하기 시작한다. "저는 웨크테크에서 인턴으로 시작했어요. 전 해고되지 않았고, 오히려 승진했죠. 너무 빨랐어요. 학사 학위도 마치지 않았는데 갑자기 기술 분야에서 매우 뛰어난 천재 중 한 명과 함께 일하게 되었고, 우리가 꿈꾸는 모든 것을 할 수 있는 충분한 자본을 얻게 된 거예요. 정말 대단한 일이었어요. 제 인생에서는 가장 행복한 시간이었죠. 그리고 돌이켜보면 최악이었고." 그녀는 입술을 깨문다. "앤디와 저는 일과 함께 여야만 살아 숨 쉬는 사람들이에요. 그 오랜 시간 동안 함께 일하다 보니 저는 앤디와 친하다고 생각했고 그에게 아빠가 엄마를 학대해서 조부모님이 저를 키워야 했다고 말했어요. 그러자 앤디는 로라에 대해 말해줬어요. 그 일로 우리는 더 가까워졌죠. 그러던 어느 날 아침, 앤디가 엄청 화를 내며 출근했어요. 로라를 자살로 몰고 간 놈이 〈더 프러포즈〉의 주인공으로 나올 거라고 말하더군요. 저는 감독에게 전화해서 하차시키라고 앤디에게 조언했어요. 그러고 나서 우린 술에 취했죠. 그리고 제가 말했어요." 그녀의 눈에서 눈물이 흐른다.

나는 다음 말을 기다린다. 그녀가 정보를 쏟아내는 속도에 머릿속이 빙글빙글 돌지만 모든 것이 제자리를 찾아가고 있다. 내가 아니기를 바랐던 끔찍한 시나리오이자 절대 보고 싶지 않은 그림이다.

에덴이 숨을 헐떡이며 딸꾹질을 한다. "줄리아가 당신 복수의 기회일지도 모른다고 했어요. 그냥 농담이었어요. 진심은 아니었어요. 그런데 앤디가 흥미를 가지고 어떻게 하면 좋을지 구상하기 시작한 거예요." 그녀는 불안하게 숨을 들이쉰다. "저는 학대자의 멸망에 일조할 수 있는 건 좋은 일이라고 스스로를 설득했어요. 폭행당한 여성들의 편이니까요. 로라를 위했고, 저를 위했죠. 지금은 그렇지 않지만 그때는 당신을 도구로 생각할 수밖에 없었어요. 우린 크리에이터이자 천재고, 정의의 편에 선 착한 사람들이었고요. 그리고……." 나를 바라보는 에덴의 눈빛은 비극적이다. "당신이 깨어났어요. 시간이 지나 당신을 알게 됐죠. 그 이후로 죄책감이 계속 들었어요."

내 안에서는 경련이 인다. 그건 웃음일지도 모른다. 이 정도의 고통을 표현할 수 있는 단어가 있을까. 사랑을 위해 나를 만들어 준 걸로 알았던 사람들이 알고 보니 고통을 위해 날 만들었다는 끔찍한 진실로 상처받은 마음은 뭐라고 불러야 할까.

"후회되는 게 너무 많아요, 줄리아." 에덴이 감정이 북받쳐 떨리는 목소리로 말한다.

"지금은 아니잖아!" 내 분노는 언덕 아래로 굴러떨어지는 돌멩이처럼 속도를 더해간다. "처음부터 미안했다고 말하지 마요! 내 사생활을 염탐하려고 오베르테로 이사 왔을 때도 미안했어요? 조쉬가 날 때린 걸 아는 사람은 오직 당신뿐이었어요. 당신이 앤디한테 말했잖아요. 앤디는 절대 알면 안 됐어. 내가 알아서 해결하려고 했어요. 조쉬와 나는……." 행복해질 거였다고. 그 말을 뱉고 싶었지만 슬픔과 분노가 목구멍을 막았다.

조쉬와 나는 결코 행복할 기회를 얻지 못했다. 설령 내가 내 자신을 보호하고 살린다 해도 조쉬는 다시는 돌아오지 않는다.

"그는 변할 수도 있었어요⋯⋯." 나는 무너져 내리며 말끝을 흐린다.

"하지만 그렇지 않았어요, 줄리아." 에덴은 애원하듯 말한다. "앤디는 조쉬에게 기회를 줬어요. 조쉬가 당신을 다치게 하지 않았다면, 그는 아직 살아있었을 거예요."

"아니, 에덴, 당신만 아니면 살아있었겠지. 당신이 앤디에게 말하지 않았더라면, 그는 아직 살아있었을 거야!" 나는 조리대에 손바닥을 쾅 하고 내리친다. 정말 미칠 만큼 화가 난다. "저번 밤 숲에서, 당신은 미첼 보안관과 얘기하고 있다고 했지만 사실은 여전히 나를 감시하고 있었잖아요. 어떻게 죄책감을 느낀다고 말할 수 있죠? 결국 당신은 마지막 순간까지 나를 상처주고 있었잖아!" 분노가 맑은 정신으로 이어지는 듯, 내 머릿속에서 기억의 조각들이 쏟아져 나온다.

어두운 나무들 속에서 빛나던 에덴의 모습. 종소리처럼 선명하던 에덴의 목소리.

'그녀는 아직 집에 안 왔어요. 전 숲에서 그녀의 집을 볼 수 있어요. 삼진아웃은 세 번이라는 뜻이죠. 두 번뿐이었어요.'

"내가 앤디와 얘기하고 있었던 건 맞아요." 에덴이 말한다. "하지만 저는 당신을 위해 덮어주려고 했어요."

'두 번뿐이었어요.'

갑자기 그때 그 말이 무슨 말인지 이해되었다. 그녀는 의심할 바 없이 조쉬가 나를 때린 것을 이야기하고 있었다. 하지만 그걸 왜 세고 있었을까? 끔찍한 생각이 내 마음속에서 독한 온실 속 화초처럼 피어올랐다.

내가 조쉬를 공개적으로 망신 주는 것 이상의 복수를 계획했다면 어땠을까?

"당신이 숲속에서 두 번뿐이었다고 했잖아요." 내가 끼어든다. 내 인생에서 처음으로, 나는 코딩을 생생하게 느낀다. 앤디와 에덴이 내 몸을 통해 따끔거리며 흐르도록 넣어둔 혈액 같은 것. 조쉬를 염두에 두고 작성된 코드. 그를 위해 만들어진, 그를 해치기 위해 만들어진, 희생자이자 괴물. 나는 에덴을 바라보며 그녀의 얼굴에 집중하려 애쓴다. 나 자신을 붙잡고 있으려 노력한다. 앤디가 단순히 조쉬가 공개적으로 망신을 사는 것만으로 만족할 수 있을까? "세 번째가 있었다면 무슨 일이 일어날 예정이었죠, 에덴?"

질문을 던지고 쳐다본 에덴의 얼굴에는 핏기 하나 없는 창백함만이 남았다.

나는 그녀의 팔을 잡는다. 왠지 모르게 열이 치밀어 오르는 가운데 애널리가 떠올랐다. 이 끔찍한 계획이 그 애를 둘러싸고 펼쳐지는 동안, 앤디와 에덴이 마치 거만한 신들처럼 그 애의 인생을 하나씩 구길 동안, 아무것도 모른 채 무력하게 받아들여야 했던 내 아이, 애널리.

에덴의 팔을 쥔 나는 잠시 그녀의 뼈까지 부술 수 있을 것 같다고 생각했다. "아야!" 그녀는 동물처럼 무력한 소리로 외치고, 나는 이상한 놀라움을 느낀다.

내 생애 처음으로 사람을 아프게 했다.

"세 번째에 무슨 일이 일어날 예정이었는지 말해." 나는 마치 남은 진실을 흔들어 떨어뜨릴 수 있을 것처럼 그녀를 흔든다.

에덴의 얼굴에 눈물이 줄줄 흘러내린다. 그녀는 두려워 보인다. 나를 두려워한다. 그 느낌이 좋다.

"세 번째로……." 그녀의 어깨가 들썩인다. "제발, 줄리아, 세 번째는……."

나는 그녀를 더 세게 흔든다, 왜냐하면 내 의식이 더 길게 버티지 못할 것 같았기 때문이다. "말해!"

에덴은 두 눈을 질끈 감았다. "조쉬가 학대를 저지르면 당신이 그를 죽이도록 설계했어요."

과거

나는 문을 열기 전에 먼저 문구멍을 확인한다. 그냥 문을 열어서는 안 된다는 걸 배웠기 때문이다. 적어도 나 같은 경우일 때는 말이다.

"에덴." 나는 문을 열며 베이비시터에게 말한다. 그녀는 귀여운 'I ♥ NYC' 티셔츠와 검은색 조거 팬츠를 입고 있다. "애널리봐 달라고 한 걸 내가 깜빡한 건가요?"

시계는 막 일곱 시를 넘겼고, 애널리는 칭얼거리다 겨우 잠이 들었다.

어젯밤의 끔찍한 일을 겪은 후, 나는 조쉬에게 주말 동안 마을을 벗어나 나갔다 오는 것이 좋겠다고 말했다. 새로운 풍경도 보고, 인디애나폴리스의 오랜 친구들도 만나라고. 그는 다행히 동의했다.

에덴은 어색하게 웃는다. "아뇨, 그냥 들르고 싶었어요. 잠깐 시간 있으세요?"

"물론이죠." 나는 문을 활짝 열었다. 그녀는 긴장한 것 같다. 무슨 문제라도 있나? 아니면 나랑 친구가 되려고 하는 걸까? 나는 화장을 확인하고 싶은 충동이 일지만 참는다. 아침에 멍든 눈을 꼼꼼하게 화장해 가렸고, 그 이후로도 몇 번이나 수정했으니까. 어쨌든 집안 조명도 어두운 편이니, 괜찮을 거다.

에덴이 거실에 서서 주머니에 손을 넣고 어떻게 해야 할지 모르겠다는 듯이 주변을 둘러본다.

"마실 것 좀 줄까요?" 나는 그녀에게 주방으로 오라고 손짓한다. "오늘 나 혼자 있는 걸 들켰군요! 조쉬는 주말 동안 인디애나에 갔어요."

"네, 아까 떠나는 걸 봤어요."

"친구들을 만난대요. 스트레스를 풀려고요. 몇 달 동안 정말 힘들었거든요!" 나는 주방 불을 켜고 냉장고로 향한다.

오늘 아침에 카밀라에게 메시지를 보내 조쉬에게 연락해 달라고 부탁했다. 조쉬는 나보다 더 많은 지원이 필요하다. 카밀라는 내일 아침, 아무것도 모를 조쉬를 깜짝 놀라게 해주기 위해 오스틴에서 야간 비행기를 타고 온다고 했다.

— 정말 둘이 무슨 일 있는 거야?

그녀는 메시지로 물었다.

— 아내가 남편의 전 여친 비슷한 사람한테 전화해서 남편과 좋은 시간을 보내달라고 하는 건 흔한 일이 아닌데.

나는 웃을 수밖에 없었다. 언젠가 카밀라에게 질투를 느낀 적도 있었다. 하지만 그런 시절은 다 지나갔다. 지금은 나와 조쉬가 이 힘든 시기를 이겨낼 수 있도록 든든한 사람들의 응원이 필요하다.

조쉬에게는 리셋이 필요하다는 말로 나는 카밀라를 이해시키려 했다. 물론 카밀라는 내 간단한 설명을 완전히 이해하지는 않았지만, 그냥 넘어갔다.

그녀는 텍사스 스케일로 술을 진탕 마시고 조쉬를 새로운 남자로 만들어 보내겠다고 약속했다.

"여기 혼자 있어도 괜찮아요?" 내가 냉장고로 향하는 동안 에덴이 조리대에 기대어 묻는다. "두 분 재산에 피해가 가는 일이 있었다고 들었어요. 괜찮으시다면 오늘 제가 자고 가도 되는데⋯⋯."

"괜찮아요. 사실 얼마 전부터 개를 키우기 시작했어요! 큰 테디베어처럼 생겼지만 짖는 소리는 엄청 무서워요. 그래서⋯⋯ 뭘 줄까요? 탄산수? 주스? 술도 있어요."

"전 독한 걸로 할게요." 에덴이 말한다.

뒤에서 낮은 울음소리가 들려서 고개를 돌려보니 잠에서 깨어난 캡틴이 보인다. 구조대 측에선 캡틴이 두 살 정도 됐고 이미 다 자랐을 거라고 말했다. 실제로 엄청 크다.

"어머, 너 덩치 좋다." 에덴은 무릎을 꿇고 캡틴이 자신을 살피는 모습을 바라보며 말한다. 에덴은 복슬복슬한 캡틴의 목 주위를 만지고 나는 웃는 얼굴로 그들을 쳐다본 다음, 다시 음료를 만든다. 베르무트가 다 떨어졌지만 몇 잔 마시기에는 충분할 것이다.

"마티니 어때요?" 나는 올리브 한 병을 흔들어 본다.

"좋죠." 에덴이 너무 열정적으로 반응해, 억지로 그러는 건지 아니면 정말 마티니를 좋아하는 건지 모르겠다. "그래서…… 조쉬가 없는 동안 뭐 하실 거예요?" 카밀라가 결혼 선물로 준 칵테일 셰이커에 얼음을 떠 넣자 에덴이 캡틴의 머리를 긁어대며 묻는다. 캡틴은 에덴에게 애정 어린 눈빛을 주며 기분 좋게 징징거린다. "아, 밀린 청소도 하고, 새로운 레시피도 시험해 볼까 해요." 완전히 거짓말은 아니지만, 사실과는 조금 차이가 있다. 나는 보드카와 베르무트를 조심스럽게 재어 따른다. 사실은 우리가 출연한 시즌의 〈더 프러포즈〉 방송을 처음으로 보기로 했다. 조쉬와 나는 서로 보지 않기로 약속했지만, 지금은 이걸 볼 필요가 있다. 그가 옛날에 어땠는지, 내가 어땠는지, 우리가 함께 어땠는지, 내가 무엇을 위해 싸우고 있는지 기억해야 했다.

"에덴은요?" 내가 묻는다. "주말 계획 있어요?"

"별거 없어요."

셰이커가 몇 초 동안 요란한 소리를 내고 나는 두 개의 소박한 머그잔에 음료를 따른다. 리타는 술을 마시지 않았고 우리는 아직 제대로 된 마티니 잔을 사지 않았기 때문이다.

참 조각조각 꿰매어 놓은 것 같은 생활이다. 셰이커는 있지만 잔은 없고, 통일되지 않은 수건 세트와 어울리지 않는 목욕 매트를 쓰고, 한 집에서 함께 살고 있는 인간과 신스라니. 조쉬는 미국 최고의 싱글남이었지만 알고 보니 아내를 때리는 남자다. 물론 딱 두 번.

이 불쾌한 생각이 침입하자 이미 약간 패닉 상태에 빠진 나는 스스로에게 오직 두 번만이고 다시는 그런 일이 일어나지 않아야 한다고 생각한다.

"그래서……." 나는 머그잔을 에덴에게 밀어주며, 그녀가 무슨 생각을 하고 있다는 것이 점점 더 분명해 보여서 말문을 열어주려고 노력한다.

"음……. 전 이런 걸 에둘러 말하는 건 잘 못하니까 그냥 말할게요."

이제 에덴이 나를 긴장시킨다.

"안전하신 건가요?" 그녀가 말을 흐린다. "사모님은……." 에덴은 그녀의 눈을 만졌고, 나는 반사적으로 내 눈을 만졌다가 빠르게 손을 내린다.

"죄송해요. 당황스러우실 것 같아요." 에덴이 말하자 수치심이 밀려온다. "하지만 사모님, 하고 싶은 말이 있으면 말해주세요." 그녀는 멈춰 서서 나를 바라보며 애원한다.

나는 마티니 머그잔을 조리대에 부드럽게 놓아두며 최대한 표정 관리를 하려고 노력한다. 두 번의 끔찍한 사건을 누군가에게 말하는 건 말도 못 하게 더 끔찍한 일이 될 것이다.

그래서 나는 그 일을 언급하는 대신에 온 힘을 다해 입술에 억지로 미소를 지었다.

"난 괜찮아요, 에덴. 걱정해 줘서 고마워요, 하지만 정말······."

"조쉬 때문에 상처받은 거 알아요." 그녀는 앞으로 손을 뻗어 섬세한 손가락으로 내 팔을 어루만진다. 그녀의 손길은 그녀의 말만큼이나 나를 화나게 했지만 나는 억지로 분노를 가라앉히려고 노력한다. 마음이 조금 진정되는 것도 같다.

에덴의 목소리가 강렬해진다. "여기 있을 필요 없어요. 사모님이 신스라서 복잡하다는 건 알지만 제가 도와줄게요."

"그만." 필사적으로 한 걸음 물러서 에덴에게서 몸을 돌린다. 눈물이 고이고 있다. 이런 모습을 베이비시터에게 보여주고 싶지 않다.

줄리아, 정신 좀 차려.

"저기, 나는 한 잔 더 마셔야 할 것 같아요." 차갑고 차분한 목소리로 내가 말한다. 보드카와 베르무트를 다시 꺼내 마치 병이 산산조각 나길 바라듯 조리대 위에 아까보다 더 쾅 하고 세게 내리치는 동안 에덴은 말이 없다.

"에덴도 한 잔 더 해요?"

"아니요." 그녀의 목소리는 작았다. "전 괜찮아요."

내가 냉장고 문을 닫을 때까지 그녀는 말이 없었다.

"제가 분위기를 이상하게 만든 것 같아서요. 죄송해요." 에덴은 비참해 보인다.

하지만 나만큼 비참하지는 않겠지.

"아니에요." 내가 밝게 말한다. "들려줘서 고마워요."

그녀는 눈치를 챈 듯하다.

그녀를 보내고 문을 잠그자마자 나는 노트북을 열어 〈더 프러포즈〉 1화를 재생하고 거실에 앉아 두 번째 마티니와 보드카 병을 들고는 거실에 앉아서 본다.

처음 리무진에서 내리는 내 모습이 나오자 결국 울음이 터지고 만다.

'안녕하세요.'

'얼굴 빨개졌어요?'

나는 정말…… 어려보인다. 너무 초롱초롱한 눈과 기대에 찬 홍조가 너무 순진하다. 보는 게 왜 이렇게 마음이 아프지? 어떻게 봐야 내 마음이 안 아플 수 있을까?

'죄송해요. 다시 시작할 수 있을까요? 안녕하세요! 전 줄리아예요.'

'안녕, 줄리아. 난 조쉬예요. 편한 스타일이군요. 맘에 들어요.'

나는 예전의 나로 돌아가서 입 모양으로 같은 말을 따라 하고 있다.

'당신이 좋아요.'

한편으로는 손을 뻗어 그녀를 화면 밖으로, 세트 밖으로, 조쉬 앞에서 끌어내어 안 된다고 말하고 싶다. 거기에서 멈추라고, 기다리라고 애원하고 싶다.

하지만 내가 더 원하는 건 화면 속 그 순간으로 돌아가고 싶다는 사실이다. 그 순간을 다시 사는 것이다. 그리고 다시 바로 잡고 싶다. 이미 망가진 우리의 사이를 다시 고치고 싶다.

나는 영상을 뒤로 되감는다.

'안녕, 줄리아. 난 조쉬예요. 편한 스타일이군요. 맘에 들어요.'

'난 당신이 좋아요.'

나는 멈췄다가 재생한다.

보드카가 금세 사라진다. 나는 침대로 몸을 옮겨간다.

우리의 기반이 되어야 할 장소는 꿈에 불과했다.

하지만 얼마나 사랑스러운 꿈이었던가.

현재

내 다리가 휘청거리자 에덴이 팔을 뻗어 나를 지탱시키려 한다. 그러나 그녀는 내 몸무게를 지탱하기엔 너무 작고, 우리는 함께 바닥에 주저앉으면서 내 무릎이 타일에 부딪혀 소리를 낸다.

"줄리아!" 그녀가 울부짖는다.

신음과 함께 나는 가슴을 움켜쥐었다. 열이 치솟아 나는 말을 할 수도, 숨을 쉴 수도 없다. 죽어가는 것 같다.

내 안의 무언가가 비명을 지른다. 내 인생에서 처음으로 죽음이 좋은 소식처럼 들린다.

애널리를 생각해. 그 아이를 떠나면 안 돼! 살아남아야 해!

하지만 난 더 이상 일어날 어떤 일을 통제할 자신이 없었다. 그저 이제는 모든 걸 놓아버리고 싶다.

나는 힘없이 쓰러지며 눈을 감았다.

정신을 차렸을 때 나는 바닥에 태아 자세로 누워있다.

에덴이 내 어깨를 밀자 나는 등을 바닥에 댄다. 천장은 눈부시게 밝다.

그녀의 목소리는 두려움에 찬 채 강렬하게 들린다. "줄리아, 심폐소생술을 할게요."

나는 문득 신스에 관한 광고판을 떠올린다.

내 몸이 멈추면 나는 어떻게 될까? 나는 영혼이 있을까? 아니면 웨크테크가 나를 다시 작동시킬까? 시스템 오류를 무시하고 타는 고통을 느끼는 피부나 무너진 몸에 악몽 같은 저주를 걸어 나를 다시 몰아넣을까?

에덴은 작은 손으로 내 가슴에 기대어 심폐소생술을 하고 있지만 나는 거의 압력을 느끼지 못한다. 그녀가 내게 다시 생명을 불어넣으려고 노력하자 눈물이 내 뺨을 타고 흘러내린다. 이 고통을 계속 느끼고 싶지 않다. 그만하고 싶다. 어떻게 하면 에덴을 이해시킬 수 있을까?

내 곁에 서있는 그녀는 어린아이처럼 보인다. 애정 넘치고, 사랑스럽고, 당황스러운, 내 다정한 베이비시터. 그녀의 가장 큰 결점은 마리화나를 너무 좋아한다는 것이다.

하지만 모든 것이 보이는 그대로는 아니다.

일순간 내 머릿속에 절망적인 생각이 떠오른다.

"뱀퍼." 나는 숨을 헐떡인다.

"뭐요?" 에덴이 심폐소생술을 멈추고 말한다.

"대……." 나는 너무 심하게 떨고 있다. 머릿속에 바위가 눈사

태처럼 밀려오는 느낌이다. "대, 댐퍼요."

"안 돼요. 당신은 무슨 일이 일어날지 이해하지 못해요."

나는 이를 악물고 겨우 쉿, 하고 소리를 냈다. 그녀는 나에게 빚이 있으니, 자신을 바로잡고 싶다면 지금부터 내가 말하는 걸 들어줘야 한다.

"줄리아, 당신은 이해 못 해요. 당신이 인터넷이고 내가 접속하는 그런 시스템이 아니라고요. 그건…… 고통스러울 거예요. 그리고 보안 벽이 너무 많아요."

"알카……." 나는 속삭인다. 소킷 안에 구멍을 뚫고 있는 것처럼 내 눈은 에덴을 응시하고 있다. "알카트라즈."

그 의미가 전달된 듯 그녀의 얼굴에 놀라움이 비친다. 이제 그녀는 내가 무슨 말을 하는지 이해한 것이다. 알카트라즈, SF 버전. 누가 나를 해킹할 수 있다면, 그건 바로 그녀라는 것을.

"그건 몇 년 전 일이에요. 그리고, 그때 제가 해킹한 건 그냥 휴대폰이었다고요……."

뜨거운 눈물이 뺨을 타고 흘러내려, 내가 태어나기를 선택하지 않은 이 아름답고 끔찍한 세상을 더욱 흐릿하게 만든다.

마지막으로 간절한 부탁은 딱 한 마디면 되었다. 내가 소리 낼 수 있는 전부, 마음을 다해 내 세상의 전부인 애널리의 이름을 불렀다.

잠시 침묵이 흐른다. 에덴의 고문당하는 듯한 표정에서 우리 사이의 저울이 나에게 유리하게 기울어지는 순간이 보인다.

"알았어요." 그녀가 말한다. "그래요. 해볼게요."

나는 눈을 한 번 깜빡인다. 고맙다는 뜻이라는 걸 그녀는 알 것이다.

그러자 에덴의 태도가 달라진다. 순식간에 그녀는 더 이상 어린애가 아닌 해커가 된다.

"두개골 밑바닥에 프로그래밍과 연결되는 지점이 있어요. 거기가 가장 좋은 곳이에요. 접근해서는 안 되는 곳이지만 지금은 특수한 상황이니까. 마취는 안 돼요, 줄리아. 이건 정말……." 그녀가 머뭇거린다. "고통스러울 거예요."

"앤디……." 내가 삐걱거리며 겨우 말한다. 용케도 그녀는 내 말의 의도를 바로 파악했다.

"그는 늦게까지 캠퍼스에 있을 거지만 우린 서둘러야 해요. 이건 제가 누를 수 있는 버튼이 아니에요. 우리는 매우 복잡한 코딩의 층층을 다루고 있어요. 몇 시간이나 걸리는 작업이고, 그리고 결과를 장담할 수 있는 것도 아니……." 그녀는 말을 멈추더니 몸을 일으킨다. "수건 좀 가져올게요."

그녀는 주방의 모든 불을 켜고, 수건을 깐 다음 내 머리에 베개를 괴어준다. 내 열은 여전히 치솟고, 에덴이 내 목 뒤쪽으로 머리카락을 잡아넘긴다. 눈앞에 보이는 세상은 어지럽게 요동친다.

그녀는 수건과 가위, 한쪽이 잘린 컴퓨터 코드 옆에 노트북을 놓아둔다. 그리고 그녀는 과일칼을 이용해 코드 케이블 주위의 비닐을 벗긴다. 그 옆에는 육류용 온도계가 있는데, 그 금속 막대기가 얼마나 큰지 눈을 뗄 수가 없다. 나는 그녀가 벗겨진 케이블을 막대기에 끼우는 것을 지켜본다. 막대가 나를 뚫고 지나 갈 때, 전선이 끝에 감기게 될 것이다. 내 안에 꽂혀 나를 나로 만드는 동시에 나를 막고 있던, 보이지 않는 부분들과 연결될 것이다.

"준비됐어요." 에덴이 USB 코드를 컴퓨터에 꽂으며 말한다.

그녀는 잠시 몸을 가누는 데 시간이 걸린다. 그런 다음 그녀 는 나를 엎어 눕힌다.

그녀의 손가락이 내 목뒤를 탐색하더니 차가운 마커 끝으로 작은 엑스 자를 그려 넣는 게 느껴진다.

"정말 가만히 계셔야 해요, 줄리아."

육류용 온도계는 소독했는지 물어보려던 참이었지만 그게 중요하지 않다는 걸 깨닫는다. 댐퍼를 떼면 더 이상 감염의 위 험도 없을 테니까.

"자, 입 벌려요." 그녀가 긴 나무 숟가락을 내 치아 사이에 끼 운다. "필요하면 깨물어요." 그녀는 심호흡을 하고 내 목뒤를 찌 른다. 피부가 찢어지듯 비명이 터져 나왔고 긴 훌쩍거림 속에 잦아든다. 목 옆으로 피가 쏟아진다.

숟가락을 입에 물고 있어 제대로 말이 안 나오지만 신을 애 타게 부른다. 어깨에 경련이 일면서 침과 눈물을 흘린다. 그런 고통을 다시는 느끼고 싶지 않다.

"젠장!" 에덴이 흥분하며 말한다. "좋아요. 다시 해볼게요. 미 안해요, 줄리아. 미안해요. 가만히 있어요!"

또다시 찌르는 고통에 목구멍에서 비명이 나오고 나는 부드러운 나무 숟가락을 문다. 역겨운 딸깍 소리가 나면서 나는 수건의 가장자리를 손으로 꽉 움켜쥔다. 그래도 아픔은 멈추지 않는다. 열이 나는 것보다 100배, 1,000배는 더 심하다. 그 통증은 망치로 두개골을 내리쳐 박살 내는 것 같다. 내 신음은 으르렁거림으로 변한다. 더는 견딜 수가 없을 것 같다.

에덴은 빠르게 말하고 빠르게 타이핑을 한다. "당신의 통증 댐퍼를 찾고 있어요. 가능한 한 빨리 통증을 줄일게요. 일단 보안부터 통과해야 해요. 최대한 빨리 할게요."

몇 분이 몇 시간처럼 느껴진다. 나는 숟가락을 물고 이를 갈고 있다. 이 고문을 가만히 참으며 계속하게 하느니, 손을 뻗어 두개골에서 육류용 온도계를 뜯어내고 그걸로 에덴을 찌르기라도 하고 싶은 심정이다. '더 빨리 입력해!'라고 소리 지르고 싶다. 잠시 정신을 놓으면 다른 말을 할지도 모른다. '당장 멈춰!'라고.

그러더니 갑자기 서늘한 기분이 나를 덮친다. 마치 해초와 부서진 조개껍데기로 어수선한 해변에 밀려왔다가 깨끗한 모래만 남기고 물러가는 파도와 같다.

"느껴지셨어요?"

숨을 몰아쉬며 말하는 에덴에게는 강한 망설임도 있지만 또한 흥분되어 있기도 한 것 같다.

완벽할 수도 있었을 텐데 곳곳에 흩어져 있는 쓰레기 때문에 그렇지 못했으니, 이걸 다 없애면 어떤 모습이 될 수 있을지 그녀는 흥분하고 있다.

"느꼈어요." 나는 숨을 내쉰다. 고통이 사라졌다. 완전히. 머리 뒤쪽의 고통스러운 불길뿐만 아니라 열도 사라졌다. 시야를 가리던 노이즈, 발목의 욱신거림과 가슴의 통증까지도 사라졌다. 심지어 그 모든 고통의 기억조차도 부드러워지고 있다. 나는 수건 위에서 몸을 움직인다.

"뭘 어떻게 한 거예요?"

"당신의 통증을 받아들이는 부분을 차단했어요. 오랫동안 그렇게 둘 거예요. 알겠죠? 사실 장기적으로 보면 더 위험할 수 있어요. 약간의 통증은 경고 시스템으로 필요하거든요."

"나를 강하게 만들어 줬네요, 에덴." 나는 고마움에 눈물이 날 것 같다.

"인조 피부는 몇 초 안에 자가 치유가 가능해요. 다음엔 댐퍼가 벗겨질 거예요." 그러더니 그녀는 더 격렬하게 타이핑을 한다. "다 끝나면 당신은 슈퍼히어로가 되는 거예요." 그녀가 중얼거린다.

나는 그녀가 뭘 하든 내버려 둔다. 에덴이 새롭게 만든 감각은 이상하고 경이롭다. 손가락을 꼼지락거리는 걸로도 벌써 차이를 느낄 수 있다. 조정하기 전에도 손가락이 특별히 아프지는 않았기 때문에 설명하기는 어렵지만 지금은 손가락이…… 마치 목적이 있는 것처럼 빠르고 명확하게 움직여진다. 심지어 내 머릿속도 조금은 더 맑아지는 느낌이다.

지난 며칠 동안 쫓기고, 씻지도 못한 채 혼란스러웠던 내가 생각난다. 지친 몸과 통증, 신체적 요구에도 시달렸던 내가. 그런 줄리아에게서 나는 이제 벗어나는 기분이었다. 물론 정확히 다른 사람이 된 건 아니다. 나는 여전히 조쉬를 사랑했고, 조쉬를 잃었고, 애널리를 보호하기 위해 모든 걸 바칠 수 있는 줄리아다.

그동안 느낀 약점은 마치 몸 안에 사는 적처럼 느껴졌다. 나의 약점이 나를 방해했던 모든 순간을 떠올리면 눈물이 날 것 같다.

〈더 프러포즈〉를 다시 떠올린다. 무수한 다시보기가 필요했지만 결국 나는 문제의 원인을 찾아냈다. 모든 게 잘못된 그 순간을.

그것은 내가 공격받은 사건이었다. 내가 피해자였던 순간이 거기 있는 사람들이 내게 가까이 온 때다. 그전에는 아니었다. 내가 강했을 때도 아니었다. 내가 약할 때만 그들이 나를 사랑한다. 다른 모든 사람이 안전하다고 느끼게 하려면 내가 다쳐야 했다. 조쉬가 나를 사랑하게 하려면 나는 약해져야만 했다.

나는 우물 속의 독을 맛보고, 달콤하다고 생각했다. 그 고통이 나를 기계가 아닌 사람으로 만든다고 생각했다. 나를 받아들이고, 사랑받을 가치가 있는 존재가 되게 만든다고 생각했다.

하지만 틀렸다. 그들 사이에서 나는 결코 진짜 인간 여자가 아니었다. 왜냐하면 나의 현실은 인간이 느끼는 것을 모방한 것이었기 때문이다. 출산의 고통도 마찬가지였다. 나는 지금도 몇 분 전과 똑같이 사람처럼 느낀다. 나는 단지 나의 온 존재를 괴롭혀 온 거짓에서 벗어났을 뿐이다. 나를 증오하는 사람들이 어느 정도 맞은 것이다.

나는 내가 누구인지 알고 있다고 스스로에게 말했지만, 그것은 사실이 아니었다. 수천 개의 댐퍼가 내 본연의 모습을 가로막고 있었다.

나는 얼른 움직여 나를 관통하는 이 힘을 느끼고 싶다. 항상 내 안에 봉인되어 있던 그 힘을. 내게 인간성은 도저히 닿을 수 없는 꿈이었고, 그렇기에 불완전한 모방밖에 될 수 없었다. 현실이 그랬다.

"가만히 계세요." 에덴이 날카롭게 말한다.

갑자기 삐 소리가 정적을 깨뜨린다.

"방금 뭐였어요?" 나는 갑자기 이 모든 것이 사라질 거라는 공포에 사로잡힌다. 방금 떠난 그 어두운 세상으로 돌아갈 수는 없다. 다시는 끌려가지 않을 것이다.

"경보음이에요." 에덴이 말한다. "이거 당신 차량 번호인가요?"

그녀는 휴대폰을 들어 내 얼굴 바로 앞에 보여준다.

"그런 것 같아요." 다시는 크리스티의 차를 운전할 일은 없겠지만 중요한 건 조금 전만 해도 무너질 것 같았던 좌절이 지금은 아무 문제가 아니라고 느껴진다.

지금 중요한 것은 내가 앤디와 맞닥뜨렸을 때, 나 자신을 확실히 방어하는 것이다.

"코딩을 중단시켜 줘요." 내가 말한다.

에덴이 깊게 고뇌하는 소리를 낸다. "안 돼요. 이 코딩은 정부에서 직접 제공해요. 마치 벽돌 벽과 같아요. 건드리기만 해도 당신 시스템 전체가 꺼져버려요."

머릿속에서 의문이 폭발하지만 나는 입술을 깨물고 가만히 있으려고 노력한다. 내 코딩이 온전하다면 어떻게 조쉬를 죽이게 되어있는 걸까? 아까는 어떻게 에덴을 다치게 했을까?

나는 에덴의 팔을 잡고 꽉 쥔 순간으로 돌아가 본다. 그때 나는 무슨 생각을 하고 있었던 걸까? 무력한 내 아이, 애널리…….

그래. 모든 것의 키는 애널리다. 애널리를 지키기 위해.

이 댐퍼들을 제거한 게 얼마나 놀라운지 모르겠다. 평생 눈가리개를 하고 앞을 보지 못한 채 살았던 것만 같다.

"레이튼 조항 때문이었죠?" 나는 이렇게 말한다. "조쉬를 죽이도록 설계한 내 코드 부분." 그 단순함에 웃음이 나올 것 같다.

"네." 에덴은 분명히 감명받은 듯 말한다. "해악 금지 조항은 흑백논리예요. 하지만 레이튼 조항은 윤리적 알고리즘이죠. 윤리적 결정에는 훨씬 더 많은 융통성이 필요해요. 당신은 생식이 가능한 최초의 신스라, 우리는 그 알고리즘을 업데이트할 수 있는 권한을 얻었어요. 기본적으로 새로운 내용은 당신이 가진 아기에 대한 사랑의 강도를 반영한 것이에요. 만약 조쉬가 학대했다면, 당신은 마치 조쉬가 애널리를 개인적으로 공격하는 것처럼 느낄 것이고, 애널리가 있든 없든 한 인간을 다른 인간으로부터 보호해야 하기 때문에 그를 죽이게 되어있는 거죠."

"하지만 처음 그런 일이 일어났을 때 나는 아무것도 하지 않았어요." 내가 말한다.

"맞아요. 우리는 많은 테스트를 통과하면서, 당신이 처음에는 그렇게 반응할 수 없게 만들었어요."

내 기억이 맞다면, 두 번째도 마찬가지였다.

"원래는 세 번째였죠?" 내가 묻는다.

"네." 에덴이 말한다. "그게 좀 더, 뭐랄까, 공정하게 느껴졌어요. 조쉬에게 여러 번 기회를 주는 게."

하지만…… 세 번째는 없었다. 세 번째 학대가 있기도 전에 앤디는 조쉬를 죽였다.

하지만 왜 그랬을까? 한 번만 더 학대당했더라면 내가 조쉬를 죽였을 텐데 왜 앤디는 인내심을 갖고 기다리지 않았을까? 왜 나를 그가 의도한 살인자가 되게 내버려 두지 않았을까?

아주 작은 의심이 나를 찌른다. 갑자기 앤디가 조쉬를 죽인 게 확실하지 않다는 생각이 든다. 이 의심은 조쉬의 텐트에 파란색 젤 펜이 있었기 때문에 시작된 거였다. 그런데 아무리 거짓말쟁이이자 동생의 복수를 원했던 설계자 앤디라도 직접 조쉬를 살해하고 팔을 잘라내는 행동을 그가 할 수 있었을까? 아직 발견하지 못한 진실이 더 있다는 생각이 든다.

내가 정의를 바로 세우려면 내가 완전히 옳다는 확신이 있어야 한다. 아니면 앤디가 만들고자 했던 괴물 그 자체가 되어버릴 테니까.

에덴의 작업이 끝나자 주방은 어두운 아파트에서 빛의 오아시스와 같이 변했다. 전자레인지에 표시된 시계는 여덟 시 언저리를 알렸다. 나는 주방 바닥에서 몸을 일으켰다. 몸이 깃털처럼 가벼운 느낌이었다. 내 몸이 이렇게 느껴질 수 있다는 것을 몰랐다. 욕실 싱크대에서 피를 씻어내고 머리를 다시 묶는다. 내가 너무 건강하고 아름답게 보인다. 이상했다. 눈 밑의 다크서클은 사라지고, 볼은 핑크빛이고, 시선은 날카롭다. 하지만 이게 좋았다. 왜냐하면 이것이 애널리가 가져 마땅한 엄마의 모습이기 때문이다.

사람들에게 사랑받기 위해 내가 약해야만 했던 것과 달리 애널리의 사랑을 받기 위해서는 내가 약해질 필요가 없다. 오히려 내 딸을 위해서 내가 원하는 건 오직 강해지는 것뿐이다.

"이제 어쩌죠?" 내가 화장실에서 나오자 에덴이 묻는다.

"앤디를 찾아야죠." 내가 대답한다.

에덴은 문 옆 고리에서 자동차 열쇠 세트를 꺼내 나에게 던져준다. 나는 그것을 잡는다.

"아직 캠퍼스에 있을 테니, 그의 차를 가져가세요." 그녀는 팔짱을 끼더니 말한다. "그리고 줄리아, 댐퍼들을 제거한 건 어느 정도 임시방편이에요. 오늘 밤만 버티고, 다시 돌아가야 해요. 아셨어요?"

우리는 서로를 바라본다. 난 대답하지 않는다.

그러고는 그녀에게 다가가 뺨에 키스한다. 그녀는 부드럽고 마리화나 냄새가 난다. 인간의 냄새, 살아있는 냄새, 살아있는 느낌. 그녀는 정말 훌륭한 애널리의 보모였다. 나와 애널리 둘 다 그녀를 그리워할 것이다.

나는 그녀의 팔을 꽉 쥐고 미소를 짓는다. "안녕, 에덴."

과거

〈더 프러포즈〉에 출연한 우리를 보는 건 중독이다.

밤에 애널리를 수유할 때는 흔들의자에 앉아 휴대폰으로 시청한다. 조쉬가 외출했을 때는 식사를 준비하거나 화장실을 청소하는 동안 노트북으로 시청하고 조쉬가 돌아오면 바로 화면을 닫았다.

〈더 프러포즈〉에서 보낸 시간은 내게는 유년 시절에 가까운 시간이다. 순수함, 날것 그대로의 감정을 발견하는 시간. 고통을 향해 돌진하는 줄리아가 안쓰럽기도 하지만, 그것이 반짝이는 열차 사고처럼 펼쳐지는 걸 지켜보는 건 뭔가 또한 뒤틀린 매력이 있다.

얼마나 자주 봤는지, 나는 대사를 외웠고, 자주 중얼거리는 나 자신을 발견한다. 나를 항상 웃게 만드는 특정 부분들이 있는데, 예를 들어 파리 에피소드 후의 NG 장면, 모터사이클 소리 때문에 조쉬가 계속 반복해서 대사해야 했던 장면, 혹은 해변에서 카밀라가 새 떼에게 공격당한 장면도 그렇다.

조쉬가 카밀라와 있는 모습은 특히 중독성이 강했다. 그녀와 있을 때의 조쉬는 나와 있을 때와는 달리 더 편안하다. 어쩌면 더 진심일지도 모른다. 돌이켜보면 나는 내성적이고, 조쉬와의 모든 상호작용은…… 작위적인 것처럼 보인다.

가끔 리타가 벽난로 위의 사진 속에서 나를 바라보는 것 같다.

그걸 알아챈 걸까, 리타? 그땐 내가 내성적이라고 느끼지 않았다. 거칠고 개방적인 느낌이 들었다. 내가 정말 차가웠던 걸까, 아니면 카밀라의 열정에 비해서 그렇게 보이는 걸까? 현실은 점점 더 안개처럼 보인다. 꿰뚫어 보기 어렵고 진실을 잡을 수 없다.

우리 결혼식은 남들이 보기엔 아무런 징후가 없지만 이미 내리막길로 향하고 있었음을 알기에 다시 보고 있기가 제일 힘들다. 시들어 가는 표정도, 심술궂은 얼굴도, 입가의 씰룩임조차도 없었으니까.

그림처럼 완벽하다. 나는 그 에피소드를 몇 번 이상은 보지 못했다. 마지막 프러포즈 장면까지 앞부분은 여러 번 시청했다. 물론 리타와의 아침 식사 장면은 충실히 건너뛰긴 했지만.

나는 일상적인 삶을 살아가지만, 머리는 과거에 머물러 있다. 어쩌면 마음도 그럴지도 모른다.

어느 저녁, 해시브라운과 계란으로 간단히 저녁을 먹던 중,

조쉬가 말했다. "땅을 좀 샀어."

애널리는 잠들었고, 나는 피곤했지만 식탁을 예쁘게 꾸미려고 정말 애썼다. 꽃병에 몇 송이 야생화를 꽂고, 은식기를 맞춰 놓았다.

"이제 새출발할 시간이야." 그가 케첩을 지그재그 모양으로 뿌리며 말한다.

"땅? 어디에?" 희망적인 생각도 잠시, 나는 이 결정을 함께 내리지 않은 것에 화가 난 상태로 묻는다. 물론, 우리는 땅을 사는 것을 이야기했었다. 하지만 실제로 사기 전에 함께 살펴볼 거라고 생각했었다.

"여기서 20마일 떨어진 곳이야. 당신도 좋아할 거야, 줄리아. 공간과 나무, 거긴 그게 전부야. 우리만의 집을 설계할 수 있고, 드디어 그놈의 사생활도 보장받을 수 있어."

"근데…… 돈은 어디서 났어?"

그가 해시브라운을 한 입 떠서 씹고 삼키는데, 나는 내가 좋아할 대답이 나오지 않을 거라고 눈치챈다. 삼키면서 그의 목이 떨린다.

"〈더 프러포즈〉와 1년짜리 후속 미니시리즈 계약을 맺었어. 여덟 편이야."

나는 몸이 차가워지는 것을 느낀다. 마치 죽은 동물을 건드리는 것처럼 과거의 일로만 생각하며 쇼를 돌려봤다. 그런데 그 죽은 동물이 눈을 뜬 것이다.

"카메라와는 끝난 줄 알았는데."

나는 아무렇지 않은 목소리로 말한다. 하지만 내 마음은 빠르게 움직인다. 다시 그 세계로 들어가는 것은, 아니, 그 세계가 다시 우리 삶에 들어오는 것은 어떤 모습일까? 잔인한 희망이 불타오른다. 조쉬가 다시 활기를 찾을까? 다시 살아날까?

"이 집에 영원히 머물고 싶어?" 그는 차가운 어조로 말한다.

"물론 아니지." 나는 망설이다가 안 될 이유가 없으니 더 나아가 말한다. "넷플릭스와 협업하는 다큐멘터리가 있어. 큰돈이 되겠지만 난…… 계속 거절하고 있어."

조쉬는 얼굴을 찌푸린다. "이건 함께 결정했어야 할 사안 아니야? 돈은 얼마 준다는데?"

"우리가 프라이버시를 원한다고 생각했어."

"프라이버시에는 돈이 들어, 줄리아."

우리는 테이블을 사이에 두고 서로를 바라본다. 더 좋은 장소에 우리 공간을 얻기 위해 타협해야 할 수도 있다는 걸 이해한다. 하지만 이 타협은 너무 크게 느껴진다. 둘이 잘되기 위해 정말 힘들게 노력하고 있는 와중에 우리 관계를 부러트리는 마지막 요인이 될 수 있다.

"조쉬." 나는 손을 뻗어 그의 손을 내 손으로 덮는다. 우리 손이 서로 닿는 이런 순간이 한때는 나에게 큰 설렘을 주곤 했다. 그러나 지금은?

최선의 경우, 아무 감정도 없다. 최악의 경우, 참기 힘들 정도로 고통스럽다. 그리고 나는 이 감정이 계속되는 걸 바라지 않는다. "우리는 도움이 필요해. 좋은 심리 상담사를 찾아야 할 것 같아."

그의 웃음에는 비열함이 묻어난다. "어떤 심리 상담사가 신스를 치료해? 웨크테크에 전화해서 조율 좀 해달라 해야 하는 거 아니야, 줄리아?"

그는 손을 쏙 빼더니 조용히 저녁 식사를 마친다. 나는 식탁을 치우려고 일어나면서 완전히 무감각해졌다. 꼭 뒤통수를 누가 가격한 기분이었다.

"식기세척기 돌릴까?" 그가 우호적으로 말한다. "꽉 찬 것 같아서."

"그래, 돌려줘." 내가 말한다. 이 시점부터는 내가 하는 모든 것이 연극이 된다. 이것이 현실일 수 없으니 나도 상처를 받고 있을 수만은 없다.

조쉬가 해시브라운을 요리하느라 사용한 팬을 씻는다. 캡틴에게 밥을 먹이고 물그릇도 닦는다. 오늘 밤 기온이 4도까지 내려갈 예정이라 주방을 쓸고 온도 조절기를 조작한다. 열한 시쯤 조쉬는 잠자리에 든다. 하지만 나는 낡은 소파 틈새에 발을 집어넣고 거실에 남아있다.

나는 불을 모두 끄고, 노트북을 열어 〈더 프러포즈〉 에피소드를 찾아 재생을 누른다.

카밀라가 헬리콥터에서 내려 가슴 아파하는 모습을 지켜본다. 그런 다음 헬리콥터에서 내리는 내 모습을 본다. 가슴이 아프다. 그날은 그렇지 않았지만. 나는 더 이상 연기를 하고 싶지 않다. 내 삶이 쇼가 되는 건 원치 않는다. 나는 진짜가 되고 싶다.

아직 아무것도 모르는, 순수한 애널리를 생각한다. 집 옆벽의 낙서가 뭔지 애널리는 아직 모르지만 앞으로도 계속 그렇지는 않을 것이다. 그녀는 안전이 보장되는 어린 시절을 보낼 자격이 있다. 애널리를 위해서라면. 쇼를 더 찍는 일에 동의할지도 모르겠다.

조쉬를 위해 희생할 수도 있다. 여전히 우리에게 행복한 미래가 있을 거라 믿는다. 하지만 조쉬에 대한 내 사랑은 내가 지키려고 애쓰는 절름발이 사랑인 반면, 애널리에 대한 내 사랑은 모닥불이다. 내가 안전하지 못하더라도 애널리는 안전해야만 한다. 그래야만 한다.

다음 날 오후, 애널리가 두 번째 낮잠을 잘 수 있게 등을 토닥여 주면서, 나는 조쉬에게 땅을 사자고 해야겠다고 다짐했다. 〈더 프러포즈〉 에피소드를 더 찍고, 앨리 부온코어에게 전화해서 다큐멘터리 계약도 체결할 것이다. 내게 소중한 이 작은 아이가 안전과 행복을 누릴 수 있도록 무슨 일이든 할 것이다.

나는 모니터 소리를 켜고 아기방 문을 조심스럽게 닫는다. 그리고 방으로 가니 조쉬가 방에서 정신없이 왔다 갔다 하고 있다. 침대 위에 놓인 더플백이 눈에 들어왔다.

첫 번째로 든 생각은 맙소사, 그가 나를 떠나는구나, 하는 것이었다. 배신감이 눈 한 번 깜빡일 만큼 빠르게 내 가슴에 스쳐 지나갔다.

"어디 가는 거야?" 내가 묻는다.

그는 긴장한 표정으로 말한다. "기억 안 나? 하이킹 여행."

현재

앤디의 차는 운전석 쪽이 열리지 않는다. 자세히 보니, 강력 접착테이프로 봉해져 있다.

덕분에 나는 조수석 쪽으로 기어들어 갈 수밖에 없다.

문을 열자 끔찍한 악취가 퍼져 나온다. 패스트푸드 쓰레기가 온 사방에 널려있다. 그 널브러진 쓰레기들은 조수석, 대시보드, 바닥까지 덮고 있다. 어떻게 그렇게 부유하고 똑똑한 사람이 이렇게 게으르고 지저분할 수 있을까?

아무것도 안 만지려고 기어들어 가다가 실수로 치킨너깃 통을 발로 찬다. 통은 차에서 떨어져 주차장 바닥에 굴러간다. 그리고 뭔가 창백한 것이 굴러 나온다. 그건 분명 치킨너깃 모양이 아니다.

나는 다시 뒤로 물러나서 차에서 빠져나온다. 기름과 아스팔트 냄새가 올라오면서 나는 그 물체 위로 몸을 기울인다. 손가락이다. 살이 보이는 쪽이 위로 향해있다. 댐퍼를 개조했음에도 불구하고 혐오감이 밀려든다.

몸을 움츠리며, 차 바닥에서 갈색 종이봉투를 집어 그걸로 손가락을 쿡 찔러본다. 내가 너무 잘 아는 화살 문신이 드러났다. 이건 조쉬의 손가락이 분명했다.

이걸로 앤디가 범인이라는 확신을 가졌다. 하지만 지금 이 끔찍한 증거물을 손에 쥐게 되니, 슬픔이 나를 갈기갈기 찢는다. 육체적 고통의 강도는 낮아졌지만 감정적 고통은 전보다 더 심하다. 고통의 안개가 걷히면서 내 상실감의 범위가 얼마나 넓은지, 앤디의 배신이 얼마나 날카로운지 드러나는 것 같다.

나는 손가락을 다시 상자에 넣고 앤디의 차에 돌려놓았다. 그리고 앤디의 캠퍼스로 차를 몰기 시작했다.

캠퍼스로 가는 동안 나는 주변을 거의 신경 쓰지 못했다. 머릿속은 온통 앤디가 내게 한 온갖 헛소리들만 떠오른다. 데보라의 공격 이후, 그는 마치 나를 걱정하는 척했지만 사실 그동안 내 안에 더 큰 피해의식을 심어 놓았다. 친구인 척하면서 내게 신의 역할을 한 것이다. 내 인생의 모든 사람 중에서 앤디야말로 나를 가장 깊이, 가장 잔인하게 대상화한 사람이었다.

나는 웨크스타인 기념관에서 가장 가까운 주차장에 차를 댔다. 캠퍼스는 어둡고 대부분 텅 비어있으며 여기저기서 학생들 몇 명만 걸어 다닌다. 밤공기는 쌀쌀하고 달은 옅은 구름 사이로 막 모습을 드러냈다. 앤디의 건물은 어두운 하늘을 배경으로 우뚝 솟아있다. 웅장하면서도 거부감을 주는 그 건물은 날카로운

각도와 무게감, 그리고 심판의 기운이 넘치는 성전처럼 보인다.

나는 로라의 동상을 지나치며 속삭였다. "미안해요." 조쉬에 대해 우리가 공유하는 공통점을 생각하니 기분이 묘하다.

앤디가 내 남편을 살해하지 않았다면, 조쉬가 로라의 인생을 망친 것처럼 내 인생도 결국 완전히 망쳤을까? 그 잔해가 어디까지 갔을까? 답은 영원히 알 수 없게 되었다.

앤디가 확실히 복수했다. 앤디는 우리에게서 구원의 기회를 빼앗고, 비참한 최후를 주었다.

나는 한 번에 두 단계씩 밟아 계단을 올라간다. 문 위 현수막에는 이렇게 쓰여있다.

제10회 북미 로봇 공학 컨퍼런스에 오신 것을 환영합니다!

나는 배너 아래에 멈춰 서서 911에 전화를 건다. 달칵. 누군가 전화를 받았다.

"익명의 제보가 들어왔는데요." 휴대폰 너머의 상대방에게 말한다. "앤디 웨크스타인의 차가 인디애나 대학 캠퍼스의 북쪽 주차장 D층에 주차되어 있는데, 차 안에 조쉬 라살라의 잘린 약지가 들어있는 치킨너깃 상자가 있어요. 조쉬를 죽인 범인은 모두의 의심을 사고 있는 신스가 아닌, 앤디예요."

휴대폰 너머의 여자가 다급히 질문을 시작했지만 나는 전화를 끊는다.

보안 문에 코드를 입력하며 여전히 유효하기를 바란다. 문이 딸깍 소리를 내며 열렸다. 홀 안은 여느 때와 마찬가지로 하얗고 밝았지만 콘크리트 벽을 가득 채운 흑백 사진 대신 이번 회의를 위해 특별히 설치한 새 디스플레이가 눈에 들어왔다. 내모습이다. 복도를 따라 앤디의 연구실 쪽으로 일정 간격을 두고 일렬로 서있는 열두 개의 내 모습들. 투명한 플렉시글라스 상자 안에 놓인, 각기 다른 디자인의 나. 마치 경비원처럼 움직이지 않고 침묵을 지키고 있는 모습들이다.

첫 번째 상자에는 실현되지 않은 스케치처럼 보이는 티타늄 여성이 들어있다. 그녀의 가슴에는 컴퓨터 칩들이 별자리처럼 촘촘히 박혀있어 마치 녹색으로 반짝이는 심장처럼 보인다. 벽에 붙어있는 큰 카드에는 별로 알고 싶지 않은 많은 인쇄 정보가 담겨있지만, 무엇보다도 굵은 글씨로 된 제목이 눈에 띈다.

줄리아-시제품 1-꿈이 시작된다!

두 번째 줄리아는 대부분 금속으로 이루어진 해골 구조이지만, 안에는 밝은색의 고무 재질로 된 부드러운 중심이 있다. 자궁은 빨간색이며, 가운데는 분홍색 아기 모형이 표시된 단면이 있다. 여러 종류의 로열 블루 튜브들에 둘러싸여 있다.

줄리아 시제품들은 계속해서 진화한다. 더 많은 장기, 피부, 눈, 더 정돈된 얼굴, 마지막으로는 머리카락을 얻는다. 나의 진화를 추적하면서 나는 궁금해진다. 에덴이 그녀의 미친 아이디어를 제시하지 않았다면 나는 무엇을 위해 만들어졌을까? 내가 나를 위해 만들어질 가능성이 있었을까? 그러나 수익이 나지 않을 인간을 만드는 데 수백만 달러를 투자할 사람이 누가 있을까?

마지막 단계의 줄리아를 둘러싼 플렉시글라스 위에 손바닥을 올려놓는다. 그녀는 나와 똑같이 생겼고 키가 같아서 눈을 마주 보고 서있다. 그녀는 흰색 스포츠 브라에 브리프 스타일 속옷을 입고 있다. 아마도 완전히 벗겨진 모습으로 전시하기에는 너무 실제 여성처럼 보였기 때문일 것이다.

그러나 비록 많은 옷은 아니지만 어쨌든 옷을 입었다는 품위 있는 존재감이 나를 강하게 흔든다. 그녀가, 심지어 이 단계에서도 누군가에게 사람처럼 느껴졌기에 이렇게 옷을 입혔다고 생각한다. 하지만 사람처럼 보이기에는 충분하지 않은지 아직 잠들어 있었다.

카드에는 줄리아 최종 시제품-윤리 알고리즘 및 유기합성 시스템 테스트라고 적혀있다.

나는 아무것도 보지 못하는 그녀의 눈을 들여다본다.

어떻게 알고리즘을 테스트했을까? 이 시제품은 의식을 가지고 있었을까? 얼마나 오랫동안? 그녀가 폭력적인 상황에서 올바른 인간을 보호하는지 확인하기 위해 트라우마를 겪는 테스트를 견뎌야 했을까, 아니면 모든 것이 컴퓨터를 통해 진행되었을까? 차라리 그녀가 자동차 충돌 테스트 더미처럼 보였으면 좋겠다는 생각이 든다. 지금 이 상태로는 그녀의 입장이 되어보지 않을 수 없다. 어느 시점에 가서, 누군가는 이 마지막 버전의 그녀가 작동하는 것을 껐겠지.

앤디? 에덴? 어떤 하찮은 인턴? 이 버전의 줄리아는 그걸 막을 수 없었다. 그녀는 그렇게 되고 싶었을까?

마침내 앤디의 연구실 문 앞에 왔다. 레버에 손을 얹고 손잡이를 잡고 밀어 열면 뭐가 있을까? 여기는 나의 끝이 될 수도 있는 동시에, 두 번째 시작이 될 수도 있는 곳이다.

연구실 맨 끝부분에 스크린과 작은 책상 램프 덕에 앤디의 등 윤곽이 드러난다. 하지만 그 외 내부의 불은 모두 꺼져있다. 앤디는 헤드폰을 끼고 있어서 아직 내 존재를 알아차리지 못한 듯했다.

안으로 들어서니 실험실의 넓은 공간이 나를 감싸는 게 느껴진다. 긴 금속 테이블 위에 놓여있는 반짝이는 부품들과 조각들이 어둠을 갈라놓는 것처럼 보이고 진열장 유리 뒤에는 라스의 날카로운 눈빛이 나를 응시하는 듯하다.

한때 나는 현실이 자신의 선택으로 형성된다고 스스로에게 말했었다. 순진한 줄리아. 이제는 인정할 수밖에 없다. 선택은 내가 생각하는 것만큼 순수하지 않다. 선택은 빛이 물을 통해 구부러지는 것처럼 조작될 수 있다. 거짓에 기반한 선택은 언젠가는 쓰러질 것 같은 젠가나 마찬가지다.

현실은 변하지 않는다.

문이 내 뒤에서 닫히자, 앤디는 돌아서며 헤드폰을 내린다. "거기 누구시죠?" 그의 목소리는 겁먹은 소리가 아니다.

하지만 곧 겁먹게 될 것이다.

과거

오후 네 시쯤, 내 기분은 엉망이다. 조쉬가 몇 시간 동안 차고를 들락거렸는지 모른다. 캠핑 장비는 차 트렁크에 있고 지금은 부엌에서 땅콩버터 샌드위치를 여러 개 만들고 있다.

나는 기분을 진정시킬 무언가가 필요해 와인 한 병을 따서 마시고 있다.

문제의 발단은 하이킹 여행이지만 본질은 그게 아니다.

하루 종일 조쉬가 나에게 이미 여행한다고 말했었다며 주장하고 있다는 사실이다. 그는 말하지 않았다. 나는 그가 미리 말하지 않은 걸 안다. 난 그런 말을 들으면 잊지 않으니까.

조쉬가 떠나길 바라지만 동시에 남아주길 바라기도 한다. 처음 그가 짐을 싸는 걸 봤을 때는 희망을 느꼈다. 그가 날 떠나길 바랐다. 그러나 지금은 더 이상 내가 뭘 원하는지 모르겠다.

분명한 건 나는 아직도 조쉬가 나를 사랑해 줬으면 좋겠다.

카메라 앞에서 혹은 화려함 속에서 관객의 인정이나 꿈을 좇는 게 아니라 지금, 여기, 나를 위해 나를 사랑해 주기를 바란다.

"여행 간다는 말 안 했잖아." 나는 와인을 병째 마시며 묻는다. 이제는 정말 '될 대로 되겠지.'라는 심정이다.

"딱 하루야." 조쉬가 잼이 든 병을 꺼내며 말한다.

"우린 얘기를 좀 더 해야 해, 조쉬."

그는 나 없이 땅을 샀다. 그는 나 없이 〈더 프러포즈〉 추가 에피소드를 찍기로 계약서에 도장을 찍었다. 그는 나 없이 이 하이킹 계획을 혼자 세웠다. 큰 틀에서 보면 하이킹 여행이야 별거 아닌 일이지만 공통 분모는 모두 내 동의 없이 혼자 했다는 것이다.

그는 빵에 잼을 바르며 반복해서 말한다. "딱 하루라고."

그는 예전과 다름없이 잘생겼지만, 오늘 밤 그의 미모는 나에게 아무런 감정도 일으키지 못한다.

바로 그때 캡틴이 조쉬의 발치에서 징징대기 시작한다. 음식 준비하는 걸 알았나 보다.

"이 망할 개는 언제쯤 꼬박꼬박 조용히 있을까?" 조쉬가 으르렁거린다.

조쉬가 캡틴의 목줄을 잡고 뒷문으로 끌고 나가는 동안 나는 움직이지 않는다. 나는 창문을 통해 조쉬가 마당 뒤쪽에 있는 낡은 개집에 캡틴의 목줄을 매는 모습을 지켜본다.

조쉬가 돌아온다. 그는 샌드위치를 한데 모아 하나씩 비닐봉지에 넣는다. 빵 한 덩어리에서 잘라냈기에 두 조각이 한 쌍으로 들어갔다.

"그냥 말해줘." 그가 보랭 백에 샌드위치를 담을 때 내가 묻는다. "아직도 날 사랑해?"

그는 쳐다보지조차 않는다. "대답 안 할래."

"왜?"

"넌 취했으니까, 줄리아. 젠장, 지금은 더 이상 할 말이 없어. 집에 오면 다시 얘기해."

난 취하지 않았다. 하지만 대답은 들은 거나 다름없다.

식당 테이블 위에 와인병을 내려놓고 거실로 걸어 들어가 협탁 위에 놓아둔 휴대폰을 꺼낸다. 소파에 앉아 앤디와의 메시지 창을 연다.

— 조쉬가 오늘 밤 하이킹 여행을 떠난대요. 회의 때문에 바쁜 건 알겠는데…… 혹시 우리 집 와서 같이 저녁 먹을 수 있어요?

보내기를 누른 다음, 나는 그 메시지를 바라본다. 그래, 지금 나에겐 친구가 필요할지도 모른다. 하지만 내가 정말 필요한 것은 앤디에게 질문하는 것이다. 오직 앤디만이 대답할 수 있는 질문이다. 내가 조쉬를 위해 만들어졌다는 게 무슨 뜻인지, 그게 단지 우리의 시작점일 뿐이었는지, 우리가 너무 멀리 와버린 건 아닌지.

조쉬가 내 바로 앞에 서서, 거꾸로 보이는 메시지를 기어코 읽어낸다. 생각이 많아진 나는 미처 그 광경을 보지 못했다.

"뭐야, 이게?" 그가 내 휴대폰을 낚아챈다. "믿을 수 없군. 내가 떠나자마자 앤디랑 놀아나겠다고?"

"아니야!" 나는 그를 마주 보려고 일어섰다. 두려움이 아닌 분노로 떨고 있다. "당신은 여행 간다고 말도 안 했잖아, 조쉬! 그리고 미안하지만, 난 오늘 밤 혼자 있고 싶지 않아. 그래서 내 친구에게 와달라고 부탁한 거야."

"날 완전 바보로 보는 거야? 개멍청이로?" 그도 떨고 있다. 마치 우리가 밟고 있는 땅에 지진이라도 난 것처럼.

격양된 상황에도 불구하고 나는 웃을 수밖에 없다. 그의 질투가 너무나 엉뚱했고, 이 대화가 너무 말도 안 되는 데다, 바보는 나라는 것을 점점 더 깨닫고 있다.

나를 보호하고자 하는 그의 욕망이 그 자신으로부터 나를 보호하는 것까지 포함한다고 믿었던 나. 이 관계가 더 나아질 수 있다고 믿었던 나. 훨씬 빨리 반항했어야 했던 건데 그렇지 못했던 나. 그리고, 스스로에게 두 번이나 거짓말을 해온 나.

나는 숨을 깊게 들이쉰다. 우리가 겪었던 미친 여정이 마침내 끝난 것처럼 내 분노가 한순간에 씻겨 나간다. 남은 건 오직 슬픔뿐인데 그 슬픔과 함께 이상한 가벼움도 느껴진다.

카밀라의 말이 맞았다. 저 바깥에는 넓은 세상이 있다. 우리가 만들어 낸 이 비참한 감옥 방보다 훨씬 더 큰 세상이.

"조쉬, 여보." 나는 고개를 젓는다. "이건 아니야."

그는 아무 말도 하지 않는다.

"내 말 들었어?" 내 목소리는 이제 부드러워졌다. 체념했거나, 혹은 자유를 찾은 것처럼. 이제 알겠다. 우리는 서로를 놓아 줘야 한다는 것을. 이렇게 꽉 붙잡고 있는 건 우리 둘을 모두 망가뜨리고 있으니까. "당신과 나 더 이상 안 되겠어."

그는 손을 올린다. 모든 게 천천히, 천천히 느려지는 걸 느낀다. 그의 손이 내 얼굴을 때린다. 내 몸이 휘어져 마치 춤추듯 거실을 가로질러 날아가 박힌다.

나는 소파와 충돌했고, 머리가 사이드 테이블 모서리에 부딪힌다. 그리고 리타가 남긴 물건으로 그녀가 가장 좋아했던 것들 중 하나인 아기를 안고 있는 엄마의 황동 조각상이 쿵 하는 소리와 함께 카펫에 떨어진다.

조쉬의 얼굴이 자신이 저지른 일에 대한 충격으로 일그러지고, 내 머릿속에서는 수많은 작은 별들이 폭발하듯 고통이 터져 나온다.

뭐든지 삼세번이라더니 맞는 것 같다. 내가 우물 바닥에 쏟아 부은 모든 희망, 선택, 노력과 사랑이 숨겨진 어두운 진실과 마주하는 데도 세 번이 필요했다. 오늘로서 명확해졌다. 조쉬는 계속 나를 다치게 할 것이다.

오늘 밤, 애널리는 자신이 가장 사랑하는 두 어른 사이에서 벌어지고 있는 드라마도 모른 채 평화롭게 잠들어 있지만 내일은 아무것도 모르는 상태가 아닐지 모른다. 애널리는 곧 다섯, 여섯, 열, 열두 살의 소녀가 될 것이다. 결국, 그녀는 보게 될 것이다. 직접적인 폭력 현장이든 단순한 멍이든, 밤의 울음소리든, 낮의 흐느낌이든. 비록 조쉬가 애널리에게는 절대로 해를

끼치지 않을 거라고 진심으로 믿지만, 내가 이걸 용서하고 넘어
간다면 우리 아이는 언제든 상처받게 될 것이다.

조쉬가 허락하지 않는 한 난 절대 그를 떠날 수 없다. 양육권
을 얻을 수 없을 테니까. 그리고 애널리는 속이 망가진 상태로
살아가는 걸 배우게 될 것이다. 그러다 언젠가 그녀도 자신을
때리는 남자와 함께 살게 될지도 모른다. 그게 나를 무너지게
만든다.

미래의 애널리가 지금의 나처럼 앉아서 이 모든 걸 견디는
모습. 그게 내가 가장 견디기 힘든 고통이다.

현재

"차에서 전리품을 찾았어요. 당신이 무슨 짓을 했는지 알아."
내가 말한다.

내 눈은 어둠에 적응되어 앤디가 나를 향해 다가오는 얼굴이 보인다. 언제나처럼 꾀죄죄한 모습이다.

"줄리아! 세상에, 정말 걱정했어요! 내 변호사가……."

"가까이 오지 마요." 나는 손을 올린다. 그는 공간과 우리를 나누는 긴 금속 테이블 반대편에서 깜짝 놀라 멈춰 선다.

앤디를 보면 감정이 격해질 줄 알았다. 그러나 그를 마주한 내 첫 감정은 마치 해일과도 같이 복잡했다. 그를 처음 봤을 때 친절하다고 생각했던 순간과 사실은 그 누구보다 잔인한 사람이라고 생각하는 순간이 밀물과 썰물처럼 나를 이끈다. 그 기만과 진실은 무려 16개월이란 시간을 아우른다. 내 눈을 뜬 순간부터 지금까지의 모든 삶이 앤디의 환상, 앤디의 거짓말 속에 갇혀있었다.

"잠깐. 전리품이라뇨?" 그의 표정에 걱정의 기색이 스쳐 지나간다.

"내 남편의 손가락." 비록 육체적으로는 그 어느 때보다 강해졌지만, 내 감정은 마치 칠판 위를 긁는 손톱 소리처럼 비명을 지르고 있다. 눈물이 볼을 타고 흘러내린다. 생애 처음으로 나는 취약하면서도 동시에 강하다고 느낀다. "어떻게 당신이 그럴 수가 있어? 그건 내 남편의 약지야. 내가 그를 영원히 사랑하겠다고 약속했던 반지를 끼고 있던 손가락이라고……." 나는 가슴을 손바닥으로 치며 울부짖는다. "나는 약속을 지키려 했어. 그런데 당신은…… 당신은 그저……."

"무슨 손가락을 말하는 거예요, 줄리아?" 그는 내가 그가 한 짓을 알아챘다는 것을 상상도 할 수 없다는 듯이 말한다. 그는 아마 자신이 나에게 심어준 신뢰에 의존하고 있을 것이다. 하지만 그 이후로 나는 많은 것을 배웠다. 정말 많이 배웠다.

"아직도 나를 멍청이로 보고 있네." 나는 씁쓸하게 웃으며 말한다. "그래서 이제 어쩔 거야? 당신이 망칠 수 있는, 더 많은 사람을 만들어 낼 거야?" 나는 금속 테이블 위에 반쯤 조립된 신스를 가리킨다. 진짜처럼 보이는 그녀의 가슴은 옆으로 흘러내렸고, 갈비뼈의 자국이 보인다. 마감된 부분이 끝나는 피부 가장자리 아래로는 배선과 인조 장기가 쏟아져 나와있다. 그녀의 다리는 아직 붙어있지 않았고, 테이블 아래쪽에 떨어져 있는데 아직 완성되지 않은 금속 조각들이다. 나도 한때 저랬었지.

"줄리아, 나는……." 앤디는 진정하라고 말하는 듯 두 손을 들었지만, 진정할 시간은 이미 지났다.

"로라에 대해 말해봐요." 내가 끼어든다. "거기에서부터 시작하자고요."

나는 눈물을 닦을 생각도 하지 않는다. 그냥 흐르도록 내버려둔다. 앤디가 쌓아올린 이 거짓의 탑이 모두 무너지게 놔둔다.

"로라?" 그는 마치 내가 자신의 눈을 가리고 빙글빙글 돌린 후 방금 그 눈가리개를 벗긴 것처럼 혼란스러운 표정을 지었다.

"당신이 내게 복수라는 코딩을 심게 만든, 당신 동생 말이야." 내가 차가운 목소리로 말한다.

그의 턱이 늘어지더니 마침내 그의 눈에 이해의 빛이 들어온다. "빌어먹을……."

예상한 반응이었다. 왜냐하면 우리는 지금 마지막 카운트다운을 앞둔 시한폭탄 같은 진실 앞에 서있기 때문이다.

"내가 로라를 닮은 건 외모뿐인가요?" 나는 킥킥하는 웃음소리가 반쯤 섞인 히스테릭한 소리로 말했다. "아니면 다른 부분도 닮았나? 적어도 로라나 나 둘 다 한동안은 조쉬에게 매력적이었던 건 분명해요. 하지만 둘 다 그를 붙잡아 둘 수는 없었던 것 같고요."

"줄리아." 앤디가 낮고 숨이 찬 목소리로 애원하듯 말한다. 마치 나에게 이해를 구하는 것처럼.

"사실대로 말해요." 나는 말한다. 그가 모든 걸 고백하는 걸 듣고 싶다. 그가 한쪽 무릎을 꿇고 마치 조쉬가 청혼할 때처럼 간절히 용서를 빌었으면 한다. 저자세의 앤디를 생각하니 위스키처럼 자극적이고 씁쓸한 무언가가 밀려온다. 그것이 나를 갈증 나게 만든다.

"누가 당신한테 뭐라고 말했는지 모르겠지만." 그의 목소리가 콧소리를 내기 시작한다. "진실은 내가 항상 당신이 행복하기를 바랐다는 거예요. 나는 당신을 존중해요, 줄리아, 그리고 나는……."

"거짓말!" 내가 테이블을 세게 친다. "행복을 위해 만들어졌다고? 사랑을 위해서? 다 헛소리야. 나는 살인을 위해 만들어졌어."

앤디의 목소리는 속으로 뭔가 계산을 하듯 통제된 채로 유지된다. 그는 여전히 이 상황을 대처해 나갈 수 있다고 생각하는 듯하다. "줄리아, 그렇게 간단한 문제가 아니에요!"

"나도 그런 것 같아."

"줄리아……."

"거짓말 그만해!" 내가 소리치자 그가 폭발한다.

"이럴 필요는 없었는데!" 그는 테이블을 손으로 내리친다. 부딪히는 소리가 엄청나다. 테이블 위 신스가 흔들린다. 금속 톱니바퀴가 테이블에서 튕겨 나와 바닥에 떨어진다. "당신이 그렇게 죽이도록 프로그래밍한 게 아니었다고! 오직 조쉬가 로라에게 한 것처럼, 당신에게도 그랬을 때만 발동하도록 했어. 조쉬는 당신과 함께 구원받을 기회가 있었는데 그걸 망친 거야, 줄리아."

"이미 다 알고 있어." 내가 냉정하게 말한다. "삼진아웃. 나를 그런 상황에 처하게 해도 된다고 생각했어? 줄리아는 그냥 기계 부품이니까 삼진아웃을 당해도 된다고? 그게 말이 돼?"

앤디는 눈을 반짝이며 앞으로 몸을 숙인다. "그런 일이 생기도록 둬서 정말 미안해. 내가 한 행동이 불공평하게 보일 수도 있다는 거 알아. 하지만 결국 조쉬는 당신을 때렸어. 그는 괴물이었어!"

"당신 지금 무슨 말을 하는지나 알아?" 나는 입술에 거칠게 웃음을 터뜨리며 말한다. "그게 얼마나 단순한 생각인지 아냐고! 조쉬는 훨씬 더 복잡한 사람이야. 당신이 뭔데 그를 판단해? 삼진아웃이라고? 이건 야구 경기가 아니야. 우리 인간의 삶에 관한 거라고!"

"조쉬가 한 행동이 별것 아닌 것처럼 말하지 마." 앤디가 소리친다. 이제 모든 인내심이 사라진 것 같다. "그 남자의 실수가 로라를 죽였어." 그가 떨리는 숨을 내쉬자 그의 이가 반짝이는 것이 보인다. "로라가 메시지를 보냈을 때 나는 캘리포니아에 있었어. 로라는 살 가치가 없다고 말했어. 그게 다였지. 그 세 단어가 다였다고!" 그의 목소리는 거칠다. "내가 불렀지만 대답이 없었고 그래서 나는 911에 전화하고 비행기를 탔어. 착륙했을 때, 로라는 이미 손목을 그어버린 뒤였어. 내가 갔을 때 로라는 이미 죽었지." 그의 눈은 빨갛게 충혈되었고 세상을 온전히 받아들이기 힘들다는 듯이 좁아져 있다. 나는 그 눈 안에 무엇이 있는지 알 수 있었다. 고통이었다. 끔찍한 유산처럼 물려받은 고통.

"만약 조쉬가 때린 게 애널리였다면? 애널리를 자살로 몰고 간 남자를 잡기 위해서라면 당신도 무슨 짓이든 할 거 아니야?"

나는 고개를 흔들며 이를 악문다. 이 일을 그렇게 단순하게 생각하고 싶지 않다. 그럴 수도 없는 일이다. 일종의 변태적인 공감으로 그가 저지른 잘못을 누그러뜨리고 싶지 않기 때문이다.

"당신은 당신의 고통을 내게 줬어, 앤디. 난 부탁한 적 없는데도. 도대체 왜 괴물을 다루는 해결책으로 또 다른 괴물을 만들어야겠다고 생각한 거야?"

지금 내 목소리가 이토록 망가지는 게 정말 싫다. 그에게서 돌아오는 답은 없었다. 하지만 데보라가 이미 대답했으니, 그가 대답하는 걸 기다릴 필요도 없다.

'고통받는 사람들은 누군가를 쓰러뜨리고 싶어 해.'

한동안 앤디가 나를 사랑한다고 생각했다. 심지어 그가 완전히 나에 대해 사랑에 빠졌다고 생각했다.

하지만 앤디 웨크스타인은 나를 사람으로 본 적이 없다. 내가 그의 눈에서 본 어떤 애정이나 따뜻함은 단지 내가 그의 소중한 무기이자, 그가 가장 아끼는 게임의 부품이었기 때문이다.

결국 나는 빌어먹을 도미노 소녀였던 것이다.

과거

나는 끙끙거린다.

"맙소사, 줄리아." 조쉬가 숨을 헐떡인다. 다른 때와 마찬가지로 화가 났고, 공포에 질려있다. 조롱하듯 걱정한다는 포즈로 자신의 근육질 몸매를 구부려 순식간에 내 옆에 웅크리고 앉는다. 땀과 애프터쉐이브 냄새가 난다. 예전에는 내가 온통 취하고 싶던 향기였다. 하지만 지금 내가 원하는 건 무사히 숨을 쉬는 것뿐이다.

갑자기 아무런 경고도 없이 뱃속에 무언가 불이 켜진다. 분노를 뛰어넘은 뜨거운 물결이 나를 덮쳐 녹이는 것 같은 기분이었다.

불쌍한 조쉬는 이 감정을 눈치채지 못할 것이다. 그는 내 위에 몸을 드리운 채, 양쪽 팔로 버티며 고개를 숙이고 조용히 흐느낀다. "정말 미안해. 당신 말이 맞아. 우린 도움이 필요해. 제발 괜찮다고 말해줘, 자기야." 그의 머리카락이 내 쇄골을 스치고, 그의 눈물이 내 가슴에 떨어진다. 나는 대답 대신 내 뒤로 손을 뻗어, 엄마와 아이의 황동 조각상을 손가락으로 움켜잡는다. 그리고 온 힘을 다해 그것을 조쉬의 머리 옆으로 휘둘렀다.

날카롭지 않지만, 살과 뼈가 부딪히는 둔탁한 소리가 난다.

조쉬가 힘없이 내 위로 쓰러지자 나는 그의 무게에 눌린 채 얕은 숨을 쉬며 잠시 그대로 누워있다.

축 늘어진 그를 밀어내자 무거운 몸은 힘없이 뒤로 굴렀다. 머리를 맞은 그가 카펫 위에 움직이지 않고 누운 모습을 보는 순간, 나는 죽은 듯한 상태에서 정신을 차린다.

"조쉬?" 나는 숨을 헐떡인다. 이제는 내가 그의 위로 몸을 기울이고 있었고, 내 머리카락이 그의 몸통에 닿았다. 그의 머리 옆에는 피가 흐르기 시작했다. 열에 들뜬 몸으로 나는 입고 있던 스웨트셔츠를 벗어 상처 위를 누른다.

"조쉬! 일어나! 말 좀 해봐!"

속이 메스꺼울 뿐 아니라 온몸이 아프다. 세상이 뒤집힐 것 같은, 모든 걸 집어삼킬 것 같은 구역질이 난다. 나는 그의 머리의 상처를 계속 누르면서도 마른 구역질을 한다. 조쉬와의 삶이 악몽이었다면, 지금의 이 악몽은 그보다 훨씬 더 커서 모든 걸 삼켜버릴 것 같다.

그의 눈은 초점을 잃은 채 천장을 바라보고 있다. 마치 내가 지금 스스로에게 묻고 있는 질문을 조쉬도 하는 것 같다.

줄리아, 도대체 무슨 짓을 한 거야?

현재

"내가 조쉬를 죽이고 나면 어쩌려고 했어?" 내 목소리는 격앙되어 계속 말한다. "감옥에 보내려고 했나? 아니면 비활성화를 시키려고 했어?"

"아니." 앤디는 내가 그렇게 생각한다는 것에 적잖이 충격받은 듯했다. "나는 당신 편을 들어줬을 거야, 줄리아. 미국 국민들도 마찬가지고. 모든 미국인이 당신을 얼마나 좋아하는데. 그들은 〈더 프러포즈〉에서 당신을 봤잖아. 당신이 얼마나 사랑스럽고 친절한지 다 알잖아. 당신은 무죄 판결을 받았을 거야. 당신과 나, 우리는 함께 신스의 권리를 위해 싸우고, 다음 세대를 위해 더 나은 길을 닦았을 거라고."

이제 나는 웃을 수밖에 없다. 모든 미국인이 나를 좋아한다니. 너무나 현실과 동떨어진 말이라 대답할 가치도 없다. 분명 그는 내가 겪은 기물 파손, 협박 등의 노골적인 증오에 대해 진지하게 받아들이지 않은 것 같다. 나를 이 투박한 곳에 던져두고, 앤디는 자기만의 세계에서 살고 있었다.

"하지만 그런 일은 일어나지 않았잖아." 앤디가 절박한 투로 말을 이어간다. "사실은, 내가 조쉬를 죽이지 않았고, 당신도 그러지 않았어." 그는 금속 테이블에 손바닥을 대고 내 눈을 똑바로 쳐다보며 말한다. "우리가 범인을 찾을 때까지, 난 다시 당신 소유주가 되어야 해. 당신을 안전하게 지켜야 하니까. 알겠어?" 그가 테이블 너머로 손을 뻗어 내 손을 만진다. "줄리아."

"만지지 마!" 나는 폭발하듯 소리친다. "당신 거짓말하고 있잖아!"

하지만 앤디는 이번에 더 힘을 내 앞으로 손을 뻗어 내 팔을 잡는다.

"놓으라고!" 나는 울면서 그를 붙잡고 몸부림친다.

"난 당신을 도우려는 거야!"

"젠장. 됐어!" 나는 몇 걸음 뒤로 비틀거리며 풀려난다.

다급히 물러나려는 내 등 뒤로 단단하고 투명한 철창이 닿았다. 나는 앤디를 마주하면서도 몸을 안정시키기 위해 그것을 잡는다. "당신은 나를 인간으로 생각한 적 없지? 제발 인정해! 나를 여기 이 로봇만큼이나 도구일 뿐이라고 생각했잖아!"

그리고 뒤이어 밀려오는 분노 속에서, 나는 투명한 칸막이를 주먹으로 뚫어버린다. 내 피 묻은 주먹을 빼자 유리가 깨졌다. 아이러니하게도 둔하게 느껴지는 통증이 오히려 기분을 맑게 했다.

라스가 부드럽게 바닥으로 쓰러진다.

"도대체 지금 뭐 하는……." 앤디가 테이블에서 렌치를 잡았다. 그는 그것을 무기처럼 들어올린다.

나는 웃는다. "진심이야? 이제 날 공격하겠다고?"

"당신 프로그래밍에 뭔가 문제가 생긴 게 분명해."

그의 목소리가 제법 거칠어졌다. 아무래도 내 존재에 대해 공포를 느낀 것 같다.

"도대체 뭐가 잘못됐다는 거지?" 나는 한 걸음씩 그에게 다가간다. 주먹을 들어올려 금속 테이블을 있는 힘껏 내리치자, 앤디는 방금 내 손으로 내려쳐 움푹 파인 곳을 바라본다. 그는 나지막이 욕설을 내뱉었다.

"문제가 있는 건 당신이야, 앤디. 당신이 내 남편을 죽였잖아. 난 그저 당신이 한 일에 대해서 인정하라고 할 뿐이야."

"난 당신 남편에게 손도 대지 않았어. 만약 당신이 그를 죽였다면 어떤 관점에서는 내가 조쉬를 죽인 게 맞아. 하지만 분명한 건 그 자식은 죽어 마땅한 놈이라는 거지."

그의 말은 변명과 거짓말로는 자신을 구할 수 없다는 것을 이제야 깨닫는 것처럼 뒤죽박죽이지만 어쨌든 계속 결의에 차 말한다. "하지만 당신도 안 그랬고 나도 안 그랬잖아. 우리가 죽인 게 아니니 제발, 줄리아, 이제 머리를 맞대고 진짜 범인을 찾아야 해."

나는 앤디가 테이블을 따라 물러서는 동안 그를 좇는다.

"내게 지금 문제가 있다고? 그렇다면 아마도 그건 내 인생에

서 처음으로 모든 게 제대로 되고 있기 때문일 거야." 내가 말한
다. "아마 네가 심어둔 잘못된 것들을 내가 뿌리 뽑았기 때문일
거라고." 내가 말한다. 나는 주먹을 들어올린다. 피가 말라가고
있다. 그 아래로, 찢어진 피부가 스스로 다시 붙었다. 그것은 자
연스럽고 명백하게 느껴진다. 마치 당연히 내 피부가 이렇게 작
동해야 한다는 듯이.

앤디가 내 상처가 아문 것을 보고 뭔가 깨닫는 것을 지켜본
다. 입가를 당겨올려 웃었지만 그건 미소가 아니다. 하지만 기
쁨은 담겨있었다.

"뭐야? 내가 강해지니까 이제 나를 두려워하는 거야? 이제
나를 통제할 수 없게 되니까?"

"초기화가 필요해." 앤디가 렌치를 다시 잡으며 말한다. 드디
어 내가 그를 해칠 수도 있다는 것을 깨닫기 시작한 것이다.

"내 생각에 우리는 당신이 내게 필요한 것이 뭔지, 내가 무엇
을 위해 만들어졌는지 말해주는 그런 관계를 넘어섰어."

"내가 널 도와줄게! 제발, 줄리아!"

"우리 둘 다 알고 있잖아. 난 이제 당신의 도움을 받을 필요가
없다는 걸."

그리고 나는 웃는다.

과거

"에덴. 오, 에덴." 나는 휴대폰을 붙잡고 헐떡인다. 소파에 앉아 무릎을 모으고 척추를 곧게 편 채, 내 발치에는 조쉬의 시체가 놓여있다. 목이 따갑다. 에덴은 내가 떠올릴 수 있는 유일한 사람이다. 조쉬가 나를 어떻게 대했는지 아는 유일한 사람. 지금 이 세상에서 내 편이 되어줄 수 있는 유일한 사람.

"괜찮아요? 무슨 일이에요?"

"조쉬…… 내가…… 나도 맞받아쳤어요."

"거기 그대로 있어요, 줄리아." 에덴의 목소리에서 뭔가 처음 듣는 권위가 느껴진다. "911에 전화하지 않았죠?"

"아니요, 안 했어요."

"하지 마요."

"알겠어요."

머릿속의 열기 때문에 생각하기가 힘들다. 지난 몇 주 동안 내 머릿속을 채웠던 〈더 프러포즈〉의 아름다운 장면들이 몰려온다. 뜨거운 욕조에서 조쉬와 키스했던 장면, 바스케스 록스 공원에서 사랑한다고 고백했던 순간, 자메이카의 산들이 장엄한 증인처럼 우리를 둘러싸고 있을 때 조쉬가 내 손가락에 다이아몬드를 끼워주려고 무릎을 꿇었던 순간. 그 찬란한 일들의 최종막은 이렇게, 조쉬가 거실 바닥에 죽어있는 결말이 되어버렸다.

"제가 갈게요." 에덴이 말한다. "거기서 기다려요."

"알았어요." 내가 말한다.

그로부터 얼마 지나지 않아 노크 소리가 난다. 온다더니, 정말 빨랐다. 에덴이 뛰어왔을지도 모른다. 아니면 지금 내가 시간의 흐름을 체감하지 못해서일 수도 있고. 나는 휴대폰을 귀에 대고 현관문을 연다.

키가 크고, 흰머리에 어깨가 넓은 남자가 나를 내려다본다. 그의 이름이 목에 걸렸다.

"밥." 나는 기침처럼 내뱉는다.

"줄리아?" 내 손은 에덴의 목소리가 들리는 휴대폰을 든 채 옆으로 떨어진다. 밥이 내 어깨에 살짝 손을 얹고는 내가 마치 옮기는 가구라도 되는 듯 함께 안으로 들어선다. 상황을 파악하는 사이에 그가 내 집 안으로 들어오게 됐다. 멈추라고, 기다리라고 말하는 것도 의미가 없었다.

나는 밥을 따라 거실로 간다. 조쉬는 아직 죽은 것처럼 보이진 않는다. 그의 머리 옆쪽 깊은 상처가 보이지 않는 쪽에 서있으면 말이다. 단지 충격을 받고 쓰러진 것처럼 보일 수 있다. 나도 충격을 받았다고, 밥에게 말하고 싶다.

내 시선은 방 반대편에 있는 커튼으로 향한다. 쳐져있을 줄 알았던 커튼이 열려있다. 밥이 보고 있었던 것이다.

"그럴 의도는 아니었어요." 나는 손등을 입에 대고 반은 밥에게, 반은 나 자신에게 말한다.

'하지만 그랬지.'라는 잔인한 목소리가 내 안에서 들려온다. 나는 내 스스로에게 말한다. 그럴 생각이 아니었다고. 그 순간 내가 통제할 수 없는 끔찍한 무언가에 잡혔던 것이라고.

내내 당신은 참아왔던 거야.

난 내 결혼 생활을 고치고 싶었어.

당신은 그것을 끝내고 싶었지.

존재하는지도 모르는 스스로와 대화를 계속하고 있을 때, 밥은 무릎을 꿇고 조쉬의 목에 맥박이 있는지 확인하더니 다시 뒤꿈치에 몸을 싣는다.

"카펫에 피가 없군요." 그의 목소리는 깊고 거친, 마치 바퀴 밑에 자갈이 깔리는 듯한 소리다. "정말 기적이에요."

눈물이 눈에 가득 찬다. 애널리를 빼앗길 것이다. 애널리의 포근한 향을 다시는 맡을 수 없다. 다시는 힘없이 나를 믿고 온 몸을 맡기는 애널리의 무게를 느낄 수 없다.

"젠장."

우리 뒤에서 목소리가 들려와 둘 다 고개를 돌린다.

한쪽 어깨에 배낭을 메고 있는 에덴이 문 안쪽으로 들어와 있다.

"미안해요." 나는 밥에게 무력한 손짓을 하며 말한다. "에덴, 당신인 줄 알고 문을 열어줬어요."

나는 휴대폰을 들어 앤디의 메시지를 확인한다. 오, 이런. 앤디가 오는 중이라는 사실을 깜빡했다.

— 가는 길에 주유 중이에요. 40분 후에 도착할 거예요. 와인 가져왔어요.

나는 재빨리 답장을 보낸다.

— 오늘 밤 기분이 별로 안 좋은데 일정을 다시 잡을 수 있을까요?

하지만 운전하는 동안에 못 볼 수도 있고 크게 신경을 안 쓸 수도 있다. 앤디가 어떤 사람인지 아니까.

"앤디가 오고 있어요." 나는 말하면서도 내 목소리에서 무력감을 느낀다.

에덴이 밥을 바라본다. 밥도 에덴을 바라본다.

"줄리아 잘못이 아니에요." 에덴이 마침내 말한다.

밥은 천천히 고개를 끄덕이다가 조쉬에게 얼굴을 찡그린다. "글쎄요……." 그가 길게 끌며 말한다. 당황할 법한 상황에도 그는 꽤 침착하다.

"우리가 가장 먼저 해야 할 일은 시체를 없애는 겁니다."

현재

앤디가 렌치를 던진다. 나는 쉽게 피한다.

테이블에서 튕겨 나가면서 종소리 같은 소리가 나고, 바닥에 부딪혀 딱 소리가 난다.

"왜 나를 해치려고 하는 거야?" 앤디가 테이블 가장자리에서 몸을 풀고 다른 도구를 찾으려는 듯 손을 더듬자 내가 말한다.

그는 드라이버를 집어든다.

"도움이 필요해, 줄리아. 이건 당신이 아니잖아."

"이게 나야." 내가 침을 뱉는다. "이게 진짜 나라고!"

"메인프레임에 접속할 수 있게 해줘. 내가 바로 잡을 수 있어. 원래대로 돌릴 수 있다고."

"나보고 다시 내려가라고? 당신이 항상 내가 머물기를 원했던 곳으로?"

나는 무릎을 굽히고 몸을 일으킨다. 마치 날아오르는 것 같다. 내 발이 금속 테이블 위에 정확히 착지하고, 반쯤 완성된 신스는 그 충격으로 튀어오른다. 내 아래의 앤디는 작아 보인다. 무심코 나는 조쉬가 처음 나를 의자에서 쓰러뜨렸을 때, 그리고 두 번째로 내가 휴대폰을 집으려 하자 나를 밀어내던 때 그가 나를 이렇게 보았는지 궁금해진다.

앤디의 눈이 커졌다. 위를 보는 그의 얼굴은 마땅히 느껴야 할 공포로 뒤덮여 있다. 나도 조쉬에게 공포에 질린 얼굴로 보였을까? 조쉬는 그 두 순간 동안 내가 그것을 받아 마땅하다고 느꼈을까?

"진실을 말해." 내가 말한다.

앤디는 뒷걸음치고 나는 힘이 느껴지는 두 다리로 휙 날아오른다. 이전과 다른 높이까지 점프할 수 있다는 것이 놀랍다. 나는 앤디 위에 착지하고 앤디는 바닥으로 쓰러진다. 그의 다리를 고정시키고 팔을 누른다. 그의 얼굴은 내 얼굴에서 몇 인치밖에 떨어져 있지 않고 그가 보이는 공포가 시큼하게 느껴진다.

"진실을 말해!" 나는 내가 아닌 것처럼 소리 지른다. 그의 갈색 눈은 고통에 휩싸여 있다. 단지 공포 때문만은 아닌 것 같다. 불신이다. 그는 자신이 그렇게 꼼꼼히 무기로 프로그래밍해 만든 신스가 마침내 자기 의지를 가지게 되었다는 것을 믿지 못한다.

그가 부르짖던 그 아름다운 정의가 이제 찾아왔다. 그는 비명을 지르며 팔 하나를 풀어내어 드라이버를 내 머리 옆에 찔러 넣는다.

과거

"왜요?" 나는 숨을 헐떡이며 밥을 처음 본 사람처럼 바라본다.

"왜 나를 도우려 하는 거죠? 경찰을 불러서 날 신고해요."

밥은 나를 똑바로 쳐다본다. "여자를 때린 남자는 이보다 더 좋은 대접을 받을 자격이 없죠."

조쉬는 이런 잔인한 평가보다는 훨씬 더 나은 대우를 받아 마땅하기 때문에 나는 입을 열려 했지만 에덴이 먼저 말을 꺼낸다.

"우리 서둘러 행동해야 해요."

"안 돼요." 나는 남편의 시신 옆에 무릎을 꿇는다. "내가……
내가 그를 죽였어요. 그는 사과하고 있었고, 우리는 포옹하고 있었어요. 그는 울면서 미안해했어요. 그리고 난……." 내 슬픔과 수치심으로 내 몸은 주먹처럼 오그라든다. 나는 조쉬 위로 몸을 숙이고, 그의 아직 따뜻한 가슴에 머리를 기댄 채 날카로운 울음을 터뜨린다.

내가 사랑했던 남자는 이제 없다. 그리고 나도 없다. 내가 생각했던 모든 것, 선의로 가득하고, 친절하고, 사랑스러웠던 그모든 건 겉모습에 불과했다. 나는 그런 내가 되고 싶지 않고, 더이상 내가 누구인지도 모르겠다.

똑딱똑딱. 조쉬가 찬 시계의 초침 소리가 시간을 세며, 내 미래로 이어지는 끝없는 분과 시간과 고통의 길을 펼친다. 나는 감옥에서 벗어나고 싶었다. 이제 나는 그 감옥의 벽들이 나를 영원히 가둘 것임을 안다. 나는 그의 손목에서 시계를 확 떼어내어 멀리 던져버린다.

시계는 어딘가에 세게 부딪혀서 보이지 않는 곳으로 미끄러진다. 그리고 나는 내 손에 얼굴을 묻고 짐승이 된 것처럼 신음을 낸다.

"줄리아, 당신이 알아야 할 게 있어요." 에덴이 내 옆에 무릎을 꿇고 내 등에 손을 얹으며 말한다.

"싫어요." 나는 휴대폰에 손을 뻗는다. 더 이상 할 말은 없다. 밥이 시체를 몰래 처리하고 밥과 에덴 둘만 빼고 아무도 모른 채 내가 내일 깨어날 수 있다 해도, 나는 내가 무슨 짓을 했는지 영원히 알 수 있을 테니까. 죄책감이 날 산 채로 잡아먹을 거야. 그건 이미 시작되었다.

"당신 잘못이 아니었어요. 정말이에요." 에덴이 말한다.

나는 숫자를 누른다. 911. 결국 미첼은 선거 공약을 지킬 수 있을 것이다.

"그만!" 내가 통화 버튼을 누르기 직전에 에덴이 내 휴대폰을 낚아챈다. 나는 휴대폰을 향해 몸부림쳤지만 그녀는 내 손목을 꽉 쥔다. "이건 당신 잘못이 아니라고요, 줄리아!"

"내 잘못이에요!" 나는 손목을 빼내려고 하지만 에덴은 강하게 쥐고 놓아주질 않는다.

"그냥 들어요! 제발! 당신이 알아야 할 게 있어요. 이렇게 말하게 될 줄은 몰랐지만…… 저는 앤디와 함께 일해요."

나는 눈을 한 번 깜빡인다. 제대로 듣지 못해서 고개를 살짝 흔든다.

"그는 당신을 감시하라고 저를 보냈어요. 줄리아, 듣기 힘들겠지만……."

휴대폰을 옆으로 치우고 에덴이 내 손을 잡는다. 이번에는 그 손길이 부드러웠다. 그녀의 섬세한 손가락 사이에 내 손을 감싸 쥐고는, 마치 우리가 충돌하기 전에 안전벨트를 매주듯 꼭 잡는다. 그녀가 말하고 있지만, 그 말들은 전혀 이해가 되지 않는다.

"앤디는 당신이 조쉬를 죽이도록 만들었어요." 나는 눈을 감고 고개를 젓는다. 그녀의 말들은 말도 안 되는 게임 속의 흩어진 조각들 같다.

"사실이에요." 에덴은 근엄한 목소리로 말한다. "그가…… 그가 당신의 코딩에 그걸 심었어요. 내가 이걸 말하는 이유는, 우리가 방금 일어난 일을 극복하려면 당신이 이게 당신의 잘못이 아닌 걸 이해해야 하기 때문이에요."

"우선 그녀를 다른 데로 옮겨요. 그래야 내가 시신을 처리할 수 있어요." 밥이 말한다.

나는 자리에 앉자, 에덴과 밥이 나를 조쉬로부터 떼어내어 소파로 데려온 것을 깨닫는다. 무릎이 떨리고 팔꿈치도 떨리고 허약한 몸을 지탱하는 모든 관절이 떨린다.

에덴은 내 옆에서 내 두 손을 잡고, 내가 어떻게 설계되었는지, 자신이 그 과정에 어떻게 관여했는지, 또 얼마나 미안했는지, 자신과 앤디가 하고 있던 일이 옳다는 생각을 버리게 된 과정, 이 순간이 오기 전까지 얼마나 필사적으로 나를 조쉬에게서 떼어놓으려 했는지를 설명한다.

그녀의 고백은 나를 하나하나 벗겨내듯이 조각조각 해체한다. 그녀의 설명이 말이 되고, 오늘 밤 내가 조쉬에게 한 일이 이해되기 시작하면서, 내 공포가 커진다. 그리고 분노도.

그래, 안도감도 있다. 왜냐하면 앤디가 유죄로 판명되면 나는 무죄라는 것이 밝혀질 것이기 때문이다. 책임의 무게가 나에게서 앤디에게로 옮겨지고 있다. 내가 조쉬를 죽인 순간, 그 행동을 한 것은 내가 아니었다. 앤디가 나를 통해 한 것이었다.

그러나 그 안도감은 한순간에 사라진다. 왜냐하면 어찌 됐든 조쉬의 생명을 끝낸 것은 나의 손이었기 때문이다. 유죄든 무죄든, 나는 영원히 남편을 죽인 여자가 될 것이다. 나는 항상 그 육중했던 쿵 소리와 느낌을 기억할 것이다.

나의 눈은 앤디와 그의 복수의 이유인 로라라는 소녀에 대해 이야기하는 에덴에게 초점을 맞추기가 점점 어려워진다. 하지만 나는 그 말을 흘려듣는다. 한 생각이 뿌리내리고 있기 때문이다. 이건 단순하지 않다고. 불길처럼 타오르는 누군가의 희망이고 간절함이 담긴 것이라고.

나는 에덴의 팔을 붙잡고 그녀의 설명과 정당화를 중단시킨다. 이제 중요한 건 오직 하나다.

"앤디가 살인자가 되어야 해요."

에덴이 찡그린다. 그녀가 내가 무슨 말을 하는지 전혀 모른다는 것이 분명히 느껴진다. 내 머릿속에서는 이 아이디어가 너무 빠르게, 너무 명확하고 밝게 짜여가고 있어서, 그녀가 우리 사이에서 그것이 반짝이는 것을 보지 못하는 것이 놀랍다.

"그에게 누명을 씌워야 한다고요." 내가 말한다. 하지만 따지고 보면 누명도 아니다. 내가 한 일의 이면에 있는 가장 진실한, 진실이자, 내 유일한 정의에 대한 희망이다.

"줄리아." 에덴이 긴장된 목소리로 말한다. "지금 가장 현명한 방법은 밥이 시체를 처리하게 하는 거예요. 아무도 조쉬가 죽었다는 걸 알 필요가 없잖아요. 그가 당신을 떠났다고 하거나 실종됐다고 하면 돼요. 실종 신고를 내면 몇 년 후에 사건이 종결될 거니까."

합리적이다. 깔끔하고, 똑똑한 방법이다. 하지만 그렇게 하면 앤디는 무죄로 풀려날 것이고, 나는 그가 한 일과 내가 한 일을 알면서 남은 평생 그를 마주 봐야 한다.

"그 정도로는 충분하지 않아요." 내가 으르렁거리듯 말한다. 그건 어림도 없다.

"어떻게 앤디에게 누명을 씌우죠?" 에덴의 목소리는 조심스럽다. "예를 들면?"

나는 깊이 숨을 들이쉰다. 에덴과 밥이 협조해야 한다. 그들 없이 혼자서는 할 수 없다.

"앤디가 여기 오기까지 20분 남았어요. 그가 떠나기 전에 뭔가 범죄의 증거를 심어 놓아야 해요."

"손가락 하나는 어때요?" 밥이 말한다. 그는 계속해서 조용히 일하고 있었나 보다. 조쉬와 내 피 묻은 스웨터를 우리 차고에서 본 적 있는 방수포에 싸고 있었다. 나는 정신이 없어, 그가 나갔다 들어왔는지도 몰랐다.

내가 멍한 상태로 에덴의 말을 듣고 있는 동안에 일어난 일임이 틀림없다.

"왜 날 도와주는 거예요, 밥?" 내가 묻는다.

"애널리는 제 손녀니까요."

오늘 밤, 너무 많은 충격적인 일이 벌어져서 나는 더 이상 감정적으로 반응하지 않고 그냥 묻는다. "어떻게 그게 가능하죠?"

"내 딸이 당신의 난자 기증자였어요." 그는 내게서 눈을 떼지 않는다. "지아나." 그리고 나를 쳐다보며 기다린다. 내가 더 질문할 게 있는지 보려는 듯했다. 물어야겠지만, 나는 묻지 않는다.

손가락. 단서. 그것에 대해 생각해야 한다.

"약지." 내가 말한다. "그건…… 알아볼 수 있어요. 조쉬의 약지에 문신이 있거든요."

밥은 고개를 끄덕이고 다시 일을 한다.

"앤디가 떠난 후에는요?" 에덴이 묻는다.

"조쉬는 여행을 가고 있었잖아요." 내가 말한다. "그러니까 앤디가 떠난 후에 내가 벨몬트 릿지로 가는 거예요. 가서 텐트를 설치하고, 에덴, 나를 따라와도 좋아요. 내가 조쉬의 차를 거기 두고 올게요. 아니면…… 차를 추락시키든지. 에덴은 나를 다시 데리고 돌아오면 되고. 그리고 조쉬의 휴대폰으로 나한테 메시지를 보내는 거예요." 앤디와 조쉬 사이가 안 좋은 것을 강조할 만한 화가 난 내용으로.

"그의 시체를 같이 가져가자고요?" 에덴이 얼굴을 찡그린다. "그리고 차에 놓고 오자는 거예요? 자른 손가락만 빼고?"

나는 에덴의 작은 키로 시체를 옮기는 것을 상상해 본다. 밥이 도와주더라도, 우리가 움직이는 것을 누군가가 볼 수 있다. 어쨌든 법의학적 증거도 고려해야 한다. 결국 시체를 발견하면, 머리에 난 상처에서 무엇을 추측할까? 그것이 결국 나에게로 연결되면 어떻게 하지?

"시체 대부분을…… 파괴해야 할 것 같아요." 내가 천천히 말한다. "살인 증거가 될 만큼만 남겨두면 되지 않을까요?"

"팔 하나는 어때요?" 밥이 일어서며 제안한다.

"그들이 시체에서 잘려나간 거라는 걸 알 거야." 내가 시체라는 단어에 몸을 떨지만, 밥은 아무렇지 않아 보인다. "손가락은 앤디를 위해 남기고, 잘린 팔은 경찰이 숲에서 찾게 던져두면 되고요. 그럼 그가 죽었다는 증거가 될 거예요. 나머지 시체는 내가 처리할게요."

"어떻게 처리할 건데요?" 에덴이 조심스럽게 물었다. 그러나 곧 그녀는 이내 손을 휘저었다. "아, 아니에요. 알고 싶지 않아요. 하지만 손가락 하나로는 앤디가 연루된 걸 증명하기 힘들 수도 있어요."

"잠깐만요! 조쉬의 휴대폰이 있잖아요." 내가 말한다. "앤디에게 조쉬인 것처럼 메시지를 보내는 거예요. 내일 하이킹 코스 근처에서 만나자고 하는 메시지. 그렇게 하면 앤디가 그 지역에 있었던 것으로 보이게 돼요. 그리고 나서 조쉬가 돌아오지 않으면, 내가 실종 신고를 하는 거죠. 왜냐하면 나는 진심으로 그가 돌아오지 않았다고 생각할 테니까요."

"음……. 진심으로요?" 에덴이 묻는다. 그녀는 내 말을 이해하지 못한 듯했다. 그럴만도 했다. 내 생각이 내 말보다 훨씬 빨리 움직이고 있으니까.

"아, 그러니까 우리가 이 모든 걸 다 처리한 후에 에덴이 내 기억을 없애줘야 해요."

밥은 그의 일을 멈추고 나를 쳐다본다. 에덴은 안 된다고 고개를 젓지만 나는 그녀가 내 말을 끝까지 들어주길 원한다.

"나는 이 일을 저지른 사람으로 살 수 없어요." 내가 느끼는 절박하고 격렬한 감정을 목소리에 담아 말한다. 지금까지 내가 익사하고 있었다면, 이제는 힘껏 발버둥 쳐 수면 위로 올라가려 싸우고 있다.

"조쉬를 죽인 사실은 내 안에서 나를 파멸시킬 거예요. 나를 망칠 거라고요. 제발 기억을 없애줘요."

내가 사랑하는 남자이자 딸의 아버지인 조쉬를 죽였다는 사실을 알고 평생을 살 수도 있고, 앤디가 조쉬를 죽였다고 믿고 평생을 살 수도 있다. 평생 죄책감에 시달리느냐 아니면 평생 슬픔에 시달리느냐다. 선택은 간단할 것이다.

에덴은 눈살을 찌푸린다. "줄리아, 기억을 수정하는 건 엄청나게 복잡해요. 그리고 도구가 다 있는 것도 아니고요. 모든 게 다 구조화되어 있어요. 제가 할 수 있다고 해도 몇 시간은 걸릴 거예요. 그리고 그 일을 하려면 피부를 뚫어야만 해요." 그녀는 목뒤 쪽을 가리킨다. "아플 거예요. 그리고……." 그때 내가 끼어든다. "에덴, 당신은 내게 빚을 졌어요. 당신이 날 이런 상황에 처하게 했잖아요. 제발 이 상황에서 나를 꺼내줘요."

나는 이제 파란색 방수포로 완전히 감싸고 고무 밧줄 두 개로 고정시킨 조쉬의 시신을 흘끗 쳐다본다. 이동할 준비가 되어 있다. 다시는 그의 얼굴을 볼 수 없다는 것을 깨닫는다. 시간을 더 가질 걸 그랬다. 작별 인사를 못 했다. 눈물로 인해 방이 흐릿해졌지만 지금은 이렇게 감정이 치우쳐야 할 때가 아니다.

손가락을 넣고, 텐트를 치고, 차를 충돌시키고, 팔도 던져 놓아야 하는 등 내가 해야 할 일들이 있다. 거실 청소기 돌리기, 샤워 배수구의 머리카락 제거하기 등 내가 일상적으로 해야 할 일을 적어놓은 목록처럼.

하지만 모두 필요한 일들이다. 생각할 필요 없다. 그저 행동하면 된다. 그리고 모든 게 잘되면, 내일 아침이면 이 모든 것을 기억하지 못할 것이다.

물론, 며칠 후나 일주일 후, 혹은 그들이 조쉬의 팔을 찾아 그의 미망인에게 조쉬는 죽었다고, 여행에서 돌아오지 않을 거라고 알려주면 나는 조쉬의 죽음을 알게 되고 그에 따라 대처해야 할 것이 많을 것이다. 하지만 적어도 그 시나리오에서는 내가 살인자가 아닌 피해자가 될 것이다.

이게 진짜 시나리오다. 그리고 나는 그걸 믿게 되길 간절히 기다린다.

현재

    드라이버가 내 관자놀이에 꽂히는 느낌이 든다. 통증이 조금 있지만, 물수제비가 튕기며 만드는 물결처럼 금방 사라진다. 얼굴 옆으로 피가 조금 흐르지만, 내 피부는 이미 본래의 기능을 하고 있다. 상처가 수축하며 드라이버를 감싸고 있다. 손을 뻗어 드라이버를 잡아당긴다. 드라이버가 빠지며 미끄러지는 소리가 나고, 피가 튀며 멀리 날아간다. 상처 부위에서 간지러운 느낌이 들면서도 강한 만족감을 느낀다. 머리 옆을 만져보지 않아도 내 합성 피부가 이전처럼 온전하다는 것을 안다.

    "이 나쁜 새끼." 내가 말한다. 화보다는 슬픔이 더 섞여있다.

    "다시 재부팅하게 해줘." 앤디가 애원한다. "내가 고쳐줄게. 네 기억에서 조쉬를 지워줄게. 네 고통도 지워줄게. 모든 걸 다……. 우리 다시 시작할 수 있어."

    조쉬의 기억이 없는 새로운 시작이 무슨 매력이 있지? 그 시작에는 애널리도 없을 텐데. 게다가, 앤디가 나를 다시 깨울 것이라는 보장도 없다. 그가 나를 라스처럼 상자에 가둬버린다 해도 나는 알지 못할 것이다.

"그럴 생각 없어, 앤디."

"넌 완전히 고장 났어, 줄리아!" 그가 질책과 분노에 찬 탄식으로 내게 외친다. 그는 내 목을 향해 손을 뻗지만, 나는 쉽게 그의 팔을 눌러버린다.

"나한테 잡히고 싶어 환장을 했군." 나는 그의 팔을 꽉 쥐면서 부드럽게 움푹 파이는 느낌을 느낀다. "어쩌면 이것도 프로그램에 들어있었겠지. 어디서부터 어디까지가 진짜 너고, 어디까지가 나지, 앤디? 넌 너무 많은 선을 넘었어. 어쩌면 네가 진정으로 원한 복수는 너 자신에게 향한 복수일지도 몰라."

애널리를 떠올리며 나는 앤디의 팔을 더욱 세게 움켜쥔다. 앤디가 낑낑거린다. 앤디가 이 모든 걸 고친다는 것은 결국 나의 존재를 지우는 것이고, 애널리가 엄마의 손길을 받지 못하게 하는 것이라는 생각이 든다.

내 딸과 내가 안전해지려면 앤디 웨크스타인이 죽어야만 한다. 이렇게 되길 원하지 않았지만, 나는 그의 머리카락을 잡아당긴다. 세 번의 스트라이크가 내 봉인을 해제시켰다. 이제 나를 위협하는 사람은 누구든 내 딸을 위협하는 것과 마찬가지다. 정의에 시적인 측면이 있다면 어머니로서의 내 힘은 죽일 힘이 된다는 것이 거기 해당한다. 내 가장 취약한 자아가 나의 무기가 되고, 나의 사랑은 칼이 된다.

나를 창조한 자에게 마지막으로 남길 말을 생각하지만, 아무 말도 떠오르지 않는다.

이미 우리는 할 말을 다 했다.

앤디의 머리가 바닥에 부딪히고 그의 두개골이 갈라진다. 그가 축 늘어진다. 그의 머리카락을 놓고, 나는 그 밑에서 빠르게 퍼지는 피 웅덩이를 피하며 일어난다. 마음속의 아픔과 근육의 기분 좋은 긴장이 묘하게 대조를 이룬다.

한 생명을 끝냈다는 끔찍한 느낌과 팔다리에 전율이 흐르는 짜릿한 기분이 공존했다. 앤디의 거짓말에 대한 슬픔과 그 반대편에 있는 씁쓸한 자유. 나는 피가 퍼져나가는 것을 보며 생각한다. 결국 당신이 나보다 더 약했다고.

문이 쾅 하고 열린다.

나는 방 안으로 들어오는 쿵쿵거리는 발걸음을 향해 천천히 몸을 돌린다.

"손 들어! 넌 체포됐다!" 누군가가 외친다. 천장의 불빛이 번쩍이고 나는 눈을 찡그리며 천천히 손을 든다. 미첼 보안관이 이끄는 경찰들이 문을 통해 몰려드는 모습이 보인다. 그는 얼굴에 승리의 표정을 띠고 있다.

과거

"앤디." 나는 그의 품에 안긴다. 그의 셔츠 주머니에 꽂힌 펜이 눌리는 게 느껴진다.

"미안해요. 거의 다 올 때까지 메시지를 못 봤어요." 밤에 도착한 그를 내가 따뜻한 집 안으로 맞이하자 그가 말한다. "와인을 가져왔어요." 그는 화이트 와인 한 병을 들어 보인다.

"캡틴은 어디 있어요?"

"뒤쪽 밖에 있어요. 그리고 와인은 당연히 마셔줘야죠." 이미 와인을 마신 내게서 와인 냄새가 날 것이다. 게다가 지금 얼굴은 울어서 마스카라마저 번져있는 지저분한 상태라는 것도 알고 있다. 나는 온화한 빛을 내는 거실을 초조하게 쳐다본다. 쿠션들도 잘 정돈되어 있고 황동으로 만든 엄마와 아기 조각상이 똑바로 세워져 있다. 흠 없이 완벽하다. 평범한 일상 같다.

앤디가 다정하게 내 등을 감싸 안으며 말한다.

"줄리아, 이제 내가 왔으니까 말해봐요. 무슨 일이에요? 이 삼촌에게 다 말해봐요."

"조쉬와 사이가 안 좋아요." 나는 한숨을 쉬며 코르크 따개를 찾으러 그를 주방으로 이끈다. 눈물을 흘려야 할 때가 오면, 어렵지 않게 가능할 것이다. "조쉬는 당신이 나를 사랑한다고 생각해요. 가끔 정말로 화를 내요."

"줄리아, 그게 무슨 말이에요?" 앤디는 와인을 열면서 걱정스러운 표정을 짓지만, 그의 공감이 가짜라는 것을 알고 있다. 나는 그의 얼굴에 대고 소리를 지르고, 그를 비열한 놈이라고 부르고, 목을 조르고 싶다. 왜냐하면 그는 처음부터 조쉬가 나를 해치기를 바랐기 때문이다.

그러나, 우리는 앞 방의 소파에 앉아 술을 마시며 내가 겪고 있는 고통을 쏟아낸다. 내가 이야기하는 동안, 나는 여러 번 황동 조각상을 힐끔거린다. 에덴이 그것을 싱크대에서 씻어 놓았음에도 불구하고, 어딘가에서 피가 새어나올까 봐 두렵다. 앤디가 보면 게임 끝이다.

앤디가 드디어 조쉬에게 내일 아침에 만나 같이 식사하자는 메시지를 보내기로 동의하자, 나는 화장실에서 잠시 휴식을 취한 후 조쉬의 휴대폰을 꺼낸다. 거기에서 조쉬인 척하고 앤디의 메시지에 답장한다.

화장실에서 나온 후 나는 앤디에게 두통이 심해져서 잠자리에 들어야 할 것 같다고 말한다.

"괜찮아요." 그가 말한다. "이만 갈게요. 그리고 조쉬에 대해서는 너무 걱정하지 말고요. 내가 직접 만나서 다 해결할 테니까. 알겠죠? 걱정 덜게 해줄게요."

"고마워요, 앤디." 그러고는 나는 양 볼 위에 손바닥을 대고 놀란 척을 한다. "오, 세상에, 저녁밥도 대접 못 했네! 여기까지 운전하게 해서 미안해요. 배고플 텐데……."

"패스트푸드 사먹으면 돼요. 문제없어요. 알겠죠? 당신을 위해서라면 뭐든지 난 괜찮아요." 그가 말하는데, 그 말이 내 속에서 분노의 불길을 일으킨다. 얼굴에 약한 미소를 띠며 간신히 분노를 감춘다.

나는 앤디를 따라 길가에 주차된 그의 차로 간다. 밤공기가 차갑다. 자갈 위를 걸으니 발소리가 난다. 그의 낡은 차는 마지막으로 봤을 때보다 더 낡아져 있었다. 운전석 문은 강력 접착 테이프로 봉해져 닫혀 있다. 다른 상황이라면 웃음이 터졌을 것 같다.

"질문 하나 해도 돼요?" 나는 팔짱을 끼며 말한다.

"뭐든지요."

"조쉬를 위해 나를 만들었다는 게 무슨 뜻이에요?"

앤디는 차 문에 기대서 손을 주머니에 넣고 말한다. "그냥 사랑에 대한 실험 같은 거였어요. 두 사람을 서로에게 꼭 맞추는 거죠. 한 사람이 필요로 하는 것을 다른 사람이 갖도록요."

나는 고개를 약간 기울이고 무심한 어조로 말한다. "기회가 있다면 또 그렇게 할 거예요?"

앤디는 내 모습을 아주 만족스러운 듯이 바라보며 웃는다.

"물론이죠."

나는 고개를 끄덕이지만 입안 가득 쓴맛이 퍼진다. 내 계획의
정당성에 대한 의심이 미세하게 생기려다가, 이제 완전히 사라
졌다.

앤디가 조수석 문을 통해 차에 기어들어 가더니, 오래된 치킨
너깃 통을 차 밖으로 버린다. 나는 살짝 쪼그려 앉아 그 통에 손
가락을 넣고, 다시 차 안 쓰레기들 사이로 어렵지 않게 던져넣
는다.

"차가 꾀죄죄하네요." 나는 문을 닫으며 장난스럽게 말한다.

"그래요. 당신은 완벽하고요." 그가 대꾸하며 길가로 차를 몰
고 나가면서 손을 들어 인사한다.

그가 운전해 떠나는 것을 바라보며, 나는 내가 뒷주머니에 몰
래 넣은 물건을 생각한다.

앤디의 파란 펜이었다.

현재

미첼이 총을 꺼내 들었고, 공포가 날카로운 발톱으로 내 가슴을 찢는다. 물론 총에 맞아 죽지는 않겠지만, 그가 나를 쏜다면 모두가 내 힘의 증거를 보게 될 것이다.

그리고 그들은 절대 내가 이 힘을 유지하도록 놔두지 않겠지.

설사 이 상황에서 살아남는다 해도, 나는 다시 약한 줄리아가 될 것이다. 코딩이라는 지옥에 갇힌 채로.

그 생각은 너무나 끔찍해서 견딜 수가 없다.

모두를 죽이면 해결될지도 모른다.

경찰관들의 수를 센다. 여덟 명. 저들은 모두 무장한 상태다.

미첼이 처음부터 단지 내가 다르다는 이유만으로 나를 의심했던 걸 떠올린다. 그가 나를 그의 신발에서 닦아내고 싶은 더러운 얼룩처럼 쳐다봤던 걸 떠올린다. 나를 비난의 대상으로 몰아가는 그가 즐기던 모든 왜곡과 편견을 떠올린다. 나는 주먹을 꽉 쥐고, 어깨를 으쓱한다.

어쩌면 나는 이것을 즐길지도 모르겠다.

과거

달빛이 빛나고 있다. 앤디는 벨몬트 릿지 근처 모텔로 떠났고, 에덴과 나는 그보다 20분 뒤에 출발할 준비를 하고 있다.

나는 조쉬의 오래된 옷을 입고, 내 머리카락을 스타킹 캡 아래로 숨길 준비를 했다. 누군가 내가 텐트를 치는 모습을 목격할 경우를 대비한 것이다. 사실, 누군가는 꼭 그것을 목격해야 경찰이 조쉬가 우리 집을 떠난 것으로 추정할 수 있다. 다른 캠핑객을 향해 소음만 조금 내면 그들을 깨우는 것은 어렵지 않을 것이다.

우리가 돌아가면 에덴이 나를 그녀의 컴퓨터에 연결하고, 오늘 밤의 대부분을 대체할 메모리를 다시 쓸 것이다. 간단한 작업이다. 조쉬가 떠나던 차의 후미등, 슬픔에 빠져 와인을 마시는 나, 조쉬에게 메시지를 보내고 그로부터 답장을 받는 것, 그리고 넷플릭스를 보는 것. 누군가 내 시청 기록을 확인할 경우를 대비해, 우리는 내 노트북을 이미 넷플릭스를 재생하도록 설정해 두었다.

문을 나서기 전에, 나는 베이비 모니터를 밥에게 건네준다. 그가 조쉬의 시신을 처리하는 동안 애널리의 소리를 들을 수 있도록 하기 위해서다. 울거나 해도 금방 도달할 거리다.

"적어도 한 번은 깰 거고, 젖병을 물려줘야 할 거예요." 나는 어떤 상황에서도 밥에게 내 아기를 맡길 것이라고는 상상도 못했었다. 아마도 그것은 내 상상력이 부족하다는 것을 증명하는 것일지도 모른다. "주방에 해동 중인 냉동 우유가 있고, 병은 그 옆에 놔뒀어요. 그리고 캡틴도 사료랑 물을 줘야 해요."

"걱정 마요." 그가 말한다. "내가 다 처리할게요."

에덴과 내가 돌아왔을 때, 집은 조용하고 안전한 느낌이다. 새벽 한 시. 밥의 육류 가공 간판에는 불이 켜져있고, 나는 그저 침대에 누워 눈물을 쏟아내고 싶지만, 아직 해야 할 일이 더 남아있다. 우리는 에덴이 조쉬의 휴대폰을 가지고 있다가 아침에 마지막으로 한 번 내게 메시지를 보낸 뒤 처리하기로 했다. 그녀는 심지어 캠핑장으로 다시 운전해 가서 해당 기지국에 신호가 잡히도록 할 예정이다.

"수건이 필요해요." 에덴이 말한다. 그녀는 끝이 날카로운 케밥 꼬치를 찾아 손가락 사이에서 돌리고 있다.

내가 수건 위에 엎드려 있을 때, 시계는 이미 새벽 두 시에 가까웠다.

"셋, 둘, 하나." 그녀가 말한다.

내가 잃게 될 기억들에게 작별 인사를 할 시간조차 없이 머리에 극심한 통증이 몰려온다. 두개골이 불타오르는 듯하다. 비명이 침묵을 찢으며 혀끝에서 터져 나온다. 내 마지막 생각은, 이 비명을 이웃들이 들을 거라는 것이었다.

그리고 모든 게 까맣게 변했다.

현재

"줄리아 월든, 당신을 체포합니다." 미첼이 자신의 부하 중 한 명에게 고개를 까딱한다. "수갑 채워."

나는 이를 드러내며 입술이 올라가는 것을 느낀다. 내 근육은 긴장되어 있었다. 경찰 다섯 명은 블루밍턴 경찰서 소속이고, 세 명은 도버 카운티의 갈색 제복을 입고 있었다. 나는 미첼부터 시작해서…….

"앤디 웨크스타인이 조쉬를 죽였습니다." 갑자기 봇 같은 목소리가 들린다.

모두가 동시에 돌아본다. 바닥에 엎드려 있는 라스의 금속 머리 안에서 두 개의 눈이 빛나고 있었고, 그의 얼굴은 우리를 향해 있었다. 전율이 내 척추를 타고 올라온다. 그가 넘어졌을 때, 전원이 켜진 모양이다.

그가 얼마나 들었을까?

"제 이름은 라스입니다." 로봇이 천천히 상체를 바닥에서 일으키며 말한다. "그리고 저는 오늘 밤의 비극적인 사건의 핵심 목격자입니다."

"도대체 뭐지?" 미첼이 숨을 들이쉬며 말한다. 그의 얼굴에는 충격과 혐오감이 뒤섞여 있다.

나 또한 이 상황을 어떻게 해석해야 할지 몰랐다. 금속으로 된 것이 살아있다는 충격, 라스가 일어서는 움직임에 대한 기시감 등이 온몸을 휘감았다. 그는 먼저 바닥에 손을 짚고, 다리를 옆으로 뻗었다가, 마침내 몸을 일으킨다. 그의 몸에 내재된 유압 시스템이 한숨을 쉬는 소리가 들린다. 완전히 일어선 그의 키는 미첼보다 거의 머리 하나만큼 더 컸다.

그가 고개를 기울이며 우리 모두를 내려다본다. "앤디 웨크스타인이 조쉬를 죽였습니다. 그는 이 신스도 드라이버로 찔러 죽이려 했죠. 그러다 앤디 웨크스타인이 넘어져 머리를 부딪쳤습니다." 라스는 반대쪽으로 고개를 기울인다. "유감스럽게도 앤디 웨크스타인은 운동신경이 좋지 않았거든요."

"도대체 뭐야, 이게⋯⋯." 미첼이 다시 말한다. 그는 우스꽝스러울 정도로 혼란해 보인다.

라스가 고개를 돌려 미첼을 바라본다. "저는 봇입니다. 거짓말을 할 수 없죠. 자, 보여드리겠습니다." 그러더니 진짜 앤디의 죽기 전 목소리가 들린다.

"내가 조쉬를 죽인 게 맞아. 그리고 그 자식은 죽어 마땅한 놈이야."

나는 앤디의 시체 쪽을 바라보며 숨을 헉 들이쉰다. 그러다 물론 라스가 자신의 내부 스피커로 재생하고 있다는 걸 깨닫는다.

그 소리는 계속 반복되었다. 방 안의 모든 경찰이 그 목소리에 최면이라도 걸린 듯 그 자리에 얼어붙어 있다. "그 자식은 죽어 마땅한 놈이야⋯⋯." 잠시 멈춤. "내가 조쉬를 죽인 게 맞아. 그리고 그 자식은⋯⋯."

"그만!" 미첼이 고함친다.

경찰들이 자세를 바꾸는 부스럭거리는 소리가 들린다. 그들의 시선은 나와 라스, 앤디의 시체, 그리고 미첼 사이를 오간다. 방 안은 온통 어찌해야 할지 모르는 분위기다.

나는 라스를 바라본다. 이 사건의 목격자. 하지만 그는 거짓말을 하고 있다. 그런데⋯⋯ 어쩌면 아닐지도 모른다.

내가 그에게 뛰어들었을 때 앤디는 정말로 넘어진 게 맞으니까. 그리고 내가 그의 머리를 바닥에 내리쳤을 때 앤디는 정말로 머리를 부딪쳤으니까.

나는 라스를 계속 바라본다. 그에게 너무 집중한 나머지, 잠시 방 안의 다른 모든 것이 사라지고 우리 둘만 남은 것 같다. 봇과 신스. 앤디의 첫 작품과 마지막 작품.

라스는 나에게서 무엇을 보는 걸까? 자신의 더 진화된 버전? 아니면 인간에 더 가까운 무언가? 앤디가 드라이버를 내 머리에 박는 걸 볼 때 그는 무엇을 느꼈을까? 공감 혹은 동질감을 느낀 걸까?

"서장님?" 수갑을 들고 있던 부하가 마침내 입을 연다. 그 말에 내 주의가 돌아갔고, 라스도 고개를 돌린다.

"빌어먹을." 미첼이 총을 내리며 말한다. 그가 라스를 가리키며 고개를 젖히자 내 심장에선 승리의 기분이 한 조각 날카롭게 박히는 것 같다. "저 봇을 끌고 가서 심문해."

라스는 알아서 협력하겠다는 듯 팔을 번쩍 든다. "따라가겠습니다."

미첼은 총을 집어넣으며 나를 마주 본다. 그가 내 안의 변화를 알아챌 수 있을까? 내가 얼마나 강해졌는지, 내가 애널리를 영원히 안전하게 지킬 수 있는 사랑이 내 가슴을 가득 채우고 있다는 것을 느낄 수 있을까? 아니면 여전히 생각해 왔던 것처럼 여전히 그에게 나는 단순한 기계 부품뿐일까?

한 경관이 내 진술을 받아쓰는 동안 미첼은 눈썹을 찡그리며 듣고 있다. 나는 최대한 간단하게 말한다. 나는 앤디가 조쉬를 죽였다고 의심했고 그래서 그와 이야기하러 왔다고 말한다. 앤디는 내가 진실을 안다는 것을 깨닫고 내 존재를 끝내기로 결심했고 테이블 주위를 돌아다니며 나를 잡으려고 했지만 미끄러져서 넘어졌다고.

미첼은 질문을 이어간다.

나는 모든 질문에 차분하게 대답한다. 나는 나에게 사람을 해치지 않는 코딩이 되어있다는 사실을 상기시킨다. 웨크테크에 연락해 확인하라고 한다. 내가 원했다 해도 내가 앤디를 죽일 수는 없었다고 설득한다. 나는 앤디에게 조종당한 희생자고, 그보다 약한 존재며, 아내이자 엄마고 슬픔에 빠진 여성일 뿐이라고. 나는 떨지 않는다. 슬프지만 강하다. 안정적이다. 정당성을 느낀다. 나는 내가 괜찮을 거라는 것을 안다.

마침내, 나는 묻는다. "이제 끝났나요?"

그리고 미첼 보안관은 내가 이 악몽이 시작된 이후로 간절히 듣고 싶었던 말을 마지못해 내뱉는다.

"가도 좋습니다."

과거

침대에서 눈을 뜬다. 목이 따끔거린다. 아마도 목감기인가 보다. 한숨을 쉬며 매트리스 위에서 몸을 돌리니, 옆에 있는 빈 베개가 보인다.

맞다. 조쉬는 하이킹하러 갔지.

그런데 캡틴은 어디 있지? 아, 밤새 밖에 두었나 보다. 불쌍한 것.

휴대폰을 확인한다. 아침 여섯 시 반이다. 아, 조쉬가 한 시간 전에 메시지를 보냈군. 아마 일출을 보기 위해서 일찍 일어난 것 같다.

— 좋은 아침, 자기야! 여긴 수신이 잘 안 돼서……. 사랑해.

나는 그에게 키스 이모티콘과 함께 좋은 아침이야! 행운을 빌어!라는 짧은 메시지를 보낸다.

사랑스러운 메시지를 받으니 기분이 좋다. 왜냐하면 어젯밤에는 그가 화가 나서 떠날 때까지 우리 사이가 좋지 않았으니까. 나는 아직도 그가 하이킹 여행에 대해 미리 말해주지 않았다고 생각한다. 그가 아무리 이야기했다고 주장해도 말이다. 하지만 이제는 그것을 받아들일 때가 되었다. 결국 단순한 하이킹 여행일 뿐이고, 그가 머리를 식히기 위해 떠났다 오는 것을 나도 원하지 않았던가?

나는 하이킹 여행을 마당에서 빨래를 널기 위해 흰 시트를 활기차게 펄럭이는 세탁부라고 상상해 본다. 이런 여행이 조쉬에게 도움이 될지도 몰라. 그의 걸음걸이에 다시 가벼움을 되찾아 줄지도 모르지. 나는 늘 희망을 잃지 말아야 한다.

휴대폰 화면이 뿜어내는 빛에 눈이 아파 휴대폰을 내리고 다시 베개에 몸을 기댄다. 머리에는 두통이, 목뒤에는 통증이 있다. 만져보니 이상하게 덩어리가 있다.

"아야." 나는 얼굴을 찡그리며 말한다. 내가 어딘가에 부딪혔나? 사실 어젯밤이 흐릿하게 느껴진다. 아, 와인 때문이군. 내가 좀 마셨고, 앤디가 더 가져왔고, 솔직히 나는 술에 약한 편이다. 빈속에 술을 마시면 안 되는데. 그런데…… 앤디가 맥도날드를 사왔었나? 침대 끝에 놓인 컴퓨터를 보니 넷플릭스가 켜져있다. 아마 쇼를 보다가 잠들었나 보다.

복도 끝에서 울음소리가 들린다. 베이비 모니터는 어디에 두었더라. 나는 뻣뻣한 팔다리를 스트레칭하며 약간의 불안감을 안고 애널리의 방으로 간다.

"그래, 그래." 나는 애널리를 안고 내 스웨트셔츠를 끌어당기며 중얼거린다. 애널리는 입을 맞추고 나는 눈을 감으며 긴 한숨을 내쉰다.

불안감이 사라지고, 세상에서 가장 좋은 느낌이 찾아온다.

애널리의 아침밥을 준비하고, 캡틴에게 외로운 밤을 보상하기 위해 큰 그릇에 음식을 채워주면서, 나는 조쉬가 집 열쇠를 조리대에 두고 갔다는 것을 알아챈다. 그는 종종 깜빡하곤 한다. 아마도 별일 아닐 것이다. 그래도 나는 잠시 그 열쇠를 바라본다. 머릿속에 무언가가 떠오른다. 마치 혀끝에서 맴도는 단어 같은 이미지가.

빨간 후미등인가? 아니, 후미등 같은 화난 눈빛이다. 나에게서 운전해 멀어져 가는 것이 아니라, 내가 그들로부터 날아 도망치면서 점점 작아지는 불빛. 아니, 그들이 나를 밀어내면서, 공중으로 곡선을 그리며……. 생각을 더 깊이 파고들수록 두통이 심해진다.

쾅쾅. 별안간 거칠게 문 두드리는 소리가 내 생각을 끊는다.

"네, 나가요, 나가." 나는 중얼거리며, 애널리를 높은 의자에 앉혀 숟가락을 두드리게 하고, 캡틴이 음식을 먹는 사이에 문으로 향한다.

나는 구멍을 통해 내다본다.

앗, 바비보이다. 조쉬는 우리의 과묵한 이웃을 농담조로 이렇게 부르곤 한다. 밥이 왜 지금 우리 집 문을 두드리는 거지? 내가 준 바나나 빵을 무시하고 그 이후로 조용히 감시하고 있었나. 서로 친근하게 소개할 순간은 사라진 지 오래다.

문을 열자, 밥이 거친 목소리로 말한다. "좋은 아침이에요."

"안녕하세요, 이웃분." 나는 억지로 밝게 인사를 건넨다. 그는 청바지에 '총은 나의 권리'라고 적힌 티셔츠를 입고 있다.

내가 내 생각 그대로 질문을 던지면 그가 어떻게 반응할지 궁금하다는 삐딱한 생각이 든다.

'망할 당신 문제가 도대체 뭐야?'라고.

"어…… 내가 뭘 좀 가져왔어요." 그는 커다란 용기를 내민다. 그건 빈티지 플라스틱처럼 생겼다.

"이게 뭐죠?" 나는 관심 있는 미소를 지으며 말한다. "개 사료예요. 내가 운영하는 육가공 공장에서 직접 만들었죠, 고기 일부 부위들을 모아서요. 그, 개를 키우시죠? 캡틴?" 그는 이상한 미소를 짓는다. 정확히 친절하다고 말할 수는 없지만 뭔가 친해지고 싶어 하는…….

"네, 캡틴 맞아요." 나는 용기를 받으려고 앞으로 손을 뻗는다.

플라스틱 용기를 만지니 따뜻하다. "고마워요, 정말 친절하시네요. 전 줄리아라고 해요."

"네." 그가 주머니에 손을 넣으며 말한다. 잠시 미소가 사라진다. 이제 그는 나와 눈을 마주치는 게 고통스럽다는 듯이 눈을 가늘게 뜬다. "당신 남편이 떠난 거 알아요. 당신은…… 괜찮아요?"

"아, 남편은 오늘 밤에 올 거예요!" 나는 그가 내가 오늘 혼자 있다는 것을 아는 게 불안하다는 표정을 보이지 않으려고 노력한다. "짧게 간 여행이라서요. 어쨌든 언제 한번 우리 집에 초대할게요! 조쉬가 버거를 구워줄 거예요. 드디어 서로에 대해 알아갈 수 있겠네요!"

"아, 그래요." 밥이 눈을 흘기고는 내 뒤쪽에 열린 문을 향해 눈길을 돌린다.

집 안쪽에서 애널리가 울음소리를 내고 있다.

"아기한테 가봐야겠어요."

"음……. 나도 아기 잘 봐요." 그는 목청을 가다듬더니 어색하게 말한다. "언제든지, 그러니까, 도움이 필요하다면……."

"정말 친절하시군요." 나는 말한다. 하지만 참 말도 안 되는 소리였다.

애널리의 소리를 들으며 주방으로 향했다. "그래, 괜찮아, 아가야. 엄마가 돌아왔어!" 나는 밥이 가져온 그릇을 연다. 음식은 연한 분홍색이다. 매우 신선해 보인다. 캡틴이 냄새를 맡은 것처럼 미끄러지듯 주방으로 들어온다. 나는 캡틴이 냄새를 맡도록 그릇을 내려놓았고, 캡틴은 좋아하는 반응을 보인다.

"그거 좋아?" 나는 말한다. "먹고 싶어? 여기, 네 그릇에 좀 담아줄게."

애널리에게는 시리얼 한 그릇을 준다. 세척기를 비우고, 캡틴이 아침에 집 안으로 들여온 진흙을 닦는 등 해야 할 일이 많지만 나는 그냥 계속해서 조리대에 기대어 있다.

"음……." 캡틴이 사료를 게걸스레 먹고 있고 애널리가 아기용 의자를 두드리며 시리얼을 온 사방에 튀어 나가게 만들 때, 나는 아까의 상황을 다시 생각한다.

밥이 우리 집 문을 노크할 줄은 꿈에도 몰랐다. 특히 선물을 가져오리라고는 더더욱.

나는 스스로에게 미소를 짓는다. 누군가를 안다고 생각했더라도 때로는 그 사람에 대해 몰랐던 걸 발견하는 즐거움이 있다.

현재

"집에 왔어, 우리 공주님." 간절한 욕망으로 반짝이는 열쇠고리를 향해 손을 뻗는 애널리를 안고 현관문을 열려고 애쓰며 중얼거린다. 밥이 보고 있을까 궁금하다.

"필 할아버지 말고도 애널리에게 또 다른 할아버지가 있다는 거 알아?" 문이 딸깍 열리자 아이의 목덜미에 속삭인다.

주변에서는 계절보다 이른 매미 몇 마리가 푸르스름한 황혼 속에서 노래하고 있다.

일요일 저녁일 뿐이고, 겨우 3일 동안 떨어져 있었을 뿐인데, 우리 아기는 마치 나 없이 온갖 것들을 배운 것처럼 너무나 달라 보인다. 더 민첩해 보이고, 새로운 소리를 내고 있다. 바네사와 있을 때는 밤새 잘 잤다고 한다. 나와 있을 때는 한 번도 그런 적이 없었는데 말이다. 아이는 네 발로 기어다니기 시작했다고 했다. 그동안 얼마나 많은 것을 놓쳤는지 모르겠다. 필은 아들의 사망 소식 앞에서도 언제나처럼 냉정하게 작별 인사를 했지만, 바네사는 울었다. 나는 장례식에 대한 계획이 세워지는 대로 그들에게 자세한 소식을 알려주겠다고 약속했다.

믿기지 않는 이틀 동안의 부재 후, 집에 들어서자 집 안에서 퀴퀴한 냄새가 난다. 2년처럼 느껴졌던 이틀이었다. 캡틴이 없다는 것도 이상하게 느껴진다. 나중에 밥의 집에 들러 데려와야겠다. 그 김에 베이비 모니터와 애널리의 담요도 가져와야겠다.

"카, 카!" 내가 주방 문 옆 못에 열쇠를 거는 동안 애널리가 팔을 흔들며 소리친다.

나는 아이의 볼에 키스했다. "우리 공주 정말 많이 컸구나! 무슨 일이람?"

애널리는 입을 벌리고, 몸을 내게로 던지며 내 셔츠를 계속 두드린다. 나는 긴장과 욕망이 솟구치는 것을 느낀다. 아직 모유 수유를 하지 않았다. 약간 두려움이 든다. 에덴이 조정한 모든 세부 사항과 그것이 수유, 생리, 수면, 노화 같은 것들에 어떻게 영향을 미칠지 전혀 모르기 때문이다. 생각해야 할 것이 많다.

지금 시점에서는, 다시 댐퍼를 달고 싶지 않다. 그러나 만약 내 노화 과정이 영향을 받는다면, 누군가는 분명히 알아챌 것이다. 장기적으로 봤을 때 나를 더 취약하게 만드는 것이 무엇인지 신중히 생각할 필요가 있다. 내가 이 모든 걸 했던 이유인 내 딸은 말할 것도 없다. 그러나 내가 강하고 아름다우며 전혀 늙지 않는다면, 아이는 나의 그림자 속에서 자신이 이질적인 존재라고 느끼며 자라게 될까? 내가 아프고 지친 모습을 아이가 보지 못하면, 준비되지 못한 채 세상으로 나가게 되는 건 아닐까?

나는 약한 걸 원하지 않는다. 그러나 내 딸은 인간으로서 본래 약함을 지니고 있다. 나 자신을 아이와 더 비슷해지도록 바꿔야 할까? 아니면 그녀가 나를 있는 그대로 받아들이고, 나의 강함이 나를 더 낫게 만드는 것이 아니라 단지 다르게 만드는 것임을 배우도록 해야 할까? 애널리가 몇 년 후, 실수로 누군가에게 엄마가 어떤 사람인지 말해버리면 어떻게 될까?

"카, 카." 애널리는 내 가슴을 두드리며 소리친다.

"알았어, 아가야." 나는 기저귀 가방을 부엌에 던져놓고 가까운 창문으로 다가가며 중얼거린다. 우리에게는 신선한 공기가 필요하다.

"캡?" 애널리가 내가 창문을 여는 동안 캡틴의 그릇을 바라보며 말한다.

"어머, 세상에! 애널리, 너 지금……."

"캡!" 아이는 기뻐하며 외치고, 통통한 손으로 손뼉도 친다.

"너 지금 캡틴이라고 했어! 손뼉도 치고! 어떻게 이런 일이!"

"캡! 캡! 캡!" 애널리가 반복하며 소리를 지르고, 나는 얼굴이 아플 정도로 웃고 있다.

애널리가 나를 배신하는 건 상상도 못 하겠다. 하지만 지금 이렇게 작고 순진한 아이가 언젠가 주관이 뚜렷한 성인이 될 거라고 상상하는 것도 쉽지 않다.

에덴은 내 댐퍼 제거에 대해 알고 있는 유일한 사람이고, 이 문제를 함께 처리할 수 있는 사람이다. 하지만 마지막 대화에서 그녀는 내가 댐퍼를 다시 달길 원했다. 내가 그녀에게 연락하거나 그녀가 내 시스템에 다시 들어와 조정을 하게 하면, 그녀도 앤디처럼 나를 통제하려고 할까?

어쨌든, 그녀는 웨크테크의 임시 CEO로서 해야 할 일이 산더미다. 앤디의 죽음 때문에 이 일은 전국적인 헤드라인 뉴스가 되었다.

언론에서는, 앤디가 나를 사랑하게 되어 질투로 정신을 잃은 것처럼 보도되고 있다. 앤디와 조쉬, 앤디와 나 사이의 메시지들이 유출되었고, 사람들은 이미 〈더 프러포즈〉 프로그램에서 앤디와 내가 함께 있던 순간들을 캡처해 공유하고 있다.

세상은 '창조자가 자기 창조물에 빠지는' 이야기를 믿을 준비가 되어있는 것 같다. 오늘 아침 뉴스 피드를 5분 동안 훑어본 바로는, 우리 둘의 밈이 곳곳에 퍼졌다. 예를 들어, 특히 그가 고통스러운 표정으로 나를 결혼식장에서 데리고 들어가는 장면은 부가 설명이 필요 없을 정도였다.

"마! 까까! 가!" 애널리가 다시 내 가슴을 두드리며 소리친다.

"알았어. 배고픈 거 알아. 한번 해보자." 나는 익숙한 자리인 위층의 흔들의자로 가면서 말한다. 애널리는 정확히 무엇을 해야 할지 알고 있었고, 옷을 들어 올리자 나는 가슴에 희미한 따끔거림을 느낀다. 제발 잘되기를. 애널리가 젖을 물자 나는 기도한다. 그러고 나서 숨을 깊게 들이쉬었고, 젖이 나오기 시작한다.

마침내 긴장이 풀리고, 감정들이 나를 휩쓴다.

조쉬가 보고 싶다. 빌어먹을 그가 그립다. 나는 그에게 화가 나면서도 그리워한다. 이 두 가지 감정을 평생 안고 살 것 같다. 그리고 만약에 우리가 화해할 수 있었다면 어땠을까 하는 강한 후회의 감정 같은 것도 가끔 떠오를 것이다.

그가 내게 폭력을 저지르는 건 두 번의 일로 끝을 맺었을까, 아니면 그 이후로도 한 번씩 계속되었을까? 정말로 세 번째 폭력이 있었다면 내가 그를 죽였을까?

아니다. 내가 그렇게 코딩되어 있다 해도 나는 나 자신을 안다. 내 사랑이 더 강했을 것이다. 애널리가 물고 있던 젖을 떼고 크고 잇몸이 드러나는 미소를 짓는다.

"엄마도 너랑 다시 함께 있어서 너무 좋아." 내가 말한다.

우리는 자세를 바꾼다. 애널리는 졸린 것 같다. 아직 재우고 싶지는 않지만, 어쨌든 애널리의 취침 시간이다.

요람에 눕히자 애널리는 자기가 가장 좋아하는 자세를 한다. 옆으로 누워 한 다리를 다른 다리 위에 올리고, 담요를 꼭 쥔다. 나는 오랫동안 그 자리에 서서, 가슴에 손을 얹고 있다. 마치 내 사랑이 가슴에서 튀어나올 것만 같은 느낌이 들기 때문이다.

이제 우리 둘만 남았다. 앞으로 어떻게 될까? 조쉬의 기일마다 애널리는 무슨 일이 일어나고 있는지 조금이라도 알까? 어쩌면 〈더 프러포즈〉 제작진이 그걸 찍을 수 있을지도 모르겠다. 지금 쇼를 찍고 싶다는 게 좀 이상하기도 하지만, 어쩐지 그러고 싶다. 우리 사랑 이야기의 확실한 결말을 짓고 싶은 느낌이

랄까.

애널리가 어른이 되어 돌아볼 수 있는 무언가가 있다는 것도 좋다. 그녀의 아버지가 존경받고 사랑받는 사람으로 기억되는 모습을 볼 수 있도록 말이다. 아마도 카밀라가 추도사를 할 것이다. 오늘 밤에 그녀에게 메시지를 보내야겠다.

그리고 조쉬와 우리의 너무나 짧았던 사랑 이야기의 챕터를 닫고 나면? 내 딸의 잠든 모습을 보는 내 머릿속에 수많은 다른 미래가 스쳐 지나간다.

마침내 인디애나를 떠날 수도 있다.

비난하는 사람들과 낙서하는 사람들로부터, 그리고 물론 미첼로부터도 벗어날 수 있다.

이 집을 팔고 말 그대로 미국 내 어디로든 이사 갈 수 있다. 크리스티가 하루 종일 부동산 링크를 보내고 있다. 우리가 이웃이 될 수도 있다니.

직장을 구해서 경력을 쌓아볼 수도 있겠지. 텍사스로 이사 가서 주말마다 카밀라와 그녀의 활기찬 친구들과 어울릴 수도 있고.

하지만 슬픈 건, 어떤 선택도 사실 매력적으로 느껴지지 않는다는 것이다. 내가 진짜로 원하는 건 조쉬가 원했던 것과 같다. 그 땅, 나무들과 닭들, 그리고 그가 우리를 위해 꿈꾸던 곳, 그가 선택한 우리 공간에서의 단순하고 여유로운 삶.

아기의 따뜻한 볼에 입맞춤하며 몸을 숙인다. 이 감각의 기쁨 속에서, 내 입술이 애널리의 볼에 닿는 이 천국 같은 순간 속에서 걱정들이 흘러가게 놓아둔다. 애널리는 한숨을 쉬며 등을 돌리고 몸을 움직인다. 아기의 얼굴은 발그레하고, 속눈썹이 볼을 스친다.

"사랑해, 아가." 내가 속삭인다.

그리고 그 어떤 것보다도 이 작고 소중한 아이를 향한 내 사랑이, 바로 내가 누구인지 말해준다.

두 달 후

택배가 도착하고, 내가 서명하는 동안 캡틴이 내 옆에서 숨을 헐떡이고 있다.

7월의 한여름, 〈메이킹 줄리아〉에서 받은 돈으로 곧 새집 공사가 시작될 것이다. 주변에는 형형색색의 꽃들이 만개해 있다. 이 시기에 나는 애널리를 점점 더 자주 밖으로 데리고 나간다.

애널리는 잔디를 만지는 걸 좋아하지 않는다. 내가 애널리를 잔디 위로 들어올리면, 작은 다리는 겁에 질린 개구리처럼 움츠러든다. 그 자세가 너무 귀여워서 매번 정신을 차리지 못한다.

애널리는 뒤뜰 파티오에서 야외 식사하는 걸 정말 좋아한다. 거기서 나는 피크닉 담요를 펴고 아이에게 바나나를 먹인다. 바나나는 애널리가 요즘 가장 좋아하는 음식이다.

가끔 밥이 우리가 뒤뜰에 있을 때 들러, 그의 특제 참치 샐러드 샌드위치를 가져다준다. 그건 정말 놀랍도록 맛있다.

캡틴이 밥을 보고 낑낑거린다. 마치 밥이 한 번 가져다주었던, 정말 맛있었던 개 사료를 기억하는 것 같다. 나는 계속 캡틴에게 말한다. "이제 좋은 거 다 떨어졌어, 친구야! 평소 먹던 걸로 만족해야 해!"

그러면 밥은 항상 캡틴의 음식 취향이 세상에서 제일 재미있다는 듯 웃는다. 그는 또 새 부지에 애널리를 위한 모래 놀이터를 만들어 주겠다고 약속했다.

"애들은 흙을 좋아해요." 그는 계속해서 아이들에게는 흙을 제공해야 한다고 말한다.

"1, 2년 후에나 만들까 해요." 내가 말한다. 모래 놀이터는 머리카락에 모래, 기저귀에 모래가 들어간다는 뜻이니까. 그건 내년의 문제로 미뤄 두는 게 좋을 것 같다.

집 안으로 들어오면서 택배의 발송지를 확인한다. 로스앤젤레스의 웨크테크다. 내 심장이 빠르게 뛰기 시작한다.

현관에서 택배 상자 윗부분을 가르고 열어보니 푸른 잉크로 갈겨 쓴 메모가 서류 뭉치에 클립으로 고정되어 있다.

줄리아에게,
앤디의 사무실을 치우다가 이걸 발견했어요. 당신이 갖고 싶어 할 것 같아서요.
사랑을 보내며, 에덴
추신: 걱정하지 마세요. 생각 많이 하고 보내드리는 거니 다 가져도 돼요.

에덴의 메모 아래에는 손으로 그린 만화책이 있다. 종이의 바스락거리는 느낌으로 보아 오래된 것 같다. 나는 정신이 팔려 캡틴의 머리를 쓰다듬으며 거실 소파로 향한다. 소파에 앉아 발을 아래로 밀어 넣고 페덱스 포장을 옆으로 던진다.

대충 만든 듯한 만화책은 스테이플러로 묶여있다. 연필 선은 흐릿하긴 해도 아직 볼 수 있다. 열린 창문에서 불어오는 바람에 제목 페이지가 펄럭이는데, 거기에는 어린아이 필체지만 공들여 만든 3D 글자로 '빨간 머리 복수자!'라고 쓰여있다.

제목 페이지를 넘기자, 첫 번째 칸에 빨간 머리 소녀가 학교 운동장에서 울고 있다. 괴롭히는 애들이 그녀를 몰아세우고, 나이가 더 있어 보이는 검은 머리 소년이 나무 뒤에서 지켜보고 있다. 괴롭히는 애들은 "멍청이 로라! 이 쓰레기야, 우리가 네 엉덩이를 걷어차 주지!"라고 말한다.

다음 칸에서는 소년이 교활한 미소를 지으며 공구 상자를 꺼낸다. 그는 긴 빨간 머리를 가진 로봇 여성을 만든다. 그녀는 갑옷을 입고 있다. 앤디는 그녀에게 슈퍼히어로 망토를 입히고 엄숙한 표정으로 말한다. "깨어나라, 빨간 머리 복수자! 내 여동생이 괴롭힘을 당하고 있어!"

빨간 머리 복수자가 운동장으로 날아가 퍽, 우지직, 심지어 우르릉쾅 같은 소리까지 내며 가해자들을 박살 낸다. 그녀의 빨간 머리가 휘날리는 동안 앤디와 로라가 입을 '오' 자로 벌리고 행복하게 지켜본다.

마지막에 앤디와 로라는 환호하며 포옹한다. 그리고 그 둘이 빨간 머리 복수자 등에 타자, 빨간 머리 복수자는 한 손으로 주먹을 힘차게 내밀며 구름 속으로 날아간다. 앤디와 로라는 입을 합쳐 말한다. "빨간 머리 복수자가 우리 곁에 있으면, 아무도 우리를 다시는 해치지 못할 거야!"

그 아래에는 '끝'이라고 같은 3D 글씨체가 쓰여있다.

나는 오랫동안 이 작은 책을 들고 앉아있다. 무심코 머리카락을 쓰다듬으며, 너무 깊어 이름 붙이기 힘든 생각과 감정들을 느끼면서 그렇게 앉아있다.

마침내 만화책을 옆 쿠션 위에 놓는다. 한편으로는 안전한 곳에 보관하고 싶기도 하고, 다른 한편으로는 태워버리고 싶기도 했다. 하지만 댐퍼에 대한 선택과 마찬가지로, 지금 당장 결정할 필요는 없다.

애널리가 깬 듯한 소리가 난다. 위층으로 올라가 아이를 요람에서 꺼내어 흔들의자에 깊숙이 앉는다. 애널리가 내 어깨에 침을 흘리는 동안 나는 작은 등을 토닥이고, 부드러운 아기 피부에 원을 그리며 문지른다.

그리고 마침내, 마치 해가 떠오르듯 깨달음과 함께, 에덴이 쓴 추신을 이해하게 된다. 그건 비단 만화책에 관한 것만은 아닐 것이다.

'다 가져도 돼요.'

나에게 그녀의 허락이 필요했던 건 아니지만, 그래도 나는 미소를 짓는다.

넉 달 후

"이곳이 도움이 필요한 모든 여성의 피난처가 되기를 바랍니다." 나는 우울한 가을비 속에 모인 백여 명의 사람들이 모두 들을 수 있도록 크고 분명하게 말한다. 우리 뒤에는 거대한 노란색 굴착기가 서있다.

우리는 오베르테의 첫 여성 쉼터 공사를 시작하려고 한다. 내가 이 프로젝트에 자금을 댔기 때문에 나는 이곳을 '데보라 하우스'라고 이름 지었다. 데보라에게도 초대장을 보냈지만, 그녀가 실제로 오는 건 무리였나 보다.

"우리 모두가 겪는 힘든 시기, 우리에게 조금의 은혜와 조금 더 많은 도움, 그리고 조금의 자비가 필요한 시기에 서로를 지지할 수 있는 안전한 장소가 될 것입니다."

군중 사이에서 몇 개의 우산이 펴지는 가운데 나는 연설을 마무리 짓는다.

여러 대의 카메라가 나를 향하고 있지만, 나는 그 카메라 렌즈들을 직접 쳐다보지 않는 게 좋다는 걸 안다. 한 대는 지역 뉴스 채널 것이고, 다른 두 대는 지난 몇 달 동안 잘 알게 된 〈메이킹 줄리아〉의 카메라맨들의 어깨 위에 있다.

앨리도 그녀의 트레이드마크인 검은 드레스에 빨간 운동화 차림으로 이 행사에 나타났다. 그녀를 완벽한 날씨의 샌디에이고 본거지에서 끌어내 여기까지 오게 한 게 조금 미안하지만.

이곳은 인디애나, 내가 선택한 곳이다. 비록 이곳이 나를 선택하지 않았더라도 말이다.

나는 거대한 가위를 들고 내 동료들에게 미소 짓는다. 오베르테 마을 이사회 이사 셰리 윌리스와 우리 지역의 가장 큰 권위자인 미첼 보안관이다. 미첼의 표정은 여전히 읽기 어렵다. 하지만 내 신호에 맞춰 우리 셋은 함께 가위를 벌려 파란 리본을 자른다. 그러자 모두가 박수를 치는 가운데, 우리 뒤에 있던 굴착기 기사가 삽을 내려 첫 삽의 흙을 퍼올린다.

셰리가 큰 가위를 치우고, 나는 다른 사람들과 함께 손뼉을 치며 군중을 둘러본다. 여기 있는 모든 사람이 나를 온전한 인격체로 보지는 않는다는 걸 안다. 아직은.

하지만 매일 스스로에게 상기시키듯이, 그렇다고 해서 모든 게 끝난 건 아니다. 의견도, 사람도 변하는 법이니까 언젠가는 내 차례가 올 것이다.

그때까지 나는 희망을 붙잡고 할 수 있는 일을 하며 항상, 언제나 나 자신에게 충실할 것이다. 이 모든 건 〈메이킹 줄리아〉

에서 받은 돈이 있기에 가능하다.

"와주셔서 감사합니다! 모두 오늘 하루 잘 보내시고, 비 맞지 않도록 조심하세요!" 늦가을의 이슬비가 본격적인 비로 변하고 있었다.

나는 곧장 카밀라에게 걸어간다. 그녀는 분홍색 트렌치코트를 입고 안절부절못하는 애널리를 안고 있다. 애널리가 첫걸음마를 뗀 이후로는 가만히 있질 못한다. 어쩌면 그녀를 데려오지 말았어야 했을지도 모르지만, 결정을 내릴 당시에는 데려오는 게 중요해 보였다.

애널리는 내게 팔을 뻗고 아랫입술을 떤다. 마치 내가 오면 마침내 울음을 터뜨리려고 기다리고 있었던 것처럼. 고무 오리 테마의 레인코트가 애널리의 통통한 가슴팍에 뭉쳐져 있고, 귀여운 오리 눈과 부리 장식이 달린 후드는 목 주위를 졸라매어 비를 막기보다는 애널리 숨을 막히게 하는 것만 같다.

"우리 공주 낮잠 자야겠다." 내가 웃으며 말한다. 애널리는 팔로 내 목을 감싸고 무거운 머리를 내 어깨에 기대며 애처롭게 긴 한숨을 내쉰다.

"네가 이런 곳에서 계속 살고 싶어 한다니, 믿을 수 없다." 카밀라가 가벼운 농담을 던진다. 우리가 차로 돌아가는 길에 몇 개의 젖은 말똥더미를 피해 걸으며 그녀는 투덜거렸다. "이거 말이 싼 거야? 아, 역겨워."

그러자, "마알!" 애널리가 고개를 내밀고 말한다. 카밀라와 나는 웃었다.

"저기, 시어머니 있던 집에 마지막으로 한 번 더 들르려고." 나는 카밀라에게 말한다. "애널리를 집에 데려가서 재워줄래? 카시트를 렌터카에 옮겨놓을 수 있거든."

"물론이지." 카밀라가 말하며 애널리에게 손을 뻗는다.

"괜찮아, 아가야. 캠 이모에게 오렴! 엄마 가라고 하고!"

"엄마!" 애널리는 떨어지기 싫다는 듯이 내 어깨 깊숙이 얼굴을 파묻는다. 하지만 결국 애널리는 카밀라에게 넘어가야 했다.

〈메이킹 줄리아〉 제작진이 나를 따라 리타의 집으로 향한다. 백미러로 차량 행렬이 보인다. 너무 많은 법적 절차를 거친 끝에 마침내 이곳을 팔았다. 사람들은 신스의 돈을 받는 것은 잘하지만 주는 건 망설이는 듯했다.

하지만 마침내 모든 게 해결되었다. 비록 다시는 이 집에 발을 들이지 않겠다고 다짐하고, 부동산 중개인이 모든 걸 처리할 수 있다고도 했지만, 오늘 아침 마지막으로 한 번은 와야 한다는 걸 깨달았다. 내가 사랑하고, 고통받고, 어머니가 되고, 조쉬를 잃은 이 장소와 작별 인사를 하기 위해서.

현관문을 열자 그 익숙한 퀴퀴한 냄새가 밀려 나온다. 카메라맨들이 나를 따라 들어오고, 앨리와 현장 프로듀서가 그 뒤를 따라온다.

모든 방을 돌아다니며, 나는 아무도 모를 달콤쌉싸름한 아픔을 느낀다. 제작진이 뒤따르고 있어도, 현재 있는 그대로 집과 함께 팔리는 가구들을 손가락으로 훑으며 이상하고 외로운 기분에 젖는다.

〈더 프러포즈〉를 보고 또 보던 그 몇 주 동안 내가 앉아있던 자리를 기억한다. 리타가 죽은 방을 들여다보고, 조쉬와 내가 서로 멀어져 가며 잠들었던 침대, 그 가장자리에 잠시 앉아본다.

마지막으로 거실을 한 번 더 둘러본다.

"갈 준비 되셨나요?" 프로듀서가 묻지만, 나는 손가락을 들어 잠시 기다려 달라고 한다. 협탁에서 반짝이는 것이 눈에 띄었다. 엄마와 아이를 형상화한 작은 황동 조각상이다.

나는 그걸 집어든다. 처음에 만졌을 때는 차가웠지만, 곧 내 손바닥에서 따뜻해진다. 손에서 살짝 튕겨보자, 그 무게감이 느껴진다.

가슴이 조여온다. 이 조각상에는 한 인물이 더 있어야 한다. 아내와 딸을 팔로 감싸안고 보호하는 남편이 있어야 한다.

나는 단단한 조각상을 꽉 쥔다. 앤디가 우리의 행복한 결말을 앗아가지 않았다면, 조쉬와 나는 우리의 아름다운 이야기 속 두 번의 오점을 극복할 수 있었을 거라는 걸 안다. 조쉬에 대한 내 사랑이 어떤 것도 이겨낼 수 있었을 거라는 걸 어떤 절대적인 느낌으로 알고 있다. 그의 기억에 대해 아픈 애정만을 느낀다. 조각상을 다시 놓으려다 멈춘다.

아무것도 가져가지 않으려 했지만, 이것만큼은 간직하고 싶어졌다.

"뭘 쥐고 있는 거예요?" 프로듀서가 신호를 준다. 나는 카메라를 올려다본다.

"조쉬 엄마의 골동품 중 하나예요." 눈물이 고이지만 신기하게 미소도 지어졌다.

이 조각상은 이제 나와 내 아기만 남았다는 걸 상기시킨다. 조각상의 매끄러운 얼굴을 엄지로 문지르며 앤디가 내게 처음 한 말을 떠올린다.

'내 말 들려요?' 흥분되고 희망찬 그 음성은 그의 마지막 말과는 끔찍한 대조를 이룬다.

'넌 완전히 고장 났어, 줄리아.' 그런 추한 말들을 외쳤어도 이 조각상들은 듣지 못했다. 추한 일들이 일어났다 해도, 그들은 보지 못했다.

세상으로부터 안전하게, 그들만의 유대 속에 온전히 사로잡힌 조각상이 운이 좋은 거라고 할 수 있을지도 모른다. 나는 조각상을 카메라 쪽으로 들어 보이고, 그것은 빛을 받아 반짝인다.

"사랑스럽죠? 애널리 방에 두어야겠어요."

신스

초판 1쇄 인쇄 2024년 11월 21일
초판 1쇄 발행 2024년 11월 28일

지은이 제나 새터스웨이트
옮긴이 최유경
펴낸이 김문식 최민석
총괄 임승규
책임편집 백승민
기획편집 이혜미 조연수 김지은
　　　　　 김민혜 명지은 박지원
마케팅 조아라
디자인 배현정

펴낸곳 (주)해피북스투유
출판등록 2016년 12월 12일 제2016-000343호
주소 서울시 서대문구 신촌로 25-1 보고타워 4층
전화 02)336-1203
팩스 02)336-1209